BASTEI
LÜBBE

SCIENCE FICTION- UND FANTASY-Jubiläumsbände
im BASTEI-LÜBBE-Programm:

21 201 Isaac Asimov · Robotervisionen
21 202 Joy Chant · Könige der Nebelinsel
21 203 Wolfgang Hohlbein · Charity
21 204 Wolfgang Hohlbein · Die Kinder von Troja
21 205 Traumwelten · Nobelpreisträger schreiben Fantasy
21 206 Judith Tarr · Die Zauberin von Alamut
21 207 Marion Zimmer Bradley · Die Farben des Alls
21 208 Barbara Hambly · Gefährtin des Lichts
21 209 Larry Niven · Planetenträume
21 210 Margaret Weis/Tracy Hickman · Himmelsstürmer
21 211 Robert A. Heinlein · Die Marionettenspieler
21 212 David Eddings · Der Thron im Diamant

Margaret Weis
Tracy Hickman
Himmelsstürmer

Fantasy-Roman

Ins Deutsche übertragen
von Eva Eppers

BASTEI
LÜBBE

BASTEI-LÜBBE-TASCHENBUCH
Band 21 210

Erste Auflage:
Februar 1994

Published by arrangement with
Bantam Books, a division of
Bantam Doubleday Dell Publishing
Group, Inc.
Deutsche Lizenzausgabe 1994
Bastei-Verlag Gustav H. Lübbe
GmbH & Co., Bergisch Gladbach
Originaltitel: Dragon Wing
Titelillustration: Keith Parkinson
Umschlaggestaltung: Agentur Karl
Kochlowski
Satz: KCS GmbH,
Buchholz/Hamburg
Druck und Verarbeitung:
Brodard & Taupin, La Flèche,
Frankreich
Printed in France

ISBN 3-404-21210-X

Der Preis dieses Bandes
versteht sich einschließlich der
gesetzlichen Mehrwertsteuer.

Dies Werk ist dem Andenken meiner Mutter,
FRANCIS IRENE WEIS, gewidmet.

Margaret Weis

Das Selbst ist das einzige Gefängnis,
das die Seele zu halten vermag.

HENRY VAN DYKE

Prolog

»Bleib nicht an der Tür stehen, Haplo. Komm herein und mach es dir gemütlich. Setz dich hin. Zwischen uns bedarf es keiner Förmlichkeiten.

Laß mich dein Glas füllen. Das nannte man einst den Bügeltrunk, ein letzter Schluck vor dem Aufbruch zu deiner langen Reise . . .

Der Portwein mundet dir? Ja, meine Talente sind zahlreich und mannigfaltig, wie du weißt, doch ich beginne zu glauben, daß nur die Zeit – nicht Magie – einen wahrhaft guten Portwein hervorzubringen vermag. Wenigstens behaupten das die alten Schriften, und ich bin der Ansicht, daß unsere Vorfahren damit recht hatten – gleichgültig, wie sehr sie sich in anderer Beziehung geirrt haben mögen. Was ich geschaffen habe, ist ein leidlich guter Tropfen, aber ich vermisse etwas, eine Glut, eine Milde, die mit dem Alter kommt. Dieser Portwein ist zu hart, zu aggressiv. Schätzenswerte Eigenschaften bei einem Mann, Haplo, jedoch nicht bei Wein.

Dann ist alles bereit für die Reise? Hast du noch einen Wunsch, gibt es etwas, das dir fehlt? Sag's, und es ist dein. Nichts?

Wie ich dich beneide. Meine Gedanken werden stets bei dir sein, im Wachen und im Schlafen. Heben wir noch einmal das Glas. Auf dich, Haplo, den ich als meinen Gesandten in eine nichtsahnende Welt schicke.

Und ahnungslos müssen sie bleiben. Ich weiß, wir haben es bereits zur Genüge besprochen, aber ich will es noch einmal betonen. Die Gefahr ist groß. Wenn unsere alten Feinde auch nur den geringsten Verdacht schöpfen, daß wir ihrem Gefängnis entflohen sind, werden sie Erde, Meer, Sonne und Himmel in Bewegung setzen – wie sie es schon einmal taten –, um uns aufzuhalten. Spüre sie auf, Haplo, wie dein Hund eine Ratte aufspürt, aber sorge, daß sie niemals deine Witterung aufnehmen.

Erlaube mir, dir nachzuschenken. Trinken wir jetzt auf die Sartan. Du zögerst? Komm schon. Ich bestehe darauf. Dein Zorn ist deine Stärke. Nutze ihn, er gibt dir Kraft. Deshalb . . .

Auf die Sartan. Sie haben uns zu dem gemacht, was wir sind.

Wie alt bist du, Haplo? Du weißt es nicht?

Du kannst es nicht wissen – im Labyrinth hat Zeit keine Bedeutung. Laß mich nachdenken. Als ich dich zum erstenmal sah, schätzte ich dich auf etwas mehr als fünfundzwanzig Jahre. Ein langes Leben für jene aus dem Labyrinth. Ein langes Leben und fast zu Ende.

Wie gut ich mich an diesen Augenblick vor nunmehr fünf Jahren erinnern kann. Ich war im Begriff, in das Labyrinth zurückzukehren, als du herauskamst. Blutend, taumelnd, dem Tode nah. Dennoch schautest du zu mir auf, mit einem Ausdruck von – ich werde es nie vergessen – Triumph! Du warst entkommen. Du hattest sie geschlagen. Ich sah den Triumph in deinen Augen, deinem Lächeln. Und dann bist du zu meinen Füßen zusammengebrochen.

Dieser Ausdruck von Triumph war der Grund, weshalb ich mich zu dir hingezogen fühlte, mein lieber Junge. Ich empfand dasselbe, als mir vor so langer Zeit die Flucht aus der Hölle gelang. Ich war der erste; der erste, der am Leben blieb.

Jahrhunderte ist es her, da entschlossen sich die Sartan, unserem ehrgeizigen Streben ein Ende zu setzen, indem sie die Welt aufteilten, deren rechtmäßige Herren wir waren, und uns in ihr Gefängnis verbannten. Wie du sehr gut weißt, ist der Weg aus dem Labyrinth lang und gefahrvoll. Es nahm Jahrhunderte in Anspruch, die Irrwege unseres Exils zu erforschen. Die alten Schriften sagen, die Sartan hätten uns diese Strafe in der Hoffnung auferlegt, unser maßloser Ehrgeiz und unser grausames und selbstsüchtiges Wesen würden durch Zeit und Leiden gemildert werden.

An diesen ihren Plan mußt du immer denken, Haplo. Das wird dir die Kraft geben zu tun, was ich dir auftrage. Die Sartan handelten in dem dreisten Glauben, sobald wir erst den Weg in diese Welt gefunden hätten, wären wir *tauglich*, unsere Plätze in jedem beliebigen der vier Reiche einzunehmen, in das wir gelangten.

Doch ihr Vorhaben schlug fehl. Vielleicht findest du den Grund heraus, wenn du das Tor des Todes durchschritten hast. Soweit ich die alten Schriften zu entziffern vermag, sollten die Sartan das Labyrinth überwachen und die Magie darin unter Kontrolle halten. Doch entweder aus böser Absicht oder aus irgendeinem anderen Grund entzogen sie sich ihrer Verantwortung als Wächter unseres Gefängnisses. Das Gefängnis entwickelte ein eigenes Bewußtsein – ein Bewußtsein, das auf nichts anderes ausgerichtet war als *Überleben*. Und mit der Zeit betrachtete das Labyrinth – das Gefängnis – uns, seine Gefangenen, als Bedrohung. Nachdem die Sartan uns im Stich gelassen hatten, wurde das Labyrinth, getrieben von Haß und Furcht, zur Todesfalle.

Als mir nach vielen Mühen endlich die Flucht gelungen war, entdeckte ich den Nexus, dieses wunderschöne Land, das die Sartan zu unserem Wohnsitz bestimmt hatten. Und ich fand die Bücher. Zuerst konnte ich sie nicht lesen, aber ich arbeitete und lernte, und bald waren mir ihre Geheimnisse offenbar. Ich las über die Sartan und ihre ›Hoffnungen‹ für uns, und ich lachte schallend – das erste und bisher einzige Lachen meines Lebens. Du verstehst mich, Haplo. Im Labyrinth gibt es keine Freude.

Das nächste Mal werde ich lachen, wenn meine Pläne sich erfüllt haben. Wenn die vier getrennten Welten – Feuer, Wasser, Fels und Himmel – wieder eins sind. Dann werde ich lachen, lange und lauthals.

Ja. Es ist Zeit, daß du dich auf den Weg machst.

Du hast große Geduld gehabt mit deinem schwatzhaften Lord. Ich erhebe mein Glas.

Auf dein Wohl, Haplo.

So wie ich der erste war, der aus dem Labyrinth entkam und den Nexus betrat, wirst du der erste sein, der das Tor des Todes durchschreitet und die vergessenen Welten jenseits durchwandert.

Das Reich des Himmels. Erforsche es genau, Haplo. Lerne die Menschen kennen. Finde heraus, wo ihre Stärken *und* ihre Schwächen liegen. Nutze jede Gelegenheit, Unruhe zu stiften, doch ohne dich zu exponieren. Halte deine Kräfte geheim. Vor allem, tu nichts, was die Aufmerksamkeit der Sartan erregen könnte, denn wenn sie uns entdecken, ehe ich bereit bin, sind wir verloren.

Wähle den Tod, bevor du uns verraten kannst. Ich weiß, du verfügst über den Mut und die Disziplin, um entsprechend zu handeln. Doch was noch wichtiger ist, Haplo, du besitzt die Fähigkeit und den Verstand, es gar nicht soweit kommen zu lassen. Das ist der Grund, weshalb ich dich für diese Mission ausgewählt habe.

Du hast noch einen zweiten Auftrag zu erfüllen. Bring mir jemanden aus diesem Reich, den ich zu meinem Schüler machen kann. Jemanden, der zurückkehren und dem Volk das Wort verkünden wird, *mein* Wort. Es kommt nicht darauf an, welcher Rasse er angehört – Elfen, Menschen, Zwergen. Vergewissere dich, daß er oder sie intelligent ist, ehrgeizig ... und anpassungsfähig.

In einem alten Text fand ich einen passenden Vergleich. Du, Haplo, wirst die Stimme des Rufers in der Wüste sein.

Erheben wir uns. Ich will einen letzten Trinkspruch ausbringen.

Auf das Tor des Todes. ›Bereite den Weg.‹«

Kapitel 1

Yreni-Gefängnis, Dandrak, Mittelreich

Der Karren bewegte sich rumpelnd und schwankend über den unebenen Koralitboden; die eisenbeschlagenen Räder holperten durch jedes Schlagloch der erbärmlichen Straße. Gezogen wurde der Karren von einem Tiar, dessen schnaufender Atem weiß in der kühlen Abendluft hing. Ein Mann führte den störrischen und unberechenbaren Vogel, während vier weitere sich mit eingestemmten Schultern bemühten, das Gefährt in Bewegung zu halten. Ein paar Neugierige von den abseits gelegenen Höfen hatten sich vor dem Gefängnis versammelt, um dem Karren und seiner schändlichen Last bis zu den Stadttoren von Ke'lith das Geleit zu geben. Dort harrte eine erheblich größere Menge der Ankunft des Gefangenen.

Hellzeit ging zu Ende. Der Glanz des Firmaments verblaßte, als die Herrscher der Nacht langsam den Schatten ihrer Umhänge über die Nachmittagssterne breiteten. Das nächtliche Zwielicht war der angemessene Hintergrund für diese Prozession.

Die Landleute hielten Abstand von dem Karren. Nicht aus Angst vor dem Tiar – obwohl es vorkam, daß die riesigen Vögel jemanden, der sich ihnen unvermutet näherte, mit wütenden Schnabelhieben attackierten –, sondern aus Angst vor dem Insassen des Karrens.

Die Handgelenke des Gefangenen waren mit straffen Lederriemen an die Seitenwände des Karrens gefesselt, an den Füßen trug er schwere Ketten. Etliche wachsame Bogenschützen marschierten nebenher, hatten die Pfeile aufgelegt und waren bereit, das Herz des Verbrechers mit ihren Geschossen zu durchbohren, falls er auch nur eine verdächtige Bewegung machte. Jedoch schien diese Vorsichtsmaßnahme dem Gefolge aus Schaulustigen wenig Vertrauen einzuflößen. Ihre Blicke hingen finster und gespannt an dem Gefangenen, während sie in respektvollem Abstand hinter dem Karren trotteten. Wäre ein Dämon aus Hereka in dem Gefährt angekettet gewesen, hätten ihn die ortsansässigen Bauern nicht mit größerer Furcht und unverhohlenerem Staunen betrachten können.

Das Äußere des Mannes war allerdings eindrucksvoll genug, um das Auge zu fesseln und dem Betrachter einen Schauer über den Rücken zu jagen. Wie alt er war, ließ sich kaum beurteilen, denn er gehörte zu den Männern, die das Leben unabhängig von den Zyklen gezeichnet hat. Sein Haar jedenfalls war schwarz, ohne eine Spur von Grau. Streng aus der hohen, gewölbten Stirn gestrichen, trug er es im Nacken zu einem Zopf geflochten. Im Schatten der düsteren, überhängenden Brauen waren die tiefliegenden Augen fast unsichtbar, doch nur fast, denn keine Dunkelheit der Welt, so schien es, vermochte die hinter dem kalten Blick schwelende Glut zu verhüllen. Die Nase war kühn und ebenmäßig, sein Bart schwarz wie das Haupthaar und unter dem kräftigen Kinn zu zwei kurzen, dünnen Zöpfen geflochten.

Was seine übrige Erscheinung betraf, war der Gefangene von mittlerer Statur, nackt bis zur Taille und mit Platzwunden und Blutergüssen übersät, denn er hatte sich wie der Teufel gegen die Festnahme gewehrt. Drei von des Amtmanns tüchtigsten Helfern lagen auf dem Krankenbett und brauchten vermutlich noch eine Woche, um sich zu erholen. Der Mann war hager; er bewegte sich geschmeidig, präzise und schnell. Insgesamt konnte man sagen, hier war ein Mann, geboren und geschaffen, ein Verbündeter der Nacht zu sein.

Es belustigte den Gefangenen, wie die Neugierigen zurückblieben, wenn er sich nach ihnen umschaute. In der Folge sah er häufiger über die Schulter, sehr zum Mißfallen der Bogenschützen, die an ihren Pfeilen zupften und ratsuchende Blicke auf ihren Befehlshaber warfen – einen jungen Amtmann mit ernstem Gesicht. Trotz der Kühle des Herbstabends schwitzte der Arme heftig, und seine Miene erhellte sich merklich, als die Koralitmauern von Ke'lith in Sicht kamen.

Ke'lith war klein, verglichen mit den beiden anderen Städten auf der Insel Dandrak. Die schäbigen Häuser und ärmlichen Läden beanspruchten ein Areal von kaum einem Quadratmenka. Genau in der Mitte erhob sich eine alte Festung, auf deren ragenden Türmen das letzte Sonnenlicht schimmerte. Die Burg war aus seltenen und kostbaren Granitblöcken erbaut, von wem oder wie, wußte längst niemand mehr. In den Kriegen, die man um ihren Besitz geführt hatte, war ihre Geschichte in Vergessenheit geraten.

Die Stadttore öffneten sich, und Wachtposten winkten den Karren hindurch. Unglücklicherweise nahm der Tiar an dem heiseren Jubelgeschrei Anstoß, das die Ankunft des Karrens in Ke'lith begrüßte, und blieb abrupt stehen. Der Lenker mußte abwechselnd drohen und schmeicheln, bis der störrische Vogel sich wieder in Bewegung setzte und der Wagen durch das Tor auf eine gepflasterte Straße rollte, die den grandiosen Namen Königsweg trug, obwohl selbst der älteste Einwohner sich nicht entsinnen konnte, daß je ein König den Fuß auf die Straße gesetzt hatte.

Eine große Menschenmenge war zur Stelle, um den Gefangenen in Augenschein zu nehmen. Der Amtmann bellte mit heiserer Stimme Befehle, die Bogenschützen schlossen die Reihen und drängten sich dicht um den Karren, wobei der vorderste in ernste Gefahr geriet, von dem aufgeregten Tiar gebissen zu werden. Ermutigt durch ihre Übermacht, fingen die Leute an zu fluchen und die Fäuste zu schütteln. Der Gefangene grinste unbeeindruckt auf sie herab, offenbar eher belustigt als eingeschüchtert, bis ein scharfkantiger Stein geflogen kam und ihn an der Stirn traf.

Das spöttische Lächeln verschwand. Zorn verzerrte das blutüberströmte Gesicht. Mit geballten Fäusten warf sich der Mann in Richtung einer Gruppe von Rabauken, die sich Mut angetrunken hatten. Die Lederfesseln strafften sich, die Wände des Karrens erbebten, und die Ketten an seinen Füßen klirrten mißtönend. Mit vor Angst schriller Stimme gab der Amtmann seine Anweisungen. Die Männer hoben rasch die gespannten Bogen, auch wenn sie sich nicht ganz im klaren waren, auf wen sie zielen sollten: den Gefangenen oder die, die ihn angegriffen hatten.

Der ungefüge Karren war solide gebaut, und der Mann darin, auch wenn er seine gesamte Kraft einsetzte, vermochte weder die Fesseln zu sprengen noch das Holz zu zerbrechen, in das sie eingelassen waren. Schließlich gab er es auf und starrte durch eine Maske aus Blut auf den Raufbold.

»Das hättest du nicht gewagt, wenn ich frei wäre.«

»Hätte ich nicht?« höhnte der Junge mit vom Wein geröteten Wangen.

»Nein, hättest du nicht«, erwiderte der Mann kalt. Seine schwarzen Augen hefteten sich auf den Jungen, und es lag eine solche Feindseligkeit und tödliche Drohung in ihrem glühenden Blick, daß der Kerl erbleichte und schluckte. Seine Freunde – die ihn anstachelten, während sie sich selbst im Hintergrund hielten – und der Mob fühlten sich durch die Worte des Gefangenen beleidigt, und die Atmosphäre wurde immer bedrohlicher.

Der Gefangene musterte düster erst die eine Seite der Straße und dann die andere. Ein zweiter Stein traf ihn am Arm, gefolgt von faulen Tomaten und einem stinkenden Ei, das ihn verfehlte, aber im Gesicht des Amtmanns zerplatzte.

Unversehens waren die Bogenschützen, die eigentlich den Auftrag hatten, den Gefangenen bei der ersten verdächtigen Bewegung zu töten, zu seinen Beschützern geworden und richteten ihre Pfeile auf die Menge. Doch es waren nur sechs Bogenschützen, die einem etwa hundertköpfigen, aufgebrachten Mob gegenüberstanden, und vermutlich wäre es sowohl für den Gefangenen wie auch seine Bewacher schlimm ausgegangen, hätten nicht Flügelrauschen und schrille Rufe aus der Luft die meisten Krakeeler veranlaßt, sich schleunigst davonzumachen.

Zwei Drachen, gelenkt von behelmten und gewappneten Reitern, stießen auf die Menge herab, die sich im Nu aufgelöst hatte. Man sah die Flüchtenden in Hauseingängen und Seitenstraßen verschwinden. Auf einen Ruf ihres Anführers, der in größerer Höhe zurückgeblieben war, reihten sich die Drachenritter wieder in die Staffel ein, die in enger Formation zur Landung ansetzte. Die Flügelspitzen der Drachen streiften beinahe die Häuser beiderseits der

Straße. Die furchteinflößenden, aber auch herrlichen Geschöpfe landeten in der Nähe des Karrens und falteten die Schwingen an den Leib, während ihre langen, wehrhaften Schwänze das Straßenpflaster peitschten.

Der Hauptmann der Drachenritter – in mittleren Jahren und mit einem feuerroten Bart – trieb seinen Drachen näher heran. Die Witterung und der Anblick seiner Erzfeinde* entsetzten den Tiar, der kreischend und bockend auszubrechen suchte und seinen Lenker in größte Verlegenheit brachte.

»Bring das verdammte Vieh zur Ruhe!« knurrte der Hauptmann.

Dem Tiarführer gelang es, den Kopf seines Schützlings zu sich herunterzuziehen. Er starrte dem plumpen Vogel zwingend in die Augen. Solange er ihn mit seinem unverwandten Blick bannen konnte, vergaß der dumme Tiar – für ihn galt ›aus den Augen, aus dem Sinn‹ – die Gegenwart der Drachen und beruhigte sich.

Ohne auf den stammelnden Redeschwall des Amtmanns zu achten, der sich an seinen Sattelgurt klammerte wie ein verirrtes Kind an die Schürze der wiedergefundenen Mutter, musterte der Hauptmann mit unbewegtem Gesicht den blutenden, von den fauligen Wurfgeschossen beschmutzten Gefangenen.

»Wie's scheint, bin ich eben zurechtgekommen, um dein elendes Leben zu retten, Hugh Mordhand.«

»Du hast mir keinen Gefallen getan, Gareth«, antwortete der Angesprochene grimmig. Er zerrte an seinen Fesseln. »Gib mir die Freiheit! Dann nehme ich es mit euch allen auf und auch mit dem Pack dahinten.« Er deutete mit dem Kopf auf einige seiner Peiniger, die man aus den Schatten herauslugen sah. Die Neugier hatte sie zurückgetrieben.

Der Hauptmann der Drachenritter schnaufte verächtlich. »Das glaube ich dir unbesehen. Auf die Art zu sterben ist ein ganzes Ende besser, als was dir jetzt bevorsteht – mit dem Kopf auf dem

* In der Wildnis sind die riesigen Vögel die bevorzugte Beute der Drachen. Zwar hat der Tiar große, mit Flaumfedern bewachsene Flügel, doch er kann nicht fliegen. Dafür vermag er mit seinen kräftigen Beinen erstaunlich schnell zu laufen. Er eignet sich ausgezeichnet als Lasttier und wird überall in den Ländern der Menschen als solches genutzt. Den Elfen gilt der Tiar als abstoßend und unrein.

Block. Ein ganzes Ende besser und ein ganzes Ende zu gut für dich, Hugh Mordhand. Ein Messer in den Rücken, im Dunkeln – das hättest du von mir zu erwarten, dreckiger Assassine!«

Es war noch hell genug, um zu sehen, daß der Gefangene unter dem gestutzten Schnurrbart spöttisch die Lippen verzog. »Du kennst dich aus in meinem Geschäft, Gareth.«

»Ich weiß nur, daß du ein käuflicher Mörder bist und daß mein Lehnsherr von deiner Hand getötet wurde«, entgegnete der Drachenritter barsch. »Und deinen Kopf habe ich nur gerettet, weil ich das Vergnügen haben möchte, ihn mit eigenen Händen meinem Herrn auf der Bahre zu Füßen zu legen. Übrigens, unser Henker hat einen Spitznamen. Man nennt ihn Nick den Schlächter. Bis jetzt hat er es noch nie geschafft, gleich mit dem ersten Schlag einen Kopf von den Schultern zu trennen.«

Hugh hielt den Blick des Hauptmanns fest und sagte ruhig: »Auch wenn es sich wie eine Lüge anhört: Ich habe deinen Herrn nicht getötet.«

»Pah! Der beste Herr, dem ich je gedient habe – ermordet für ein paar Barls*. Wieviel hat der Elf dir gezahlt, Hugh? Wieviele Barls würdest du jetzt geben, um meinen Herrn wieder zum Leben erwecken zu können?«

Der Hauptmann blinzelte krampfhaft, um die Tränen zurückzuhalten, und zog mit einem harten Ruck an den Zügeln den Kopf seines Drachen herum. Er stieß dem Tier genau hinter den Flügeln die Fersen in den Leib und brachte es dazu, sich in die Luft zu erheben. Es schwebte über dem Karren und starrte mit seinen Reptilaugen drohend auf die Lauscher in den dunklen Gassen und Winkeln. Binnen einer Minute war die gesamte Staffel dem Beispiel ihres Hauptmanns gefolgt. Der Tiarführer, dessen Augen tränten, wandte aufseufzend den Blick ab. Der Tiar setzte sich in Bewegung, und der Karren rumpelte die Straße entlang.

* Der Barl ist der gebräuchlichste Standardwert sowohl in den Ländern der Menschen wie auch der Elfen. Er berechnet sich nach dem traditionellen Barrel Wasser. Ein beliebter angemessener Gegenwert für einen Barrel Wasser ist ein Barl.

Es war Nacht, als der Karren mit seiner Dracheneskorte die Festung und Wohnstatt des Fürsten von Ke'lith erreichte. Der Fürst lag im Burghof aufgebahrt. Holzscheite, mit parfümiertem Öl getränkt, umgaben den Leichnam. Man hatte ihm seinen Schild auf die Brust gelegt. Eine kalte, starre Hand umfaßte den Schwertgriff, unter die andere hatte seine untröstliche Gemahlin eine Rose geschoben. Sie befand sich nicht unter den Trauernden an der Bahre; man hatte sie in ihre Gemächer gebracht und mit Schlafmohn betäubt, da zu befürchten stand, sie könnte sich auf den brennenden Scheiterhaufen stürzen; obwohl es auf Dandrak Brauch war, daß die Witwe ihrem Gatten in den Tod folgte, konnte man es in diesem Fall nicht zulassen, denn Fürst Rogars Gemahlin hatte erst vor kurzem seinem einzigen Sohn und Erben das Leben geschenkt. Nur wenige Schritte von der Bahre entfernt, stand der Reitdrache des Fürsten und schüttelte stolz die stachlige Mähne. Dem Stallmeister neben ihm liefen die Tränen über das Gesicht, und die Hand mit dem großen Schlachtermesser hing kraftlos herab. Es war nicht der Fürst, um den er weinte. Wenn die Flammen den Leichnam seines Herrn verzehrten, war es seine Pflicht, den Drachen, den er seit dem Tag des Ausschlüpfens betreut hatte, zu töten, damit er dem Toten im Jenseits dienen konnte.

Alles war bereit. Jede Hand hielt eine Fackel. Die im Burghof Anwesenden warteten nur noch darauf, daß der Kopf des Mörders dem Leichnam zu Füßen gelegt wurde.

Man hatte die Burg nicht in Verteidigungsbereitschaft versetzt, aber ein Kordon von Rittern verhinderte, daß Neugierige in die Festung eindrangen. Die Ritter machten Platz, um den Karren passieren zu lassen, und schlossen die Reihen wieder, nachdem er vorüber war. Als der Karren durch den Torbogen rumpelte, wurde er von den Leuten im Innenhof mit begeisterten Willkommensrufen empfangen. Die Ritter der Eskorte stiegen aus den Sätteln, und ihre Knappen eilten herbei, um die Drachen in die Ställe zu führen. Der Drache des Fürsten begrüßte die Stallgefährten mit einem schrillen Ruf – oder vielleicht war es auch ein Abschiedsgruß.

Der Tiar wurde ausgeschirrt und weggeführt. Der Tiarführer und die vier Männer, die den Karren geschoben hatten, wurden zur Küche gewiesen, wo eine Mahlzeit und ein Trunk vom besten Starkbier des Fürsten auf sie warteten. Sir Gareth lockerte sein Schwert und stieg auf den Karren, ohne den Gefangenen auch nur einen Moment aus den Augen zu lassen. Mit dem Dolch durchtrennte er die in den Holzplanken der Seitenwandungen verankerten Lederriemen.

»Wir haben den Elfenfürsten erwischt, Hugh«, sagte er dabei mit gedämpfter Stimme. »Lebend. Er befand sich auf seinem Drachenschiff und segelte zurück nach Tribus, als unsere Drachen ihn einholten. Wir befragten ihn, und bevor er starb, gestand er, dir das Geld gegeben zu haben.«

»Ich habe gesehen, wie ihr Leute ›befragt‹«, meinte Hugh. Eine Hand war frei, und er beugte und streckte den Arm, um die Muskeln zu lockern. Gareth beobachtete ihn wachsam, während er auch die Fesseln an der anderen Hand zerschnitt. »Bei euren Methoden der Befragung hätte der Bastard vermutlich auch gestanden, ein Mensch zu sein.«

»Es war dein verfluchter Dolch, den wir im Rücken meines Herrn fanden. Der mit den Knochengriff und den merkwürdigen Zeichen. Ich habe ihn gleich wiedererkannt.«

»Das kann ich mir denken!« Ehe Gareth zu einer Abwehrbewegung fähig war, schlossen sich Hughs kräftige Finger um Gareths mit Kettengewebe gepanzerte Oberarme. Der harte Griff des Assassinen drückte dem Hauptmann die Metallringe schmerzhaft in die Haut. »Und du weißt auch, wo du es schon einmal gesehen hast und wieso!«

Gareth holte zischend Atem, und sein Dolch sauste nach vorn. Die Klinge berührte fast Hughs Brust, als es dem Ritter mit einer großen Willensanstrengung gelang, seine Beherrschung wiederzugewinnen.

»Zurück!« fauchte er einige seiner Kameraden an, die ihren Hauptmann in Bedrängnis gesehen und die Schwerter gezogen hatten, um ihm zur Hilfe zu kommen.

»Laß mich los, Hugh«, sagte Gareth mit zusammengebissenen Zähnen. Er war geisterhaft bleich, und auf seiner Oberlippe standen Schweißperlen. »Das war klug ausgedacht, aber so einfach kommst du nicht davon. Du wirst keinen leichten Tod von meiner Hand sterben.«

Mit einem Schulterzucken und einem angedeuteten sardonischen Lächeln entließ Hugh den Ritter aus seinem eisernen Griff. Gareth packte die Hände des Assassinen, zerrte sie ihm grob auf den Rücken und fesselte beide mit den Resten der Lederriemen zusammen.

»Ich habe dich gut bezahlt«, murmelte der Ritter. »Ich schulde dir nichts.«

»Und was ist mit ihr, deiner Tochter, deren Tod ich gerächt habe . . .?«

Gareth krallte die Finger in Hughs rechte Schulter, wirbelte ihn zu sich herum und hob die gepanzerte Faust. Der Schlag traf den Assassinen am Kinn und schmetterte ihn gegen die Seitenwand des Karrens, die krachend zersplitterte. Hugh Mordhand landete auf dem Rücken im Morast des Burghofs. Gareth sprang hinterher, blieb neben ihm stehen und schaute auf ihn hinab.

»Du stirbst mit dem Kopf auf dem Block, du mörderischer Bastard.« Mit einer herrischen Geste winkte er zwei seiner Männer herbei. »Stellt ihn auf die Füße«, befahl er und versetzte Hugh mit der Stiefelspitze einen Tritt in die Nieren. Zufrieden sah er zu, wie der Mann sich vor Schmerzen wand. »Und verpaßt ihm einen Knebel«, fügte er hinzu.

Kapitel 2

Burg Ke'lith, Dandrak, Mittelreich

»Hier ist der Assassine, Magicka«, meldete Gareth und wies auf den gefesselten und geknebelten Gefangenen.

»Hat es Schwierigkeiten gegeben?« fragte ein wohlgestalteter Mann von etwa vierzig Zyklen. Er musterte Hugh mit einem bekümmerten Blick, als fiele es ihm schwer zu glauben, daß soviel Schlechtigkeit in einem einzigen Menschen vereint sein könne.

»Nicht mehr, als ich bewältigen konnte«, antwortete Gareth, der in der Gegenwart des Hofzauberers merklich weniger selbstbewußt auftrat.

Der Magicka nickte. Im Bewußtsein des großen Publikums richtete er sich zu voller Höhe auf und faltete zeremoniell die Hände über seinem Talar aus braunem Samt; er war ein Erdzauberer und kleidete sich in den Farben seines Metiers. Allerdings trug er nicht zusätzlich den Mantel des Magus regalis – ein Titel, nach dem er Gerüchten zufolge schon lange strebte, den Fürst Rogar ihm aber aus unerfindlichen Gründen vorenthielt.

Die Gefolgsleute des Fürsten, das Gesinde und die übrigen Bewohner der Burg, die sich in dem schlammigen Innenhof eingefunden hatten, um der Hinrichtung des Mörders ihres Herrn beizuwohnen, wurden Zeuge, wie man den Gefangenen dem Mann vorführte, der jetzt – nach dem Tod des Fürsten – die höchste Autorität des Lebens verkörperte. Die Menge drängte näher heran, um besser hören zu können. Die Flammen ihrer Fackeln zuckten und tanzten im kalten Abendwind. Der Drache des Fürsten glaubte, in der Erregung und dem Gedränge die Anzeichen der Schlacht zu wittern, und verlangte mit einem trompetenden Ruf, auf den Feind losgelassen zu werden. Der Stallmeister tätschelte ihn beruhigend. Bald würde er einem Feind gegenüberstehen, dem zu guter Letzt niemand zu entkommen vermochte, weder der Mensch noch die langlebigen Drachen.

»Nehmt ihm den Knebel aus dem Mund«, ordnete der Magicka an.

Gareth hustete, räusperte sich und warf Mordhand einen schrägen Blick zu. Dann beugte er sich vor und bemerkte mit gedämpfter Stimme: »Ihr werdet nichts anderes hören als Lügen. Er würde alles sagen, um . . .«

»Man soll ihm den Knebel abnehmen«, wiederholte der Zauberer in befehlendem Ton, der bei keinem der Umstehenden Zweifel daran aufkommen ließ, wer auf Burg Ke'lith jetzt das Sagen hatte.

Widerwillig tat Gareth, wie ihm geheißen worden war, doch fühlte er sich nicht zu besonderer Rücksichtnahme verpflichtet. Als deutliches Zeichen seines Unmuts trug Hugh eine blutunterlaufene Schwellung an einer Gesichtshälfte davon.

»Jeder Mann, welch verabscheuungswürdiges Verbrechen er auch begangen haben mag, hat das Recht, seine Schuld zu gestehen und seine Seele zu läutern. Wie lautet dein Name?« fragte der Zauberer brüsk.

Der Assassine starrte über den Kopf des Magickas hinweg und antwortete nicht. Gareth schlug ihm zurechtweisend ins Gesicht.

»Man kennt ihn als Hugh Mordhand, Magicka.«

»Zuname?«

Hugh spuckte Blut aus.

Der Zauberer runzelte die Brauen. »Hugh Mordhand kann nicht dein wirklicher Name sein. Deine Stimme. Dein Auftreten. Bestimmt bist du adliger Herkunft! Ein Bastard, zweifellos. Doch wir müssen den Namen deiner Vorfahren kennen, um ihnen deinen unwürdigen Geist anempfehlen zu können. Du willst nicht sprechen?« Er umfaßte mit einer Hand das Kinn des Gefangenen und drehte ihm das Gesicht in den Fackelschein. »Kräftige Knochen.

Die Nase ist aristokratisch, die Augen sind groß und klar. Allerdings scheinen mir die tiefen Falten und die sinnlichen Lippen auf ein bäuerliches Erbe hinzudeuten. Doch ganz unzweifelhaft fließt edles Blut in deinen Adern. Zu schade, daß es nicht rein ist. Sprecht, Sir, gebt Euren wahren Namen preis und gesteht den Mord an Fürst Rogar. Mit einem reinen Gewissen stirbt es sich leichter.«

Der geschwollene Mund des Gefangenen verzog sich zu einem Grinsen; das Feuer am Grund seiner tiefliegenden Augen flackerte auf. »Wo mein Vater jetzt ist, dorthin wird der Sohn ihm in Kürze folgen«, erwiderte er. »Und du weißt besser als jeder andere hier, daß ich den Fürsten nicht getötet habe.«

Gareth hob die Faust, um Mordhand für seine Worte zu züchtigen, doch ein Blick in das Gesicht des Magickas ließ ihn zögern. Dessen gefurchte Stirn entspannte sich innerhalb eines Lidschlags, sein Gesicht wurde glatt wie eine Schale frischer Sahne. Den scharfen Augen des Hauptmanns war allerdings das Zucken nicht entgangen, das bei Hughs Beschuldigung über die Züge des Zauberers lief.

»Unverschämtheit«, bemerkte der Magicka kalt. »Du bist kühn für einen Mann, dem ein furchtbarer Tod bevorsteht, doch nicht lange, und wir werden dich um Gnade flehen hören.«

»Für dich wäre es besser, sie würden mich rasch zum Schweigen bringen«, entgegnete Hugh. Er leckte sich über die aufgeplatzten und blutigen Lippen. »Sonst könnte den Leuten einfallen, daß du jetzt der Vormund des noch in den Windeln liegenden neuen Fürsten bist. Ist es nicht so, Zauberer? Und das bedeutet, du kannst hier nach Belieben schalten und walten, bis der Junge wie alt ist? Achtzehn? Vielleicht sogar länger, wenn es dir gelingt, ihn fest und sicher zu umgarnen. Und ich hege keinen Zweifel, daß du der trauernden Witwe ein großer Trost sein wirst. Welchen Mantel wird man denn heute abend um deine Schultern liegen sehen – den Purpur des Magus regalis? Und ist es nicht merkwürdig, wie mein Dolch so plötzlich und unerklärlich verschwand? *Wie durch Zauberei . . .*«

Der Magicka hob beschwörend die Hände. »Die Erde selbst erbebt bei den schändlichen Lästerungen dieses Mannes!« rief er.

Tatsächlich geriet der Boden im Innenhof in Bewegung. Granittürme schwankten. Schreckensrufe ertönten, die Menschen drängten sich angsterfüllt zusammen. Einige fielen auf die Knie, krümmten demütig den Rücken und flehten den Zauberer an, seinen Unmut zu mäßigen.

Über seine lange Nase hinweg richtete der Zauberer den Blick auf den Hauptmann der Ritter; Gareth versetzte dem Assassinen pflichtschuldig, beinahe zögernd, einen Fausthieb in den Rücken, doch obwohl Hugh Mordhand vor Schmerzen aufstöhnte und mühsam nach Atem rang, wandte er den Blick nicht für einen Moment von dem Gesicht des Magickas ab, der vor Wut bleich geworden war.

»Ich habe Geduld bewiesen«, sagte der Zauberer schweratmend, »aber ich bin nicht gewillt, derartige Verleumdungen anzuhören. Ich muß mich bei Euch entschuldigen, Hauptmann ...« Er mußte die Stimme erheben, um das Rumoren der Erde und die Schreie der Menschen zu übertönen. »Ihr hattet recht. Der Mann würde alles sagen, um sein elendes Leben zu retten.«

Gareth' Erwiderung bestand in einem unverständlichen Knurren. Der Zauberer hob erneut die Hände, diesmal in einer beschwichtigenden Geste, und nach und nach beruhigte die Erde sich wieder. Die Menschen im Burghof atmeten auf und erhoben sich. Der Ritter schaute verstohlen auf Hugh und begegnete dem durchdringenden, wissenden Blick des Assassinen. Gareth runzelte die Stirn; seine Augen schweiften zu dem Magicka, und er betrachtete ihn sinnend.

Der Zauberer, der sich an die Menge gewandt hatte, bemerkte davon nichts.

»Ich bin betrübt, aufrichtig betrübt, daß dieser Mann mit Sünde belastet von hinnen gehen muß«, erklärte er mit kummervoller Stimme und frommem Augenaufschlag. »Doch er will es nicht anders. Ihr alle seid Zeugen, daß ich ihm ausreichend Gelegenheit gegeben habe, ein Geständnis abzulegen.«

Mitfühlendes, respektvolles Gemurmel.

»Bringt den Richtblock!«

Das Gemurmel schwoll an und klang erwartungsvoll. Unter den Zuschauern entstand ein Schieben und Drängen um den besten

Platz. Zwei untersetzte, muskulöse Wächter, die kräftigsten, die zu finden gewesen waren, traten gebückt aus der kleinen Tür, die zum Kerker der Burg führte. Zwischen sich trugen sie einen gewaltigen Steinklotz – nicht das filigrane, feinporige Koralit*, aus dem sämtliche Gebäude der Stadt, die Burg ausgenommen, erbaut waren. Der Magicka, dessen Amt es war, über alle Gesteinsarten sowie die ihnen innewohnenden Kräfte Bescheid zu wissen, erkannte den Block aus Marmor. Er konnte also nicht von dieser Insel stammen und auch nicht von der benachbarten, größeren Insel Uylandia, denn dort gab es ebenfalls keinen Marmor. Als einziger Herkunftsort kam Aristagon in Frage, der andere Nachbarkontinent, und daraus folgte, daß der Richtblock von Ke'lith aus Feindesland stammte. Entweder war er schon sehr alt und während der wenigen Friedenszeiten zwischen den Menschen und den Elfen des Tribus Empires herübergebracht worden – eine Möglichkeit, die der Magicka als unwahrscheinlich verwarf –, oder Nick der Schlächter hatte ihn hereingeschmuggelt, was durchaus im Bereich des Möglichen lag.

Nicht, daß es wichtig gewesen wäre. In der Familie des Fürsten, unter seinen Freunden und Gefolgsleuten gab es zahlreiche überzeugte Nationalisten, doch es war kaum anzunehmen, daß einer von ihnen sich daran störte, wenn ein Stück Unflat wie Hugh Mordhand seinen Kopf auf einem Marmorblock aus Feindesland verlor. Trotzdem – sie waren eine hitzköpfige Gesellschaft, und der Zauberer bemerkte dankbar, daß unter der dicken Schicht aus

* Alle schwebenden Inseln im Reich des Himmels bestehen aus Koralit. Bei der porösen Substanz handelt es sich um die Ausscheidung eines kleinen, harmlosen, schlangenähnlichen Tieres, des Korallenwurms. Koralit erstarrt an der Luft und ist dann so hart wie Granit, allerdings läßt es sich weder schneiden noch polieren. Koralit vermehrt sich äußerst rasch; Häuser aus dem Material werden nicht eigentlich gebaut – sie wachsen. Korallenwürmer verströmen ein Gas, das leichter ist als Luft. Dieses Gas verleiht den schwebenden Inseln den nötigen Auftrieb, doch beim Errichten von Gebäuden kann es sich lästig auswirken. Die Zauberkraft eines Erdmagiers des Ersten Hauses ist nötig, um das Gas zu neutralisieren.
Hin und wieder werden in dem Koralit Eisen- und andere Mineralvorkommen entdeckt. Wie sie dorthin gelangt sind, weiß man nicht, doch es wird vermutet, daß das Phänomen von der Großen Teilung herrührt.

verkrustetem Blut kaum einer von Rogars Verwandten die Besonderheit des Steins erkennen konnte. Und keinem würde es einfallen, deswegen Fragen zu stellen.

An einer Seite des Blocks befand sich eine Vertiefung für den Hals des Delinquenten. Die Wächter, die unter dem Gewicht taumelten, schleppten ihn über den Burghof und setzten ihn vor dem Magier ab. Der Henker, Nick der Schlächter, trat gebückt aus der Tür und richtete sich im Hof zu voller Höhe auf. Eine Welle der Erregung lief durch die Menge.

Nick war ein Riese, und niemand auf Dandrak wußte, wie er hieß oder wie er aussah. Bei der Ausübung seines Amtes pflegte er schwarze Gewänder und eine schwarze Kapuze zu tragen, um im alltäglichen Leben nicht erkannt und gemieden zu werden. Leider führte die an sich vernünftige Idee dazu, daß die Leute sämtliche sehr großen Männer als Henker zu verdächtigen begannen und ihnen unterschiedslos aus dem Weg gingen.

Wenn es sich allerdings darum handelte, Gerechtigkeit walten zu lassen, war Nick der populärste und gefragteste Henker auf Dandrak. Ob nun ein unglaublicher Stümper oder der talentierteste Gaukler seiner Zeit – Nick wußte genau, wie man das Publikum unterhielt. Keins seiner Opfer war je schnell gestorben; schreiend wanden sie sich in qualvollem Todeskampf, während Nick mit einem Schwert zu Werke ging, das so stumpf war wie sein Intellekt.

Von dem mit Umhang und Kapuze verhüllten Henker wanderten die Augen zu dem schwarzhaarigen Gefangenen, dem es fraglos gelungen war, die meisten Anwesenden mit seinem mutigen Auftreten gegen ihren Willen zu beeindrucken. Doch alle, die im Burghof standen, hatten ihren Lehnsherrn entweder aufrichtig bewundert oder sogar geliebt, und sie konnten es kaum erwarten, seinen Mörder eines möglichst schweren Todes sterben zu sehen. Aus diesem Grund nahmen sie befriedigt zur Kenntnis, daß beim Anblick des Henkers und seiner blutbefleckten Waffe Hughs Gesicht zu maskenhafter Ausdruckslosigkeit erstarrte, und obwohl er weder zitterte noch sonst ein Anzeichen von Schwäche erkennen ließ, sah man doch, wie er schwer und hastig atmete.

Gareth packte den Assassinen am Arm, zerrte ihn herum und führte ihn die paar Schritte zum Richtblock.

»Was du über den Magicka gesagt hast . . .« flüsterte Gareth, ohne die Lippen zu bewegen, doch er ließ den Satz unvollendet – vielleicht, weil er die Augen des Zauberers im Rücken spürte – und versuchte, sich Hugh mit einem bedeutungsvollen Blick verständlich zu machen.

Hugh schaute ihn an; in dem nur von unstetem Fackelschein erhellten Dunkel der Nacht wirkten die tiefen Augenhöhlen schwarz und leer. »Paß auf ihn auf«, sagte er.

Gareth nickte. Seine Augen waren rotgerändert und blutunterlaufen, sein Gesicht unrasiert. Seit dem Tod seines Herrn vor zwei Nächten hatte er nicht mehr geschlafen. Er wischte sich mit dem Handrücken über die schweißfeuchte Oberlippe, dann griff er an seinen Gürtel. Hugh bemerkte das Aufblitzen einer scharf geschliffenen Klinge.

»Ich kann dich nicht retten, Hugh Mordhand«, murmelte der Hauptmann der Drachenritter. »Sie würden uns beide in Stücke hauen. Aber ich kann dafür sorgen, daß es schnell geht. Vermutlich wird es mich den Hauptmannsrang kosten« – Gareth warf einen finsteren Blick auf den Zauberer – »doch nach allem, was ich eben mit angehört habe, wird er mich vermutlich ohnehin auf irgendeine Art unschädlich machen. Du hattest recht. Das schulde ich ihr.«

Er legte dem Assassinen die Hände auf die Schultern und drehte ihn so, daß er vor dem Richtblock stand. Der Henker entledigte sich würdevoll seiner schwarzen Gewänder – er hatte es nicht gern, wenn sie mit Blut besudelt wurden – und reichte sie einem kleinen Jungen, der in der Nähe stand. Mit stolzgeschwellter Brust steckte der Bengel einem weniger glücklichen Freund, der auf dieselbe Ehre gehofft hatte, die Zunge heraus.

Das Schwert in beiden Händen, vollführte Nick zwei, drei Hiebe durch die Luft, um Schulter- und Armmuskeln zu lockern, und gab anschließend mit einem Kopfnicken zu verstehen, daß er bereit war.

Gareth zwang Hugh vor dem Block auf die Knie, dann trat er zurück, aber nicht weit, nur ein oder zwei Schritte. Die Finger seiner rechten Hand krampften sich nervös um den Griff des Dolchs, den er in den Falten seines Umhangs verbarg. In Gedanken legte er sich eine Entschuldigung zurecht. *Als das Schwert in seinen Nacken drang, schrie er, daß Ihr, Magicka, meinen Herrn getötet hättet. Ich hörte es deutlich. Ein Sterbender, so heißt es, spricht immer die Wahrheit. Natürlich wußte ich, daß er lügt, aber die einfachen Leute sind abergläubisch, und ich fürchtete, sie könnten es für bare Münze nehmen. Ich hielt es für das beste, seinem erbärmlichen Leben ein schnelles Ende zu machen.* Der Zauberer würde es nicht glauben, kein Wort. Nun ja, Gareth hatte ohnehin nicht mehr viel, wofür es sich zu leben lohnte.

Der Henker bückte sich und griff in das Haar des Assassinen, um Kopf und Hals des Opfers in die richtige Position zu bringen. Doch der Magicka, der vielleicht ein wachsendes Unbehagen in der Menge wahrnahm, das nicht einmal die Erregung wegen der bevorstehenden Hinrichtung auszulöschen vermochte, hob Einhalt gebietend die Hand.

»Warte noch!« rief er. Seine erdbraune Robe flatterte in dem plötzlich aufgekommenen kalten Wind, als er zum Richtblock schritt. »Hugh Mordhand«, sprach er mit lauter Stimme, »ich gebe dir noch einmal die Gelegenheit, mit geläuterter Seele aus dem Leben zu scheiden. Sag uns – jetzt, da du dem Reich des Todes nahe bist –, hast du irgend etwas zu bekennen?«

Hugh hob den Kopf. Vielleicht hatte nun doch die Angst vor dem Nichts, in das er bald eingehen würde, von ihm Besitz ergriffen.

»Ja, ich habe etwas zu bekennen.« — »Ich bin froh, daß wir einander verstehen«, bemerkte der Magicka gütig. Dem wachsamen Gareth blieb das triumphierende Lächeln auf dem hageren, asketischen Gesicht nicht verborgen. »Was ist es denn, das dir so schwer auf der Seele liegt, mein Sohn?«

Die geschwollenen Lippen des Assassinen zuckten. Er straffte die Schultern, schaute dem Magicka ins Gesicht und sagte kalt: »Daß ich nie einen von deiner Sorte getötet habe, Zauberer.«

Die Menge seufzte in wohligem Entsetzen. Nick der Schlächter lachte unter seiner Kapuze in sich hinein. Je länger er den Tod dieses Mannes hinauszögerte, desto zufriedener würde der Magicka sein.

Der fürsorgliche Berater der Witwe des ermordeten Fürsten von

Ke'lith und selbsternannte Vormund seines Sohnes lächelte mit herzlosem Mitleid. »Möge deine Seele verfaulen wie dein Leib«, meinte er sanft.

Er bedachte den Schlächter mit einem Blick, der ihn eindeutig aufforderte, seinem Spitznamen die größtmögliche Ehre zu machen, und trat ein paar Schritte beiseite, um nicht von Blutspritzern getroffen zu werden.

Der Henker brachte ein schwarzes Tuch zum Vorschein und wollte dem Delinquenten die Augen verbinden.

»Nein!« wehrte der Assassine für alle Umstehenden deutlich hörbar ab. »Den Anblick dieses Gesichts will ich mit hinübernehmen!«

»Walte deines Amtes, Henker!« Der Zauberer ballte die Hände zu Fäusten.

Wieder machte Nick Anstalten zuzugreifen, aber der Gefangene schüttelte ihn ab und legte freiwillig den Kopf auf den blutverkrusteten Marmor. Aus weitgeöffneten Augen starrte er unverwandt auf den Magier, der kaum noch Haltung zu bewahren vermochte. Der Henker bückte sich und strich dem Assassinen den Zopf aus dem Nacken. Nick der Schlächter hatte gern freie Bahn bei der Arbeit.

Er hob das Schwert. Hugh holte tief Atem, biß die Zähne zusammen und hielt den Blick auf den Zauberer gerichtet. Gareth sah, wie der Magicka erbleichte, schluckte und sich verstohlen nach allen Seiten umschaute, wie auf der Suche nach einem Fluchtweg.

»Die Verderbtheit dieses Mannes ist unfaßlich!« rief er. »Macht ein Ende! Ich kann es nicht mehr ertragen!«

Gareth umfaßte den Dolchgriff. Nicks Armmuskeln wölbten sich, um die Klinge niedersausen zu lassen. Frauen hielten sich die Augen zu und lugten zwischen den Fingern hindurch. Männer reckten die Köpfe, Kinder wurden emporgehoben, um besser sehen zu können. Und dann ertönte aus der Richtung der Burgtore das laute Klirren von Waffen.

Kapitel 3

Burg Ke'lith, Dandrak, Mittelreich

Ein gigantischer Schatten, schwärzer als die Herrscher der Nacht, glitt über die Türme der Burg. Einzelheiten waren in der Finsternis nicht auszumachen, aber man hörte das Rauschen gewaltiger Schwingen. Die Torwachen gaben Alarm, indem sie mit den Schwertern gegen die Schilde schlugen, und über der Gefahr aus der Luft geriet die Hinrichtung in Vergessenheit. Die Ritter zogen die Schwerter und riefen nach ihren Reittieren. Überfälle durch Korsaren aus Tribus waren keine Seltenheit, und man rechnete seit Tagen mit einem Vergeltungsschlag für die Gefangennahme und den Tod des Elfenfürsten, der angeblich Hugh Mordhand dafür bezahlt haben sollte, den Fürsten von Ke'lith zu ermorden.

»Was ist los?« brüllte Gareth, der vergeblich herauszufinden versuchte, was geschehen war. Er konnte sich nicht entscheiden, was er tun sollte – bei dem Gefangenen bleiben oder zu den Toren eilen, wo er das Kommando hatte.

»Das kann warten! Seht zu, daß die Exekution durchgeführt wird!« befahl der Magicka mit gellender Stimme.

Doch Nick der Schlächter legte Wert darauf, vor einem aufmerksamen Publikum zu arbeiten, und im Augenblick schenkte ihm niemand Beachtung. Die eine Hälfte der Menge starrte zum Tor, die andere war unterwegs dorthin. Mit einem Ausdruck von verletztem Stolz senkte Nick das Schwert und wartete in beleidigtem, aber würdevollen Schweigen darauf, daß der Grund für den Tumult offenbar wurde.

»Es ist ein echter Drache, ihr Narren! Einer der unseren, kein Elfenschiff. Es ist einer der unseren!« brüllte Gareth. »Ihr zwei, behaltet den Gefangenen im Auge.« Der Hauptmann rannte zum Tor, um die sich ankündigende Panik zu verhindern.

Der Kampfdrache schwebte tief über dem Burghof. Ein Dutzend Taue, die im Fackellicht schimmerten, schlängelten sich durch die Luft. Männer sprangen vom Rücken des Drachen, glitten an den Tauen herab und landeten im Burghof. Man konnte das Silberwappen der königlichen Leibgarde auf ihrer Rüstung glitzern sehen.

Im Nu waren die Soldaten ausgeschwärmt, schufen einen freien Platz in der Mitte des Burghofs und umstellten ihn. Den Schild in der linken Hand, den Speer in der rechten, schauten sie starr über die Köpfe der Umstehenden hinweg, erwiderten keinen Blick und beantworteten keine Frage.

Ein einzelner Drachenreiter kam in Sicht. Der kleine, schnelle Reitdrache überflog die Zinnen, schwebte in den Hof und verharrte einen kurzen Augenblick in der Luft, um den Landeplatz ins Auge zu fassen, den man für ihn vorbereitet hatte. Aus dieser Nähe war ohne große Anstrengung die elegante, im unsteten Licht rot und golden schimmernde Uniform zu erkennen. Die Leute hielten den Atem an und warfen sich gegenseitig fragende Blicke zu.

Der Reitdrache ließ sich in den Kreis sinken und landete. Seine Flügel zitterten, Schaum troff aus dem halbgeöffneten Rachen, und seine Flanken arbeiteten heftig. Kaum daß er aus dem Sattel gesprungen war, ließ der Reiter den forschenden Blick rasch und zielbewußt durch den Burghof wandern. Er trug den kurzen, goldgesäumten Umhang und das rote, gebauschte Wams des königlichen Kuriers, und die Leute warteten in atemloser Spannung darauf, welche Neuigkeiten er mitzuteilen hatte.

So gut wie jeder rechnete damit, daß es sich um die Kriegserklärung gegen die Elfen von Tribus handeln würde; einige der Ritter hielten bereits Ausschau nach ihren Knappen, um im Notfall unverzüglich aufbrechen zu können. Deshalb löste es beträchtliche Verblüffung aus, als der Kurier seine Hand hob und auf den Richtblock deutete.

»Ist das Hugh Mordhand, den ihr im Begriff seid hinzurichten?« fragte er mit einer Stimme, die so weich und geschmeidig war wie seine Handschuhe aus Leder.

Der Magicka schritt über den Burghof und wurde von der Leibgarde in den Kreis eingelassen.

»Und wenn er es ist?« antwortete er zurückhaltend mit einer Gegenfrage.

»In dem Fall befehle ich Euch im Namen des Königs, ihn mir zu übergeben – lebend«, erwiderte der Kurier.

Der neue Herr von Burg Ke'lith betrachtete den Boten mit finsteren Blicken; die Ritter schauten auf den Vormund ihres unmündigen Fürsten und warteten auf seine Befehle.

Bis vor kurzem hatten die Volkarer keinen König gekannt. In sehr frühen Tagen war Volkaran eine Strafkolonie gewesen, gegründet von den Bewohnern des Hauptkontinents Uylandia. Das berühmt-berüchtigte Gefängnis in Yreni beherbergte Mörder und Diebe; Verbannte, Huren und sonstige mißliebige Personen wurden auf die umliegenden Inseln Profidenz, Pitrins Exil sowie die drei Djerns verfrachtet. Das Leben war hart auf den äußeren Inseln und brachte im Lauf der Jahrhunderte ein zählebiges Volk hervor. Jede Insel wurde von mehreren Clans regiert, und der Fürst eines jeden Clans verbrachte den größten Teil seines Lebens damit, entweder Übergriffe auf sein eigenes Gebiet abzuwehren oder Raubzüge in das seiner Nachbarn zu unternehmen.

Ihrer Uneinigkeit wegen waren die Menschen leichte Beute für die stärkere, reichere Elfennation von Tribus. Nach und nach weiteten die Elfen ihren Machtbereich aus und herrschten annähernd vierzig Zyklen lang sowohl über Uylandia als auch die Volkaran-Inseln. Ihre Herrschaft endete, als vor zwanzig Zyklen ein Häuptling des mächtigsten Clans von Volkaran die Matriarchin des mächtigsten Clans auf Uylandia heiratete. Stephen von Pitrins Exil und Anne von Winsher riefen ihr Volk zu den Waffen, und mit dieser geeinten Armee gelang es ihnen, die Elfen zu besiegen und von den Inseln zu vertreiben.

Nachdem Uylandia und Volkaran von den Eroberern gesäubert waren, riefen Stephen und Anne sich zu König und Königin aus, ermordeten ihre gefährlichsten Rivalen, und obwohl mittlerweile

Gerüchte kursierten, daß die beiden jetzt gegeneinander intrigierten, waren sie immer noch die stärkste und gefürchtetste Macht im ganzen Reich. Früher würde der Magicka den Befehl einfach ignoriert und den Gefangenen hingerichtet haben, um sich anschließend des Kuriers zu entledigen, falls der Mann sich uneinsichtig zeigte. Doch die gute alte Zeit war vorüber, heutzutage lagen die Dinge anders, und unter dem bedrückenden Schatten des über der Burg kreisenden Kampfdrachens mußte er zu Wortklaubereien Zuflucht nehmen.

»Der Mann, dessen Auslieferung Ihr fordert, ist der Mörder unseres Fürsten, Rogar von Ke'lith, und des Königs eigenes Gesetz gibt uns das Recht, ihn dafür mit dem Leben bezahlen zu lassen.«

»Seine Majestät ist in höchstem Maße angetan von der schnellen und gründlichen Art, mit der hier Gerechtigkeit geübt wird«, bemerkte der Kurier mit einer anmutigen Verbeugung, »und er bedauert, eingreifen zu müssen, doch es liegt eine königliche Order vor für die Verhaftung des Mannes, bekannt als Hugh Mordhand. Er soll im Zusammenhang mit einer Verschwörung gegen den Staat verhört werden – eine Angelegenheit, der Vorrang vor allen örtlichen Belangen zu gewähren ist. Jedermann weiß«, fügte der Kurier hinzu und schaute dem Magicka bedeutungsvoll in die Augen, »daß dieser Assassine mit den Elfenfürsten von Tribus Geschäfte macht.«

Der Magicka wußte selbstverständlich, daß Hugh zumindest mit einem ganz bestimmten Elfenfürsten *keine* Geschäfte gemacht hatte. Nach seinen letzten Worten zu urteilen, wußte der Kurier es ebenfalls, und wenn er das wußte, dann vielleicht auch noch einiges andere – zum Beispiel, wie Rogar von Ke'lith wirklich zu Tode gekommen war. Der Zauberer zappelte im eigenen Netz.

»Laßt mich den Haftbefehl sehen«, verlangte er.

Nichts, so schien es, konnte dem Kurier des Königs eine größere Freude sein, als dem Hofzauberer von Ke'lith den königlichen Haftbefehl vorzulegen. Er drehte sich zu seinem Reitdrachen herum, entnahm einer am Sattel befestigten Ledertasche die röhrenförmige Schutzhülle mit der Schriftrolle, zog das Dokument heraus und überreichte es dem Magicka, der es mit vorgetäuschter Sorgfalt studierte. Der Haftbefehl war mit Sicherheit in Ordnung.

Stephen war kein Mann, der vermeidbare Fehler machte. Da stand der Name Hugh Mordhand, und gesiegelt war die Schriftrolle mit dem geflügelten Auge – Stephens Wappen. Der Magicka hatte sich beim Lesen die Unterlippe blutig gebissen, doch es blieb ihm nichts anderes übrig, als den Menschen im Burghof mit leidvoller Miene zu verstehen zu geben, daß er sein möglichstes getan hatte, aber es wären stärkere Mächte am Werk. Eine Hand aufs Herz gelegt, verneigte er sich in kaltem Schweigen, als Geste widerwilligen Gehorsams.

»Seine Majestät dankt Euch«, meinte der Kurier lächelnd. »Ihr, Hauptmann . . .« Er winkte. Gareth, dessen Gesichtsausdruck nichts von seinen Gedanken und Empfindungen verriet, kam heran und blieb hinter dem Zauberer stehen. »Bringt mir den Gefangenen. Außerdem brauche ich einen frischen Drachen für den Rückflug. Im Namen des Königs«, fügte er hinzu.

Mit diesen Worten – Im Namen des Königs – konnte der Bevollmächtigte alles fordern, von einer Flasche Wein über einen gebratenen Eber bis zu einem Regiment. Wer sich weigerte zu gehorchen, hatte keine Gnade zu erwarten. Gareth schaute auf den Magicka. Der Zauberer bebte am ganzen Leib vor unterdrücktem Zorn und nickte nur mit dem Kopf, ohne etwas zu sagen. Der Ritter ging, um den Befehl auszuführen.

Der Kurier nahm das Dokument wieder an sich, rollte es zusammen und schob es in die Hülle. Während er darauf wartete, daß man den Gefangenen brachte, schaute er sich müßig um, und sein Blick fiel auf die Bahre mit dem Leichnam des ermordeten Fürsten. Sofort nahm sein Gesicht einen Ausdruck von gemessenem Ernst an.

»Die Majestäten möchten der Witwe ihr aufrichtiges Mitgefühl ausdrücken. Versichert Eurer Herrin, daß man ihr gern in jeder Weise behilflich sein wird.«

»Meine Herrin wird es dankbar zur Kenntnis nehmen«, sagte der Magicka säuerlich.

Der Kurier setzte wieder sein unverbindliches Lächeln auf, doch begann er, sich ungeduldig mit den Handschuhen gegen das Bein zu schlagen. Gareth führte den Gefangenen durch den Kordon der Leibgarde, aber ein frisches Reittier war immer noch nicht in Sicht. »Ich sagte etwas von einem Drachen . . .«

»Hier, junger Herr, nehmt diesen«, rief der alte Stallmeister eifrig und reichte dem Kurier die Zügel von Rogars Drachen.

»Habt Ihr das gut überlegt?« erkundigte sich der königliche Bote und schaute von der Bahre zu dem Zauberer. Natürlich war er vertraut mit der Sitte, zu Ehren des Verstorbenen dessen Lieblingsdrachen zu töten, auch wenn es sich um ein ganz besonders wertvolles Tier handelte.

Der Magicka verschränkte die Arme vor der Brust. »Warum nicht? Entführt uns den Mörder unseres Fürsten auf unseres Fürsten eigenem Drachen! Schließlich handelt Ihr im Namen des Königs.«

Die Männer der Leibgarde fällten plötzlich die Speere und bildeten mit überlappenden Schilden einen Ring aus Stahl um den Kurier und jene, die neben ihm standen.

»Vielleicht gibt es einige Aspekte der Gehorsamspflicht, die Ihr gerne mit seiner Majestät besprechen würdet. Unser gütiger Monarch wird gern dafür sorgen, daß während Eurer Abwesenheit ein fähiger Statthalter die Verwaltung dieser Provinz übernimmt.«

Der Schatten des am Himmel kreisenden Kampfdrachen senkte sich über den Burghof.

»Nein, nein«, protestierte der Zauberer hastig. »König Stephen hat keinen loyaleren Untertanen als mich! Dessen könnt Ihr ihn versichern!«

Der Kurier neigte den Kopf und schenkte dem Magicka ein besonders liebenswürdiges Lächeln. Die Soldaten behielten ihre wachsame Haltung bei.

Gareth betrat den Kreis aus Stahl. Er schwitzte unter seinem Lederhelm. Der Hauptmann wußte, daß es um Haaresbreite zu einem Gefecht mit der Leibgarde des Königs gekommen wäre, und dieses Wissen lag ihm wie ein Stein im Magen.

»Hier ist Euer Mann«, knurrte er und stieß Hugh nach vorn.

Der Kurier musterte den Gefangenen mit einem kurzen Blick, bemerkte die Peitschenstriemen auf dem Rücken, die Platzwunden und Blutergüsse im Gesicht. Hugh betrachtete den Kurier mit einer unbeteiligten Neugier, in der keine Hoffnung enthalten war, nur die sardonische Erwartung weiterer Qualen.

»Schneidet die Fesseln an seinen Armen durch und nehmt ihm die Ketten ab.«

»Aber, Herr, er ist gefährlich . . .«

»So kann er nicht reiten, und ich habe keine Zeit zu verlieren. Keine Sorge . . .« Der Kurier lächelte charmant. ». . . falls er nicht die Fähigkeit besitzt, sich Flügel wachsen zu lassen, wird er kaum zu fliehen versuchen, indem er vom Rücken eines fliegenden Drachen springt.«

Gareth zog den Dolch und durchtrennte die Lederriemen um die Handgelenke des Assassinen. Der Stallmeister, der seine Gehilfen herbeigerufen hatte, betrat mit zögernden Schritten den Kreis aus Stahl, nahm rasch dem erschöpften Reittier des Kuriers den Sattel ab und legte ihn Fürst Rogars Drachen auf. Nachdem er seinem langjährigen Schützling noch einmal den Hals geklopft hatte, überließ der Stallmeister die Zügel wohlgemut dem königlichen Boten. Der alte Mann würde den Drachen nie wieder sehen; was König Stephen einmal in Händen hatte, gab er nicht mehr her. Doch es war besser, ihn auf diese Weise zu verlieren, als einem Geschöpf, das ihn liebte und ihm vertraute, das Messer in die Kehle stechen zu müssen und zuzusehen, wie das Leben aus ihm hinausströmte, vergeudet an einen Toten.

Der Kurier stieg auf und setzte sich zurecht, dann beugte er sich zur Seite und streckte Hugh die Hand entgegen. Erst jetzt schien dem Assassinen bewußt zu werden, daß man ihm die Fesseln abgenommen hatte, daß sein Kopf nicht auf dem Block lag, das furchtbare Schwert nicht auf ihn niedersauste. Er bewegte sich steif und mit sichtlichen Schmerzen, als er die Hand des Kuriers ergriff und sich von dem Mann auf den Rücken des Drachen ziehen ließ.

»Bringt ihm einen Umhang, sonst stirbt er vor Kälte«, befahl der Kurier. Zahlreiche Mäntel wurden hinaufgereicht; er wählte einen aus dickem Pelz und reichte ihn dem Assassinen. Hugh legte sich den Umhang über die Schultern, griff nach hinten und hielt sich an dem aufgebogenen Rand des Sattels fest. Der Bote des Königs gab das Kommando, und mit einem Ruf wie ein Fanfarenstoß breitete der Drache die Flügel aus und schwang sich in die Luft.

Der Anführer der königlichen Garde stieß einen schrillen Pfiff aus. Der Kampfdrache senkte sich herab, bis die Taue, die von seinem Rücken hingen, sich in Reichweite der Soldaten befanden. Schnell und geschickt kletterten sie daran empor und nahmen ihre

Plätze auf dem flachen Rücken des Drachen ein. Die gewaltigen Schwingen brausten, und binnen weniger Momente hatte sich der Schatten von der Burg gehoben, der Himmel war leer, und das graue Zwielicht der Nacht erfüllte den Hof.

Die Männer in der Festung tauschten mit grimmigen Gesichtern schweigende Blicke. Den Frauen blieb die angespannte Atmosphäre nicht verborgen; eilig sammelten sie die Kinder ein, und wenn eines nicht gleich gehorchte, wurde es streng zurechtgewiesen oder bekam einen Klaps.

Der Magicka, der vor Zorn und Demütigung leichenblaß geworden war, schritt über den Hof zum Palas der Burg.

Gareth wartete, bis er verschwunden war, dann befahl er seinen Männern, den Scheiterhaufen in Brand zu setzen. Die Flammen knisterten, während die Frauen und Männer sich versammelten, um die Seele ihres Fürsten mit Gesang zu seinen Ahnen zu geleiten. Der Hauptmann der Ritter sang ein Lied für den Fürsten, den er geliebt und dem er dreißig Jahre treu gedient hatte. Dann sah er schweigend zu, wie die züngelnden, prasselnden Flammen den Leichnam verzehrten.

»Also hast du nie einen Zauberer getötet? Hugh, mein Freund, vielleicht bekommst du noch deine Chance. Falls ich dich je wiedersehe . . . Mission des Königs!« Gareth schnaufte. »Wenn du nicht wieder auftauchst – nun, ich bin ein alter Mann und habe vom Leben nicht mehr viel zu erwarten.« Sein Blick wanderte zu den Gemächern des Magickas, wo man hinter einem Fenster die in lange Gewänder gekleidete Silhouette eines Mannes erkennen konnte. Schließlich wandte der Hauptmann dem niederbrennenden Scheiterhaufen den Rücken und ging zum Tor, um sich zu vergewissern, daß für die Nacht alles seine Ordnung hatte.

Vergessen, ein Künstler um seine Kunst gebracht, saß Nick der Schlächter zutiefst betrübt auf dem marmornen Richtblock.

Kapitel 4

Irgendwo, Volkaran-Inseln, Mittelreich

Der Kurier hielt die Zügel seines Drachen straff. Das kleinere, schnelle Tier konnte den großen Kampfdrachen leicht hinter sich lassen, aber der Kurier hielt es nicht für geraten, ohne Eskorte zu fliegen. Häufig lauerten Elfenkorsaren in den Wolken und warteten darauf, einen einsamen Drachenreiter zu erwischen. Daher nahm der Kurier es in Kauf, daß sie verhältnismäßig langsam vorankamen. Doch schließlich verschwanden die Fackeln von Ke'lith hinter ihnen. Die schroffen Gipfel von Witheril verdeckten den Rauch, der vom Scheiterhaufen des ermordeten Fürsten der Provinz aufstieg.

Der Drache des Kuriers flog dicht hinter dem Nachtrae – dem Kampfdrachen, der wie ein schlanker schwarzer Keil durch das graue Zwielicht glitt. Die Männer von der königlichen Leibgarde auf seinem flachen Rücken waren nur als gestaltlose dunkle Erhebungen zu erkennen.

Die Drachen überflogen die kleine Ortschaft Hynox, die nur deshalb auszumachen war, weil die einstöckigen, quadratischen Gebäude einen deutlichen Kontrast zu dem Untergrund bildeten, auf dem sie errichtet waren. Dann ließen sie die Küste Dandraks hinter sich und flogen in den tiefen Himmel hinaus. Der Kurier hielt fasziniert Umschau nach oben und unten, nach allen Seiten, wie jemand, der noch nicht oft Gelegenheit hatte zu fliegen –

merkwürdig bei einem königlichen Boten. Er glaubte, zwei oder drei der Wanderinseln sehen zu können – tatsächlich, Hanastai und Bindistai waren deutlich zu erkennen. Selbst im tiefen Himmel herrschte keine völlige Dunkelheit – nicht die Dunkelheit der Nächte vor der Großen Teilung, von denen die Sage berichtete.

Die Astronomen der Elfen schrieben, daß es drei Herrscher der Nacht gab, und obwohl die Abergläubischen sich nicht ausreden lassen wollten, daß es drei Riesen waren, die ihre weiten Umhänge über Arianus breiteten, um den Menschen Ruhe zu schenken, wußten die Gebildeten sehr gut, daß es sich bei den Herrschern der Nacht um drei Koralitinseln handelte, die sich hoch über ihnen auf einer Bahn bewegten, die sie alle zwölf Stunden zwischen Arianus und der Sonne hindurchführte.

Unterhalb dieser Inseln befand sich das Hohe Reich, wo dem Hörensagen nach die Mysteriarchen lebten – mächtige Zauberer aus dem Volk der Menschen, die sich dorthin ins freiwillige Exil begeben hatten. Darunter lag das Firmament oder auch die Tagessterne. Niemand wußte genau, was man sich darunter vorzustellen hatte. Viele – und nicht nur die Abergläubischen – hielten es für ein am Himmel schwebendes Geschmeide aus Diamanten und anderen Edelsteinen. Daraus erklärte sich die Sage von dem märchenhaften Reichtum der Mysteriarchen, die auf dem Weg in ihr Exil angeblich das Firmament durchquert hatten. Sowohl Elfen wie auch Menschen hatten immer wieder den Versuch unternommen, zum Firmament hinaufzufliegen und seine Geheimnisse zu erforschen, doch von denen, die es wagten, war keiner je zurückgekehrt. Man ging davon aus, daß die Luft dort so kalt war, daß das Blut erstarrte.

Etliche Male während des Fluges wandte der Kurier den Kopf und blickte über die Schulter auf seinen Begleiter. Er war neugierig auf die Reaktionen eines Mannes, den man buchstäblich im letzten Moment vor dem niedersausenden Henkersbeil gerettet hatte. Falls er damit rechnete, Erleichterung, Jubel oder Triumph zu sehen, wurde er enttäuscht. Grimmig, unbewegt, verrieten die Züge des Assassinen nichts von seinen Gedanken und Empfindungen. Dieses Gesicht konnte das Sterben eines Menschen so gleichmütig beobachten, als ginge es um Essen oder Trinken. Hugh Mordhand zeigte dem Kurier nur sein Profil, während er aufmerksam den Himmel und die Landmarken studierte, ein Verhalten, das der Kurier mit Unbehagen zur Kenntnis nahm. Als hätte sich ihm dieses Gefühl mitgeteilt, hob Hugh den Kopf und richtete den Blick auf den Boten des Königs.

Dem Kurier war sein Begleiter nach wie vor ein Rätsel; Hugh dagegen blieb anscheinend nichts verborgen. Die zusammengekniffenen Augen schienen Haut, Gewebe und Knochen zu durchdringen und hätten im nächsten Moment unweigerlich sämtliche Geheimnisse bloßgelegt, die der Kurier in seinem Gehirn bewahrte, doch jäh wandte der junge Mann den Kopf nach vorn und musterte angelegentlich die Stachelmähne des Drachen. Er sah sich nicht wieder nach dem Assassinen um.

Vielleicht war es Zufall, doch als der Kurier Hughs Versuch bemerkte, sich zu orientieren, trieben sofort dichte Nebelschwaden heran. Die Drachen flogen hoch und schnell, und im Schatten der Herrscher der Nacht war nicht viel zu erkennen, doch Koralit verströmt ein schwaches, bläuliches Leuchten, so daß zum Beispiel Waldgebiete sich schwarz von der silbrigen Helligkeit des Bodens abheben. Landmarken sind also ohne Schwierigkeiten auszumachen. Burgen oder Festungen aus Koralit, deren Mauern nicht mit einer Schicht aus gemahlenem Granit überzogen wurden, schimmern im Dunkeln. Ortschaften, durchzogen von den glänzenden Bändern der Koralitstraßen, sind aus der Luft nicht zu übersehen.

Während des Krieges, als die Luftschiffe der Elfen Angst und Schrecken verbreiteten, bedeckte man in den Dörfern und Städten die Straßen mit Stroh und Binsen. Doch jetzt herrschte Frieden auf den Volkaran-Inseln. Die Mehrzahl der Menschen, die dort lebten, glaubten in ahnungsloser Selbstgefälligkeit, das sei ihr Verdienst; ihr Mut und Kampfgeist hätten die Elfenfürsten bewogen, die Feindseligkeiten einzustellen.

Bei dem Gedanken daran schüttelte der Kurier verärgert über so viel Unwissenheit den Kopf. Nur wenige Menschen kannten die Wahrheit – unter ihnen König Stephen und Königin Anne. Die Elfen von Aristagon ignorierten Volkaran und Uylandia, weil sie sich zur Zeit mit weit schwerwiegenderen Problemen konfrontiert sahen – einer Rebellion im eigenen Volk.

Sobald diese Rebellion rücksichtslos und endgültig niedergeschlagen war, konnte man damit rechnen, daß die Elfen ihre Aufmerksamkeit wiederum dem Königreich der Menschen zuwandten – den Barbaren, die die Rebellion angezettelt hatten. Stephen wußte, die Elfen würden sich diesmal nicht damit begnügen, zu erobern und zu okkupieren, sondern das Menschengeschmeiß, das sich in ihrer Welt eingenistet hatte, ein für allemal ausmerzen. Deshalb nutzte Stephen die Atempause und plazierte rasch und unauffällig seine Figuren auf dem großen Spielfeld, um für das entscheidende und erbarmungslose Kräftemessen gerüstet zu sein.

Der Mann, der hinter dem Kurier auf dem Rücken des Drachen saß, ahnte nichts davon, aber er war eine dieser Figuren.

Als der Nebel aufzog, verzichtete der Assassine darauf, herausfinden zu wollen, wohin die Reise führte. Er war selbst Kapitän und hatte so gut wie alle Luftschifftypen geflogen, die es auf den Inseln gab. Sie hatten sich auf einer negativen Rydia* befunden, mit ungefährem Kurs auf Kurinandistai. Dann war der Nebel gekommen, und er konnte nichts mehr erkennen.

Hugh wußte ziemlich sicher, daß der Nebel kein Zufall war, und betrachtete ihn als Bestätigung für seinen Verdacht – daß es sich bei diesem jungen ›Kurier‹ nicht um einen gewöhnlichen Lakaien handelte. Der Assassine entspannte sich und ließ den Nebel kühl und beruhigend durch sein Bewußtsein fließen. Über die Zukunft zu spekulieren brachte nichts ein. Sorgen verbrauchten unnötig Energie und betäubten die Instinkte. Wenn sie vermutlich auch nichts Gutes brachte, viel schlimmer als die Gegenwart konnte die Zukunft kaum werden. Hugh hatte sich so gut vorbereitet, wie es unter den gegebenen Umständen möglich war: Der Dolch mit dem runenverzierten Knochengriff steckte – dank Gareth – in seinem Gürtel. Den dicken Pelzumhang über die bloßen, zerschundenen

* Im Standardtribus gebräuchlicher navigatorischer Fachausdruck. Seit alters her, als die Völker in Frieden lebten, gilt der kaiserliche Palast in Tribus als primärer Referenzpunkt für alle navigatorischen Berechnungen. Eine negative Rydia bedeutet die Annäherung an die momentane Position von Tribus, während eine positive Rydia für den entgegengesetzten Kurs steht.

Schultern gezogen, galt Hugh Mordhands einziges Interesse dem Bestreben, sich möglichst warm zu halten.

Trotz seines Fatalismus bemerkte er mit grimmigem Vergnügen, daß der Nebel dem Kurier erhebliche Schwierigkeiten bereitete. Der schlechten Sicht wegen mußten die Drachen langsam fliegen, und der Kurier war gezwungen, immer wieder zu Öffnungen in der Nebelwand zu tauchen, die sich unversehens vor ihnen auftaten, um den Kurs zu überprüfen. Einmal sah es so aus, als hätte er sie in die Irre geführt. Dem Befehl des Reiters folgend, breitete der kleine Reitdrache die Flügel aus und hielt sich an Ort und Stelle schwebend in der Luft. Hugh spürte, daß sich der Kurier versteifte; er merkte, wie der junge Mann mit hastigen, suchenden Blicken das Gelände unter ihnen musterte. Die Worte, die er dabei vor sich hinmurmelte, schienen darauf hinzudeuten, daß sie zu weit in eine Richtung geflogen waren. Der Kurier lenkte den Drachen auf den neuen Kurs, und die Reise ging weiter. Hugh mußte sich einen ärgerlichen Blick gefallen lassen, der keinen Zweifel daran aufkommen ließ, wer die Schuld an dem Zwischenfall trug.

Schon in früher Jugend hatte Hugh sich darauf gedrillt, alles wahrzunehmen, was um ihn herum geschah. Mittlerweile, in seinem vierzigsten Zyklus, war ihm diese Vorsichtsmaßnahme zur zweiten Natur geworden – ein sechster Sinn. Er bemerkte jede Veränderung der Luft, jedes Sinken oder Ansteigen der Temperatur. Obwohl ihm kein Gerät zur Verfügung stand, um die Zeit zu messen, vermochte er bis auf ein oder zwei Minuten genau zu sagen, wie lang ein bestimmter Zeitabschnitt gedauert hatte. Sein Gehör war ausgezeichnet, die Augen noch besser. Er besaß einen unbeirrbaren Orientierungssinn. Es gab kaum eine Gegend der Volkaran-Inseln oder des Kontinents Uylandia, die er nicht bereist hatte. Abenteuer in seiner Jugend hatten ihn zu fernen (und angenehmen) Orten von Arianus geführt. Ohne damit zu prahlen, war Hugh im stillen immer sicher gewesen, daß man ihn an einem beliebigen Punkt aussetzen könnte, und er würde dennoch innerhalb weniger Augenblicke wissen, wo auf Arianus er stand.

Als der Drache auf den leisen Befehl des Kuriers gemächlich aus dem Himmel schwebte und schließlich auf festem Boden landete, schaute Hugh sich um und mußte zugeben, daß er zum erstenmal in seinem Leben keine Ahnung hatte, wo er sich befand. Dieser Ort war ihm unbekannt.

Der Bote des Königs stieg von dem Drachen. Aus der ledernen Satteltasche förderte er einen Leuchtstein zutage und legte ihn sich auf die Handfläche. Sobald es der Luft ausgesetzt war, begann das magische Juwel in hellem Glanz zu strahlen. Ein Leuchtstein verströmt auch Hitze und wird gewöhnlich in einem Behälter untergebracht. Der Kurier schritt ohne Zögern zu einer Ecke der zerfallenen Koralitmauer, die ihren Landeplatz umfriedete. Er bückte sich und ließ den Leuchtstein in eine primitive Eisenlaterne gleiten.

Andere Gebrauchsgegenstände waren in dem tristen Hof nicht zu sehen. Entweder wurde der Kurier erwartet, oder er selbst hatte die Lampe bereitgestellt, bevor er sich auf den Weg gemacht hatte. Selbst der Nachtrae war verschwunden. Daher war es logisch anzunehmen, daß der Kurier von dieser Stelle aufgebrochen war und auch damit gerechnet hatte, wieder hierher zurückzukehren – eine Tatsache, die große Bedeutung haben konnte. Hugh rutschte steifbeinig aus dem Sattel.

Der Kurier hob die Laterne auf und kehrte zu dem Drachen zurück. Er streichelte den stolz gebogenen Hals und flüsterte Worte der Ruhe und Geborgenheit, die das Tier veranlaßten, sich niederzukauern, die Flügel an den Leib zu falten und den langen Schweif um die Tatzen zu rollen. Der Kopf sank auf die Brust, die Augen schlossen sich, und der Drache schnaufte zufrieden. Wenn ein Drache erst einmal schläft, ist es sehr schwer und sogar gefährlich, ihn wieder aufzuwecken, denn im Schlaf können die Zaubersprüche, die sie dem Willen des Menschen unterwerfen, durch Zufall ihre Kraft verlieren, und man hat es plötzlich mit einem verwirrten, gereizten und stimmgewaltigen Untier zu tun. Ein erfahrener Drachenreiter wird seinem Tier keinesfalls zu schlafen erlauben, außer er weiß, daß sich ein kompetenter Magier in der Nähe befindet. Eine weitere Tatsache, die Hugh mit Interesse zur Kenntnis nahm.

Der Kurier trat dicht an ihn heran, hob die Laterne in Kopfhöhe und schaute Hugh abwartend ins Gesicht, als wollte er ihn auffordern, Fragen zu stellen oder sich sonstwie zu äußern. Mordhand wußte, man würde seine Fragen nicht beantworten, und Kommentare waren überflüssig; also beschränkte er sich darauf, stumm den Blick des Kuriers zu erwidern.

Der junge Mann stutzte, holte Luft, um etwas zu sagen, überlegte es sich dann aber anders. Er machte auf dem Absatz kehrt, winkte dem Assassinen, ihm zu folgen, und ging voran zu einem Gebäudekomplex, den Hugh als ein Kloster des Ordens der Kir erkannte. Es war alt und offenbar vor langer Zeit aufgegeben worden. Die Platten des Innenhofs waren gesprungen oder fehlten. Koralit hatte einen großen Teil der Außenmauern aus dem seltenen Granit überwuchert, den die Kir dem häufigeren Koralit vorzogen. Ein kalter Wind pfiff durch die verlassenen Gebäude, in denen die Dunkelheit von Jahrhunderten nistete. Kahle Bäume knarrten, und dürres Laub knisterte unter Hughs Stiefeln.

Als Zögling der strengen und unbarmherzigen Kirmönche kannte Hugh Mordhand die Lage eines jeden Klosters auf den Volkaran-Inseln. Er konnte sich nicht entsinnen, je von einem gehört zu haben, das aufgegeben worden war, und die Frage, wo er sich hier befand und weshalb man ihn hergebracht hatte, beschäftigte ihn immer mehr.

Der Kurier blieb am Sockel eines hohen Turms vor einer Tür aus gebranntem Ton stehen und steckte einen Schlüssel, der an einem langen Band um seinen Hals hing, in das Schloß. Der Assassine schaute nach oben, doch hinter keinem der Fenster brannte Licht. Die Tür öffnete sich lautlos – ein Hinweis darauf, daß dieser Ort nicht ganz so verlassen sein konnte, wie es den Anschein hatte, denn die rostigen Angeln waren gut geölt. Wieder bedeutete der Kurier Hugh mit einer Handbewegung, ihm zu folgen, und als sie beide in das kalte, zugige Gebäude getreten waren, verriegelte er die Tür und verwahrte den Schlüssel in seinem Wams.

»Hier entlang«, sagte er. Der Hinweis war überflüssig – es gab nur den Weg die Wendeltreppe hinauf. Hugh zählte drei Stockwerke, jedes mit einer Tür aus gebranntem Ton. Alle waren verschlossen, wie er feststellte, als er sie nacheinander während des Aufstiegs zu öffnen versuchte.

Im vierten Geschoß wurde der eiserne Schlüssel wieder hervorgeholt. Ein langer, schmaler Korridor führte geradewegs in das eigentliche Kloster. Während die Schritte des Kuriers in dem steinernen Gang widerhallten, verursachte Hugh, für den es lebensnotwendige Gewohnheit war, in seinen weichen Lederstiefeln leise aufzutreten, nicht mehr Geräusche, als wenn er der Schatten des Mannes gewesen wäre.

Sie passierten sechs Türen – drei rechts und drei links –, bevor der Kurier warnend die Hand hob und sie vor einer siebenten stehenblieben. Wieder kam der eiserne Schlüssel zum Einsatz. Er drehte sich knirschend im Schloß, und die Tür schwang zurück.

»Geht hinein«, sagte der Kurier und trat zur Seite.

Hugh tat wie ihm geheißen. Es überraschte ihn nicht, zu hören, wie die Tür hinter ihm geschlossen wurde. Es war dunkel in dem Raum; das einzige Licht stammte von dem schimmernden Koralit draußen, aber die schwache Helligkeit genügte den scharfen Augen des Assassinen. Die Wand im Rücken, blieb er neben der Tür stehen und musterte seine Umgebung. Er war nicht allein.

Hugh Mordhand empfand keine Furcht. Unter dem Umhang lagen seine Finger um den Griff des Dolches, aber das war nur vernünftig in einer solchen Situation. Hugh war Geschäftsmann und erfahren genug, um zu wissen, daß man ihn zu einer geschäftlichen Unterredung geholt hatte.

Die zweite Person im Zimmer hatte Geschick darin, sich zu verbergen. Wer es auch war, er oder sie schwieg und hielt sich im Schatten. Hugh konnte die Person weder sehen noch hören, doch sein Instinkt, der ihn vierzig harte und bittere Zyklen am Leben gehalten hatte, sagte ihm, daß sich noch jemand im Raum befand. Der Assassine atmete tief ein.

»Bist du ein Tier? Kannst du mich riechen?« fragte eine Stimme – die Stimme eines Mannes, tief und klangvoll. »Hast du deshalb gewußt, daß ich hier bin?«

»Ja, ein Tier«, erwiderte Hugh kurz angebunden.

»Und was, wenn ich dich angegriffen hätte?« Die Gestalt trat ans Fenster. Für Hugh war sie eine dunkle Silhouette vor dem hellen Schimmer des Koralits – ein hochgewachsener Mann in einem Umhang, dessen Saum er über den Boden schleifen hörte. Kopf und Gesicht waren unter einer Haube aus Kettengeflecht verborgen, die nur die Augen freiließ. Doch Hugh Mordhand wußte, daß er richtig vermutet hatte. Er wußte, mit wem er sprach.

Der Assassine zog den Dolch aus dem Gürtel. »Eine Handbreit Stahl in Euer Herz, Majestät.«

»Ich trage ein Kettenhemd«, sagte Stephen, König der Volkaran-Inseln und des Uylandia-Archipels. Offenbar überraschte es ihn nicht, daß Hugh ihn erkannt hatte.

Die schmalen Lippen des Assassinen zuckten. »Das Kettenhemd bietet keinen vollständigen Schutz, Majestät. Hebt den Arm.« Hugh trat vor und legte seine langen, schlanken Finger an die Lücke, die in der Achselhöhle des Königs zwischen Brustpanzer und Armschutz klaffte. »Hier. Ein Stoß mit dem Dolch und...« Hugh zuckte mit den Schultern.

Stephen machte keine Anstalten, der Berührung auszuweichen. »Ich werde mit meinem Waffenmeister darüber sprechen.«

Hugh schüttelte den Kopf. »Ihr könnt tun, was Ihr wollt, Majestät, wenn ein Mann entschlossen ist, Euch zu töten, seid Ihr tot. Und wenn das der Grund ist, aus dem Ihr mich habt herbringen lassen, dann kann ich Euch nur den einen Rat geben: Entscheidet Euch, ob Ihr lieber verbrannt oder begraben werden möchtet.«

»Der Rat eines Experten«, bemerkte Stephen, und Hugh hörte den spöttischen Unterton in der Stimme des Mannes, auch wenn er den Ausdruck auf dem behelmten Gesicht nicht zu sehen vermochte.

»Ich nehme an, Majestät, Ihr braucht einen Experten, da Ihr Euch so viele Umstände gemacht habt.«

Der König schaute aus dem Fenster. Er hatte beinahe fünfzig Zyklen erlebt, aber er war stark und fähig, unglaubliche Anstrengungen zu ertragen. Es wurde geflüstert, daß er in der Rüstung schlief, um seinen Körper abzuhärten. In Anbetracht des berüchtigten Charakters seiner Frau war Abhärtung vielleicht nicht der einzige Grund.

»Ja, du bist ein Experte. Der beste im ganzen Königreich, wurde mir gesagt.«

Stephen verstummte. Der Assassine hatte Übung darin zu verstehen, was die Menschen mit ihrem Körper sagten, und obwohl der König wahrscheinlich glaubte, daß ihm von dem Aufruhr, der in seinem Innern tobte, nicht anzumerken war, beobachtete Hugh, wie die linke Hand sich krampfhaft zur Faust ballte, und er hörte das silbrige Klingeln des Kettenhemds, als ein Schauer den Körper des Mannes durchlief.

So ging es vielen, die den Entschluß faßten, einen Mord zu begehen oder in Auftrag zu geben.

»Was dich noch auszeichnet, ist eine befremdliche Überheblichkeit, Hugh Mordhand«, setzte Stephen unvermittelt das Gespräch fort. »Du verkaufst dich als die Hand der Gerechtigkeit. Du tötest jene, die angeblich anderen Unrecht zugefügt haben; jene, die über dem Gesetz stehen; jene, die – so glaubt man – mein Gesetz nicht erreicht.«

Sein Tonfall verriet Ärger und eine Herausforderung. Stephen war offensichtlich verärgert, aber Hugh wußte, daß die verfeindeten Clans von Volkaran und Uylandia zur Zeit nur von Angst und Habgier zusammengehalten wurden. Er hielt es jedoch nicht der Mühe wert, darüber mit einem König zu diskutieren, der sich über die Sicherheit seines Throns bestimmt keinen Illusionen hingab.

»Warum tust du das?« wollte Stephen wissen. »Willst du deinem . . . Beruf das Mäntelchen der Ehre umhängen?«

»Ehre? Ihr sprecht wie ein Elfenfürst, Majestät! Ehre verhilft Euch nicht einmal zu einem billigen Essen in einer armseligen Spelunke in Therpes.«

»Dann ist es das Geld?«

»Das Geld. Einen beliebigen Messerhelden kann man für den Preis eines Tellers Suppe anheuern. Das ist in Ordnung für solche, die einen bestimmten Menschen einfach tot sehen wollen. Doch wem Unrecht zugefügt wurde, wer durch die Hand eines anderen gelitten hat – der will, daß sein Peiniger auch leidet. Daß er vor seinem Tod erfährt, wer ihn vernichtet hat. Daß er die Qual und das Entsetzen seiner Opfer spürt. Und für diese Befriedigung sind diese Menschen bereit, einen hohen Preis zu zahlen.«

»Man hat mir gesagt, daß du außergewöhnliche Risiken eingehst und dein Opfer sogar zum fairen Zweikampf herausforderst.«

»Wenn der Kunde es wünscht.«

»Und bereit ist zu zahlen.«

Hugh zuckte die Achseln. Die ganze Unterhaltung war sinnlos und unnötig. Hugh Mordhand kannte seinen Ruf, seinen Wert. Er brauchte sich nicht von anderen darüber aufklären zu lassen. Doch er war daran gewöhnt. Das gehörte alles zum Geschäft. Wie jeder andere Kunde versuchte Stephen, sich an die eigentliche Entscheidung heranzutasten. Es belustigte den Assassinen festzustellen, daß ein König sich nicht anders verhielt als sein bescheidenster Untertan.

Stephen hatte sich abgewendet und starrte wieder aus dem Fenster; seine behandschuhte Faust ruhte auf dem Sims. Hugh wartete geduldig und schwieg.

»Das begreife ich nicht. Weshalb sollte jemand, dem Unrecht geschehen ist, dem Schuldigen die Möglichkeit geben, um sein Leben zu kämpfen?«

»Weil sie sich dadurch in doppelter Hinsicht gerächt fühlen, Majestät. Es ist dann nicht meine Hand, die den Schuldigen tötet, es sind die Hände seiner Ahnen, die ihn nicht länger beschützen.«

»Glaubst du das auch?« Stephen drehte sich zu ihm herum; Hugh konnte das Mondlicht auf dem Kettenhelm seines Gesprächspartners glitzern sehen.

Hugh zog eine Augenbraue in die Höhe. Nachdenklich strich er mit der Hand über den unter dem Kinn zu zwei Zöpfen geflochtenen Bart. Die Frage hatte man ihm noch nie gestellt, und sie bewies, fand er, daß Könige *tatsächlich* anders waren als ihre Untertanen – dieser zumindest war es. Der Assassine stellte sich neben Stephen ans Fenster. Sein Blick fiel in den kleinen Hof genau unter ihnen. Mauern und Boden waren von Koralit überwuchert, und in dem geisterhaften, bläulichen Licht sah er die Gestalt eines Mannes in der Mitte des Gevierts stehen. Der Mann trug eine schwarze Kapuze. Er stützte sich auf ein scharfgeschliffenes Schwert. Zu seinen Füßen stand ein Block aus Stein. Hugh Mordhand zwirbelte seinen Bart und lächelte.

»Das einzige, woran ich glaube, Euer Majestät, sind mein Verstand und meine Fähigkeiten. Also habe ich keine Wahl. Entweder nehme ich den Auftrag an oder nicht. Ist es so?«

»Du hast eine Wahl. Wenn ich dir den Auftrag beschrieben habe, kannst du ihn entweder annehmen oder dich weigern.«

»In welchem Falle ich meinem Kopf adieu sagen muß.«

»Der Mann dort unten ist der königliche Henker. Er beherrscht seine Kunst. Der Tod von seiner Hand wird schnell sein und sauber. Viel besser als das, was dich in Ke'lith erwartete. Soviel zumindest schulde ich dir für deine Zeit.« Stephen schaute Hugh geradewegs ins Gesicht. Seine Augen im Schatten des Kettenhelms waren schwarz und leer; kein Funke brannte darin, kein Licht spiegelte sich in ihnen. »Ich bin zu größter Vorsicht gezwungen. Ich kann von dir nicht erwarten, diesen Auftrag anzunehmen, ohne zu wissen, worum es geht, aber dir davon zu erzählen bedeutet, mich in deine Hände zu geben. Ich kann es nicht wagen, dich am Leben zu lassen; nicht mit der Erinnerung an das, was ich dir gleich sagen werde.«

»Wenn ich ablehne, wird man sich meiner entledigen, bei Nacht, ohne Zeugen. Wenn ich annehme, bin ich in demselben Netz gefangen, in dem Majestät momentan zappeln.«

»Was erwartest du? Du bist, trotz allem, nicht mehr als ein Mörder«, sagte Stephen kalt.

»Und Ihr, Majestät, seid nicht mehr als ein Mann, der die Absicht hat, einen Mörder zu kaufen.« Mit einer ironischen Verbeugung machte Hugh auf dem Absatz kehrt.

»Wohin gehst du?« verlangte Stephen zu wissen.

»Wenn Majestät mich entschuldigen wollen, ich komme zu spät zu einer Verabredung. Ich hätte schon vor einer Stunde in der Hölle sein sollen.« Der Assassine ging zur Tür.

»Sei verdammt! Ich habe dir dein Leben geboten!«

Hugh drehte sich nicht einmal herum. »Der Preis ist zu niedrig. Mein Leben ist nichts wert, mir liegt nichts daran. Im Tausch dafür soll ich einen Auftrag annehmen, der so gefährlich ist, daß Ihr einem Mann eine Falle stellen müßt, um ihn zu bewegen, sich darauf einzulassen? Lieber sterbe ich hier durch meinen eigenen Entschluß als im Auftrag Eurer Majestät.«

Hugh riß die Tür auf. Der Kurier stand vor ihm und versperrte den Weg. Der Schein der Lampe zu seinen Füßen hob ein Gesicht von ätherischer Anmut und Schönheit aus dem Dunkel.

Der soll ein Kurier sein? Und ich bin ein Sartan, dachte Hugh.

»Zehntausend Barls«, sagte der junge Mann.

Wieder griff Hugh nach seinem Bart und drehte ihn nachdenklich um die Finger. Aus den Augenwinkeln musterte er Stephen, der herangekommen war.

»Lösch das Licht«, befahl der König. »Muß das sein, Trian?«
»Euer Majestät . . .« Trian sprach geduldig und respektvoll, aber im Tonfall eines Freundes, der einem anderen Freund einen Rat gibt, und nicht in der Art eines Dieners, der seinen Herrn anredet. ». . . er ist der Beste. Es gibt sonst niemanden, den wir damit betrauen könnten. Wir haben beträchtliche Anstrengungen unternommen, uns seiner zu versichern. Wir können es uns nicht leisten, ihn zu verlieren. Wenn Euer Majestät sich erinnern wollen, ich habe Euch von Anfang an gewarnt . . .«
»Ja, ich erinnere mich!« schnappte Stephen. Er stand schweigend neben den beiden Männern und kochte vor Zorn. Er hätte nichts lieber getan, als seinem ›Kurier‹ befohlen, den Assassinen zum Richtblock zu führen. Vermutlich hätte der König es genossen, selbst bei der Hinrichtung Hand anzulegen. Der Kurier schob behutsam eine eiserne Klappe über das Licht, und sie standen in völliger Dunkelheit.
»Also gut!« sagte der König barsch.
»Zehntausend Barls?« Hugh vermochte es nicht zu fassen.
»Ja«, bestätigte Trian. »Sobald der Auftrag erledigt ist.«
»Die eine Hälfte jetzt, die andere nach Erledigung.«
»Dein Leben jetzt! Die Barls später!« stieß der König zwischen zusammengebissenen Zähnen hervor.
Hugh tat einen Schritt in den Gang hinaus. Der junge Mann, der ihm immer noch den Weg versperrte, warf dem König einen warnenden Blick zu.
»Die Hälfte jetzt!« Stephens Worte klangen wie ein Ächzen und waren kaum zu verstehen.
Hugh neigte zustimmend den Kopf und drehte sich zu dem König herum.
»Wer ist das Opfer?«
Stephen holte tief Atem. Hugh hörte einen erstickten, schluchzenden Laut aus der Kehle des Mannes dringen, bestürzend ähnlich dem Röcheln eines Sterbenden.
»Mein Sohn«, sagte der König.

Kapitel 5

Kloster des Ordens der Kir, Volkaran-Inseln, Mittelreich

Hugh war nicht überrascht. In Anbetracht all der Intrigen und Heimlichtuerei mußte es jemand aus der nächsten Umgebung des Königs sein. Der Assassine wußte, daß Stephen einen Thronfolger hatte. Nach dem Alter des Königs zu urteilen, mußte der Junge achtzehn, zwanzig Zyklen alt sein. Genau richtig, um in ernsthafte Schwierigkeiten zu geraten.

»Der Prinz befindet sich hier, im Kloster. Wir« – Stephen unterbrach sich und befeuchtete seine trockenen Lippen – »haben ihm gesagt, sein Leben sei in Gefahr. Er glaubt, du bist ein verkleideter Edelmann, der angeworben wurde, um ihn an einen sicheren Ort zu bringen.« Seine Stimme brach. Verärgert räusperte er sich und sprach weiter. »Der Prinz wird diese Entscheidung nicht in Frage stellen. Er weiß sehr gut, daß wir die Wahrheit sagen. Es gibt Personen, die eine Bedrohung für ihn sind...«

»Offensichtlich«, warf Hugh ein.

Der König erstarrte, das Kettenhemd klirrte, und Stephens Schwert rasselte in der Scheide.

Der Kurier schob sich mit einem geflüsterten: »Nehmt Euch zusammen, Majestät« flink zwischen den König und den Assassinen.

»Bedenkt, Herr, mit wem Ihr sprecht!« rügte Trian.

Hugh achtete nicht auf ihn. »Wohin soll ich den Prinzen bringen, Majestät? Und was soll ich mit ihm tun?«

»Ich werde Euch die Einzelheiten mitteilen«, antwortete Trian.

Stephen hatte allem Anschein nach genug. Die Beherrschung ließ ihn im Stich. Er schritt an Hugh vorbei zur Tür und vermied es durch eine leichte Körperdrehung, ihn zu berühren. Vielleicht geschah es unbewußt, doch Hugh Mordhand bemerkte den Affront, lächelte grimmig in der Dunkelheit und schlug zurück.

»Es gibt einen Bonus, den ich allen meinen Kunden anbiete, Majestät.«

Stephen blieb stehen, eine Hand auf den Türgriff. »Ja?« Er schaute sich nicht um.

»Ich sage dem Opfer, wer ihn töten läßt und warum. Soll ich auch Euren Sohn dahingehend informieren, Majestät?«

Das Kettenhemd klirrte leise; der Mann war zusammengezuckt. Doch Stephen beugte nicht die Schultern und hielt den Kopf erhoben. »Wenn der Augenblick gekommen ist«, sagte er, »wird mein Sohn Bescheid wissen.«

Aufrecht und stolz schritt der König den Gang hinunter; Hugh schaute ihm sinnend nach, aber die Dunkelheit hatte ihn bald seinen Blicken entzogen. Der Kurier stellte sich neben den Assassinen, doch sprach er kein Wort, bis man in der Ferne eine Tür krachend ins Schloß fallen hörte.

»Das war eine völlig unbegründete Taktlosigkeit«, meinte Trian leise. »Ihr habt ihn tief getroffen.«

»Und wer ist dieser ›Kurier‹«, gab Hugh zurück, »der über die Reichtümer der königlichen Schatzkammer verfügt und sich um die Gefühle eines Königs sorgt?«

»Ihr habt recht.« Trian hatte den Kopf ein wenig gedreht, und in der vagen Helligkeit vom Fenster her konnte Hugh ihn lächeln sehen. »Ich bin kein Kurier. Ich bin des Königs Magus.«

Hugh hob die Augenbrauen. »Dafür seid Ihr ziemlich jung, scheint mir.«

»Ich bin älter, als es den Anschein hat«, erwiderte Trian leichthin. »Kriege und die Königswürde lassen einen Mann vorzeitig altern«, fügte er in ernsthafterem Ton hinzu, »der Preis für Magie wird in anderer Währung gezahlt. Aber genug davon. Wenn Ihr mir folgen wollt, ich habe Kleidung und Proviant für Euch sowie die Informationen, die Ihr benötigt. Hier entlang.«

Der Magier trat beiseite, um Hugh passieren zu lassen. Es sah aus wie eine höfliche Geste, aber Hugh bemerkte, daß er geschickt mit seinem Körper den Gang blockierte, in den Stephen eingebogen war. Hugh wandte sich in die angegebene Richtung. Trian bückte sich nach der Laterne, öffnete den Schieber und folgte ihm dichtauf.

»Wie bereits angedeutet, müßt Ihr die Rolle eines Edelmanns spielen; wir haben daher für ein entsprechendes Kostüm gesorgt. Das ist einer der Gründe, weshalb unsere Wahl auf Euch fiel – Ihr seid adliger Herkunft, wenn auch illegitim. Euch umgibt die Aura des wahren Aristokraten, und darauf kommt es an. Der Prinz ist hochintelligent und würde sich nicht von einem Bauern in teuren Kleidern täuschen lassen.«

Nach kaum zehn Schritten blieben sie auf ein Zeichen des Magiers vor einer der zahlreichen Türen stehen. Trian zog den eisernen Schlüssel hervor, den Hugh bereits kannte, und schloß auf. Beide traten in einen Gang, der nicht so gut erhalten war. Die Mauern bröckelten. Der zerborstene Boden war tückisch, und sowohl Hugh wie auch der Magier traten vorsichtig auf. Eine Linksbiegung führte sie in den nächsten Korridor, eine weitere Biegung in den dritten. Jeder Gang war kürzer als der vorhergehende. Hugh erkannte, daß sie tiefer in das Innere des Gebäudes vordrangen. Anschließend ging es in einer Art von willkürlichem Zickzack weiter. Trian hatte sich offenbar den umständlichsten Weg ausgesucht, weil er Zeit gewinnen wollte, um zu reden.

»Es war ratsam, daß wir alles in Erfahrung brachten, was es über Euch zu wissen gab. Ich fand heraus, daß Ihr auf der falschen Seite des Bettes geboren wurdet, als unerwünschtes Ergebnis einer Liaison Eures Vaters mit einer Dienstmagd, und daß Euer nobler Vater – dessen Namen ich übrigens nicht in Erfahrung bringen konnte – Eure Mutter auf die Straße geworfen hat. Sie starb während des Angriffs der Elfen auf Firstfall, und Ihr wurdet von den Kirmönchen aufgenommen und großgezogen.« Trian schauderte. »Das war bestimmt kein leichtes Leben«, meinte er gedämpft, mit einem Blick auf die kalten Mauern, die sie umgaben.

Hugh sah keinen Grund, darauf näher einzugehen, und bewahrte Stillschweigen. Wenn der Magier vorhatte, ihn durch diese Unterhaltung abzulenken oder zu verwirren, bemühte er sich vergebens. Die Klöster der Kir sind im wesentlichen alle nach dem gleichen Plan gebaut – ein quadratischer Innenhof, an zwei Seiten begrenzt von den Zellen der Mönche. In den Gebäuden an der dritten Seite wohnten jene, die für die Mönche die niedrigen Arbeiten verrichteten, oder die Waisen – wie Hugh –, deren der Orden sich angenommen hatte. Hier befanden sich auch die Küche, die ›Studier‹zimmer, das Spital ...

... Der Junge auf dem Strohlager am Boden warf sich unruhig hin und her. Obwohl in dem dunklen, ungeheizten Raum bittere Kälte herrschte, glühte die Haut des Kindes vor innerer Hitze. Es hatte im Fieberkrampf die fadenscheinige Decke abgeworfen, die über seinen nackten Leib gebreitet gewesen war. Ein zweiter Junge, etliche Jahre älter als der Kranke, der ungefähr neun Zyklen zu sein schien, betrat die Kammer und schaute mitleidig auf den Freund hinab. In den Händen trug der ältere Junge eine Schale mit Wasser. Nachdem er sie behutsam auf den Boden gestellt hatte, kniete er neben dem Kranken nieder, tauchte die Finger ins Wasser und träufelte ihm die Flüssigkeit auf die trockenen, rissigen Lippen.

Das schien die Leiden des fieberkranken Kindes zu lindern. Es lag still, und die glasigen Augen bemühten sich zu erkennen, wer ihm zu helfen versuchte. Ein mattes Lächeln breitete sich über das ausgemergelte, blasse Gesicht. Der ältere Junge erwiderte das Lächeln, riß einen Fetzen von seinem zerlumpten Hemd, tunkte ihn ins Wasser, wrang ihn vorsichtig aus, um auch nicht einen Tropfen zu vergeuden, und kühlte dem kranken Freund die Stirn.

»Es wird alles wieder gut«, begann er tröstend, als ein düsterer Schatten über ihnen aufragte und eine kalte, knochige Hand seinen Arm umklammerte.

»Hugh! Was tust du da?« Die Stimme war frostig und dumpf und dunkel wie der Raum.

»Ich ... ich versuche Rolf zu helfen, Bruder. Er hat das Fieber, und die alte Maude hat gesagt, wenn es nicht heruntergeht, muß er sterben ...«

»Sterben?« Die Stimme ließ die Mauern erbeben. »Natürlich

wird er sterben! Es ist sein Privileg, als unschuldiges Kind zu sterben, unbefleckt von dem Bösen, das das Erbe der Menschheit ist. Das Böse, das tagtäglich aus unserem schwachen Fleisch ausgetrieben werden muß.« Die Hand packte Hughs Nacken und drückte seinen Kopf herunter. »Bete, Hugh. Bete, daß deine Sünde und Hoffart dir vergeben werde. Denn Sünde und Hoffart ist es, sich dem Willen der Sartan zu widersetzen und den widernatürlichen Akt des Heilens zu vollziehen. Bete um den Tod ...«

Das kranke Kind wimmerte und starrte angstvoll zu dem Mönch empor. Hugh schüttelte die Hand ab, die ihn zu Boden drückte. Er stand auf und drehte sich zu dem erzürnten Mönch herum. »Ich werde um den Tod beten«, sagte er leise. »Um den *Euren*!«

Der Stockhieb traf Hugh gegen die Brust. Er taumelte. Der zweite Hieb schleuderte ihn zu Boden. Schläge prasselten auf den Körper des Jungen herab, bis der Mönch zu erschöpft war, um den Stock zu heben. Dann kehrte er den beiden Knaben den Rücken und verließ das Zimmer. Die Wasserschüssel war zerbrochen. Wund und zerschlagen wie er war, tastete Hugh in der Dunkelheit umher, bis er den feuchten Lappen fand – feucht von Wasser oder seinem eigenen Blut. Er wußte es nicht, doch er fühlte sich kühl und erfrischend an, und so legte Hugh ihn auf die fieberheiße Stirn seines Freundes.

Da er sonst nichts tun konnte, setzte Hugh sich hin, drückte das kranke Kind an sich, wiegte es behutsam und redete ihm tröstend zu, bis der Körper in seinen Armen schwer wurde, still und kalt ...

»Mit sechzehn«, fuhr Trian fort, »seid ihr von den Kir fortgelaufen. Der Mönch, mit dem ich sprach, sagte, daß Ihr zuvor noch in den Registerraum des Klosters eingebrochen wäret, wo die Aufzeichnungen über die aufgenommenen Kinder und ihre Eltern aufbewahrt werden. Habt Ihr Euren Vater gefunden?«

»Ja«, antwortete Hugh und dachte dabei:

Also hat dieser Trian sich einige Umstände meinetwegen gemacht. Der Magus ist tatsächlich bei den Kir gewesen. Er hat sie ausgefragt, ziemlich gründlich, wie's scheint. Was bedeutet ... Ja, natürlich. Na, wenn das nicht interessant ist! Wer erfährt wohl mehr über wen bei diesem kleinen Spaziergang?

»Ein Adliger?« forschte Trian mit allem gebotenen Feingefühl.

»Das glaubte er von sich. In Wirklichkeit war er – wie habt Ihr es formuliert? – ein Bauer in teuren Kleidern.«

»Ihr sprecht in der Vergangenheitsform. Euer Vater ist tot?«

»Ich habe ihn getötet.«

Trian blieb abrupt stehen und schaute ihm ins Gesicht. »Ihr macht mich frösteln! Von einer solchen Tat mit derartiger Gleichgültigkeit zu sprechen . . .«

»Warum, zur Hölle, sollte es mir *nicht* gleichgültig sein?« Hugh ging unbeirrt weiter, und Trian mußte sich eilen, um mit ihm Schritt zu halten. »Als dem Bastard klar wurde, mit wem er es zu tun hatte, ging er mit dem Schwert auf mich los. Ich setzte mich zur Wehr – mit bloßen Händen. Zu guter Letzt steckte das Schwert in seinem Bauch. Ich schwor, es wäre ein Unfall gewesen, und der Amtmann glaubte mir. Immerhin war ich nur ein Junge und mein ›edler‹ Vater bestens bekannt für seine nimmersatte Lüsternheit – Mädchen, Knaben, ihm kam es nicht darauf an. Ich sagte keinem, wer ich war, sondern ließ sie in dem Glauben, ich wäre jemand, den mein Vater entführt hatte. Die Kir ließen mir eine gute Erziehung angedeihen. Ich kann mich ausdrücken wie jemand von hoher Geburt. Der Amtmann vermutete, ich wäre der Sohn irgendeines Edelmanns und mein Vater hätte mich gestohlen, um seine Lust zu stillen. Er war nur zu gern bereit, den Tod des alten Wüstlings zu vertuschen, statt womöglich eine blutige Fehde auszulösen.«

»Aber es war kein Unfall, oder?«

Der Magier stolperte über eine Unebenheit und streckte instinktiv die Hand nach Hugh aus, der ihn am Ellbogen ergriff und stützte. Der Gang, in dem sie sich befanden, führte tiefer und tiefer hinein in das Innere des Klosters.

»Nein, es war kein Unfall. Ich konnte ihm das Schwert ohne große Mühe entringen; er war betrunken. Ich nannte ihm den Namen meiner Mutter, sagte ihm, wo sie begraben liegt, und stieß ihm das Schwert in die Eingeweide. Er starb zu schnell. Seither habe ich gelernt.«

Trian war blaß und schwieg. Schließlich hob er die Laterne und leuchtete in Hughs tief gefurchtes, grimmiges Gesicht. »Der Prinz darf nicht leiden«, sagte der Magier.

»Aha, zurück zum Geschäft.« Hugh grinste ihn an. »Und es war so ein netter kleiner Plausch. Was hofftet Ihr zu erfahren? Daß ich nicht so schlecht bin wie mein Ruf? Oder das Gegenteil?«

Trian war offenbar nicht willens, sich ablenken zu lassen. Eine Hand auf Hughs Arm gelegt, beugte er sich zu ihm und dämpfte seine Stimme zu einem Flüstern, obwohl Hugh außer den Fledermäusen unter der Decke niemanden sah, der sie vielleicht belauschen konnte.

»Es muß schnell gehen. Unerwartet. Keine Furcht. Im Schlaf vielleicht. Gift . . .«

Hugh befreite sich von der Hand auf seinem Arm. »Ich verstehe mein Geschäft. Ich richte mich selbstverständlich nach Euren Wünschen. Ihr seid der Kunde. Vielmehr, ich gehe davon aus, daß Ihr im Namen des Kunden sprecht.«

»Das sind unsere Wünsche.«

Mit einem erleichterten Seufzer ging Trian noch ein paar Schritte weiter und blieb dann vor einer weiteren verschlossenen Tür stehen. Statt sie zu öffnen, stellte er die Laterne auf den Fußboden und bedeutete Hugh mit einem Wink, in das Zimmer zu schauen. Der Assassine bückte sich, legte das Auge ans Schlüsselloch und spähte hindurch.

Hugh Mordhand empfand selten irgendwelche Gefühle. Diesmal jedoch verengten sich beim Anblick des nichtsahnenden Opfers seine Augen, und der Ausdruck von Langeweile und Desinteresse verschwand schlagartig aus seinem Gesicht. Durch das Schlüsselloch sah er nicht den intriganten, ränkeschmiedenden Jüngling von achtzehn Zyklen, den er sich vorgestellt hatte. Auf einer Pritsche zusammengerollt lag in tiefem Schlaf ein strubbeliger Junge mit ernsthaftem Gesicht, der nicht älter sein konnte als zehn.

Langsam richtete Hugh sich auf. Im Schein der Laterne musterte der Magier das Gesicht des Assassinen. Die Lippen waren schmal, die Augen finster, und Trian runzelte besorgt die Stirn. Er legte den Finger an die Lippen und führte Hugh zu einem anderen Zimmer, zwei Türen weiter. Nachdem er aufgeriegelt hatte, zog er Hugh hinein und schloß die Tür.

»So«, meinte der Magier leise. »Da gibt es ein Problem, nicht wahr?«

Hugh schaute sich in dem Raum, in dem sie standen, rasch und gründlich um, dann richtete er den Blick wieder auf den bekümmerten Magus. »Ja, etwas zu rauchen wäre mir lieb. Im Gefängnis hat man mir die Pfeife weggenommen. Könnt Ihr mir aushelfen?«

Kapitel 6

Kloster des Ordens der Kir, Volkaran-Inseln, Mittelreich

»Aber Ihr habt die Stirn gerunzelt, und Euer Gesichtsausdruck ließ mich vermuten, daß Ihr . . .

». . . daß ich Skrupel hätte, ein Kind zu ermorden?«

Es ist sein Privileg, als unschuldiges Kind zu sterben, unbefleckt von dem Bösen, das das Erbe der Menschheit ist. Worte aus der Vergangenheit. Das triste, kalte Zimmer, die rissigen Mauern beschworen alte Erinnerungen herauf. Unmutig über seine Schwäche, verbannte Hugh sie wieder in die Tiefen seines Bewußtseins. Er holte sich mit der Zange eine glühende Kohle aus der Feuergrube im Boden und hielt sie an den Kopf der Pfeife, die der Magier aus einem noch unverschnürten Rucksack hervorgezogen hatte. Stephen schien wirklich an alles gedacht zu haben.

Ein paar kräftige Züge, der Sterego* glühte, und mit dem Rauch verflüchtigten sich auch die Erinnerungen. »Das Stirnrunzeln galt

* Sterego ist ein auf der Insel Tytan vorkommender Pilz. Die dort ansässigen Menschen benützten seit langem zerstoßene Steregos als Heilmittel. Im Zuge der Ersten Expansion entdeckten Forscher der Elfen, daß der langsam brennende, würzige Sterego viel besser war als ihr eigenes Pfeifendornkraut und viel billiger anzubauen. Sie legten eigene Pflanzungen an, doch es muß etwas Besonderes an Tytan sein. Keine andere Sorte ist dem Original in bezug auf Duft und Aroma vergleichbar.

mir selbst, wegen eines Fehlers. Ich hatte einen vorschnellen Schluß gezogen. Diese Art Fehler kann man sich in meinem Geschäft eigentlich nicht leisten. Doch ich wüßte tatsächlich gern, was ein Junge in diesem Alter angestellt haben kann, um einen so frühen Tod zu verdienen.«

»Man könnte sagen... er wurde geboren«, entfuhr es Trian sichtlich ungewollt, denn er warf Hugh einen raschen Blick zu, um sich zu vergewissern, ob der Assassine die Bemerkung gehört hatte.

Hugh Mordhand entging nur selten etwas. Die Hand mit der Zange und der glühenden Kohle erstarrte über dem Pfeifenkopf, und er betrachtete den Magier aus forschend zusammengekniffenen Augen.

Trian errötete. »Ihr werdet gut genug bezahlt, um keine Fragen zu stellen«, meinte er abweisend. »Da wir gerade davon sprechen, hier ist Euer Geld.«

Er griff in die Börse an seinem Gürtel, zog eine Handvoll Münzen heraus und zählte fünfzig Einhundertbarlstücke ab.

»Ich hoffe, des Königs Währung ist Euch recht?« Trian hielt ihm die Summe entgegen.

Hugh hob eine Augenbraue und warf die Kohle zurück ins Feuer. »Nur, wenn man sie auch überall akzeptiert.«

Paffend, um die Pfeife in Gang zu halten, nahm der Assassine das Geld und untersuchte die Münzen sorgfältig. Sie waren echt. Auf der Vorderseite war ein Wasserfaß geprägt, die Rückseite schmückte ein Abbild (kein sehr gutes) von Stephens Kopf. In einem Reich, wo man sich das, was gebraucht wurde, entweder durch Tausch oder Diebstahl beschaffte (der König selbst war ein berüchtigter Pirat; die Beute seiner Kaperfahrten gegen die Elfen hatte ihm den Weg zum Thron geebnet), bekam man den sogenannten ›Doppelbarl‹ kaum zu Gesicht, und noch viel seltener fand er im Warenverkehr Verwendung. Sein Wert berechnete sich nach dem kostbaren Gut – Wasser.

Die Versorgung mit Wasser war im Mittelreich ein großes Problem. Regen fiel nur selten, und wenn doch, versickerte er sofort in dem porösen Koralit. Keine Bäche oder Flüsse durchzogen die Koralitinseln. Verschiedene dort heimische Pflanzenarten speicherten Wasser. Der Anbau von Kristallbäumen und Becherpflanzen war eine teure, umständliche Methode, die kostbare Flüssigkeit zu gewinnen, doch für die Menschen des Mittelreichs die einzige Möglichkeit – abgesehen von Überfällen auf die Elfen –, sich mit Wasser zu versorgen*. Mit diesem Auftrag konnte Hugh sein Glück machen. Wenn er nicht wollte, brauchte er nie wieder zu arbeiten. Und all das für den Mord an einem kleinen Kind.

Es ergab keinen Sinn. Hugh wog die Münzen in der Hand und hielt den Blick auf den Magier gerichtet.

»Also gut, ein paar Dinge müßt Ihr vermutlich erfahren«, gab Trian widerwillig zu. »Ihr wißt natürlich, wie es derzeit zwischen Volkaran und Uylandia steht?«

»Nein.«

Auf einem kleinen Tisch standen ein Krug, eine große Schüssel und ein Becher. Der Assassine legte das Geld auf den Tisch, griff nach dem Wasserkrug, füllte den Becher und kostete mit der Miene eines Feinschmeckers. »Aus dem Niederreich. Nicht schlecht.«

»Wasser zum Trinken *und* zum Waschen. Wenn Ihr Eure Rolle glaubhaft spielen wollt, müßt Ihr nicht nur wie ein Edelmann aussehen, sondern auch so riechen«, erklärte Trian in gereiztem Ton. »Und was soll das heißen, Ihr habt keine Ahnung von Politik?«

Hugh legte den Umhang ab, beugte sich vor und tauchte das Gesicht ins Wasser. Dann schöpfte er sich ein paar Handvoll über die Schultern, nahm das Stück Kernseife und fing an, sich zu waschen. Er zuckte zusammen, als der Schaum in die frischen Peitschenstriemen auf seinem Rücken biß. »Nach zwei Tagen im Yreni-Gefängnis würdet Ihr auch nicht besser riechen. Was die Politik betrifft, die hat nichts mit meinem Geschäft zu tun, außer

* Im Niederreich gibt es Wasser im Überfluß. Das Niederreich sind die Inseln im Herzen eines ewigen Sturms – des Mahlstroms. Doch bis jetzt hat sich kein Drache gefunden, der sich bewegen ließe, in den Mahlstrom hineinzufliegen. Die Elfen mit ihren magischen, mechanischen Drachenschiffen sind in der Lage, die sturmgepeitschte Route zu bewältigen, und besitzen deshalb ein absolutes Monopol auf Wasser. Ihre Preise – sofern sie überhaupt an Menschen verkaufen – sind exorbitant. Aus diesem Grund ist die Plünderung von Transportschiffen und Wasserspeichern der Elfen nicht nur finanziell lukrativ, sondern für die Menschen lebenswichtig.

daß sie mir den einen oder anderen Kunden beschert. Ich wußte nicht einmal sicher, daß Stephen einen Sohn hatte...«

»Nun, er hat.« Die Stimme des Magiers klang kalt. »Und er hat auch eine Frau. Es ist kein Geheimnis, daß es sich bei ihrer Ehe um eine reine Vernunftangelegenheit handelt, um zwei starke Völker daran zu hindern, sich gegenseitig an die Kehle zu gehen und uns der Gnade der Elfen auszuliefern. Die Königin sähe die Macht allerdings gern in ihren Händen vereint. Die Krone von Volkaran kann nicht an eine Frau übergehen; Anne hat also nur die Möglichkeit, durch ihren Sohn zu herrschen. Glücklicherweise haben wir ihre Verschwörung vor kurzem aufgedeckt. Diesmal ist mein König mit dem Leben davongekommen. Das nächste Mal – wer weiß.«

»Und so schafft Ihr Euch den Jungen vom Hals. Damit wäre Euer Problem gelöst, wenn ich recht verstanden habe, aber der König steht ohne Thronerben da.«

Die Pfeife fest zwischen die Zähne geklemmt, streifte Hugh die Hose ab und spritzte reichlich Wasser über seinen nackten Körper. Trian wandte sich ab, entweder aus Höflichkeit oder weil der Anblick der zahlreichen Striemen und Narben ihn erschreckte.

»Stephen ist kein Narr. Das wurde alles in Betracht gezogen. Sobald wir Aristagon den Krieg erklären, werden die Völker sich zusammenschließen, daran ändert auch der Einfluß der Königin nichts. Während des Krieges wird Stephen sich von Anne scheiden lassen und eine Frau aus seinem eigenen Volk heiraten. Seine Majestät ist in einem Alter, in dem er immer noch Kinder zeugen kann – viele Kinder. Der Krieg gegen die Elfen wird die Völker zur Einigkeit zwingen, trotz der Scheidung. Wenn man endlich Frieden schließt, ist Uylandia zu stark geschwächt und zu sehr von Stephen abhängig, um sich von ihm loszusagen.«

»Gar nicht dumm«, lobte Hugh. Er warf das Handtuch auf den Tisch, trank zwei Becher von dem kühlen, süßen Wasser und erleichterte sich dann in ein bereitgestelltes Nachtgeschirr. Anschließend nahm er die verschiedenen Kleidungsstücke in Augenschein, die ordentlich gefaltet auf einer Pritsche lagen. »Und wie, bitte sehr, wollt Ihr die Elfen dazu bringen, in den Krieg zu ziehen? Sie haben ihre eigenen Probleme.«

»Ich dachte, Ihr hättet keine Ahnung von Politik«, murmelte

Trian spitz. »Wir erklären den Elfen den Krieg, weil ... sie den Prinzen ermordet haben.«

»Aha!« Hugh schlüpfte in das Unterzeug und die Hose aus dickem Wollstoff. »Alles hübsch sauber und akkurat. Deshalb seid Ihr gezwungen, mich zu beauftragen, statt die Sache höchstpersönlich mit ein paar Zauberkunststückchen zu erledigen.«

»Ja.« Trians Stimme brach; das kurze Wort klang fast wie ein Schluchzen. Der Assassine hatte sich eben das Hemd überziehen wollen und hielt mitten in der Bewegung inne, um dem Magier einen scharfen Blick zuzuwerfen, doch der Zauberer und Vertraute des Königs hielt ihm den Rücken zugewandt. Hugh legte die Pfeife beiseite und kleidete sich weiter an, aber er achtete genau auf jede Nuance in Worten und Stimme des Magiers.

»Die Leiche des Kindes muß von unseren Leuten auf Aristagon gefunden werden. Keine schwierige Aufgabe. Sobald sich die Nachricht verbreitet, daß der Prinz von Elfen entführt worden ist, wird man Suchtrupps aussenden. Ich gebe Euch eine Liste mit geeigneten Orten. Wenn man uns richtig informiert hat, besitzt Ihr ein Drachenschiff ...«

»Von Elfen entworfen und gebaut. Wenn das nicht gelegen kommt!« warf Hugh ein. »Ihr beide habt das bis ins kleinste geplant, nicht wahr? Sogar bis zu dem Punkt, mir den Mord an Fürst Rogar anzulasten.«

Er strich sich das Wams über der Brust glatt. Es war schwarzer Samt, mit goldenen Besätzen. Auf dem Bett lag ein Schwert. Er nahm es auf, musterte es kritisch, zog die Klinge aus der Scheide und prüfte die Waffe fachmännisch mit einigen knappen, raschen Drehungen des Handgelenks. Zufrieden schob er die Klinge in die Scheide zurück und legte den Schwertgurt um die Hüften. Seinen Dolch verwahrte er im Stiefelschaft.

»Und nicht nur das. Könnte es sein ...«

»Nein.« Trian drehte sich zu ihm herum. »Sein eigener Magier hat den Fürsten getötet, was Euch kaum überraschen dürfte. Ich bin ziemlich sicher, Ihr hattet ihn gleich durchschaut. Dank unserer Wachsamkeit vermochten wir den Vorfall zu unserem Vorteil auszunutzen. Euer Dolch wurde herbeigeschafft und gegen die Mordwaffe ausgetauscht. Eurem Freund, dem Drachenritter, wurde die Nachricht zugespielt, daß man Euch in der Gegend gesehen hätte.«

»Euretwegen mußte ich den Kopf auf diesen blutverkrusteten Steinklotz legen und sah diesen Irren mit seinem stumpfen Schwert über mir aufragen. Und dann rettet Ihr mein Leben und glaubt, daß die Angst mich bewegen wird, Euch zu dienen.«

»Bei jedem anderen Mann wäre es gelungen. In Eurem Fall war ich mir nicht so sicher, und – wie Ihr bestimmt gemerkt habt – ich hatte den König gewarnt.«

»Also bringe ich den Jungen nach Aristagon, töte ihn und lasse den Leichnam an einer Stelle liegen, wo man ihn ohne Mühe findet, woraufhin der trauernde Vater die Fäuste ballt, Rache schwört und die gesamte Menschheit von gerechtem Zorn erfüllt in den Krieg marschiert. Und wirklich keiner merkt, daß die Elfen so dumm nicht sind? Sie können sich zur Zeit einen Krieg mit uns nicht leisten. Diese Rebellion in ihren eigenen Reihen ist eine ernsthafte Angelegenheit.«

»Ihr scheint über die Elfen besser Bescheid zu wissen als über die Situation Eures eigenen Volkes! Manche Leute könnten das merkwürdig finden.«

»Manche Leute, die nicht wissen, daß ich mein Schiff von Schiffsbauern der Elfen überholen lassen muß und daß ich bei der Erneuerung der Zaubersprüche auf die Magier der Elfen angewiesen bin.«

»Also macht Ihr Geschäfte mit dem Feind ...«

Der Assassine zuckte die Schultern. »In meinem Geschäft ist jeder ein Feind.«

Trian leckte sich über die Lippen. Die Unterhaltung hinterließ offenbar einen bitteren Geschmack in seinem Mund, aber so geht es einem, dachte Hugh, wenn man mit Königen trinkt.

»Es wäre nicht das erste Mal, daß Elfen Menschen entführen und die Leichen als Herausforderung liegenlassen, wo sie leicht zu finden sind«, fuhr Trian mit gesenkter Stimme fort. »Ihr solltet es so einrichten ...«

»Ich weiß, wie man es einrichtet.« Hugh legte dem Magier die Hand auf die Schulter und merkte befriedigt, wie der junge Mann zusammenzuckte. »Ich verstehe mein Geschäft.« Er hob die Münzen auf, studierte sie noch einmal und ließ dann zwei davon in eine kleine Innentasche des Wamses gleiten. Den Rest verstaute er sorgsam in seinem Geldbeutel und brachte ihn in dem Packen unter. »Da wir von Geschäften sprechen, wie setze ich mich wegen der zweiten Hälfte meines Honorars mit Euch in Verbindung, und welche Sicherheit habe ich, bei meiner Rückkehr nicht statt des Geldes einen Pfeil zwischen die Rippen zu bekommen?«

»Ihr habt das Wort eines Königs. Was den Pfeil betrifft ...« Diesmal war Trian an der Reihe, Befriedigung zu empfinden. »... ich nehme an, Ihr seid in der Lage, selbst auf Euch aufzupassen.«

»Das bin ich in der Tat«, entgegnete Hugh. »Denkt immer daran.«

»Eine Drohung?« fragte Trian höhnisch.

»Ein Versprechen. Und jetzt«, sagte Hugh Mordhand kalt, »sollten wir aufbrechen. Wir werden bei Nacht reisen müssen.«

»Der Drache wird Euch und den Jungen dorthin bringen, wo Euer Schiff liegt ...«

»... und dann zurückkehren, um Euch den Ort zu verraten?« Hugh hob eine Augenbraue. »Nein.«

»Ihr habt unser Wort ...«

Hugh lächelte. »Das Wort eines Mannes, der mich bezahlt, ein Kind zu töten.«

Der junge Magier wurde rot vor Zorn. »Urteilt nicht! Ihr könnt nicht verstehen ...« Er verstummte.

»Was verstehen?« Hugh warf ihm einen scharfen Blick zu.

»Nichts. Ihr habt selbst gesagt, daß Ihr Euch nicht für Politik interessiert.« Trian schluckte. »Denkt über uns, was Ihr wollt. Es macht keinen Unterschied.«

Hugh musterte ihn und kam zu der Auffassung, daß keine weiteren Informationen zu erwarten waren. »Sagt mir, wo wir uns hier befinden, dann komme ich schon zurecht.«

»Unmöglich. Diese Festung ist geheim! Wir haben viele Jahre daran gearbeitet, sie zu einem sicheren Zufluchtsort für Seine Majestät zu machen.«

»Aber Ihr habt mein Wort«, spottete Hugh. »Wie's scheint, sind wir in einer Sackgasse angelangt.«

Trian errötete wieder und kniff die Lippen so fest zusammen, daß die Haut um den Mund sich weiß verfärbte.

»Wie ist es damit? Ihr nennt mir eine allgemeine Position – sagen wir, eine Insel. Ich befehle dem Drachen, Euch und den Prinzen zu einer Stadt auf der Insel zu bringen und dort abzusetzen. Mehr kann ich nicht tun.«

Hugh überlegte, dann nickte er zustimmend. Nachdem er die Pfeife ausgeklopft hatte, verstaute er den langen, gebogenen Stiel mit dem kleinen, runden Kopf in dem vorbereiteten Packen und überprüfte, was man an Kleidung, Gerät und Proviant zusammengestellt hatte. Was er vorfand, schien ihn zufriedenzustellen, denn mit kundigen Bewegungen schnürte er den Rucksack zu.

»Der Prinz führt ebenfalls Proviant und Kleidung mit sich, genug für . . .« Trian stockte, doch er zwang sich weiterzusprechen. ». . . genug für einen Monat.«

»So lange wird es nicht dauern«, bemerkte Mordhand leichthin und warf sich den Pelzumhang über die Schultern. »Denn je nachdem wie weit die Ortschaft entfernt ist, zu der wir fliegen sollen. Ich kann Drachen mieten . . .«

»Der Prinz darf nicht gesehen werden! Außerhalb des Hofs gibt es kaum jemanden, der ihn erkennen würde, aber wenn durch Zufall . . .«

»Immer mit der Ruhe. Ich weiß, was ich tue«, sagte Hugh leise, doch in seinen schwarzen Augen stand eine Warnung, die zu beachten der Magier für geraten hielt.

Der Assassine nahm den Rucksack auf und ging zur Tür. Eine aus den Augenwinkeln erspähte Bewegung zog seine Aufmerksamkeit auf sich. Draußen, im Hof, sah er den Henker des Königs in Erwiderung eines unhörbaren Befehls den Kopf neigen und seinen Posten verlassen. Jetzt stand der Richtblock allein inmitten des Gevierts. Er verströmte einen weißen Schimmer und wirkte seltsam einladend in seiner Kälte und Reinheit und dem Versprechen von Ruhe und Frieden. Mordhand blieb stehen. Für einen kurzen Augenblick glaubte er zu fühlen, wie sich der unsichtbare Faden des Schicksals um seinen Hals schlang. Er zerrte an ihm, zog ihn weiter, hin zu demselben riesigen Netz, in dem Trian und der König bereits zappelten.

Ein rascher, sauberer Schwertstreich würde ihn befreien.

Ein Schwertstreich gegen zehntausend Barls.

Hugh zwirbelte seinen Bart und wandte sich an Trian.

»Was für ein Zeichen soll ich Euch schicken?«

»Zeichen?« Trian blinzelte verständnislos.

»Zum Beweis, daß der Auftrag ausgeführt ist. Ein Ohr? Einen Finger? Was?«

»Gesegnete Ahnen steht mir bei!« Der junge Magier wurde totenbleich. Er wankte und lehnte sich haltsuchend an eine Mauer. Deshalb sah er nicht, wie Hughs Lippen sich zu einem grimmigen Lächeln verzogen und wie der Assassine den Kopf neigte, als hätte er soeben die Antwort auf eine sehr wichtige Frage erhalten.

»Bitte . . . verzeiht diese Schwäche«, meinte Trian leise und strich sich mit einer zitternden Hand über das schweißfeuchte Gesicht. »Ich habe einige Nächte nicht geschlafen und dann . . . dann der Drachenritt rydiaaufwärts und gleich wieder zurück. Selbstverständlich legen wir Wert auf ein Zeichen. Der Prinz trägt . . .« Trian schluckte, aber aus einer inneren Quelle schien ihm frische Kraft zuzuströmen. ». . . der Prinz trägt ein Amulett, die Feder eines Falken. Ein Mysteriarch aus dem Hohen Reich gab sie ihm, als er noch ein Säugling war. Aufgrund seiner magischen Eigenschaften kann das Amulett erst dann abgenommen werden, wenn der Prinz tot ist.« Er holte tief und schluchzend Atem. »Schickt uns dieses Amulett, und dann wissen wir . . .« Er konnte nicht weitersprechen.

»Welche Art der Magie?« erkundigte sich Hugh mißtrauisch.

Doch der Magier, bleich wie der Tod, schwieg hartnäckig. Er schüttelte nur den Kopf; ob er wirklich vor innerer Erregung nicht mehr sprechen konnte oder sich weigerte zu antworten, vermochte Hugh nicht zu beurteilen. Auf jeden Fall war offensichtlich, daß er nichts mehr über den Prinzen und sein Amulett erfahren würde.

Es interessierte ihn auch nicht sonderlich. Er kannte den Brauch, Neugeborenen irgendwelche magischen Gegenstände umzuhängen, die sie vor Krankheit oder Rattenbissen schützen sollten. Den meisten dieser Amulette aus dem Sortiment umherziehender Scharlatane wohnte soviel Zauberkraft inne wie den Steinfliesen unter Hughs Füßen. Bei einem Königssohn war allerdings damit zu rechnen, daß er einen echten Talisman besaß, doch nach dem Wissen des Assassinen vermochte keins dieser magischen Kindermädchen den Träger davor zu bewahren, daß ihm – zum Beispiel –

die Kehle durchgeschnitten wurde. Vor langer Zeit, behauptete die Sage, hatte es Zauberer von solcher Macht und Kunstfertigkeit gegeben, aber jetzt nicht mehr. Seit vielen Zyklen nicht mehr, seit sie das Mittelreich verlassen und sich zu den Inseln begeben hatten, die hoch am Himmel schwebten. Und einer von diesen Zauberern war herabgestiegen und hatte dem Kind eine Feder gegeben?

Dieser Trian muß mich für einen ausgemachten Dummkopf halten. »Nimm dich zusammen, Magier«, mahnte Hugh barsch, »oder der Kleine wird etwas merken.«

Trian nickte und leerte dankbar den Becher Wasser, den der Assassine ihm eingeschenkt hatte. Dann schloß er die Augen, atmete etliche Male tief ein und aus, konzentrierte sich und war gleich darauf wieder imstande zu lächeln, als ob nichts gewesen wäre. Die Farbe kehrte in seine bleichen Wangen zurück.

»Gehen wir«, sagte Trian und ging voran zu der Tür der Kammer, in der der Prinz lag und schlief. Behutsam drehte er den Schlüssel im Schloß, öffnete die Tür einen Spaltbreit und trat zur Seite.

»Lebt wohl«, meinte Trian und steckte den Schlüssel in sein Wams.

»Kommt Ihr nicht mit? Um mich vorzustellen? Um zu erklären, was das alles zu bedeuten hat?«

Trian schüttelte den Kopf. »Nein«, antwortete er leise. Hugh fiel auf, daß er sich angestrengt bemühte, den Gang hinunterzuschauen, und nicht einmal einen flüchtigen Blick in das Zimmer warf. »Ab jetzt liegt alles in Euren Händen. Ich lasse Euch die Lampe hier.«

Bevor Hugh etwas erwidern konnte, hatte der Magier sich abgewandt und ging mit eiligen Schritten davon. Bald war er in den Schatten untergetaucht. Hughs scharfe Ohren vernahmen das Klicken, mit dem eine Tür aufgeschlossen wurde. Es folgte ein frischer Luftzug, der gleich wieder versiegte. Der Magier war fort.

Der Assassine zuckte die Schultern. Mit der einen Hand befühlte er die beiden Münzen in seiner Tasche, die andere legte er kurz auf den Schwertknauf, bevor er die Tür aufstieß und in das Zimmer trat. Er hob die Laterne und ließ den Lichtschein auf das schlafende Kind fallen.

Bisher hatte der Assassine Kinder nur am Rande wahrgenommen. Er wußte nichts über sie und machte sich nichts aus ihnen. An seine eigene Kindheit erinnerte er sich kaum – kein Wunder, sie war kurz gewesen. Die Kirmönche hatten keinen Sinn für die Zeit glücklicher, sorgloser kindlicher Unschuld. So früh wie möglich wurde das Kind mit der harten Realität des Lebens konfrontiert. In einer Welt ohne Götter verehrten die Kir des Lebens einzige Gewißheit – den Tod. Das Leben war eine achtlos und willkürlich ausgesäte Frucht. Der Mensch hatte keine Wahl und konnte sich nicht dagegen auflehnen. Freude an einem derart zweifelhaften Geschenk galt als Sünde. Der Tod war das strahlende Versprechen, die selige Erlösung.

Ihren Glaubensregeln folgend, taten die Kir solche Arbeiten, die die meisten Menschen als abscheulich oder gefährlich empfanden. Man nannte die Kir die Brüder des Todes.

Sie hatten kein Mitleid mit den Lebenden. Ihr Ressort war der Tod. Sie praktizierten keine Heilkunst, aber wenn die Leichen der Seuchenopfer auf die Straße geworfen wurden, waren es die Kir, die sie aufsammelten, für sie beteten und sie verbrannten. Bettler, von der Schwelle der Klöster gejagt, fanden Einlaß nach ihrem Tod. Selbstmörder – verflucht von den Ahnen, eine Schande für ihre Familien – wurden von den Kir ehrerbietig zur letzten Ruhe gebettet. Die Leichen von Mördern, Huren, Dieben – alle wurden von den Kir aufgenommen. Nach einer Schlacht waren es die Kir, die sich derer annahmen, die ihr Leben hingegeben hatten im Dienst der Sache, die gerade en vogue war.

Die einzigen lebenden Wesen, denen die Kir überhaupt irgendwelche Barmherzigkeit bezeugten, waren die unmündigen Söhne Gestorbener, Waisen, die keinen anderen Zufluchtsort hatten. Die Mönche zogen sie auf. Wohin die Mönche auch gingen – zu welchem Schauplatz des Elends und Leidens, der Grausamkeit und Entbehrung man sie rief, sie nahmen die Kinder mit als ihre Handlanger und nutzten gleichzeitig die Gelegenheit, sie von den Schattenseiten des Lebens zu überzeugen, während sie ihnen in leuchtenden Farben die Gnade des Todes schilderten. Indem sie diese Knaben nach ihren Bräuchen und ihrem freudlosen Glauben erzogen, waren die Kir in der Lage, den Fortbestand ihres düsteren Ordens zu sichern. Einige der Kinder liefen fort, wie Hugh es getan hatte, doch selbst er hatte es nicht geschafft, dem Schatten der schwarzen Kutten zu entrinnen, unter deren Vormundschaft er aufgewachsen war.

Als der Assassine auf das friedliche Gesicht des schlafenden Kindes hinabschaute, empfand er daher kein Mitleid, keine Entrüstung. Der Mord an diesem Jungen war für ihn nur ein weiterer Auftrag und einer, der sich leicht als schwieriger und gefährlicher herausstellen konnte als viele andere. Hugh wußte, daß der Magier gelogen hatte. Jetzt mußte er nur noch herausfinden, warum.

Er setzte den Rucksack auf den Boden und versetzte dem Kind mit der Stiefelspitze einen leichten Stoß. »Kleiner, wach auf.«

Der Junge zuckte zusammen, die Lider hoben sich flatternd, und er fuhr empor, bevor er richtig aufgewacht war. »Was ist?« fragte er und starrte durch einen Schopf wirrer goldener Locken auf den Fremden, der vor ihm aufragte. »Wer seid Ihr?«

»Man nennt mich Hugh – Sir Hugh von Ke'lith, junger Herr«, erwiderte der Assassine, der beinahe vergessen hatte, daß er als Edelmann auftreten sollte, und deshalb die erste Grafschaft nannte, die ihm in den Sinn kam. »Ihr seid in Gefahr. Euer Vater hat mich beauftragt, Euch an einen Ort zu bringen, wo es sicherer für Euch ist. Steht auf. Wir haben nicht viel Zeit. Wir müssen aufbrechen, solange es noch dunkel ist.«

Die Augen unverwandt auf das starre Gesicht mit den hohen Wangenknochen, der Adlernase und dem geflochtenen Bart gerichtet, rückte das Kind furchtsam zur Wand.

»Geht weg. Ich mag Euch nicht! Wo ist Trian? Trian soll kommen!«

»Ich bin nicht so hübsch wie der Magier«, meinte Hugh. »Aber Euer Vater hat mich nicht wegen meines Äußeren ausgesucht. Wenn Ihr Angst vor mir habt, stellt Euch vor, wie Eure Feinde sich fürchten werden.«

Hugh hatte einfach so dahingeredet, nur um etwas zu sagen. Er war bereit, das Kind aufzuheben – mochte es noch so schreien und um sich schlagen – und es ohne weitere Umstände nach draußen zu tragen. Daher überraschte es ihn zu sehen, wie der Junge das Argument mit einem Ausdruck von ernsthafter und scharfer Intelligenz überdachte.

»Das klingt vernünftig, Sir Hugh«, sagte der Prinz und stand auf. »Ich werde mit Euch gehen. Nehmt meine Sachen.« Er deutete mit der Hand auf einen Rucksack neben ihm auf der Pritsche.

Es lag Hugh auf der Zunge, dem verwöhnten Balg zu sagen, er solle sich gefälligst selbst um seinen Kram kümmern, doch beherrschte er sich im letzten Moment. »Sofort, junger Herr«, antwortete er demütig und bückte sich.

Er unterzog den Jungen einer kurzen und unauffälligen, aber gründlichen Musterung. Der Prinz war klein für sein Alter, mit großen hellblauen Augen und einem anmutig geschwungenen Mund. Der porzellanweiße Teint verriet, daß er die meiste Zeit fürsorglich im Haus gehalten wurde. Das Licht schimmerte auf der Feder eines Falken, die an einer silbernen Kette um seinen Hals hing.

»Da wir Reisegefährten sein werden, dürft Ihr mich bei meinem Namen nennen«, meinte der Junge scheu.

»Und wie lautet der, junger Herr?« fragte Hugh und hob den Rucksack auf.

Das Kind schaute ihn verwundert an. Hastig fügte der Assassine hinzu: »Ich bin Jahre außer Landes gewesen, müßt Ihr wissen.«

»Gram«, sagte das Kind. »Ich bin Prinz Gram.«

Hugh erstarrte mitten in der Bewegung. Gram! Der Assassine war nicht abergläubisch, aber weshalb sollte jemand einem Kind einen derart unheilvollen Namen geben? Hugh konnte förmlich spüren, wie der unsichtbare Faden des Schicksals sich um seinen Hals zusammenzog. Das Bild des Richtblocks stand ihm vor Augen – kalt, friedvoll, tröstlich. Zornig auf sich selbst, schüttelte er den Kopf. Das Gefühl des Erstickens verschwand, die Vision seines eigenen Todes löste sich auf. Hugh schulterte den großen Rucksack und das Bündel des Prinzen.

»Wir müssen gehen, Prinz«, drängte er und nickte in Richtung der Tür.

Gram hob seinen Umhang vom Boden auf, legte ihn unbeholfen über die Schultern und nestelte an den Bändern, mit denen er am Hals geschlossen wurde. Ungeduldig warf Hugh die beiden Packen wieder zu Boden, kniete nieder und verknotete die Bänder zu einer haltbaren Schleife.

Zu seiner Überraschung warf ihm der Prinz die Arme um den Hals.

»Ich bin froh, daß Ihr mein Beschützer seid«, sagte er, schmiegte sich an ihn und drückte sein Gesicht an Hughs Wange.

Der Assassine rührte sich nicht. Gram ließ ihn los. »Ich bin fertig«, verkündete er aufgeregt. »Fliegen wir mit einem Drachen? Heute abend bin ich zum ersten Mal auf einem geritten. Ihr tut das bestimmt dauernd.«

»Ja«, brachte Hugh heraus. »Es wartet ein Drache im Hof.« Er hob die beiden Bündel auf und die Laterne. »Wenn Ihr mir folgen wollt . . .«

»Ich kenne den Weg«, unterbrach ihn der Prinz und hüpfte aus der Kammer.

Hugh folgte ihm und bemühte sich, die Erinnerung an die Berührung der weichen und warmen Kinderhände abzuschütteln.

Kapitel 7

Kloster des Ordens der Kir, Volkaran-Inseln, Mittelreich

Drei Menschen hielten sich in einem Zimmer der oberen Stockwerke des Klosters auf. Der Raum war eine der Zellen der Mönche gewesen, und folglich war er kalt, trist, klein und fensterlos. Die drei – zwei Männer und eine Frau – standen genau in der Mitte des Zimmers. Der eine Mann hatte den Arm um die Frau gelegt, die Frau umarmte ihn – wie es schien, stützten sie sich gegenseitig in einem Kummer, den einer allein nicht zu tragen vermochte. Der zweite Mann war eben hereingekommen und zu ihnen getreten.

»Sie brechen auf.« Der Magier hielt lauschend den Kopf geneigt, obwohl er nicht mit dem Ohr, sondern mit anderen, geheimnisvolleren Sinnen das Rauschen der Drachenschwingen wahrnahm.

»Mein Sohn!« rief die Frau und tat einen Schritt zur Tür. »Ich will ihn noch einmal sehen. Noch ein einziges Mal!«

»Nein, Anne!« Trians Stimme klang streng, er griff nach der Hand der Frau und hielt sie fest. »Es hat lange Monate gedauert, den Zauber zu brechen. Es ist leichter so! Du mußt stark sein!«

»Ich bete, daß wir das Richtige getan haben.« Schluchzend barg die Frau das Gesicht an der Schulter ihres Mannes.

»Du hättest sie begleiten sollen, Trian«, sagte Stephen. Trotz des schroffen Tons waren die Bewegungen, mit denen er seiner Frau über das Haar streichelte, sanft und liebevoll. »Noch ist Zeit.«

»Nein, Majestät. Wir haben diese Angelegenheit lange und

gründlich durchdacht. Unsere Pläne sind gut. Wir müssen daran festhalten und beten, daß unsere Ahnen mit uns sind und alles verläuft, wie wir es erhoffen.«

»Hast du ihn gewarnt, diesen . . . Hugh?«

»Ein harter Mann wie dieser Assassine würde mir nicht geglaubt haben. Eine Warnung hätte nichts genützt, aber vielleicht großen Schaden angerichtet. Er ist der Beste. Er ist kalt, er ist herzlos. Wir müssen auf seine Klugheit und seinen Charakter vertrauen.«

»Und wenn er versagt?«

»Dann, Euer Majestät«, sagte Trian mit einem leisen Seufzer, »sollten wir uns auf das Ende vorbereiten.«

Kapitel 8

Het, Drevlin, Niederreich

Zu fast derselben Zeit, als Hugh in Ke'lith den Kopf auf den Richtblock legte, wurde etliche tausend Menka* tiefer, auf der Insel Drevlin, ebenfalls eine Exekution durchgeführt. Auf den ersten Blick könnte es scheinen, daß diese beiden Exekutionen nichts gemeinsam hatten, außer dem zufällig gleichen Zeitpunkt. Doch die stets geschäftige, unsterbliche Spinne Schicksal hatte bereits ihre Fäden ausgeworfen, um die zwei grundverschiedenen Personen langsam, aber unwiderruflich zusammenzuführen.

In der Nacht, in der Fürst Rogar von Ke'lith ermordet wurde, saß Limbeck Schraubendreher in seiner gemütlichen, unaufgeräumten Behausung in Het – der ältesten Stadt auf Drevlin – und verfaßte eine Rede.

Limbeck war, in seiner eigenen Sprache, ein Geg. In jeder anderen Sprache von Arianus oder der untergegangenen Welt vor der Großen Teilung hätte man ihn einen Zwerg genannt. Er war respektable ein Meter zwanzig groß (ohne Schuhe). Ein voller,

* Menka oder – genauer – Menkarias rydia ist die Maßeinheit der Elfen für Entfernungen, auf der Basis der ursprünglichen Definition: ›eintausend Elfenkrieger hoch‹. In jüngerer Zeit wurde als Norm festgelegt, daß Elfenkrieger sechs Fuß groß sind: damit entspricht ein Menka sechstausend Fuß. Da Elfenfüße um einiges kleiner sind als die Füße der Menschen, hat diese Art der Berechnung zu erheblicher Verwirrung zwischen den beiden Rassen geführt.

üppiger Bart zierte sein freundliches, offenes Gesicht. Er war ein wenig füllig um die Leibesmitte, ungewöhnlich für einen schwer arbeitenden jungen, erwachsenen Geg; es kam daher, daß er zuviel Zeit an seinem Schreibtisch verbrachte. Limbecks Augen waren hell, wach und außerordentlich kurzsichtig.

Er wohnte in einer kleinen Höhle inmitten Hunderter anderer Höhlen, die einen großen Hügel am Rand der Stadt durchzogen. Limbecks Behausung unterschied sich in mehrfacher Hinsicht von denen seiner Nachbarn, was durchaus seine Ordnung hatte, denn Limbeck selbst war in mehrfacher Hinsicht ein ungewöhnlicher Geg. Zum einen war die Höhle größer als gewöhnlich, mindestens zwei Gegs hoch.

Eine hölzerne Plattform ermöglichte es ihm, unter die Decke seiner Höhle zu steigen, um dort eine der weiteren Extravaganzen seiner Wohnstatt zu genießen: Fenster.

Die meisten Gegs legten keinen Wert auf Fenster; bei den über die Insel fegenden Stürmen waren Fenster unpraktisch, und ohnehin interessierten sich die Gegs im allgemeinen sehr viel mehr für das, was drinnen vor sich ging, als für die Vorgänge draußen. Nur in einigen der wenigen noch erhaltenen, ursprünglichen Gebäude der Stadt – denen, die vor langer, langer Zeit von den heiligen und verehrungswürdigen Mangern errichtet worden waren – gab es Fenster. Die Scheiben bestanden aus dickem, mit Luftblasen durchsetzten Glas, man hatte sie weit nach hinten in die soliden Mauern eingesetzt, und so eigneten sie sich bestens für eine Umgebung, die von unablässig tosendem Wind, Regen und Hagel geprägt wurde. In einem dieser unbewohnten Gebäude in der Stadtmitte hatte Limbeck sich mit dem Nötigsten versorgt. Ein paar Umdrehungen eines geliehenen Rattabohrs verhalfen ihm zu den genau passenden Öffnungen für zwei Fenster im Erdgeschoß und vier unter dem Dach.

Diese Fenster symbolisierten den entscheidenden Unterschied zwischen Limbeck und den meisten seines Volkes. Sie hatten die Außenwelt weitgehend aus ihrem Leben verbannt. Limbeck dagegen schaute gern nach draußen – selbst wenn es dort nichts weiter zu sehen gab als prasselnden Regen und zuckende Blitze oder (in den Atempausen zwischen den Unwettern) die Tonnendingse und Summsekabel und gleißenden Funkelfunken des Allüberall.

Limbecks Behausung wies noch eine Besonderheit auf, die sie unverkennbar aus der Masse der anderen heraushob. Auf die Vordertür, die sich zum Inneren des Hügels mit den Wohnungen und Straßen öffnete, waren mit roter Farbe und kühnen, wenn auch schräg nach oben strebenden Pinselstrichen die Lettern UFF gemalt.

Davon abgesehen, war die Behausung eine typische Geg-Behausung: zweckmäßige Möbel aus den Materialien, die den Gegs zur Verfügung standen, und kein überflüssiger Schnickschnack. Wie hätte man die Wohnungen auch ausschmücken sollen, wenn nichts an Ort und Stelle blieb. Die Wände, der Boden und die Decke der gemütlichen Höhle bebten und erzitterten unter dem Pochen, Dröhnen, Wummern, Zischen, Knistern und Rattern des Allüberall – dem dominanten Charakteristikum Drevlins, der vorherrschenden Macht.

Limbeck, der erlauchte Führer von UFF, störte sich nicht an dem Lärm. Er empfand ihn als beruhigend, hatte er ihm doch – wenn auch etwas gedämpfter – bereits im Mutterleib gelauscht. Die Gegs verehrten den Lärm, wie sie das Allüberall verehrten. Sie wußten, wenn der Lärm verstummte, war das Ende ihrer Welt gekommen. Den Tod bezeichnete man bei den Gegs als das Ewige Hörnichts.

Eingehüllt in das beruhigende Hämmern und Rumpeln, rang Limbeck mit dem Entwurf seiner Rede. Wenn er sprach, strömten die Worte ihm zu; sie hinzuschreiben hatte seine Tücken. Was aus seinem Mund klug, großartig und nobel klang, wirkte auf dem Papier hohl und aufgeblasen. Wenigstens fand Limbeck das. Jarre behauptete immer, er wäre viel zu kritisch und seine Reden könnte man ebensogut lesen wie anhören, aber, wie Limbeck mit einem liebevollen Kuß auf ihre Wange zu erwidern pflegte, Jarre war voreingenommen.

Limbeck sprach während des Schreibens laut vor sich hin, um zu prüfen, wie die Worte klangen. Da er extrem kurzsichtig war und die Brille sich nur bei größeren Entfernungen als nützlich erwies, hatte er sich angewöhnt, sie abzunehmen, wenn er schrieb. Den Kopf dicht über die Hand mit der kratzenden Feder geneigt, bekamen Nase und Bart mindestens ebensoviel Tinte ab wie das Papier.

»Es ist daher unsere Absicht, als Mitglieder der Union für Freiheit und Fortschritt, unserem Volk *jetzt* ein angenehmes Leben zu ermöglichen und es nicht immer auf eine ferne Zukunft zu vertrösten, die vielleicht niemals kommt!« Limbeck schlug erregt mit der Faust auf den Tisch. Tinte schwappte aus dem Tintenfaß, ein blaues Rinnsal näherte sich dem Blatt und drohte seine Rede zu überschwemmen. Limbeck gebot der Flut mit dem Ellenbogen Einhalt; der zerschlissene Hemdärmel saugte die Tinte durstig auf. Der Stoff hatte längst jede Andeutung seiner ursprünglichen Färbung verloren; daher wirkte der tiefblaue Fleck am Ärmel als heiterer Farbtupfer.

»Seit Jahrhunderten erzählt man uns, daß wir in dieses Reich der Stürme und des Chaos verbannt wurden, weil man uns nicht für würdig erachtet, unsere Wohnung bei den Elften droben zu nehmen. Wir, die wir aus Fleisch und Blut und Knochen erschaffen sind, dürften nicht hoffen, im Land der Unsterblichen zu leben. Sobald wir uns würdig erwiesen haben, sagen unsere Führer, werden die Elften vom Himmel hoch herabkommen und über uns Gericht halten, und wir werden in das Pradies aufsteigen. Inzwischen ist es unsere Pflicht, dem Allüberall zu dienen und auf diesen großen Tag zu warten. Ich sage« – hier reckte Limbeck eine geballte und tintenfleckige Faust über den Kopf – »ich sage, dieser Tag wird niemals kommen!

Ich sage euch, daß man uns belogen hat! Unsere Führer getäuscht! Es ist leicht für den Chefmechniker und die Leute seiner Schicht, Geduld zu predigen, bis wir am Tag des Gerichts belohnt werden. *Sie* führen bereits ein gutes Leben. *Sie* erhalten den Lohn der Götter. Aber lassen *sie* uns daran teilhaben? Nein, *sie* lassen uns bezahlen, teuer bezahlen, für unseren Anteil, auf den wir bereits mit unserem Schweiß ein Anrecht erworben haben!«

(»Hier muß ich eine Pause machen, für den Beifall«, überlegte Limbeck und kleckste ein formloses Sternchen unter den Absatz.)

»Es ist Zeit, daß wir uns erheben und . . .« Limbeck verstummte, weil er glaubte, ein merkwürdiges Geräusch gehört zu haben. Nun, wie irgend jemand auf dieser Insel etwas anderes zu hören vermochte als den Lärm des Allüberall und das Tosen und Pfeifen der Stürme, die tagtäglich über Drevlin hinwegfegten, war den Elften ein Rätsel, die jeden Monat auf Drevlin landeten, um ihre Schiffsladung Wasser zu übernehmen. Doch die Gegs, die an den ohrenbetäubenden Krach gewöhnt waren, fühlten sich davon so wenig belästigt wie ein Elftenfürst von Tribus durch das Rascheln der Blätter an einem Baum. Ein Unwetter mit Blitz und Donner vermochte den Schlaf eines Geg nicht zu stören, doch beim Huschen einer Maus in seiner Küche fuhr er bolzengrade aus den Kissen.

Es war das Geräusch ferner, rufender Stimmen, das Limbecks Aufmerksamkeit erregt hatte, und plötzlich in die Wirklichkeit zurückgerissen, hob er den Blick zu einem Zeitmeßgerät (seine eigene Erfindung) in einer Nische der Wand. Eine komplexe Kombination aus Rasselrädchen und Zickezacken ließ das Gerät stündlich zur vollen Stunde eine Bohne in einen darunterstehenden Becher fallen. Jeden Morgen schüttelte Limbeck den Inhalt des Bechers in den Behälter darüber, und die Aufteilung des Tages in Zeitabschnitte begann aufs neue.

Limbeck sprang auf, blinzelte kurzsichtig in den Becher und zählte die Bohnen. Er stöhnte. Wieder zu spät. Eben hatte er seinen Mantel ergriffen und war auf dem Weg zur Tür, als ihm die nächste Zeile für seine Rede einfiel. Er beschloß, noch rasch eine Notiz zu machen, und setzte sich wieder hin. Sofort war seine Verabredung vergessen. Tintenbeschmiert und glücklich verlor er sich wieder in den Gefilden der Rhetorik.

»Wir, die Mitglieder der Union für Freiheit und Fortschritt, haben drei Anliegen auf unsere Fahnen geschrieben: Erstens: Alle Schichten sollten zusammenkommen und austauschen, was sie über das Allüberall wissen, damit wir herausfinden, wie es funktioniert, und es beherrschen können, statt ihm als Sklaven zu dienen. (Klecks für Applaus.) Zweitens: Die Anbeter warten nicht länger auf den Tag des Gerichts und beginnen jetzt gleich damit, für ein besseres Leben zu arbeiten. (Wieder ein Klecks.) Drittens: Die Anbeter gehen zum Mechniker und fordern eine gerechte Beteiligung an den Zahlungen der Elften. (Zwei Kleckse und ein Schnörkel.)«

Limbeck seufzte. Er wußte aus der Vergangenheit, daß die dritte Forderung bei den jungen Gegs, die lange Stunden für kargen Lohn arbeiten mußten, den größten Anklang finden würde. Doch Limbeck war auch bewußt, daß diese Forderung von den dreien die am wenigsten wichtige war.

»Wenn sie nur gesehen hätten, was ich gesehen habe!« klagte Limbeck. »Wenn sie nur wüßten, was ich weiß. Wenn ich es ihnen nur sagen könnte!«

Das ferne Stimmengewirr erweckte wieder seine Aufmerksamkeit. Limbeck hob den Kopf und lächelte mit liebevollem Stolz. Jarres Rede hatte ihren üblichen Effekt. »Sie braucht mich nicht«, sinnierte Limbeck, nicht betrübt, sondern mit der stillen Freude eines Lehrers, der befriedigt einen vielversprechenden Studenten die in ihn gesetzten Hoffnungen erfüllen sieht. »Sie kommt ohne mich zurecht. Ich bleibe hier und schreibe weiter.«

Während der nächsten Stunde war Limbeck – voller Tinte und Inspiration – so in sein Manuskript versunken, daß er das Stimmengewirr nicht mehr wahrnahm und deshalb auch nicht merkte, daß die Beifallsbekundungen sich zu zornigem Geschrei wandelten. Als schließlich ein anderes Geräusch als das monotone Rumpeln und Dröhnen des Allüberall in sein Bewußtsein drang, war es das laute Zuschlagen einer Tür in seiner unmittelbaren Nähe. Er zuckte gewaltig zusammen.

»Bist du es, meine Liebe?« fragte er einen dunklen, formlosen Schatten, von dem er annahm, es sei Jarre.

Sie atmete schwer, wie nach einer großen Anstrengung. Limbeck klopfte die Taschen nach seiner Brille ab, konnte sie nicht finden und tastete mit den Händen über den Tisch. »Ich habe den Beifall gehört. Deine Rede scheint heute abend besonders gut angekommen zu sein. Tut mir leid, daß ich nicht gekommen bin, wie ich es versprochen hatte, aber ich war beschäftigt . . .« Er deutete mit einer tintigen Hand flüchtig auf das Manuskript.

Jarre stürzte sich auf ihn. Gegs sind klein von Statur, aber kräftig gebaut, mit großen, starken Händen sowie einer Neigung zu kantigen Schultern und einem kantigen Kinn. Männliche und weibliche Gegs sind gleich stark, da sie alle dem Allüberall dienen, bis zum Heiratsalter von ungefähr vierzig Jahren, wenn von beiden Geschlechtern erwartet wird, daß sie sich aus dem Arbeitsleben zurückziehen, um die nächste Generation von Allüberall-Anbetern in die Welt zu setzen und großzuziehen. Jarre war sogar noch kräftiger als die meisten anderen jungen Frauen, denn sie diente dem Allüberall seit ihrem zwölften Lebensjahr. Limbeck, der seit frühester Jugend höhere Interessen verfolgt hatte, war hingegen ziemlich schwach. Folglich, als Jarre sich auf ihn stürzte, katapultierte sie ihn beinahe von seinem Stuhl.

»Meine Liebe, was ist denn?« verwunderte sich Limbeck, richtete den myopischen Blick auf sie und bemerkte jetzt erst, daß ihr Verhalten tatsächlich zu der Vermutung Anlaß gab, es sei etwas nicht in Ordnung. »War deine Rede doch kein Erfolg?«

»Aber ja, sie war ein Erfolg. Ein großer Erfolg!« sagte Jarre, krallte die Hände in sein fadenscheiniges und tintenfleckiges Hemd und versuchte, ihn auf die Füße zu ziehen. »Komm jetzt, wir müssen weg hier!«

»Jetzt?« Limbeck blinzelte verständnislos. »Aber meine Rede . . .«

»Ja, das ist ein guter Gedanke. Wir dürfen sie nicht als Beweis hier liegen lassen.« Sie ließ von Limbeck ab, sammelte hastig die Blätter ein (Papier war eines der rätselhaften Nebenprodukte des Allüberall) und stopfte sie in den Halsausschnitt ihres Kleides. »Schnell, wir haben nicht viel Zeit!« Sie schaute sich hastig in der Wohnung um. »Liegt noch irgend etwas herum, das wir besser wegschaffen sollten?«

»Beweis?« fragte Limbeck verwirrt und setzte die Suche nach seiner Brille fort. »Beweise wofür?«

»Unsere Union«, antwortete Jarre ungeduldig. Sie neigte lauschend den Kopf, lief angstvoll zu einem der Fenster und schaute hinaus.

»Aber meine Liebe, hier ist das Hauptquartier . . .« begann Limbeck, als sie ihm zu schweigen winkte.

»Da! Hörst du? Sie kommen.« Sie nahm seine Brille vom Schreibtisch und setzte sie ihm hastig und gefährlich schief auf die Nase. »Ich kann ihre Laternen sehen. Die Kupferer. Nein, nicht vorn hinaus. Durch die Hintertür, auf dem Weg, den ich gekommen bin.« Sie schob und dirigierte Limbeck in die gewünschte Richtung.

Limbeck blieb stehen, und wenn ein Geg beschlossen hat, sich nicht von der Stelle zu rühren, ist es so gut wie unmöglich, ihn vom Fleck zu bringen.

»Ich gehe nirgendwohin, ehe du mir nicht erklärt hast, was geschehen ist.« Bedächtig rückte er die Brille zurecht.

Jarre rang die Hände, aber sie kannte den Geg, den sie liebte. Limbeck besaß eine Neigung zur Sturheit, die nicht einmal das Allüberall ihm hätte austreiben können. Sie hatte gelernt, damit fertig zu werden, indem sie ihn überrumpelte und ihm keine Zeit zum Nachdenken ließ, aber diesmal schien es nicht zu funktionieren.

»Also gut«, meinte sie unwillig und schaute immer wieder zur Vordertür. »Die Versammlung war besonders gut besucht. Viel besser, als wir je zu hoffen gewagt hätten ...«

»Das ist wunder ...«

»Unterbrich mich nicht. Wir haben keine Zeit. Sie hörten sich an, was ich zu sagen hatte, und ... o Limbeck, es war phantastisch!« Trotz ihrer Eile und der Gefahr, in der sie sich befanden, leuchteten ihre Augen vor Begeisterung. »Es war, als würde man ein brennendes Streichholz in eine Schale mit Salpeter werfen. Sie flammten auf und explodierten!«

»Explodierten?« Limbeck hatte ein ungutes Gefühl. »Meine Liebe, wir wollen nicht, daß sie explodieren ...«

»Du willst es nicht!« unterbrach sie ihn anklagend. »Aber jetzt ist es zu spät. Der Brand ist entfacht, und es ist unsere Aufgabe, das Feuer in nutzbringende Bahnen zu lenken, nicht, es wieder zu ersticken.« Sie ballte die Fäuste und reckte das eckige Kinn vor. »Heute abend haben wir das Allüberall attackiert!«

»Nein!« Limbeck starrte sie fassungslos an. Die Neuigkeit erschütterte ihn dermaßen, daß er sich hinsetzen mußte.

»Doch, und ich glaube, wir haben ihm ernsthaften Schaden zugefügt.« Jarre schüttelte ihre dichte Mähne kurzer, brauner Locken. »Es kam zu einem Handgemenge mit den Kupferern und ein paar Farrern, aber alle von unseren Leuten konnten fliehen. Mir war klar, daß die Kupferer hier nach dir suchen würden, deshalb bin ich hergekommen, um dich in Sicherheit zu bringen. Hör doch!« Fäuste hämmerten gegen die Vordertür; heisere Stimmen forderten barsch, unverzüglich eingelassen zu werden. »Da sind sie! Schnell! Vielleicht wissen sie nichts von der Hinter ...«

»Sie sind gekommen, um mich zu verhaften?« sagte Limbeck.

Jarre gefiel sein Gesichtsausdruck nicht; sie runzelte die Stirn, zog an seinem Ärmel und bemühte sich, ihn zum Aufstehen zu bewegen. »Ja, aber nun komm . . .«

»Man wird mich vor Gericht stellen, richtig?« sprach er weiter. »Und höchstwahrscheinlich wird der Chefmechniker selbst den Vorsitz führen!«

»Limbeck, was hast du vor?« Jarre brauchte nicht fragen; sie wußte es nur allzugut. »Die Strafe für einen Angriff auf das Allüberall ist der Tod!«

Limbeck wischte diesen Einwand als belanglos zur Seite. Die Stimmen wurden lauter und herrischer. Irgend jemand rief nach einem Hauhacker.

»Meine Liebe«, sagte Limbeck, während sich ein beinahe heiliges Leuchten auf seine Züge legte, »endlich werde ich das Publikum haben, vor dem ich mein ganzes Leben lang sprechen wollte! Das ist unsere einmalige Gelegenheit! Denk nur, ich werde unsere Sache dem Chefmechniker und dem Konzil der Clans vortragen können! Hunderte werden zuhören. Die Nachrichtensänger und der Große Mund . . .«

Die Klinge des Hauhackers schmetterte durch die hölzerne Tür. Jarre erbleichte. »O Limbeck! Jetzt ist nicht die Zeit, den Märtyrer zu spielen! Bitte komm jetzt mit mir!«

Der Hauhacker wurde zurückgezogen und hieb ein zweites Mal krachend durch das Holz.

»Nein, du gehst, meine Liebe.« Limbeck gab ihr einen Kuß auf die Stirn. »Ich bleibe. Ich habe mich entschlossen.«

»Dann bleibe ich auch!« verkündete Jarre grimmig und griff nach seiner Hand.

Der Hauhacker barst durch die Bretter, und Splitter flogen durch das Zimmer.

»Nein, nein.« Limbeck schüttelte den Kopf. »Du mußt in meiner Abwesenheit weitermachen! Wenn meine Worte und mein Beispiel die Anbeter entflammen, mußt du zur Stelle sein, um die Revolution anzuführen!«

»O Limbeck« – Jarre wurde schwankend – »glaubst du wirklich?«

»Aber ja, meine Liebe.«

»Dann werde ich gehen! Aber wir werden dich retten!« Sie eilte zum Ausgang, doch brachte sie es nicht übers Herz zu gehen, ohne noch einen Blick zurückzuwerfen. »Gib auf dich acht!« flehte sie.

»Das werde ich, meine Liebe. Jetzt aber fort mit dir!« Limbeck vollführte eine liebevoll scheuchende Geste.

Nachdem sie ihm eine Kußhand zugeworfen hatte, verschwand Jarre durch die Hintertür, genau im selben Moment, als die Kupferer durch die aufgebrochene Vordertür hereinstürmten.

»Wir suchen nach einem gewissen Limbeck Schraubendreher«, sagte ein Kupferer mit einer Würde, die dadurch beeinträchtigt wurde, daß er damit beschäftigt war, Holzsplitter aus seinem Bart zu ziehen.

»Ihr habt ihn gefunden«, antwortete Limbeck erhaben. Er streckte ihm die zusammengelegten Hände entgegen und fuhr fort: »Als Sprecher meines Volkes will ich in seinem Namen gerne alle Folter und Demütigungen ertragen! Werft mich in euren übelriechenden, blutgetränkten, von Ratten verseuchten Kerker.«

»Übelriechend?« Der Kupferer war zutiefst beleidigt. »Ich will dir eins sagen, wir putzen unser Gefängnis regelmäßig. Und was die Ratten angeht, es hat seit zwanzig Jahren keiner mehr eine zu Gesicht bekommen. Stimmt's, Fred?« Er wandte sich an einen seiner Kameraden, der sich schnaufend durch die zersplitterte Öffnung in der immer noch geschlossenen Tür zwängte. »Seit die Katze angeschafft wurde. Und das Blut von letzter Nacht haben wir längst aufgewischt, als Durkin Weichlöter mit einer aufgeplatzten Lippe bei uns Zuflucht suchte, nach einer Meinungsverschiedenheit mit Madam Weichlöter. Du hast kein Recht«, schloß der Kupferer verschnupft, »einfach so mein Gefängnis zu verleumden.«

»Es . . . es tut mir leid«, stammelte Limbeck bestürzt. »Ich hatte keine Ahnung.«

»Na ja, schon gut. Und jetzt komm mit. Warum hältst du mir eigentlich deine Hände unter die Nase?«

»Aber wollt ihr mich nicht in Ketten legen? Mich an Händen und Füßen fesseln?«

»Und vermutlich erwartest du, daß wir dich tragen, wie?« Der

Kupferer schnaufte. »Wir würden ein schönes Bild abgeben, mit dir auf dem Buckel! Und du bist nicht mal ein Leichtgewicht. Nimm die Hände weg. Das einzige Paar Handschellen, das wir besaßen, ist vor dreißig Jahren kaputtgegangen. Wir bewahren sie auf, weil ab und zu Eltern sie sich ausleihen, um ihren kleinen Rotzgören einen ordentlichen Schrecken einzujagen.«

Limbeck, der in seiner eigenen ereignisreichen Jugend ziemlich oft mit diesen Handschellen eingeschüchtert worden war, fühlte sich am Boden zerstört.

»Wieder eine Illusion der Jugend dahin«, sagte er traurig zu sich selbst und folgte seinen Bewachern trübsinnig in ein prosaisches, von Katzen patrouilliertes Gefängnis.

Offenbar war es gar nicht so leicht, ein richtiger Märtyrer zu sein.

Kapitel 9

Zwischen Het und Wombe, Drevlin, Niederreich

Limbeck war sehr aufgeregt von der Aussicht auf die Fahrt mit dem Lektrofloß zu der Hauptstadt von Drevlin, Wombe. Weder er noch sonst jemand aus seiner Bekanntschaft war je mit dem Lektrofloß gefahren, deshalb konnte es nicht verwundern, daß die Schar der Neugierigen murrend ihren Unwillen kundtat, daß gewöhnliche Kriminelle in den Genuß von Privilegien kamen, die dem anständigen Bürger vorenthalten blieben.

Ein wenig verletzt, daß man ihn als gewöhnlichen Kriminellen abtat, stieg Limbeck die wenigen Stufen empor und trat in eine Art Kasten aus glänzendem Messing. Er hatte durchgehende Fensterreihen an den langen Seitenwänden und war mit einem Unterbau aus vielen Metallrädern versehen, die auf Metallschienen liefen. Limbeck nahm die Brille aus der Hemdtasche, klemmte die dünnen Drahtbügel über die Ohren und ließ den Blick über die Gesichter in der Menge gleiten. Jarre war leicht auszumachen, auch wenn sie Kopf und Gesicht hinter dem hochgeschlagenen Kragen eines voluminösen Umhangs verbarg. Es war zu gefährlich, sich gegenseitig Zeichen zu geben, doch Limbeck glaubte es riskieren zu können, die dicken Finger an die Lippen zu legen und ihr eine diskrete Kußhand zuzuwerfen.

Ein Paar allein am hinteren Ende der Plattform erregte seine Aufmerksamkeit, und mit Staunen erkannte er seine Eltern. Zuerst fand er es rührend, daß sie gekommen waren, um ihn zu verabschieden. Doch ein Blick in das lächelnde Gesicht seines Vaters, halb verdeckt von einem riesigen Schal, den er umgelegt hatte, um auf jeden Fall unerkannt zu bleiben, überzeugte Limbeck, daß seine Eltern weniger aus familiärer Anhänglichkeit erschienen waren, sondern vielmehr, um sich zu vergewissern, daß der Arm des Gesetzes sie wirklich und wahrhaftig von einem Sohn befreite, der ihnen nichts als Ungelegenheiten und Schande gebracht hatte. Seufzend lehnte Limbeck sich auf der Sitzbank zurück.

Der Fahrer des Lektrofloßes, der Flößer, warf einen mürrischen Blick auf die beiden Passagiere in der einzigen Kabine des Vehikels – Limbeck und den Kupferer, der ihn begleitete. Dieser außerplanmäßige Halt in Het hatte seinen Fahrplan durcheinandergebracht, und er wollte nicht noch mehr Zeit verlieren. Als er sah, daß Limbeck Anstalten machte aufzustehen – der Geg glaubte, seinen alten Lehrer in der Menge entdeckt zu haben –, warf sich der Flößer die beiden Hälften seines sorgfältig geteilten Barts über die Schultern, ergriff zwei der vielen Blechhände vor ihm und zog daran. Metallkrallen auf dem Dach der Kabine reckten sich in die Höhe und umklammerten ein durch die Luft gespanntes Kabel. Ein blauer Blitzbogen flackerte, eine Trötepfeife gellte, und inmitten knisternder Funkelfunken setzte das Lektrofloß sich in Bewegung.

Der Messingkasten wippte und schaukelte, die Metallkrallen an dem Kabel über ihnen versprühten beunruhigende Funkengarben, aber der Flößer schien sich nicht daran zu stören. Er griff nach einer anderen Blechhand, die sich ihm auf ihrem dürren Arm entgegenreckte, schob sie nach vorn, und die Geschwindigkeit nahm zu. Limbeck hatte das Gefühl, niemals in seinem Leben etwas so Wundervolles erlebt zu haben.

Das Lektrofloß war vor langer Zeit von den Mangern zum Nutzen des Allüberall installiert worden. Nach dem geheimnisvollen Verschwinden der Manger übernahm das Allüberall das Kommando und hielt das Lektrofloß am Leben, wie es sich selbst am Leben erhielt. Die Gegs lebten, um beiden zu dienen.

Jeder Geg gehörte zu einer Schicht – einem Clan, der in derselben Stadt lebte und denselben Teil des Allüberall anbetete, seit die Mangers die Gegs in diesem Reich angesiedelt hatten. Jeder Geg tat dieselben Handgriffe wie sein Vater vor ihm und sein Großvater und dessen Vater.

Die Gegs verrichteten ihre Arbeit gut. Sie waren tüchtig, fleißig und geschickt, aber phantasielos. Jeder Geg wußte, wie er seinem oder ihrem speziellen Teil des Allüberall dienen mußte, und hatte kein Interesse an irgendeinem anderen Teil. Mehr noch, er fragte niemals nach Gründen für das, was er tat. Warum die Kurbel gekurbelt, der Ziehgriff gezogen und der Schiebehebel geschoben werden mußte und weshalb der schwarze Pfeil an der Trötepfeife im roten Feld zu stehen hatte, waren Fragen, die einem gewöhnlichen Geg nie in den Sinn gekommen wären. Doch Limbeck war kein gewöhnlicher Geg.

Obwohl die Beschäftigung mit solcherlei Fragen als Blasphemie galt und der Zorn der Farrer – der geistlichen Macht auf Drevlin – ihm gewiß war, ließ Limbeck sich nicht abhalten. Seinen oder ihren Akt der Anbetung gemäß der Anleitung der Lehrmeister des Clans zu vollbringen und gut zu vollbringen, das war der größte Ehrgeiz der meisten Gegs. Damit konnten sie sich (oder ihren Kindern) die Anwartschaft auf einen Platz im Himmel Hoch erwerben. Limbeck mochte sich damit nicht bescheiden.

Nachdem das erregende und neue Gefühl, sich mit unglaublicher Geschwindigkeit fortzubewegen, etwas abgeklungen war, fand Limbeck die Fahrt mit dem Lektrofloß zunehmend deprimierend. Regen prasselte gegen die Fenster. Natürliche Blitze – nicht die bläulichen Entladungen des Allüberall – zuckten aus den tiefhängenden Wolken; hin und wieder gerieten sie mit den blauen Blitzen in Konflikt, dann stockte und bockte der Messingkasten. Hagel trommelte auf das Dach, während das Lektrofloß schwerfällig rumpelnd große Sektionen des Allüberall passierte, drunter, drüber, mittendurch und drumherum. Limbeck, der aus dem Fenster schaute, hatte das Gefühl, daß diese Reise einzig dazu diente, ihm die Sklaverei der Gegs in ihrem gesamten Ausmaß vor Augen zu führen.

Die aus riesigen Schloten fauchenden Feuergarben erhellten das bedrückende, immerwährende Zwielicht. Limbeck konnte sein Volk sehen – kantige, schwarze Schatten vor dem glutroten Hintergrund –, wie es rackerte, um die Bedürfnisse des Allüberall zu befriedigen. Der Anblick erregte Limbecks Zorn, einen Zorn, der – wie er sich reuevoll eingestand – von seiner Begeisterung für den Aufbau der UFF mehr und mehr in den Hintergrund gedrängt worden und schließlich fast ganz erloschen war.

Er freute sich über das Wiedererwachen dieses Zorns, freute sich über die neue Energie, die ihn durchströmte, und grübelte darüber nach, wie er diese Entwicklung in seine Rede einfügen sollte, als eine Bemerkung seines Bewachers ihn aufhorchen ließ.

»Wie bitte?« fragte Limbeck.

»Ich sagte, es ist wunderschön, nicht wahr?« wiederholte der Kupferer, dessen Blick mit ehrfürchtiger Bewunderung auf dem Allüberall ruhte.

»Jetzt reicht's!« dachte Limbeck ernsthaft wütend. »Wenn ich erst vor dem Chefmechniker stehe, werde ich allen erzählen, wie die Dinge wirklich stehen . . .«

»Hinaus!« schrie der Lehrer mit gesträubtem Bart. »Hinaus, Limbeck Schraubendreher, und daß ich deine kurzsichtigen Augen nie wieder in dieser Schule sehe!«

»Ich begreife nicht, weshalb Ihr Euch so aufregt.« Jung-Limbeck stand von seinem Stuhl auf.

»Hinaus!« brüllte der Geg.

»Es war eine absolut vernünftige Frage.«

Der Anblick seines Lehrmeisters, der mit dem Schraubenschlüssel in der erhobenen Hand auf ihn losstürmte, veranlaßte den Schüler zu einer hastigen, würdelosen Flucht aus dem Klassenzimmer. Der vierzehnjährige Limbeck verließ die Allüberall-Schule in solcher Eile, daß er keine Zeit hatte, die Brille aufzusetzen, folglich nahm er beim roten Zahnrad die falsche Abzweigung. Selbstverständlich waren die Ausgänge gekennzeichnet, aber der kurzsichtige Limbeck vermochte die Beschriftung nicht zu lesen. Er öffnete die Tür zum – wie er annahm – Korridor zum Marktplatz, doch ein heftiger Windstoß belehrte ihn, daß er irrtümlich die Tür nach Draußen geöffnet hatte.

Der junge Geg war nie Draußen gewesen. Wegen der fürchterlichen Stürme, von denen jede Stunde ein bis zwei über die Insel fegten, verließ nach Möglichkeit kein Geg den Schutz der Stadt und die tröstliche Nähe des Allüberall. Durchzogen von Tunnels, überdachten Straßen und Unterführungen, waren die Städte und Dörfer auf Drevlin so angelegt, daß ein Geg monatelang unterwegs sein konnte, ohne jemals einen Regentropfen auf dem Gesicht zu spüren. Wer gezwungen war zu reisen, nahm das Lektrofloß oder den Geganoster. Nur sehr wenige Gegs konnten von sich behaupten, je zu Fuß Draußen gewesen zu sein.

Limbeck verharrte auf der Türschwelle und starrte blinzelnd auf das windgepeitschte und regennasse Panorama. Er hatte das Glück, die kurze Phase verhältnismäßiger Ruhe zwischen zwei Unwettern zu erleben; der Wind weht etwas weniger heftig, und eine fahle, graue Helligkeit sickerte durch die Wolkendecke – eine Schönwetterperiode auf Drevlin. Das spärliche Sonnenlicht verlieh der Oberfläche der Insel einen beinahe freundlichen Anstrich. Es funkelte und glitzerte auf den vielen kreiselnden und pumpenden und grabenden Armen, Greifern und Rädern des Überall. Es überglänzte die Wolken aus Dampf, die gen Himmel strebten, um sich dort mit ihren kämpferischen Vettern zu verbünden. Es verlieh der öden und tristen Landschaft von Drevlin mit ihren Furchen und Schlackehügeln, Gruben und Schächten eine Art von abstrakter Ästhetik (besonders, wenn man nichts weiter erkennen konnte als verschwommene, erdbraune Formen und Umrisse).

Limbeck wußte sogleich, daß er irgendwo die falsche Abzweigung erwischt hatte. Das vernünftigste wäre gewesen umzukehren, aber das bedeutete, nach Hause zu gehen, und bestimmt hatten seine Eltern inzwischen erfahren, daß er der Schule verwiesen worden war. Sich den Schrecken des Draußen zu stellen erschien ihm ungleich verlockender, als seinem Vater gegenüberzutreten, also überschritt Limbeck kurzentschlossen die Schwelle und ließ die Tür hinter sich ins Schloß fallen.

Auf dem morastigen Boden zu gehen wollte gelernt sein. Schon nach den ersten Schritten rutschte er aus und plumpste unbeholfen in den Matsch. Beim Aufstehen merkte er, daß ein Stiefel feststeckte; er mußte seine ganze Kraft aufbieten, um ihn herauszuziehen. Ohne sich von dem Mißgeschick entmutigen zu lassen, hielt Limbeck blinzelnd Umschau und kam zu dem Schluß, daß die

Abraumhalden vielleicht ein besseres Vorwärtskommen ermöglichten. Er stapfte durch den Schlamm und erreichte schließlich die Hügel aus Koralit, die von den starken Schaufeln des Allüberall aufgetürmt worden waren. Als er den schrundigen Hang hinaufkletterte, stellte Limbeck befriedigt fest, daß er richtig vermutet hatte – hier fiel das Gehen leichter als auf dem durchweichten Boden unten.

Nachdem er oben angekommen war, dachte er daran, daß die Aussicht phantastisch sein mußte und er sie sich nicht entgehen lassen durfte. Er nahm die Brille aus der Hemdtasche, hakte die Bügel über die Ohren und schaute sich um.

Die Schornsteine und Sammeltanks, die Blitze schleudernden Arme und gewaltigen Räder des Allüberall erhoben sich aus der Ebene Drevlins; viele von ihnen ragten so hoch empor, daß sie in den Wolken verschwanden. Vor ehrfürchtigem Staunen blieb Limbeck der Mund offenstehen. Wenn man nur einem Teil dieser ungeheuren Schöpfung diente, neigte man dazu, sich auf dieses eine Detail zu konzentrieren und den Blick für das Ganze zu verlieren. Das alte Sprichwort: ›Vor lauter Zähnen das Rad nicht sehen‹ kam Limbeck in den Sinn.

»Warum?« fragte er (übrigens genau die Frage, derentwegen man ihn von der Schule geworfen hatte). »Warum ist das Allüberall hier? Warum haben die Manger es gebaut und sind dann verschwunden? Warum kommen und gehen die unsterblichen Elften jeden Monat, ohne je ihr Versprechen zu erfüllen, uns in das Reich der Herrlichkeit droben zu führen? Warum? Warum? Warum?«

Die Fragen dröhnten in Limbecks Kopf, bis ihm entweder davon oder von dem scharfen Wind oder dem entrückten Starren auf die glänzenden und blitzenden Konstruktionen des Allüberall ganz schwindlig wurde. Blinzelnd nahm er die Brille ab und rieb sich die Augen. Am Horizont sammelten sich Wolken, aber der Geg schätzte, daß ihm noch etwas Zeit blieb, bevor der nächste Sturm über die Insel fegte. Wenn er jetzt nach Hause ging, stand ihm ein Donnerwetter anderer Art bevor. Limbeck beschloß, seine Erkundungen noch etwas auszudehnen.

Da er fürchtete, bei einem Sturz seine kostbare Brille zu zerbrechen, verstaute Limbeck sie sorgfältig in der Hemdtasche, bevor er sich den Hügelkamm entlang auf den Weg machte. Die kleinen, untersetzten und gewandten Gegs sind bemerkenswert gut zu Fuß. Sie balancieren über schmale Stege in schwindelnder Höhe, als wäre es nichts. Gegs, die von einer Ebene zur nächsten möchten, hängen sich an die Speichen eines der großen Räder des Allüberall und lassen sich hinauftragen. Obwohl er kaum etwas erkennen konnte, hatte Limbeck bald herausgefunden, wie er auf dem brüchigen und zerklüfteten Koralit am besten vorwärts kam.

Er schritt tüchtig aus und hatte bereits ein gutes Stück zurückgelegt, als ein loser Steinbrocken unter seinem Fuß wegrutschte und er beinahe gefallen wäre. Danach paßte er besser auf, und zweifellos war das der Grund, weshalb er vergaß, die heranziehenden Wolken im Auge zu behalten. Erst als ein Windstoß ihn beinahe von den Füßen wehte und Regentropfen ihm ins Gesicht schlugen, erinnerte er sich an den Sturm.

Hastig setzte Limbeck die Brille auf und sah sich um. Er hatte eine ziemliche Strecke zurückgelegt, ohne es zu merken. Die Gewitterwolken sammelten sich über ihm, die schützenden Anlagen des Allüberall lagen weit hinter ihm, und in dem schwierigen Gelände dauerte es zu lange, auf dem Weg zurückzukehren, den er gekommen war. Die Unwetter auf Drevlin waren vernichtend und gefährlich. Der Koralit war übersät mit den geschwärzten Spuren der niederfahrenden Blitze. Noch schlimmer waren die riesigen Hagelkörner, und der Geg dachte gerade, daß er seinen Vater vermutlich nie mehr wiedersehen würde, als er bei einem Blick in die Runde am rasch dunkler werdenden Horizont ein großes Etwas erspähte.

Worum es sich bei diesem Etwas handelte, vermochte er aus der Entfernung nicht zu erkennen (die Gläser seiner Brille waren mit Wassertropfen besprenkelt), aber es bestand die Möglichkeit, dort einen Unterschlupf vor dem Sturm zu finden. Limbeck setzte sich stolpernd und rutschend in Marsch; die Brille behielt er auf, denn er brauchte sie, um sich zu orientieren.

Es begann zu regnen, und bald stellte Limbeck fest, daß er ohne Brille besser sehen konnte, und er nahm sie ab. Das Etwas verschwamm zu einem dunklen Fleck, aber dieser Fleck wurde stetig größer – ein Beweis, daß er sich dem Ziel näherte. Ohne seine

Augengläser war Limbeck nicht in der Lage zu sehen, was es war, bis er genau davor stand.

»Ein Elftenschiff!« keuchte er.

Obwohl er persönlich nie eines zu Gesicht bekommen hatte, erkannte er es nach den Beschreibungen anderer. Gefertigt aus Holzverstrebungen und Drachenhaut, mit riesigen Schwingen, auf denen es durch die Lüfte segelte, bot das fremdartige Gebilde einen atemberaubenden Anblick. Die magischen Kräfte der Elften bewirkten, daß es flog und vom Himmel Hoch zu dem armseligen Reich der Gegs herniederschwebte.

Doch dieses Schiff flog weder, noch schwebte es, sondern es lag am Boden, und Limbeck, der es mit zusammengekniffenen Augen durch den grauen Regenvorhang betrachtete, hätte schwören können, daß es abgestürzt war – sofern das bei einem Schiff der unsterblichen Elften nicht an Blasphemie grenzte. Scharfe Holzsplitter ragten aus dem Gerüst. Die Drachenhaut war aufgeschlitzt und zerrissen.

Ein Blitz, der ganz in seiner Nähe einschlug, sowie der unmittelbar darauffolgende Donner riefen dem Geg die Gefahr ins Bewußtsein, in der er sich befand. Eilig schlüpfte er durch eins der Löcher in der Flanke des Schiffs.

Ein furchtbarer Geruch schlug ihm entgegen, und Limbeck würgte.

»Puh.« Er hielt sich die Nase zu. »Das erinnert mich an die Ratte, die damals im Schornstein hochgeklettert ist und starb. Ich frage mich, woher der Gestank kommt.«

Das Unwetter tobte inzwischen mit voller Gewalt; die Dunkelheit im Innern des Schiffs war undurchdringlich. Nur die fast pausenlos zuckenden Blitze sorgten für kurz aufflackernde grelle Helligkeit, bevor es wieder stockfinster wurde.

Das Licht nützte Limbeck nicht viel; seine Brille ebensowenig, als er endlich daran dachte, sie aufzusetzen. Das Innere des Schiffs war merkwürdig und rätselhaft. Er konnte nicht unterscheiden, was oben und unten war, Boden oder Seitenwand. Gegenstände lagen herum, aber er hatte keine Ahnung, was sie darstellten oder wozu sie dienten, und traute sich nicht, sie anzufassen. Tief drinnen fürchtete er, wenn er etwas berührte, könnte das Zauberschiff sich plötzlich in die Luft erheben und mit ihm davonfliegen. Und obwohl der Gedanke an ein solches Abenteuer nicht ohne Reiz war, wußte Limbeck, daß sein Vater nicht nur zornig sein, sondern vor Wut schäumen würde, wenn er hörte, daß sein Sohn die Elften in irgendeiner Weise verärgert hatte.

Limbeck faßte den Entschluß, in der Nähe des Eingangs mit zugehaltener Nase darauf zu warten, daß der Sturm abflaute und er sich auf den Rückweg nach Het machen konnte. Doch die Fragen, die ihm in der Schule ständig Ärger einbrachten, fingen wieder an, durch seinen Kopf zu schwirren.

»Ich frage mich, was das da ist«, murmelte er und starrte auf eine Anzahl interessanter Flecken, die nur wenige Meter von ihm entfernt auf dem Boden verstreut lagen.

Vorsichtig trat er näher. Sie sahen nicht gefährlich aus. Tatsächlich sahen sie aus wie . . .

»Bücher!« sagte Limbeck verblüfft. »Genau wie die, aus denen der alte Farrer mich lesen gelehrt hat.«

Ehe Limbeck noch wußte, wie ihm geschah, hatte seine Frage ihn bewogen, sich den geheimnisvollen Objekten noch weiter zu nähern.

Er stellte mit wachsender Erregung fest, daß es sich wahrhaftig um Bücher handelte, als sein Fuß gegen etwas Weiches und Nachgiebiges stieß. Der Gestank wurde nahezu unerträglich. Gebückt, die Hand vor Mund und Nase gelegt, wartete Limbeck auf den nächsten Blitz, um das Hindernis in Augenschein nehmen zu können.

Es war, bemerkte er zu seinem Entsetzen, ein aufgedunsener, in Verwesung übergegangener Leichnam . . .

»He, wach auf«, sagte der Kupferer und stieß Limbeck in die Seite. »Die nächste Station ist Wombe.«

Kapitel 10

Wombe, Drevlin, Niederreich

Einen gewöhnlichen Übeltäter würde man auf Drevlin vor seinen örtlichen Mechniker gebracht haben, um abgeurteilt zu werden. Diebstahl, Trunkenheit mit Ruhestörung, die übliche Schlägerei – das alles fiel unter die Clan-Gerichtsbarkeit. Ein Verbrechen gegen das Allüberall jedoch wurde als Hochverrat betrachtet, und deshalb mußte der Beklagte vor den Chefmechniker gebracht werden.

Der Chefmechniker war das Oberhaupt der bedeutendsten Schicht auf Drevlin – zumindest war sein Clan überzeugt, der bedeutendste zu sein, und andere hatten diese Überzeugung gefälligst zu teilen. Ihre Schicht hatte die Aufsicht über den Handteller – die weihevolle Stätte, wo einmal im Monat die Elften in ihren geflügelten Drachenschiffen vom Himmel Hoch herniederschwebten und die Opfergaben der Gegs entgegennahmen – in der Form von heiligem Wasser. Als Gegengeschenk ließen die Elften ›Amelmosen‹ zurück, bevor sie wieder abflogen.

Wombe, die Hauptstadt, war äußerst modern, verglichen mit anderen Städten auf Drevlin. Nur wenige der ursprünglich von den Mangern errichteten Gebäude standen noch. Sie hatten dem Allüberall weichen müssen, das in seinem Bestreben, sich auszudehnen, einen großen Teil der für die Gegs vorgesehenen Behausungen zerstörte. Unverdrossen waren die Gegs nach und nach in die Teile des Allüberall übergewechselt, aus denen das Allüberall sich zurückgezogen hatte. Es galt als besonders schick, im Allüberall zu wohnen. Der Chefmechniker höchstpersönlich hatte seine Wohnstatt in einem ehemaligen Tank.

Besagter Chefmechniker pflegte hofzuhalten in einem Gebäude, das man die Farbick nannte, eines der größten Bauwerke der Insel. Es war aus Eisen und Wellblech errichtet und der Sage zufolge die Geburtsstätte des Allüberall. Die Farbick war seit langem verlassen und teilweise zerstört; das Allüberall hatte aufgezehrt, was ihm das Leben schenkte. Doch hier und dort erblickte man – stumm und geisterhaft im fahlen Schein der Glimmerlampen — das Skelett eines greiferbewehrten Arms.

Die Farbick war ein heiliger und geweihter Ort für die Gegs. Nicht nur als Geburtsort des Allüberall, sondern weil dort das Allerheiligste der Gegs stand: die Messingstatue eines Mangers. Das Standbild, das einen Mann in langem Gewand mit über den Kopf gezogener Kapuze darstellte, war größer als die Gegs und erheblich dünner. Das Gesicht war so angelegt, daß es von der Kapuze beschattet wurde. Man sah die Andeutung einer Nase, die Umrisse von Lippen und vorstehenden Wangenknochen, der Rest verlor sich in dem metallenen Faltenwurf der Kopfbedeckung. In einer Hand hielt der Manger einen großen, starr glotzenden Augapfel. Der andere, angewinkelte Arm war am Ellenbogen mit einem Scharnier versehen.

Auf einer Empore, neben der Statue des Mangers, stand ein hochlehniger Polstersessel. Ganz offensichtlich war er nicht für Benutzer mit der Statur eines Gegs konzipiert, denn der Sitz befand sich etwa drei Geg-Fuß über dem Boden und war äußerst schmal; die Rückenlehne ragte fast so hoch empor wie die Statue des Mangers. Dieser Sessel diente dem Chefmechniker als offizieller Hochsitz, und zu besonderen Anlässen zwängte er seinen fülligen Leib zwischen die ungemütlich engstehenden Armlehnen. Gesäß und Schenkel quollen über die Sitzfläche hinaus, und seine Füße baumelten hoch über der Empore, aber diese kleinen Mißlichkeiten taten seiner Würde in keiner Weise Abbruch.

Das Publikum des Chefmechnikers saß mit untergeschlagenen Beinen auf dem Betonboden vor der Empore, hockte auf eingerosteten Gliedmaßen des Allüberall oder säumte die Geländer der in halber Höhe an den Wänden umlaufenden Gitterstege. An diesem Tag hatte sich eine große Zuschauermenge in die Farbick gedrängt, um die Verhandlung gegen den bekannten Unruhestifter mitzuerleben, den Führer einer Gruppe von Aufrührern und Rebellen, die nicht davor zurückschreckten, das Allüberall zu attackieren. Der größte Teil der Nachtschichten für jeden Sektor war anwesend, wie auch die Gegs über vierzig, die nicht mehr dem Allüberall dienten, sondern sich zu Hause um den Nachwuchs kümmerten. Die Farbick war bis auf den letzten Platz gefüllt, und jene, die das Geschehen nicht direkt verfolgen konnten, wurden durch den Großen Mund über die Vorgänge informiert – eine von den Mangern entwickelte, heilige und geheimnisvolle Art der Kommunikation.

Ein dreifacher Pfeifton sorgte für Stille. Das heißt, die Gegs waren still, das Allüberall nicht. Die Verhandlung wurde begleitet von Scheppern, Dröhnen, Krachen, Zischen, gelegentlichen Donnerschlägen und heulenden Windböen von Draußen. Die Gegs, die an diese Geräuschkulisse gewöhnt waren, betrachteten die geforderte Ruhe als eingetreten, und das Zeremoniell konnte beginnen.

Zwei Gegs – beide glattrasiert, das Gesicht des einen schwarz, des anderen weiß angemalt – kamen hinter der Statue des Mangers hervor, wo sie gestanden und auf das Signal gewartet hatten.

Zwischen sich trugen sie eine große Platte aus dünnem Blech. Nachdem sie sich mit strengen Blicken davon überzeugt hatten, daß alles in Ordnung war, begannen die beiden Gegs das Blech zu schütteln. Es klang wie Donner.

Echten Donner hörten die Gegs alle Tage, und er beeindruckte sie nicht im mindesten. Künstlicher Donner, der durch die Farbick hallte und den Großen Mund übertönte, klang unheimlich und wundervoll und riß das Publikum zu entzückten Seufzer und beifälligem Gemurmel hin. Als die letzten Schwingungen der vibrierenden Blechtafel verklungen waren, erfolgte der Auftritt des Chefmechnikers.

Der Chefmechniker, ein Geg von etwa sechzig Jahren, gehörte dem reichsten, mächtigsten Clan auf Drevlin an – den Langstrandmans. Seit sechs Generationen hatte jemand aus seiner Familie das Amt des Chefmechnikers inne, trotz der Bemühungen der Dockwerker, ihnen den Titel zu entreißen. Darral Langstrandman hatte seine Dienstzeit am Allüberall abgeleistet, bevor er nach dem Tod seines Vaters und Vorgängers das Amt übernahm. Darral war ein kluger Kopf, ließ sich vor niemandes Karren spannen, und wenn er seinen Clan auf Kosten anderer bereicherte, handelte er im Rahmen einer langjährigen und ehrwürdigen Tradition.

Chefmechniker Darral trug die gewöhnliche Arbeitskleidung der Gegs – ausgebeulte Hosen über schweren, klobigen Stiefeln und einen (bedenklich knapp sitzenden) Kittel mit Stehkragen. Dieser schlichte Aufzug wurde höchst stilwidrig ergänzt von einer Krone aus Gußeisen – ein Geschenk des Allüberall –, dem ganzen Stolz des Chefmechnikers (trotz der Tatsache, daß ihm das Gewicht nach spätestens fünfzehn Minuten bohrende Kopfschmerzen verursachte). Um die Schultern trug er einen Mantel aus großen, häßlichen Vogelfedern – den Federn des Tiars – (ein Geschenk der Elften), der das symbolische Verlangen der Gegs versinnbildlichte, gen Himmel zu fliegen. Zusätzlich zu dem Federumhang, der nur bei Gerichtsverhandlungen getragen wurde, hatte der Chefmechniker sein Gesicht grau angemalt, eine bedeutungsvolle Verschmelzung der schwarzen und weißen Gesichter der Gegwächter, die jetzt links und rechts neben ihm Aufstellung genommen hatten.

In der Hand hielt der Chefmechniker einen langen Stab, von dem ein langer, zweizinkiger Schweif herabbaumelte. Auf ein Zeichen von Darral ergriff einer der Wächter das Ende dieses Schweifs und steckte es ehrfürchtig und mit einem geflüsterten Gebet an den Manger in den Sockel der Statue. Eine knollenförmige Glaskugel, die oben auf dem Stock saß, zischte und knisterte bedrohlich, begann von innen heraus zu leuchten und verströmte schließlich ein bläulich-weißes Licht. Die Gegs tauschten anerkennende Bemerkungen, viele Eltern lenkten die Aufmerksamkeit ihrer Kinder auf ähnliche Glimmerglampen, die wie Fledermäuse unter der Decke hingen und die sturmdurchtoste Dunkelheit der Gegs erhellten.

Nachdem das Gemurmel verstummt war, mußte erst noch ein besonders nachdrückliches Zack-Bumm des Allüberall abgewartet werden, bevor der Chefmechniker seine Eröffnungsansprache halten konnte.

Er drehte sich zu der Statue des Mangers herum und hob seine

Leuchtglampe. »Ich ersuche die Manger, aus ihrem luftigen Reich herabzusteigen und uns mit ihrer Weisheit zu helfen, Recht zu sprechen.«

Unnötig zu sagen, daß die Manger nicht auf die Bitte des Chefmechnikers reagierten. Nicht sonderlich erstaunt über das Schweigen – die Gegs wären ungeheuer überrascht gewesen, wenn tatsächlich jemand geantwortet hätte –, beschloß Chefmechniker Darral, daß es infolge Nichterscheinens der Geladenen seine Pflicht war, den Vorsitz zu übernehmen, und so kletterte er mit Hilfe der zwei Wächter und einer Fußbank auf den Richterstuhl.

Sobald er sich zwischen die Armlehnen gezwängt hatte, die ihn wie die Backen einer Kneifzange einschnürten, bedeutete der Chefmechniker mit einer Handbewegung, man solle den Gefangenen bringen. Innerlich hoffte er – seinem gequetschten Hinterteil und schon jetzt schmerzenden Kopf zuliebe –, die Verhandlung möge kurz sein.

Ein junger Geg von ungefähr fünfundzwanzig Jahren, ein Drahtgestell mit zwei dicken Glasscheiben auf der Nase und ein großes Bündel Papier unter dem Arm, trat respektvoll vor den Chefmechniker. Darral starrte befremdet und mißtrauisch auf die Glasscherben vor den Augen des jungen Gegs. Es lag ihm auf der Zunge zu fragen, was zum Teufel das sein sollte, aber dann fiel ihm ein, daß von einem Mechniker erwartet wurde, alles zu wissen. Er verkniff sich die Frage und ließ seinen Ärger an den Wächtern aus.

»Wo bleibt der Gefangene?« brüllte er. »Was soll die Verzögerung?«

»Bitte vielmals um Vergebung, aber *ich* bin der Gefangene«, meldete sich Limbeck mit vor Verlegenheit geröteten Wangen.

»Du?« Der Chefmechniker musterte ihm mit gerunzelter Stirn. »Wo ist deine Stimme?«

»Wenn es dem Chefmechniker nichts ausmacht, ich bin meine eigene Stimme«, erklärte Limbeck bescheiden.

»Das ist gegen die Vorschriften, oder nicht?« verlangte Darral von den Wächtern zu wissen, die nicht darauf vorbereitet waren, von der Obrigkeit um Rat gefragt zu werden. Sie zuckten perplex die Schultern und sahen mit ihren angemalten Gesichtern unglaublich dumm aus. Der Mechniker schnaubte verächtlich und suchte an anderer Stelle Hilfe.

»Wo ist die Stimme der Anklage?«

»Ich habe die Ehre, die Klagende Stimme zu sein, Ojehren«, übertönte eine Geg in mittleren Jahren schrill das ferne Dröhnen des Allüberall.

»Ist etwas dergleichen...« In Ermangelung passender Worte wedelte der Chefmechniker mit der Hand in Limbecks Richtung, »... statthaft?«

»Es verstößt gegen die Vorschriften, Ojehren«, erwiderte die Geg, kam nach vorn und fixierte Limbeck mit einem grimmigen, mißbilligenden Blick. »Aber wir werden eine Ausnahme machen müssen. Um aufrichtig zu sein, Ojehren, wir konnten niemanden finden, der bereit gewesen wäre, den Gefangenen zu vertreten.«

»Wirklich?« Das Gesicht des Chefmechnikers erhellte sich. Seine gute Laune kehrte zurück. Allem Anschein nach würde es eine *sehr* kurze Verhandlung sein. »Dann wollen wir beginnen.«

Die Geg verneigte sich und kehrte an ihren aus einer rostigen Stahltonne gefertigten Schreibtisch zurück. Die Stimme der Anklage war mit einem langen Rock* bekleidet und einem eng taillierten Kittel. Ihr eisengraues Haar war im Nacken mit einigen langen, gefährlich aussehenden Nadeln zu einem adretten Dutt aufgesteckt. Sie hielt sich kerzengerade, hatte ein rechthaberisches Wesen und verkniffene Lippen und gemahnte Limbeck – zu seinem größten Unbehagen – an seine Mutter.

Während er sich auf seinen Platz hinter einem zweiten zweckentfremdeten Eisenfaß verfügte, spürte Limbeck, wie sein Selbstvertrauen entfloh, und wurde sich plötzlich bewußt, daß er den Matsch an seinen Schuhen über den ganzen Boden getragen hatte.

Die Stimme der Anklage lenkte die Aufmerksamkeit des Chefmechnikers auf einen Geg neben ihr. »Der Suprintent vertritt in dieser Angelegenheit die Kirche, Ojehren«, erläuterte sie.

* Gegfrauen tragen Röcke – die traditionelle Tracht – ausschließlich bei offiziellen Anlässen und nur, wenn die wirbelnden Räder des Allüberall weit weg sind. An gewöhnlichen Tagen sieht man sie in bauschigen Hosen, die an den Knöcheln mit farbenfrohen Bändern geschnürt werden.

Der Suprintent trug ein ausgefranstes weißes Hemd mit gestärktem Kragen und für ihn zu langen Ärmeln, rotgeschnürte Kniehosen, lange Strümpfe und Schuhe anstelle von Stiefeln. Er stand auf und verneigte sich würdevoll.

Der Chefmechniker zog den Kopf zwischen die Schultern und wand sich mißvergnügt in seinem Sessel. Es kam nicht oft vor, daß die Kirche an Gerichtsverhandlungen teilnahm, noch seltener trat sie als Nebenkläger auf. Darral hätte sich denken können, daß er hier mit seinem selbstgerechten Schwager zusammentreffen würde, denn ein Angriff auf das Allüberall war nicht nur ein Verbrechen, sondern Gotteslästerung. Der Chefmechniker stand der Kirche ganz allgemein und seinem Schwager im besonderen zurückhaltend und mißtrauisch gegenüber. Er wußte, daß sein Schwager glaubte, er sei besser geeignet, das Volk zu führen als er – Darral. Nun, er würde ihnen keine Gelegenheit geben, sein Vorgehen in diesem Fall zu bemängeln! Der Chefmechniker bedachte Limbeck mit einem vernichtenden Blick, um sich gleich darauf mit einem gönnerhaften Lächeln an die Anklage zu wenden.

»Tragt die Beweise vor.«

Die Stimme führte aus, daß seit mehreren Jahren die Union für Freiheit und Fortschritt – sie verlas den Namen mit vielsagender, strenger Betonung – in verschiedenen kleinen Niederlassungen der nördlichen und östlichen Schichten unliebsam in Erscheinung getreten sei.

»Ihr Vorsitzender, Limbeck Schraubendreher, ist ein wohlbekannter Unruhestifter. Von Kindheit an hat er seinen Eltern nichts als Kummer, Sorgen und Enttäuschung bereitet. Zum Beispiel wurde Jung-Limbeck von einem irregeleiteten älteren Farrer sogar in der heiligen Kunst des Lesens und Schreibens unterwiesen.«

Der Chefmechniker nutzte die Gelegenheit, um dem Suprintenten einen tadelnden Blick zuzuwerfen. »Ihn lesen gelehrt! Ein Farrer!« äußerte Darral schockiert. Nur Farrer lernten lesen und schreiben, um die Worte der Manger an das Volk weitergeben zu können. Man ging davon aus, daß kein anderer Geg Zeit hatte, sich mit solchem Unsinn zu befassen. Im Saal wurden Stimmen laut, als besorgte Eltern all solchen Kindern mit ungesundem Wissensdurst den unglücklichen Limbeck als abschreckendes Beispiel vorhielten.

Der Suprintent wurde rot und erschien zutiefst erschüttert über diese Sünde eines Glaubensgenossen. Darral grinste trotz seiner Kopfschmerzen und rutschte mit dem eingeklemmten Allerwertesten auf dem beengten Sitz hin und her. Es gelang ihm nicht, eine bequemere Haltung zu finden, aber das befriedigende Wissen, in dem Kräftemessen zwischen seinem Schwager und ihm den ersten Punkt gemacht zu haben, half ihm, alles leichter zu ertragen.

Limbeck schaute sich mit einem schüchternen Lächeln um, als fände er es unterhaltsam, Geschichten aus seiner Kindheit zu hören.

»Seine nächste Untat brach den Eltern das Herz«, fuhr die Klagende Stimme düster fort. »Er wurde in die Schule für Schraubendreher aufgenommen und eines unrühmlichen Tages, während des Unterrichts, stand der Angeklagte« – sie deutete mit einem bebenden Finger auf Limbeck – »wirklich und wahrhaftig auf und verlangte zu wissen, *warum*!«

Darrals linker Fuß war eingeschlafen. Er probierte mit den Zehen zu wackeln, um wieder Gefühl hineinzubringen, als ihm dieses mit unverhohlener Empörung ausgerufene *Warum* in den Ohren dröhnte und er schuldbewußt seine Aufmerksamkeit erneut der Verhandlung zuwandte.

»Warum was?« fragte der Chefmechniker.

Die Stimme, die überzeugt gewesen war, sich genügend deutlich ausgedrückt zu haben, schaute ihn verblüfft an und wußte nicht, wie sie fortfahren sollte. Der Suprintent erhob sich mit einem herablassenden Lächeln, das einen prompten Ausgleich des Punktekontos zwischen Kirche und Staat bewirkte. »Einfach ›Warum‹, Ojehren. Ein Wort, das alles in Frage stellt, was uns heilig ist. Ein herausforderndes und gefährliches Wort, das, wenn man es leichtfertig oder in böser Absicht verwendet, den Sturz der Regierung herbeiführen könnte, den Verfall der Gesellschaft und sehr wahrscheinlich das Ende des Lebens, das wir bisher geführt haben.«

»Oh, *das* ›Warum‹«, bemerkte der Chefmechniker wissend, musterte Limbeck finster und verfluchte ihn im stillen, weil er dem Suprintenten zu der Gelegenheit verholfen hatte, einen Punkt aufzuholen.

»Der Angeklagte wurde von der Schule verwiesen. Daraufhin

verursachte er große Aufregung in Het, weil er einen ganzen Tag verschwunden blieb. Suchtrupps mußten ausgesandt werden. Man kann sich«, sagte die Stimme mitfühlend, »die Verzweiflung seiner Eltern vorstellen. Als man ihn nicht fand, wurde vermutet, daß er in das Allüberall gefallen wäre. Es gab Stimmen, die behaupteten, das über die dreisten Fragen verärgerte Allüberall habe selbst mit ihm abgerechnet. Gerade als man sich damit abgefunden hatte, daß er tot war, und Vorbereitungen für eine Gedenkfeier traf, besaß der Angeklagte die Unverfrorenheit, heil und gesund wieder aufzutauchen.«

Limbeck lächelte entschuldigend und war sichtlich verlegen. Nach einem indignierten Schnaufer wandte der Chefmechniker seine Aufmerksamkeit wieder der Anklage zu.

»Er sagte, er wäre *Draußen* gewesen«, verkündete die Stimme in einem Ton ehrfürchtiger Scheu, der aus dem Großen Mund raunend und gchcimnisvoll klang.

Die versammelten Gegs stöhnten auf.

»Es war nicht meine Absicht, so lange wegzubleiben«, warf Limbeck freundlich ein. »Ich hatte mich verirrt.«

»Ruhe!« brüllte der Mechniker, doch er bereute den Ausbruch sofort. Das Hämmern in seinen Schläfen wurde heftiger. Er ließ den Schein der Leuchtlampe auf Limbeck fallen und blendete ihn. »Du wirst noch Gelegenheit erhalten, dich zu äußern, junger Mann. Bis dahin verhältst du dich ruhig, oder du wirst von der Verhandlung ausgeschlossen. Verstanden?«

»Ja, selbstverständlich, Ojehren«, nickte Limbeck gehorsam und verstummte.

»Noch etwas?« erkundigte sich der Chefmechniker grämlich bei der Anklage. Sein linker Fuß war inzwischen völlig taub, und im rechten kribbelte es merkwürdig.

»Nach seiner Rückkehr gründete der Angeklagte die vorhin erwähnte Organisation UFF. Diese sogenannte Union fordert unter anderem die freie und gerechte Aufteilung der Zahlungen der Elften, daß alle Anbeter zusammenkommen und ihr Wissen über das Allüberall austauschen, um dadurch herauszufinden ›wie‹ und ›warum‹ . . .«

»Blasphemie!« schrie der Suprintent mit hohler Stimme.

»Und daß alle Gegs aufhören, auf den Tag des Gerichts zu warten, und statt dessen selbst darauf hinarbeiten, ihr Leben zu verbessern . . .«

»Ojehren!« Der Suprintent sprang auf. »Ich beantrage, daß die Kinder aus dem Gerichtssaal entfernt werden! Es darf nicht sein, daß die unschuldige und leicht zu beeindruckende Jugend solchen profanen und gefährlichen Ideen ausgesetzt wird.«

»Sie sind nicht gefährlich!« protestierte Limbeck.

»Mund halten!« Der Mechniker legte die Stirn in Falten und überlegte. Es war ihm zuwider, seinem Schwager Zugeständnisse zu machen, aber der Antrag war eine ideale Möglichkeit, diesem Marterstuhl zu entkommen. »Das Gericht vertagt sich. Kindern unter achtzehn Jahren bleibt der Zugang zum Gerichtssaal verwehrt. Nach der Mittagspause wird die Verhandlung fortgeführt.«

Mit der Hilfe der Wächter gelang es dem Chefmechniker, sich aus der Umklammerung des Sessels zu befreien. Er setzte die Krone ab, massierte sein gepeinigtes Hinterteil, stampfte mit dem Fuß auf den Boden, bis er wieder zum Leben erwachte, und verließ befreit aufatmend die Halle, um sich am Mittagstisch für die erlittenen Strapazen zu entschädigen.

Kapitel 11

Wombe, Drevlin, Niederreich

Das Gericht trat wieder zusammen, doch im Publikum fehlten diesmal alle Kinder und die Erwachsenen, die zu Hause blieben, um auf sie aufzupassen. Resigniert und mit der Miene eines Märtyrers setzte der Chefmechniker seine Krone auf und zwängte sich wieder in den elenden Sessel. Der Gefangene wurde hereingeführt, und die Stimme der Anklage fuhr mit der Verlesung von Limbecks Sündenregister fort.

»Besagtes gefährliches Gedankengut, so verführerisch für ungefestigte Charaktere, infizierte tatsächlich eine Gruppe junger Leute, die ebenso unzufrieden und rebellisch waren wie der Angeklagte. Der örtliche Mechniker und die Farrer – unter Berücksichtigung der Tatsache, Ojehren, daß junge Menschen von Natur aus etwas rebellisch sind und in der Hoffnung, daß es sich nur um eine vorübergehende Entwicklungsphase handelte . . .«

»Wie Pickel?« warf der Chefmechniker ein. Diese Bemerkung brachte ihm das ersehnte Gelächter der Zuschauer ein, doch man fühlte sich nicht recht wohl in der Gegenwart des finster dreinblickenden Suprintenten, und das Lachen verebbte zu einem allgemeinen nervösen Hüsteln.

»Nun . . . ja, Ojehren«, sagte die Stimme pikiert. Der Suprintent lächelte milde und nachsichtig, wie jemand, der einen Schwachkopf in seiner Nähe duldet. Der Chefmechniker, der ganz plötzlich den Drang verspürte, den Suprintenten zu erdrosseln, verpaßte einen großen Teil des Vortrags der Anklage.

»... inszenierte einen Aufstand, in dessen Verlauf das Allüberall, Sektor Y-362, geringfügig beschädigt wurde. Glücklicherweise vermochte das Allüberall sich unverzüglich selbst zu heilen, also wurde kein bleibender Schaden angerichtet. Wenigstens nicht an unserem angebeteten Idol!« Die Stimme erhob sich zu einer schrillen Tirade. »Welcher Schaden allerdings in den Köpfen derer angerichtet wurde, die es wagten, ein derartiges Verbrechen zu begehen, läßt sich nicht abschätzen. Deshalb fordern wir, daß der Angeklagte – Limbeck Schraubendreher – aus dieser Gesellschaft ausgestoßen wird, damit er niemals wieder unsere Jugend auf diesen Irrweg locken kann, der nirgendwo hinführt als in Tod und Verderben!«

Die Stimme der Anklage, die ihre Pflicht getan hatte, kehrte hinter das Eisenfaß zurück. Donnernder Applaus hallte durch die Farbick, hier und dort übertönt von Pfiffen und einem Buhruf, was den Chefmechniker veranlaßte, ein strenges Gesicht zu ziehen, während der Suprintent von seinem Stuhl aufsprang.

»Ojehren, dieser Ausbruch ist der Beweis, daß das Gift sich ausbreitet. Wir können nur eines tun, um Schlimmeres zu verhüten.« Der Suprintent deutete auf Limbeck. »Den Urheber entfernen! Ich fürchte, wenn wir es nicht tun, wird der Tag des Gerichts, von dem viele unseres Volkes glauben, daß er zumindest bevorsteht, wieder in ferne Zukunft rücken, vielleicht zu fern, als daß wir ihn noch erleben dürfen! Ich rate Euch dringend, Ojehren, dem Angeklagten zu verbieten, vor dieser Versammlung zu sprechen!«

»Für mich sind vier Pfiffe und ein Buh kein Ausbruch«, entgegnete Darral gereizt und betrachtete den Suprintenten feindselig. »Angeklagter, du darfst sprechen, um dich zu verteidigen. Aber nimm dich in acht, junger Mann, ich dulde keine blasphemischen Reden vor diesem Gericht.«

Limbeck erhob sich langsam. Er zögerte, als wäre er sich über die Art seines Vorgehens nicht im klaren, bis er schließlich nach reiflicher Überlegung das Bündel Papiere auf den Tisch legte und die Brille absetzte.

»Ojehren«, begann Limbeck respektvoll. »Ich bitte um nichts mehr als die Erlaubnis, erzählen zu dürfen, was mir an dem betreffenden Tag zugestoßen ist. Es handelt sich um einen höchst bemerkenswerten Vorfall, der – so hoffe ich – erklärt, weshalb ich nicht anders handeln konnte, als ich es getan habe. Niemand sonst kennt diese Geschichte, nicht meine Eltern und nicht einmal die Person, die mir auf der ganzen Welt am meisten am Herzen liegt.«

»Wird das lange dauern?« fragte der Mechniker, stützte sich auf die Armlehnen und versuchte, sich ein gewisses Maß an Erleichterung zu verschaffen, indem er nur eine Pobacke belastete.

»Nein, Ojehren«, versicherte Limbeck ernsthaft.

»Dann sprich weiter.«

»Vielen Dank, Ojehren. Es geschah an dem Tag, als ich aus der Schule geworfen wurde. Ich wollte allein sein, um nachzudenken. Seht Ihr, ich betrachtete mein ›Warum‹ nicht als gotteslästerlich oder gefährlich. Ich hasse das Allüberall keineswegs. Ich bewundere es. Es fasziniert mich! Es ist so wundervoll, so groß, so mächtig.« Limbeck schwenkte die Arme, ein fast entrücktes Leuchten strahlte aus seinem Gesicht. »Es bezieht seine Energie aus den Stürmen, und zwar mit unglaublicher Effektivität. Es ist sogar imstande, sich mit Eisenerz von den Terrel Fen unten zu versorgen, das Eisen in Stahl zu verwandeln und aus dem Stahl neue Gliedmaßen zu formen, so daß es stetig weiterwächst. Es vermag sich selbst zu heilen, wenn es verletzt wurde.

Es läßt sich gern von uns helfen. Wir sind seine Hände, seine Füße, seine Augen. Wir gehen hin, wo es nicht hingehen kann; helfen, wenn es in Schwierigkeiten gerät. Wenn ein Greifer auf Terrel Fen hängenbleibt, steigen wir hinunter und befreien ihn. Wir drücken Summblinker, drehen Kreiselräder, hebeln Hebel und kurbeln Kurbeln, und alles funktioniert einwandfrei. Oder es scheint so. Aber ich kann nicht anders«, fügte Limbeck mit gedämpfter Stimme hinzu, »als mich fragen, *warum*.«

Der Suprintent erhob sich mit einem Gesicht wie eine Gewitterwolke von seinem Stuhl, aber der Chefmechniker, erfreut über die Gelegenheit, der Kirche eins auszuwischen, wies ihn mit einem strengen Blick in die Schranken. »Ich habe diesem jungen Mann erlaubt zu sprechen, im Vertrauen darauf, daß unser Volk stark genug ist, ihn anzuhören, ohne im Glauben wankend zu werden. Hast du kein Vertrauen? Ist die Kirche nachlässig in der Erfüllung ihrer Pflichten gewesen?«

Der Suprintent biß sich auf die Lippen, nahm wieder Platz und musterte den selbstgefällig lächelnden Chefmechniker unter zusammengezogenen Brauen.

»Der Angeklagte mag fortfahren.«

»Danke, Ojehren. Also, ich habe mich immer gefragt, warum verschiedene Teile des Allüberall tot sind. In manchen Sektoren steht es still, rostet vor sich hin oder wird von Koralit überwuchert. Manche Teile haben sich seit Jahrhunderten nicht mehr bewegt. Und doch müssen die Manger sie aus irgendeinem Grund dort angebracht haben. Aus welchem Grund? Was sollten sie tun, und warum tun sie es nicht? Und mir kam der Gedanke, wenn wir herausfinden könnten, *warum* die lebendigen Teile des Allüberall lebendig sind und *wie* das Allüberall sie am Leben hält, dann wären wir vielleicht in der Lage, das Allüberall zu begreifen und seinen eigentlichen Zweck zu erkennen!

Das ist ein Grund, weshalb ich es für erforderlich halte, daß alle Schichten sich zusammentun und ihr Wissen . . .«

»Führt das alles irgendwohin?« erkundigte sich der Chefmechniker gereizt. Die Kopfschmerzen verursachten ihm Übelkeit.

»Wie bitte? Ja, natürlich.« Nervös setzte Limbeck die Brille wieder auf die Nase. »Das waren also die Gedanken, mit denen ich mich beschäftigte, und ich überlegte, wie ich sie den Leuten begreiflich machen könnte; dabei vergaß ich, auf den Weg zu achten, und als ich mich umschaute, merkte ich, daß die Stadt weit hinter mir lag. Es war ein Zufall und keine böse Absicht, Ojehren, das versichere ich Euch!

Es tobte gerade kein Sturm, und ich dachte, ich könnte mich ein wenig umsehen, als Ablenkung sozusagen. Der Boden war steinig und rutschig, und ich war wohl zu sehr damit beschäftigt, den gangbarsten Weg zu finden, denn plötzlich brach ein Unwetter los. Ich brauchte einen Unterschlupf, und als ich in einiger Entfernung ein großes Etwas auf dem Boden liegen sah, rannte ich darauf zu. Ihr könnte Euch meine Überraschung vorstellen, Ojehren«, sagte Limbeck und richtete den Blick hinter den dicken Brillengläsern auf den Chefmechniker, »als ich entdeckte, daß es sich um ein Drachenschiff der Elften handelte.«

Die Worte tönten aus dem Großen Mund und hallten durch die

gesamte Farbick. Die Gegs wurden unruhig und tauschten leise Bemerkungen aus.

»Auf dem Boden? Unmöglich! Noch nie sind die Elften auf Drevlin gelandet!« Der Suprintent gab sich fromm, erhaben und selbstzufrieden. Der Chefmechniker wirkte besorgt, doch der Reaktion der Menge konnte er entnehmen, daß es nicht angezeigt war, dem Beklagten jetzt den Mund zu verbieten.

»Sie waren nicht gelandet«, erklärte Limbeck. »Das Schiff war abgestürzt ...«

Das löste einen Tumult aus. Der Suprintent sprang auf. Die Gegs redeten wild durcheinander. Viele brüllten: »Er soll die Klappe halten!« Andere riefen: »Halt du die Klappe! Er soll reden!« Der Chefmechniker gab den Wächtern ein Zeichen, die sofort den ›Donner‹ schüttelten und so die Ordnung wieder herstellten.

»Ich verlange, daß diese Verhöhnung der Justicka ein Ende nimmt!« donnerte der Suprintent.

Seine Forderung fiel bei dem Chefmechniker auf fruchtbaren Boden. Die Verhandlung zu schließen hatte drei Vorteile: Er war diesen verrückten Geg los, konnte etwas gegen seine Kopfschmerzen unternehmen und die Durchblutung seiner unteren Extremitäten wieder in Gang bringen. Leider war damit zu rechnen, daß bei seinen Wählern der Eindruck entstand, als hätte er vor der Kirche den Schwanz eingezogen, und sein lieber Schwager würde mit Freuden dafür sorgen, daß er es nie vergaß. Nein, da war es schon besser, diesen Limbeck sein Sprüchlein aufsagen zu lassen. Er war ohnehin dabei, sich selbst einen Strick zu drehen.

»Ich bin zu einem Entschluß gekommen«, verkündete der Chefmechniker mit furchtbarer Stimme und richtete den funkelnden Blick erst auf den Suprintenten und dann auf die Menge. »Er ist unumstößlich!« Der funkelnde Blick schweifte zu Limbeck. »Sprich weiter.«

»Ich gebe zu, das mit dem Absturz kann ich nicht beschwören«, berichtigte Limbeck seine Aussage, »aber es lag zerbrochen und beschädigt zwischen den Felsen, also nahm ich an, daß es vom Himmel Hoch gefallen war. Es gab keinen anderen Ort, an den ich mich vor dem Unwetter flüchten konnte, nur das Elftenschiff. In die Haut war ein großes Loch gerissen, also schlüpfte ich hinein.«

»Wenn es stimmt, was du sagst, kannst du dich glücklich schätzen, von den Elften nicht für deine Kühnheit niedergestreckt worden zu sein!« rief der Suprintent aus.

»Die Elften waren nicht unbedingt in der Lage, jemanden niederzustrecken«, entgegnete Limbeck. »Diese unsterblichen Elften – wie Ihr sie nennt – waren tot.«

Rufe der Empörung, Schreckens- und Entsetzensschreie und ein gedämpftes »Gib's ihnen!« hallten durch die Farbick. Der Suprintent sank kraftlos auf seinen Stuhl zurück. Die Stimme der Anklage fächelte ihm mit dem Taschentuch Luft zu und rief nach Wasser. Der Chefmechniker war schockiert kerzengerade in die Höhe gefahren und hatte es fertiggebracht, sich hoffnungslos in dem Sessel zu verkeilen. Unfähig, sich zu erheben, um Ruhe und Ordnung wiederherzustellen, zappelte er, schäumte vor Wut und schwenkte die Leuchtglampe vor den geblendeten Wächtern, die sich bemühten, ihn zu befreien.

»Hört mich an!« rief Limbeck mit der Stimme, die wie keine andere die Massen zu bezwingen vermochte. Kein anderer Sprecher in der UFF, Jarre eingeschlossen, konnte so überzeugend und charismatisch sein wie Limbeck, wenn er sich inspiriert fühlte. Diese Rede war der Grund, weshalb er zugelassen hatte, daß man ihn verhaftete. Es war vielleicht die letzte Chance, seinem Volk seine Botschaft zu übermitteln. Er war entschlossen, diese Chance nach Kräften zu nutzen.

Limbeck sprang auf das Faß, wobei er seine Notizen mit Füßen trat, und schwenkte die Arme über dem Kopf, um die Aufmerksamkeit der Zuschauer auf sich zu lenken.

»Diese Elften aus dem Himmel Hoch sind keine Götter, wie sie uns glauben machen möchten! Sie sind nicht unsterblich, sondern aus Fleisch und Blut und Knochen geschaffen wie wir! Ich weiß es, denn ich sah dieses Fleisch verfaulen. Ich habe ihre Leichen in jenem zerschmetterten Wrack gesehen.

Und ich sah ihre Welt! Ich sah das ›herrliche Pradies‹, von dem die Farrer predigen. In ihrem Schiff lagen Bücher, und einige davon habe ich mir angesehen. Wahrhaftig, es *ist* das Pradies! Sie leben in einer Welt der Pracht und des Reichtums. Eine Welt von solcher Schönheit, wie wir es uns kaum vorzustellen vermögen. Eine Welt des Wohlstands und der Muße, die sich auf *unseren* Schweiß und *unsere* Arbeit gründet! Und laßt mich eins sagen! Sie haben keineswegs die Absicht, uns zu sich ›emporzuheben‹, sobald ›wir uns würdig erwiesen haben‹, wie die Farrer uns immer wieder erzählen. Warum sollten sie? Wir sind ihnen als willige Sklaven hier unten von größerem Nutzen! Wir führen ein Leben der Fron, wir dienen dem Allüberall, um ihnen das Wasser zu verschaffen, das sie zum Überleben brauchen. Wir kämpfen jeden Tag unseres jammervollen Lebens gegen Stürme, Hagel und Regen! Damit sie herrlich und in Freuden von unseren Tränen leben können!

Und deshalb sage ich«, überschrie Limbeck den zunehmenden Tumult, »daß wir herausfinden müssen, wie und warum das Allüberall funktioniert, um die Kontrolle zu übernehmen und diese Elften, die gar keine Götter sind, sondern Sterbliche wie wir, zu zwingen, uns gebührend an ihrem Luxus teilhaben zu lassen!«

Chaos brach aus. Die Menge kreischte, brüllte, schob und drängte. Angewidert von dem ketzerischen Ungeheuer, das er unwissentlich auf sein Volk losgelassen hatte, stampfte der endlich aus seinem Sessel befreite Chefmechniker mit den Füßen auf und rammte den Stab seiner Leuchtglampe dermaßen nachdrücklich auf den Betonboden, daß er den zweizinkigen Schweif aus dem Sockel der Statue riß und das Licht erlosch.

»Räumt den Saal! Den Saal räumen!«

Kupferer stürmten herein, aber es dauerte eine Zeitlang, bis die aufgeregten Gegs veranlaßt werden konnten, die Farbick zu verlassen. Anschließend drängten sie sich schwatzend und lebhaft diskutierend in den Gängen, doch zum Glück für den Chefmechniker signalisierte die Trötepfeife einen Schichtwechsel, und die Menge verlief sich – man ging entweder an seinen Arbeitsplatz oder kehrte nach Hause zurück.

Der Chefmechniker, der Suprintent, die Stimme der Anklage, Limbeck sowie die beiden Wächter mit ihrer inzwischen verschmierten Gesichtsbemalung blieben allein in der Farbick zurück.

»Du bist ein gefährlicher junger Mann«, bemerkte der Chefmechniker. »Diese Lügen ...«

»Es sind keine Lügen! Jedes Wort ist wahr! Ich schwöre ...«

»Das Volk würde diesen Lügen selbstverständlich niemals Glauben schenken, doch wie wir heute gesehen haben, lösen sie aus deinem Mund Aufruhr und Unruhe aus! Du hast dich selbst schuldig gesprochen. Dein Schicksal liegt jetzt in den Händen der Manger. Ergreift den Gefangenen und sorgt dafür, daß er sich ruhig verhält!« befahl der Chefmechniker den Wächtern, die folgsam Limbecks Oberarme umklammerten, wenn auch zögernd, als hätten sie Angst, sich bei ihm anzustecken.

Der Suprintent hatte sich von seinem Schock ausreichend erholt, um wieder eine fromme und selbstzufriedene Miene aufzusetzen. Er trug moralische Entrüstung zur Schau und die sichere Überzeugung, daß dem Sünder die gerechte Strafe zuteil werden würde.

Der Chefmechniker begab sich mit unsicheren Schritten (die Blutzirkulation in seinen Füßen kam nur langsam wieder in Gang) und schmerzendem Kopf zu dem Standbild des Mangers. Die mißliche Lage, in der er sich befand, vermochte Limbecks Neugierde nicht zu dämpfen, und er war erheblich mehr an der Statue an sich interessiert als an dem Urteil, das ihn erwartete. Der Suprintent und die Stimme der Anklage kamen näher, um besser sehen zu können. Unter vielen Verbeugungen und Kratzfüßen und gemurmelten Gebeten, in die der Suprintent andächtig einstimmte, ergriff der Chefmechniker die linke Hand des Mangers und zog daran.

Der Augapfel, den der Manger in der rechten Hand hielt, leuchtete plötzlich auf und erwachte zum Leben. Das Licht wurde stärker, und dann glitten bewegliche Bilder über den Augapfel. Der Chefmechniker warf einen triumphierenden Blick auf den Suprintenten und die Stimme. Limbeck war absolut fasziniert.

»Der Manger spricht zu uns!« rief der Suprintent und sank auf die Knie.

»Eine magische Laterne!« sagte Limbeck aufgeregt und betrachtete aufmerksam die Bilder. »Nur ist es keine wirkliche Magie, nicht wie die Magie der Elften. Es ist mechanische Magie! Ich habe in einem anderen Teil des Allüberall ein solches Ding gefunden und es auseinandergenommen. Diese Bilder, die zu leben scheinen, drehen sich so schnell um eine Lichtquelle, daß das Auge getäuscht wird . . .«

»Schweig, Ketzer!« donnerte der Chefmechniker. »Das Urteil ist gesprochen. Die Manger sagen, daß man dich in ihre Hände geben soll.«

»Aber sie sagen nichts dergleichen, Ojehren«, wandte Limbeck ein. »Genaugenommen läßt sich überhaupt nicht feststellen, was sie sagen. Ich frage mich, warum . . .«

»Warum? Warum! Du wirst bald genügend Zeit haben, dich zu fragen, warum! Es ist ein langer Sturz in das Herz des Sturms!« schrie Darral.

Limbeck war in den Anblick der magischen Laterne versunken, die ihm wieder und wieder dieselbe Bilderfolge zeigte, und hörte nur mit halbem Ohr auf die Worte des Chefmechnikers. »Herz des Sturms, Ojehren?« Die dicken Brillengläser ließen seine Augen unnatürlich groß erscheinen und verliehen ihm ein insektenhaftes Aussehen, das der Chefmechniker besonders abstoßend fand.

»Allerdings. Dazu haben die Manger dich verurteilt.« Der Chefmechniker zog an der Hand, der Augapfel blinzelte, und das Licht erlosch.

»Was? Mit dem Bilderbogen? Nein, das kann nicht sein, Ojehren.« Limbeck schüttelte den Kopf. »Ich weiß nicht genau, was das alles bedeuten sollte, aber wenn man mir die Möglichkeit gibt zu . . .«

»Morgen früh«, unterbrach ihn der Chefmechniker, »wirst du die Stufen von Terrel Fen hinabsteigen. Mögen die Manger deiner Seele gnädig sein!« Darral Langstrandman machte ächzend kehrt, rieb sich mit einer Hand den Allerwertesten, legte die andere an den dröhnenden Schädel und verließ hinkend die Farbick.

Kapitel 12

Wombe, Drevlin, Niederreich

»Besuch«, verkündete der Schließer durch die Eisenstäbe.

»Was?« Limbeck setzte sich auf seiner Pritsche auf.

»Besuch. Deine Schwester. Komm schon.«

Schlüssel klirrten. Das Schloß klickte, und die Tür ging auf. Limbeck erhob sich einigermaßen überrascht und äußerst verwirrt und folgte dem Wachmann zum Besucherschuppen. Soweit ihm bekannt war, hatte er keine Schwester. Zugegeben, er war seit etlichen Jahren nicht mehr zu Hause gewesen und verstand nicht viel von Kindern, aber er glaubte doch zu wissen, daß es einige Zeit dauerte, bevor ein Kind überhaupt geboren wurde, ganz zu schweigen davon, daß es herumlief und Brüder im Gefängnis besuchte.

Limbeck war noch damit beschäftigt, die erforderlichen Berechnungen durchzuführen, als er den Besucherschuppen betrat. Eine junge Frau warf sich ihm so stürmisch an die Brust, daß sie ihn beinahe zu Fall gebracht hätte.

»Geliebter Bruder!« rief sie aus, warf ihm die Arme um den Hals und küßte ihn mit einer Hingabe, wie sie bei Geschwistern im allgemeinen nicht üblich ist.

»Ihr habt Zeit bis zum Signal für den nächsten Schichtwechsel«, erklärte der Schließer gelangweilt, während er hinter ihnen die Tür zuschlug und den Schlüssel im Schloß drehte.

»Jarre?« fragte Limbeck und versuchte mit zusammengekniffenen Augen etwas zu erkennen. Er hatte seine Brille in der Zelle gelassen.

»Aber ja, natürlich!« antwortete sie und umarmte ihn heftig. »Wen hattest du denn erwartet?«

»Ich ... ich war nicht ganz sicher«, stotterte Limbeck. Er freute sich außerordentlich, Jarre zu sehen, und doch empfand er ein leises Bedauern über den Verlust einer Schwester. In seiner Lage hätte er es doch als tröstlich empfunden, sich im Schoß einer Familie geborgen zu wissen. »Wie bist du hergekommen?«

»Ein Schwager von Odwin Anschrauber tut Dienst auf dem Lektrofloß. Er hat dafür gesorgt, daß ich mitfahren konnte. Hat es dich nicht zornig gemacht«, sagte sie und lockerte ihre Umarmung, »das ganze Ausmaß der Sklaverei unseres Volkes vor deinen Augen vorüberziehen zu sehen?«

»Ja, es hat mich zornig gemacht«, erwiderte Limbeck. Es erstaunte ihn nicht, zu hören, daß Jarre während ihrer Lektrofloßfahrt über die Insel offenbar ähnliche Gedanken gehabt hatte wie er. Das war bei ihnen beiden häufig der Fall.

Sie drehte sich herum und nahm langsam den dicken Schal ab, den sie sich um den Kopf gewickelt hatte. Ohne seine Brille war ihr Gesicht für Limbeck mehr oder weniger ein verschwommener Fleck, aber er hatte das Gefühl, daß sie beunruhigt aussah. Natürlich konnte es daran liegen, daß man ihn verurteilt hatte, hingerichtet zu werden, aber Limbeck bezweifelte es. Jarre neigte dazu, solche Dinge auf die leichte Schulter zu nehmen. Nein, sie belastete etwas anderes.

»Wie läuft's in der Union?« erkundigte sich Limbeck.

Jarre seufzte tief. Aha, dachte Limbeck. Jetzt kommt's.

»O Limbeck«, sagte Jarre, halb ärgerlich, halb kummervoll, »warum bloß mußtest du vor Gericht diese albernen Geschichten erzählen?«

»Geschichten?« Limbecks Augenbrauen schnellten bis zum Haaransatz empor. »Was für Geschichten?«

»Du weißt schon – über die toten Elften und die Bücher mit den Bildern vom Pradies ...«

»Dann haben die Nachrichtensänger sie gesungen?« Limbecks Gesicht glühte vor Freude.

»Gesungen!« Jarre rang die Hände. »Sie plärrten sie uns bei jedem Schichtwechsel in die Ohren. Wir haben nichts anderes mehr gehört als diese Geschichten ...«

»Warum nennst du sie immer *Geschichten*?« Plötzlich ging Limbeck ein Licht auf. »Du glaubst sie nicht! Was ich vor Gericht gesagt habe, war die lautere Wahrheit, Jarre. Ich schwöre bei ...«

»Laß es lieber bleiben«, unterbrach ihn Jarre brüsk. »Wir glauben nicht an Götter, erinnerst du dich?«

»Ich schwöre bei meiner Liebe zu dir, mein Herz«, fuhr Limbeck fort, »daß ich die Wahrheit gesprochen habe. Alles hat sich genau so abgespielt. Was ich damals erlebt und gesehen habe und die Erkenntnis, daß diese Elften keine Götter sind, sondern Sterbliche wie wir – das inspirierte mich dazu, unsere Union ins Leben zu rufen. Es ist die Erinnerung an diesen Anblick, die mir den Mut gibt, zu ertragen, was mir bevorsteht.« Er sprach mit einer stillen Würde, die Jarres Herz rührte.

Schluchzend warf sie sich wieder in seine Arme.

Limbeck tätschelte ihr beruhigend den breiten Rücken und fragte sanft: »Habe ich der Sache großen Schaden zugefügt?«

»Nei-nein«, schniefte Jarre stockend und hielt ihr Gesicht in seinem jetzt tränenfeuchten Hemd vergraben. »Genaugenommen ... also ... weißt du, Liebster, wir haben ... wir haben ausgestreut, daß die Folter und die Grausamkeiten, die du von den Händen der brutalen Imperialisten erduldet hast ...«

»Aber man hat mich nicht gefoltert. Man ist sogar sehr nett zu mir gewesen, mein Herz.«

»O Limbeck«, rief Jarre und stieß ihn aufgebracht zurück. »Du bist hoffnungslos!«

»Tut mir leid«, meinte Limbeck.

»Jetzt hör mir zu.« Jarre trocknete sich die Augen. »Wir haben nicht viel Zeit. Du bist im Moment unser größter Sympathieträger, und deine Hinrichtung ist für unsere Organisation von größter Bedeutung. Also verdirb nicht alles! Kein Wort« – sie hob warnend den Zeigefinger – »über tote Elften und so was.«

Limbeck seufzte. »Versprochen«, sagte er.

»Du bist ein Märtyrer. Vergiß das nicht. Und unserer Sache zuliebe gib dir etwas Mühe, auch so auszusehen.« Sie warf einen mißbilligenden Blick auf seine stämmige Figur. »Irre ich mich, oder hast du wahrhaftig zugenommen?«

»Die Gefängniskost ist wirklich ...«

»Du darfst nicht immer nur an dich denken, Limbeck«, schalt ihn Jarre. »Dir bleibt nur noch heute nacht. Vermutlich kannst du in der kurzen Zeit nicht ausgemergelt aussehen, aber tu dein Möglichstes. Bist du fähig, dir selbst ein blaues Auge zu verpassen oder eine blutige Nase?«

»Ich glaube nicht«, meinte Limbeck betrübt und war sich wieder einmal seiner Grenzen bewußt.

»Nun, wir müssen das Beste daraus machen«, bemerkte Jarre mit einem Kopfschütteln. »Auf jeden Fall mußt du versuchen, wenigstens wie ein Märtyrer *auszusehen*.«

»Wie sieht denn so jemand aus?«

»Ach, du weißt schon – tapfer, würdevoll, ungebeugt, verzeihend.«

»Alles auf einmal?«

»Das mit der Verzeihung ist *sehr* wichtig. Du könntest sogar etwas in der Richtung sagen, während sie dich auf den Blitzvogel schnallen.«

»Verzeihend«, murmelte Limbeck, um sich das Wort einzuprägen.

»Und ein letzter, trotziger Schlachtruf, wenn man dich über die Kante schiebt. Etwas wie ›UFF auf ewig... sie werden uns nie besiegen.‹ Und daß du zurückkehren wirst, natürlich.«

»Trotz. UFF auf ewig. Ich kehre zurück.« Limbeck blinzelte sie kurzsichtig an. »Werde ich das? Zurückkehren?«

»Aber sicher. Ich habe gesagt, wir werden dich retten, und das meine ich auch so. Du hast doch nicht geglaubt, wir würden zulassen, daß man dich hinrichtet, oder?«

»Nun, ich...«

»Du bist ein solcher Schlurch«, sagte Jarre und zauste ihm liebevoll das Haar. »Aber genug davon. Also, dieses Vogelding...«

Die Trötepfeife schrillte. Der grelle Ton schallte durch die ganze Stadt.

»Zeit!« rief der Schließer. Er drückte sein fettes Gesicht gegen die Eisenstäbe der Tür zum Besucherschuppen und klapperte mit dem Schlüssel im Schloß.

Sichtlich gereizt drehte Jarre sich um, ging zur Tür und lugte zwischen den Stäben hindurch. »Noch fünf Tacks.«

Der Beschließer runzelte die Stirn.

»Denk dran«, sagte Jarre und zeigte ihm ihre Faust, »*ich* bin es, der du gleich die Tür aufschließen mußt.«

Der Beschließer knurrte etwas Unverständliches vor sich hin und ging.

»So«, meinte Jarre und kehrte zu Limbeck zurück. »Was wollte ich eben sagen? Ach ja. Dieses Vogelgebilde. Wie Lof Lektrik sagt...«

»Was weiß *der* davon?« verlangte Limbeck eifersüchtig zu wissen.

»Er gehört zur Lektrozutzler-Schicht«, erwiderte Jarre erhaben. »Sie fliegen die Blitzvögel, um Lektrik für das Allüberall zu ernten. Lof sagt, man wird dich auf ein Gestell binden, das aussieht wie zwei gewaltige Flügel aus Holz und Tiarfedern, mit einem daran befestigten Seil. Man wird dich festbinden und dich über der Treppe von Terrel Fen hinabstoßen. Die Stürme werden dich beuteln, und es wird hageln und regnen und graupeln...«

»Was ist mit den Blitzen?« fragte Limbeck nervös.

»Keine Bange«, wurde er von Jarre beruhigt.

»Aber man nennt das Ding Blitzvogel.«

»Das ist nur ein Name.«

»Aber wird mein Gewicht nicht dazu führen, daß es sinkt, statt in der Luft zu schweben?«

»Selbstverständlich! Wirst du jetzt aufhören, mich zu unterbrechen?«

»Ja«, sagte Limbeck fügsam.

»Das Gestell wird immer schneller in die Tiefe sinken und dabei das Seil zerreißen. Zu guter Letzt wird der Blitzvogel auf eine der Inseln der Terrel Fen stürzen.«

»Wirklich?« Limbeck war blaß.

»Mach dir keine Sorgen. Lof sagt, daß der Stützrahmen den Aufprall höchstwahrscheinlich unbeschadet überstehen wird. Er ist sehr stabil. Das Allüberall produziert die hölzernen Stäbe...«

»Warum, möchte ich wissen?« sann Limbeck. »Aus welchem Grund sollte das Allüberall Holzstäbe herstellen?«

»Woher soll ich das wissen!« rief Jarre verzweifelt. »Es ist auch völlig unwichtig! Jetzt hör mir zu.« Sie packte mit beiden Händen seinen Bart und zog daran, bis sie Tränen in seinen Augen sah. Langjährige Erfahrung hatte sie gelehrt, daß das ein sicheres Mittel war, um ihn von seinen Gedankenexkursionen zurückzuholen. »Du wirst auf einer der Terrel Fen-Inseln landen. Auf diesen Inseln schürft das Allüberall nach Erz. Wenn die Grabgreifer herunterkommen, um das Erz zu fördern, mußt du auf einer davon ein Zeichen anbringen. Unsere Leute werden danach Ausschau halten, und wenn der Grabgreifer wieder heraufkommt, werden wir deine Markierung sehen und wissen, auf welcher Insel du dich befindest.«

»Das ist ein sehr guter Plan, meine Liebe!« Limbeck schenkte ihr ein bewunderndes Lächeln.

»Vielen Dank.« Jarre errötete vor Freude. »Du hast nichts weiter zu tun, als den Grabgreifern aus dem Weg zu gehen, damit sie dich nicht zu packen kriegen.«

»Das werde ich machen.«

»Wenn das nächste Mal die Grabgreifer hinuntergelassen werden, sorgen wir dafür, daß eine Helfhand dabei ist.« Jarre bemerkte Limbecks ratlosen Gesichtsausdruck und erklärte geduldig: »Du weißt schon – einer von den Greifern mit einer Kugel, in der ein Geg zu den Inseln transportiert wird, um einen verhakten Greifer zu befreien.«

»So macht man das also!« staunte Limbeck.

»Ich wünschte, du hättest auch dem Allüberall gedient!« stöhnte Jarre und ruckte aufgebracht an seinem Bart. »Oje, tut mir leid. Das wollte ich nicht.« Sie küßte ihn und rieb seine Wangen, um den Schmerz zu lindern. »Du wirst es schon überstehen. Eines noch: Wenn wir dich heraufgeholt haben, werden wir verbreiten, daß du für unschuldig befunden worden bist. Es wird keinen Zweifel daran geben, daß die Manger dich unterstützen und damit auch unsere Sache. In Scharen werden die Gegs uns beitreten! Der Tag der Revolution wird in greifbare Nähe rücken!« Jarres Augen leuchteten.

»Ja! Wunderbar!« Limbeck wurde von ihrem Enthusiasmus mitgerissen.

Der Beschließer steckte die Nase zwischen den Stäben hindurch und hüstelte bedeutungsvoll.

»Schon gut, ich komme.« Jarre wickelte sich den Schal wieder um den Kopf, deshalb fiel der Abschiedskuß etwas umständlich aus. Der Schließer öffnete die Tür. »Vergiß nicht«, bemerkte Jarre verschwörerisch, »wie ein Märtyrer.«

»Wie ein Märtyrer«, bestätigte Limbeck gutmütig.

»Und keine Geschichten mehr über tote Götter!« Ihre letzte Mahnung erfolgte in durchdringendem Flüsterton, während der Schließer sie zum Ausgang bugsierte.

»Es sind keine« – setzte Limbeck an – »Geschichten.«

Er verstummte mit einem Seufzer. Jarre war fort.

Kapitel 13

Wombe, Drevlin, Niederreich

Die Gegs, ein sehr gutmütiges und sanftes Volk, hatten nie, in ihrer ganzen Geschichte nicht (soweit ihnen bekannt), Krieg geführt. Einem anderen Geg das Leben zu nehmen war einfach undenkbar. Nur das Allüberall hatte das Recht, einen Geg zu töten, und dabei handelte es sich im allgemeinen um einen Unfall. Und obwohl die Gegs in ihren Gesetzesbüchern die Todesstrafe für bestimmte, furchtbare Verbrechen vorgesehen hatten, waren sie von jeher nie imstande gewesen, tatsächlich einen der Ihren zu Tode zu bringen. Daher bürdeten sie den Mangern die Last der Verantwortung auf, die nicht in der Nähe waren, um sich zu beschweren. Wenn die Manger wollten, daß der Verurteilte am Leben blieb, würden sie schon dafür sorgen, daß er es tat.

›Die Stufen von Terrel Fen hinabsteigen‹ war der Ausdruck der Gegs für diese Methode, sich von unerwünschten Elementen zu befreien. Die Terrel Fen sind eine Reihe kleiner Inseln unterhalb Drevlins. Sie schweben in einer endlosen Spirale in die Tiefe, bis sie endlich in den Wolkenstrudeln der Finsternis verschwinden. Es wird erzählt, daß es früher, in den Tagen unmittelbar nach der Großen Teilung, tatsächlich möglich war, die Terrel Fen zu ›beschreiten‹, weil die Inseln sich noch so nah an Drevlin befanden, daß ein Geg von einer zur anderen springen konnte.

Im Lauf der Jahrhunderte wurden die Inseln allerdings tiefer und tiefer in den Mahlstrom hineingezogen, so daß man inzwischen –

zwischen den Unwettern – nur mehr die vagen Umrisse der obersten Insel zu erkennen vermochte. Wie einer ihrer intelligenteren Chefmechniker anzumerken pflegte, ein Geg würde sich Flügel wachsen lassen müssen, um auf dem Weg nach unten lange genug am Leben zu bleiben, daß die Manger ihr Urteil über ihn sprechen konnten. Das führte ganz logisch dazu, daß die Gegs ihre Verurteilten mit Flügeln ausstatteten, und daraus entwickelte sich das ›Vogelgestell‹, das Jarre beschrieben hatte.

›Die Federn der Justicka‹ lautete die offizielle Bezeichnung. Es bestand aus den glatten und ordentlich zugeschnittenen Holzleisten, die das Allüberall für die Lektrikzutzler ausspuckte.

Der hölzerne Rahmen, einen Meter zwanzig breit, hatte eine Spannweite von etwa vier Meter zwanzig. Er wurde mit einer Bespannung aus Stoff versehen (ein weiteres Nebenprodukt des Allüberall), und darauf wurden mit einem Klebstoff aus Mehl und Wasser Tiarfedern befestigt. Üblicherweise stieg der Lektrozutzler an starken Seilen in das Herz der Stürme, um Blitze zu ernten, aber das war selbstverständlich unmöglich mit einem zweihundert Fels schweren Geg als Ballast.

Zwischen den Unwettern brachte man den verurteilten Geg zum Rand von Drevlin und plazierte ihn in der Mitte der Federn der Justicka. Seine Handgelenke wurden stramm an den Holzrahmen gefesselt, seine Füße ragten über das hintere Ende hinaus. Sechs Farrer hoben das Gestell an, und auf ein Zeichen des Chefmechniker liefen sie damit zum Rand der Insel und stießen es mit Schwung nach vorn.

Die einzigen Gegs, die Zeuge der Exekution sein durften, waren der Chefmechniker, der Suprintent und sechs einfache Farrer, die gebraucht wurden, um die Federn der Justicka auf die Reise zu bringen. Früher einmal hatten alle Gegs – sofern es ihr Dienst am Allüberall ermöglichte – bei den Hinrichtungen zugesehen. Aber dann kam der sensationelle ›Abstieg‹ des berüchtigten Dirk Schraubs. Dirk war betrunken bei der Arbeit eingeschlafen und bemerkte nicht, daß die winzige Hand der Trötepfeife an dem Blubberboiler ihm aufgeregt winkte. Die folgende Explosion verbrühte etliche Gegs und richtete ernsthaften Schaden bei dem Allüberall an, das gezwungen war, sich für anderthalb Tage abzuschalten, um die erforderlichen Reparaturen durchzuführen.

Dirk überlebte, wenn auch mit schweren Verbrühungen durch den kochendheißen Dampf, wurde festgenommen und verurteilt, die Stufen zu beschreiten. Scharen von Gegs kamen herbeigeströmt, um Zeuge des Ereignisses zu sein. Die weiter hinten standen, beschwerten sich, daß sie nichts sehen konnten, und fingen an, nach vorn zu drängen, mit dem tragischen Ergebnis, daß zahlreiche Gegs an der Kante der Insel unerwartete ›Abstiege‹ unternahmen. Seit der Zeit blieb die Öffentlichkeit von den Hinrichtungen ausgeschlossen.

Bei dieser Gelegenheit verpaßte die Öffentlichkeit nicht viel. Limbeck war dermaßen fasziniert von den Vorgängen, daß er zu seiner Schande vergaß, wie ein Märtyrer dreinzuschauen, und statt dessen die Farrer, die seine Hände an die Holzverstrebungen banden, mit seiner endlosen Fragerei zur Verzweiflung trieb.

»Womit wird das Gestell zusammengehalten? Wie groß sind die Stoffbahnen über dem Gestell? So groß? Wirklich? Warum stellt das Allüberall Stoff her?«

Schließlich verfügte der Chefmechniker zum Schutz der Unschuldigen, daß Limbeck geknebelt werden sollte. Der Befehl wurde ausgeführt, und der Chefmechniker mahnte ungeduldig zur Eile. Er trug wieder seine Krone, litt unter hämmernden Kopfschmerzen und war nicht in der Lage, die Exekution auch nur im geringsten zu genießen.

Sechs kräftige Farrer nahmen bei den Hauptverstrebungen Aufstellung, griffen zu und stemmten das Gebilde in die Höhe. Auf einen Wink vom Suprintenten setzten sie sich unbeholfen in Bewegung und liefen eine Rampe hinunter zum Rand der Insel. Plötzlich und unerwartet packte ein Windstoß die Federn, riß sie ihnen aus den Händen und hob das Gestell hoch in die Luft. Die Federn taumelten und schlingerten, drehten sich dreimal und stürzten auf den Boden zurück.

»Was, zum Teufel, treibt ihr da?« schrie der Chefmechniker. »Was, zum Teufel, treiben die da?« verlangte er von seinem Schwager zu wissen, der verstört zum Ort des Geschehens eilte. Die Farrer befreiten Limbeck, der benommen wirkte und Federn ausspuckte, aus dem zerbrochenen Gestell und führten ihn zur Startrampe zurück. Ein zweites Paar Federn der Justicka wurde herbeigeschafft – der Chefmechniker schäumte wegen der Verzögerung –, und dann band man Limbeck darauf fest. Nach einer strengen Ermahnung durch ihren Vorgesetzten, das Gestell ordentlich festzuhalten, nahmen die Farrer erneut ihre Positionen ein, und der Chefmechniker gab das Zeichen zum zweiten Versuch.

Der Wind ergriff die Federn im genau richtigen Moment, und Limbeck schwebte anmutig in den Himmel hinaus. Die Schnur zerriß. Die Farrer, der Suprintent und der Chefmechniker standen am Rand der Insel und sahen zu, wie das gefiederte Gestell sich langsam entfernte und dabei gemächlich in die Tiefe sank.

Irgendwie mußte es Limbeck gelungen sein, sich des Knebels zu entledigen, denn Darral Langstrandman hätte schwören können, ein letztes ›Waaarum?‹ aus dem Herzen des Mahlstroms heraufwehen zu hören. Er nahm die Eisenkrone vom Kopf, unterdrückte den Impuls, sie über die Kante zu schleudern, gönnte sich einen abgrundtiefen Seufzer der Erleichterung und kehrte zurück in sein Heim im Sammeltank.

Während Limbeck auf den sanften Luftströmungen spiralförmig in die Tiefe schwebte, drehte er den Kopf, um zu seiner Heimatinsel hinaufzusehen. Eine Zeitlang genoß er das Gefühl zu fliegen und freute sich über die Gelegenheit, die Koralitformationen studieren zu können, die aus diesem Blickwinkel einen einzigartigen Anblick boten – gänzlich anders als von oben betrachtet. Limbeck trug seine Brille nicht (er hatte sie in ein Taschentuch gewickelt sicher in der Hosentasche verstaut), doch er wurde von Aufwinden zur Unterseite der Insel emporgetragen und konnte deshalb alles genau erkennen.

Millionen und Abermillionen von Löchern perforierten das Gestein. Manche waren riesengroß – Limbeck hätte ohne weiteres hineinsegeln können, wäre er fähig gewesen, mit den Flügeln zu manövrieren. Staunend sah er Schwärme von Blasen und Bläschen aus diesen Löchern herausschweben. Sobald sie mit der Luft in Berührung kamen, zerplatzten sie, und Limbeck begriff schlagartig, daß er eine bedeutende Entdeckung gemacht hatte.

»Das Koralit muß eine Art Gas ausscheiden, das leichter als Luft ist und die Inseln in der Schwebe hält.« Seine Gedanken wanderten zu den Bildern, die er in dem Augapfel gesehen hatte. »Warum befinden sich nicht alle Inseln auf der gleichen Höhe? Warum liegt die Insel, auf der die Elften leben, über unserer? Ihre Insel muß leichter sein, das ist logisch. Aber warum? Ach, natürlich.« Limbeck merkte es nicht, aber er trudelte mit zunehmender Geschwindigkeit in die Tiefe, und bestimmt wäre ihm angst und bange geworden, wenn er nicht so angestrengt nachgedacht hätte. »Erzvorkommen. Das wäre ein Grund für den Gewichtsunterschied. Auf unserer Insel muß es größere Erzlager geben als bei den Elften. Deshalb haben vermutlich auch die Manger das Allüberall unten bei uns gebaut, statt oben bei ihnen. Aber das erklärt immer noch nicht, weshalb es überhaupt gebaut wurde.«

Als er wie gewohnt seine jüngste Beobachtung niederschreiben wollte, stellte Limbeck irritiert fest, daß er die Hände nicht gebrauchen konnte, und seine augenblickliche interessante, aber leider auch verzweifelte Lage kam ihm wieder zu Bewußtsein. Der Himmel um ihn herum färbte sich schwarz. Drevlin war nicht mehr zu sehen. Der Wind wehte heftiger, es bildeten sich starke Luftwirbel; er schwebte nicht mehr gemächlich in weiten Spiralen abwärts, sondern kreiselte als hilfloser Spielball der unberechenbaren Luftströmungen dem Herzen des Mahlstroms entgegen. Prasselnder Regen setzte ein, und Limbeck machte eine zweite Entdeckung. Obwohl nicht so bedeutungsvoll wie die erste, war sie für ihn persönlich von noch größerer Wichtigkeit.

Der Kleister, mit dem die Federn an der Stoffbespannung befestigt waren, löste sich in der Nässe auf. Mit wachsendem Entsetzen mußte Limbeck zusehen, wie erst einzeln und dann in ganzen Büscheln die Tiarfedern abfielen. Sein erster Impuls war, seine Hände zu befreien, auch wenn man nicht recht begreifen kann, was ihm das nützen sollte. Von Panik erfüllt, zerrte er an seinem rechten Handgelenk – mit dem verblüffenden Effekt, daß der Vogel Federlos sich mitten in der Luft einmal um die eigene Achse drehte.

Plötzlich baumelte Limbeck an den Handgelenken von den kahlen Schwingen und schaute auf seine Füße hinab. Nach dem ersten würgenden Schreck, als Limbeck ziemlich sicher war, daß er sich nicht übergeben mußte, stellte er fest, daß seine Lage sich gebessert hatte. Die sich über ihm bauschende Stoffbespannung verlangsamte seine Fallgeschwindigkeit, und obwohl er immer noch ziemlich heftig gebeutelt wurde, war es kein so willkürliches Auf und Ab und Hin und Her wie zuvor.

Limbecks fruchtbarer Verstand begann eben damit, die Gesetze der Aerodynamik zu formulieren, als er aus den Wolken unter sich einen schwärzlichen Fleck auftauchen sah. Nach angestrengtem Spähen war Limbeck endlich sicher, daß es sich dabei um eine der Terrel Fen-Inseln handelte. Inmitten der Wolken war es Limbeck vorgekommen, als würde er sehr langsam fallen, und er bemerkte mit Erstaunen, daß die Insel ihm mit alarmierender Geschwindigkeit entgegenzukommen schien. Es kann nicht überraschen, daß Limbeck bei dieser Gelegenheit zwei physikalische Gesetze auf einmal entdeckte: einmal die Relativitätstheorie und zum andern das Gesetz der Schwerkraft.

Unglücklicherweise wurden sie ihm bei dem unmittelbar darauffolgenden Aufprall aus dem Gehirn gewischt.

Kapitel 14

Irgendwo, Uylandia Archipel, Mittelreich

An dem Morgen, als Limbeck ›die Stufen von Terrel Fen hinabstieg‹, flogen Hugh und der Prinz auf dem Rücken eines Drachen in die Nachtseite irgendwo über dem Uylandia-Archipel. Der Flug war kalt und ungemütlich. Trian hatte dem Drachen seine Anweisungen gegeben, so daß Hugh nichts weiter tun konnte, als im Sattel zu sitzen und nachzudenken. Er wußte nicht einmal, auf welchem Kurs sie flogen, weil eine magische Wolke sie begleitete.

Hin und wieder tauchte der Drache durch die Wolke, um sich zu orientieren, und dann versuchte Hugh, an der lautlos unter ihnen vorüberziehenden, fahl leuchtenden Koralitlandschaft abzulesen, wo er sich befand und wo er gewesen war. Hugh hegte keinen Zweifel daran, daß man ihn zu hintergehen versuchte; er hätte die Hälfte der Summe in seiner Börse gegeben, um die Position von Stephens Versteck zu erfahren, für den Fall, daß es Grund zu persönlichen Beschwerden gab. Doch es war sinnlos, und er gab es auf.

»Ich hab' Hunger . . .« Grams hohe Kinderstimme durchbrach die stille Nacht.

»Halt den Mund!« schnappte Hugh.

Er hörte einen raschen Atemzug. Bei einem Blick über die Schulter sah er Tränen in den vor Schreck weitgeöffneten Augen des Jungen glitzern. Der Kleine hatte vermutlich in seinem ganzen Leben noch kein barsches Wort gehört.

»In der Nachtluft tragen Geräusche besonders weit, Hoheit«, erklärte Mordhand mit gedämpfter Stimme. »Falls jemand uns verfolgt, wollen wir es ihm nicht zu leicht machen.«

»Verfolgt uns jemand?« Gram war blaß, aber unerschrocken, und Hugh mußte sich eingestehen, daß der Junge kein Feigling zu sein schien.

»Ich glaube schon, Hoheit. Aber macht Euch keine Sorgen.«

Der Prinz preßte die Lippen fest aufeinander. Schüchtern legte er Hugh die Arme um die Taille. »Das stört Euch doch nicht, oder?« flüsterte er.

Hugh spürte, wie der kleine, warme Körper sich gegen ihn schmiegte; der Kopf des Kindes ruhte leicht an seinem kräftigen Rücken. »Ich habe keine Angst«, fügte Gram tapfer hinzu, »es ist nur schöner, wenn Ihr dicht bei mir seid.«

Ein merkwürdiges Gefühl durchströmte den Assassinen. Er kam sich plötzlich leer und verderbt vor und abgrundtief böse. Mit zusammengebissenen Zähnen widerstand er dem Drang, das Kind abzuschütteln, und konzentrierte sich angestrengt auf die unmittelbare Gefahr.

Sie *hatten* einen Verfolger. Und wer immer es war, er verstand seine Sache. Hugh drehte sich im Sattel um und suchte den Himmel ab, in der Hoffnung, daß ihr Schatten aus Furcht, den Anschluß zu verlieren, unvorsichtig wurde und sich zeigte. Leider wurde er enttäuscht. Er hätte nicht einmal genau sagen können, woher er wußte, daß sich jemand an ihre Fersen heftete. Es war nur ein Kribbeln im Nacken, die instinktive Reaktion auf ein Geräusch, eine Witterung. Er akzeptierte die Warnung stillschweigend, und sein einziger Gedanke war: Wer verfolgte sie und warum?

Trian. Die Möglichkeit bestand selbstverständlich, aber Hugh glaubte, sie mit ziemlicher Sicherheit verwerfen zu können. Der Magier kannte ihren Bestimmungsort besser als sie. Vielleicht folgte er ihnen, um sicherzugehen, daß Hugh nicht versuchte, dem Drachen einen neuen Befehl zu geben und sich mit ihm davonzumachen. Das wäre im höchsten Maß töricht gewesen. Hugh war kein Magier und vernünftig genug, um nicht an einem Zauberspruch herumzupfuschen. Solange der Zauber hielt, waren Drachen zahm und gehorsam. Verlor der Bann seine Wirkung, bekamen sie ihre eigene Intelligenz und ihren freien Willen zurück und wurden völlig unberechenbar. Vielleicht gefiel es ihnen, ihrem Reiter auch weiterhin zu dienen – vielleicht gefiel es ihnen aber auch, den Unglücklichen zum Nachtmahl zu verspeisen.

Wenn es nicht Trian war, wer dann?

Jemand im Auftrag der Königin, ohne Zweifel. Hugh verfluchte den Magier und seinen König stumm, aber von Herzen. Die Stümper hatten sich verraten, und Hugh blieb jetzt nichts anderes übrig, als sich mit irgendeinem Baron oder Grafen abzugeben, der versuchte, das Kind zu retten. Er würde sich den Dummkopf vom Hals schaffen müssen, und das bedeutete: eine Falle stellen, eine Kehle durchschneiden, eine Leiche verschwinden lassen. Der Junge erkannte den Mann vielleicht und wurde mißtrauisch. Hugh würde den Prinzen überzeugen müssen, daß der Freund ein Feind gewesen war und der vermeintliche Feind ein Freund. Wie es aussah, stand ihm eine Menge Arbeit bevor, und das alles nur, weil Trian und sein von Schuldgefühlen geplagter König unvorsichtig gewesen waren.

Na schön, dachte Hugh grimmig, das erhöht den Preis.

Ohne Aufforderung begann der Drache, in weiten Kreisen zum Festland hinunterzuschweben. Der Assassine vermutete, daß sie ihren Bestimmungsort erreicht hatten. Die magische Wolke verschwand, Hugh erspähte ein Waldstück – tiefschwarz auf dem bläulich schimmernden Koralit – und daran anschließend eine freie Fläche mit den geraden Linien und Formen, die in der Natur nicht vorkommen und immer ein Werk von Menschenhand sind.

Es war ein kleiner Weiler, in einem Tal gelegen und von dichten Wäldern umschlossen. Hugh kannte viele solcher Dörfer, die Berge und Bäume als Deckung nutzten, um sich vor Überfällen der Elfen zu schützen. Für diese relative Sicherheit mußten sie in Kauf nehmen, daß sie abseits der großen Luftstraßen lagen, doch vor die Wahl gestellt, gut zu leben oder überhaupt am Leben zu bleiben, entschieden sich manche Leute mit Freuden für die Armut.

Hugh, der den Wert des Lebens und der Armut kannte, betrachtete sie als Narren.

Der Drache kreiste über dem schlafenden Dorf. Hugh entdeckte eine Lichtung in dem Waldgebiet und veranlaßte das Tier, dort niederzugehen. Während er sein Gepäck und das Bündel des Prinzen ablud, fragte er sich, wo ihr Schatten gelandet sein mochte, doch er verschwendete nicht viel Zeit auf Rätselraten. Hugh Mordhand hatte die Schlinge ausgelegt. Es fehlte nur noch der Köder.

Der Drache verließ sie sofort, nachdem Hugh die Rucksäcke vom Sattel genommen hatte. Er schwang sich in die Luft und verschwand über den Baumwipfeln. Derweil hatte Hugh ohne Hast die Rucksäcke geschultert. Er winkte dem Prinzen, ihm zu folgen, und setzte sich in Richtung der Bäume in Bewegung, als er ein Zupfen am Ärmel spürte.

»Was ist, Hoheit?«

»Dürfen wir jetzt wieder laut sprechen?« Das Kind blickte aus großen Augen zu ihm auf.

Hugh nickte.

»Ich kann meinen Rucksack selbst tragen. Ich bin stärker, als ich aussehe. Mein Vater sagt, eines Tages werde ich so groß und stark sein wie er.«

Das hatte Stephen tatsächlich gesagt? Zu einem Kind, von dem er wußte, daß es nie heranwachsen würde. Wenn ich den Bastard vor mir hätte, wäre es ein Vergnügen, ihm den Hals umzudrehen.

Wortlos gab Hugh dem Prinzen seinen Rucksack. Sie erreichten den Waldrand und tauchten in den tiefen Schatten unter den Hargastbäumen. Der Wald bot ihnen Schutz vor spähenden Augen, und auf dem dicken Teppich aus staubfeinen Kristallen verursachten ihre Füße kaum ein Geräusch.

Der Assassine fühlte wieder ein Zupfen am Ärmel.

»Sir Hugh«, fragte Gram und deutete mit der Hand, »wer ist das?«

Erstaunt blickte Mordhand sich nach allen Seiten um. »Es ist niemand hier, Hoheit.«

»Aber doch«, beharrte das Kind. »Seht Ihr ihn nicht? Es ist ein Kirmönch.«

Hugh blieb stehen und starrte den Jungen an.

»Es hat schon seine Richtigkeit, wenn Ihr ihn nicht sehen könnt«, meinte Gram erklärend und schob den Rucksack zurecht, weil die Gurte ihn auf den Schultern drückten. »Ich kann viele Dinge sehen, die für andere Leute unsichtbar sind. Aber ich habe noch nie erlebt, daß ein Kirmönch jemanden begleitete. Warum tut er das?«

»Laßt mich das tragen, Hoheit.« Hugh nahm dem Prinzen den Rucksack ab, schob das Kind mit einem festen Griff vor sich und ging weiter.

Verfluchter Trian! Dieser verdammte Magier mußte irgend etwas ausgeplaudert haben. Der Kleine hatte es aufgeschnappt, und jetzt gaukelte seine Phantasie ihm alle möglichen Bilder vor. Wenn das Unglück es wollte, erriet er womöglich sogar die Wahrheit. Na, daran ließ sich jetzt nichts mehr ändern. Es trug lediglich dazu bei, daß der Auftrag des Assassinen immer schwieriger wurde – und sein Preis immer höher.

Die beiden verbrachten den Rest der Nacht in der Wetterhütte eines Wassersammlers*. Der Himmel erhellte sich; Hugh konnte den schwachen Glanz des Firmaments sehen, der den Morgen ankündigte. Die Ränder der Herrscher der Nacht glühten in feurigem Rot. Jetzt konnte er die Richtung bestimmen, in der sie gingen, und sich endlich orientieren. Bei der Prüfung des Inhalts seines Rucksacks im Kloster hatte er sich überzeugt, daß er mit allen notwendigen Navigationsgeräten versehen war; seine eigene Ausrüstung hatte man ihm im Gefängnis abgenommen. Er nahm ein kleines, ledergebundenes Buch aus dem Packen sowie einen von einer Quarzkugel gekrönten Silberstab. Der Stab war an einem Ende zugespitzt, und Hugh steckte ihn in die Erde.

Alle Sextanten stammen aus Werkstätten der Elfen – die Menschen verfügen über keine Mechanimagie. Dieser Stab war so gut wie neu; Hugh vermutete, daß es sich um Kriegsbeute handelte. Er tippte den Stab mit dem Finger an, und die Kugel stieg in die Luft, zur großen Freude Grams, der fasziniert zuschaute.

»Wozu ist das gut?« wollte er wissen.

»Schaut hinein«, forderte Hugh ihn auf.

Zögernd hielt der Prinz ein Auge dicht vor die Kugel. »Alles was ich sehe, sind ein paar Zahlen«, meinte er enttäuscht.

* Der Mangel an Wasser im Mittelreich hat zur Folge, daß ein großer Teil davon aus Pflanzen gewonnen werden muß. Wassergärtner bauen solche wasserproduzierenden Pflanzen an; Wassersammler durchstreifen auf der Suche nach dem kostbaren Naß die gesamte Insel.

»Das ist ganz richtig so.«

Hugh merkte sich die erste Zahl, drehte einen Ring am Fuß des Stabs, las die zweite ab und schließlich die dritte. Dann nahm er das Buch und fing an zu blättern.

»Wonach sucht Ihr?« Gram hockte sich auf den Boden und schaute Hugh über den Arm.

»Diese Zahlen, die Ihr gesehen habt, bezeichnen die Position der Herrscher der Nacht, der fünf Herrscherinnen des Tags und die Position von Solarus, alle in Relation zueinander. Ich suche die Zahlen in diesem Buch, vergleiche sie mit der Jahreszeit, die mir verrät, wo die Inseln sich in diesem bestimmten Augenblick befinden, und dann müßte ich bis auf ein paar Menkas genau wissen, wo wir sind.«

»Eine komische Schrift!« Gram verrenkte sich beinahe den Hals, um besser sehen zu können. »Was ist das?«

»Das ist Elfisch. Ihre Navigatoren haben all das herausgefunden und das magische Gerät entwickelt, das die Ablesungen vornimmt.«

Der Junge runzelte die Stirn. »Warum haben wir so was nicht gebraucht, als wir mit dem Drachen unterwegs waren?«

»Weil Drachen instinktiv wissen, wo sie sich befinden. Niemand weiß genau, wie sie es machen, aber sie benutzen alles – Augen, Gehör, Geruchs- und Tastsinn – sowie einige andere Sinne, von denen wir vielleicht gar nichts wissen, um sich zu orientieren. Die Magie der Elfen hat keine Wirkung auf Drachen, also waren sie gezwungen, Drachenschiffe zu bauen und Geräte zu erfinden, die ihnen sagten, wo sie sich befanden. Das ist der Grund, weshalb« – Hugh grinste – »die Elfen uns für Barbaren halten.«

»Und wo sind wir? Wißt Ihr es?«

»Ich weiß es«, erwiderte Hugh. »Und jetzt ist es Zeit, Hoheit, für ein Nickerchen.«

Sie befanden sich auf Pitrins Exil, ungefähr 123 Menkas Driftab*

* Driftwärts, Driftab, Kiradrift und Kanadrift sind die auf den Inseln gebräuchlichen Richtungsbezeichnungen. Drift bezieht sich auf den Pfad des Archipels, dem er bei seiner Kreisbahn durch den Himmel folgt. Driftwärts bedeutet, sich in dieselbe Richtung bewegen; Driftab bezeichnet die genau entgegengesetzte Richtung. Kiradrift und Kanadrift geben an, daß man sich im rechten Winkel zum Orbit bewegt.

von Winsher. Hugh fühlte sich gleich erheblich wohler. Es war ein unbehagliches Gefühl gewesen, sozusagen im leeren Raum zu schweben. Jetzt wußte er Bescheid und konnte ausruhen. Ihnen blieben noch drei Stunden bis zum vollen Tageslicht.

Nachdem er gegähnt, die Arme gereckt und sich die Augen gerieben hatte wie ein Mann, der weit gereist und knochenmüde ist, führte der Assassine – schlurfend und mit hängenden Schultern – den Prinzen in die Hütte. Scheinbar halb im Schlaf, gab er der Tür einen Stoß. Sie schloß sich nicht ganz, aber offensichtlich war er zu müde und bemerkte es nicht.

Gram zog eine Decke aus seinem Rucksack, breitete sie aus und legte sich hin. Hugh tat es ihm nach und schloß die Augen. Sobald er hörte, daß der Atem des Kindes flach und regelmäßig ging, richtete er sich katzenhaft geschmeidig auf und schlich zu ihm hinüber.

Der Prinz schlief bereits tief und fest. Hugh schaute ihm prüfend ins Gesicht, aber er schien sich nicht zu verstellen. So wie er zusammengerollt auf seiner Decke lag, mußte er in der Morgenkühle frieren.

Hugh nahm eine zweite Decke aus seinem Rucksack und breitete sie über den Jungen, dann huschte er zur gegenüberliegenden Seite der Hütte, die im Blickfeld der einen Spaltbreit offengebliebenen Tür lag. Er zog die hohen Stiefel aus und legte sie auf den Boden, seitlich, den einen auf den anderen. Anschließend holte er seinen Rucksack und plazierte ihn oberhalb der Stiefel. Den Pelzumhang rollte er zu einem Ball zusammen und legte ihn ans obere Ende des Bündels. Zu guter Letzt breitete er eine Decke über das Ganze, wobei er darauf achtete, daß die Sohlen der Stiefel sichtbar blieben. Jeder, der von der Tür aus hereinschaute, würde die Füße eines auf dem Boden liegenden Mannes sehen, der in eine Decke gewickelt schlief.

Zufrieden kauerte Hugh sich mit dem Dolch in der Hand in einen dunklen Winkel der Hütte. Die Augen auf die Tür geheftet, wartete er.

Eine halbe Stunde verstrich. Der Verfolger gab Hugh ausreichend Zeit, fest einzuschlafen.

Mordhand wartete geduldig. Lange konnte es nicht mehr dauern. Der Tag war angebrochen; die Sonne schien. Der Mann mußte fürchten, daß sie erwachten und ihre Reise fortsetzten. Sprungbereit beobachtete der Assassine den dünnen Streifen grauen Lichts, der durch den Türspalt fiel.

Als dieser Streifen sich zu verbreitern begann, umspannte Hughs Hand den Dolchgriff fester.

Langsam, lautlos schwang die Tür nach innen.

Ein Kopf wurde sichtbar. Der Mann schaute lange und wachsam auf den angeblich schlafenden Hugh unter der Decke, dann verwandte er ebensoviel Zeit darauf, den Jungen zu beobachten. Hugh hielt den Atem an. Offenbar zufrieden betrat der Mann die Hütte.

Der Assassine hatte damit gerechnet, daß der Mann sich unverzüglich auf den angeblichen Schläfer stürzen würde, deshalb verwirrte es ihn, daß der heimliche Besucher keine Waffe trug und auf leisen Sohlen zu der Stelle tappte, wo der Junge lag und schlief. Also hatte er nur den Auftrag, das Kind zu retten.

Hugh sprang auf, legte dem Mann den Arm von hinten um den Hals und setzte ihm den Dolch an die Kehle.

»Wer hat dich geschickt? Sag die Wahrheit, und ich werde dich mit einem schnellen Tod belohnen.«

Der Körper in seinen Armen erschlaffte, und zu seiner grenzenlosen Verwunderung bemerkte der Assassine, daß der Mann in Ohnmacht gefallen war.

Kapitel 15

Pitrins Exil, Volkaran-Inseln, Mittelreich

»Ich würde nicht unbedingt einen solchen Burschen damit beauftragen, meinen Sohn aus den Händen eines Assassinen zu befreien«, murmelte Hugh, während er den Bewußtlosen auf den Boden der Hütte gleiten ließ. »Na ja, vielleicht hat die Königin Schwierigkeiten, heutzutage noch kühne Ritter zu finden. Aber vielleicht spielt er mir was vor.«

Das Alter des Mannes war schwer zu schätzen. Das Gesicht wirkte abgehärmt und hager. Er war fast kahl, nur ein schütterer Kranz langer, grauer Haarfransen säumte seinen Kopf. Doch die Haut an seinen Wangen war glatt, und die Falten um den Mund kamen von Sorgen, nicht vom Alter. Seine gesamte Erscheinung erweckte den Eindruck, als wäre er von jemandem zusammengesetzt worden, der sich, so gut es ging, behelfen mußte, weil es an den passenden Teilen fehlte. Er war lang und schlaksig, die Hände und Füße zu groß, während der Kopf mit den feinen, empfindsamen Zügen im Verhältnis zu klein wirkte.

Hugh kniete sich neben dem Mann auf den Boden, ergriff seine Hand und bog einen der Finger zurück, bis er fast das Handgelenk berührte. Der Schmerz war unerträglich, und jeder, der Bewußtlosigkeit nur vortäuschte, hätte sich unweigerlich verraten. Der Mann zuckte nicht einmal.

Hugh versetzte ihm einen nicht übermäßig sanften Schlag auf die

Wange, um ihn wieder zur Besinnung zu bringen, und war im Begriff, ein zweites Mal zuzuschlagen, als er den Jungen herankommen hörte.

»Ist das der Mann, der uns verfolgt hat?« Der Prinz blieb dicht bei Hugh stehen und schaute dem Bewußtlosen neugierig ins Gesicht. »Aber das ist ja Alfred!« Der Junge faßte den Kragen am Umhang des Mannes, zog seinen Kopf hoch und schüttelte ihn. »Alfred! Wach auf! Wach auf!«

Bumm! stüberte der Kopf des Mannes auf den Koralitboden der Hütte.

Der Prinz schüttelte ihn wieder, ohne in seiner Begeisterung zu merken, daß sein hilfloses Opfer sich jedesmal den Schädel anschlug. Da keine Gefahr mehr drohte, setzte Hugh sich bequemer hin und wartete ab.

»Oh, oh, oh!« stöhnte Alfred jedesmal, wenn sein Kopf auf den Boden prallte. Er öffnete die Augen, richtete den verschwommenen Blick auf den Prinzen und unternahm den schwächlichen Versuch, die kleinen Hände von seinem Kragen zu lösen.

»Bitte ... Hoheit. Ich bin schon wach ... Autsch! Vielen Dank, Hoheit, aber das ist nicht mehr nö ...«

»Alfred!« Der Prinz warf ihm die Arme um den Hals und drückte ihn so fest, daß er ihm beinahe die Luft abschnürte. »Wir glaubten, du wärst ein Meuchelmörder! Bist du gekommen, um uns zu begleiten?«

Nachdem der Begrüßungssturm so weit abgeflaut war, daß Alfred sich aufsetzen konnte, bedachte er Hugh – und ganz besonders den Dolch in seiner Hand – mit einem nervösen Blick. »Äh, das wird unter Umständen nicht möglich ...«

»Wer bist du?« fiel ihm Hugh ins Wort.

Der Mann rieb sich den Hinterkopf und erwiderte demütig: »Sir, mein Name ist ...«

»Das ist Alfred«, mischte Gram sich ein, als wäre damit alles erklärt. Da er an Hughs grimmigem Gesicht ablesen konnte, daß das nicht der Fall war, fügte er hinzu: »Er hat die Aufsicht über meine gesamte Dienerschaft, und er wählt meine Lehrer aus und paßt auf, daß mein Badewasser nicht zu heiß ist ...«

»Mein Name ist Alfred Montbank, Sir«, beendete der Mann seinen unterbrochenen Satz.

»Du bist Grams Diener?«

»Kammerdiener lautet der korrekte Titel, Sir«, bemerkte Alfred errötend. »Und das ist Euer Prinz, von dem Ihr in so respektlosem Ton redet.«

»Oh, das ist schon in Ordnung, Alfred«, sagte Gram, der zwischen den beiden Männern am Boden kauerte. Er spielte mit dem Federamulett, das er um den Hals trug. »Ich habe Sir Hugh erlaubt, mich bei meinem Namen zu nennen, da wir doch Reisegefährten sind. Das ist einfacher, als ständig ›Euer Hoheit‹ sagen zu müssen.«

»Du bist derjenige, der uns die ganze Zeit gefolgt ist«, warf Hugh ein.

»Es ist meine Pflicht, in der Nähe Seiner Hoheit zu bleiben, Sir.«

Hugh zog eine Augenbraue in die Höhe. »Es hat den Anschein, als wäre irgend jemand anderer Ansicht gewesen.«

»Ich wurde versehentlich zurückgelassen.« Alfred senkte den Blick und starrte unverwandt auf den Fußboden. »Seine Majestät, der König, ist so überstürzt aufgebrochen, daß niemand mein Fehlen bemerkte.«

»Also bist du ihm gefolgt – und dem Jungen.«

»Allerdings, Sir. Ich hatte mich verspätet, weil ich noch einige Dinge zusammenpacken wollte, von denen ich wußte, daß der Prinz sie brauchen würde und Trian sie vergessen hatte. Dann war ich gezwungen, meinen Drachen selbst zu satteln, und anschließend gab es einen Wortwechsel mit den Palastwachen, die mich nicht gehen lassen wollten. Inzwischen waren der König und Trian mit dem Prinzen längst außer Sicht. Ich hatte keine Ahnung, was ich tun sollte, aber der Drache schien in eine ganz bestimmte Richtung zu wollen und...«

»Er folgte seinen Stallgefährten. Weiter.«

»Wir fanden sie. Das heißt, der Drache fand sie. Um nicht den Anschein zu erwecken, ich wolle mich aufdrängen, hielt ich gebührend Abstand. Schließlich landeten wir an jenem schrecklichen Ort...«

»Dem Kloster der Kir.«

»Ja. Ich...«

»Würdest du dorthin zurückfinden, wenn es sein müßte?«

Hugh fragte beiläufig, aus reiner Neugier. Alfred antwortete, ohne zu wissen, daß sein Leben auf dem Spiel stand.

»Aber ja, Sir, ich glaube schon. Ich kenne mich hier recht gut aus, besonders in der Gegend um das königliche Schloß.« Er schaute Hugh offen ins Gesicht. »Warum fragt Ihr?«

Der Assassine steckte den Dolch wieder in den Stiefelschaft. »Weil es Stephens Geheimversteck ist, das du zufällig entdeckt hast. Die Wachen werden ihm berichten, daß du ihm gefolgt bist. Dein Verschwinden wird ihm bestätigen, daß du sein Refugium entdeckt hast. Ich würde nicht einen Tropfen Wasser auf deine Chance setzen, ein hohes Alter zu erreichen, falls du an den Hof zurückkehrst.«

»Gnädiger Sartan!« Alfreds Gesicht war so fahl wie grauer Lehm. »Ich hatte keine Ahnung! Ich schwöre es!« Er umfaßte flehend die Hand des Assassinen. »Ich werde den Weg vergessen, auf der Stelle. Ich verspreche . . .«

»Ich will nicht, daß du ihn vergißt. Wer weiß, eines Tages kann uns dein Wissen vielleicht nützen.«

»Selbstverständlich, Sir . . .« Alfred stockte.

»Das ist Sir Hugh.« Gram übernahm die Vorstellung. »Er wird von einem schwarzen Mönch begleitet, Alfred.« Hugh betrachtete das Kind schweigend. Keine Regung zeigte sich in der steinernen Fassade dieses Gesichts, höchstens die dunklen Augen verengten sich ein wenig.

Alfred, dem das Blut in die Wangen gestiegen war, strich dem Jungen über das goldene Haar. »Was habe ich Euch gesagt, Hoheit?« mahnte der Kammerdiener mit leichtem Tadel. »Es ist unhöflich, die Geheimnisse anderer Leute zu verraten.« Er warf Hugh einen um Entschuldigung heischenden Blick zu. »Ihr müßt das verstehen, Sir Hugh. Seine Hoheit hat das Zweite Gesicht und noch nicht gelernt, mit seiner Gabe umzugehen.«

Hugh verzog den Mund, erhob sich und begann seine Decke aufzurollen.

»Bitte, Sir Hugh, wenn Ihr erlaubt.« Alfred sprang auf, um Hugh die Decke aus der Hand zu nehmen. Einer seiner großen Füße gehorchte ihm. Der andere war offenbar der Meinung, einen anderslautenden Befehl erhalten zu haben, und wollte in die entgegengesetzte Richtung. Alfred stolperte, taumelte und wäre kopfüber mit Hugh zusammengeprallt, hätte der Assassine ihn nicht am Arm gepackt und aufgerichtet.

»Vielen Dank, Sir. Ich bin sehr unbeholfen, fürchte ich. Aber bitte, laßt mich das übernehmen.« Alfred begann mit der Decke zu kämpfen, die plötzlich von einem boshaften Eigenleben beseelt zu sein schien. Die Zipfel rutschten ihm aus den Fingern. Er faltete eine Seite zusammen, und die gegenüberliegende *ent*faltete sich prompt. Falten und Buckel entstanden an den unwahrscheinlichsten Stellen. Es war schwer zu sagen, wer aus dem erbitterten Handgemenge als Sieger hervorgehen würde.

»Es stimmt, was ich über die Gabe Seiner Hoheit gesagt habe, Sir«, fuhr Alfred fort, derweil er grimmig mit seinem wollenen Widersacher rang. »Unsere Vergangenheit ist untrennbar mit uns verbunden. Besonders die Leute, die uns geprägt haben. Seine Hoheit vermag sie zu sehen.«

Hugh trat dazwischen, erdrosselte die Decke und rettete Alfred, der tief Luft holte und sich über die hohe, gewölbte Stirn wischte.

»Ich wette, er kann aus dem Bodensatz in meinem Weinglas die Zukunft vorhersagen«, bemerkte Hugh mit gesenkter Stimmte, damit der Junge es nicht hören konnte. »Wo soll der Kleine das Talent denn herhaben? Nur Magier zeugen Magier. Aber vielleicht ist ja Stephen nicht der wirkliche Vater des Kindes.«

Es war ein Schuß ins Blaue, doch er traf. Alfreds Gesicht verfärbte sich zu einem kränklichen Grün, das Weiß seiner Augen hob sich kraß von der grauen Iris ab, und seine Lippen bewegten sich lautlos. Er starrte Hugh erschüttert an. Aha, dachte Mordhand. Langsam ergibt das Ganze einen Sinn. Wenigstens erklärt das den merkwürdigen Namen des Jungen. Er schaute zu Gram hinüber. Das Kind kramte in Alfreds Rucksack.

»Hast du meine Karamelbonbons mitgebracht? Ja!« Triumphierend brachte er die Tüte zum Vorschein. »Ich wußte, du würdest es nicht vergessen.«

»Packt Eure Sachen zusammen, Hoheit«, befahl Hugh, warf den Pelzumhang über und schulterte sein Gepäck.

»Ich werde das besorgen, Hoheit.« Nach dem Ton in Alfreds Stimme zu urteilen, war er froh, sich mit etwas beschäftigen zu können und Hugh nicht sein Gesicht zeigen zu müssen. Von den drei Schritten, die er zu gehen hatte, verpaßte er nur einen und fiel auf die Knie. Wild entschlossen stellte er sich zum Duell mit der Decke des Prinzen.

»Alfred, du hast unterwegs einen ungehinderten Ausblick auf die Landschaft gehabt. Weißt du, wo wir sind?«

»Ja, Sir Hugh.« Der Kammerherr schwitzte trotz der kühlen Witterung und wagte nicht den Blick zu heben, falls der Feind einen Überraschungsangriff plante. »Ich glaube, das Dorf hier in der Nähe heißt Wasserplatz.«

»Wasserplatz«, wiederholte Mordhand. »Entfernt Euch nicht zu weit, Hoheit«, fügte er hinzu, als er sah, daß der Prinz zur Tür hinauswollte.

Der Junge blickte über die Schulter. »Ich will mich nur ein bißchen umschauen. Ich bleibe in der Nähe und passe auf.«

Der Kammerdiener hatte entnervt den Versuch aufgegeben, die Decke zusammenzufalten, und sie als Knäuel in den Rucksack gestopft. Als der Junge aus der Tür war, wandte Alfred sich an Hugh.

»Ihr werdet mir erlauben, Euch zu begleiten, nicht wahr? Ich werde Euch keine Schwierigkeiten bereiten, Sir, ich verspreche es.«

Hugh musterte ihn eindringlich.

»Du bist dir klar darüber, daß du nie wieder in den Palast zurückkehren kannst, oder?«

»Ja, Sir. Ich habe alle Brücken hinter mir verbrannt, wie man so sagt.«

»Du hast sie nicht nur verbrannt. Du hast sie mit Stumpf und Stiel ausgerissen und in den Abgrund geworfen.«

Alfred strich sich mit der zitternden Hand über die Glatze und schaute zu Boden.

»Ich nehme dich mit, weil ich jemanden brauche, der sich um den Jungen kümmert. Du mußt wissen, er wird auch nie wieder zum Palast zurückkehren. Ich bin ein ausgezeichneter Fährtenleser. Es wäre meine Pflicht, dich daran zu hindern, etwas Dummes zu tun, wie zum Beispiel, dich mit ihm davonzumachen.«

»Ja, Sir. Ich habe verstanden.« Alfred schaute Hugh fest in die Augen. »Seht Ihr, Sir, ich kenne den Grund, aus dem der König Euch angeworben hat.«

Hugh warf einen raschen Blick nach draußen. Gram war eifrig damit beschäftigt, Steine gegen einen Baumstamm zu werfen. Seine Arme waren dünn, seine Bewegungen tolpatschig. Er warf jedesmal zu kurz, doch geduldig und fröhlich versuchte er es immer wieder.

»Du weißt von der Verschwörung gegen den Prinzen?« fragte Hugh leichthin, während er unter dem Umhang nach dem Schwertgriff tastete.

»Ich kenne den Grund«, wiederholte Alfred. »Deshalb bin ich hier. Ich werde Euch nicht im Weg sein, Sir, bestimmt nicht.«

Hugh war perplex. Eben hatte er noch geglaubt, der Lösung des Rätsels nahe zu sein, und jetzt verwirrten sich die Fäden wieder. Der Mann kannte den Grund, hatte er gesagt. Das hörte sich an, als meinte er den *wirklichen* Grund! Er kennt die Wahrheit über den Jungen, was immer das sein mag. Ist er gekommen, um zu helfen oder um mich daran zu hindern, meinen Auftrag auszuführen? Helfen, das war beinahe lachhaft. Dieser Kammerdiener war nicht in der Lage, ohne Hilfe in die eigenen Kleider zu kommen. Und doch, mußte Hugh zugeben, hatte er die außerordentlich schwierige Aufgabe gemeistert, sie zu verfolgen; nicht unbedingt ein Kinderspiel im Dunkel der Nacht und im magischen Nebel. Und im Kloster war es ihm gelungen, nicht nur sich selbst, sondern auch seinen Drachen vor den sechs Sinnen eines Magiers zu verbergen. Aber dieser Jemand, der soviel Talent darin bewiesen hatte, Verstecke aufzuspüren, sich unsichtbar zu machen und durch Zauberei geschützte Drachenreiter zu verfolgen, war schlicht in Ohnmacht gefallen, als er ein Messer an der Kehle spürte.

Es bestand kein Zweifel, daß Alfred ein Diener aus dem Palast war – der Prinz kannte ihn und behandelte ihn wie einen solchen. Doch wem diente er? Der Assassine wußte es nicht, aber er war entschlossen, es herauszufinden. In der Zwischenzeit – ob Alfred nun der Trottel war, der er zu sein schien, oder ein gerissener Lügner – konnte der Mann in mehrfacher Hinsicht von Nutzen sein, nicht zuletzt deshalb, weil er Hugh der lästigen Pflicht enthob, sich um Seine Hoheit zu kümmern.

»Also gut. Brechen wir auf. Wir werden das Dorf umgehen und

nach etwa fünf Meilen wieder auf die Straße zurückkehren. Es ist nicht sehr wahrscheinlich, daß irgend jemand hier den Prinzen erkennen würde, aber wir ersparen uns neugierige Fragen. Hat der Junge eine Kapuze? Sieh zu, daß er sie aufsetzt. Und daß er sie aufbehält.« Er musterte angewidert Alfreds Satinrock, Kniehosen und Seidenstrümpfe. »Dir sieht man den Höfling auf eine Meile Entfernung an, aber das läßt sich nicht ändern. Höchstwahrscheinlich wird man dich für einen Scharlatan halten. Bei der ersten Gelegenheit tauschen wir deinen Kram bei einem Bauern gegen etwas Ordentliches ein.«

»Sehr wohl, Sir Hugh«, murmelte Alfred.

Hugh trat vor die Tür. »Wir brechen auf, Hoheit.«

Gram kam herbeigehüpft und griff nach Hughs Hand. »Ich bin fertig. Frühstücken wir in einem Gasthaus? Meine Mutter hat gesagt, das könnte möglich sein. Ich durfte noch nie in einem Gasthaus essen . . .«

Er wurde unterbrochen von einem Poltern und einem unterdrückten Ächzen. Alfred hatte mit der Tür Bekanntschaft geschlossen. Hugh schüttelte die Hand des Kindes ab. Die sanfte Berührung verursachte ihm beinahe körperlichen Schmerz.

»Ich fürchte nein, Hoheit. Es ist noch früh, und ich möchte, daß wir das Dorf hinter uns gelassen haben, bevor die Bewohner auf den Beinen sind.«

Grams Mundwinkel sanken enttäuscht nach unten.

»Es wäre nicht sicher, Euer Hoheit.« Alfred kam zum Vorschein; auf seiner schweißglänzenden Stirn bildete sich eine stattliche Beule. »Besonders, da es Bestrebungen gibt, Euch . . . äh . . . etwas anzutun.« Bei diesen Worten schaute er auf Hugh, und wieder machte der Assassine sich seine Gedanken über Alfred.

»Bestimmt hast du recht«, seufzte der Prinz, der bereits gelernt hatte, was es hieß, berühmt zu sein.

»Aber wir werden ein Picknick machen, unter einem Baum«, fügte der Kammerdiener hinzu.

»Und beim Essen auf dem Boden sitzen?« Grams Gesicht leuchtete auf und verdüsterte sich gleich wieder. »Oh, das habe ich vergessen. Mutter erlaubt mir nie, auf dem Boden zu sitzen. Ich könnte mich erkälten oder meine Kleider beschmutzen.«

»Ich glaube nicht, daß sie dieses Mal etwas dagegen haben würde«, erwiderte Alfred ernsthaft.

»Bestimmt?« Der Prinz legte den Kopf schräg und betrachtete Alfred eindringlich.

»Bestimmt.«

»Hurra!« Gram hüpfte und sprang vergnügt den Weg entlang. Alfred, der den Rucksack des Prinzen trug, eilte ihm nach. Er würde besser vorankommen, dachte Hugh, wenn er seine Füße überreden könnte, sich in dieselbe Richtung zu bewegen wie der Rest seines Körpers.

Während der Assassine den beiden in ein paar Schritt Abstand folgte, beobachtete er sie genau, und seine rechte Hand lag auf dem Schwertknauf. Wenn Alfred sich auch nur vorbeugte, um dem Jungen etwas ins Ohr zu flüstern, war er ein toter Mann.

Sie hatten die erste Meile hinter sich. Alfred schien vollauf damit beschäftigt zu sein, den Fußmarsch ohne größere Unfälle zu bewältigen, und allmählich verfiel Hugh der angenehmen, entspannenden Monotonie der Straße; sein inneres Auge hielt Wache, während er sich seinen Gedanken überließ. Plötzlich sah er statt des Prinzen einen anderen Jungen eine Straße entlanggehen, wenn auch nicht mit fröhlicher Unbeschwertheit. Dieser Junge legte einen bitteren Trotz an den Tag; sein Körper trug die Spuren der Bestrafungen, die ihm eben diese Haltung eingetragen hatte. Schwarze Mönche schritten an seiner Seite einher . . .

»Komm, Junge. Der Abt will dich sehen.« Es war kalt im Kloster. Draußen brütete die Welt in sommerlicher Glut. Drinnen wehte die Kälte des Todes durch die kahlen Flure und hielt hof in den Schatten.

Der Junge, der kein Junge mehr war, sondern fast schon ein Mann, ließ seine Arbeit liegen und folgte dem Mönch durch die stillen Gänge. Die Elfen hatten ein kleines Dorf in der Nähe überfallen. Es gab viele Tote, und die meisten der Brüder waren gegangen, um die Leichen zu verbrennen und jenen Ehre zu erweisen, die dem Kerker ihres Fleisches hatten entrinnen dürfen.

Hugh hätte mit ihnen gehen sollen. Seine Aufgabe bestand

eigentlich darin, mit den anderen Jungen Brennkristall zu suchen und die Scheiterhaufen zu errichten. Die Brüder bargen die Leichen aus den Trümmern, richteten die verdrehten und verstümmelten Glieder, schlossen die starren Augen und legten die Toten auf die ölgetränkten Hügel. Zu den Lebenden sprachen die Mönche kein Wort. Der Klang ihrer Stimmen war allein für die Toten bestimmt, und ihre eintönige Litanei hallte durch die Straßen. Diese Litanei war zu einer Musik geworden, die jedermann auf Uylandia und Volkaran mit Schrecken erfüllte.

Einige von den Mönchen sangen die Worte:

> ... wir sterben in unseren Herzen
> mit jedem neuen Leben
> wird offenbar
> die Allmacht des Todes ...

Die anderen Mönche wiederholten unablässig das einzige Wort ›und‹. Indem sie das ›und‹ hinter dem Wort ›Todes‹ einfügten, schlossen sie den Kreis des düsteren Liedes.

Von Kind an war Hugh mit den Mönchen hinausgegangen, aber diesmal hatte man ihm befohlen zu bleiben und seine morgendlichen Arbeiten zu beenden. Er tat wie ihm geheißen, ohne Fragen zu stellen; ein anderes Verhalten hätte ihm Prügel eingetragen, die unpersönlich und ohne Haß verabreicht wurden, zum Besten seiner Seele. Oft hatte er schweigend darum gebetet, zurückgelassen zu werden, wenn die anderen hinausgingen, um ihr grausiges Werk zu tun, aber diesmal hatte er darum gebetet, mitgehen zu dürfen.

Die Tore schlossen sich mit einem unheilverkündenden Dröhnen; die Leere senkte sich wie eine schwere Last auf sein Herz. Seit einer Woche war Hugh damit beschäftigt, seine Flucht vorzubereiten. Er hatte zu niemandem darüber gesprochen; sein einziger Freund hier war tot, und seither galt Hugh als Einzelgänger. Trotzdem quälte ihn das unbehagliche Gefühl, daß ihm sein Geheimnis auf der Stirn geschrieben stand, denn es kam ihm vor, als würden ihn alle hier mit größerem Interesse betrachten als je zuvor.

Und jetzt hatte er als einziger zurückbleiben müssen, während alle anderen hinausgingen. Und er war zum Herrn Abt befohlen worden – ein Mann, den er bisher nur bei den Andachten gesehen hatte; ein Mann, mit dem er nie gesprochen, der nie das Wort an ihn gerichtet hatte.

Hugh stand in dem Gemach aus Stein, das sich dem Sonnenschein als Symbol der Vergänglichkeit verschloß, und wartete. Mit der Geduld, die man ihm von Kindheit an eingeprügelt hatte, wartete er darauf, daß der Mann an dem Schreibtisch nicht nur seine Anwesenheit, sondern überhaupt seine Existenz zur Kenntnis nahm. Während er dort stand, erfror die Angst und Unruhe, in der er seit einer Woche lebte, verdorrte und verwehte. Es war, als hätte die eisige Atmosphäre ihn für jede menschliche Emotion, jedes Gefühl unempfindlich gemacht. Er wußte plötzlich, daß er niemals lieben würde, niemals Mitleid oder Trauer empfinden. Von jetzt an würde er nicht einmal Furcht kennen.

Der Abt hob den Kopf. Schwarze Augen blickten in Hughs Seele.

»Du wurdest im Alter von sechs Zyklen von uns aufgenommen. Ich ersehe aus den Aufzeichnungen, daß zehn weitere Zyklen vergangen sind.« Der Abt sprach ihn nicht mit Namen an. Zweifellos kannte er ihn überhaupt nicht. »Du bist jetzt sechzehn. Es ist an der Zeit, daß du dich darauf vorbereitest, die Gelübde abzulegen und unserer Bruderschaft beizutreten.«

Überrascht und zu stolz, um zu lügen, gab Hugh keine Antwort. Sein Schweigen war beredt genug.

»Du bist immer aufsässig gewesen. Und doch schildert man dich als harten Arbeiter, der niemals klagt. Du erträgst Züchtigungen, ohne zu jammern. Und du hast unsere Anschauungen akzeptiert – das erkenne ich deutlich. Warum also willst du uns verlassen?«

Hugh, der sich in dunklen und schlaflosen Nächten diese Frage oft und oft gestellt hatte, konnte diesmal mit einer Antwort aufwarten.

»Ich will keines Menschen Diener sein.«

Auf dem Gesicht des Abts, streng und abweisend wie die Steinmauern um ihn herum, malte sich weder Zorn noch Verwunderung. »Du bist einer von uns. Ob es dir gefällt oder nicht, wo immer du hingehst, wirst du dienen – wenn nicht uns, dann unserer Berufung. Der Tod wird immer dein Herr und Meister sein.«

Der Abt senkte wieder den Blick auf seine Schriften, und Hugh war entlassen. Der Schmerz der angeordneten Züchtigung vermochte den Eismantel seiner Seele nicht zu durchdringen. In dieser Nacht setzte Hugh seinen Plan in die Tat um. Er schlich in die Kammer, wo die Mönche ihre Aufzeichnungen aufbewahrten, und fand in einem Buch die Eintragungen über die Waisenkinder, die von den Mönchen aufgenommen worden waren. Beim Licht einer gestohlenen Kerze suchte Hugh nach seinem eigenen Namen und entdeckte ihn schließlich.

»Hugh Blackthorn. Mutter: Lucy, Nachname unbekannt. Vater: Den letzten Worten der sterbenden Mutter zufolge ist der Vater Sir Perceval Blackthorn von Blackthorn Hall, Djern Hereva.« Ein späterer Vermerk, eine Woche darauf hinzugefügt, besagte: »Sir Perceval weigert sich, das Kind anzuerkennen, und hat uns aufgefordert ›mit dem Bastard zu tun, was wir wollen‹.«

Hugh trennte die Seite aus dem ledergebundenen Buch, schob sie zusammengefaltet in sein armseliges Bündel, löschte die Kerze und schlüpfte in die Nacht hinaus. Bei einem letzten Blick auf die Mauern, deren freudloser Schatten vor langer Zeit jede Erinnerung an Wärme und Freude erstickt hatte, die er gekannt haben mußte, als seine Mutter noch lebte, dachte er stumm an die Worte des Abts und verkehrte sie trotzig in seinen Wahlspruch: »Ich werde der Herr und Meister des Todes sein.«

Kapitel 16

Die Stufen von Terrel Fen, Niederreich

Limbeck erwachte aus seiner Ohnmacht und stellte fest, daß seine Lage sich gebessert hatte: von hoffnungslos zu gefährlich. Natürlich brauchte er in seiner benommenen Verfassung ziemlich lange, bis er sich wieder in der Wirklichkeit zurechtgefunden hatte. Nach angestrengtem Nachdenken kam er zu dem Schluß, daß er nicht an den Händen von den Bettpfosten hing. Er stellte außerdem fest, daß sein Kopf schmerzte, trotzdem hielt er Umschau, so gut es in dem grauen Zwielicht unter dem stürmischen Himmel möglich war, und sah, daß er in eine riesige Grube gefallen war, die zweifellos von den Grabgreifern des Allüberall stammte.

Eine genauere Überprüfung ergab allerdings, daß er nicht in eine Grube hineingefallen war, sondern dank der riesigen Flügel, die über der Öffnung lagen, in der Schwebe hing. Die Kopfschmerzen rührten vermutlich daher, daß die Flügel ihm bei der Landung einen gehörigen Stoß versetzt hatten.

Limbeck überlegte, wie er sich aus dieser mißlichen und unbequemen Lage befreien sollte, als ihm ein lautes Knacken eine beängstigend radikale Lösung seines Problems ankündigte. Die Verstrebungen des Holzgestells brachen unter seinem Gewicht. Limbeck sank ruckartig etwa einen halben Meter tiefer, bevor er wieder zum Halten kam. In panischer Angst zermarterte der Geg sich den Kopf nach einer Rettungsmöglichkeit. Oben tobte der Sturm, Regen strömte die Wände der Grube hinunter; ein zweites

Knacken ertönte, und Limbeck sackte wieder einen halben Meter tiefer.

Er schluckte, kniff die Augen fest zu und zitterte am ganzen Leib. Auch diesmal hielten die Verstrebungen, aber das Ende war abzusehen; Limbeck konnte fühlen, wie er langsam tiefer sank. Er hatte noch eine Chance. Wenn er es schaffte, eine Hand zu befreien, konnte es ihm gelingen, sich am Rand von einer der Poren im Koralit festzuklammern, die die Wände der Grube wie ein Wabenmuster überzogen. Er zerrte an den Fesseln um sein rechtes Handgelenk . . .

. . . und die Verstrebungen brachen.

Limbeck hatte genügend Zeit, grenzenloses Entsetzen zu empfinden, bevor er inmitten der Trümmer seines Fluggeräts hart und schmerzhaft auf dem Boden der Grube landete. Erst saß er nur da und zitterte. Dann kam ihm die Erkenntnis, daß Zittern nichts zur Verbesserung seiner Situation beitrug, er wühlte sich aus dem Stangen- und Lattengewirr heraus und schaute nach oben. Die Grube war höchstens zwei oder drei Meter tief, stellte er fest; er konnte also ohne Schwierigkeiten hinausklettern. Da es sich um Koralit handelte, sickerte das Wasser, das oben hereinströmte, ebenso rasch unten wieder hinaus. Limbeck war sehr zufrieden mit sich selbst. Die Grube bot ihm Schutz vor dem Unwetter. Er war in Sicherheit.

In Sicherheit, bis die Grabgreifer sich herabsenkten, um zu baggern.

Limbeck hatte sich gerade vor dem Regen unter ein Stück der Flügelbespannung geflüchtet, als ihm der furchtbare Gedanke an die Grabgreifer kam. Hastig sprang er auf und starrte zur Öffnung der Grube empor, aber er konnte nichts weiter sehen als die schwärzlich-grauen Bäuche der Sturmwolken und gezackte Blitze. Da er dem Allüberall nie gedient hatte, wußte Limbeck auch nicht, ob die Grabgreifer während der Unwetter arbeiteten oder nicht. Es sprachen ebenso viele Gründe dafür wie dagegen, was nicht unbedingt zu seiner Beruhigung beitrug.

Er setzte sich wieder hin – nachdem er etliche scharfe Holzsplitter aufgesammelt und in die Koralitlöcher geworfen hatte – und überdachte das Problem so gründlich, wie es ihm mit seinem schmerzenden Kopf möglich war. Erstens: In der Grube war er vor dem Unwetter geschützt. Zweitens: Bei den Grabgreifern handelte es sich um riesige, unbeholfene Gliedmaßen des Allüberall, die sich vermutlich so langsam bewegten, daß er Zeit genug hatte, ihnen aus dem Weg zu gehen.

Seine Überlegungen erwiesen sich als zutreffend.

Limbeck hockte seit ungefähr dreißig Tacks in der Grube, das Unwetter tobte mit unverminderter Gewalt, und er wünschte sich, vorausschauend genug gewesen zu sein, vor der Hinrichtung noch eine Handvoll Plätzchen einzustecken, als ein lautes Dröhnen ihn aufschreckte und die Wände der Grube erbebten.

Grabgreifer, dachte Limbeck und machte sich an den Aufstieg. Es war einfach. Das poröse Koralit bot ihm genügend Halt für Hände und Füße, und nach wenigen Augenblicken stieg er aus der Öffnung nach draußen. Bei dem Regen hatte es keinen Zweck, die Brille aufzusetzen, aber er brauchte sie auch nicht. Der Grabgreifer, dessen stählerne Flanken im Schein der zu einem einzigen gewaltigen Wetterleuchten verschmelzenden Blitze funkelten, befand sich nur ein paar Meter von ihm entfernt.

Limbeck legte den Kopf in den Nacken und sah weitere Greifer an langen Trossen vom Himmel herunterkommen. Es war ein beeindruckendes Schauspiel, der Geg vergaß seine Kopfschmerzen und starrte andächtig in die Höhe.

Die Grabgreifer aus glänzendem Metall, kunstvoll graviert und gestaltet wie der Fuß eines monströsen Raubvogels, gruben sich mit ihren scharfen Krallen in das Koralit. Dann schlossen sich die Greifer um das losgebrochene Gestein und stiegen damit in den Himmel auf, wie die Krallen eines Raubvogels die Beute packen. Wieder auf Drevlin angekommen, deponierten die Grabgreifer das auf den Terrel Fen geförderte Gestein in große Tonnen. Die Gegs durchforschten das Geröll nach dem kostbaren grauen Erz, von dem sich das Allüberall ernährte und ohne das es der Legende nach nicht weiterleben konnte.

Fasziniert beobachtete Limbeck, wie die Grabgreifer überall um ihn herum polternd auf den Boden stießen, sich malmend in das Koralit fraßen und tiefe Löcher aushoben. Der Geg war so in Anspruch genommen von der nie zuvor gesehenen Prozedur, daß er überhaupt nicht mehr daran dachte, was Jarre ihm gesagt hatte, bis es fast zu spät war. Die Greifer befreiten sich ruckend aus dem nachrutschenden Geröll und wurden von den Trossen langsam wieder in die Höhe gezogen, als Limbeck endlich daran dachte, daß er an einem davon ein Zeichen anbringen sollte, um Jarre und ihre Freunde wissen zu lassen, wo er sich befand.

Koralitsplitter, die aus den Greifern herabregneten, eigneten sich als Schreibwerkzeug. Limbeck hob einen Brocken auf und hastete stolpernd und rutschend durch den strömenden Regen auf einen Greifer zu, der sich gerade in den Boden wühlte. Als er näher kam, empfand Limbeck plötzlich Angst. Der Greifer war riesig; nie hatte er sich etwas dermaßen Gewaltiges vorgestellt. Fünfzig Limbecks hätten bequem darin Platz gefunden. Der Greifer schlug seine Krallen gierig in das Koralit, und scharfe Gesteinssplitter flogen nach allen Seiten. Es war unmöglich, dicht genug an das stählerne Ungetüm heranzukommen.

Doch Limbeck hatte keine Wahl. Er faßte mit einer Hand den Koralitbrocken und wollte eben weitergehen, als ein Blitz in den Greifer schlug und blaue Flammen über die Metalloberfläche tanzten. Der unmittelbar darauffolgende Donner schleuderte Limbeck zu Boden. Benommen und verängstigt war der Geg bereit, aufzugeben und zu seiner Grube zurückzulaufen – um dort aller Wahrscheinlichkeit nach den Rest eines kurzen und unerfreulichen Lebens zu verbringen –, als der Greifer plötzlich erstarrte. Alle Greifer, die Limbeck sehen konnte, hielten mitten in der Bewegung inne – einige saßen noch im Boden, andere waren auf dem Weg nach oben, wieder andere blieben mit weitgeöffneter Kralle in der Luft hängen, statt herunterzukommen, um eine neue Ladung aufzunehmen.

Vielleicht hatte der Blitz die Greifer beschädigt. Vielleicht gab es einen Schichtwechsel. Vielleicht war irgend etwas schiefgegangen. Limbeck wußte es nicht. Wäre er gläubig gewesen, hätte er den Göttern gedankt. So aber kraxelte er einfach über das Geröll, den Stein fest in der Hand, und näherte sich dem nächsten Greifer.

Am unteren Teil des Greifers, mit dem er sich in das Koralit grub, war das Metall mit Kratzern übersät, und Limbeck begriff, daß er sein Zeichen in der oberen Hälfte anbringen mußte, dem Teil, der über dem Boden blieb. Das bedeutete, daß er einen Greifer aussuchen mußte, der im Boden steckte. Und das wiederum hieß, er hatte eine gute Chance, genau daneben zu stehen, wenn der Greifer sich wieder in Bewegung setzte und ihn mit einem tonnenschweren Regen aus Geröll überschüttete.

Zögernd strich Limbeck mit dem Koralitbrocken über die Flanke des Greifers. Seine Hand zitterte so, daß der Stein auf dem Metall ein klingelndes Geräusch verursachte, wie das Läuten einer kleinen Glocke. Als er hinschaute, mußte er feststellen, daß sein zaghafter Versuch keine Spuren hinterlassen hatte. Mit zusammengebissenen Zähnen und der Kraft der Verzweiflung probierte Limbeck sein Glück ein zweites Mal. Das Kreischen, mit dem der Stein über Metall fuhr, sprengte ihm beinahe den Kopf, aber er hatte die Genugtuung, einen langen Kratzer auf der glatten Oberfläche des Greifers zu sehen.

Allerdings bestand die Möglichkeit, daß irgend jemand den Kratzer für eine zufällige Beschädigung hielt. Limbeck ritzte einen zweiten Strich ein, horizontal zum ersten. Der Greifer erzitterte und fing an, sich zu regen. Limbeck ließ erschreckt den Stein fallen und machte sich davon. Die Grabgreifer nahmen allesamt ihre Arbeit wieder auf. Limbeck blieb stehen, drehte sich um und betrachtete voller Stolz sein Werk.

Einer der Grabgreifer, die in den stürmischen Himmel aufstiegen, war mit dem Buchstaben L markiert.

Durchnäßt und außer Atem kehrte Limbeck in seine Grube zurück. Kein Grabgreifer befand sich in seiner Nähe, und es sah aus, als würde er fürs erste unbelästigt bleiben. Er kletterte hinein und machte es sich so bequem wie möglich. Unter der Stoffplane zusammengekauert, versuchte er, nicht an seinen knurrenden Magen zu denken.

Kapitel 17

Die Stufen von Terrel Fen, Niederreich

Die Grabgreifer verschwanden mit ihrer Erzfracht wieder in den Sturmwolken. Limbeck, der ihnen nachschaute, fragte sich, wie lange sie wohl brauchten, bis sie das Koralit abgeladen hatten und zurückkehrten, um Nachschub zu holen. Wie lange würde es dauern, bis jemand sein Zeichen bemerkte? *Würde* jemand sein Zeichen bemerken? Wenn jemand sein Zeichen bemerkte, würde es ein Verbündeter sein oder ein Farrer? Wenn es ein Farrer war, was würde er in der Sache unternehmen? Wenn es ein Freund war, wie lange würde es dauern, die Helfhand einsatzbereit zu machen? Würde man ihn holen, bevor er erfroren oder verhungert war?

Solche düsteren Gedankengänge waren ungewöhnlich für Limbeck, der sich eigentlich durch ein heiteres, optimistisches Wesen auszeichnete. Er neigte dazu, das Gute in seinen Mitgegs zu sehen. Deshalb hegte er auch keinen Groll gegen irgend jemanden, weil man ihn auf die Federn der Justicka gebunden und ihn dem – ziemlich – sicheren Tod überantwortet hatte. Der Chefmechniker und der Suprintent hatten getan, was ihrer Meinung nach das beste für ihr Volk war. Es war nicht ihr Fehler, daß sie an jene glaubten, die sich als Götter ausgaben. Man konnte es dem Chefmechniker und seinen Anhängern auch nicht übelnehmen, daß sie sich weigerten, Limbecks Geschichte zu glauben – nicht einmal Jarre war dazu bereit.

Vielleicht war der Gedanke an Jarre die Ursache, daß Limbeck sich traurig und mutlos fühlte. Vertrauensvoll hatte er angenommen, wenigstens sie würde seiner Entdeckung Glauben schenken, daß die Elften keine Götter waren. Limbeck, der hungrig und frierend in seiner Grube hockte, vermochte immer noch nicht zu fassen, daß sie an ihm zweifelte. Diese Enttäuschung hatte beinahe sein Sendungsbewußtsein zerstört. Jetzt, wo die anfängliche Erregung abgeklungen war und ihm nichts weiter zu tun übrig blieb, als dazusitzen und zu hoffen, daß alles gutging, begann Limbeck ernsthaft darüber nachzugrübeln, was aus ihm und seiner Bewegung werden sollte, falls man ihn wahrhaftig rettete.

»Wie können sie mich als ihren Führer akzeptieren, wenn sie glauben, daß ich lüge?« fragte Limbeck ein Wasserrinnsal, das an der Grubenwand herunterfloß. »Warum sollten sie mich überhaupt zurückhaben wollen? Wir haben immer gesagt, Jarre und ich, Aufrichtigkeit wäre die größte Tugend, das Streben nach der Wahrheit sollte unser höchstes Ziel sein. Sie glaubt, daß ich lüge, dennoch erwartet sie offensichtlich, daß ich auch weiterhin der Vorsitzende unserer Union bleibe. Und wenn ich zurückkehre, was dann?« Limbeck sah es deutlich vor sich, deutlicher als alles andere seit Jahren. »Man wird mich gewähren lassen – immerhin haben die Manger ihr Urteil gefällt und mich am Leben gelassen. Aber man wird wissen, daß es Schwindel ist. Noch schlimmer, ich werde wissen, daß es Schwindel ist. Die Manger haben absolut gar nichts damit zu tun. Ich verdanke meine Rettung Jarres Klugheit – sie weiß es, und ich weiß es. Lügen! Wir belügen die Leute!«

Limbeck steigerte sich in immer größere Aufregung hinein. »Sicher, wir werden viele neue Mitglieder bekommen, aber aus den falschen Gründen! Kann man eine Revolution auf einer Lüge aufbauen? Nein!« Der Geg ballte seine dicke, nasse Faust. »Das ist, als wollte man ein Haus auf Schlamm bauen. Früher oder später wird es einem unter den Füßen versinken. Vielleicht sollte ich hier unten bleiben. Das ist es! Ich gehe nicht zurück!

Aber damit kann ich nichts beweisen«, sinnierte Limbeck. »Man wird glauben, daß die Manger mir das Lebenslicht ausgeblasen haben, und das nützt unserer Sache ganz und gar nichts. Ich weiß! Ich schreibe einen kurzen Brief und schicke den mit der Helfhand nach oben, dann wissen sie Bescheid. Hier liegen noch die Tiarfedern herum ...« Er sprang auf. »Und als Tinte nehme ich Schlamm. ›Mit meinem Entschluß, hier unten zu bleiben und vielleicht hier unten zu sterben‹ – ja, das klingt gut – ›hoffe ich, euch allen beweisen zu können, daß ich, was die Elften betrifft, die lautere Wahrheit gesprochen habe. Ich kann nicht der Vorsitzende einer Organisation sein, deren Mitglieder mir nicht glauben, die das Vertrauen in mich verloren haben.‹ Ja, das ist wirklich gut.«

Limbeck versuchte, sich selbst aufzumuntern, aber die Freude an seiner Rede hielt nicht lange vor. Er war hungrig und fror und hatte Angst. Der Sturm ließ nach, und eine fürchterliche, grauenhafte Stille senkte sich herab. Diese Stille erinnerte ihn an das Ewige Hörnichts, und ihm kam zum Bewußtsein, daß der Tod, von dem er so leichtfertig sprach, höchstwahrscheinlich ein sehr unangenehmer sein würde.

Dann, als wäre der Tod nicht schon schlimm genug, erschien Jarre vor seinem inneren Auge, wie sie den Brief erhielt, beim Lesen die Unterlippe vorschob und diese mißbilligende Falte über ihrer Nasenwurzel erschien. Um ihren Antwortbrief zu lesen, brauchte er nicht einmal die Brille aufzusetzen; er konnte die Worte schon hören.

»›Limbeck, hör auf mit diesem Blödsinn und komm sofort herauf!‹ O Jarre«, murmelte er traurig vor sich hin. »Wenn *du* mir wenigstens geglaubt hättest. Die anderen sind nicht so wichtig ...«

Ein gewaltiger, ohrenbetäubender Schlag, bei dem die Insel erbebte, rüttelte Limbeck aus seiner Verzweiflung auf und warf ihn gleichzeitig um.

Während er auf dem Rücken lag und zur Öffnung der Grube hinaufschaute, dachte er: »Sind die Grabgreifer zurückgekommen? So bald? Ich habe den Brief noch nicht geschrieben.«

Verwirrt rappelte Limbeck sich auf und starrte in den grauen Himmel. Das Unwetter war vorüber. Es nieselte und war neblig, aber es blitzte nicht, hagelte nicht und donnerte nicht. Er konnte keine Grabgreifer erkennen, aber bei seiner Kurzsichtigkeit wollte das nichts besagen. Nachdem er alle Taschen abgeklopft hatte, fand er seine Brille, setzte sie auf und schaute wieder in die Höhe.

Wenn er sehr angestrengt blinzelte, glaubte er, mehrere verschwommene Flecken aus den Wolken auftauchen sehen zu können, aber wenn es sich dabei um Grabgreifer handelte, befanden sie sich noch sehr hoch über ihm. Vermutlich konnten die Grabgreifer nicht die Verursacher dieses ungeheuren Schlags gewesen sein. Was gab es sonst für eine Möglichkeit?

Beschwingt kletterte Limbeck aus der Grube. Seine Lebensgeister hoben sich. Es gab ein Was? oder ein Warum? zu erforschen!

Er lugte vorsichtig über den Rand. Zuerst sah er nichts, aber nur, weil er in die falsche Richtung blickte. Dann wandte er den Kopf und hielt vor Staunen den Atem an.

Strahlende Helligkeit, schillernd in einer Farbenvielfalt, von der Limbeck in seiner grauen, metallischen Welt nichts geahnt hatte, strömte keine dreißig Meter von ihm entfernt aus einem gigantischen Loch im Boden. Ohne einen Gedanken daran zu verschwenden, daß das Licht gefährlich sein könnte oder der Urheber des ungeheuren Donnerschlags vielleicht eine Bedrohung darstellte, ganz davon abgesehen, daß die Grabgreifer sich langsam, aber unaufhaltsam herniedersenkten, kletterte Limbeck über den Rand der Grube und lief so schnell auf das Licht zu, wie seine kurzen, stämmigen Beine den fülligen Leib tragen wollten.

Zahlreiche Hindernisse versperrten ihm den Weg; die Oberfläche der kleinen Insel war übersät mit Löchern, Gruben und Mulden, die von der Arbeit der Grabgreifer kündeten. Er mußte sie umgehen, wie auch die Hügel aus dem Geröll, das die Grabgreifer fallen ließen, wenn sie vollbeladen emporstiegen. Die vielen Umwege und das Auf und Ab kosteten viel Zeit und beträchtliche Energie. Als Limbeck endlich das Licht erreichte, war er außer Atem, sowohl von der ungewohnten Anstrengung als auch vor Aufregung. Denn je näher er kam, desto deutlicher konnte Limbeck sehen, daß die Farben in dem Licht sich zu bestimmten Formen und Gestalten verfestigten.

Fasziniert von den wundervollen Bildern, die er in dem Licht sehen konnte, stolperte Limbeck blindlings über den steinigen Boden, und nur weil er über einen Koralitbrocken strauchelte und auf den Bauch fiel, blieb er davor bewahrt, kopfüber in das Loch hineinzustürzen. Erschreckt griff er in die Hosentasche, um zu fühlen, ob die Brille den Unfall heil überstanden hatte. Sie war nicht da. Ihm wurde heiß und kalt, bis er plötzlich merkte, daß sie auf seiner Nase saß. Gleich darauf hatte er alles um sich herum vergessen.

Im ersten Moment konnte er nichts weiter sehen als eine grelle, vielfarbige, in Wellen fließende Helligkeit. Dann wurden Formen und Gestalten erkennbar. Die Bilder in dem Licht waren in der Tat überwältigend, und Limbeck saugte sie förmlich in sich auf. Während er gebannt auf die ständig wechselnden Szenen starrte, meldete sich der Teil seines Gehirns, der unweigerlich die schönsten und bedeutendsten Gedankengänge mit weltlichen Belanglosigkeiten wie: »Da ist eine Mauer!«; »Die Pfanne ist heiß!« und »Warum bist du nicht gegangen, bevor wir uns verabschiedeten?« unterbrach, mit der dringenden Warnung: »Die Grabgreifer kommen!«

Limbeck nahm es nicht zur Kenntnis.

Die Bilder, stellte er fest, zeigten ihm eine Welt. Nicht seine Welt, sondern eine fremde. Es war ein unglaublich schöner Ort. Er fühlte sich in mancher Beziehung an die Bücher erinnert, die er im Schiff der Elften gefunden hatte. Der Himmel war leuchtend blau – nicht grau –, und er war klar und endlos, und nur ein paar duftige weiße Wolken trieben darüberhin. Üppiges Grün, wohin man sah, nicht nur in einem Topf in der Küche. Er sah prachtvolle Gebäude mit bizarrer Architektur, er sah breite Straßen und Boulevards, er sah Gestalten, die vielleicht Gegs sein konnten, nur waren sie hochgewachsen und schlank und bewegten sich anmutig ...

Was jetzt? Limbeck blinzelte und starrte angestrengt in das Licht. Es löste sich auf und zerfiel! Die Bilder verschwammen, dabei hätte er die Leute so gerne näher betrachtet. Nicht einmal die Elften ließen sich vergleichen mit diesen Wesen, die er in dem kurzen Moment zu sehen geglaubt hatte, bevor das Licht erlosch und wieder aufflammte und sich zu neuen Bildern verfestigte.

In dem Bestreben, den Sinn der flimmernden Bilder zu begreifen, die seine Augen zu schmerzen begannen, schob Limbeck sich weiter über den Rand der Grube und entdeckte die Quelle des Lichtscheins. Er drang aus einem Gegenstand am Boden der Grube.

»Das ist das Ding, das den lauten Schlag getan hat«, sagte Limbeck, beschirmte die Augen mit der Hand und musterte den Gegenstand genau. »Es ist wie ich vom Himmel gefallen. Ist es ein Teil des Allüberall? Wenn ja, weshalb ist es heruntergefallen? Warum zeigt es mir diese Bilder?«

Warum, warum, warum? Limbeck konnte die unbeantworteten Fragen nicht ertragen. Ohne an die mögliche Gefahr zu denken, ließ er sich über den Rand gleiten und stieg in das Loch hinab. Je näher er dem Gegenstand kam, desto genauer war er zu erkennen. Das ihm entströmende Licht war nach oben gerichtet und blendete aus diesem Winkel nicht so stark.

Der Geg war im ersten Moment enttäuscht. »Ach, das ist nichts weiter als ein Klumpen Koralit«, sagte er zu sich selbst und hob ein paar herumliegende Splitter auf. »Ganz bestimmt der gewaltigste Brocken, den ich je gesehen habe, und ich habe auch noch nie davon gehört, daß Koralit vom Himmel gefallen wäre.«

Limbeck rutschte noch ein Stück tiefer, kleine Steine prasselten die Kraterwände hinab, und dann holte er tief Atem. Entzückt, ehrfürchtig und staunend verschloß er die Ohren vor der inneren Stimme, die ihn mahnte: »Die Grabgreifer! Die Grabgreifer!« Das Koralit war nur eine Schale, eine äußere Hülle. Sie hatte einen klaffenden Riß, der vermutlich vom Absturz herrührte und es Limbeck ermöglichte, ins Innere zu sehen.

Erst dachte er, es wäre ein Teil des Allüberall, dann meldeten sich Zweifel. Das Ding bestand aus Metall – wie das Allüberall –, aber der stählerne Leib des Allüberall war glatt und makellos. Dies Metall hier war mit fremdartigen und bizarren Symbolen überzogen, und aus mehreren Rissen strömte das helle Licht. Es mußte an diesen Rissen liegen, folgerte Limbeck, daß er das vollständige Bild nicht sehen konnte.

»Wenn ich die Risse erweitere, kann ich vielleicht auch besser sehen. Das ist wirklich aufregend!« Am Boden des Kraters angekommen, eilte Limbeck zu dem metallenen Gegenstand, der ihn ungefähr um das Vierfache überragte und so groß war wie sein Haus. Vorsichtig streckte er die Hand aus und tippte zaghaft mit den Fingerspitzen gegen das Metall. Es fühlte sich nicht heiß an, wie er wegen des hellen Lichts befürchtet hatte. Das Metall war kühl, er konnte die Hand darauf legen und sogar die eingravierten Symbole mit dem Finger nachzeichnen.

Ein merkwürdiges Knirschen ertönte über ihm, und seine aufdringliche innere Stimme plärrte etwas von Grabgreifern, aber Limbeck befahl ihr zu schweigen und ihn in Ruhe zu lassen. Er tastete prüfend über einen der Risse und stellte fest, daß sie um die Symbole herumführten, ohne sie aber zu beschädigen. Schließlich faßte er die Kante, um daran zu ziehen und zu sehen, ob sich der Spalt erweitern ließ. Seine Hand allerdings schien den erhaltenen Auftrag nicht ausführen zu wollen, und Limbeck wußte, warum. Er fühlte sich plötzlich an das abgestürzte Elftenschiff erinnert.

»Verwesende Leichen. Aber es führte mich zur Wahrheit.«

Der Gedanke zuckte schnell wie ein Blitz durch seinen Kopf, aber Limbeck weigerte sich, ihn zu verfolgen, und ruckte entschlossen an der Metallplatte.

Der Riß vergrößerte sich, die gesamte Konstruktion erbebte ächzend. Limbeck riß die Hand weg und sprang zurück. Doch der rätselhafte Gegenstand verkeilte sich anscheinend nur noch fester in dem Krater, denn die Bewegung hörte auf. Vorsichtig kam Limbeck wieder näher, und diesmal hörte er etwas.

Es klang wie ein Stöhnen. Er preßte das Ohr an den Riß, wünschte sich verärgert, die aus den Wolken herabsinkenden Grabgreifer würden nicht so viel Lärm machen, damit er besser hören konnte, und lauschte angespannt. Da war es wieder, lauter diesmal. Für ihn gab es keinen Zweifel, daß sich ein Lebewesen im Innern der Metallhülle befand und daß es Schmerzen litt.

Gegs haben ungeheure Kraft in Armen und Oberkörper. Limbeck faßte beide Ränder des Spalts und zog mit aller Kraft. Zwar schnitten ihm die Kanten ins Fleisch, aber der Riß öffnete sich, und nach einigen Schwierigkeiten gelang es dem Geg, sich hindurchzuzwängen.

Draußen hatte er das Licht als strahlend hell empfunden, hier drinnen war es blendend, und im ersten Moment konnte Limbeck überhaupt nichts sehen. Dann entdeckte er die Lichtquelle. Es hatte seinen Ausgangspunkt in der Mitte des Schiffs. Das Stöhnen kam von irgendwo rechts; Limbeck schirmte mit der erhobenen Hand den größten Teil der Helligkeit ab und hielt Ausschau nach –

Limbecks Herz tat einen Sprung. »Ein Elfte!« war sein erster, aufgeregter Gedanke. »Und er ist am Leben!« Er ging neben der Gestalt in die Hocke und entdeckte eine große Blutlache unter dem Kopf, doch am Körper waren keine Blutspuren zu sehen. Er stellte außerdem enttäuscht fest, daß es sich nicht um einen Elften handelte. Limbeck hatte erst einmal in seinem Leben einen Menschen gesehen, und zwar auf Bildern in den Büchern der Elften. Dieses Wesen, hochgewachsen, dünn und sehnig, sah in etwa aus wie ein Mensch. Eines allerdings war sicher. Es gehörte unzweifelhaft zu den sogenannten Göttern.

In diesem Moment wurden die Warnrufe in Limbecks Kopf so drängend, daß er nicht anders konnte, als ihnen – widerstrebend – Aufmerksamkeit zu schenken.

Er hob den Kopf, schaute durch den Riß in der Schiffswand und starrte geradewegs in den weit offenen Rachen eines Grabgreifers, der sich erschreckend schnell in den Krater senkte. Wenn Limbeck sich beeilte, reichte die Zeit noch, um aus dem Schiff zu fliehen und sich in Sicherheit zu bringen.

Der Gott-der-keiner-war stöhnte wieder.

»Ich muß dich hier wegbringen!« sagte Limbeck zu ihm.

Die Gegs sind ein weichherziges Volk, und es steht außer Zweifel, daß Limbeck sich aus selbstlosen Motiven zu dem Entschluß bewogen fühlte, sein Leben aufs Spiel zu setzen, um das des Gottes zu retten. Man darf aber nicht verschweigen, daß auch der Gedanke eine Rolle spielte, wenn er einen lebenden Gott-der-keiner-ist vorweisen konnte, würde Jarre ihm glauben *müssen.*

Limbeck umfaßte die Handgelenke des Gottes und machte Anstalten, ihn über den mit Schutt und allerlei Kleinkram übersäten Fußboden des zerstörten Schiffs zu ziehen, als er plötzlich schaudernd fühlte, daß die eben noch leblosen Hände seinen Griff erwiderten. Verstört blickte er auf den Gott hinunter. Die von eingetrocknetem Blut fast verdeckten Augen waren weit geöffnet und starrten ihn an. Die Lippen bewegten sich.

»Was?« Das Poltern und Knirschen der Grabgreifer übertönte alles andere. »Keine Zeit!« Mit einer ruckartigen Kopfbewegung deutete er nach oben.

Der Gott hob den Blick. Sein Gesicht war vor Schmerzen verzerrt, und Limbeck erkannte deutlich, daß er mit allergrößter Anstrengung darum rang, bei Bewußtsein zu bleiben. Wie es schien, begriff er die Gefahr, in der er schwebte, aber das versetzte ihn nur in noch größere Aufregung. Er umklammerte Limbecks Handgelenke so fest, daß der Geg blutunterlaufene Stellen davontrug, die wochenlang zu sehen waren.

»Mein . . . Hund!«

Limbeck betrachtete den Gott ungläubig. Hatte er richtig gehört? Der Geg ließ den Blick hastig über die Trümmer des Schiffsinnern gleiten und entdeckte plötzlich, unmittelbar vor den Füßen des Gottes, ein unter verbogenen Metallstreben eingeklemmtes Tier. Limbeck blinzelte nervös und wunderte sich, daß er es vorhin nicht bemerkt hatte. Der Hund war offenbar gefangen und vermochte sich nicht zu befreien, aber er schien unverletzt zu sein und versuchte offenbar mit verzweifelter Anstrengung, seinen Herrn zu erreichen.

Der Geg schaute in die Höhe. Der Greifer kam mit einer Geschwindigkeit näher, die Limbeck ausgesprochen ärgerlich fand – in Anbetracht der Langsamkeit, mit der sie sich bewegt hatten, als er sie das erste Mal bei der Arbeit beobachtete. Er sah von dem Greifer zu dem Gott und von dem Gott zu dem Hund.

»Es tut mir leid«, meinte er hilflos. »Es ist einfach nicht genug Zeit.«

Der Gott, der den Hund nicht aus den Augen ließ, versuchte seine Hände aus Limbecks Griff zu befreien, aber die Anstrengung war offenbar zu groß für ihn, denn plötzlich wurden seine Arme schlaff, und der Kopf fiel nach hinten. Der Hund winselte und verstärkte seine Bemühungen, sich zu befreien.

»Tut mir leid«, wiederholte Limbeck für den Hund, der ihm keine Beachtung schenkte. Mit zusammengebissenen Zähnen, das Knirschen und Rumpeln des näherkommenden Greifers im Ohr, schleifte der Geg den Körper des Gottes über den Boden. Das Scharren und Zappeln des Hundes wurde ungestüm; statt zu winseln stieß er ein abgehacktes, helles Kläffen aus.

Mit einem Kloß im Hals, teils aus Mitleid mit dem Tier, teils aus Angst um sein eigenes Leben, plagte sich Limbeck mit seiner schweren Last und erreichte schließlich die Öffnung, durch die er hereingekommen war. Mit einer gewaltigen Kraftanstrengung hievte er den Gott hindurch. Draußen ließ er den schlaffen Körper auf den Boden des Kraters gleiten und warf sich neben ihm auf den

Bauch, genau in dem Moment, als der Grabgreifer auf das Schiff niederschmetterte.

Es gab eine vernichtende Explosion. Die Druckwelle hob Limbeck empor und schleuderte ihn wieder zu Boden. Er rang nach Atem. Koralitsplitter prasselten auf ihn herab; die scharfen Spitzen und Kanten ritzten schmerzhaft seine Haut. Dann war alles vorüber, und es herrschte tiefe Stille.

Mühsam, benommen hob Limbeck den Kopf. Der Grabgreifer hing bewegungslos herab, vermutlich hatte er bei der Explosion Schaden genommen. Der Geg hielt nach dem Schiff Ausschau, von dem nur noch ein Trümmerhaufen übrig sein konnte.

Es war überhaupt nichts mehr übrig! Die Explosion hatte es zerstört. Nein, das stimmte nicht ganz. Keine Metallstücke lagen herum, kein einziges Wrackteil war zu sehen. Es war nicht nur zerstört, es war verschwunden, als hätte es nie existiert!

Zum Glück war der Gott noch da, der Beweis, daß Limbeck nicht den Verstand verloren hatte. Der Gott regte sich und öffnete die Augen. Stöhnend vor Schmerzen drehte er den Kopf und schaute umher.

»Hund«, rief er mit schwacher Stimme. »Hund! Komm her, alter Junge!«

Limbeck, der immer noch ungläubig auf die Stelle blickte, wo die Explosion das Koralit auseinandergesprengt hatte, schüttelte den Kopf. Er fühlte sich schuldig, auch wenn er wußte, daß es keine Möglichkeit gegeben hatte, den Gott, sich selbst *und* den Hund zu retten.

»Hund!« rief der Gott mit einem Unterton von Panik, bei dem Limbeck das Herz weh tat. Er streckte die Hand und versuchte, den Gott zu beschwichtigen, damit er sich nicht noch weiteren Schaden zufügte.

»Ah, Hund«, seufzte der Gott erleichtert, den Blick dorthin gerichtet, wo sich das Schiff befunden hatte. »Da bist du ja! Komm her. Komm her. Das war ein Ritt, nicht wahr, alter Junge?«

Limbeck riß die Augen auf. Da war der Hund! Er kroch zwischen den Gesteinstrümmern hervor und näherte sich humpelnd auf drei Beinen seinem Herrn. Die Augen des Tieres strahlten, und die Physiognomie mit dem offenen Maul erinnerte wahrhaftig an ein zufriedenes Grinsen. Es leckte seinem Herrn die Hand. Der Gott-der-keiner-war schloß beruhigt die Augen und versank in eine neue Bewußtlosigkeit. Mit einem Schnaufer ließ der Hund sich neben ihm zu Boden sinken, legte den Kopf auf die Vorderpfoten und heftete die klugen Augen auf Limbeck.

Kapitel 18

Die Stufen von Terrel Fen, Niederreich

»So weit, so gut. Und was mache ich jetzt?«

Limbeck wischte sich über die schweißbedeckte Stirn und rieb mit den Fingern unter der Drahtfassung der Brille hindurch, die ihm ständig von der Nase rutschte. Der Gott war in ziemlich schlechter Verfassung, glaubte Limbeck jedenfalls, der allerdings über die physischen Eigenarten von Göttern nicht Bescheid wußte. Die tiefe Wunde am Kopf wäre bei einem Geg bedenklich gewesen, und Limbeck konnte nur annehmen, daß sie auch bei einem Gott bedenklich war.

»Die Helfhand!«

Limbeck sprang auf und kletterte nach einem abwägenden Blick auf den bewußtlosen Gott und seinen außerordentlich bemerkenswerten Hund die Kraterwand hinauf. Oben angekommen, sah er sämtliche Grabgreifer geschäftig bei der Arbeit. Der Lärm war ohrenbetäubend – wühlen und scharren, knirschen und poltern: alles sehr beruhigend für einen Geg. Nachdem er sich mit einem raschen Blick zum Himmel überzeugt hatte, daß keine weiteren Grabgreifer unterwegs waren, stemmte Limbeck sich über den Kraterrand und lief zu seiner Grube zurück.

Es war logisch anzunehmen, daß ein UFF-Geg, der das L an dem Grabgreifer entdeckte, die Helfhand zu derselben Stelle hinunterschickte oder wenigstens annähernd zu derselben Stelle. Natürlich bestand jede Möglichkeit, daß niemand das L bemerkt hatte oder daß die Helfhand nicht rechtzeitig einsatzbereit war.

Während er keuchend und stolpernd weiterlief, versuchte Limbeck sich moralisch darauf vorzubereiten, ohne Enttäuschung die Tatsache zu akzeptieren, daß keine Helfhand da sein würde.

Aber sie war da.

Die Welle der Erleichterung, die den Geg durchflutete, als er die Helfhand in der Nähe seiner Grube auf dem Boden ruhen sah, hätte ihn beinahe überwältigt. Die Knie wurden ihm weich, sein Kopf schwamm, und er mußte sich einen Augenblick hinsetzen, doch gleich scheuchte ihn der Gedanke wieder auf, daß er keine Zeit zu verschenken hatte, denn die Grabgreifer waren im Begriff, wieder aufzusteigen. Ächzend kam er auf die Füße und lief zum Krater zurück. Seine Beine ließen ihn mit nicht geringem Nachdruck wissen, daß sie demnächst gegen diese ungewohnten Strapazen zu rebellieren gedachten. Limbeck blieb stehen, und während er darauf wartete, daß der Schmerz nachließ, fiel ihm ein, daß er sich vielleicht doch nicht so beeilen mußte. Sicherlich würde man die Helfhand nicht heraufziehen, ohne ihm genügend Zeit zu lassen, sie zu finden und hineinzusteigen.

Die Schmerzen in seinen Beinen ließen nach, aber gleichzeitig schien ihn auch alle Kraft zu verlassen. Seine Glieder fühlten sich unendlich viel schwerer an als sonst, und statt daß seine Beine ihn trugen, hatte er das bestimmte Gefühl, sie hinter sich her zu schleppen. Erschöpft, schnaufend und schweißüberströmt trottete er die letzten Schritte zum Krater zurück. Beinahe zögernd setzte er sich auf den Rand und rutschte in den Trichter hinein, denn er rechnete damit, daß der Gott-der-keiner-war nicht mehr lebte und er sich nicht nur ganz umsonst beeilt, sondern auch keinen Beweis mehr hatte, um Jarre von der Wahrheit seiner ›Geschichten‹ zu überzeugen.

Doch der Gott atmete noch. Der Hund hatte den Kopf auf seine Brust gebettet, und die Augen beobachteten unverwandt das bleiche, blutüberströmte Gesicht.

Bei der Vorstellung, den schweren Körper aus dem Krater heraus und über die Geröllfelder zu schleifen, sank Limbeck der Mut, und sein Herz wurde so schwer wie seine Beine.

»Ich schaff's nicht«, keuchte er, ließ sich neben den Gott fallen und stützte den Kopf auf die angezogenen Knie. »Ich glaube ... ich schaff's nicht mal allein!«

In der Hitze, die von seinem Körper aufstieg, beschlugen die Brillengläser. Als der Schweiß auf seinem Körper trocknete, begann er zu frösteln. Zu allem Überfluß kündigte fernes Donnergrollen das nächste Unwetter an. Limbeck war alles gleich, solange er nur nicht wieder aufstehen mußte.

»Aber dieser Gott-der-keiner-ist wird beweisen, daß du recht gehabt hast!« nörgelte die unbequeme innere Stimme. »Endlich wirst du über genügend Einfluß verfügen, um die Gegs zu überzeugen, daß sie als Sklaven mißbraucht worden sind. Das könnte die Morgenröte eines neuen Zeitalters für dein Volk sein! Das könnte der Zündfunke sein für den Ausbruch der Revolution!«

Die Revolution! Limbeck hob den Kopf. Wegen der beschlagenen Gläser konnte er nichts sehen, aber das war egal. Er schaute ohnehin nicht auf seine Umgebung, sondern fühlte sich nach Drevlin zurückversetzt, und die Gegs jubelten ihm zu. Was ihn noch mehr beglückte – sie taten, was er ihnen riet.

Sie fragten ›Warum?‹.

Später konnte Limbeck sich nie recht entsinnen, was anschließend geschah. Er erinnerte sich, daß er sein Hemd zerriß und dem Gott einen notdürftigen Verband um den Kopf wickelte. Er erinnerte sich, ein ungutes Gefühl wegen des Hundes gehabt zu haben, denn er wußte nicht, wie das Tier darauf reagieren würde, daß jemand seinen Herrn wegschaffte. Er erinnerte sich, daß der Hund ihm die Hand leckte, ihn aus seinen feuchten Augen ansah und angstvoll beobachtete, wie der Geg den schlaffen Körper unter den Achseln packte, um ihn die Kraterwand hinauf und über den Rand zu hieven. Der Rest des Weges setzte sich zusammen aus schmerzenden Muskeln, Atemnot, Verzweiflung, Müdigkeit und einer unglaublichen Anstrengung.

Die Grabgreifer zogen sich in den Himmel zurück, aber der Geg bemerkte es gar nicht. Das Unwetter brach los und vergrößerte seine Angst, denn er wußte, daß er nicht hoffen konnte, es zu überleben, wenn er nicht beizeiten einen Unterschlupf fand. Er war gezwungen, die Brille abzunehmen, und natürlich hatten Kurzsichtigkeit, Regen und zunehmende Dunkelheit zur Folge, daß er die Helfhand aus den Augen verlor. Ihm blieb nichts anderes übrig, als sich weiter zu plagen und zu hoffen, daß die Richtung wenigstens noch ungefähr stimmte.

Mehr als einmal glaubte Limbeck, daß der Gott gestorben war, denn der Regen entzog dem Körper die letzte Wärme, die Lippen färbten sich grau, und die Haut wirkte beinahe durchsichtig. Der Regen hatte das Blut abgewaschen; der Geg konnte die tiefe, häßliche Kopfverletzung sehen, aus der ein dünner roter Faden sickerte. Aber der Gott atmete immer noch.

Vielleicht ist er ja doch unsterblich, dachte Limbeck teilnahmslos.

Der Geg wußte, daß er sich verirrt hatte; er mußte inzwischen eine erheblich größere Entfernung zurückgelegt haben als bis zu seiner Grube. Sie hatten die Helfhand verfehlt, oder vielleicht war die Helfhand des Wartens müde geworden und nach Drevlin zurückgekehrt. Das Unwetter tobte heftiger. Blitze zuckten, sprengten Löcher in das Koralit, und der fast pausenlos krachende Donner dröhnte Limbeck betäubend in den Ohren. Der Sturm drückte ihn zu Boden – nicht, daß der Geg noch Kraft gehabt hätte aufrechtzustehen. Er war so weit, in ein Loch zu kriechen, um dem Sturm zu entfliehen (oder zu sterben, wenn er Glück hatte), als er verschwommen erkannte, daß die Grube, die er als Zufluchtsort in Erwägung gezogen hatte, *seine* Grube war! Da lag der zerbrochene Holzrahmen der Flügel. Und da war die Helfhand!

Die Hoffnung verlieh dem Geg frische Kräfte, und es gelang ihm aufzustehen. Er stemmte sich gegen den Sturm und zerrte den Gott die letzten paar Schritte hinter sich her. Dann legte er ihn aufatmend zu Boden, öffnete die Tür zu der Glaskugel und schaute neugierig hinein.

Die Helfhand war konstruiert worden, um den Gegs zu ermöglichen, den Grabgreifern zur Hilfe zu kommen, sollte es nötig sein. Hin und wieder verkeilte sich ein Greifer im Gestein oder zerbrach oder verweigerte den Gehorsam, dann bestieg ein Geg die Helfhand und wurde zu der betreffenden Insel hinuntergelassen, um die erforderlichen Reparaturen durchzuführen.

Die Helfhand trug ihren Namen zu Recht – sie sah aus wie eine am Gelenk abgetrennte gigantische Hand aus Metall, die mittels einer Winde heraufgezogen und hinabgelassen werden konnte. Daumen und Finger berührten sich und hielten in der so entstandenen Höhlung eine große Glaskugel als Transportkabine für die Reparaturtrupps. Die an Scharnieren befestigte Tür erlaubte das Ein- und Aussteigen, und ein Messinghorn an einem Rohr, das an der Trosse emporführte, diente zur Verständigung mit der Station oben.

Die Kugel bot zwei kräftigen Gegs ausreichend Platz. Der Gott, um einiges größer als ein Geg, stellte ein Problem dar. Limbeck schleifte ihn zu der Kugel und schob ihn hinein. Die langen Beine des Gottes hingen nach draußen. Es kostete den Geg einige Mühe, ihn doch noch unterzubringen; er winkelte ihm die Beine so an, daß das Kinn auf den Knien ruhte, und kreuzte ihm die Arme über der Brust. Anschließend zwängte Limbeck selbst sich in die Kabine, und der Hund sprang hinterher. Es war ziemlich beengt, aber Limbeck hatte nicht die Absicht, den Hund zurückzulassen – nicht noch einmal. Er glaubte nicht, daß er es aushalten konnte, ihn ein zweites Mal von den Toten auferstehen zu sehen.

Der Hund schmiegte sich dicht an den Körper seines Herrn. Limbeck neigte sich über den reglosen Gott und bemühte sich vergeblich, gegen den Widerstand der Sturmböen die Tür zu schließen, doch plötzlich sprang der Wind um, die Tür schlug zu, und Limbeck wurde gegen die Wandung der Kugel gestoßen. Dort blieb er eine Zeitlang liegen, atmete schwer und stöhnte.

Er konnte die Hand unter der Wucht des Sturms schaukeln und beben fühlen. Schreckensvisionen drängten sich ihm auf, er sah vor sich, wie die Kugel zerbrach oder die Trosse zerriß, und plötzlich hatte der Geg keinen sehnlicheren Wunsch, als von dieser Insel wegzukommen. Es bedurfte einer enormen Willensanstrengung, aber der Geg hob den Arm und griff nach dem Horn.

»Aufwärts!« japste er.

Keine Antwort, und er begriff, daß man ihn vermutlich nicht hören konnte.

Limbeck holte tief Luft, schloß die Augen und sammelte all seine schwindenden Kräfte.

»Aufwärts!« brüllte er so laut, daß der Hund erschreckt aufsprang und der Gott sich ächzend regte.

»Xplf wuf?« erwiderte eine Stimme. Die Worte rasselten durch das Rohr wie eine Handvoll Kiesel.

»Aufwärts!« schrie Limbeck aufgebracht, verzweifelt und einer Panik nahe.

Es gab einen heftigen Ruck, der Limbeck umgeworfen haben würde, hätte er gestanden. So aber hockte er bereits zwischen dem Gott und der Glaswand eingeklemmt und bekam nur einen Schreck. Langsam begann die Helfhand sich in die Luft zu heben; kaum daß sie sich vom Boden gelöst hatte, wurde sie von den Böen gepackt und pendelte bedrohlich quietschend hin und her.

Der Geg bemühte sich, nicht daran zu denken, was passieren würde, wenn jetzt die Trosse riß. Er lehnte sich zurück, schloß die Augen und hoffte, daß er sich nicht übergeben mußte.

Leider wurde ihm mit geschlossenen Augen schwindlig. Er hatte das Gefühl, daß er sich drehte und drehte und gleich in einen tiefen, schwarzen Abgrund fallen würde.

»Das darf nicht sein«, murmelte Limbeck schwach. »Ich darf nicht in Ohnmacht fallen. Ich muß denen oben erklären, was vor sich geht.«

Um sich abzulenken, öffnete der Geg die Augen, und damit er nicht dauernd auf die furchterregende Szenerie außerhalb der schützenden Glaskugel achtete, konzentrierte er sich darauf, den Gott zu studieren. Dabei fiel ihm auf, daß er das Wesen von Anfang an unwillkürlich als Mann betrachtet hatte. Wenigstens ähnelte es mehr einem männlichen Geg als einer Gegin – das war der einzige Maßstab, der Limbeck zur Verfügung stand. Die Gesichtszüge des Gottes waren recht grob: ein kantiges, stoppelbärtiges Kinn; schmale, fest zusammengepreßte Lippen, die Geheimnisse zu bewahren schienen, die sie mit in den Tod nehmen würden. Ein paar noch wenig ausgeprägte Falten um die Augen ließen erkennen, daß der Gott kein Jüngling mehr war. Auch das Haar wies darauf hin. Es war kurz geschnitten, blutverklebt und naß vom Regen, aber an den Schläfen, über der Stirn und im Nacken schimmerte es weiß. Der Körper des Gottes schien aus nichts anderem als Knochen und Muskeln und Sehnen zu bestehen. Er war dünn – nach den Maßstäben der Gegs zu dünn.

»Das ist vermutlich der Grund, weshalb er so viele Kleider trägt«, sagte Limbeck zu sich selbst und hielt krampfhaft den Blick von den grell flimmernden Blitzen abgewandt, die den Himmel durchzuckten. Die stürmische Nacht war heller als jeder Tag, den die Gegs in ihrer sonnenlosen Welt je erlebt hatten.

Der Gott trug einen Waffenrock aus dickem Leder über einem Hemd mit Schnurkragen. Er hatte ein Stück Stoff um den Hals geknotet und die Zipfel in den Waffenrock gesteckt. Die langen, weiten Hemdärmel reichten bis über die Handgelenke und wurden dort von Schnüren gehalten. Über weiche Lederhosen waren kniehohe Stiefel gezogen. Die Knöpfe an den Schäften schienen aus dem Horn irgendeines Tieres gefertigt zu sein. Über all dem trug er einen langen kragenlosen Mantel, mit bis zu den Ellbogen reichenden Ärmeln. Die Farben seiner Kleidung waren trist – braun und weiß, grau und stumpfschwarz. Die Stoffe waren zerschlissen; das Leder von Waffenrock, Hose und Stiefeln war weich und geschmeidig geworden und schmiegte sich an den Körper wie eine zweite Haut.

Äußerst sonderbar mutete es Limbeck an, daß der Gott Stoffstreifen um die Hände gewickelt hatte. Es fiel ihm erst jetzt auf, obwohl er es schon vorher gesehen haben mußte. Verwundert beugte er sich vor und unterzog die Hände des Gottes einer genaueren Betrachtung. Die Verbände waren geschickt angebracht; sie bedeckten Handrücken und Handfläche und waren zwischen den Fingern hindurchgewickelt.

Aber waren es Verbände? Oder was hatte das sonst zu bedeuten? Limbeck richtete sich mühsam aus seiner eingezwängten Stellung auf, um nachzusehen.

Das Knurren des Hundes klang dermaßen drohend, daß Limbeck ein Schauer über den Rücken lief. Das Tier war aufgesprungen und betrachtete den Geg mit einem Blick, der eindeutig besagte: ›Ich würde meinen Herrn in Ruhe lassen, wenn ich an deiner Stelle wäre.‹

»Schon gut.« Limbeck schluckte krampfhaft und sank wieder zurück.

Der Hund schien zufrieden zu sein. Er legte sich hin und schloß sogar die Augen, wie um zu sagen: ›Ich weiß, daß wir uns verstanden haben. Wenn du also entschuldigst, werde ich jetzt ein kleines Nickerchen machen.‹

Der Hund hatte recht. Limbeck hatte verstanden. Er fühlte sich wie gelähmt und wagte kaum zu atmen.

Die praktisch denkenden Gegs liebten Katzen. Katzen waren

nützliche Tiere, sie verdienten sich Kost und Logis mit Mäusefangen und konnten selbst auf sich aufpassen. Das Allüberall liebte Katzen, denn schließlich waren es die Schöpfer des Allüberall gewesen – die Manger –, die vom Himmel Hoch den Gegs die Katzen gebracht hatten. Trotzdem gab es auf Drevlin Hunde, allerdings nur wenige. Sie wurden überwiegend von den reichen Gegs gehalten – vom Chefmechniker und den Angehörigen seines Clans. Diese Hunde waren keine Haustiere, sondern bewachten das Vermögen ihres Besitzers. Gegs raubten ihrem Nächsten zwar nicht das Leben, doch es gab einige, die nicht die geringsten Skrupel hatten, ihm sein Eigentum zu rauben.

Dieser Hund war anders als die Hunde der Gegs, die starke Ähnlichkeit mit ihren Besitzern hatten – kurzbeinig, faßleibig, mit runden, platten Gesichtern ... und einem Ausdruck boshafter Stupidität. Limbecks Widersacher hatte einen schlanken Körper und ein glattes schwarzes Fell. Der Kopf war länglich, und das Gesicht mit den großen, braunen Augen wirkte ausgesprochen intelligent. Es lag an den Augenbrauen, befand Limbeck, daß das Gesicht des Hundes für ein Tier so ungewöhnlich ausdrucksvoll wirkte.

Soweit Limbecks Eindrücke von Gott und Hund. Sie waren recht detailliert, weil er während der langen Reise in der Helfhand hinauf zur Insel Drevlin reichlich Zeit hatte, beide zu studieren.

Und die ganze Zeit konnte er nicht anders, als sich den Kopf zu zermartern: Was ...? Warum ...?

Kapitel 19

Lek, Drevlin, Niederreich

Jarre wartete ungeduldig, während das Allüberall langsam und schwerfällig die Trosse aufspielte, an der die Helfhand hing. Wenn hin und wieder andere Gegs vorbeikamen, zog sie sich den Schal vor das Gesicht und starrte mit angespanntem und besorgtem Interesse auf einen großen, runden Glasbehälter, in dem sich ein schwarzer Pfeil befand, der sein ganzes Leben lang praktisch nichts anderes tat, als unstet zwischen vielen schwarzen Linien hin und her zu wandern, die mit seltsamen, rätselhaften Zeichen markiert waren. Die Gegs wußten über diesen schwarzen Pfeil – von ihnen liebevoll ›Wackelfinger‹ getauft – nur, daß sie um ihr Leben laufen mußten, sobald er in den Bereich schnellte, wo es statt der schwarzen rote Striche gab.

An diesem Abend benahm sich der Wackelfinger musterhaft, und nichts deutete darauf hin, daß er beabsichtigte, zischende Dampffontänen auszustoßen, die jeden Geg töteten, der sich nicht rechtzeitig in Sicherheit brachte. An diesem Abend funktionierte alles einwandfrei. Die Räder drehten sich, die Keilriemen schnurrten, die Hebelarme hebelten. Trossen wurden eingeholt und abgerollt. Die Grabgreifer deponierten ihre Gesteinsladungen in Wagen, die von Gegs geschoben und in den gewaltigen Schlund des Allüberall geleert wurden. Das Allüberall zermalmte das Gestein, spuckte aus, was es nicht gebrauchen konnte, und verdaute den Rest.

Die Mehrzahl der Gegs, die an diesem Abend Dienst taten, gehörte der UFF an. Am Tag hatte einer aus ihrer Gruppe den Grabgreifer mit Limbecks L gesichtet. Durch einen außerordentlichen Glücksfall gehörte dieser Greifer zu einem der Hauptstadt Wombe nahegelegenen Teil des Allüberall. Hilfreiche UFF-Mitglieder ermöglichten Jarre eine zweite Fahrt mit dem Lektrofloß, und sie traf früh genug ein, um ihren geliebten und berühmten Revolutionär zu empfangen.

Sämtliche Grabgreifer waren heraufgekommen, bis auf einen, der auf der Insel unten beschädigt worden sein mußte. Jarre verließ ihren der Tarnung dienenden Arbeitsplatz und gesellte sich zu den anderen Gegs, die sich gespannt über den Schacht beugten – ein großes Loch, das mitten durch das Koralit gebohrt worden war und sich zu dem Himmel darunter öffnete. Ab und zu schaute Jarre sich nervös um, denn sie gehörte nicht zu dieser Mannschaft, und wenn man sie entdeckte, würde sie eine Menge Erklärungen abgeben müssen. Zum Glück kamen andere Gegs nur selten in die Abteilung der Helfhand, höchstens, wenn es Schwierigkeiten mit einem der Greifer gab. Sie hob den Blick unbehaglich zu den Schubkarren, die auf der Ebene darüber umhergerollt wurden.

»Mach dir keine Sorgen«, sagte Lof. »Wenn einer nach unten guckt, wird er glauben, daß wir helfen, einen Greifer zu reparieren.«

Lof war ein ansehnlicher junger Geg. Er bewunderte Jarre, und die Nachricht von Limbecks Exekution hatte ihn nicht unbedingt mit unbezwinglicher Trauer erfüllt. Lof drückte Jarres Hand und schien geneigt, sie festzuhalten, aber Jarre brauchte ihre Hand selbst und entzog sie ihm wieder.

»Da unten!« rief sie aufgeregt und deutete in den Schacht. »Das muß sie sein!«

»Du meinst das Ding, in das eben der Blitz eingeschlagen hat?« erkundigte sich Lof hoffnungsvoll.

»Nein!« schnappte Jarre. »Ich meine, ja, aber es wurde nicht getroffen.«

Jetzt konnten alle die Helfhand mit der Glaskugel sehen, wie sie aus dem Schacht emporstieg. Nie zuvor war Jarre das Allüberall dermaßen langsam vorgekommen. Etliche Male fragte sie sich, ob es nicht stehengeblieben war, doch wenn sie zu dem riesigen Wickelauffer hinaufschaute, tat er ordnungsgemäß seine Arbeit.

Endlich war es doch soweit, und die Helfhand hatte das Allüberall erreicht. Der Wickelauffer kam mit einem langgezogenen Kreischen zum Halten, der Schacht schloß sich rumpelnd, Metallplatten schoben sich darüber, um ein gefahrloses Begehen zu ermöglichen.

»Er ist es! Es ist Limbeck!« rief Jarre aus, die hinter der regenüberströmten Glaswandung der Kugel einen verschwommenen Fleck sehen konnte.

»Ich bin nicht sicher«, meinte Lof zweifelnd. Er mochte die Hoffnung noch nicht ganz aufgeben. »Hat Limbeck einen Schwanz?«

Doch Jarre hörte ihn nicht. Sie hastete über die Metallplatten, bevor der Schacht sich ganz geschlossen hatte. Die anderen Gegs eilten hinter ihr her. Kaum daß sie die Kugel erreicht hatte, rüttelte sie ungeduldig an der Tür.

»Sie geht nicht auf!« rief sie außer sich.

Seufzend schob Lof sich nach vorn und drehte den Griff.

»Limbeck!« frohlockte Jarre und sprang in die Kugel, nur um augenblicklich mit ungebührlicher Hast rücklings wieder hinauszustolpern.

Aus dem Inneren ertönte ein lautes und wenig freundliches Bellen.

Die Gegs bemerkten Jarres bleiches Gesicht und wichen von der Kugel zurück.

»Was ist das?« verlangte einer von ihnen beunruhigt zu wissen.

»Ein Hu-Hund, glaube ich«, stammelte Jarre.

»Dann ist es *nicht* Limbeck?« fragte Lof eifrig.

Eine matte Stimme aus der Kugel antwortete ihm.

»Aber natürlich bin ich es! Keine Angst vor dem Hund. Du hast ihn erschreckt. Er ängstigt sich um seinen Herrn. Für uns alle ist es reichlich eng hier drinnen.«

Fingerspitzen kamen aus der Tür zum Vorschein. Die Gegs warfen sich gegenseitig furchtsame Blicke zu und traten wie auf Befehl einen weiteren Schritt zurück.

Jarre blieb erwartungsvoll stehen und schaute auffordernd von einem Geg zum andern. Die Gegs ihrerseits schauten auf den

Wickelauffer oder den Kaumampfer oder den Rumpelboden – überallhin, nur nicht auf die Kugel.

»He, helft mir, aus dem Ding herauszukommen!« rief Limbeck.

Die Lippen zusammengepreßt, marschierte Jarre zu der Kugel und inspizierte die herausgestreckte Hand. Sie sah mit ihren Tintenflecken aus wie Limbecks Hand. Ein wenig zaghaft griff sie zu. Lofs Hoffnungen waren ein für allemal dahin, als Limbeck – schwitzend und mit rotem Gesicht – in der Türöffnung auftauchte.

»Hallo, meine Liebe«, sagte Limbeck und schüttelte Jarre die Hand. In der Aufregung entging ihm völlig, daß sie ihm das Gesicht zum Kuß entgegengehalten hatte. Gleich nachdem er die Kugel verlassen hatte, drehte er sich um und beugte sich wieder hinein.

»Na, jetzt könnt ihr mir helfen, ihn herauszuholen«, rief er nach draußen. Seine Stimme klang gespenstisch hohl.

»Wer ist er?« fragte Jarre. »Der Hund? Kann er nicht selbst herauskommen?«

Limbeck blickte über die Schulter und strahlte. »Ein Gott!« verkündete er triumphierend. »Ich habe einen Gott mitgebracht!«

Die Gegs starrten ihn verdutzt und in mißtrauischem Schweigen an.

Jarre war die erste, die die Sprache wiederfand. »Limbeck«, sagte sie streng. »War das wirklich nötig?«

»Warum ... äh ... ja! Ja, selbstverständlich!« erwiderte er, merklich enttäuscht. »Du hast mir nicht glauben wollen. Komm, hilf mir, ihn aus der Kugel zu holen. Er ist verletzt.«

»Verletzt?« forschte Lof, der wieder einen Hoffnungsschimmer wahrzunehmen glaubte. »Wie kann ein Gott verletzt sein?«

»Aha!« rief Limbeck, und es war ein solch gewaltiges und machtvolles ›Aha‹, daß es den bedauernswerten Lof von der Bahn wirbelte und ihn endgültig, unwiderruflich aus dem Rennen warf. »*Das* ist der springende Punkt!« Limbeck verschwand wieder in der Kugel.

Es gab einige Probleme mit dem Hund, der sich knurrend vor seinen Herrn gestellt hatte. Limbeck wußte nicht, was er tun sollte. Für die Reise in der Helfhand hatten er und der Hund ein Abkommen geschlossen. Doch dieses Abkommen – daß Limbeck bewegungslos in seiner Ecke sitzenblieb und der Hund darauf verzichtete, ihm an die Gurgel zu springen – versetzte ihn nicht in die Lage, das Tier zu beschwichtigen und dazu zu bringen, daß es ihn gewähren ließ. »Gutes Hundchen« und »Braver Junge« halfen ihm nicht weiter. Verzweifelt und aus Angst, sein Gott könnte sterben, verlegte Limbeck sich darauf, mit dem Hund zu diskutieren.

»Sieh mal«, erklärte er, »wir wollen ihm nichts tun. Wir wollen ihm helfen! Der einzige Weg, ihm zu helfen, ist, ihn aus dieser Kugel herauszuholen und an einen Ort zu schaffen, wo er in Sicherheit ist. Wir werden sehr gut auf ihn aufpassen, das verspreche ich.« Das Knurren des Hundes wurde leiser; das Tier musterte Limbeck mit wachsamem Interesse. »Du kannst mitkommen. Und wenn etwas geschieht, das dir nicht gefällt, kannst du mir immer noch an die Gurgel springen.«

Der Hund legte den Kopf zur Seite und lauschte mit gespitzten Ohren. Als der Geg fertig war, bedachte ihn der Hund mit einem ernsthaften Blick.

Ich gebe dir eine Chance, aber vergiß nicht, daß ich immer noch meine Zähne habe.

»Er sagt, wir dürfen«, rief Limbeck glücklich.

»Wer sagt?« verlangte Jarre zu wissen, als der Hund leichtfüßig aus der Kugel sprang und vor Limbecks Füßen auf dem Boden aufkam.

Die Gegs brachten sich unverzüglich in Sicherheit und versteckten sich hinter den Teilen des Allüberall, die sie für geeignet hielten, scharfen Zähnen Widerstand zu leisten. Nur Jarre wich und wankte nicht, fest entschlossen, den Mann, den sie liebte, nicht im Stich zu lassen. Der Hund war allerdings nicht im geringsten an den zitternden Gegs interessiert. Seine Aufmerksamkeit galt einzig und allein seinem Herrn.

»Hier«, keuchte Limbeck und zerrte an den Füßen des Gottes. »Du faßt hier an, Jarre. Ich nehme den Kopf. Langsam. Vorsichtig. Jetzt haben wir ihn, glaub' ich.«

Nachdem sie dem Hund getrotzt hatte, fühlte Jarre sich auch allem anderen gewachsen, selbst der Aufgabe, Götter an den Füßen herumzutragen. Mit einem vernichtenden Blick auf ihre feigen

Landsmänner umfaßte sie die Stiefelschäfte des Gottes und zog. Limbeck schob von drinnen nach und hielt die Schultern fest, als sie in der Türöffnung auftauchten. Gemeinsam ließen sie den Gott zu Boden gleiten.

»Du liebe Güte«, sagte Jarre leise. Mitleid besiegte ihre Furcht. Sie berührte sanft den bösen Riß an seiner Stirn. Als sie die Hand wegzog, waren ihre Fingerspitzen blutig. »Das ist wirklich arg.«

»Ich weiß«, sagte Limbeck besorgt. »Und ich konnte nicht sehr behutsam mit ihm umgehen, weil ich ihn aus seinem Schiff ziehen mußte, bevor der Grabgreifer es zerschmetterte.«

»Seine Haut ist eiskalt. Seine Lippen sind blau. Wäre er ein Geg, würde ich sagen, er stirbt. Aber vielleicht sehen Götter immer so aus.«

»Das glaube ich nicht. Jedenfalls hat er nicht so ausgesehen, als ich ihn das erste Mal sah, gleich nach dem Absturz. O Jarre, er darf einfach nicht sterben!«

Der Hund, der das Mitgefühl aus Jarres Stimme herausgehört und gesehen hatte, wie behutsam sie mit seinem Herrn umging, leckte ihr die Hand und schaute dann mit flehenden braunen Augen zu ihr auf.

Die Berührung der nassen Zunge erschreckte Jarre im ersten Moment, aber dann entspannte sie sich. »Na, sorg dich nicht. Es wird schon alles gut werden«, sagte sie leise, streckte die Hand aus und tätschelte dem Tier zaghaft den Kopf. Er duldete es, legte die Ohren flach und wedelte andeutungsweise mit dem buschigen Schwanz.

»Glaubst du wirklich, daß wir ihn durchbringen?« meinte Limbeck zweifelnd.

»Natürlich. Schau nur, seine Augenlider bewegen sich.« Jarre drehte sich forsch herum und fing an, Befehle zu geben. »Zuallererst müssen wir ihn an einen warmen und ruhigen Ort bringen, wo wir uns um ihn kümmern können. Es ist beinahe Zeit für den nächsten Schichtwechsel. Es wäre nicht gut, wenn irgend jemand ihn zu Gesicht bekommt ...«

»Wäre es nicht?« unterbrach Limbeck.

»Nein! Nicht, bevor er sich erholt hat und wir bereit sind, Fragen zu beantworten. Das wird ein großer Augenblick in der Geschichte unseres Volkes werden. Wir dürfen ihn nicht verderben, indem wir die Dinge überstürzen. Du und Lof holt eine Trage...«

»Eine Trage? Der Gott paßt nicht auf eine Trage«, gab Lof mürrisch zu bedenken. »Seine Beine werden über den Rand hängen und seine Füße am Boden schleifen.«

»Das stimmt.« Jarre war nicht gewöhnt, mit jemandem umzugehen, der so dünn und lang war. Sie überlegte angestrengt, als plötzlich ein sehr lauter Gongschlag sie veranlaßte, den Kopf zu heben und sich alarmiert umzuschauen. »Was ist das?«

»Man wird den Fußboden öffnen!« ächzte Lof.

»Welchen Fußboden?« erkundigte sich Limbeck neugierig.

»Diesen Fußboden!« Lof zeigte auf die Metallplatten unter ihren Füßen.

»Warum? Ach, ich verstehe.« Limbeck hob den Blick zu den Grabgreifern, die ihre Ladung abgeliefert hatten und jetzt durch den Schacht hinuntergelassen werden sollten, um die nächste zu holen.

»Wir müssen hier weg«, sagte Lof drängend. Er schlängelte sich an Jarre heran und flüsterte: »Soll der Gott hierbleiben. Wenn der Boden sich auftut, wird er zurück in den Himmel fallen, woher er gekommen ist. Und sein Hund mit ihm.«

Doch Jarre hörte ihm nicht zu. Sie beobachtete die Wagen, die über ihren Köpfen rollten.

»Lof!« sagte sie aufgeregt, packte seinen Bart und zog daran – das hatte sie sich angewöhnt, seit sie Limbeck kannte. »Diese Wagen. Die sind groß genug für den Gott! Beeil dich!«

Der Boden zitterte unheilverkündend. Lof nickte und machte sich zusammen mit den anderen Gegs auf den Weg, um einen leeren Wagen zu besorgen.

Jarre hüllte den Gott behutsam in ihren eigenen Umhang. Sie und Limbeck zogen ihn von dem Spalt in der Mitte der Bodenplatten weg. Inzwischen waren Lof und seine Gefährten mit dem Wagen zurückgekehrt und rollten ihn die steile Rampe hinunter, die die unterste Ebene mit der darüberliegenden verband. Der Gong ertönte ein zweites Mal. Der Hund winselte und bellte. Entweder schmerzte ihn der Lärm in den Ohren, oder er spürte die Gefahr und drängte die Gegs zur Eile. (Lof bestand darauf, daß ersteres zutraf. Limbeck argumentierte dagegen. Jarre befahl beiden, den Mund zu halten und zu arbeiten.)

Mit vereinten Kräften gelang es den Gegs, den Körper des Gottes in den Wagen zu heben. Jarre umwickelte seine Stirn mit Lofs Umhang (Lof schien protestieren zu wollen, aber eine leichte Ohrpfeife von einer nervösen und hektischen Jarre brachte ihn wieder zur Räson). Der Gong ertönte zum dritten Mal. Mit kreischenden und mahlenden Trossen begannen die Grabgreifer, sich zu senken. Die Metallplatten rumpelten, und der Spalt in der Mitte verbreiterte sich langsam. Die Gegs, denen förmlich der Boden unter den Füßen weggezogen wurde, nahmen hinter dem Wagen Aufstellung und schoben kräftig an. Der Wagen ruckte nach vorn und rollte die Rampe hinauf, die Gegs kämpften sich Schritt um Schritt weiter, und der Hund sprang um sie herum und schnappte nach ihren Knöcheln.

Gegs sind stark, aber der Wagen war aus Eisen und sehr schwer, ganz zu schweigen vom zusätzlichen Gewicht des Gottes. Auch war das Gefährt nie dazu gedacht gewesen, schmale Rampen zu befahren, die gewöhnlich nur von Gegs benutzt wurden; es zeigte sich viel eher geneigt, den Verbindungssteg herunterzurollen statt hinauf.

Limbeck gingen vage Gedanken von Gewicht, Trägheit und Schwerkraft durch den Kopf, und vermutlich wäre ein weiteres physikalisches Gesetz dabei herausgekommen, hätte er nicht um sein Leben gefürchtet. Wo sie eben noch gestanden hatten, gähnte jetzt ein Abgrund, die Grabgreifer fuhren donnernd in den Schacht, und einen grauenhaften Moment lang schien es, daß der Wagen die Oberhand behalten und sie alle – Gegs, Gott und Hund – in die Tiefe reißen würde.

»Jetzt, noch einmal, zusammen!« kommandierte Jarre. Sie stemmte sich entschlossen gegen den Wagen, ihr Gesicht war feuerrot vor Anstrengung. Limbeck neben ihr war keine große Hilfe; sein Abenteuer von Terrel Fen hatte zu sehr an seinen ohnehin nicht bemerkenswerten Kräften gezehrt. Doch er mühte sich tapfer. Lof rang nach Atem und schien aufgeben zu wollen.

»Lof«, keuchte Jarre, »wenn er anfängt zurückzurollen, stellst du deinen Fuß unter das Rad!«

Dieser Befehl seiner Vorgesetzten war für Lof, der angeborene Plattfüße hatte, aber keinen Grund sah, die Sache unnötig zu verschlimmern, ein neuer Ansporn. Mit frischen Kräften stemmte er sich gegen den Wagen, biß die Zähne zusammen, schloß die Augen und legte sich mächtig ins Zeug. Der Wagen setzte sich mit solchem Nachdruck wieder in Bewegung, daß Limbeck auf die Knie fiel und die Hälfte der Rampe hinuntergerutscht war, bevor er es schaffte, sich festzuhalten. Der Wagen rollte über das obere Ende der Rampe, die Gegs ließen sich erschöpft auf den Boden des oberen Stockwerks fallen, und der Hund schleckte Lof über das Gesicht – sehr zur Verwunderung des Gegs. Limbeck kroch auf Händen und Knien den Steg empor und sank oben halb ohnmächtig zusammen.

»Das hat mir noch gefehlt!« knurrte Jarre kopfschüttelnd.

»*Den* werde ich nicht auch noch durch die Gegend karren!« protestierte Lof erbittert. Er glaubte allmählich, daß sein Vater doch recht gehabt hatte mit seiner Warnung, die Finger von der Politik zu lassen.

Ein kräftiger Ruck an seinem Bart brachte Limbeck wieder zu sich. Er begann, irgend etwas von Neigungen und Ebenen zu faseln, aber Jarre fuhr ihm über den Mund und trug ihm auf, sich nützlich zu machen, indem er den Hund aufhob und zu seinem Herrn in den Wagen verfrachtete.

»Und sag ihm auch, daß er sich still verhalten soll!« fügte Jarre hinzu.

Limbeck riß die Augen so weit auf, daß man befürchten mußte, sie würden ihm aus dem Kopf fallen. »I... ich? Den... den Hund aufheben...?«

Der Hund, der begriffen zu haben schien, worum es ging, löste das Problem und sprang von selbst in den Wagen, wo er sich zu Füßen seines Herrn zusammenrollte.

Jarre warf einen prüfenden Blick auf den Gott und berichtete, daß er noch am Leben war und sogar etwas besser aussah, vermutlich wegen der wärmenden Umhänge. Die Gegs bedeckten seinen Körper mit kleinen Stücken Koralit und allerlei Schrott, den das Allüberall von Zeit zu Zeit fallen ließ, warfen einen Jutesack über den Hund und machten sich mit dem Wagen auf den Weg zum nächsten Ausgang.

Niemand hielt sie auf. Niemand verlangte zu wissen, *warum* sie einen Erzwagen durch die Korridore schoben. Niemand fragte, *wohin* sie wollten oder *was* sie dort vorhatten. Jarre lächelte müde und sagte, das könnte ihnen nur recht sein. Limbeck hingegen schüttelte seufzend den Kopf und bescheinigte seinem Volk einen bedauerlichen Mangel an Wißbegierde.

Kapitel 20

Lek, Drevlin, Niederreich

Im Labyrinth ist es unerläßlich, daß ein Mann seine Instinkte zu höchster Präzision ausbildet, bis sie scharf sind wie die Klinge von Dolch und Schwert, denn die Instinkte sind gleichfalls Werkzeuge zur Selbsterhaltung und oftmals so wertvoll wie Stahl. Während er sich bemühte, die Ohnmacht abzuschütteln, vermied es Haplo instinktiv, sich anmerken zu lassen, daß er bei Besinnung war. Bevor er nicht wieder uneingeschränkt über all seine Fähigkeiten verfügte, lag er vollkommen still und regungslos, verbiß sich die Schmerzen und widerstand eisern dem Drang, die Augen zu öffnen und nachzusehen, wo er sich befand.

Toter Mann spielen. Sehr häufig wird ein Feind einen unbehelligt lassen.

Er hörte Stimmen und versuchte, ihnen zu folgen, aber es war, als versuche er mit bloßen Händen Fische zu fangen. Sie schlüpften zwischen seinen Fingern hindurch; er konnte sie berühren, aber niemals packen. Es waren laute, tiefe Stimmen, die sich klar und deutlich über ein gleichförmiges, allgegenwärtiges Dröhnen erhoben, das sogar von ihm Besitz ergriffen zu haben schien, denn er hätte schwören können, daß er seinen Körper vibrieren fühlte. Die Stimmen waren ein Stück entfernt und hörten sich an, als würden sie streiten, aber es war kein wütender Streit. Haplo fühlte sich nicht bedroht und sank in einen entspannten Dämmerzustand.

»Ich bin unter die Siedler gefallen, scheint's . . .«

»...Der Junge lebt noch. Hat einen bösen Schlag auf den Kopf gekriegt, aber er wird's überstehen.«

»Und die anderen zwei? Ich nehme an, es waren seine Eltern.«

»Tot. Läufer, nach dem Aussehen zu urteilen. Natürlich haben die Snogs sie erwischt. Vermutlich war ihnen der Junge zu klein, um sich damit abzugeben.«

»Nein. Snogs scheren sich nicht darum, was sie töten. Ich glaube, sie hatten keine Ahnung von dem Jungen. Er war in den Büschen gut versteckt. Auch wir wären einfach vorbeigelaufen, wenn er nicht gestöhnt hätte. Diesmal hat es ihm das Leben gerettet, aber es ist eine schlechte Angewohnheit. Wenn ich raten sollte, würde ich sagen, die Eltern wußten, daß sie in Schwierigkeiten waren. Sie verpaßten dem Kleinen ordentlich eins, damit er still war, versteckten ihn, und dann versuchten sie, die Snogs von ihm wegzulocken.«

»Glück für den Jungen, daß es Snogs waren und keine Drachen. Drachen hätten ihn gewittert.«

»Wie heißt er?«

Der Junge spürte Hände über seinen Körper tasten, der nackt war, bis auf einen Schurz aus weichem Leder um seine Hüften. Die Hände folgten einem Muster aus Tätowierungen, das sich von seinem Herzen ausgehend über Brust, Bauch, Beine und Füße erstreckte, die Arme hinunter bis auf den Handrücken, den Hals hinauf – aber nicht über Kopf und Gesicht.

»Haplo«, sagte der Mann und las die Runen über dem Herzen. »Er wurde geboren, als das Siebente Tor bezwungen wurde. Dann ist er ungefähr neun.«

»Glück gehabt, so lange zu leben. Ich kann mir nicht vorstellen, wie Läufer es schaffen wollten, mit einem Kind belastet. Wir verschwinden besser von hier. Es kann nicht mehr lange dauern, bis die Drachen das Blut gewittert haben. Komm schon, Junge. Wach auf. Beweg dich. Wir können dich nicht tragen. Bist du jetzt wach? Gut, gut.« Der Mann legte ihm die Hand auf die Schulter und führte ihn zu der Stelle, wo die zerstückelten und verstümmelten Leichen seiner Eltern lagen. »Schau hin. Präg es dir ein. Und denk immer daran: Es waren nicht die Snogs, die deinen Vater und deine Mutter umgebracht haben. Es waren die, die uns in dieses Gefängnis gesteckt haben und uns hier verrecken lassen. Wer sind sie, Junge? Weißt du es?« Seine Finger gruben sich in Haplos Schulter.

»Die Sartan«, antwortete Haplo erstickt.

»Wiederhole es.«

»Die Sartan!« schrie er.

»Richtig. Und vergiß es niemals, Junge. Vergiß es niemals...«

Haplo tauchte wieder aus der Bewußtlosigkeit auf. Das dröhnende, rumpelnde Geräusch drang von allen Seiten auf ihn ein, trotzdem hörte er Stimmen, dieselben Stimmen, die er vor kurzem schon einmal gehört hatte, wie er sich zu erinnern glaubte. Er versuchte, sich auf das Gesprochene zu konzentrieren, aber es war unmöglich. Der pochende Schmerz in seinem Kopf erdrückte jeden Ansatz zu vernünftigem Denken. Er mußte dem ein Ende machen.

Vorsichtig öffnete Haplo die Augen einen Spaltbreit und spähte zwischen den Wimpern hindurch. Das Licht einer einzigen Kerze, die irgendwo in seiner Nähe brannte, reichte nicht aus, um seine Umgebung zu erhellen. Er hatte keine Ahnung, wo er sich befand, aber es gelang ihm, sich zu vergewissern, daß er allein war.

Langsam hob Haplo die linke Hand und führte sie zur Stirn, als er sah, daß sie mit Stoffstreifen umwickelt war. Erinnerungen wurden wach, sandten einen schwachen Lichtstrahl in die Dunkelheit aus Schmerzen, die ihn umhüllte.

Ein Grund mehr, sich von dieser hinderlichen Verletzung zu befreien.

Mit zusammengebissenen Zähnen und ängstlich darauf bedacht, nicht das geringste Geräusch zu verursachen, streckte Haplo die rechte Hand aus und zog an den Bandagen der linken. Sie saßen fest und lockerten sich nur so weit, daß der Handrücken teilweise entblößt war.

Tätowierungen überzogen die Haut. Die Spiralen und Kreise, Schlingen und Windungen waren in roten und blauen Farbtönen ausgeführt und schienen ein reines Phantasiemuster zu ergeben. Und doch hatte jedes Sigel seine eigene und spezielle Bedeutung, die im Zusammenwirken mit anderen Sigeln immer neue Variationen ergab*. Bereit, bei dem geringsten Anzeichen, daß jemand ihn beobachtete, zu völliger Regungslosigkeit zu erstarren, hob Haplo den Arm und preßte den Handrücken auf die Wunde an seiner Stirn.

Der Kreis war geschlossen. Wärme strömte von seiner Hand in seinen Kopf, vom Kopf in den Arm, vom Arm zurück in die Hand. Gleich würde er schlafen, und während er ruhte, verging der Schmerz, schloß sich die Wunde, heilten innere Verletzungen, kehrten die Erinnerungen zurück, so daß er beim Erwachen vollständig wiederhergestellt war. Mit letzter Kraft schob Haplo die Bandagen wieder über die Tätowierungen. Sein Arm fiel herab und schlug auf eine harte Oberfläche. Eine kalte Nase schob sich in seine Handfläche ... eine weiche Schnauze rieb sich an seinen Fingern ...

... Den Speer in der Hand stellte Haplo sich den zwei Chaodyn. Seine einzige Emotion war Zorn – eine heiße, lodernde Wut, die jede Angst zu Asche verbrannt hatte. Er befand sich in Sichtweite seines Ziels. Das letzte Tor war am Horizont zu sehen. Um es zu erreichen, brauchte er nur eine weite, grasbewachsene Ebene zu durchqueren, die leer ausgesehen hatte, als er die Gegend auskundschaftete. Er hätte es wissen müssen. Das Labyrinth würde ihn nie entkommen lassen, sondern ihn mit jeder Waffe bekämpfen, die es zur Verfügung hatte. Und das Labyrinth war klug. Tausend Jahre lang hatte seine bösartige Intelligenz gegen die Patryns gekämpft, bis es einigen gelungen war, sich die Fähigkeiten anzueignen, es zu besiegen. Fünfundzwanzig Tore** hatte Haplo gelebt und ge-

* Ähnlich wie zwei Worte – jedes mit seiner eigenen Definition – zusammengefügt ein drittes Wort mit ganz neuer Bedeutung ergeben, aber trotzdem mit deutlichem Bezug auf die beiden Stammwörter. Das ist eine sehr unzureichende Erklärung der Runensprache der Patryns, die fähig sind, durch immer neue Kombinationen der einzelnen Sigel eine große Vielfalt magischer Effekte zu bewirken.

** Die Patryns im Labyrinth messen die Zeit in ›Toren‹. Das begann vermutlich in den ersten Tagen ihrer Gefangenschaft, als das Alter einer Person nach der Anzahl der Tore berechnet wurde, die er oder sie durchschritten hatte – das Bezwingen dieser Tore war das bestimmende Symbol ihrer Gesellschaft.

kämpft, nur um am Ende besiegt zu werden. Denn er konnte nicht gewinnen. Das Labyrinth hatte ihm gestattet, eine weite Strecke in die Ebene vorzudringen, wo es keinen einzigen Baum oder auch nur einen Felsen gab, der ihm Rückendeckung geboten hätte. Und es hatte ihm zwei Chaodyn als Gegner bestimmt.

Chaodyn sind nahezu unbezwingbar. Ein Produkt der kranken Magie des Labyrinths, sind die riesigen, insektenartigen Kreaturen Meister im Gebrauch sämtlicher Waffen (diese beiden trugen Breitschwerter). Groß wie ein Mann, mit einem schwarzen, chitingepanzerten Körper, halbkugelförmigen Augen, vier Armen und zwei starken Hinterbeinen ist ein Chaodyn bestens für den Kampf gerüstet, aber dennoch sterblich – alle Geschöpfe im Labyrinth sind sterblich. Doch um einen von ihnen zu töten, muß man ihn genau ins Herz treffen, denn wenn er nicht augenblicklich stirbt, entspringt aus einem Tropfen seines Blutes sein genauer Doppelgänger, und beide setzen unverletzt den Kampf fort.

Haplo stand zweien dieser Chaodyn gegenüber und hatte nur noch einen Runenspeer und sein Jagdmesser übrig. Wenn seine Waffen ihr Ziel verfehlten und den Gegner nur verwundeten, hatte er es mit drei Chaodyn zu tun. Fehlte er nochmals, waren es fünf. Nein, er konnte nicht siegen.

Die zwei Chaodyn setzten sich in Bewegung und nahmen Haplo von links und rechts in die Zange. Wenn er den einen angriff, attackierte ihn der andere von hinten. Des Patryns einzige Chance bestand darin, den ersten Feind mit dem Speer zu töten, sich augenblicklich umzudrehen und den zweiten anzugehen.

Also wich Haplo zurück und hielt die Chaodyn mit Scheinangriffen auf Abstand. Im Wissen um ihre Überlegenheit ließen sie sich auf das Spiel ein, denn Chaodyn genießen es, sich mit ihren Opfern zu vergnügen, und töten nur selten sofort.

Schon bald merkte Haplo, wie seine Wut die Vernunft besiegte; es kümmerte ihn nicht mehr, ob er lebte oder starb, sondern er hatte nur noch den Wunsch, diese Geschöpfe zu attackieren und

Als der Fürst des Nexus schließlich in das Labyrinth zurückkehrte, um es mit Hilfe seiner magischen Kräfte teilweise unter Kontrolle zu bringen, führte er ein standardisiertes System der Zeitmessung ein (basierend auf den regelmäßigen Sonnenzyklen im Nexus), auf das sich der Ausdruck ›Tor‹ heute bezieht.

durch sie das Labyrinth. Er dachte an das Leben zurück, das er geführt hatte, ein Leben der Angst und Verzweiflung, und schleuderte den Speer mit der ganzen Kraft seines Zorns und seiner Frustration. Der Speer verließ seine Hand; er rief ihm die Beschwörungen nach, die ihn schnell und sicher in das Herz seines Feindes geleiten sollten. Er hatte gut gezielt – die Waffe durchbohrte den schwarzen Brustpanzer des Insekts, es stürzte und war tot, bevor es den Boden berührte.

Ein heißer Schmerz durchzuckte Haplo. Er rang nach Atem und wirbelte zu seinem zweiten Gegner herum. Er konnte sein Blut fühlen, wie es – warm auf der kalten Haut – über seinen Rücken strömte. Die Chaodyn sind nicht in der Lage, die Runenmagie zu nutzen, aber sie haben durch Erfahrung gelernt, an welchen Stellen der tätowierte Körper eines Patryns verwundbar ist. Der Kopf ist das beste Ziel. Dieser Chaodyn allerdings hatte Haplo in den Rücken gestochen. Offenbar wollte das Insekt ihn noch nicht töten.

Der Speer war verloren. Jetzt galt Jagdmesser gegen Breitschwert. Haplo konnte unter der Deckung des Chaodyn hinwegtauchen und ihm die Klinge ins Herz stoßen, oder er konnte einen Wurf riskieren. Das Messer war nicht mit Runen für den Kampf versehen. Er mußte damit rechnen, daß der Wurf fehlging, dann war er ohne Waffe und sah sich womöglich zwei Feinden gegenüber. Doch er mußte bald ein Ende machen. Er verlor Blut und hatte keinen Schild, um die Schwerthiebe des Chaodyn abzuwehren.

Der Chaodyn, der Haplos Dilemma erkannt hatte, schwang seine gewaltige Klinge gegen Haplos linken Arm, in der Absicht, den Feind kampfunfähig zu machen, aber nicht zu töten. Haplo sah den Hieb kommen und wich aus – er drehte sich halb und fing das Schwert mit der Schulter ab. Die Klinge sank tief ein; Knochen splitterten. Der Schmerz raubte Haplo beinah die Besinnung. Er konnte seine Hand nicht mehr spüren, geschweige denn sie gebrauchen.

Der Chaodyn trat zurück und suchte einen festen Stand, um den nächsten Schlag zu führen. Haplo umklammerte seinen Dolch und versuchte, den roten Schleier, der sich über seine Augen senkte, zu durchdringen. Ihm lag nichts mehr an seinem Leben. Der Haß hatte die Oberhand gewonnen. Das einzige Gefühl, das er vor seinem Tod noch genießen wollte, war die Befriedigung darüber, daß er seinen Feind mit sich genommen hatte.

Wieder hob der Chaodyn die Klinge und bereitete sich darauf vor, das grausame Spiel mit seinem hilflosen Opfer fortzusetzen. In verzweifelter Ruhe wartete Haplo grimmig ab. Er hatte eine neue Strategie. Zwar würde er dabei sterben, aber sein Gegner auch. Der Insektenarm schwang zurück, im selben Moment tauchte von irgendwo hinter Haplo eine schwarze Gestalt auf und schnellte sich dem Chaodyn gegen die Brust.

Verblüfft von diesem plötzlichen und unerwarteten Angriff, wandte der Insektenkrieger den Blick von Haplo ab und führte gleichzeitig das Schwert in einem Halbkreis nach unten, um den neuen Widersacher abzuwehren. Haplo hörte ein schmerzerfülltes Jaulen und glaubte aus den Augenwinkeln einen pelzigen Körper zu Boden fallen zu sehen. Er kümmerte sich nicht weiter darum. Der Chaodyn hatte das Schwert gesenkt; seine Brust war ungedeckt. Haplo warf sich gegen ihn und richtete den Dolch genau auf sein Herz.

Der Chaodyn erkannte die Gefahr und bemühte sich, seinen Fehler wiedergutzumachen. Doch das Schwert des Insektenwesens glitt an den Rippen des Patryns ab. Haplo spürte es nicht. Er rammte dem verhaßten Feind die Klinge seines Jagdmessers mit solcher Gewalt in die Brust, daß sie beide zu Boden stürzten.

Haplo rollte von dem Körper des Gegners herunter. Er machte nicht einmal den Versuch aufzustehen. Der Chaodyn war tot. Nun konnte er auch sterben und endlich Frieden finden, wie so viele vor ihm. Das Labyrinth hatte gewonnen. Doch er hatte es bekämpft, bis zum letzten Atemzug.

Haplo lag auf dem Boden und ließ das Leben aus seinem Körper herausströmen. Er hätte versuchen können, sich zu heilen, aber das bedeutete Anstrengung, Bewegung, noch mehr Schmerzen. Er wollte sich nicht bewegen. Er wollte auch keine Schmerzen mehr spüren. Er fühlte sich schläfrig und gähnte. Es war angenehm, einfach dazuliegen und zu wissen, daß er bald nie mehr würde kämpfen müssen.

Ein leises Winseln veranlaßte ihn, die Augen zu öffnen, weniger aus Furcht als aus Ärger darüber, daß man ihm nicht erlauben wollte, in Frieden zu sterben. Als er den Kopf zur Seite drehte, sah er einen Hund. Das also war das schwarze, pelzige Ding gewesen, das den Chaodyn angegriffen hatte. Wo war der Hund hergekommen? Vermutlich hatte er sich irgendwo auf der Ebene herumgetrieben und war ihm zur Hilfe gekommen.

Der Hund lag auf dem Bauch, den Kopf zwischen den Pfoten. Als er merkte, daß Haplo ihn anschaute, winselte er wieder, schob sich über den Boden und machte den Versuch, dem Mann die Hand zu lecken. Jetzt merkte Haplo, daß der Hund verletzt war.

Blut floß aus einem tiefen Schnitt im Leib des Tieres. Haplo konnte sich vage entsinnen, ein Wimmern gehört zu haben. Der Hund betrachtete ihn hoffnungsvoll, in der für Hunde typischen Erwartung, daß dieser Mensch sich um ihn kümmern und die furchtbaren Schmerzen, die er litt, zum Verschwinden bringen würde.

»Tut mir leid«, murmelte Haplo träge. »Ich kann dir nicht helfen. Ich kann mir nicht mal selbst helfen.«

Beim Klang seiner Stimme wedelte der Hund schwach mit dem buschigen Schwanz und betrachtete ihn weiter mit rückhaltlosem Vertrauen.

»Verschwinde und stirb woanders!« Haplo vollführte eine ruckartige, zornige Armbewegung, um seinen ungeladenen Schicksalsgenossen zu verscheuchen. Schmerz durchzuckte seinen Körper, und er schrie auf. Der Hund bellte leise. Haplo konnte spüren, wie eine weiche Schnauze gegen seine Hand stieß. Obwohl selbst schwer verletzt, schien das Tier ihm sein Mitgefühl zeigen zu wollen.

Halb gereizt und halb getröstet wandte Haplo den Kopf und sah, daß der verletzte Hund sich mühsam aufrichtete. Er konnte nur schwankend stehen, aber er richtete den Blick auf die Bäume hinter ihnen. Dann leckte er Haplo noch einmal die Hand und machte sich hinkend auf den Weg.

Das Tier hatte Haplos Bewegung mißverstanden. Er wollte versuchen, Hilfe zu holen – für ihn.

Der Hund kam nicht sehr weit. Vor Schmerzen winselnd tat er zwei, drei taumelnde Schritte und brach zusammen. Nachdem er einen Augenblick geruht hatte, stemmte er sich wieder auf die Füße.

»Laß es sein!« wisperte Haplo. »Laß es sein! Es lohnt sich nicht!«

Das Tier, das seine Worte nicht verstehen konnte, wandte den Kopf und schaute den Menschen an, als wolle es sagen: »Nur Geduld. Es dauert vielleicht ein bißchen, aber ich lasse dich nicht im Stich.«

Selbstlosigkeit, Mitleid, Erbarmen – das sind für die Patryns keine Tugenden. In ihren Augen sind es Mängel, das Stigma minderwertiger Rassen, die diese angeborenen Schwächen dadurch zu überspielen versuchen, indem sie ihnen einen Glorienschein verleihen. Haplo war davon nicht infiziert. Rücksichtslos, stur, von Haß getrieben, hatte er sich seinen Weg durch das Labyrinth erkämpft. Er bat nicht um Hilfe. Niemand hatte von ihm Hilfe zu erwarten. Und er hatte überlebt, im Gegensatz zu vielen anderen. Bis jetzt.

»Du bist ein Feigling«, sagte er zu sich selbst. »Dieses dumme Tier hat den Mut zu kämpfen, um am Leben zu bleiben, und du gibst einfach auf. Du stirbst mit einer unbezahlten Schuld auf deiner Seele, denn – ob es dir nun gefällt oder nicht – dieser Hund hat dir das Leben gerettet.«

Es waren keine sanften Gefühle, die Haplo veranlaßten, mit der rechten Hand die kraftlose linke zu umfassen. Scham und Stolz trieben ihn dazu.

»Komm her!« befahl er dem Hund.

Der Hund, der zu schwach war, um sich auf den Beinen zu halten, kroch auf dem Bauch zu ihm und hinterließ eine breite Blutspur auf dem Gras.

Haplo spürte, wie ihm der Schmerz die Luft abschnürte, er mußte die Zähne zusammenbeißen, um nicht aufzuschreien, aber er preßte das Sigel auf seinem Handrücken gegen die aufgerissene Flanke des Tieres. Dort ließ er sie liegen und berührte mit der rechten Hand den Kopf des Hundes. Der heilende Kreis war geschlossen; Haplo sah mit trüben Augen, wie die tiefe Wunde verschwand, als wäre sie nie dagewesen...

»Wenn er wieder gesund wird, bringen wir ihn zum Chefmechniker als Beweis dafür, daß ich die Wahrheit gesagt habe! Wir werden ihm und unserem Volk zeigen, daß die Elften keine Götter sind! Unser Volk wird erkennen, daß man es all diese Jahre ausgenutzt und belogen hat!«

»Wenn er wieder gesund wird«, gab eine leisere, weibliche Stimme zu bedenken. »Es geht ihm ziemlich schlecht, Limbeck. Diese Schramme am Kopf sieht schlimm aus, und vielleicht hat er noch andere Verletzungen. Der Hund läßt mich nicht nahe genug an ihn heran, um nachzusehen. Es ist auch gar nicht so wichtig. Solch böse Kopfverletzungen sind fast immer tödlich. Du erinnerst dich, als Hal Hammernagel auf dem Katzentatz eine Stufe verfehlte und hinunterstürzte . . .«

»Ich weiß«, ertönte die mutlose Antwort. »O Jarre, er *darf* nicht sterben! Ich möchte, daß du alles über seine Welt erfährst. Es ist ein wundervoller Ort. Mit einem klaren blauen Himmel, aus dem ein helles Licht herniederstrahlte, und phantastischen, hohen Gebäuden, so groß wie das Allüberall . . .«

»Limbeck«, meldete sich die weibliche Stimme in strengem Ton, »du hast dir nicht vielleicht *auch* den Kopf angestoßen?«

»Aber nein, Liebes. Ich habe sie gesehen! Wirklich und wahrhaftig! Genauso, wie ich auch die toten Götter gesehen habe. Ich habe dir einen Beweis mitgebracht, Jarre! Warum glaubst du mir immer noch nicht?«

»Ach Limbeck, ich weiß nicht mehr, was ich glauben soll! Für mich war alles immer so klar und einfach – schwarz und weiß, mit scharfen, deutlichen Umrissen. Ich wußte genau, was ich für unser Volk erreichen wollte – bessere Lebensbedingungen, einen gerechten Anteil an den Zahlungen der Elften. Nicht mehr. Man brauchte nur ein wenig die Unzufriedenheit zu schüren, den Chefmechniker ein bißchen unter Druck zu setzen, und er würde schließlich nachgeben müssen. Jetzt ist alles grau und verschwommen. Du sprichst von Revolution, Limbeck! Du willst alles niederreißen, woran wir seit Hunderten von Jahren glauben. Und was hast du statt dessen anzubieten?«

»Die Wahrheit, Jarre. Die Wahrheit.«

Haplo lächelte. Seit er vor ungefähr einer Stunde aufgewacht war, lauschte er dem Gespräch. Er konnte die Sprache verstehen – obwohl diese Geschöpfe sich ›Gegs‹ nannten, erkannte er ihren Dialekt als eine Abart des Zwergenidioms der Alten Welt. Doch viele Dinge, die sie sagten, gaben ihm Rätsel auf. Was war zum Beispiel dieses Allüberall, von dem sie mit so großer Ehrfurcht sprachen? Das war der Grund, weshalb man ihn hergeschickt hatte. Um zu lernen. Um Augen und Ohren offenzuhalten, allerdings ohne sich einzumischen und ohne selbst etwas preiszugeben.

Haplo streckte die Hand aus dem Bett und kraulte den Kopf des Hundes, der neben ihm auf dem Boden lag, um dem Tier zu verstehen zu geben, daß er wieder gesund war. Die Reise durch das Tor des Todes war nicht wie geplant vonstatten gegangen. Irgendwie waren seinem Fürsten ernste Fehlberechnungen unterlaufen. Die Runenfolge stimmte nicht. Haplo hatte den Fehler zu spät bemerkt. Er konnte nichts tun, um den Absturz zu verhindern.

Die Erkenntnis, daß er jetzt auf dieser Welt gefangen war, beunruhigte Haplo nicht sonderlich. Er war im Labyrinth gefangen gewesen und entkommen. Nach dieser Erfahrung war er auf einer gewöhnlichen Welt wie dieser ›unbezwingbar‹ – wie sein Fürst sagen würde. Haplo brauchte nichts anderes zu tun, als seine Rolle spielen. Irgendwie, nachdem er getan hatte, was er zu tun gekommen war, würde er einen Weg zurück finden.

»Ich dachte, ich hätte etwas gehört.«

Jarre betrat das Zimmer, weiches Kerzenlicht strömte hinter ihr durch die Tür herein. Haplo kniff die Augen zusammen und blickte ihr verwirrt entgegen. Der Hund knurrte und machte Anstalten aufzuspringen, aber auf die verstohlene, befehlende Berührung seines Herrn legte er sich wieder hin.

»Limbeck!« rief Jarre.

»Er ist tot!« Der stämmige Geg kam angstvoll herbeigeeilt.

»Nein, er ist nicht tot!« Jarre sank neben dem Bett auf die Knie und deutete mit einer zitternden Hand auf Haplos Stirn. »Schau! Die Wunde ist geheilt! Vollkommen. Nicht einmal eine Narbe ist zurückgeblieben! O Limbeck! Vielleicht hast du dich geirrt! Vielleicht ist dieses Wesen wahrhaftig ein Gott!«

»Nein«, sagte Haplo. Er stützte sich auf einen Ellenbogen und sah von einem der erstaunten Gegs zum anderen. »Ich war ein Sklave.« Er sprach langsam, mit gedämpfter Stimme, und suchte nach Worten in der schwerfälligen Zwergensprache. »Einst war ich, was ihr jetzt seid. Aber mein Volk triumphierte über seine Herren, und ich bin gekommen, um euch dabei zu helfen, dasselbe zu tun.«

Kapitel 21

Pitrins Exil, Mittelreich

Der Fußmarsch über Pitrins Exil ging leichter vonstatten, als Hugh erwartet hatte. Gram hielt sich tapfer, und wenn er müde wurde, bemühte er sich sehr, es sich nicht anmerken zu lassen. Alfred wachte besorgt über den Jungen. Sobald er zu erkennen glaubte, daß dem Prinzen die Füße schmerzten, war es der Kammerdiener, der verkündete, daß er keinen Schritt mehr weitergehen könne. Dabei hatte Alfred eigentlich viel größere Schwierigkeiten als sein kleiner Schützling. Die Füße des Mannes schienen einen eigenen Willen zu besitzen und gerieten ständig auf Abwege, stolperten in nicht vorhandene Löcher oder strauchelten über unsichtbare Zweige.

Folglich kamen sie nicht besonders schnell voran. Hugh war es recht so, er drängte nicht zur Eile. Sie waren nicht mehr weit entfernt von der bewaldeten Bucht am Rand der Insel, wo er sein Schiff verborgen hielt, und er scheute sich davor, dorthin zu kommen – ein Gefühl, das ihn ärgerte, über das er sich jedoch keine Rechenschaft ablegen wollte.

Das Gehen war angenehm, wenigstens für Gram und Hugh. Die Luft war kalt, aber die Sonne schien. Es wehte nur ein leichter Wind. Sie trafen mehr als die gewöhnliche Anzahl von Reisenden auf der Straße – jedermann nutzte diese kurze Schönwetterperiode, um rasch zu erledigen, was nicht bis zum Frühjahr warten konnte. Auch für Freibeuter war das Wetter günstig, und Hugh bemerkte, daß alle Leute ein Auge auf die Straße hatten und eins auf den Himmel, wie das Sprichwort sagt.

Sie sichteten drei von den drachenköpfigen, geflügelten Elfenschiffen, aber sie waren weit entfernt, unterwegs zu irgendeinem unbekannten Ziel kirawärts.

Am selben Tag zog ein Verband von etwa fünfzig Drachen genau über ihren Köpfen dahin. Sie konnten die Drachenritter auf dem Rücken der gewaltigen Tiere erkennen; das Sonnenlicht funkelte auf Helm und Brustpanzer, Äxten und Pfeilspitzen. Diese Abteilung hatte eine Zauberin bei sich, die von Rittern umgeben in der Mitte des Pulks flog. Sie führte als einzige Waffe ihre Magie mit sich, unsichtbar, aber ebenso wirksam wie Stahl. Auch die Drachenreiter hatten Kurs auf Kiradrift genommen. Die Elfen waren nicht die einzigen, die das schöne Wetter zu ihrem Vorteil nutzten.

Gram beobachtete die Elfenschiffe mit hingerissenem, jungenhaftem Staunen. Er hatte noch nie eines gesehen, sagte er und war bitter enttäuscht, daß sie nicht näher kamen. Ein fassungsloser Alfred sah sich gezwungen, Seine Hoheit daran zu hindern, die Kapuze abzunehmen und wie eine Fahne zu schwenken. Andere Reisende, die ihnen begegneten, hielten das für keinen guten Spaß. Mit grimmigem Vergnügen beobachtete Hugh, wie die Bauern am Wegrand Deckung suchten, bevor es Alfred gelang, der Begeisterung Seiner Hoheit einen Dämpfer aufzusetzen.

An diesem Abend setzte sich Gram nach ihrer frugalen Mahlzeit neben Hugh statt wie sonst neben den Kammerherrn. Er kreuzte die Beine und machte es sich bequem.

»Erzählt Ihr mir von den Elfen, Sir Hugh?«

»Woher willst du wissen, ob ich etwas zu erzählen habe?« Hugh kramte die Pfeife und den Packen Sterego aus seinem Rucksack. Mit dem Rücken an einen Baum gelehnt, die Füße dem Feuer entgegengestreckt, schüttelte er die getrockneten Pilze aus dem Lederbeutel in den runden, glatten Pfeifenkopf.

Gram hielt den Blick nicht auf den Assassinen gerichtet, sondern auf einen Punkt irgendwo über seiner rechten Schulter. Seine blauen Augen wurden glasig. Hugh hielt einen Span ins Feuer und zündete eine Pfeife an. Während er paffte, um die Glut in Gang zu bringen, beobachtete er den Jungen mit müßiger Neugierde.

»Ich sehe eine große Schlacht«, berichtete Gram träumerisch. »Ich sehe Elfen und Menschen kämpfen und sterben. Ich sehe Niederlage und Verzweiflung, und dann höre ich Menschen singen, und es herrscht Freude.«

Hugh saß so lange schweigend da, daß die Pfeife ausging. Alfred rückte unbehaglich hin und her und stützte sich dabei mit der Hand auf eine glühende Kohle. Mit einem unterdrückten Schmerzensschrei zuckte er zurück.

»Euer Hoheit«, mahnte er gequält, »ich habe Euch gesagt . . .«

»Nein, keine Sorge.« Hugh klopfte gelassen die Pfeife aus, füllte sie erneut und drückte den brennenden Span in das Sterego. Er paffte langsam und musterte dabei den Jungen. »Du hast soeben die Schlacht der Sieben Felder beschrieben.«

»Ihr wart dabei«, sagte Gram.

Hugh blies eine kleine Rauchwolke in die Luft. »Allerdings – und außer mir nahezu jeder andere Mann in ungefähr meinem Alter, eingeschlossen dein Vater, der König.« Hugh nahm einen langen Zug aus der Pfeife. »Wenn du das als Zweites Gesicht bezeichnest, Alfred, dann habe ich bessere Tricks in einer drittklassigen Kneipe gesehen. Der Junge muß die Geschichte hundertmal von seinem Vater gehört haben.«

Auf Grams Gesicht vollzog sich ein plötzlicher und überraschender Wechsel – die Fröhlichkeit gerann zu schmerzlicher Traurigkeit. Der Junge biß sich auf die Unterlippe, senkte den Kopf und wischte sich mit der Hand über die Augen.

Alfred richtete einen beinahe flehenden Blick auf den Assassinen. »Ich versichere Euch, Sir Hugh, daß diese Gabe Seiner Hoheit durchaus ernstzunehmen ist. Gram, Sir Hugh versteht nichts von Magie. Es tut ihm leid. Warum geht Ihr nicht und holt Euch einen Bonbon aus dem Rucksack.«

Gram stand auf und ging zu der Stelle, wo ihr Gepäck lag, um sich die Süßigkeit zu holen. Alfred senkte die Stimme, damit nur Hugh ihn hören konnte. »Es ist nur . . . Seht Ihr, Sir, der König hat sich nie sehr viel mit dem Jungen befaßt. König Stephen fühlte sich nie recht . . . äh . . . wohl in der Gegenwart des Prinzen.«

Nein, überlegte Hugh, der König hatte es bestimmt nicht als angenehm empfunden, ständig an seine Schande erinnert zu werden. Vielleicht erkannte der König in den Zügen des Jungen das Gesicht eines Mannes, den er – und seine Königin – nur allzugut kannten.

Die Glut in der Pfeife erlosch. Nachdem er die Asche ausgeklopft hatte, nahm Hugh einen kleinen Zweig, spaltete das eine Ende mit dem Messer und versuchte, den Stopfen aus dem Pfeifenkopf zu entfernen. Er warf einen Blick auf den Jungen und sah ihn immer noch in dem Rucksack kramen.

»Du glaubst wirklich daran, daß der Kleine Dinge sehen kann, die für andere unsichtbar sind, ja?«

»Das kann er auch!« versicherte ihm Alfred. »Ich habe es zu oft miterlebt, um daran zu zweifeln. Und Ihr müßt es auch glauben, Sir, oder . . .«

Hugh hielt in seiner Beschäftigung inne und sah zu Alfred hinüber.

»Oder? Das hört sich an wie eine Drohung.«

Alfred senkte den Blick. Mit der verbrannten Hand zupfte er nervös die Blätter von einer Becherpflanze. »So habe ich das nicht gemeint . . .«

»Aber ja.« Hugh klopfte die Pfeife an einem Stein aus. »Es hängt nicht vielleicht mit der Feder zusammen, die er um den Hals trägt, wie? Die ihm von einem Mysteriarchen geschenkt wurde?«

Alfred erbleichte so abrupt, daß Hugh schon fürchtete, er würde erneut in Ohnmacht fallen. Der Kammerdiener räusperte sich mehrere Male, bevor er weitersprechen konnte. »Ich weiß nicht . . .«

Das Knacken eines Zweigs unterbrach ihn. Gram kehrte zum Feuer zurück. Hugh bemerkte, wie Alfred dem Jungen den dankbaren Blick eines Ertrinkenden schenkte, dem man ein Seil zugeworfen hat.

Der Prinz war mit seinem Bonbon beschäftigt und achtete nicht darauf. Er setzte sich hin, nahm einen Stock und begann, damit im Feuer zu stochern. »Möchtet Ihr die Geschichte der Schlacht auf den Sieben Feldern hören, Hoheit?« fragte Hugh ruhig.

Der Prinz hob den Kopf; seine Augen leuchteten. »Ich wette, Ihr habt große Heldentaten vollbracht, nicht wahr, Sir Hugh?«

»Vergebung, Sir«, warf Alfred demütig ein, »aber ich halte Euch nicht unbedingt für einen Patrioten. Wie kommt es, daß Ihr an der Schlacht um die Freiheit unseres Vaterlands teilgenommen habt?«

Hugh wollte antworten, als der Kammerdiener zusammenzuckte und eilig aufsprang. Er bückte sich zu der Stelle, wo er gesessen hatte, und hob einen großen Koralitsplitter auf. Die messerscharfen Kanten glitzerten im Feuerschein. Glücklicherweise hatte seine Lederhose – einem Schuster abgehandelt – ihn vor größerem Schaden bewahrt.

»Du hast recht. Politik bedeutet mir nichts.« Rauchschwaden kräuselten sich aus Hughs Mundwinkel. »Man könnte sagen, daß ich geschäftlich dort war . . .«

. . .Ein Mann betrat das Gasthaus und blickte sich suchend um. Es war früher Morgen, und der Gastraum war leer, bis auf eine Frau, die den Boden scheuerte, und einen Reisenden an einem Tisch im Schatten.

»Seid Ihr Hugh, genannt Mordhand?« fragte der Neuankömmling den Reisenden.

»Der bin ich.«

»Ich will Euch anwerben.« Der Mann setzte einen Beutel vor dem Assassinen auf den Tisch. Als Hugh ihn öffnete und prüfend den Inhalt auseinanderschob, sah er Münzen, Schmuck und sogar ein paar silberne Löffel. Er hielt etwas in die Höhe, das nur der Ehering einer Frau sein konnte, und musterte den Mann mit zusammengekniffenen Augen.

»Wir haben alle zusammengelegt, da keiner von uns reich genug war, Euch selbst zu bezahlen. Jeder gab, was er hatte.«

»Und auf wen habt ihr es abgesehen?«

»Einen bestimmten Hauptmann, der sich an den Adel vermietet, um Fußsoldaten auszubilden und in den Kampf zu führen. Er ist ein Schinder und ein Feigling und hat mehr als eine Schwadron in den Tod geschickt, während er zurückblieb und seinen Lohn einstrich. Ihr findet ihn bei Warren von Kurinandistai, der in der Armee von König Stephen marschiert. Ich habe gehört, ihr Ziel ist ein Ort namens Sieben Felder, auf dem Kontinent.«

»Und welchen besonderen Dienst erwartet ihr von mir? Du und« – Hugh tätschelte den Geldbeutel – »all diese.«

»Witwen und Verwandte seiner letzten Opfer, Sir«, erklärte der Mann. Seine Augen funkelten. »Ich will Euch sagen, was wir für unser Geld verlangen: daß er auf eine Art getötet wird, die deutlich zeigt, daß keines Feindes Hand ihn berührte; daß er weiß, wer für seinen Tod bezahlte, und daß man dies bei seiner Leiche findet.« Und mit diesen Worten streckte der Mann Hugh eine kleine Schriftrolle entgegen.

»Sir Hugh?« drängte Gram ungeduldig. »Sprecht weiter. Erzählt mir von den Sieben Feldern.«

»Es war damals, als wir noch unter der Besatzung der Elfen lebten. Im Lauf der Jahre war ihre Herrschaft lasch geworden.« Hugh schaute den Rauchfahnen nach, die sich in die Dunkelheit kräuselten. »Elfen halten uns Menschen für wenig besser als Tiere und neigen deshalb dazu, uns zu unterschätzen. In vieler Beziehung haben sie natürlich recht, und deshalb kann man sie schlecht tadeln, daß sie den selben Fehler immer und immer wieder machen.

Der Uylandia-Archipel war zu der Zeit zersplittert in kleine und kleinste Herrschaftsbereiche. Jeder einzelne davon wurde nominell regiert von einem unserer Fürsten, doch in Wahrheit von einem Elfenlord. Die Elfen brauchten sich nie darum bemühen, die Clans daran zu hindern, sich zu verbünden – die Clans besorgten das selbst ganz ausgezeichnet.«

»Ich habe mich oft gefragt, weshalb die Elfen nicht verlangten, daß wir unsere Waffen vernichteten, wie es in vergangenen Jahrhunderten üblich war«, unterbrach ihn Alfred.

Hugh paffte an der Pfeife und grinste. »Wozu die Mühe? Es war zu ihrem Vorteil, uns die Waffen zu lassen. Wir benutzten sie, um uns gegenseitig die Köpfe einzuschlagen, und ersparten den Elfen eine Menge Arbeit.

Der Plan funktionierte, und zwar so gut, daß die Elfen sich in ihren feinen Burgen einschlossen, ohne je wieder aus dem Fenster zu sehen und sich darüber kundig zu machen, was tatsächlich um sie herum vorging. Ich weiß es, denn ich hörte sie reden.«

»Wirklich?« Gram beugte sich mit leuchtenden Augen vor. »Wie? Wie habt Ihr so viel über die Elfen gelernt?«

Das Sterego glühte auf und erlosch wieder. Hugh überhörte die Frage.

»Als es Stephen und Anne gelang, die Clans zu vereinen, öffneten die Elfen endlich ihre Fenster. Pfeile und Speere flogen herein, und Menschen mit Schwertern erklommen ihre Mauern. Der Aufstand kam plötzlich und war gut geplant. Als die Nachricht das Tribus Empire erreichte, waren die meisten Elfenlords tot oder aus ihren Burgen vertrieben. Die Elfen holten zum Gegenschlag aus. Sie sammelten ihre Flotte – die größte, die diese Welt je gesehen hatte – und segelten nach Uylandia. Hunderttausende ausgebildete Elfenkrieger und ihre Magicka standen ein paar tausend Menschen gegenüber – ohne unsere mächtigsten Zauberer, denn die Mysteriarchen hatten uns längst verlassen. Unsere Leute hatten nie eine Chance. Hunderte wurden erschlagen; noch mehr gefangengenommen. König Stephen wurde lebend ergriffen ...«

»Er hatte es nicht drauf angelegt!« rief Alfred, getroffen von dem sardonischen Ton in Hughs Stimme.

Die Glut leuchtete auf und erlosch. Der Assassine schwieg. Gram starrte ins Feuer. Alfred ließ sich von der Stille verlocken, mehr zu sagen, als er wollte. »Der Elfenprinz Reesh'ahn hatte Stephen erkannt und seinen Männern befohlen, den König unverletzt gefangenzunehmen. Stephens Fürsten starben neben ihm, während sie ihn verteidigten. Und selbst als er allein stand, kämpfte er weiter. Man erzählt, daß er von einem Ring toter Männer umgeben war, denn die Elfen wagten nicht, ihren Hauptleuten ungehorsam zu sein, und doch vermochte keiner dicht genug an ihn heranzukommen, um ihn zu greifen, ohne dabei den Tod zu finden. Schließlich stürmten sie auf ihn ein, warfen ihn zu Boden und entwaffneten ihn. Stephen kämpfte tapfer, so tapfer wie jeder andere Mann.«

»Davon weiß ich nichts«, meinte Hugh. »Alles, was ich weiß, ist, daß das Heer sich ergab ...« Verstört richtete Gram sich auf und schaute ihn an. »Ihr müßt Euch irren, Sir Hugh! Unsere Armee siegte in der Schlacht auf den Sieben Feldern!«

»Unsere Armee siegte?« Hugh hob eine Augenbraue. »Nein, es war nicht die Armee, die siegte. Es war eine Frau, die die Elfen in die Knie zwang – eine Bardin namens Rabenlerche, denn ihre Haut war schwarz wie das Gefieder eines Raben und ihre Stimme wie der Gesang einer Lerche, die aufsteigt, um den jungen Tag zu begrüßen. Ihr Fürst hatte sie mitgenommen, um seine Taten zu preisen, nehme ich an, statt dessen sang sie ihm die Totenklage. Sie wurde ergriffen und gefangengenommen wie die übrigen Menschen. Sie wurden auf einer Straße zusammengetrieben, die durch die Sieben Felder lief – eine Straße, übersät mit den Leibern der Gefallenen. Sie waren ein erbarmungswürdiger Haufen, denn sie kannten das Los, das sie erwartete – die Sklaverei. Voller Neid auf die, die gestorben waren, standen sie mit gesenkten Köpfen und hängenden Schultern beisammen.

Und dann begann die Bardin zu singen. Es war ein altes Lied, dessen sich fast jeder aus seiner Kindheit entsinnt.«

»Ich kenne es!« rief Gram eifrig. »Den Teil der Geschichte habe ich gehört.«

»Dann sing es uns vor«, sagte Alfred lächelnd und freute sich, den Jungen wieder munter zu sehen.

»Es heißt ›Hand aus Feuer‹.« Die Stimme des Jungen erhob sich schrill und nicht ganz rein, aber er sang voller Inbrunst.

Die Hand, die Pfeiler und Brücke hält
das Feuer auf stählernem Bogen
Flammen wie Herzen am Grat der Welt
*Ellxman**, wo die Ehre gezogen.

Feuer im Herzen den Willen lenkt,
den Willen aus Flammen regiert die Hand,
die Hand auf *Ellxmans* Lied sich senkt,
das Lied von Feuer und Herz und Land:
Feuer, geboren am Ende der Reise,
die Flamme daraus ein leuchtender Ruf,
die Schritte schwer, der Ruf ganz leise,
das Feuer den Weg in die Zukunft schuf.
Pfeiler und Brücken sind Gedanken und Herz,
der Bogen ein Leben, der Grat grenzt den Schmerz.

* Mit diesem Wort bezeichnen die Elfen sich selbst. Das x ist ein Gutturallaut und wird ausgesprochen wie ›ich‹.

»Meine Amme hat es mich gelehrt, als ich klein war, aber sie konnte mir nicht sagen, was die Worte bedeuten. Wißt Ihr es, Sir Hugh?«

»Ich bezweifle, daß irgend jemand es heutzutage noch weiß. Die Melodie berührt das Herz. Rabenlerche begann zu singen, und bald hoben die Gefangenen stolz die Köpfe und strafften die Schultern. Sie stellten sich in Marschordnung auf, entschlossen, mit Würde dem Tod oder der Sklaverei entgegenzugehen.«

»Ich habe gehört, daß das Lied elfischen Ursprungs ist«, murmelte Alfred, »und daß es aus der Zeit vor der Großen Teilung stammt.«

Hugh zuckte gleichgültig die Achseln. »Wer weiß? Wichtig ist einzig und allein, daß es eine merkwürdige Wirkung auf die Elfen ausübt. Von den ersten paar Tönen an standen sie wie gebannt und starrten vor sich hin. Sie machten den Eindruck von Männern, die in einem Traum befangen sind, nur daß ihre Augen sich bewegten. Einige behaupteten, ›Bilder zu sehen‹.«

Gram errötete, seine Hand umklammerte die Feder.

»Die Gefangenen, die das bemerkten, sangen weiter. Die Bardin kannte den Text sämtlicher Verse. Die meisten der Gefangenen wußten nach dem ersten nicht mehr weiter, aber sie summten mit und fielen kraftvoll in den Refrain ein. Die Waffen sanken den Elfen aus den Händen. Prinz Reesh'ahn lag auf den Knien und weinte. Dann, auf Stephens Befehl, marschierten die Gefangenen davon, so schnell die Füße sie trugen.«

»Es ist Seiner Majestät hoch anzurechnen, daß er nicht Befehl gab, einen wehrlosen Feind abzuschlachten«, warf Alfred ein.

Der Assassine gab einen verächtlichen Laut von sich. »Nach allem, was der König wußte, hätte ein Schwert an der Kehle den Bann vielleicht gebrochen. Unsere Männer waren geschlagen. Sie hatten keinen anderen Wunsch, als diesen unglückseligen Ort zu verlassen. Der König plante, so hat man mir erzählt, sich in eine der nahegelegenen Burgen zurückzuziehen, dort seine Streitmacht neu zu formieren und ein zweites Mal vorzurücken. Doch es war nicht nötig. Als die Elfen wieder zur Besinnung kamen, berichteten die Kundschafter des Königs, glichen sie Männern, die aus einem wundervollen Traum erwacht sind und sich danach sehnen, wieder einzuschlafen. Sie ließen ihre Waffen und ihre Toten liegen, wo sie waren, und kehrten zu ihren Schiffen zurück. Dort angekommen, gaben sie ihre Sklaven frei und segelten heim.«

»Man sagt, das wäre der Beginn der Revolution bei den Elfen gewesen.«

»Durchaus möglich.« Hugh sog gemächlich an der Pfeife. »Der Elfenkönig verkündete, Prinz Reesh'ahn hätte sich seines hohen Standes als unwürdig erwiesen, erklärte ihn für vogelfrei und schickte ihn ins Exil. Seither stiftet Reesh'ahn überall auf Aristagon Unruhe. Man hat natürlich Versuche unternommen, ihn zu fangen, aber bis jetzt ist er ihnen jedesmal durch die Finger geschlüpft.«

»Man sagt auch, daß die Bardin ihn begleitet, die – der Sage nach – so vom Kummer des Prinzen bewegt wurde, daß sie beschloß, ihm zu folgen«, fügte Alfred leise hinzu. »Gemeinsam singen sie das Lied, und wohin sie kommen, finden sie neue Anhänger.« Er lehnte sich zurück, schätzte den Abstand zu dem Baumstamm in seinem Rücken falsch ein und schlug sich den Kopf an.

Gram kicherte und legte rasch die Hand auf den Mund. »Es tut mir leid, Alfred«, sagte er reuevoll. »Ich wollte nicht lachen. Hast du dir weh getan?«

»Nein, Euer Hoheit«, erwiderte Alfred seufzend. »Danke der Nachfrage. Doch jetzt, Hoheit, solltet Ihr schlafen. Wir haben morgen einen langen Tag vor uns.«

Ohne Widerworte stand Gram auf, um seine Decke zu holen. »Wenn ich darf, schlafe ich heute nacht hier«, sagte er. Mit einem schüchternen Blick auf Hugh breitete er seine Decke neben dem Lager des Assassinen aus.

Hugh erhob sich abrupt und ging zum Feuer. Dort schlug er den Pfeifenkopf gegen den Handballen und klopfte die Asche aus. »Revolution.« Er starrte in die Flammen, um das Kind nicht ansehen zu müssen. »Zehn Jahre sind vergangen, und das Tribus Empire ist so stark wie je. Ihr Prinz lebt wie ein gejagter Wolf in den Höhlen der Kirikai Brachen.«

»Die Rebellion hat sie zumindest davon abgehalten, uns unter ihrem Stiefelabsatz zu zertreten«, stellte Alfred fest und wickelte sich in seine Decke. »Wird es Euch auch warm genug sein, so weit vom Feuer entfernt, Euer Hoheit?«

»Aber ja«, antwortete der Junge fröhlich. »Ich liege doch neben Sir Hugh.« Er setzte sich auf, schlang die dünnen Arme um die Knie und blickte fragend zu dem Assassinen auf. »Was habt Ihr in der Schlacht getan . . .?«

». . . Wohin des Wegs, Hauptmann? Mir scheint, die Schlacht findet hinter Euch statt.«

»Was?« Der Hauptmann, der sich allein geglaubt hatte, zuckte beim Klang der Stimme erschreckt zusammen. Er zog sein Schwert, fuhr herum und spähte in den Wald hinein.

Hugh trat mit der Waffe in der Hand hinter einem Baum hervor. Das Schwert des Assassinen war rot von Elfenblut; er selbst hatte in dem erbarmungslosen Gefecht mehrere Wunden davongetragen. Doch er hatte nicht einen Augenblick lang sein Ziel aus den Augen verloren.

Der Hauptmann, der einen Menschen und keinen Elfenkrieger vor sich sah, entspannte sich und senkte grinsend das Schwert, auf dem noch kein Blutfleck zu sehen war. »Meine Jungs sind da hinten.« Er wies mit dem Daumen über die Schulter. »Die werden mit den Bastarden schon aufräumen.«

Hugh starrte mit zusammengekniffenen Augen in die angegebene Richtung. »Eure ›Jungs‹ werden in Stücke gehauen.«

Der Hauptmann zuckte die Schultern und wollte seinen Weg fortsetzen. Hugh ergriff den Schwertarm des Mannes, schüttelte ihm die Waffe aus der Hand und wirbelte ihn herum. Der völlig überrumpelte Hauptmann fluchte laut und schlug mit einer schweren Faust nach dem Angreifer. Dann fühlte er die Dolchspitze an seinem Hals und erstarrte.

»Was soll das?« stammelte er schwitzend und keuchend; die Augen quollen ihm aus den Höhlen.

»Mein Name ist Hugh Mordhand. Und das hier« – er strich ihm mit dem Dolch unter dem Kinn entlang – »senden dir Tom Hales und Henry Goodfellow und Ned Carpenter und die Witwe Tanner und die Witwe Giles . . .« Hugh zählte die Namen auf. Ein Elfenpfeil schlug neben ihnen in einen Baum. Der Assassine zeigte keine Regung, und die Hand mit dem Dolch zuckte nicht.

Der Hauptmann wimmerte und schrie um Hilfe. Doch an jenem Tag gab es viele, die um Hilfe schrien, und es antwortete ihnen niemand. Sein Todesschrei mischte sich mit vielen anderen.

Nach getaner Arbeit entfernte sich Hugh. Vom Kampfplatz tönte Gesang herüber, doch er achtete nicht darauf. Er malte sich die Verwirrung der Kirmönche aus, wenn sie fern vom Schlachtfeld die Leiche des Hauptmanns entdeckten, einen Dolch in der Brust und in der Hand die Botschaft: »Niemals wieder werde ich brave Männer in den Tod schicken ...«

»Sir Hugh!« Die kleine Hand zupfte an seinem Ärmel. »Was habt Ihr in der Schlacht getan?«

»Ich wurde geschickt, um eine Botschaft zu überbringen.«

Kapitel 22

Pitrins Exil, Mittelreich

Anfangs war die Straße, der sie folgten, in gutem Zustand. Viele Leute begegneten ihnen, denn das Innere der Insel war dicht besiedelt, und der Handel blühte. Je weiter sie sich allerdings der Küste näherten, desto schmaler wurde die Straße. Sie war holprig und mit gesplitterten Zweigen und Steinen übersät. Die Hargastbäume – oder Kristallbäume, wie sie auch genannt wurden – wuchsen in dieser Gegend wild und unterschieden sich erheblich von den sorgsam kultivierten, ›zivilisierten‹ Exemplaren auf den Hargastplantagen.

Es gibt kaum einen schöneren Anblick als einen Hain von Hargastbäumen – ihre silberne Rinde schimmert im Sonnenschein, die sorgfältig gestutzten, kristallinen Zweige stoßen mit melodischem Klingeln zusammen. Die Bauern gehen durch die Reihen, stutzen und beschneiden, damit die Bäume nicht zu groß und für den Menschen unbrauchbar werden. Der Hargastbaum hat die Fähigkeit, nicht nur Wasser zu speichern, sondern es in geringen Mengen auch zu produzieren. Wenn die Bäume klein gehalten werden, verbrauchen sie das Wasser nicht, um ihr Wachstum zu fördern, und man kann es ›ernten‹, indem man Zapfhähne in die Rinde schlägt. Ein ausgewachsener Hargastbaum, der bis zu fünfunddreißig Meter hoch werden kann, verbraucht seine Wasservorräte selbst. Die Rinde ist zu dick, um sie anzapfen zu können. Die Zweige und Äste des Baumes erreichen in der Wildnis eine erstaunliche Länge.

Da sie hart und spröde sind, brechen sie leicht ab und zerschellen in einer Wolke tödlicher Kristallsplitter. Ein Hargastwald ist ein gefährlicher Aufenthaltsort; folglich begegneten Hugh und seine Gefährten weniger und weniger Reisenden.

Der Wind frischte auf, wie es in Küstennähe üblich ist; von der Unterseite der Inseln aufsteigende Luftströmungen schlugen wie eine Brandung gegen die zerklüfteten Klippen. Starke Böen wehten die drei Wanderer fast von den Beinen, Bäume knarrten und ächzten, und mehr als einmal hörten sie das klirrende, splitternde Brechen eines herabstürzenden Astes. Alfred wurde zusehends nervöser, suchte den Himmel nach Elfenschiffen und den Wald nach Elfenkriegern ab, obwohl ihm Hugh belustigt versicherte, daß selbst die Elfen sich nicht für diesen wertlosen Teil von Pitrins Exil interessierten.

Es war eine wilde und öde Gegend. Koralitklippen ragten in den Himmel. Die riesigen Hargastbäume neigten sich über die Straße und schlossen mit ihren langen, lederartigen braunen Fadenblättern das Sonnenlicht aus. Das Laub blieb über den Winter an den Bäumen hängen und wurde erst im Frühling abgeworfen, wenn die neuen Blätter wuchsen. Sie nahmen die Feuchtigkeit aus der Luft auf und führten sie dem Baum zu. Es war beinahe Mittag, als Hugh, der mit ungewöhnlicher Sorgfalt jeden Hargastbaum am Straßenrand gemustert hatte, plötzlich stehenblieb.

»He!« rief er Alfred und dem Prinzen hinterher, die müde ein Stück vor ihm einhertrotteten. »Hier entlang.«

Gram drehte sich um und warf ihm einen fragenden Blick zu. Alfred folgte seinem Beispiel – zumindest versuchte er es. Sein Oberkörper schwang bei Hughs Befehl herum, doch seine unteren Extremitäten folgten unverdrossen den früheren Instruktionen. Bevor Alfred endlich seine Körperpartien in Einklang bringen konnte, lag er im Staub der Straße.

Hugh wartete geduldig, bis der Kammerdiener sich aufgerafft hatte.

»Wir verlassen hier die Straße.« Der Assassine deutete auf den Wald.

»Da hinein?« Alfred spähte bestürzt in das Dickicht aus Unterholz und Hargastbäumen, deren Zweige im böigen Wind mit einem unheilverkündenden melodischen Klirren gegeneinanderstießen.

»Ich werde auf dich aufpassen, Alfred«, tröstete Gram ihn, nahm die Hand seines Dieners und drückte sie fest. »Jetzt hast du keine Angst mehr, oder? Ich fürchte mich überhaupt nicht!«

»Vielen Dank, Euer Hoheit«, sagte Alfred gemessen. »Ich fühle mich schon viel besser. Dennoch, wenn mir die Frage erlaubt ist, Sir Hugh, aus welchem Grund ist es notwendig, daß wir diesen Weg einschlagen?«

»Mein Luftschiff liegt dort verborgen.«

Gram riß die Augen auf. »Ein Elfenschiff?«

»Da lang.« Hugh streckte die Hand aus. »Und beeilt euch.« Er schaute die leere Straße hinauf und hinab. »Bevor jemand kommt.«

»O Alfred! Schnell! Schnell!« Der Prinz zerrte an der Hand des Dieners.

»Sehr wohl, Euer Hoheit«, erwiderte Alfred unglücklich. Er setzte den Fuß auf die dicke Schicht aus fauligem Laub neben der Straße. Ein Rascheln ertönte, das Unterholz erbebte und zitterte und Alfred desgleichen. »Was . . . was war das?« japste er und deutete in das Dickicht.

»Geh!« knurrte Hugh und schob Alfred vorwärts.

Der Kammerdiener geriet ins Rutschen und taumelte. Mehr aus Angst davor, kopfüber ins Unbekannte zu stürzen, als aufgrund besonderer Geschicklichkeit vollbrachte Alfred das Kunststück, in dem Gestrüpp auf den Beinen zu bleiben. Der Prinz stapfte hinter ihm her und versetzte den armen Mann in helle Aufregung, weil er unter jedem Ast und Stein Schlangen zu entdecken vorgab. Hugh beobachtete sie, bis das dichte Laub sie seinen Blicken entzog. Dann bückte er sich, hob einen Stein auf und zog einen darunter verborgenen Holzsplitter hervor, den er wieder in die Kerbe einpaßte, die in den Stamm eines der Bäume am Straßenrand eingeschnitten war.

Anschließend folgte er seinen zwei Begleitern in den Wald und hatte nicht die geringste Mühe, sie zu finden; ein wütender Eber im Unterholz hätte kein größeres Getöse veranstalten können.

Hugh, der so leise auftrat wie immer, stand neben ihnen, bevor einer von beiden seine Anwesenheit bemerkt hatte. Um nicht schuld daran zu sein, daß Alfred vor Schreck tot umfiel, räusperte er sich nachdrücklich. Trotz dieser Vorsichtsmaßnahme fuhr

Alfred beinahe aus der Haut und weinte fast vor Erleichterung, als er Hugh erkannte.

»Wo . . . welche Richtung, Sir?«

»Immer geradeaus. Ein paar Schritte weiter gibt es einen Pfad.«

»Ein paar . . . Schritte!« stammelte Alfred. Er deutete mit beiden Händen auf das dicke Gestrüpp, in dem er feststeckte. »Wir werden eine Stunde brauchen, um so weit zu kommen, wenn nicht mehr!«

»Wenn uns nicht etwas zustößt«, sagte Gram mit dumpfer Stimme.

»Sehr amüsant, Euer Hoheit.«

»Wir sind immer noch zu dicht an der Straße, also weiter jetzt«, kommandierte Hugh.

»Sehr wohl, Sir«, murmelte der Kammerdiener.

Sie erreichten den Pfad zwar in weniger als einer Stunde, aber es war tatsächlich eine Strapaze. Die winterlich kahlen Dornenhecken krallten sich an ihnen fest wie die Hände von Untoten, die mit scharfen Nägeln die Kleidung zerfetzten und die Haut bis aufs Blut zerkratzten. Während sie immer weiter in den Wald eindrangen, hörten die drei sehr deutlich das leise, zirpende Singen des Windes, der durch die Hargastbäume strich. Es klang, als würde jemand mit der angefeuchteten Fingerkuppe über den Rand eines Kristallglases reiben, und auf Dauer zerrte es an den Nerven.

»Niemand, der recht bei Verstand ist, würde sich an diesem verfluchten Ort herumtreiben!« brummte Alfred und blickte schaudernd an den Bäumen hinauf.

»Genau«, antwortete Hugh und machte sich nach einer kurzen Verschnaufpause wieder daran, einen Pfad durch das Unterholz zu bahnen.

Alfred ging vor dem Prinzen und hielt die dornigen Ranken beiseite, damit Gram unbehelligt vorbeigehen konnte. Das Gestrüpp war allerdings so dicht, daß Alfred bald kapitulieren mußte. Gram ertrug die zerkratzten Wangen und zerstochenen Hände ohne Klage.

Wie tapfer wird er den Schmerz des Sterbens ertragen?

Die Frage ging Hugh ungebeten durch den Sinn, und er zwang sich zu einer Antwort. So tapfer wie andere Kinder, die ich gesehen habe. Es ist besser, jung zu sterben, wie die Kirmönche sagen.

Warum sollte das Leben eines Kindes mehr wert sein als das eines Erwachsenen? Eigentlich zählt es weniger, denn ein Erwachsener arbeitet für die Gemeinschaft, und ein Kind ist ein Parasit. Es ist reiner Instinkt, überlegte Hugh. Wie die Tiere handeln wir blind nach dem Bedürfnis, unsere Art zu erhalten. Das hier ist nichts weiter als ein neuer Auftrag. Die Tatsache, daß es um ein Kind geht, darf nichts, *wird* nichts ausmachen!

Das Dornengestrüpp endete schließlich mit einer Plötzlichkeit, auf die Alfred offensichtlich nicht vorbereitet war. Als Hugh ihn erreichte, lag der Kammerdiener bäuchlings auf dem von Hugh angekündigten Pfad.

»Welche Richtung? Da lang, stimmt's?« rief Gram, der aufgeregt um Alfred herumtanzte. Der schmale Weg führte nur in eine Richtung, und der Prinz stürmte los, bevor Hugh Gelegenheit hatte, seine Frage zu beantworten.

Der Assassine öffnete den Mund, um ihn zurückzurufen, dann schloß er ihn wieder.

»O guter Herr, sollten wir ihn nicht aufhalten?« fragte Alfred ängstlich, während Hugh neben ihm wartete, daß er sich endlich vom Boden aufplagte.

Der Wind auf dem Pfad zerrte an Haaren und Kleidern; Koralitstaub und Rindenstücke von den Bäumen wurden den Männern ins Gesicht gewirbelt. Blätter flogen raschelnd um ihre Füße, und die kristallumhüllten Zweige wiegten sich über ihren Köpfen. Hugh starrte mit zusammengekniffenen Augen durch den feinen Staubschleier den Pfad entlang und sah in ziemlicher Entfernung den Jungen laufen.

»Ihm passiert schon nichts. Der Weg führt geradewegs zum Schiff. Es ist auch nicht mehr weit.«

»Aber ... Meuchelmörder?«

Der Junge flieht vor der einzigen wirklichen Gefahr, die ihn bedroht, dachte Hugh. Soll er laufen. Laut sagte er: »In diesen Wäldern treibt sich außer uns niemand herum. Ich würde die Spuren gesehen haben.«

»Wenn es Euch nichts ausmacht, Sir, Seine Hoheit wurde *mir* anvertraut.« Alfred entfernte sich mit kleinen Schritten. »Ich will doch lieber . . .«

»Schon gut.« Hugh winkte ab.

Lächelnd und mit dankbarem Kopfnicken machte Alfred kehrt und fiel in einen schwerfälligen Trab. Mordhand rechnete damit, ihn gleichzeitig auf den Bauch fallen zu sehen, doch Alfred brachte es fertig, seine Füße in dieselbe Richtung zu bewegen, in die seine Nase zeigte. Mit schwingenden Armen und wedelnden Händen verschwand er um eine Biegung.

Hugh blieb zurück, verlangsamte absichtlich seinen Schritt, blieb stehen und wartete auf etwas Ungewisses und Ungreifbares. Es war dasselbe Gefühl wie bei einem heraufziehenden Unwetter – eine Spannung, ein Prickeln auf der Haut. Doch jetzt lag kein Geruch nach Regen in der Luft. An der Küste ging immer ein starker Wind . . .

Das Krachen, das die Luft durchschnitt, war so laut, daß Hugh erst an eine Explosion glaubte und dann daran, daß Elfen sein Schiff entdeckt hatten. Der abrupt verstummende Schmerzensschrei verriet Hugh, was tatsächlich passiert war.

Er empfand ein überwältigendes Gefühl der Erleichterung.

»Hilfe, Sir Hugh! Hilfe!« Alfreds Stimme war gegen den Wind kaum zu hören. »Ein Baum! Ein Baum . . . gestürzt . . . mein Prinz!«

Kein Baum, dachte Hugh. Ein Zweig. Oder, nach dem Geräusch zu urteilen, ein starker Ast. Vom Wind abgeknickt und auf dem Boden zerschellt. Er hatte das schon mehrmals in diesem Wald erlebt und war selbst oft nur um Haaresbreite davongekommen.

Er ging langsam weiter. Es war, als würde der schwarze Mönch an seiner Seite ihm beschwichtigend die Hand auf die Schulter legen und flüstern: »Es besteht kein Grund zur Eile.« Die Splitter von Hargastbäumen waren scharf und tödlich wie Pfeilspitzen. Wenn Gram noch lebte, dann nicht mehr lange. Es gab Pflanzen in diesem Wald, die den Schmerz betäubten; der Junge würde einschlafen und, ohne daß Alfred es merkte oder auch nur ahnte, in einen leichten Tod hinüberschlummern.

Alfreds Hilferufe waren verstummt. Vielleicht hatte er begriffen, wie vergeblich sie waren. Vielleicht hatte er entdeckt, daß der Prinz bereits tot war. Sie würden den Leichnam nach Aristagon bringen und dort zurücklassen, wie König Stephen es gewünscht hatte. Dann konnte er verbreiten, daß der Junge von den Elfen grausam gefoltert worden war, bevor sie ihn töteten, und den Zorn über diese ungeheuerliche Tat noch weiter schüren. Und König Stephen würde seinen Krieg bekommen.

All das betrachtete Hugh nicht als seine Angelegenheit. Er hatte vor, den tolpatschigen Alfred als Helfer mitzunehmen und ihm gleichzeitig die dunklen Machenschaften zu entlocken, an denen er zweifellos beteiligt war. Dann, mit Alfred im Schlepptau, wollte er von einem sicheren Versteck aus mit dem König verhandeln und fordern, daß sein Lohn verdoppelt wurde. Er . . .

Hugh kam um die Biegung und sah, daß Alfred nicht ganz unrecht gehabt hatte, als er rief, ein Baum wäre umgestürzt. Ein mächtiger Ast war abgebrochen und hatte den Stamm des alten Hargast gespalten. Als Hugh näher kam, konnte er im Innern des halbierten Stumpfs die Gänge der Insekten erkennen, die den ehrwürdigen Riesen auf dem Gewissen hatten.

Obwohl der Ast auf dem Boden lag, ragten die unbeschädigt gebliebenen Zweige hoch über Hugh auf. Die Zweige an der Unterseite waren beim Aufprall zersplittert und hatten beträchtliche Verwüstungen angerichtet; der Pfad lag unter den kristallinen Trümmern begraben. Der aufgewirbelte Staub hing immer noch in der Luft. Hugh suchte zwischen den Zweigen, konnte aber nichts finden. Er kletterte über den zersplitterten Stamm. Als er auf der anderen Seite ankam, blieb er stehen und glaubte seinen Augen nicht zu trauen.

Der Junge, der eigentlich tot sein sollte, saß auf dem Boden, rieb sich den Kopf und machte einen verstörten, aber sehr lebendigen Eindruck. Seine Kleidung war zerknittert und schmutzig, aber so hatte sie schon am zweiten Morgen ihrer Reise ausgesehen. Hugh musterte den Jungen eingehend, ohne in seinem Haar Blätter oder Rindenstückchen entdecken zu können. Blut klebte lediglich an seiner Brust und an seinem zerrissenen Hemd. Mordhand betrachtete den zersplitterten Stamm und maß anschließend mit den Blicken die Entfernungen. Gram saß akkurat dort, wo der Ast heruntergekommen sein mußte. Er war umgeben von den scharfen, tödlichen Splittern.

Und doch war er nicht tot.

»Alfred?« rief Hugh.

Der Kammerdiener kauerte nicht weit von dem Jungen entfernt auf dem Boden, wandte dem Assassinen den Rücken zu und war eifrig mit etwas beschäftigt, was Hugh nicht sehen konnte. Bei dem Klang der Stimme ging ein Ruck durch Alfreds Körper; er schnellte in die Höhe, als hätte jemand ein Seil an seinem Hemdkragen befestigt und daran gezogen. Jetzt konnte Hugh erkennen, womit der Diener beschäftigt gewesen war. Er hatte einen Schnitt an seiner Hand verbunden.

»O Sir, ich bin so dankbar, daß Ihr hier . . .«

»Was ist passiert?« verlangte Hugh zu wissen.

»Prinz Gram hat besonders großes Glück gehabt, Sir. Eine furchtbare Tragödie ist uns erspart geblieben. Dieser Ast kam herabgestürzt und hat Seine Hoheit nur um Haaresbreite verfehlt.«

Hugh, der Gram nicht aus den Augen gelassen hatte, bemerkte den verwirrten Blick, den der Junge dem Kammerherrn zuwarf. Alfred sah ihn nicht – er starrte wie gebannt auf seine verletzte Hand. Er hatte ohne großen Erfolg versucht, die Wunde mit einem Stoffetzen zu verbinden.

»Ich hörte den Jungen schreien«, sagte Hugh.

»Vor Schreck, Sir«, erklärte Alfred. »Ich lief . . .«

»Ist er verletzt?« Hugh betrachtete Gram unter gesenkten Brauen und deutete mit dem Kinn auf das Blut an der Brust des Kindes und auf seinem Hemd.

Gram schaute an sich hinab. »Nein, ich . . .«

»Mein Blut, Sir«, wurde er von Alfred unterbrochen. »Ich wollte Seiner Hoheit zur Hilfe kommen, fiel hin und schnitt mir die Hand auf.«

Alfred untersuchte den Schnitt. Er war tief. Blut tropfte auf die geborstenen Überreste des Baumstamms. Hugh behielt den Prinzen im Auge, weil seine Reaktion auf Alfreds Behauptung ihn interessierte. Er sah, wie der Junge ratlos seine Brust betrachtete. Hugh folgte seinem Blick, konnte aber nichts weiter entdecken als einen verschmierten Blutfleck.

War es ein Blutfleck? Hugh beugte sich vor, um genauer hinzusehen, aber genau in diesem Moment begann Alfred zu schwanken und sank mit einem Seufzer zu Boden. Hugh stieß den Kammerdiener mit der Stiefelspitze an, doch er wußte ohnehin Bescheid. Alfred war wieder einmal in Ohnmacht gefallen.

Als Hugh aufschaute, versuchte Gram soeben, sich mit dem Hemdzipfel das Blut abzuwischen. Nun, was immer es da gegeben hatte, jetzt war es fort. Ohne den besinnungslosen Alfred weiter zu beachten, wandte Hugh sich an den Prinzen.

»Was hat sich wirklich zugetragen, Hoheit?«

Gram blickte aus verstörten Augen zu ihm auf. »Ich weiß es nicht, Sir Hugh. Ich erinnere mich an ein lautes Krachen und dann ...« Er zuckte die Schultern. »... nichts mehr.«

»Der Ast ist auf Euch herabgestürzt?«

»Ich weiß es nicht. Ehrlich.«

Gram erhob sich vorsichtig aus den scharfen Glassplittern, schüttelte seine Kleidung aus und ging zu Alfred, um ihm zu helfen.

Hugh zerrte den schlaffen Körper des Kammerdieners vom Pfad herunter und lehnte ihn gegen einen Baumstamm. Ein paar leichte Schläge auf die Wangen, und er kam wieder zu sich.

»Es tut ... es tut mir außerordentlich leid, Sir«, murmelte Alfred, versuchte aufzustehen und schaffte es nicht. »Der Anblick von Blut, Sir. Ich konnte nie den Anblick von ...«

»Dann schau nicht hin!« schnauzte Hugh. Alfred hatte nur einen kurzen Blick auf seine Hand geworfen, und schon verdrehte er wieder die Augen.

»Nein, Sir. Bestimmt nicht.« Der Kammerdiener kniff die Augen fest zusammen.

Hugh kniete sich neben ihn, um die Wunde zu verbinden, und hatte so Gelegenheit, sie sich genau anzusehen. Es war ein sauberer, tiefer Schnitt.

»Wie ist das passiert?«

»Ein scharfes Stück Rinde, nehme ich an, Sir.«

Unsinn. In dem Fall wären die Wundränder zackiger gewesen. Das hier stammte von einem scharfen Messer ...

Irgendwo knackte es wieder, gefolgt von einem krachenden Geräusch.

»Heiliger Sartan! Was war das?« Alfred riß die Augen auf; er zitterte so sehr, daß Hugh seine Hand nehmen und festhalten mußte, um den Verband anlegen zu können.

»Nichts«, schnappte Hugh. Er war vollkommen perplex, und das behagte ihm nicht, ebensowenig wie ihm das Gefühl der Erleichterung gefiel, daß er den Prinzen nicht töten mußte. An diesem Auftrag stimmte so manches nicht. Dieser Ast war so sicher auf Gram herabgestürzt, wie Regen vom Himmel fällt. Der Prinz mußte von Rechts wegen tot sein.

Was zum Teufel ging hier vor sich?

Mit einem verärgerten Ruck zog der Assassine den Verband straff. Je schneller er sich den Bengel vom Hals schaffte, desto besser. Jedes Widerstreben, das er noch vor kurzem bei dem Gedanken empfunden hatte, ein Kind zu ermorden, verschwand.

»Autsch!« entfuhr es Alfred. »Vielen Dank, Sir«, fügte er demütig hinzu.

»Auf jetzt. Es ist nicht mehr weit zum Schiff«, befahl Hugh.

Schweigend und ohne sich gegenseitig anzuschauen, setzten die drei ihren Weg fort.

Kapitel 23

Pitrins Exil, Mittelreich

»Ist es das?« Der Prinz griff nach Hughs Arm und zeigte auf den Drachenkopf, der über dem Laubdach schwebte. Der Rumpf des Schiffes wurde von den hohen Hargastbäumen verdeckt.

»Das ist es«, bestätigte Hugh.

Der Junge vergaß alles um sich herum. Hugh mußte ihm einen Schubs geben, damit er sich wieder in Bewegung setzte.

Es war nicht wirklich der Kopf eines Drachen, nur ein geschnitztes und bemaltes Ebenbild. Doch alle Handwerker bei den Elfen sind wahre Künstler, und der Kopf wirkte echter und erheblich furchteinflößender als mancher lebendige Drache. Er war ungefähr lebensgroß, denn Hughs Schiff war ein Einmannsegler für Fahrten zwischen den Inseln und Kontinenten des Mittelreichs. Die Galionen der gigantischen Luftschiffe, mit denen die Elfen in die Schlacht zogen oder in den Mahlstrom hinabtauchten, waren so riesig, daß ein Zweimetermann in einen der aufgerissenen Rachen hineinspazieren konnte, ohne sich ducken zu müssen.

Der Drachenkopf war schwarz angemalt, mit roten Augen und weißen, gefletschten Zähnen. Wie er so über ihnen aufragte und grimmig in die Ferne starrte, wirkte er dermaßen bedrohlich, daß nicht nur Gram, sondern auch Alfred kaum den Blick abwenden mochten.

Der schmale Pfad, dem sie durch den Wald gefolgt waren, führte sie durch einen natürlichen Einschnitt in den Felsen. Als sie auf der anderen Seite herauskamen, standen sie in einem kleinen Tal. Hier war von dem Wind kaum etwas zu merken, die Felswände hielten ihn ab. In der Mitte schwebte das Drachenschiff; Kopf und Schweif ragten über die Klippen hinaus, den Rumpf hielten dicke Taue, die an den Bäumen im Tal festgemacht waren. Gram seufzte entzückt, und Alfred ließ den Rucksack des Prinzen achtlos aus der Hand gleiten.

Schlank und anmutig wölbte sich der Hals des Drachen mit der stachligen Mähne, die sowohl als Schmuck wie auch praktischen Zwecken diente, über dem Schiffsrumpf, der seinen Körper darstellte. Die Spätnachmittagssonne spiegelte sich auf glänzenden schwarzen Schuppen und funkelte in den roten Augen.

»Es sieht aus wie ein echter Drache!« sagte Gram hingerissen. »Nur noch gefährlicher.«

»Es soll wohl wie ein echter Drache aussehen, Eure Hoheit«, bemerkte Alfred mit ungewohnter Strenge. »Es ist aus der Haut echter Drachen gefertigt, und die Flügel sind die Flügel echter Drachen, die von den Elfen getötet wurden.«

»Flügel? Wo sind die Flügel?« Gram legte den Kopf in den Nacken und wäre beinahe gestürzt.

»Sie sind an den Rumpf gefaltet. Ihr könnt sie jetzt nicht sehen, erst wenn wir abfliegen.« Hugh drängte zur Eile. »Schnell jetzt. Ich will noch heute von hier verschwinden, und es gibt vorher eine Menge zu tun.«

»Was hält es dann in der Luft, wenn nicht die Flügel?« fragte Gram.

»Magie«, knurrte Hugh. »Jetzt aber los!«

Der Prinz gehorchte und blieb nur einmal stehen, um hochzuspringen und eine der Spannschnüre zu greifen. Als es ihm nicht gelang, hüpfte er bis zum Schiff, stellte sich hin und starrte in die Höhe, bis ihm schwindlig wurde.

»Das ist also der Grund, weshalb Ihr so gut über die Elfen Bescheid wißt«, sagte Alfred mit gedämpfter Stimme.

Hugh warf ihm einen raschen Blick zu, aber der Gesichtsausdruck des Kammerdieners war mild und sanft wie immer und ein wenig besorgt.

»Ja«, nickte der Assassine. »Die Zaubersprüche müssen einmal in jedem Zyklus erneuert werden, und außerdem fallen immer kleinere Reparaturen an. Ein Riß im Flügel, oder manchmal löst sich die Haut vom Rahmen.«

»Wo habt Ihr gelernt, so ein Schiff zu fliegen? Ich habe gehört, daß es großes Geschick erfordert.«

»Ich war drei Jahre Sklave auf einem Wasserschiff.«

»Heiliger Sartan!« Alfred blieb stehen und starrte ihn an.

Hugh warf ihm einen gereizten Blick zu, der Kammerdiener besann sich und ging weiter.

»Drei Jahre! Ich habe nie von jemandem gehört, der auf einem Wasserschiff so lange überlebt hat! Und trotzdem macht Ihr Geschäfte mit ihnen? Ich hätte angenommen, Ihr würdet sie hassen!«

»Und was würde der Haß mir nützen? Die Elfen taten, was sie tun mußten. Ich lernte ihre Schiffe zu segeln. Ich lernte ihre Sprache. Nein, nach meiner Erfahrung kostet Haß einen Mann im allgemeinen mehr, als er sich leisten kann.«

»Und was ist mit Liebe?« fragte Alfred leise.

Hugh machte sich nicht die Mühe, darauf zu antworten.

»Warum ein Schiff?« Der Kammerdiener hielt es für geraten, das Thema zu wechseln. »Warum das Risiko? Die Bevölkerung auf Volkaran würde Euch in Stücke reißen, wenn sie es wüßte. Wäre ein Drache für Eure Bedürfnisse nicht ebenso geeignet?«

»Drachen ermüden. Man muß sie ausruhen lassen, sie füttern. Sie können verwundet werden, erkranken, sterben. Dann besteht immer noch die Möglichkeit, daß die Beschwörungen unwirksam werden und man sich plötzlich gegen das Biest zur Wehr setzen muß, wenn es hysterisch wird. Mit diesem Schiff ist alles viel einfacher. Die Zaubersprüche halten einen Zyklus. Wird es beschädigt, lasse ich es reparieren. Wenn ich vorschriftsmäßig damit umgehe, funktioniert es vorschriftsmäßig. Ich habe es unter Kontrolle.«

»Und darauf kommt es an, nicht wahr?« sagte Alfred, aber nur zu sich selbst.

Der Kammerdiener hätte sich die Vorsicht sparen können. Hughs Aufmerksamkeit galt einzig und allein dem Schiff. Er wechselte unter dem Rumpf von einer Seite auf die andere und inspizierte mit bedächtiger Sorgfalt jedes einzelne Teil zwischen Kopf und Schwanz (Bug und Heck). Gram trabte hinter ihm her und stellte pausenlos Fragen.

»Wozu dient das Tau? Warum? Wie funktioniert es? Warum steigen wir nicht ein und fliegen weg? Warum tut Ihr das alles?«

»Wenn, Euer Hoheit, wir dort oben entdeckten« – Hugh wies zum Himmel – »daß etwas an dem Schiff beschädigt ist, hätte es keinen Sinn mehr, es zu reparieren.«

»Warum nicht?«

»Wir wären tot.«

Gram verstummte einen Moment, dann hatte er den Schreck überwunden. »Wie heißt es? Ich kann die Buchstaben nicht erkennen. Him ... Himmels ...«

»Himmelsstürmer.«

»Wie lang ist es?«

»Siebzehn Schritte.« Hugh musterte prüfend die Drachenhaut, die den Rumpf überzog. Die schwarzblauen Schuppen schillerten in allen Regenbogenfarben, wenn das Sonnenlicht sie traf. Er schritt die gesamte Länge des Kiels ab, erst auf der einen, dann auf der anderen Seite, und vergewisserte sich, daß keine Schuppe fehlte.

Wieder am Bug angekommen, den aufgeregten Jungen auf den Fersen, betrachtete er eingehend zwei große Kristallscheiben, die in die ›Brust‹ des Drachen eingesetzt waren. Die Schiffsbauer hatten es so eingerichtet, daß sie aussahen wie die Brustplatten im Schuppenpanzer eines lebenden Drachen, aber es waren Fenster. Hugh entdeckte Kratzer an einer der Scheiben und runzelte die Stirn. Vermutlich war ein Ast abgebrochen und dagegengeschlagen.

»Was liegt dahinter?« fragte Gram, dem nicht entgangen war, daß Hugh diesen Scheiben besondere Aufmerksamkeit widmete.

»Die Steuerkanzel. Da sitzt der Pilot.«

»Darf ich da auch mal hinein? Werdet Ihr mich fliegen lehren?«

»Es bedarf monatelanger Studien, um diese Kunst zu erlernen«, erwiderte Alfred, der bemerkte, daß Hugh zu beschäftigt war, um zu antworten. »Und nicht nur das – der Pilot muß stark sein, denn das Bedienen der Flügel erfordert beträchtliche Körperkraft.«

»Monate?« Grams Mundwinkel sanken enttäuscht herab. »Aber

was gibt es denn zu lernen? Man geht einfach an Bord und« – er wedelte mit der Hand – »fliegt.«

»Man muß wissen, wie man es anstellt, sich dort oben zurechtzufinden und nicht sein Ziel zu verfehlen, Euer Hoheit«, erläuterte der Kammerdiener. »Im tiefen Himmel, habe ich gehört, gibt es keine Landmarken und keine Orientierungspunkte. Manchmal ist es schwierig, oben von unten zu unterscheiden. Man muß die Navigationsinstrumente an Bord zu benutzen verstehen und sich mit den Himmelspfaden und Luftwegen auskennen . . .«

»Das lernt sich schnell. Ich werde es Euch beibringen«, sagte Hugh, der die Enttäuschung des Jungen bemerkte.

Sofort strahlte der Prinz wieder. Er spielte mit dem Federamulett, während er sich Hugh an die Fersen heftete, der am Rumpf entlangwanderte und die Nähte überprüfte, wo Metall und Verstrebungen mit dem Epsolkiel* verbunden waren. Nirgends waren Risse zu sehen – Hugh hatte es nicht anders erwartet. Er war ein tüchtiger und vorsichtiger Pilot. Er hatte aus nächster Nähe miterlebt, was leichtsinnigen Schiffsführern passierte.

Er ging weiter zum Heck. Der Rumpf wölbte sich anmutig empor und bildete das Achterdeck. Ein einzelner Drachenflügel – das Ruder – war am Heck befestigt. Taue schwangen träge im Wind. Hugh packte eins davon und schwang sich auf die untere Rippe des Ruders. Dann kletterte er an dem Tau empor.

»Ich will mitkommen! Bitte!« Gram sprang nach dem Tau und wedelte mit den Armen, als wollte er sich ohne Hilfe in die Luft erheben.

»Nein, Euer Hoheit!« sagte ein bleicher Alfred, legte dem Jungen die Hand auf die Schulter und hielt ihn fest. »Wir werden leider noch früh genug da hinauf müssen. Laßt Sir Hugh seine Arbeit tun.«

* Epsolbäume wachsen in den Wäldern von Aristagon und auf einigen Inseln in den Tribusmarschen und können eine Höhe von mehr als hundert Metern erreichen. Die Bäume sind insofern mit den Hargast verwandt, als sie zu derselben Klasse metallisch-organischer Pflanzen gehören, die die natürlichen Mineralien aus dem Boden aufnehmen und durch chemothermische Prozesse ihr Wachstum steuern. Im Unterschied zu den Hargast lassen sie sich biegen; die Stämme sind außerdem kerzengerade, rund und in der Mitte hohl. Dieser Eigenschaften wegen eignen sie sich ausgezeichnet für den Bau von Luftschiffen.

»Na gut«, meinte Gram besänftigt. »Sag, Alfred, warum gehen wir nicht und sammeln ein paar Beeren für unterwegs?«

»Beeren, Euer Hoheit?« fragte Alfred und schaute verdutzt auf seinen Schützling hinab. »Was für Beeren denn?«

»Einfach . . . Beeren. Als Nachtisch zum Abendessen. Ich weiß, daß sie in solchen Wäldern wachsen. Drogle hat es mir erzählt.« Der Junge machte große Augen – wie immer, wenn er etwas vorschlug; in der Sonne leuchtete die Iris strahlend blau. Seine Hand spielte mit dem Federamulett.

»Ein Stallbursche ist schwerlich der passende Spielgefährte für Euer Hoheit«, tadelte Alfred. Er warf einen Blick auf die verlockenden Seile, leicht erreichbar an den Bäumen vertäut und scheinbar eigens dazu gedacht, daß kleine Jungen daran herumturnten. »Also gut, Euer Hoheit, ich werde mit Euch Beeren suchen gehen.«

»Entfernt euch nicht zu weit«, warnte Hugh von oben. »Bestimmt nicht, Sir«, erwiderte Alfred mit Leidensmiene.

Die beiden zogen los – der Kammerdiener rutschte in Gräben und prallte gegen Bäume, der Junge stürmte in die Büsche und verlor sich in dem dichten Unterholz.

»Beeren«, murmelte der Assassine kopfschüttelnd.

Dankbar, daß man ihn in Ruhe ließ, konzentrierte er sich auf sein Schiff. Er griff nach der Reling und schwang sich aufs Oberdeck. Offene Beplankung – die Planken waren im Abstand von ungefähr einem Meter gelegt – machte das Begehen möglich, aber nicht einfach. Hugh, der daran gewöhnt war, hatte keine Schwierigkeiten, aber er nahm sich vor, daran zu denken, den tolpatschigen Alfred nicht mit hinaufzunehmen. Unter den Planken verliefen verwirrend viele und kaum auseinanderzuhaltende Steuerseile. Hugh legte sich bäuchlings auf das Deck und überprüfte die Seile auf mögliche Schäden und Schwachstellen.

Er nahm sich Zeit. Eine hastig und flüchtig durchgeführte Inspektion konnte zur Folge haben, daß in der Luft ein Flügelseil riß und das Schiff sich nicht mehr steuern ließ. Bald nachdem er seine Arbeit beendet hatte, kehrten Gram und Alfred zurück. Nach dem fröhlichen Geplapper des Jungen zu urteilen, war die Beerensuche erfolgreich verlaufen.

»Können wir jetzt hinaufkommen?« rief Gram von unten.

Hugh trat mit dem Fuß gegen eine an Deck liegende Seilrolle. Sie fiel über den Rand und entrollte sich an der Bordwand zu einer Strickleiter, die fast bis zum Boden reichte. Der Junge kletterte begeistert hinauf. Alfred beäugte sie schicksalsergeben und verkündete dann die Absicht, vorläufig unten zu bleiben und das Gepäck zu bewachen.

»Das ist wunderbar!« sagte Gram, krabbelte über die Reling und wäre fast zwischen die Planken gefallen. Hugh stellte ihn auf die Füße.

»Bleibt da stehen und rührt Euch nicht«, befahl der Assassine.

Gram beugte sich über die Reling und betrachtete den Schiffsrumpf. »Wozu ist das lange Stück Holz da unten gut...? O ich weiß! Das sind die Flügel, stimmt's?« rief er mit vor Aufregung schriller Stimme.

»Das ist der Mast«, erklärte Hugh und musterte ihn kritisch. »Es gibt zwei davon, die mit dem Hauptmast dort« – er streckte die Hand aus – »am Vorderdeck verbunden sind.«

»Sehen sie aus wie Drachenflügel? Bewegen sie sich auf und nieder?«

»Nein, Hoheit. Wenn sie ausgebreitet sind, haben sie Ähnlichkeit mit Fledermausflügeln. Es ist die Zauberkraft, die das Schiff in der Luft hält. Tretet einen Schritt beiseite. Ich löse jetzt den Mast, dann könnt Ihr es sehen.«

Der Mast schwang nach außen und zog den Drachenflügel mit sich. Hugh sorgte mit Hilfe der Seilzüge dafür, daß er sich nicht zu weit entfaltete, dann wäre die Magie aktiviert worden und sie hätten vorzeitig abgehoben. Er schwenkte auch den Mast an der Backbordseite aus, vergewisserte sich, daß der Mittschiffsmast frei beweglich war und daß alles einwandfrei funktionierte. Dann lehnte er sich über die Reling.

»Alfred, ich lasse dir ein Seil für das Gepäck herunter. Binde die Rucksäcke daran fest. Wenn du damit fertig bist, mach die Halteleinen los. Das Schiff wird etwas höher steigen, aber keine Sorge. Es hebt nicht ab, bevor die Seitenflügel ausgebreitet sind und der Mittschiffsmast sich aufgerichtet hat. Wenn alle Leinen los sind, dann komm herauf.«

»Da hinauf!« Alfred starrte entsetzt auf die im Wind schwingende Strickleiter.

»Außer du kannst fliegen«, bemerkte Hugh und warf das Tau über Bord.

Der Kammerdiener befestigte es an den Bündeln und gab mit einem Ruck am Tau das Zeichen, daß er fertig war. Hugh zog das Bündel an Bord. Einen der Rucksäcke drückte er Gram in die Hand und winkte ihm mitzukommen. Am Heck angelangt, öffnete er eine Luke und kletterte eine stabile Holzleiter hinunter; Gram folgte ihm vergnügt.

Sie befanden sich in einem schmalen Gang unter dem Oberdeck, der die Quartiere, die Laderäume und die im Achterdeck untergebrachte Kabine des Piloten miteinander verband. Es war dunkel nach der Helligkeit draußen, und beide blieben stehen, bis sich ihre Augen umgewöhnt hatten.

Hugh spürte, wie eine kleine Hand sich in die seine schob.

»Ich kann gar nicht glauben, daß ich wirklich mitfliegen darf! Wißt Ihr, Sir Hugh«, fügte Gram mit heiterem Ernst hinzu, »wenn ich erst in einem Drachenschiff geflogen bin, habe ich in meinem Leben alles getan, was ich tun wollte. Ich glaube wirklich, ich könnte anschließend ganz zufrieden sterben.«

Ein krampfhafter Schmerz in der Brust schnürte Hugh fast die Luft ab. Er konnte nicht atmen, endlose Momente konnte er nichts sehen; schuld daran war nicht die Dunkelheit im Innern des Schiffs. Es war Angst, sagte er zu sich selbst. Angst, von dem Kind durchschaut worden zu sein. Er schüttelte den Kopf, um sich von dem dunklen Schleier vor seinen Augen zu befreien, wandte sich dem Jungen zu und betrachtete ihn durchdringend.

Doch Gram schaute mit unschuldiger Zuneigung zu ihm auf, ohne jede Spur von Verschlagenheit oder Verstellung. Hugh befreite mit einem heftigen Ruck seine Hand aus dem Griff des Jungen.

»Das ist die Kabine, in der Ihr schlafen werdet«, sagte er. »Bringt Euren und Alfreds Rucksack hinein.« Vom Oberdeck war ein Poltern zu hören. »Alfred? Komm herunter und kümmere dich um Seine Hoheit. Ich habe zu arbeiten.«

»Sehr wohl, Sir«, ertönte die leidende Antwort. Alfred kam die

Leiter heruntergerutscht und landete als Häufchen Elend auf dem Boden.

Hugh machte auf dem Absatz kehrt und drängte sich an Alfred vorbei, ohne ein Wort zu sagen.

»Gütiger Sartan«, meinte der Kammerdiener, der sich an die Wand drücken mußte, um nicht überrannt zu werden. Er starrte hinter dem Assassinen her und drehte sich dann zu Gram herum. »Habt Ihr etwas gesagt oder getan, das ihn erzürnt hat, Euer Hoheit?«

»Aber nein, Alfred«, versicherte der Junge. Er griff nach der Hand des Kammerdieners. »Wo hast du die Beeren hingetan?«

»Kann ich hereinkommen?«

»Nein. Bleib in der Tür stehen«, befahl Hugh.

Gram spähte in die Kanzel hinein, und seine Augen weiteten sich vor Staunen. Dann kicherte er. »Es sieht aus, als wärt Ihr in einem riesigen Spinnennetz gefangen! Wohin führen all diese Leinen? Und warum tragt Ihr dieses merkwürdige Gebilde?«

Das ›merkwürdige Gebilde‹, das Hugh anlegte, ähnelte einem ledernen Brustpanzer, bis auf die zahlreichen daran befestigten Seile. Sie führten in verschiedenen Richtungen zu einem komplizierten System von Flaschenzügen unter der Decke.

»In meinem ganzen Leben habe ich nicht so viel Holz zu Gesicht bekommen!« drang Alfreds Stimme aus dem Gang in die Kanzel. »Nicht einmal im königlichen Palast. Allein deswegen muß das Schiff sein Gewicht in Barls wert sein. Euer Hoheit, bleibt bitte stehen, wie es Euch gesagt wurde. Und berührt die Leinen nicht.«

»Kann ich nicht hinübergehen und aus den Fenstern schauen? Bitte, Alfred. Ich werde auch bestimmt gut aufpassen.«

»Nein, Hoheit«, sagte Hugh. »Wenn eins dieser Kabel sich um Euren Hals wickelt, bricht es Euch das Genick.«

»Ihr könnt auch von hier aus genug sehen«, meinte Alfred, der etwas bleich um die Nase war. Das Festland lag tief unter ihnen. Alles, was man sehen konnte, waren die Baumwipfel und eine Koralitklippe.

Nachdem er den Lederharnisch umgeschnallt hatte, setzte Hugh sich auf einen hölzernen Stuhl, der mitten in der Kanzel stand. Der Stuhl ließ sich nach links und rechts drehen und ermöglichte dem Piloten ein ungehindertes Manövrieren. Vor dem Stuhl ragte ein langer Metallhebel aus dem Boden.

»Warum müßt Ihr das Ding tragen?« wollte Gram wissen und starrte auf den Harnisch.

»Auf diese Weise sind die Leinen stets in Reichweite und können sich nicht verwirren; außerdem weiß ich immer, welches Kabel wohin führt.« Hugh stieß mit dem Fuß gegen den Hebel. Mehrere laute Schläge hallten durch das Schiff. Die Leinen sausten durch die Flaschenzüge und strafften sich ruckartig. Hugh zog an einigen Kabeln an seinem Lederharnisch. Man hörte Knirschen und Poltern, ein Beben durchlief das Schiff, und dann konnten sie fühlen, wie es sich langsam unter ihren Füßen hob.

»Die Flügel entfalten sich«, erklärte Hugh. »Der Zauber beginnt zu wirken.«

Ein Kugelsextant aus Kristall, unmittelbar über dem Kopf des Piloten, leuchtete auf und verströmte ein sanftes blaues Licht. Symbole wurden im Innern der Kristallkugel sichtbar. Hugh zog stärker an den Leinen, und plötzlich wanderten die Baumwipfel und die Hügelflanke zum unteren Fensterrand. Das Schiff stieg.

Alfred rang nach Atem. Er verlor das Gleichgewicht, taumelte zurück und suchte an der Reling Halt. Gram hüpfte aufgeregt herum und klatschte in die Hände. Dann waren Felsen und Bäume verschwunden, und die ungeheure Weite des klaren blauen Himmels erstreckte sich vor ihnen.

»Sir Hugh, darf ich aufs Oberdeck gehen? Ich möchte sehen, wohin wir fliegen.«

»Auf keinen Fall, Euer Hoheit ...« begann Alfred.

»Selbstverständlich«, fiel ihm Hugh ins Wort. »Nehmt die Luke, durch die wir heruntergestiegen sind. Haltet Euch an der Reling fest, damit Ihr nicht von Bord geweht werdet.«

Gram ließ sich das nicht zweimal sagen und stürmte sofort los.

»Von Bord geweht!« stöhnte Alfred. »Es ist dort nicht sicher!«

»Es ist sicher. Die Elfenmagier haben das Schiff mit einer schützenden Hülle umgeben. Er könnte nicht einmal hinunter*springen.* Solange die Flügel ausgebreitet sind und der Zauber wirkt, kann ihm nichts passieren.« Hugh warf Alfred einen belustigten Blick zu. »Aber vielleicht möchtest du trotzdem nach oben gehen und ein Auge auf ihn haben.«

»Allerdings, Sir«, sagte der Kammerdiener und schluckte krampfhaft. »Genau das werde ich ... werde ich tun.«

Doch er rührte sich nicht. Die Hände wie im Todeskampf um die Reling geklammert, das starre Gesicht so weiß wie die Wolken, die an ihnen vorüberschwebten, starrte Alfred wie gebannt in den blauen Himmel.

»Alfred?« meinte Hugh auffordernd und zog an einer der Leinen.

Das Schiff krängte nach links, und durch das Fenster war für einen kurzen, schwindelerregenden Moment die bewaldete Küste tief unten zu sehen.

»Ich bin schon auf dem Weg, Sir. Ich bin auf dem Weg«, versicherte der Kammerdiener, doch er bewegte sich keinen Deut.

Auf Deck beugte Gram sich über die Reling, fasziniert von dem Ausblick. Er konnte Pitrins Exil unter dem Schiffsrumpf hinweggleiten sehen. Unter ihm und vor ihm waren blauer Himmel und weiße Wolken; über ihm glitzerte das Firmament. Zu beiden Seiten des Schiffs spannten sich die Drachenschwingen, der Flugwind bewegte kaum die ledrige Haut. Hinter ihm stand aufrecht der Hauptmast und schwankte leicht.

Der Junge hielt die Feder in der Hand und strich sich damit über das Kinn. »Das Schiff wird von Seilzügen gesteuert. Magie hält es in der Luft. Die Flügel sehen aus wie Fledermausflügel. Die Kristallkugel an der Decke sagt dem Piloten, wo er sich befindet.« Er stellte sich auf die Zehenspitzen, schaute in die Tiefe und fragte sich, ob man aus dieser Höhe den Mahlstrom sehen konnte. »Es ist ganz leicht, wirklich«, meinte er und ließ die Feder spielerisch an der Kette pendeln.

Kapitel 24

Tiefer Himmel, Mittelreich

Das Drachenschiff schnitt durch die perlig schimmernde, taubengraue Nacht, getragen von der Magie der Elfen und den Aufwinden über der schwebenden Insel Djern Hereva. Hugh saß behaglich in der Steuerkanzel, zündete seine Pfeife an, lehnte sich zurück und ließ das Drachenschiff fast allein fliegen. Eine leichte Korrektur an dieser oder jener Leine regulierte die Flügelstellung, und das Schiff glitt auf den Luftströmungen in ruhigem Flug driftwärts in Richtung Aristagon.

Gelegentlich hielt der Assassine flüchtig Ausschau nach anderen geflügelten Transportmitteln – lebenden und mechanischen. In seinem Elfenschiff hatte er in erster Linie Angriffe seiner eigenen Spezies zu befürchten, denn die Drachenritter mußten ihn für einen Elfen halten, einen Spion höchstwahrscheinlich. Trotzdem war Hugh nicht sonderlich besorgt. Er kannte die Routen der Drachenreiter für ihre Überfälle auf Aristagon oder Elfenfrachter. Er flog absichtlich höher und hielt es für unwahrscheinlich, daß es zu unliebsamen Begegnungen kam. Und wenn eine Patrouille auftauchte, konnte er sie immer noch abschütteln, indem er eine Wolkenbank als Deckung benutzte.

Das Wetter war ruhig, der Flug verlief reibungslos, und Hugh hatte Gelegenheit zum Nachdenken. Das war der Zeitpunkt, an dem er sich entschloß, den Jungen nicht zu töten. Die Notwendigkeit einer Entscheidung beschäftigte ihn schon eine geraume Weile, doch er hatte auf einen Moment gewartet, in dem er allein war und in Ruhe überlegen konnte. Er hatte nie zuvor einen Vertrag gebrochen und wollte sicher sein, daß seine Gründe vernunftgeprägt und stichhaltig waren und nicht von Gefühlen beeinflußt.

Gefühle. Obwohl irgend etwas in Hugh Mordhand sich von einer Kindheit wie der Grams hätte angerührt fühlen müssen – einer Kindheit ohne Liebe, kalt und trostlos –, war der Assassine längst zu hartgesotten, um seine eigenen Schmerzen oder die anderer wahrzunehmen. Er ließ das Kind aus dem sehr einfachen Grund am Leben, daß Gram für ihn lebendig wertvoller war als tot.

Hughs Pläne waren noch nicht ausgereift. Er brauchte Zeit, um nachzudenken; Zeit, Alfred die Wahrheit zu entlocken; Zeit, die Geheimnisse zu entschlüsseln, die sich um den Prinzen rankten. Der Assassine hatte ein Versteck auf Aristagon, wo er sich aufhielt, während sein Schiff überholt wurde. Dorthin wollte er sich zurückziehen und warten, bis er über die nötigen Informationen verfügte, dann konnte er entweder zurückkehren, Stephen mit seinem Wissen konfrontieren und Schweigegeld verlangen – oder vielleicht bei der Königin anklopfen und feststellen, wieviel sie zu zahlen bereit war, um ihren Sohn unversehrt wiederzubekommen. Wie immer er sich entschied, Hugh war sicher, sein Glück gemacht zu haben.

Plötzlich schob sich ein Kopf durch die Luke und riß ihn aus seinen Gedanken.

»Alfred schickt das Essen.«

Die lebhaften, neugierigen Augen des Jungen wanderten durch die Kabine und blieben an den Steuerseilen hängen, auf denen Hughs Unterarme ruhten.

»Kommt her«, forderte Hugh ihn auf. »Nur paßt auf, wo Ihr hintretet, und faßt nicht alles an. Gebt auf die Leinen acht.«

Gram tat, wie ihm geheißen, kletterte aus der Luke und setzte vorsichtig den Fuß auf das Deck. In den Händen trug er eine Schüssel mit Fleisch und Gemüse. Es war kalt. Alfred hatte den Eintopf noch auf Pitrins Exil zubereitet und dann für später eingepackt. Doch er mundete einem Mann, der an Brot und Käse gewöhnt war – die übliche Kost der Reisenden – oder an die fettigen Mahlzeiten der Gasthäuser.

»Gebt her.« Hugh klopfte die Pfeife in einen Steinguttopf aus, den er eigens zu diesem Zweck mit sich führte, und streckte Gram die Hand entgegen, um die Schüssel in Empfang zu nehmen.

Grams Augen funkelten. »Müßt Ihr nicht das Schiff fliegen?«

»Das fliegt von allein«, meinte Hugh, nahm die Schüssel und den Löffel und schaufelte sich den Eintopf in den Mund.

»Aber werden wir nicht abstürzen?« Gram spähte aus den Kristallfenstern.

»Die Zaubersprüche halten uns in der Luft, und selbst wenn das nicht der Fall wäre, könnten wir bei diesem ruhigen Wetter auch mit den Flügeln allein zurechtkommen. Ich muß nur darauf achten, daß sie ausgebreitet bleiben. Wenn ich sie einziehe, dann fangen wir an zu sinken.«

Gram nickte gedankenvoll, dann richtete er die blauen Augen wieder auf Hugh. »Mit welchen Leinen werden sie eingezogen?«

»Mit diesen.« Hugh deutete auf zwei dicke Seile, die unterhalb seiner Schultern links und rechts an dem Lederharnisch befestigt waren. »Wenn ich die einhole, dann falten sich die Flügel an den Rumpf. Mit diesen anderen Leinen kann ich steuern, indem ich die Flügel anhebe oder senke. Hiermit kontrolliere ich den Hauptmast, und diese Leinen sind mit dem Schwanz verbunden. Ich kann ihn nach links oder rechts schwenken und dadurch die Flugrichtung bestimmen.«

»Und wie lange könnten wir so in der Luft schweben?«

Der Assassine zuckte die Schultern. »Ziemlich lange. Oder bis wir zu einer Insel kommen. Dort herrschen Luftströmungen, denen das Schiff ohne Steuermann hilflos ausgeliefert wäre. Es würde an den Küstenfelsen zerschellen oder von einem Sog an der Unterseite der Insel zerdrückt werden.«

Gram nickte bedächtig. »Ich glaube immer noch, daß ich es fliegen könnte.«

Hugh war so mit sich selbst zufrieden, daß er nachsichtig lächeln konnte. »Nein, Ihr seid nicht stark genug.«

Der Junge schaute sehnsüchtig auf den Lederharnisch.

»Versucht es«, forderte Hugh ihn auf. »Kommt her und stellt Euch neben mich.«

Gram gehorchte. Er bewegte sich mit großer Vorsicht und paßte auf, daß er nicht versehentlich gegen eine der Leinen stieß. Bei Hugh angekommen, legte er die Hand auf eins der Seile, mit denen die Flügel gehoben und gesenkt wurden. Er zog daran. Das Seil bewegte sich kaum, nur gerade soviel, daß der Flügel leicht erzitterte.

Der Prinz, der daran gewöhnt war, seinen Willen zu bekommen, biß die Zähne zusammen, faßte das Seil mit beiden Händen und zog mit aller Kraft. Der hölzerne Rahmen knarrte, der Flügel senkte sich einen Fingerbreit. Mit einem triumphierenden Grinsen stemmte Gram die Füße gegen den Boden und zog noch stärker. Eine Windbö packte den Flügel. Die Leine glitt ihm durch die Hände. Der Prinz ließ mit einem Aufschrei los und starrte fassungslos auf seine aufgescheuerten und blutenden Handflächen.

»Glaubt Ihr immer noch, daß Ihr das Schiff fliegen könntet?« fragte Hugh kühl.

Gram blinzelte, um die Tränen zurückzuhalten. »Nein, Sir Hugh«, murmelte er betrübt. Er umklammerte das Federamulett, als könnte es ihm Trost und Hilfe spenden. Dann schluckte er und hob die leuchtend blauen Augen zu Hughs Gesicht. »Vielen Dank, daß ich es probieren durfte.«

»Ihr habt Euch gut gehalten, Hoheit«, sagte Hugh. »Ausgewachsene Männer haben hier schon weniger gut abgeschnitten.«

»Wirklich?« Die Tränen versiegten.

Hugh war in bester Stimmung. Er konnte sich leisten zu lügen. »Ja. Aber jetzt geh wieder hinunter und sieh nach, ob Alfred Hilfe gebrauchen kann.«

»Ich komme zurück, um die Schüssel zu holen!« sagte Gram und bückte sich durch die Luke. Hugh konnte ihn aufgeregt nach Alfred rufen hören, um dem Kammerdiener zu berichten, wie er das Drachenschiff geflogen hatte.

Während er aß, musterte Hugh geistesabwesend den Himmel. Er beschloß, sofort nach der Landung auf Aristagon mit dieser Feder zu Kev'am, der Elfenmagierin, zu gehen und sie nachprüfen zu lassen, was es damit auf sich hatte. Das war eines der kleineren Rätsel, die er lösen mußte.

Drei Tage vergingen. Sie flogen bei Nacht und verbargen sich während des Tags auf kleinen, nicht auf den Karten verzeichneten Inseln. Es würde eine Woche dauern, sagte Hugh, bis sie Aristagon erreichten.

Gram kam jeden Abend in die Steuerkanzel, setzte sich neben Hugh, sah zu, wie er das Schiff handhabte, und stellte Fragen, die der Assassine je nach Laune beantwortete oder auch nicht. Völlig in Anspruch genommen von seinen Plänen und der Navigation, schenkte Hugh dem Prinzen nicht mehr Beachtung als unbedingt nötig. Gefühlsmäßige Bindungen waren eine tödliche Schwäche in dieser trostlosen Welt und brachten nichts als Kummer und Schmerzen. Der Junge bedeutete jede Menge Geld, weiter nichts.

Doch über Alfred wunderte sich der Assassine. Der Kammerdiener beobachtete den Prinzen mit ängstlicher Sorge. Zuerst glaubte Hugh an eine übersteigerte Reaktion auf den umgestürzten Baum, doch je länger er Alfred beobachtete, desto stärker fühlte er sich an den Vorfall erinnert, als ein Feuerkanister der Elfen in den Hof der Festung geflogen kam, in der er durch den Angriff der Elfen festgehalten wurde. Der schwarze Metallbehälter, der über die Platten rollte, wirkte harmlos, doch alle wußten, daß er jeden Moment explodieren konnte. So wie die Besatzung der Burg damals den verderbenbringenden Kanister musterte, beobachtete Alfred jetzt Gram.

Nachdem er Alfreds angespannte Verfassung bemerkt hatte, fragte Hugh sich, was der Kammerherr ihm an Wissen voraushatte. Wenn sie rasteten, hielt der Assassine den Jungen unter strenger Aufsicht, damit er sich nicht heimlich davonstahl. Doch Gram befolgte gehorsam Hughs Anweisung, sich nur in Begleitung Alfreds vom Lagerplatz zu entfernen, um in den Wäldern die Beeren zu sammeln, die zu suchen ihm offenbar so große Freude bereitete.

Hugh nahm an diesen Exkursionen nicht teil; er betrachtete sie als kindisch. Sich selbst überlassen, hätte er mit allem vorlieb genommen, was sich anbot, solange es ihn am Leben erhielt. Der Kammerdiener bestand jedoch darauf, daß die Wünsche Seiner Hoheit erfüllt wurden, und deshalb zog der tolpatschige Alfred jeden Tag aus, um aufs neue den Kampf mit überhängenden Zweigen, Ranken und tückischen Schlinggewächsen aufzunehmen. Hugh blieb zurück und ruhte sich aus. Er schlief nicht, sondern verfiel in eine Art Dämmerzustand, der ihm ermöglichte, jedes Knistern und Knacken wahrzunehmen.

Der Kammerdiener unterwies den Prinzen darin, was er pflücken durfte und was nicht. Da er in einem steten Zwist mit seinen eigensinnigen Füßen lag, verbrachte Alfred viel Zeit damit, sich aus irgendwelchen Gräben und Büschen aufzurappeln, und merkte nicht, daß in bezug auf Pflanzen der Schüler mehr zu wissen schien als der Lehrer. Und man durfte mit Fug und Recht bezweifeln, daß Gram seine Lektionen von dem welterfahrenen Stallburschen gelernt hatte. Einmal gelang es dem Jungen, sich dem wachsamen Auge des Kammerdieners zu entziehen. Flink war er in einem Dickicht verschwunden. Dort pflückte er mit seinen kleinen, geschickten Fingern ein paar von den schwärzlich roten Beeren, die auf einem faulenden Hargaststumpf wuchsen, und verstaute sie unbemerkt in seiner Tasche.

In der vierten Nacht trat Gram in die Steuerkanzel und schaute durch die Kristallfenster auf das herrliche Panorama des von einzelnen Wolkenbändern durchzogenen endlosen Himmels. »Alfred sagt, das Essen ist bald fertig.«

Hugh paffte an seiner Pfeife und antwortete mit einem unverständlichen Knurren.

»Was ist das für ein großer Schatten dahinten?« fragte Gram und wies mit der Hand nach vorn.

»Aristagon.«

»Tatsächlich? Ist es noch weit?«

»Weiter, als es aussieht. In ein oder zwei Tagen werden wir es erreicht haben.«

»Aber wo werden wir Rast machen? Ich sehe keine Inseln mehr.«

»Es gibt aber welche; vermutlich im Nebel verborgen. Kleine Inseln, die von kleinen Schiffen für Zwischenaufenthalte benutzt werden.«

Gram stellte sich auf die Zehenspitzen und schaute in die Tiefe. »Da unten sind schwarze Wolken, die sich dauernd im Kreis drehen. Das ist der Mahlstrom, nicht wahr?«

Hugh sah keinen Grund, das Offensichtliche zu bestätigen. Gram drückte sich die Nase an der Scheibe platt.

»Die zwei Dinger da unten. Sie sehen aus wie Drachen, aber so große Drachen habe ich noch nie gesehen.«

Hugh erhob sich vorsichtig von seinem Stuhl und blickte hinaus. »Elfenfreibeuter oder Wasserschiffe.«

»Elfen!« Es klang gespannt, begierig. Die Hand des Jungen wanderte zu der Feder um seinen Hals. »Sollten wir nicht die Flucht ergreifen?«

»Sie sind weit weg, vermutlich sehen sie uns nicht einmal. Und wenn sie uns sichten, werden sie glauben, daß wir zu ihnen gehören. Außerdem scheint es, daß sie genug mit sich selbst zu tun haben.«

Der Prinz schaute wieder aus dem Fenster, doch er begriff nicht, was der Assassine meinte.

»Rebellen, die einem kaiserlichen Kriegsschiff zu entkommen versuchen.«

Gram warf nur einen kurzen Blick nach unten. »Ich glaube, Alfred hat nach mir gerufen. Bestimmt ist das Essen fertig.«

Hugh verfolgte das Geschehen mit großem Interesse. Das Kriegsschiff hatte die Rebellen eingeholt. Die Enterhaken der Kaiserlichen landeten auf dem Deck des Rebellen. Die Elfen waren zu weit entfernt, als daß Hugh jede Einzelheit hätte erkennen können, doch er wußte Bescheid. Einem solchen Gefecht – nur waren damals die Angreifer Menschen gewesen – verdankte er seine Befreiung aus der Sklaverei an Bord eines Wasserschiffs der Elfen.

Gram kehrte zurück und brachte das Abendessen.

»Wo sind die Elfen?« Er gab Hugh die Schale.

»Hinter uns. Wir haben sie überflogen.« Hugh nahm einen Bissen, würgte und spuckte ihn wieder aus. »Verdammt! Was hat Alfred getan? Die Pfefferdose in den Topf fallen lassen?«

»Ich habe ihm gesagt, es wäre zu scharf gewürzt. Hier, ich habe Euch etwas Wein mitgebracht.«

Der Prinz reichte Hugh den Weinschlauch. Er nahm einen großen Schluck. Nachdem er den Schlauch zurückgegeben hatte, stieß er mit dem Fuß gegen die Schüssel. »Nimm das Zeug wieder mit und sag Alfred, er kann es selbst essen.«

Gram hob die Schüssel auf, blieb aber stehen. Er spielte mit der Feder an seinem Hals und beobachtete Hugh mit auffallender, gespannter Erwartung.

»Was ist los?« schnappte der Assassine.

Im selben Augenblick wußte er Bescheid.

Er hatte das Gift nicht geschmeckt. Der Pfeffer hatte es überlagert. Doch er spürte, wie es zu wirken begann. Seine Eingeweide verkrampften sich. Ein brennendes Frösteln breitete sich in seinem Körper aus, und seine Zunge schien anzuschwellen. Die Gegenstände vor seinen Augen zogen sich in die Länge, dann wurden sie flach wie aus Papier ausgeschnitten. Der Junge wuchs bis zur Decke und beugte sich mit einem lieben, unschuldigen Lächeln über ihn, während er die Feder an der Kette pendeln ließ.

Zorn durchströmte den Assassinen, aber nicht so schnell und nicht so stark wie das Gift.

Während er gegen die Stuhllehne sank und die Welt sich verdunkelte, sah Hugh die Feder vor sich und hörte aus weiter Ferne die ehrfürchtige Stimme des Jungen sagen: »Es hat gewirkt, Vater!«

Hugh streckte die Hände aus, um seinen Mörder zu packen und ihn zu erdrosseln, aber seine Arme waren viel zu schwer und sanken schlaff und leblos herab. Dann war der Junge verschwunden, und ein schwarzer Mönch stand vor ihm.

»Und wer ist jetzt der Herr und Meister?« fragte der Mönch.

Kapitel 25

Tiefer Himmel, Mittelreich

Hugh stürzte keuchend zu Boden und zog die an seinem Lederharnisch befestigten Leinen mit sich. Das Schiff krängte heftig, und der Ruck schleuderte Gram gegen das Schott. Er ließ die Schüssel fallen. Aus der Kabine darunter ertönte ein lautes Klirren, gefolgt von einem schmerzerfüllten und erschreckten Aufschrei.

Der Prinz rappelte sich mit zitternden Beinen auf und schaute sich fassungslos um. Das Deck senkte sich in einem bedrohlichen Winkel. Hugh lag, in die Leinen eingewickelt, auf dem Rücken. Gram warf einen raschen Blick nach draußen, sah, daß der Bug des Drachenschiffes steil nach unten zeigte, und begriff, was geschehen war. Die bei dem Sturz gestrafften Leinen hatten die Flügel eingeholt, der Zauber wirkte nicht mehr, und jetzt stürzten sie mit zunehmender Geschwindigkeit geradewegs in den Mahlstrom hinein.

Gram hatte nicht im Traum daran gedacht, daß so etwas passieren könnte. Sein Vater offenbar auch nicht. Ein Mysteriarch des Siebenten Hauses, der in Sphären hoch über dem Tun und Treiben der übrigen Welt lebte, konnte nicht über mechanische Geräte Bescheid wissen. Sinistrad hatte vermutlich nie ein Drachenschiff zu Gesicht bekommen. Und schließlich hatte Hugh dem Jungen versichert, daß das Schiff wie von alleine flog.

Gram stolperte durch das Gewirr der Leinen. Bei Hugh angekommen, zog und zerrte er mit aller Kraft an den Steuerseilen, jedoch ohne Erfolg. Die Flügel bewegten sich nicht.

»Alfred!« schrie der Prinz. »Alfred, komm schnell!«

Ein zweites Klirren, dann tauchte Alfreds totenbleiches Gesicht in der Luke auf.

»Sir Hugh! Was ist geschehen! Wir stürzen...« Sein Blick fiel auf den am Boden liegenden Assassinen. »Heiliger Sartan!« Mit einer für seinen ungefügen und schwerfälligen Körper überraschenden Flinkheit sprang Alfred aus der Luke, hastete zwischen den teils straff zur Decke führenden, teils herabhängenden Seilen hindurch und kniete neben Hugh nieder.

»Ach, kümmere dich nicht um ihn! Er ist tot!« schrie der Prinz. Er krallte die Hände in Alfreds Jacke und zerrte ihn zu den Fenstern am Bug herum. »Schau! Du mußt uns retten! Zieh ihm den Harnisch aus und sorg dafür, daß das Schiff wieder richtig fliegt!«

»Euer Hoheit!« Der letzte Rest Farbe schwand aus Alfreds Gesicht. »Ich kann kein Drachenschiff fliegen! Dazu bedarf es Jahre der Übung!« Die Augen des Kammerdieners wurden schmal und stechend. »Was meint Ihr damit, er ist tot?«

Gram starrte ihm trotzig ins Gesicht, doch dann mußte er den Blick senken. Alfred hatte sich verändert; er war plötzlich nicht mehr der vertraute Hanswurst, er betrachtete den Jungen eindringlich und zwingend, und der Junge fühlte sich gar nicht wohl in seiner Haut.

»Er hat gekriegt, was er verdient«, murrte Gram störrisch. »Er war ein Meuchelmörder, von König Stephen angeworben, um mich zu töten. Ich bin ihm zuvorgekommen, das ist alles.«

»Du?« Alfreds Blick wanderte zu der Feder. »Oder dein Vater?«

Gram machte ein verwirrtes Gesicht. Er öffnete den Mund und schloß ihn wieder. Seine Hand umschloß das Amulett, wie um es zu verbergen, und er begann zu stottern.

»Du brauchst nicht zu lügen«, unterbrach ihn Alfred seufzend. »Ich weiß es schon lange. Länger als dein Vater und deine Mutter, oder sollte ich sagen: deine *Adoptiv*eltern. Was für ein Gift hast du ihm gegeben, Gram?«

»Ihm? Warum sorgst du dich um ihn? Willst du uns einfach in den Tod stürzen lassen?« kreischte der Prinz schrill.

»Er ist der einzige, der uns retten kann! Was hast du ihm gegeben?« sagte Alfred streng und streckte die Hand aus, um den Jungen zu packen und die Antwort aus ihm herauszuschütteln.

Der Prinz wich zurück, schlitterte und stolperte über das schräg geneigte Deck, bis er am Schanzwerk Halt fand. Er drehte sich um, schaute aus dem Fenster und stieß einen triumphierenden Schrei aus.

»Die Elfenschiffe! Sie sind schon ganz nah! Wir brauchen diesen schmutzigen Mörder nicht. Die Elfen werden uns retten!«

»Nein! Warte! Gram!«

Der Junge stürmte aus der Kanzel. Hinter sich hörte er Alfred rufen, die Elfen wären gefährlich, aber er schenkte der Warnung keine Beachtung.

»Ich bin der Prinz von Uylandia«, sagte er zu sich selbst, während er die Leiter zum Oberdeck hinaufstieg. Dort hielt er sich an der Reling fest und schlang die Beine um die Pfosten. »Sie werden es nicht wagen, Hand an mich zu legen. Und mein Zauber ist auch immer noch wirksam. Trian glaubt, er hätte ihn gebrochen, dabei wollte ich nur, daß er das glaubt. Vater sagt, wir dürfen kein Risiko eingehen, deshalb mußten wir den Assassinen töten, um sein Schiff zu bekommen. Aber ich weiß, daß mein Zauber noch wirkt! Bald werde ich auf einem Elfenschiff sein. Ich werde sie überreden, mich zu meinem Vater zu bringen, und er und ich werden über sie herrschen. Über alle werden wir herrschen! Genau wie wir es geplant haben!

He!« rief Gram laut. Er klammerte sich mit den Beinen an die Reling und schwenkte die Arme. »He dort! Hilfe! Helft uns!«

Die Elfen befanden sich tief unter ihnen, zu weit, um die Rufe des Jungen zu hören. Außerdem hatten sie Wichtigeres im Sinn – sie wollten am Leben bleiben. Von seinem Fenster aus konnte Hugh die ineinander verkeilten Schiffe ausmachen, und er fragte sich, was dort unten vor sich ging. Er hörte nicht die Schreie der Steuerleute, die, in ihren Harnischen gefangen, durch die zersplitterte Bordwand gezerrt wurden, noch hörte er den Gesang der Elfenrebellen, die, während sie kämpften, versuchten, die Herzen ihrer Brüder umzustimmen.

Leuchtend bunte Drachenschwingen peitschten verzweifelt die

Luft oder hingen zerbrochen an zerrissenen Leinen. Enterhaken an langen Tauen fesselten die Schiffe unentrinnbar aneinander. Elfenkrieger hangelten sich an den Tauen auf das gegnerische Schiff oder sprangen mitten in das Kampfgetümmel auf dem fremden Deck. Tief unter ihnen tobte und brodelte der Mahlstrom, dessen schwarze, wie mit weißer Gischt gesäumte Wolken von den unablässig zuckenden Blitzen mit purpurnem Licht übergossen wurden.

Gram schaute gespannt zu den Elfen hinab. Er empfand keine Furcht; der brausende Wind in seinem Gesicht, die abenteuerliche Situation und die Aufregung über die Pläne seines Vaters, die der Verwirklichung nahe zu sein schienen, versetzten ihn in eine Art Rausch. Der Sturz des Drachenschiffs hatte sich etwas verlangsamt. Es war Alfred gelungen, die Flügel so weit auszubreiten, daß das Schiff nicht mehr mit dem Bug voran in den Mahlstrom stürzte. Doch es war immer noch außer Kontrolle und schwebte in einer trägen Spiralbewegung in die Tiefe.

Im Unterdeck konnte er Alfred sprechen hören. Er verstand nicht, was er sagte, aber der Tonfall oder der Rhythmus erinnerte ihn vage an den Tag, als der Baum auf ihn gestürzt war. Er vergaß es gleich wieder. Die Elfen waren inzwischen auf das steuerlose Schiff aufmerksam geworden. Gram konnte sehen, wie sie die Köpfe hoben und zu ihm hinaufzeigten. Er wollte eben tief Luft holen und wieder um Hilfe rufen, als plötzlich beide Elfenschiffe vor seinen Augen auseinanderbrachen.

Schlanke Gestalten fielen ins Nichts, und Gram hörte ihre Schreie, die abrupt verstummten, als sie in den Mahlstrom eintauchten. Hier und dort schwebten Trümmer der beiden Schiffe durch die Luft, getragen von den noch wirksamen Zaubersprüchen.

Gram und sein kleines Schiff stürzten mitten in das Chaos hinein.

Kirmönche lachen nicht. Das Leben hat für sie keine komische Seite, und sie weisen gern daraufhin, daß das Lachen der Menschen häufig dem Unglück anderer gilt. Das Lachen ist in einem Kirkloster nicht verboten. Man tut es einfach nicht. Ein Kind, das in die Hallen der schwarzen Mönche aufgenommen wird, behält sein Lachen vielleicht einen Tag oder zwei, aber nicht länger.

Der schwarze Mönch, der Hugh an der Hand gefaßt hielt, verzog keine Miene, aber Hugh bemerkte das Lachen in seinen Augen. Von maßlosem Zorn ergriffen, kämpfte er gegen diesen Widersacher mit größerer Wildheit als gegen jeden anderen Feind in seinem ganzen Leben. Es war kein Widersacher aus Fleisch und Blut. Man konnte ihm keine Wunde beibringen, kein Schlag warf ihn nieder. Er war ewig, und er hielt ihn fest.

»Trotz deines Hasses«, sagte der schwarze Mönch und lachte hinter der unverändert strengen Maske seines Gesichts, »bist du unser Sklave gewesen. Dein ganzes Leben lang hast du uns gedient.«

»Ich diene keinem Menschen!« brüllte Hugh. Seine Gegenwehr wurde schwächer. Er fühlte sich matt, erschöpft. Er wollte ausruhen. Nur Scham und Zorn hielten ihn davon ab, sich dem wohltuenden Vergessen zu ergeben. Scham, weil er wußte, daß der Mönch recht hatte. Zorn, weil er so lange ihr Werkzeug gewesen war.

Verbittert, trotzig sammelte er all seine schwindenden Kräfte und unternahm einen letzten Versuch, sich zu befreien. Es war ein schwächlicher und armseliger Schlag, der keinem Kind die Tränen in die Augen getrieben hätte. Doch der Mönch ließ los.

Verblüfft, plötzlich ohne Halt, begann Hugh zu fallen. Trotzdem verspürte er keine Angst, denn er hatte den merkwürdigen Eindruck, daß er nicht nach unten fiel, sondern nach oben. Er fiel nicht in die Dunkelheit.

Er fiel ins Licht.

»Sir Hugh?« Alfreds Gesicht, sorgenvoll und ängstlich, schwebte über ihm. »Sir Hugh? Gelobt seien die Sartan! Ihr lebt! Wie fühlt Ihr Euch, Sir?«

Mit Alfreds Hilfe setzte Hugh sich auf. Er schaute sich nach allen Seiten um, konnte den Mönch aber nirgends entdecken. Da war nur der Kammerdiener, und auf dem Boden lagen sein Harnisch und das Gewirr der Leinen.

»Was ist passiert?« Hugh schüttelte den Kopf, um wieder klar denken zu können. Er hatte keine Schmerzen, sondern fühlte sich nur benommen. Sein Gehirn schien ihm den Schädel sprengen zu wollen; die Zunge füllte als pelziger Klumpen seinen Mund aus. Manchmal war er mit einem ähnlichen Gefühl und einem leeren Weinschlauch neben sich in einem Gasthaus aufgewacht.

»Der Junge hat Euch betäubt. Die Wirkung läßt jetzt nach. Ich weiß, Ihr fühlt Euch nicht besonders gut, Sir Hugh, aber wir sind in Schwierigkeiten. Das Schiff stürzt ab . . .«

»Betäubt?« Hugh starrte Alfred durch den Nebel an, der vor seinen Augen wogte. »Er hat mich nicht betäubt! Das war Gift.« Das Gesicht des Kammerdieners bekam allmählich feste Umrisse. »Ich lag im Sterben.«

»Nein, nein, Sir Hugh. Vielleicht kommt es Euch so vor, aber . . .«

Hugh beugte sich vor. Er packte Alfred am Kragen, zog den Mann an sich heran und bemühte sich, ihm durch die hellen Augen bis auf den Grund seiner Seele zu schauen. »Ich war *tot.*« Hugh verstärkte seinen Griff. »*Du* hast mich wieder ins Leben zurückgeholt.«

Alfred erwiderte Hughs Blick gelassen. Er lächelte, ein wenig traurig, und schüttelte den Kopf. »Ihr befindet Euch im Irrtum. Es war ein Betäubungsmittel. Ich habe gar nichts getan.«

Wie konnte dieser tolpatschige, einfältige Mann lügen und Hugh es nicht erkennen? Und wie hätte er ihm das Leben retten sollen? Das Gesicht war aufrichtig; die Augen betrachteten ihn nur voller Trauer und Mitleid. Alfred schien unfähig zu sein, irgend etwas zu verheimlichen. Jeder andere hätte ihm geglaubt.

Doch der Assassine kannte das Gift. Er hatte es schon angewendet. Er hatte die Opfer sterben gesehen. Keiner hatte es überlebt.

»Sir Hugh, das Schiff!« drängte Alfred. »Wir stürzen ab! Die Flügel sind eingezogen. Ich habe es versucht, aber es ist mir nicht gelungen, sie wieder zu entfalten.«

Allmählich drang das Schlingern des Schiffs in Hughs Bewußtsein. Nach einem letzten prüfenden Blick in Alfreds Gesicht ließ er den Mann los. Noch ein Geheimnis, das er aber nicht dadurch lösen konnte, daß sie alle in den Strudeln des Mahlstroms den Tod fanden. Hugh kam taumelnd auf die Füße und hielt sich mit den beiden Händen den dröhnenden Schädel. Er fühlte sich unglaublich schwer an, und Hugh war überzeugt, wenn er ihn losließe, würde er abbrechen und ihm von den Schultern rollen.

Ein Blick aus dem Fenster zeigte ihm, daß keine unmittelbare Gefahr drohte. Alfred war es gelungen, das Schiff halbwegs unter Kontrolle zu bringen, und auch wenn einige der Leinen gerissen waren, konnte es nicht allzu schwierig sein, das Schiff wieder manövrierfähig zu machen.

»In den Mahlstrom zu stürzen ist die geringste unserer Sorgen«, brummte Hugh.

»Was meint Ihr, Sir?« Alfred eilte zu ihm an die Fenster und sah hinaus.

Er schaute genau in die emporgewandten Gesichter von drei Elfenkriegern mit wurfbereiten Enterhaken in den Händen. Sie waren so nah, daß er jede Einzelheit ihrer zerfetzten und blutigen Kleidung erkennen konnte.

»Hier, werft sie hoch. Ich mache sie fest!« Es war die Stimme von Gram, auf dem Oberdeck.

Alfred griff sich an den Hals. »Seine Hoheit hat etwas davon erwähnt, die Elfen um Hilfe bitten zu wollen . . .«

»Hilfe!« Hugh verzog den Mund zu einem spöttischen Lächeln. Anscheinend war er nur ins Leben zurückgekehrt, um gleich wieder zu sterben.

Die Enterhaken flogen durch die Luft. Er hörte das Poltern, als sie auf dem Deck landeten, das scharrende Geräusch der eisernen Zacken, die über die Planken glitten. Es gab einen plötzlichen Ruck, der ihn zu Boden warf. Die Haken hatten gegriffen. Seine Hand fuhr zur Hüfte. Sein Schwert war verschwunden.

»Wo . . .?«

Alfred hatte die Bewegung bemerkt und schlitterte über das schwankende Deck. »Hier, Sir. Ich habe es benutzt, um Euch loszuschneiden.«

Hugh griff nach der Waffe und hätte sie beinah fallen gelassen. Ein Amboß hätte nicht schwerer wiegen können als die vertraute Waffe in seiner schwachen, zitternden Hand. Von den Enterhaken gehalten, schwebte der *Himmelsstürmer* dicht neben dem zerstörten Elfenschiff in der Luft. Plötzlich neigte er sich scharf zur Seite

– die Elfen kletterten an den Tauen empor und gingen an Bord. Hugh konnte Gram aufgeregt plappern hören.

Das Schwert in der Hand, verließ Hugh die Steuerkanzel und eilte lautlos den Gang entlang bis zu der Luke, die zum Oberdeck führte. Alfred folgte ihm; seine lauten, polternden Schritte trieben Hugh den Schweiß auf die Stirn. Er warf dem Kammerdiener einen bösen Blick zu, der die unmißverständliche Warnung enthielt, still zu sein. Dann zog der Assassine den Dolch aus dem Stiefelschaft und streckte ihn seinem unbeholfenen Gefährten entgegen.

Alfred erbleichte, schüttelte den Kopf und verschränkte die Hände hinter dem Rücken. »Nein«, sagte er mit bebender Stimme. »Das kann ich nicht! Ich kann nicht töten!«

Hugh hob den Blick zur Decke, wo man gestiefelte Füße über das Deck gehen hören konnte.

»Nicht einmal, um dein eigenes Leben zu retten?« zischte er.

Alfred schlug die Augen nieder. »Es tut mir leid.«

»Wenn nicht jetzt, dann sehr bald«, murmelte Hugh und setzte den Fuß auf die erste Leitersprosse.

Kapitel 26

Tiefer Himmel, havariert

Gram schaute zu, wie die Elfen die Taue zwischen Knie und Fersen ihrer dünnen, wohlgeformten Beine klemmten und sich Hand über Hand daran entlang hangelten. Nichts als den freien Himmel unter sich und in der Tiefe den düsteren Schlund des furchteinflößenden, unablässig tobenden Sturms, verschwendeten die im Luftkampf erfahrenen Elfen keine Zeit darauf, innezuhalten und hinabzublicken. Sie erreichten das kleine Drachenschiff, schwangen sich über die Reling und landeten geschmeidig an Deck.

Da er nie zuvor Elfen gesehen hatte, musterte der Prinz sie so angestrengt, wie sie ihn ignorierten. Die Elfen waren etwa so groß wie ein durchschnittlicher Mensch, aber durch ihren schlanken Körperbau wirkten sie größer. Ihre Gesichtszüge waren fein gezeichnet, aber hart und kalt, als wären sie aus Stein gemeißelt. Sie waren zierlich, aber muskulös und bewegten sich sogar auf dem schräggeneigten Deck mit Anmut und Leichtigkeit. Ihre Haut war braun, Haar und Augenbrauen weiß, mit einem Hauch von Silber, das in der Sonne flimmerte. Sie trugen Jacken und kurze Röcke in der Art von reich bestickten Wandteppichen, mit phantasievollen Bildern von Vögeln und Blumen und Tieren. Menschen spotteten gern über die farbenfrohe Kleidung der Elfen, nur um zu spät herauszufinden, daß es sich in Wirklichkeit um Rüstungen handelte. Die Magier der Elfen verfügen über die Gabe, normales Seidengarn so zu verzaubern, daß es fest und hart wird wie Stahl.

Der Elf, welcher der Befehlshaber zu sein schien, bedeutete den anderen beiden, sich auf dem Schiff umzusehen. Einer von ihnen lief nach achtern und schaute über die Reling, vermutlich um sich einen Eindruck von dem Schaden zu verschaffen, der dazu geführt hatte, daß dieses Schiff außer Kontrolle geriet. Der andere eilte zum Heck. Die Elfen waren bewaffnet, aber sie trugen die Waffen nicht in der Hand. Schließlich befanden sie sich auf einem von ihren eigenen Leuten erbauten Schiff. Nachdem seine Männer an die Arbeit gegangen waren, ließ sich der Befehlshaber der Elfen dazu herab, das Kind zur Kenntnis zu nehmen.

»Was tut ein Menschenbalg auf einem Schiff meines Volkes?« Der Befehlshaber starrte auf den Jungen. »Und wo befindet sich der Kapitän dieses Schiffs?«

Er beherrschte die Menschensprache ausgezeichnet, aber er verzog dabei den Mund, als hätten die Worte einen üblen Beigeschmack. Seine Stimme klang hell und melodisch, aber sein Tonfall war arrogant und herablassend. Gram ärgerte sich, zeigte seinen Ärger aber nicht.

»Ich bin der Kronprinz von Volkaran und Uylandia. König Stephen ist mein Vater.« Gram hielt es für das beste, so zu beginnen, denn er mußte die Elfen davon überzeugen, daß er nicht irgend jemand war. Dann wollte er ihnen die Wahrheit erzählen, ihnen sagen, wie ungeheuer wichtig er war – viel wichtiger, als sie sich vorstellen konnten.

Der Elfenkapitän verfolgte das Tun seiner Männer und widmete Gram nur seine halbe Aufmerksamkeit. »Also haben meine Leute einen Prinzen der Menschen gefangen, ja? Ich kann mir nicht vorstellen, was sie sich davon erhoffen.«

»Ein böser Mann hat mich gefangen«, schluchzte Gram und ließ herzerweichende Tränen aus den großen blauen Augen kullern. »Er wollte mich ermorden. Aber Ihr habt mich gerettet! Bringt mich zu Eurem König, damit ich ihm meinen Dank abstatten kann. Das könnte der Anlaß für einen Friedensschluß zwischen unseren beiden Völkern sein.«

Der Elf, der die Flügel inspiziert hatte, kehrte zurück, um Bericht zu erstatten. Er hörte die Worte des Jungen und schaute seinen Kapitän an. Beide fingen an zu lachen.

Gram hielt den Atem an. Nie in seinem Leben hatte jemand über ihn gelacht! Was konnte das bedeuten? Der Sympathiezauber hätte wirken müssen. Er war ganz sicher, daß es Trian nicht gelungen war, ihn außer Kraft zu setzen. Warum blieb dieser Zauber bei den Elfen ohne Wirkung?

Dann entdeckte Gram die Amulette. Als Kette um den Hals getragen, waren die Amulette von den Magiern der Elfen geschaffen worden, um ihr Volk gegen die Kriegszauber der Menschen zu schützen. Gram verstand nichts davon, doch er erkannte einen Schildtalisman, wenn er einen sah, und wußte, daß er ohne ihr Wissen die Elfen gegen den Sympathiezauber abschirmte.

Bevor er wußte, wie ihm geschah, hatte der Kapitän ihn ergriffen und wie einen Sack mit Abfall durch die Luft geworfen. Er wurde von dem zweiten Elf aufgefangen, dessen Kraft den schlanken Körper Lügen strafte. Der Kapitän gab einen gleichgültigen Befehl, der Elf hielt den Jungen auf Armeslänge von sich ab wie ein besonders ekliges Ungeziefer und trug ihn zur Reling hinüber. Gram verstand die Elfensprache nicht, aber die Geste des Kapitäns hatte ihm genug gesagt. Er sollte über Bord geworfen werden.

Gram versuchte zu schreien, aber die Angst schnürte ihm den Hals zu. Er zappelte und schlug um sich, der Elf hielt ihn jedoch am Genick gepackt und schien die verzweifelten Bemühungen des Jungen, sich zu befreien, höchst amüsant zu finden. Gram besaß Zauberkräfte, aber da er nicht im Haus seines Vaters aufgewachsen war, vermochte er sie nicht zu gebrauchen. Er konnte die Magie durch seine Adern strömen fühlen wie Adrenalin, doch ihm fehlte das Wissen, um Nutzen daraus zu ziehen.

Doch es gab jemanden, der ihm dabei helfen konnte.

Gram umklammerte das Federamulett. »Vater!«

»Der kann dir jetzt nicht helfen«, lachte der Elf.

»Vater!« rief Gram wieder.

»Ich hatte recht«, bemerkte der Elfenkapitän zu seinem Adjutanten. »Es befindet sich noch jemand an Bord – der Vater des Bengels. Geh und such ihn.« Er winkte dem dritten Elfen, der vom Heck gelaufen kam.

»Sieh zu, daß wir den kleinen Schreihals loswerden«, knurrte der Kapitän.

Der Elf schwang Gram über die Reling und ließ ihn fallen.

Gram purzelte durch die Luft. Er holte tief Luft, um sein Entsetzen hinauszuschreien, als unvermittelt eine Stimme ihm befahl, still zu sein. Es war die Stimme, auf die der Junge gehofft hatte, die in seinem Kopf zu ihm sprach und die nur er allein hören konnte.

»Du hast die Fähigkeit, dich zu retten, Gram. Doch zuerst muß du deine Angst besiegen.«

Gram fiel wie ein Stein durch den klaren Himmel, unter sich erkannte er die Trümmer der zerstörten Elfenschiffe und darunter die schwarzen, brodelnden Wolken des Mahlstroms – der Junge war stocksteif vor Grauen.

»Ich ... ich kann nicht, Vater«, wimmerte er.

»Wenn du nicht kannst, dann wirst du sterben, und das ist gut so. Ich kann keinen Sohn brauchen, der ein Feigling ist.«

Sein ganzes kurzes Leben lang hatte Gram danach gestrebt, den Mann zufriedenzustellen, der durch das Amulett zu ihm sprach, den Mann, der sein wirklicher Vater war. Die Anerkennung des mächtigen Zauberers zu erringen war sein größter Wunsch.

»Schließ deine Augen«, lautete Sinistrads nächster Befehl.

Gram gehorchte.

»Ich werde dir sagen, was du tun mußt. Stell dir vor, daß du leichter bist als Luft. Dein Körper besteht nicht aus Fleisch, sondern er ist gewichtslos, ein schwebendes Blatt. Deine Knochen sind hohl, als wärest du ein Vogel.«

Der Prinz spürte den Drang zu lachen, doch eine Ahnung warnte ihn. Wenn er einmal anfing, würde er nicht mehr aufhören können und in den Tod stürzen. Er schluckte das wilde, hysterische Kichern hinunter und bemühte sich, die Anweisungen seines Vaters zu befolgen, auch wenn sie ihm albern vorkamen. Seine Augen wollten nicht geschlossen bleiben, sie öffneten sich gegen seinen Willen, um panikerfüllt nach einem Trümmerstück Ausschau zu halten, an das er sich klammern konnte, bis man ihn rettete. Doch seine Augen tränten in dem heftigen Wind, der ihn umtoste, und er sah so gut wie nichts. Ein Schluchzen stieg in seiner Kehle auf.

»Gram!« Sinistrads Stimme zuckte durch das Bewußtsein des Jungen wie ein Peitschenhieb.

Schniefend kniff Gram die Augen zusammen und versuchte sich vorzustellen, er wäre ein Vogel.

Zuerst war es schwierig und wollte nicht gelingen, aber lange Generationen von Magiern sowie des Jungen eigene, angeborene Gabe und Intelligenz halfen ihm. Es kam darauf an, das Bewußtsein vor der Wirklichkeit zu verschließen, den Verstand zu überzeugen, daß sein Körper leicht war wie eine Feder, leichter als Luft. Es war eine Kunst, die die meisten jungen Magier jahrelang studieren mußten, um sie zu beherrschen, doch Gram mußte sie innerhalb von ein paar Augenblicken erlernen. Vögel lehren ihre Jungen das Fliegen, indem sie sie aus dem Nest werfen – Gram lernte es auf dieselbe Art. Blankes Entsetzen weckte sein schlummerndes Talent und ließen es die Herrschaft übernehmen.

Mein Körper besteht aus Wolken. Mein Blut ist feiner Nebel. Meine Knochen sind hohl und mit Luft gefüllt.

Der Prinz spürte, wie ein Prickeln ihn durchströmte. Es kam ihm vor, als würde der Zauber ihn tatsächlich in eine Wolke verwandeln, so leicht und gewichtslos fühlte er sich. In dem Maß, wie dieses Gefühl sich verstärkte, festigte sich auch sein Vertrauen in die Illusion, die er in seiner Vorstellung aufbaute, und dadurch gewann der Zauber an Kraft, wurde stärker und mächtiger. Gram öffnete die Augen und bemerkte zu seinem Entzücken, daß er aufgehört hatte zu fallen. Statt dessen schwebte er leichter als eine Schneeflocke in der Luft.

»Ich hab' es geschafft! Ich hab' es geschafft!« Er lachte überglücklich und bewegte die Arme wie ein Vogel die Flügel.

»Du mußt dich konzentrieren!« schnauzte Sinistrad. »Das ist kein Spiel! Wenn die Konzentration nachläßt, vergeht der Zauber!«

Gram erwachte aus seinem Rausch. Weniger die Worte seines Vaters hatten ihn ernüchtert, als vielmehr das erschreckende Gefühl, wieder schwerer zu werden. Entschlossen setzte er alles daran, weiter zwischen den durchsichtigen Wolken zu schweben.

»Was soll ich jetzt tun, Vater?« fragte er demütig.

»Bleib vorläufig, wo du bist. Die Elfen werden dich retten.«

»Aber sie haben versucht, mich zu töten!«

»Schon, aber jetzt sehen sie, daß du über die Gabe verfügst, und sie werden dich zu ihren Magiern bringen wollen. So gelangst du an ihren Hof. Dort kannst du mir nützliche Informationen verschaffen.«

Gram drehte den Kopf zur Seite und schaute nach oben, um zu sehen, was mit dem Schiff geschah. Alles, was er aus diesem Blickwinkel erkennen konnte, war die Unterseite des Rumpfs und die halb ausgebreiteten Flügel. Also war es den Elfen noch nicht gelungen, den Sturz des Drachenschiffs abzufangen.

Er schaute wieder nach vorn, bettete sich mit ausgebreiteten Armen auf die Luftströmungen und wartete darauf, daß man ihn an Bord nahm.

Kapitel 27

Tiefer Himmel, havariert

Hugh und Alfred kauerten am Fuß der Leiter. Sie konnten die Elfen das Schiff durchsuchen hören und wurden auch Zeuge des Gesprächs zwischen Gram und dem Elfenkapitän.

»Kleiner Bastard«, murmelte Hugh vor sich hin.

Dann hörten sie Gram schreien.

Alfred erbleichte.

»Wenn dir soviel an ihm liegt, solltest du weniger zimperlich sein und mir helfen, ihn zu retten«, bemerkte Hugh zu dem Kammerdiener. »Bleib dicht hinter mir.«

Hugh stieg die Leiter empor und klappte den Lukendeckel zurück. Das Schwert in der Hand, sprang er hinaus, dicht gefolgt von Alfred. Das erste, was er sah, war ein Elf, der Gram über Bord schleuderte. Alfred schrie entsetzt auf.

»Da ist nichts mehr zu machen!« rief Hugh und hielt nach etwas Ausschau, das sich als Waffe verwenden ließ. »Halt mir den Rücken frei ... Bei den Ahnen! Das darf doch nicht wahr sein!«

Alfred verdrehte die Augen. Sein Gesicht war aschgrau, und er schwankte. Hugh faßte ihn an der Schulter und schüttelte ihn energisch, aber es war zu spät. Der Kammerdiener sank haltlos in sich zusammen.

»Verdammt!« fluchte Hugh aus tiefstem Herzen.

Die Elfen waren steif und müde von dem Gefecht mit den Rebellen. Sie hatten nicht erwartet, Menschen an Bord eines Drachenschiffs vorzufinden, und reagierten nicht gleich. Hugh griff nach einer Spiere, als einer der Elfen sich darauf stürzen wollte. Der Assassine war schneller; er holte aus und schmetterte die Spiere mit aller Kraft, die er aufzubringen vermochte, dem Elfenkrieger übers Gesicht. Der Elf stürzte und schlug sich im Fallen den Kopf am Lukendeckel an. Es war nicht anzunehmen, daß er so schnell wieder zu sich kam. Hugh wagte nicht, ihm den Gnadenstoß zu versetzen, denn er mußte seine Aufmerksamkeit den beiden anderen Elfen widmen.

Elfen sind keine besonders guten Fechter. Sie ziehen Pfeil und Bogen vor, womit sich Geschicklichkeit und Augenmaß demonstrieren lassen und nicht einfach nur rohe Kraft – nach ihrer Meinung ist der Kampf mit dem Schwert ein primitiver Gewaltakt. Die kurzen, leichten Klingen der Elfen kommen nur im Nahkampf zur Anwendung.

Der Assassine kannte die Elfen und ihre Gewohnheiten, deshalb verschanzte er sich hinter seinem Schwert und hielt die beiden Angreifer mit Finten und Ausfällen auf Abstand. Er wich zurück, wobei er fast blind von Planke zu Planke springen mußte, bis er gegen die Reling prallte. Die Elfen hinderten ihn daran, seitlich auszubrechen, hüteten sich aber, ihm zu nahe zu kommen. Sie warteten ab. Ihren Mangel an Geschick im Umgang mit dem Schwert machen die Elfen durch Geduld und Wachsamkeit wett. Hugh hatte kaum noch die Kraft, die Klinge zu heben. Die Elfen sahen, daß er krank und müde war. Sie konnten es sich leisten zu warten, bis die Erschöpfung ihn zwang aufzugeben.

Den Assassinen schmerzten die Arme, sein Kopf dröhnte. Er wußte, daß er nicht mehr lange standhalten konnte. Irgendwie mußte er diesem Spiel ein Ende machen. Eine Bewegung erregte seine Aufmerksamkeit.

»Alfred!« brüllte er. »So ist es gut! Erledige sie von hinten!«

Es war ein alter Trick, und kein erfahrener Kämpfer wäre darauf hereingefallen. Der Elfenkapitän ließ Hugh nicht aus den Augen, aber sein Gefährte verlor die Nerven und blickte über die Schulter. Was er sah, war nicht ein Mensch, der mit gezückter Waffe hinter ihm stand, sondern Alfred, der sich mühsam aufrichtete und aus glasigen Augen in die Runde schaute.

Hugh stürzte sich auf den Elfen wie der Blitz, schlug ihm die Klinge aus der Hand und rammte ihm die Faust ins Gesicht. Der Elfenkapitän wollte die günstige Gelegenheit nutzen, aber er glitt auf dem abschüssigen Deck aus, der plumpe Hieb verfehlte das Herz des Assassinen und traf statt dessen den Schwertarm. Hugh wirbelte auf dem Absatz herum und erwischte den Kapitän mit dem Schwertknauf am Kinn. Der Elf stürzte rücklings auf die Planken und ließ dabei die Waffe fallen.

Hugh sank auf die Knie und mußte gegen Übelkeit und Schwindelgefühl ankämpfen.

»Sir Hugh! Ihr seid verwundet! Laßt mich helfen . . .« Hände berührten seinen Arm, aber Hugh riß sich los.

»Mir fehlt nichts«, fauchte er, erhob sich taumelnd und bedachte den zerknirschten Kammerdiener mit einem vernichtenden Blick.

»Es . . . es tut mir leid, daß ich Euch im Stich gelassen habe«, stammelte der Ärmste. »Ich weiß einfach nicht, was über mich kommt . . .«

Hugh schnitt ihm das Wort ab und deutete auf die Elfen. »Wirf das Pack über Bord, bevor sie wieder zu sich kommen.«

Alfred wurde so blaß, daß Hugh befürchtete, er würde gleich wieder in Ohnmacht fallen. »Das kann ich nicht, Sir. Ein hilfloses Lebewesen dem Tod überantworten . . .«

»Sie haben auch deinen Herzensjungen dem Tod überantwortet!« Hugh hob das Schwert und hielt es über den Hals des bewußtlosen Elfen. »Dann muß ich sie hier erledigen. Ich habe keine Lust, mich noch einmal mit ihnen herumzuschlagen.«

Er machte Anstalten, den tödlichen Hieb zu führen, doch ein merkwürdiges Widerstreben ließ ihn innehalten. Aus einer ungeheuren und grauenvollen Finsternis sprach eine Stimme zu ihm.

Dein ganzes Leben lang hast du uns gedient.

»Bitte, Sir!« Alfred hängte sich an seinen Arm. »Ihr Schiff ist immer noch an unserem festgemacht.« Er zeigte auf den Überrest des Elfenschiffs, das neben dem *Himmelsstürmer* schwebte. »Ich könnte sie zurück an Bord schaffen. Wenigstens hätten sie dann eine Chance, gerettet zu werden.«

»Also gut.« Zu elend und müde, um zu diskutieren, gab Hugh

nach. »Tu, was du willst. Nur schaff sie weg. Was stellst du dich überhaupt so an? Sie haben deinen Prinzen getötet.«

»Alles Leben ist heilig«, sagte Alfred leise und bückte sich nach den Schultern des bewußtlosen Elfenkapitäns. »Das haben wir gelernt. Zu spät. Zu spät.«

Wenigstens glaubte Hugh, diese Worte verstanden zu haben. Der Wind pfiff durch die Takelage, ihm war übel, er hatte Schmerzen, und wen interessierte das Geschwafel überhaupt?

Alfred entledigte sich seiner Aufgabe in der ihm eigenen, tolpatschigen Art. Er stolperte über die Planken, ließ seine Schützlinge fallen, und beinah hätte er sich in einem der Steuerseile erhängt. Schließlich gelang es ihm, die bewußtlosen Elfen zur Reling zu schleifen und an Bord ihres Schiffes zu hieven, wobei er eine Kraft an den Tag legte, die Hugh in der schlaksigen Gestalt keinesfalls vermutet hätte.

Doch genaugenommen gab es an Alfred so manches, was Rätsel aufgab. War ich wirklich tot? Hat Alfred mich wieder zum Leben erweckt? Und wenn ja, wie? Nicht einmal die Mysteriarchen verfügen über die Gabe, einen Toten ins Leben zurückzurufen.

»Alles Leben ist heilig ... Zu spät. Zu spät.«

Hugh schüttelte den Kopf und bereute es sofort. Er hatte das Gefühl, als würden ihm die Augen aus den Höhlen springen.

Nach getaner Arbeit kehrte Alfred zurück und fand Hugh damit beschäftigt, sich einen notdürftigen Verband anzulegen.

»Sir Hugh?« begann Alfred schüchtern.

Hugh hob nicht den Blick von seiner Arbeit. Der Kammerdiener griff zu und wickelte den Verband straffer.

»Ich glaube, Ihr solltet mitkommen und Euch etwas ansehen, Sir.«

»Ich weiß. Wir sinken immer noch. Aber ich kann uns herausholen. Wie nah ist der Mahlstrom?«

»Es ist nicht nur das, Sir. Es ist der Prinz. Er lebt!«

»Lebt?« Hugh starrte ihn an und war überzeugt, daß er einen Verrückten vor sich hatte.

»Es ist sehr eigenartig, Sir, das gebe ich zu. Und auch wieder nicht so sehr eigenartig, wenn man bedenkt, wer er ist und wen er zum Vater hat.«

Wer zur Hölle ist er denn? wollte Hugh fragen, aber jetzt war nicht die Zeit. Mit zitternden Knien ging er über das Deck, das immer heftiger zu schwanken begann, je näher sie dem Sturmtrichter kamen. Als er über die Reling schaute, stieß er unwillkürlich einen leisen Pfiff aus.

»Sein Vater ist ein Mysteriarch aus dem Hohen Reich«, erklärte Alfred. »Vermutlich hat er den Jungen das gelehrt.«

»Sie sprechen miteinander durch das Amulett«, sagte der Assassine und dachte an das Bild des Jungen, der riesenhaft über ihm aufragte und die Feder an der Kette pendeln ließ.

»Ja.« Hugh konnte den triumphierenden Ausdruck auf dem Gesicht des Jungen erkennen, der offenbar sehr zufrieden mit sich war.

»Ich nehme an, daß ich ihn retten soll. Einen Jungen, der versucht hat, mich zu vergiften. Einen Jungen, der mein Schiff zerstört hat. Einen Jungen, der uns um ein Haar an die Elfen ausgeliefert hätte!«

»Immerhin, Sir Hugh«, gab Alfred zu bedenken und schaute dem Assassinen mit ruhiger Selbstverständlichkeit ins Gesicht, »habt Ihr eingewilligt, ihn zu töten – für Geld.«

Hugh richtete den Blick wieder auf Gram. Sie näherten sich dem Mahlstrom. Schon waren die dicken Wolken aus Staub auszumachen, die darüber schwebten, und Donnerschläge hallten zu ihnen herauf. Das Heckruder schlug in einem kühlen, feuchten Wind, der nach Regen schmeckte. Eigentlich sollte Hugh jetzt dabei sein, die gerissenen Leinen zu überprüfen und zu richten, damit er die Flügel ausschwenken und das Schiff in höhere Luftschichten bringen konnte, bevor der Sog des Mahlstroms so stark wurde, daß er sie daran hinderte, aufzusteigen. Und das Hämmern in seinem Kopf verursachte ihm würgende Übelkeit.

Hugh drehte sich um und ging zur Luke.

»Ich mach' Euch keinen Vorwurf«, sagte Alfred hinter ihm. »Er ist ein schwieriges Kind ...«

»Schwierig!« Hugh lachte, dann verstummte er und schloß die Augen, weil das Deck unter ihm Wellen schlug. Dann holte er tief Atem. »Nimm die Stange da und halt sie ihm hin. Ich werde versuchen, das Schiff dichter an ihn heranzumanövrieren. Falls es dir nicht bewußt sein sollte – wir setzen dabei unser eigenes Leben aufs Spiel. Es ist sehr gut möglich, daß wir von den Turbulenzen erfaßt und in den Mahlstrom gezogen werden.«

»Gewiß, Sir Hugh.« Alfred lief, um das Holz zu holen – dieses eine Mal waren sich Kopf und Füße über ihr Vorhaben einig.

Der Assassine stieg aus der Luke in die Steuerkanzel, blieb stehen und betrachtete kopfschüttelnd die Bescherung. Warum tue ich das? fragte er sich. Ganz einfach, lautete die Antwort. Du hast einerseits einen Vater, der zahlen wird, um seinen Sohn *nicht* zurückzubekommen, und einen anderen Vater, der zu zahlen bereit ist, um seinen Jungen in die Arme schließen zu dürfen.

Das klingt gut, mußte Hugh zugeben. Vorausgesetzt, daß wir nicht in den Mahlstrom geraten. Er schaute aus dem Fenster und sah den Jungen zwischen den Wolken schweben. Das Drachenschiff sank ihm entgegen, aber wenn es Hugh nicht gelang, den Kurs zu ändern, war abzusehen, daß sie ihn um mehr als eine Flügellänge verfehlten.

Mißmutig begann der Assassine, das Leinengewirr zu ordnen; er zwang seinen schmerzenden Kopf, zu arbeiten und zwischen den verschiedenen Leinen zu unterscheiden, die sich auf dem Deck ringelten wie Schlangen. Eine nach der anderen wurde aus dem Durcheinander gelöst und sorgfältig auf dem Boden ausgelegt, damit sie später reibungslos durch die Klüsen liefen. Nachdem er die Seile ihrer Funktion entsprechend vor sich aufgereiht hatte, trennte er sie mit dem Schwert von dem Lederharnisch ab und schlang sie sich um die Arme. Er hatte miterlebt, was bei dieser Art der behelfsmäßigen Steuerung passieren konnte. Wenn er nicht mit äußerster Konzentration zu Werke ging, entfaltete sich der schwere Flügel mit einem Ruck, und die gestraffte Leine brach seinen Arm wie einen dürren Zweig.

Er setzte sich, stemmte die Füße gegen den Boden und gab behutsam Leine aus. Eines der Seile glitt rasch und glatt durch die Klüse; der Flügel schwenkte aus, und der Zauber begann zu wirken. Doch das Seil um Hughs rechten Arm blieb schlaff. Er wischte sich mit dem Handrücken den Schweiß von der Stirn. Der Flügel rührte sich nicht, er klemmte.

Hugh zog mit aller Kraft, weil er hoffte, ihn durch Rütteln an der

Leine doch freizubekommen. Es half nichts, und er kam zu dem Schluß, daß eines der äußeren, mit seiner Führungsleine verbundenen Taue gerissen sein mußte. Leise fluchend ließ der Assassine das nutzlose Seil fallen und konzentrierte sich darauf, das Schiff mit einem Flügel zu manövrieren.

»Näher!« rief Alfred draußen. »Ein wenig mehr nach links – oder heißt es steuerbord? Ich kann mir das nicht merken. Backbord? Vielleicht backbord? Ja, beinahe hätte ich ihn gehabt ... Jetzt! Haltet Euch gut fest, Hoheit!«

Hugh hörte die schrille, atemlose Stimme des Jungen und das Pochen kleiner Stiefel auf den Decksplanken.

Dann ertönte Alfreds tiefe Stimme, ungewohnt streng und tadelnd, im Wechsel mit dem trotzigen Greinen des Prinzen.

Hugh zog an der Leine und spürte, wie der Flügel sich hob. Getragen von der Magie der Elfen, begann das Schiff zu steigen. In der Tiefe wirbelten die Wolken des Mahlstroms, als wären sie zornig, die sichere Beute entfliehen zu sehen. Mit angehaltenem Atem konzentrierte Hugh sich völlig darauf, den Flügel ruhig zu halten, während sie langsam an Höhe gewannen.

Dann war es, als hätte sich eine gigantische Hand ausgestreckt, um sie wie eine lästige Mücke aus der Luft zu schlagen. Unvermittelt, unerwartet sackte das Schiff ab und stürzte mit solcher Geschwindigkeit in die Tiefe, daß es ihnen vorkam, als wären Magen und Eingeweide an der Stelle zurückgeblieben, wo sie sich eben noch befunden hatten, während sie selbst mit hinabgerissen wurden. Hugh vernahm einen erschreckten Aufschrei und einen lauten Schlag und wußte, daß irgend jemand auf das Deck geschleudert worden war. Er hoffte, daß sowohl Alfred als auch der Junge etwas gefunden hatten, um sich festzuhalten, helfen konnte er ihnen nicht.

Er umklammerte grimmig die Leinen und bemühte sich, den Flügel ausgespannt zu halten, um ihren Fall zu verlangsamen. Doch plötzlich vernahm er ein Geräusch wie von zerreißendem Stoff und gleich darauf das unheilverkündende Pfeifen, das allen Drachenschiffkapitänen das Blut in den Adern stocken läßt. Der Flügel war gerissen. Hugh gab den Rest der Leine aus und öffnete den Flügel so weit wie möglich. Wenn er ihn auch nicht mehr benutzen konnte, um zu manövrieren, stand zu hoffen, daß die darin enthaltene Magie den Aufprall milderte, wenn sie auf festem Boden aufkamen – *falls* sie auf festem Boden aufkamen und *falls* der Mahlstrom sie nicht vorher in Stücke riß.

Hugh wickelte sich die Leine vom Arm und warf sie auf das Deck. Sie hatten den Mahlstrom noch nicht erreicht, doch schon jetzt wurde das Schiff von den Sturmausläufern herumgeworfen. Es war unmöglich aufzustehen; er mußte über den Boden kriechen und zog sich an den umherliegenden Leinen in den Gang hinaus. Anschließend hangelte er sich die Leiter hinauf und spähte durch die Luke. Alfred und Gram lagen auf dem Oberdeck, der Kammerdiener drückte den Jungen fest an sich.

»Kommt runter!« schrie Hugh über das Tosen des Sturms hinweg. »Der Zauber wirkt nicht mehr. Wir sinken in den Mahlstrom!«

Alfred rutschte auf dem Bauch über das Deck und zog den Jungen mit sich. Es bereitete Hugh ein gewisses Vergnügen, daß der Kleine vor Angst stumm zu sein schien. Bei der Luke angelangt, schob der Kammerdiener den Prinzen nach vorn. Hugh packte ihn nicht besonders sanft, zerrte ihn herein und ließ ihn fallen.

Gram stieß ein schmerzliches Heulen aus, das abrupt verstummte, als das Schiff zur Seite kippte, ihn gegen die Wand schleuderte und er plötzlich keine Luft mehr bekam. Alfred wurde kopfüber durch die Luke katapultiert und riß den Assassinen mit sich. Beide fielen von der Leiter und landeten im Gang.

Taumelnd richtete der Assassine sich auf und klomm wieder die Leiter hinauf – oder vielleicht auch hinunter. Das Schiff drehte sich wieder und wieder um die Längsachse. Hugh hatte jedes Gefühl für Richtung verloren. Er tastete nach dem Lukendeckel. Ein Regenguß überschwemmte das Schiff; das Wasser stürzte mit der Gewalt von Elfenspeeren auf ihn herab. Gleichzeitig spaltete neben ihm ein Blitz den Himmel, und zwar so nah, daß er bei dem stechenden Geruch die Nase rümpfte; der Donnerschlag, der folgte, hätte ihm fast das Trommelfell gesprengt. Endlich hatte Hugh den Griff der Klappe gefunden – er war naß und glitschig –, und es gelang ihm, die Luke zu schließen. Erschöpft rutschte er die Leiter hinunter und sank auf den Boden.

»Ihr . . . Ihr lebt!« Gram starrte ihn fassungslos an. Dann malte sich Freude auf seinem Gesicht. Der Junge lief zu Hugh hinüber, warf ihm die Arme um den Hals und drückte ihn. »Oh, ich bin so froh! Ich hatte solche Angst! Ihr habt mir das Leben gerettet!«

Hugh befreite sich aus der Umklammerung und hielt den Prinzen auf Armeslänge vor sich. Es konnte keinen Zweifel an der Aufrichtigkeit sowohl der tränenerstickten Stimme wie auch des unschuldigen Gesichts geben. Weder Verschlagenheit noch Lüge sprachen aus den blauen Augen. Beinahe wäre der Assassine bereit gewesen zu glauben, daß er alles nur geträumt hatte.

Aber nicht ganz.

Dieser Knabe mit dem so außerordentlich passenden Namen hatte versucht, ihn zu vergiften. Hugh umspannte mit der Hand die weiße Kehle des Jungen. Es wäre so einfach. Eine Drehung. Knack. Vertrag erfüllt.

Das Schiff schlingerte und rollte im Sog des Strudels. Der Rumpf knarrte und ächzte und schien jeden Moment auseinanderbrechen zu wollen. Die blauen und grellweißen Lichtschleier der Blitze erfüllten das Schiffsinnere; Donnerschläge hallten ihnen in den Ohren.

Dein ganzes Leben lang hast du uns gedient.

Hugh verstärkte seinen Griff. Gram schaute zu ihm auf, vertrauensvoll, mit einem scheuen Lächeln. Man konnte den Eindruck gewinnen, daß der Assassine den Prinzen liebevoll trösten wollte.

Zornig stieß Mordhand den Jungen von sich; er stolperte gegen Alfred, der ihn instinktiv festhielt. Hugh drückte sich in dem engen Gang taumelnd an ihnen vorbei, fiel auf halbem Weg zur Steuerkanzel auf Hände und Knie und mußte sich übergeben.

Kapitel 28

Drevlin, Niederreich

Der Prinz kam als erster wieder zu sich. Verwirrt musterte er seine Umgebung, das Drachenschiff und seine zwei besinnungslosen Gefährten. Donner grollte, und ihn durchfuhr ein heißer Schreck, bis er merkte, daß das Unwetter ein gutes Stück entfernt war. Bei einem Blick nach draußen konnte er sehen, daß alles ruhig war, nur ein leichter Nieselregen fiel. Das fürchterliche Schlingern hatte aufgehört. Alles war still, nichts bewegte sich.

Hugh lag inmitten der Seile am Boden, die Augen geschlossen, Blut klebte an seinem Kopf und seinem Arm. Die unverletzte Hand hielt noch immer eine der Leinen umklammert, als hätte er bis zum letzten Augenblick versucht, etwas zu ihrer Rettung zu unternehmen. Alfred lag mit ausgebreiteten Armen auf dem Rücken. Er schien unverletzt zu sein. Gram hatte nur eine verschwommene Erinnerung an den schier endlosen Absturz, aber er glaubte sich entsinnen zu können, daß Alfred in Ohnmacht gefallen war.

Auch Gram hatte Angst gehabt, größere Angst als in dem schrecklichen Moment, als der Handlanger des Elfenkapitäns ihn über Bord schleuderte. Das war schnell gegangen, er hatte kaum Zeit gehabt, sich zu fürchten. Der Sturz durch Blitz und Donner in den Schlund des Mahlstroms hatte kein Ende nehmen wollen, und seine Furcht hatte sich bis ins Unerträgliche gesteigert. Gram hatte tatsächlich geglaubt, vor Angst sterben zu müssen, aber dann sprach die Stimme seines Vaters zu ihm und lullte ihn in Schlaf.

Der Prinz versuchte, sich aufzurichten. Er fühlte sich merkwürdig. Sein Körper kam ihm viel zu schwer vor, ein ungeheures Gewicht schien ihn niederzudrücken. Gram weinte leise, weil er Angst hatte und sich allein fühlte. Diese ungewohnten Empfindungen behagten ihm nicht, deshalb kroch er zu Alfred hinüber, um ihn wachzurütteln. Dann sah er das Schwert des Assassinen neben ihm auf dem Boden liegen, und ihm kam ein Gedanke.

»Ich könnte sie jetzt beide töten«, sagte er und griff nach der Feder. »Dann wären wir sie los, Vater.«

»Nein!« Es klang sehr streng und verblüffte ihn.

»Warum nicht?«

»Weil du ihrer bedarfst, um diesen Ort verlassen zu können. Doch erst habe ich einen Auftrag für dich, den du ausführen wirst. Du bist auf der Insel Drevlin gelandet, die zum Niederreich gehört. Ein Volk, das sich Gegs nennt, bewohnt dieses Land. Es kommt mir gar nicht ungelegen, daß es dich zufällig dorthin verschlagen hat. Nur daß ich noch über kein Schiff verfüge, hat mich davon abgehalten, mich selbst dort umzuschauen.

Es gibt eine große Maschine auf dieser Insel, die mich sehr interessiert. Sie wurde vor langer Zeit von den Sartan gebaut, aber zu welchem Zweck, hat niemand bis jetzt herausgefunden. Ich möchte, daß du während deines Aufenthalts Nachforschungen in dieser Richtung anstellst. Und bring so viel über die Gegs in Erfahrung wie möglich. Auch wenn ich bezweifle, daß sie mir bei meiner Eroberung der Welt von großem Nutzen sein können, ist es doch geraten, die zu kennen, über die ich herrschen will. Und vielleicht habe ich ja doch Verwendung für sie. Halte die Augen offen, mein Sohn, und präge dir ein, was du siehst.«

Die Stimme verstummte. Gram schniefte beleidigt. Wenn Sinistrad nur endlich aufhören wollte zu sagen: »*Ich* erobere, *ich* herrsche.« Es mußte heißen ›wir‹.

»Natürlich weiß mein Vater kaum etwas über mich, deshalb schließt er mich nicht in seine Pläne ein. Wenn ich erst bei ihm bin, wird er mich besser kennenlernen. Er wird stolz auf mich sein und mich gern an seiner Macht teilhaben lassen. Und er wird mich in der Magie unterweisen. Alles werden wir gemeinsam tun. Ich werde nie mehr einsam sein.«

Hugh stöhnte und begann sich zu regen. Gram legte sich eilig wieder hin und schloß die Augen.

Schmerzgeplagt stützte Hugh sich auf die Ellenbogen. Zuerst empfand er nichts als Verwunderung darüber, daß er noch am Leben war. Sein nächster Gedanke galt dem Elfenmagier, dem er sein Schiff anzuvertrauen pflegte, und er beschloß, ihm beim nächsten Mal den doppelten Preis zu zahlen, ohne das Gefühl zu haben, sein Geld zu verschwenden. Dann fiel ihm die Pfeife ein. Er griff in den Halsausschnitt des schmutzigen und durchnäßten Wamses und stellte erleichtert fest, daß sie unversehrt geblieben war.

Als nächstes richtete der Assassine den Blick auf seine Gefährten. Alfred war noch immer ohnmächtig. Hugh hatte nie in seinem Leben jemanden kennengelernt, der rein aus Angst das Bewußtsein verlor. Der ideale Begleiter, wenn es brenzlig wurde. Der Junge war gleichfalls ohne Besinnung, doch er atmete gleichmäßig, und er hatte eine gesunde Gesichtsfarbe. Ihm war nichts geschehen. Der Garant für Hughs sonnige Zukunft lebte und war wohlauf.

»Doch erst«, murmelte er und rückte behutsam an den Jungen heran, »müssen wir Papi loswerden – wenn alles sich so verhält, wie ich denke.«

Langsam und vorsichtig, um den Jungen nicht zu wecken, schob Hugh die Fingerspitzen unter die silberne Kette, an der das Federamulett hing, und wollte sie dem Prinzen über den Kopf heben.

Die Kette glitt ihm durch die Finger.

Hugh starrte ungläubig darauf hinab. Sie war ihm nicht *aus* den Fingern geglitten, sondern durch sie hindurch – im wahrsten Sinne des Wortes! Fleisch und Knochen schienen für sie kein Hindernis darzustellen.

»Ich bilde mir etwas ein. Das liegt an dem Schlag auf den Kopf«, sagte er zu sich selbst und griff diesmal fester zu.

Er hielt nichts als Luft zwischen den Fingern.

Im selben Moment wurde ihm bewußt, daß Gram die Augen geöffnet hatte. Der Junge sah ihn an, nicht zornig oder mißtrauisch, sondern mit einem Anflug von Traurigkeit.

»Sie läßt sich nicht abnehmen«, sagte er. »Ich hab's versucht.« Dann setzte er sich auf. »Was ist geschehen? Wo sind wir?«

»In Sicherheit«, antwortete Hugh, der seine Pfeife hervorholte. Das Sterego war aufgebraucht, außerdem hätte er ohnehin nichts gehabt, um es anzuzünden. Er schob sich den Stiel zwischen die Zähne und saugte an der leeren Pfeife.

»Ihr habt uns das Leben gerettet«, sagte Gram. »Und das, nachdem ich versucht hatte, Euch zu ermorden. Es tut mir leid. Wirklich!« Die feuchten blauen Augen schauten Hugh treuherzig an. »Ich tat es nur, weil ich Angst vor Euch hatte.«

Hugh nahm die kalte Pfeife aus dem Mund, musterte geistesabwesend den leeren Kopf und sagte nichts.

»Ich fühle mich so merkwürdig«, fuhr der Prinz im Plauderton fort, als wäre ein unbedeutendes Mißverständnis zu beiderseitiger Zufriedenheit geklärt worden. »Als wäre ich zu schwer für meinen Körper.«

»Das ist der Luftdruck hier unten. Ihr werdet Euch daran gewöhnen. Bleibt einfach still sitzen und bewegt Euch nicht.«

Gram gehorchte, aber es fiel ihm sichtlich schwer, sich ruhig zu verhalten. Sein Blick wanderte zum Schwert des Assassinen. »Ihr seid ein Krieger. Ihr seid imstande, Euch auf ehrenhafte Weise zu verteidigen. Aber ich bin schwach. Was hätte ich sonst tun können? Ihr *seid* ein bezahlter Mörder, oder nicht? Und Ihr *habt* den Auftrag, mich zu töten?«

»Und Ihr seid *nicht* Stephens Sohn«, konterte Hugh.

»Nein, Sir, das ist er in der Tat nicht.«

Der Kammerdiener hatte sich aufgerichtet und schaute sich verwirrt um. »Wo sind wir?«

»Ich würde sagen, wir befinden uns im Niederreich. Mit etwas Glück sind wir auf Drevlin gelandet.«

»Warum Glück?«

»Weil Drevlin als einzige Insel hier unten bewohnt ist. Die Gegs werden uns helfen, wenn wir es schaffen, eine ihrer Ansiedlungen zu erreichen. Das Niederreich wird unablässig von heftigen Unwettern heimgesucht«, fügte er als Erklärung hinzu. »Wenn eines davon uns im Freien erwischt . . .« Hugh beendete den Satz mit einem Schulterzucken.

Alfred erblaßte und warf einen sorgenvollen Blick nach draußen. Gram folgte seinem Beispiel. »Jetzt ist es ruhig. Sollten wir nicht aufbrechen?«

»Wartet, bis Euer Körper sich an die veränderten Druckverhältnisse gewöhnt hat. Wenn wir aufbrechen, darf keiner unterwegs müde werden.«

»Und Ihr glaubt, wir befinden uns auf diesem Drevlin?« fragte Alfred.

»Nach unserer Position vor dem Absturz zu urteilen, bin ich mir sogar ziemlich sicher. Der Sturm hat uns herumgewirbelt, aber Drevlin ist die größte Landmasse hier unten und schwer zu verfehlen. Wären wir zu weit vom Kurs abgekommen, hätten wir vergeblich auf eine Landung gewartet.«

»Ihr seid schon einmal hier gewesen.« Gram richtete sich kerzengerade auf und schaute Hugh neugierig an.

»Ja.«

»Und? Ist es anders als bei uns?« fragte er wißbegierig.

Hugh antwortete nicht gleich. Sein Blick ruhte auf Alfred, der die Hand gehoben hatte und sie studierte, als wäre er ziemlich sicher, daß sie nicht ihm gehörte.

»Geht hinaus und seht es Euch selbst an, Hoheit.«

»Wirklich?« Gram rappelte sich auf. »Ich darf nach draußen gehen?«

»Haltet Ausschau nach irgendwelchen Anzeichen für eine Siedlung der Gegs. Es gibt eine riesige Maschine auf diesem Kontinent. Wenn Ihr Teile davon sehen könnt, leben auch Gegs in der Nähe. Entfernt Euch nicht zu weit vom Schiff. Wenn Ihr in einen Sturm geratet, ohne daß Ihr Euch rechtzeitig in Sicherheit bringen könnt, ist es Euer Ende.«

»Ist das klug, Sir?« Alfred schaute ängstlich dem Jungen hinterher, der sich durch ein kleines Leck in der Bordwand nach draußen zwängte.

»Er kommt bestimmt nicht weit. Ihm werden schon bald die Beine schwer werden. Und nun, während wir unter uns sind, kannst du mir die Wahrheit erzählen.«

Alfred erbleichte, obschon das eigentlich gar nicht mehr möglich schien. Er rückte unbehaglich hin und her, senkte die Augen und betrachtete seine übergroßen Hände. »Ihr hattet recht, Sir. Gram ist nicht Stephens Sohn. Ich werde Euch erzählen, was ich weiß – was irgend jemand weiß, auch wenn ich glaube, daß Trian einige nur auf Vermutung beruhende Theorien aufgestellt hat, um zu erklären, was geschah. Ich muß sagen, daß sie meiner Ansicht nach nicht alle Umstände berücksichtigen . . .« Er sah, wie Hughs Gesicht sich verfinsterte und er ungeduldig die Brauen zusammenzog.

»Vor zehn Zyklen wurde Stephen und Anne ein Kind geboren. Es war ein Junge, ein hübsches Kind, mit dem dunklen Haar des Vaters und seiner Mutter Augen und Ohren. Ihr haltet es für seltsam, daß ich die Ohren erwähne, aber Ihr werdet gleich verstehen. Anne, müßt Ihr wissen, hat eine Kerbe im linken Ohr, gleich hier, am äußeren Rand. Es ist eine Art Familienmerkmal. Man erzählt sich, daß vor langer Zeit, als die Sartan noch auf der Erde weilten, einer von ihnen vor Schaden bewahrt blieb, weil ein auf ihn geworfener Speer von einem Vorfahren Annes zur Seite gelenkt wurde. Die Spitze schnitt dem Mann ein Stück vom linken Ohr ab. Seither wurden alle Kinder der Familie mit diesem Zeichen geboren – zum Angedenken an den Lebensretter des Sartan.

Annes Sohn hatte die Kerbe. Ich sah sie mit eigenen Augen, als man das Kind brachte, um es von den Edlen begutachten zu lassen.« Alfred senkte die Stimme. »Das Kind, das man am nächsten Morgen in der Wiege fand, hatte die Kerbe nicht.«

»Ein Wechselbalg«, bemerkte Hugh. »Bestimmt wußten sie es?«

»Natürlich haben sie es gewußt. Wir alle wußten es. Der Kleine schien wie der Prinz etwa ein oder zwei Tage alt zu sein. Doch er hatte blondes Haar und leuchtend blaue Augen, nicht das milchige Blau, das sich mit der Zeit braun verfärbt. Und die Ohren des Kindes waren ohne Fehl. Wir befragten jeden im Palast, aber keiner wußte eine Erklärung. Die Wachen schworen, an ihnen wäre niemand vorbeigeschlüpft. Es waren gute Männer. Stephen hatte keinen Grund, ihnen nicht zu glauben. Die Betreuerin hatte die ganze Nacht im Zimmer des Kindes geschlafen und ihn pünktlich zu seiner Amme getragen, die unter Tränen versicherte, es wäre Annes dunkelhaariger Sohn gewesen, den sie an die Brust legte. Aufgrund dieser Aussagen und anderer Zeichen kam Trian zu dem Schluß, daß die Kinder durch Zauberei vertauscht worden waren.«

»Andere Zeichen?«

Alfred seufzte. Sein Blick schweifte nach draußen. Gram stand auf einem Felsblock und spähte in die Ferne. Am Horizont türmten sich von Blitzen durchzogene Wolken. Der Wind frischte auf.

»Ein starker Zauber lag auf dem Kind. Jeder, der es ansah, mußte es lieben. Nein, ›lieben‹ ist nicht das passende Wort.« Der Kammerdiener dachte nach. »›Vernarrt sein‹ vielleicht. Wir konnten es nicht ertragen, ihn betrübt zu sehen. Eine Träne, die über seine Wange rollte, reichte aus, daß der gesamte Hof sich tagelang elend fühlte. Wir hätten unser Leben hingegeben für dieses Kind.« Alfred verstummte und strich sich mit der Hand über den kahlen Schädel. »Stephen und Anne wußten, wie gefährlich es war, das Kind als ihr eigenes anzunehmen, aber sie hatten keine andere Wahl. Das ist der Grund, weshalb sie ihn Gram tauften.«

»Und worin bestand die Gefahr?«

»Ein Jahr nachdem uns das Wechselbalg untergeschoben worden war, am Geburtstag von Annes leiblichem Sohn, besuchte uns ein Mysteriarch aus dem Hohen Reich. Zuerst fühlten wir uns geehrt, denn so etwas war seit Jahren nicht mehr vorgekommen – daß einer der erhabenen Magier des Siebenten Hauses sich dazu herabließ, sein herrliches Reich dort oben zu verlassen und den Fuß auf unsere armselige Welt zu setzen. Doch Stolz und Freude wurden zu Asche in unserem Mund. Sinistrad ist ein böser Mensch. Er sorgte dafür, daß wir es merkten und ihn fürchteten. Er war gekommen, sagte er, um dem kleinen Prinzen seine Ehrerbietung zu erweisen. Er hatte ihm ein Geschenk mitgebracht. Als Sinistrad den Kleinen auf den Arm nahm, wußten wir, wessen Sohn Gram tatsächlich war.

Wir waren machtlos. Was hätten wir tun sollen – gegen einen Magier des Siebenten Hauses? Trian ist der fähigste Magier im ganzen Königreich und doch nur Drittes Haus. Nein, uns blieb nichts anderes übrig, als mit starrem Lächeln zuzusehen, wie der Mysteriarch dem Jungen ein Federamulett um den Hals legte. Sinistrad gratulierte Stephen zu seinem *Erben* und verschwand. Die Betonung, die er auf dieses Wort legte, jagte uns allen einen Schauer über den Rücken. Doch Stephen war unfähig, etwas anderes zu tun, als das Kind weiter zu verhätscheln und ihm jeden Wunsch von den Augen abzulesen, obwohl er seinen Anblick bald nicht mehr ertragen konnte.«

Hugh zupfte stirnrunzelnd an seinem Bart. »Doch warum sollte einer der Mysteriarchen sich plötzlich für uns interessieren? Sie haben uns vor langen Zyklen aus freiem Willen verlassen. Ihr eigenes Reich ist reicher, als wir es uns vorzustellen vermögen.«

»Wie schon gesagt, niemand weiß es. Trian hat seine Theorien – Eroberung ist selbstverständlich die nächstliegende. Doch wenn ihnen daran gelegen wäre, über uns zu herrschen, könnten sie eine Armee von Mysteriarchen aufmarschieren lassen und uns mühelos unterwerfen. Nein, es ergibt keinen Sinn. Stephen wußte, daß Sinistrad mit seinem Sohn in Verbindung stand. Gram ist ein gerissener Spion. Der Junge hat jedes Geheimnis im ganzen Reich ausgekundschaftet und alles weitergegeben, dessen sind wir sicher. Damit hätten wir leben können, denn seither sind zehn Zyklen verstrichen, und unsere Macht wächst. Wenn die Mysteriarchen die Herrschaft übernehmen wollten, hätten sie es längst getan. Doch jetzt ist etwas eingetreten, das Stephen gezwungen hat, sich von dem Wechselbalg zu trennen.« Alfred überzeugte sich davon, daß Gram immer noch damit beschäftigt war, eine Stadt ausfindig zu machen. Der Kammerdiener winkte Hugh näher heran und flüsterte ihm ins Ohr: »Anne ist schwanger.«

»Ah!« Hugh nickte. Ihm wurde einiges klar. »Deshalb haben sie beschlossen, sich des einen Erben zu entledigen, nun da ein anderer unterwegs ist. Und was ist mit dem Zauber?«

»Trian gelang es, ihn zu brechen. Zehn Jahre intensiven Studiums waren nötig, doch schließlich hatte er Erfolg. Endlich war Stephen in der Lage ...« Alfred stockte, begann zu stammeln »... zu ...«

»... einen Assassinen anzuwerben, um ihn zu ermorden. Wie lange weißt du schon Bescheid?«

»Von Anfang an.« Alfred errötete. »Deshalb bin ich Euch gefolgt.«

»Und hättest du versucht, mich davon abzuhalten?«

»Ich bin nicht sicher.« Alfred runzelte die Stirn und schüttelte ratlos den Kopf. »Ich ... weiß es nicht.«

Ein dunkles Samenkorn fiel in Hughs Bewußtsein und schlug Wurzeln. Es wuchs rasch, rankte sich in seine Gedanken, erblühte und trug giftige Frucht. *Ich* beschloß, den Vertrag zu brechen. Warum? Weil der Junge lebend mehr wert ist als tot. Aber das war auch bei etlichen anderen Männern der Fall, die zu töten ich mich verpflichtet hatte. Ich habe noch nie ein Versprechen gebrochen. Ich habe noch nie einen Kunden hintergangen, auch wenn ich manchmal das Zehnfache meines Lohns hätte herausschlagen können. Warum also diesmal? Ich habe mein eigenes Leben aufs Spiel gesetzt, um den Bastard zu retten! Ich war nicht imstande, ihn zu töten, nachdem er versucht hatte, mich umzubringen!

Und wenn der Zauber nun doch nicht gebrochen ist? Wenn Gram uns alle täuscht, angefangen mit König Stephen?

Hugh richtete den durchdringenden Blick auf Alfred. »Und wie steht's mit der Wahrheit über dich, Kammerdiener?«

»Ihr seht sie vor Euch, Sir, fürchte ich«, erwiderte Alfred bescheiden und breitete die Hände aus. »Ich bin mein ganzes Leben lang ein Höfling gewesen. Ich versah schon auf dem Stammsitz der Königin in Uylandia das Amt des Kammerdieners. Als Ihre Majestät zur Königin erhoben wurde, war sie freundlich genug, mich mitzunehmen und mir ihren . . . nun ja, bleiben wir dabei, ihren Sohn anzuvertrauen.« Eine tiefe Röte stieg Alfred in die Wangen. Sein Blick irrte umher. Er zupfte nervös an seiner schäbigen Kleidung.

Im Gegensatz zu dem Kind fällt diesem Mann das Lügen nicht leicht, dachte Hugh. Und doch lebt auch Alfred eine Lüge.

Der Assassine ließ es auf sich beruhen und schloß die Augen. Seine Schulter schmerzte, er fühlte sich erschöpft – Auswirkungen sowohl des Gifts wie auch des hohen Luftdrucks. Bei dem Gedanken an die zurückliegenden Ereignisse verzog er den Mund zu einem bitteren Lächeln. Die größte Ironie bestand darin, daß er, dessen Hände rot waren vom Blut zahlloser Menschen und der stolz von sich geglaubt hatte, niemandes Diener zu sein, zum Lakaien erniedrigt worden war – von einem Kind.

Prinz Gram steckte den Kopf durch das Leck in der Schiffswand. »Ich glaube, ich kann sie sehen. Die große Maschine! Ziemlich weit weg. Ihr könnt jetzt nichts erkennen, weil die Wolken so tief hängen. Aber ich habe mir den Weg gemerkt. Warum gehen wir nicht jetzt gleich hin? Es ist doch nur Regen . . .«

Ein Blitzstrahl fuhr knisternd aus den Wolken herab und sprengte ein Loch in den Koralitboden. Der Donnerschlag ließ die Insel erbeben und hätte den Jungen fast umgeworfen.

»Deshalb«, meinte Hugh.

Ein zweiter Blitz schlug krachend ein. Gram sprang durch das Leck und flüchtete sich zu Alfred. Regen trommelte auf den Schiffsrumpf; Hagel prasselte mit ohrenbetäubender Gewalt auf die mit Drachenhaut überzogene Beplankung. Bald würde Wasser durch die Risse in dem gesplitterten Holz strömen. Der Prinz war blaß, seine Augen weit aufgerissen, aber er weinte nicht. Als er merkte, daß seine Hände zitterten, verschränkte er sie. Wenn Hugh den Jungen anschaute, sah er sich selbst, vor vielen Jahren, wie er Furcht mit Stolz bekämpfte – der einzigen Waffe, die er besaß.

Und ihm kam der Gedanke, daß er genau das sehen sollte. Einer von beiden, entweder der Junge oder sein Vater, hatte den Schlüssel zu der Tür gefunden, die er fest hinter sich verriegelt glaubte.

Der Assassine strich mit den Fingerspitzen über den Schwertgriff. Es würde nicht länger dauern als ein paar Momente. Das Schwert ziehen, heben, tief in den Leib des Jungen stoßen. Wenn er tatsächlich von Magie zum Narren gemacht wurde, dann wollte er sie wirken sehen, damit alle Zweifel ausgeräumt waren.

Aber vielleicht hatte er es bereits gesehen.

Hugh nahm die Hand vom Schwertknauf. Er schob die Pfeife zwischen die Zähne und bemerkte, daß Gram ihn beobachtete. Die Lippen des Jungen verzogen sich zu einem herzlichen, gewinnenden Lächeln.

Kapitel 29

Wombe, Drevlin, Niederreich

Dem Chefmechniker ging es miserabel. Die Götterplage war über ihn hereingebrochen. Sie fielen buchstäblich vom Himmel und regneten auf seinen armen Kopf herab. Nichts ging mehr seinen geregelten Gang. In seinem einst geordneten Reich, das in den letzten paar Jahrhunderten so friedlich vor sich hingedöst hatte, war das Chaos ausgebrochen.

Während er über den geröllübersäten Koralitboden stapfte, gefolgt von einem widerstrebenden Trupp seiner Kupferer, den Suprintenten rechthaberisch zur Seite, dachte der Mechniker lange und gründlich über Götter nach und kam zu dem Schluß, daß er nichts für sie übrig hatte. Statt ihm den spinnerten Limbeck fein säuberlich vom Hals zu schaffen, besaßen die Götter tatsächlich die Unverschämtheit, ihn quicklebendig wieder nach Hause zu schicken. Und sie begleiteten ihn sogar! Zumindest einer von ihnen, ein Gott, der sich Haplo nannte. Und obwohl der Chefmechniker hatte läuten hören, daß besagter Gott sich selbst nicht für einen Gott hielt, war Darral Langstrandman als langjähriger und welterfahrener Politiker nicht geneigt, dem Glauben zu schenken.

Leider war es so, daß – Gott hin, Gott her – dieser Haplo Unruhe stiftete, wohin er auch ging. Neuerdings trieb er sogar in der Hauptstadt Wombe sein Unwesen. Der spinnerte Limbeck und seine verrückten UFFler schleppten ihren Gott bis in den letzten

Winkel des Landes, hielten Reden und erzählten den Leuten, daß sie ausgebeutet, betrogen, versklavt und weiß der Manger was wurden. Natürlich ging der spinnerte Limbeck schon seit geraumer Zeit mit diesen haarsträubenden Verleumdungen hausieren, aber jetzt, wo er mit einem Gott aufwarten konnte, fingen die Leute an, ihm zuzuhören!

Die Hälfte der Farrer hatte er bereits für sich gewonnen. Der Suprintent, der zusehen mußte, wie die Kirche vor seinen Augen auseinanderfiel, verlangte von dem Chefmechniker, etwas dagegen zu unternehmen.

»Und was soll ich unternehmen?« fragte Darral säuerlich. »Diesen Haplo verhaften, diesen Gott, der behauptet, kein Gott zu sein? Damit erreichen wir nichts anderes, als die Leute, die an ihn glauben, zu überzeugen, daß sie recht hatten, an ihn zu glauben, und die noch nicht glauben, zu überzeugen, daß sie glauben sollten!«

»Quatsch mit Soße!« schnaufte der Suprintent, der kein Wort verstanden hatte, aber grundsätzlich nicht einverstanden war.

»Quatsch mit Soße! Mehr hast du nicht zu sagen! Ohnehin ist alles deine Schuld!« schrie der Chefmechniker und steigerte sich in eine künstliche Wut hinein. »Sollen die Manger sich um den spinnerten Limbeck kümmern, hast du gesagt. Nun, sie haben sich um ihn gekümmert! Schicken ihn flugs wieder zurück, damit er uns hier oben alles durcheinander bringt!«

Der Suprintent war aufgebracht davongestürmt, kehrte aber schnell wieder zurück, als das Schiff in Sicht kam.

Das Drachenschiff war im Hinterland niedergegangen, in einiger Entfernung von einem Außenbezirk Wombes, Blindahm. Das vermaledeite Ding hatte am Himmel über Drevlin überhaupt nichts zu suchen gehabt, denn die Zeit für das allmonatliche Elftendankfest war noch nicht gekommen! Der Chefmechniker sah es aus den Wolken stürzen, und das Herz war ihm schwer geworden. Noch ein paar Götter – das hatte ihm gerade gefehlt!

Zuerst glaubte Darral, er hätte es vielleicht als einziger gesehen und könnte so tun, als wäre nichts. Soviel Glück war ihm nicht beschieden! Andere Gegs hatten den Vorfall auch beobachtet, unter ihnen der Suprintent. Einer seiner scharfäugigen, hirnlosen Kupferer hatte darüber hinaus berichtet, etwas Lebendiges wäre zum Vorschein gekommen. Zur Strafe trottete er jetzt hinter seinem Vorgesetzten drein, um dem Rätsel auf den Grund zu gehen.

»Ich hoffe, das wird dir eine Lehre sein«, fuhr Darral den unglücklichen Kupferer an. »Nur deinetwegen müssen wir hier draußen herumirren. Hättest du dein Mundwerk gehalten! Aber nein! Du mußt losziehen und einen von ihnen sehen! Und nicht nur das, du mußt es auch noch ausposaunen!«

»Ich habe es nur dem Suprintenten erzählt«, protestierte der Kupferer.

»Das ist so gut wie eine öffentliche Bekanntmachung«, knurrte Darral.

»Ich finde, es ist nur recht und billig, daß wir jetzt unseren eigenen Gott haben, Chefmechniker«, beharrte der Kupferer. »Weshalb sollen die Narren drüben in Het einen Gott haben, und wir müssen ohne auskommen. Jetzt können wir's ihnen zeigen!«

Der Suprintent hob interessiert die Augenbrauen. Der Ärger war vergessen, und er kehrte an die Seite des Chefmechnikers zurück. »Er hat nicht ganz unrecht«, flüsterte er Darral ins Ohr. »Wenn wir unseren eigenen Gott haben, können wir Limbecks Gott Paroli bieten.«

Während er mühsam über den rissigen und gefurchten Boden stolperte, mußte der Chefmechniker zugeben, daß sein Schwager zum ersten Mal in seinem Leben eine intelligente Äußerung von sich gegeben hatte. »Mein eigener Gott«, sann Darral Langstrandman und patschte durch die Pfützen. »Es muß eine Möglichkeit geben, das zu meinem Vorteil auszunutzen.«

Als das Drachenschiff vor ihnen auftauchte, verlangsamte der Chefmechniker den Schritt und hob die Hand, als Hinweis für seine Männer, ebenfalls langsamer zu gehen. Er hätte sich die Mühe sparen können. Die Kupferer waren bereits zehn Schritte hinter ihrem Vorgesetzten stehengeblieben.

Der Chefmechniker musterte sie mit finsteren Blicken und wollte anfangen, sie als Feiglinge zu beschimpfen, aber dann kam ihm der Einfall, daß es vielleicht recht günstig war, wenn sie zurückblieben. Es machte einen besseren Eindruck, wenn er allein mit den Göttern konferierte. Er warf einen schrägen Blick auf den Suprintenten.

»Ich glaube, du solltest hier warten«, meinte er. »Es könnte gefährlich werden.«

Weil Darral Langstrandman nie zuvor in seinem Leben um sein Wohlergehen besorgt gewesen war, erregte diese plötzliche Gefühlsaufwallung ganz zu Recht das Mißtrauen des Suprintenten, der das Ansinnen prompt und unzweideutig von sich wies. »Es ist nur angemessen, daß ein Mann der Kirche diese Unsterblichen begrüßt«, bemerkte er hochmütig. »Ich möchte dich sogar bitten, mir das Reden zu überlassen.«

Das Unwetter war abgezogen, aber das nächste braute sich zusammen (auf Drevlin braute sich *immer* ein nächstes zusammen!), und Darral hatte keine Zeit für lange Diskussionen. Er begnügte sich mit der Bemerkung, der Suprintent könne ja mal versuchen, wie es sich mit einer gespaltenen Oberlippe predigte. Dann strafften der Chefmechniker und sein Begleiter die Schultern und marschierten geradewegs auf das Wrack des abgestürzten Drachenschiffs zu. (Man sollte sich nicht verleiten lassen, dem Mut der beiden Gegs allzuviel Bewunderung zu zollen. Der Kupferer hatte berichtet, das Wesen, das er aus dem Schiff auftauchen sah, wäre recht klein gewesen.)

Vor dem zerschmetterten Rumpf angelangt, fühlte sich der Chefmechniker einen Moment lang ratlos. Er war noch nie in die Gelegenheit gekommen, einen Gott anzusprechen. Angelegentlich des allmonatlichen Elftendankfests erschienen die Elften in ihren gewaltigen Schiffen, saugten das Wasser hoch, warfen ihre Belohnung ab und verschwanden. Nicht der schlechteste Weg, solche Dinge zu handhaben, dachte der Chefmechniker bedauernd. Er öffnete soeben den Mund, um dem kleinen, schwächlichen Gott im Innern des Schiffs zu verkünden, seine Diener wären gekommen, als ihm ein Gott entgegentrat, der alles andere als klein und schwächlich war.

Der Gott war groß und düster, mit einem schwarzen, geflochtenen Bart und langem, schwarzen Haar, das auf seine Schultern fiel. Sein Gesicht war hart, die Augen scharf und kalt wie das Koralit unter den Füßen des Gegs. In der Hand trug der Gott eine Waffe aus hellem, glitzernden Stahl.

Beim Anblick dieses schrecklichen, furchteinflößenden Wesens vergaß der Suprintent alles über die angestrebte Vormachtstellung der Kirche, machte auf dem Absatz kehrt und rannte davon. Als sie die Kirche das Feld räumen sahen, glaubten die meisten Kupferer, ihre Stunde hätte geschlagen, und nahmen die Beine in die Hand. Nur einer blieb zurück – der Kupferer, der den Gott gesehen und als klein und spillerig beschrieben hatte. Vielleicht dachte er, er hätte nichts mehr zu verlieren. »Na ja. Auf Nimmerwiedersehen«, brummte Darral. Dann wandte er sich dem Gott zu und verneigte sich so tief, daß sein Bart den feuchten Boden streifte. »Eu'gnaden«, sagte der Chefmechniker demütig, »wir heißen Euch willkommen in unserem Reich. Seid Ihr gekommen, um Gericht zu halten?«

Der Gott starrte ihn an, winkte einem zweiten Gott (der Chefmechniker stöhnte innerlich – wie viele von denen waren es wohl insgesamt?) und sagte etwas, das in den Ohren des Chefmechnikers wie sinnloses Gefasel klang. Der zweite Gott – ein kahler, weichlicher Gott, wenn man Darral Langstrandmans Meinung hören wollte – schüttelte den Kopf und machte ein verständnisloses Gesicht.

Der Chefmechniker begriff, daß diese Götter kein Wort seiner wohlgesetzten Rede verstanden hatten.

Er begriff außerdem, daß der spinnerte Limbeck gar nicht so spinnert war. Das waren keine Götter. Götter würden ihn verstanden haben. Das waren sterbliche Menschen. Ihr Drachenschiff hatte Ähnlichkeit mit den Drachenschiffen der Elften, und was konnte das anderes bedeuten, als daß auch die Elften keine Götter waren. Wenn das Allüberall plötzlich stillgestanden hätte, wenn jedes Rad aufgehört hätte, sich zu drehen, hätte der Chefmechniker nicht entsetzter sein können. Der spinnerte Limbeck hatte recht! Es würde keinen Tag des Gerichts geben! Die Gegs würden nie in den Himmel Hoch erhoben werden! Als er mit neuen Augen die Götter und ihr havariertes Schiff musterte, erkannte Darral, daß die Götter selbst Drevlin nicht verlassen konnten!

Ein leises Donnergrollen warnte den Chefmechniker, daß er und diese ›Götter‹ nicht die Zeit hatten, herumzustehen und sich gegenseitig anzustarren. Desillusioniert, zornig und verwirrt, wandte er den ›Göttern‹ den Rücken zu und wollte sich auf den Rückweg zur Stadt machen.

»Wartet!« ertönte die Stimme. »Wohin geht Ihr?«

Verblüfft fuhr Darral herum. Ein dritter Gott war aufgetaucht. Vermutlich war es der, den der Kupferer gesehen hatte, denn er war klein und zierlich. Dieser Gott war ein Kind! Und hatte er Darral wahrhaftig in seiner eigenen Sprache angeredet?

»Seid gegrüßt, ich bin Prinz Gram«, sagte das Kind in ausgezeichnetem, aber stockendem Gegisch. Es hörte sich fast an, als würde er nachsprechen, was ihm jemand vorsagte. Mit einer Hand umklammerte es einen Federtalisman, der an einer silbernen Kette um seinen Hals hing. Die andere streckte er Darral mit der nach oben gekehrten Handfläche entgegen – die bei den Gegs gebräuchliche Geste der Freundschaft. »Mein Vater ist Sinistrad, Mysteriarch des Siebenten Hauses, Herrscher des Hohen Reichs.«

Darral Langstrandman holte tief und zitternd Atem. Nie zuvor hatte er ein derart wunderschönes Geschöpf gesehen. Goldenes Haar, leuchtend blaue Augen – das Kind strahlte wie das polierte Metall des Allüberall. »Vielleicht habe ich mich geirrt. Vielleicht ist der spinnerte Limbeck doch im Unrecht. Ganz bestimmt ist dieses Wesen einer von den Unsterblichen!« Aus den tiefsten Tiefen seines Gedächtnisses, begraben unter Jahrhunderten der Existenz in einer Welt nach der Großen Teilung, stieg eine Erinnerung in Darral auf: »Und ein kleines Kind soll sie führen.«

»Seid gegrüßt, Prinz Gr... Gram«, erwiderte der Chefmechniker. Er stolperte über den Namen, der in seiner Sprache keine Bedeutung hatte. »Seid Ihr endlich gekommen, um uns zu richten?«

Die Lider des Jungen zuckten, dann antwortete er gemessen: »Ja, ich bin gekommen, euch zu richten. Wo ist euer König?«

»Ich bin der Chefmechniker, Eu'gnaden, der Herrscher über mein Volk. Es wäre eine große Ehre, wenn Ihr Euch entschließen könntet, unsere Stadt zu besuchen, Eu'gnaden.« Der Chefmechniker verfolgte nervös das Herannahen des Unwetters. Götter ließen sich von zuckenden Blitzen höchstwahrscheinlich nicht aus der Ruhe bringen, und es war Darral einigermaßen peinlich, andeuten zu müssen, daß es um die Nerven von Chefmechnikern weniger gut bestellt war. Zu seiner Erleichterung schien das Kind sich der unangenehmen Lage des Chefmechnikers bewußt zu sein und Mitleid zu empfinden. Nach einem Blick auf seine Begleiter, bei denen es sich nach Darrals Ansicht um die Wächter oder Diener des Gottes handelte, gab Prinz Gram zu verstehen, daß er bereit war aufzubrechen, und hielt nach einem Transportmittel Ausschau.

»Es tut mir leid, Eu'gnaden«, brachte der Chefmechniker mühsam heraus und konnte fühlen, wie ihm vor Verlegenheit die Ohren heiß wurden, »aber wir werden ... äh ... zu Fuß gehen müssen.«

»Oh, das macht nichts«, sagte der Gott und sprang in eine Pfütze.

Kapitel 30

Wombe, Drevlin, Niederreich

Limbeck saß in dem zugigen Hauptquartier der UFF und schrieb an der Rede, die er bei der Versammlung abends halten wollte. Die Brille schief in die Stirn geschoben, kritzelte der Geg die Worte aufs Papier, verspritzte stillvergnügt Tinte nach allen Seiten und merkte nichts von dem Trubel um ihn herum. Haplo saß neben ihm, den Hund zu seinen Füßen.

Ruhig, schweigsam, unauffällig saß der Patryn auf einem Stuhl, der zu niedrig für ihn war. Die langen Beine von sich gestreckt, beobachtete er träge das geordnete Chaos. Hin und wieder senkte er die bandagierte Hand und strich dem Hund über den Kopf oder tätschelte ihn beruhigend, wenn irgend etwas ihn erschreckt hatte.

Das Hauptquartier der UFF in Wombe war – buchstäblich – ein Loch in der Wand. Das Allüberall hatte irgendwann entschieden, daß es sich in einer bestimmten Richtung ausdehnen wollte, brach ein Loch in die Mauer einer Behausung eines Gegs und beschloß dann aus unerfindlichen Gründen, daß es doch die falsche Richtung war. Das Loch in der Mauer blieb, und die ungefähr zwanzig Geg-Familien im Haus waren umgezogen, denn man wußte nie, ob das Allüberall seine Meinung nicht wieder änderte.

Abgesehen von ein paar kleinen Unbequemlichkeiten war das Haus bestens geeignet für das Büro der UFF. Die UFF hatte bisher in der Hauptstadt keine Zweigstelle gehabt. Der Chefmechniker und die Kirche hielten dort das Heft zu fest in der Hand. Doch nachdem die Meldung von Limbecks triumphaler Rückkehr von den Toten – in Begleitung eines Gottes, der behauptete, kein Gott zu sein – Wombe durch die Nachrichtensänger erreicht hatte, verlangten die Gegs lautstark, mehr über die UFF und ihren Vorsitzenden zu erfahren. Jarre selbst reiste nach Wombe, um für die Union zu werben, Pamphlete zu verteilen und ein geeignetes Gebäude zu finden, das sowohl als Operationsbasis wie auch als Wohnung dienen konnte. Ihr eigentliches, geheimes Ziel allerdings war, herauszufinden, ob der Chefmechniker und/oder die Kirche ihnen Schwierigkeiten bereiten würden.

Jarre hoffte es sehr. Fast konnte sie die Nachrichtensänger überall im Land verkünden hören: »Gewalt gegen neue Partei!« Nichts dergleichen war zu Jarres großer Enttäuschung vorgefallen. Limbeck, Haplo (und der Hund) wurden beim Betreten der Stadt von einer jubelnden Menschenmenge empfangen. Jarre beharrte darauf, daß es sich um ein finsteres und verschlagenes Komplott des Chefmechnikers handelte, um sie alle in Sicherheit zu wiegen, aber Limbeck vertrat die Ansicht, Darral Langstrandman hätte mit dieser Zurückhaltung seine Toleranz und Weitsicht unter Beweis gestellt. Jetzt drängten sich Scharen von Gegs vor dem Loch in der Wand, um einen Blick auf den berühmten Limbeck oder den-Gott-der-keiner-war zu erhaschen. UFF-Mitglieder eilten wichtig aus und ein, brachten Nachrichten und empfingen Anweisungen von Jarre, die so sehr damit beschäftigt war, die Dinge in Fluß zu halten, daß sie keine Zeit mehr fand, auf Versammlungen zu sprechen.

Jarre war in ihrem Element. Sie leitete die UFF mit erbarmungsloser Effizienz. Ihr Organisationstalent, ihre Einsicht in das Wesen ihres Volkes und die Art, wie sie Limbeck managte, waren dafür verantwortlich, daß in der Welt der Gegs die Unzufriedenheit schwelte und der Ruf nach Erneuerung ertönte. Sie bog, stauchte und knetete Limbeck in die ihr genehme Form, schob ihn nach vorn, um die Herzen zu rühren und die Massen zu entflammen, und zog ihn wieder zurück, wenn es genug war. Ihre Ehrfurcht vor Haplo war bald geschwunden, und sie behandelte ihn nicht anders als Limbeck – befahl ihm zu sprechen und befahl ihm zu schweigen.

Haplo gab ihr in allen Dingen mit gelassener, freundlicher Bereitwilligkeit nach. Er war, stellte Jarre fest, ein Mann weniger

Worte, aber diese Worte trafen die Zuhörer bis ins Mark und blieben im Gedächtnis haften.

»Ist deine Rede für heute abend fertig, Haplo?« Jarre blickte von dem Artikel auf, an dem sie arbeitete – eine Erwiderung auf einen Angriff der Kirche, der so einfältig war, daß ihn zur Kenntnis zu nehmen schon zuviel der Ehre bedeutete.

»Ich werde sagen, was ich immer sage, wenn es dir recht ist, Jarre«, erwiderte Haplo mit dem distanzierten Respekt, der seinen Umgang mit den Gegs kennzeichnete.

»Aber ja«, antwortete Jarre und strich sich mit dem Ende der Schreibfeder über das Kinn. »Ich denke, das wird sehr gut ankommen. Du weißt, daß wir heute wahrscheinlich unser bisher größtes Publikum haben werden. Es wird gemunkelt, daß einige Schichten sogar davon reden, ihre Arbeit liegen zu lassen – so etwas hat es in der Geschichte Drevlins noch nie gegeben!«

Der Ton ihrer Worte veranlaßte Limbeck, den myopischen Blick von seinen Papieren zu heben und in die Richtung zu schauen, in der er Jarre vermutete. Sie war für ihn nicht mehr als ein rechteckiger Schatten, gekrönt von einem runden Fleck, der wohl ihr Kopf sein mußte. Ihre Augen konnte er nicht sehen, aber er kannte sie gut genug, um sich vorzustellen, daß sie vor Vergnügen funkelten.

»Meine Liebe, ist das auch klug?« warf er ein. Er hielt die Feder über dem Papier in der Schwebe, und ohne daß er es merkte, fiel ein besonders dicker Tintentropfen auf seinen Text. »Damit bringen wir ganz sicher den Chefmechniker und die Farrer gegen uns auf . . .«

»Das will ich hoffen!« verkündete Jarre nachdrücklich. Nervös stützte Limbeck den Ellenbogen auf die Stelle mit dem Klecks.

»Soll er seine Kupferer schicken, um unsere Versammlung zu sprengen«, fuhr Jarre fort. »Das bringt uns hundert neue Mitglieder!«

»Aber es könnte zu Zwischenfällen kommen.« Limbeck war erschüttert. »Womöglich wird jemand verletzt!«

»Alles zum Besten der Sache.« Jarre zuckte die Schultern und nahm ihre Arbeit wieder auf.

Von Limbecks Feder fiel der nächste Tropfen. »Meine Sache ist immer der Frieden gewesen. Ich wollte nie, daß Leute zu Schaden kommen.«

Jarre stand auf und warf einen kurzen, vielsagenden Blick auf Haplo, um Limbeck daran zu erinnern, daß der-Gott-der-keiner-war ihnen zuhörte. Limbeck errötete und biß sich auf die Unterlippe, schüttelte aber eigensinnig den Kopf. Jarre trat an seinen Schreibtisch. Sie nahm ein Tuch und wischte einen besonders großen Tintenfleck von seiner Nasenspitze.

»Lieber«, sagte sie nicht unfreundlich, »du hast immer über die Notwendigkeit von Veränderungen gesprochen. Wie sollte das deiner Meinung nach vor sich gehen?«

»Langsam«, erwiderte Limbeck. »Langsam und allmählich, damit jeder Zeit hat, sich daran zu gewöhnen und zu begreifen, daß es eine Veränderung zum Guten ist.«

»Das ist so typisch für dich«, seufzte Jarre.

Ein UFFler steckte den Kopf durch das Loch in der Wand und bemühte sich, Jarres Aufmerksamkeit zu erregen. Sie bedachte ihn mit einem finsteren Blick, der Geg zeigte sich gebührend eingeschüchtert, behauptete aber seine Stellung und wartete. Jarre wandte ihm den Rücken zu und glättete Limbecks gerunzelte Stirn mit einer von harter Arbeit rauhen und schwieligen Hand.

»Du möchtest die Veränderungen hübsch gemächlich und reibungslos eintreten sehen. Dir wäre es am liebsten, sie würden sich heimlich bei den Leuten einschleichen, so daß sie gar nichts davon merken, bis sie eines morgens aufwachen und feststellen, daß sie glücklicher sind als zuvor. Ist es nicht so?«

Jarre gab sich selbst eine Antwort. »Natürlich ist es so. Und es ist sehr lieb und sehr rücksichtsvoll von dir und auch sehr naiv und sehr dumm.« Sie beugte sich vor und gab ihm einen Kuß auf den Scheitel, um ihren Worten die Spitze zu nehmen. »Und genau das liebe ich an dir, mein Herz. Aber hast du Haplos Rede nicht gehört? Wiederhole uns einen Teil deiner Rede, Haplo.«

Der UFFler, der darauf wartete, mit Jarre zu sprechen, rief der Menge über die Schulter zu: »Haplo hält seine Rede!«

Die Gegs auf der Straße brachen in Beifallsgeschrei aus, und so viele der Umstehenden, wie nur eben Platz fanden, zwängten sich durch das Loch in der Wand. Dieser einigermaßen bedrohliche Anblick veranlaßte den Hund aufzuspringen. Haplo klopfte ihm beruhigend den Rücken und begann mit seiner Ansprache. Er mußte die Stimme erheben, um über dem Scheppern, Quietschen und Poltern des Allüberall gehört zu werden.

»Ihr Gegs kennt eure Geschichte. Ihr wurdet von denen hierhergebracht, die bei euch ›Manger‹ heißen. In meiner Welt kennt man sie als Sartan, und sie behandelten uns, wie sie euch behandelt haben. Sie haben euch versklavt und gezwungen, an diesem Ding zu arbeiten, das ihr ›Allüberall‹ nennt. Ihr haltet es für eine lebendige Wesenheit, aber ich versichere euch, es ist eine Maschine! Nichts sonst! Eine Maschine, die von eurem Verstand, eurem Schweiß und eurem Blut in Gang gehalten wird!

Und wo sind die Sartan geblieben? Wo sind diese sogenannten Götter, die behaupteten, euch – ein sanftmütiges, friedliches Volk – hier vor den Elften in Sicherheit bringen zu wollen? Sie brachten euch her, weil sie wußten, daß ihr leicht auszubeuten wart!

Wo sind die Sartan? Wo sind die Manger? Das ist die Frage, die wir uns stellen müssen! Niemand, scheint es, kennt die Antwort. Sie waren hier, und jetzt sind sie fort und haben euch der Gnade ihrer Handlanger überlassen, der Elften, die als Götter zu verehren man euch gelehrt hat. Aber es sind keine Götter – ebensowenig wie ich ein Gott bin. Aber sie leben wie Götter, weil ihr als Sklaven für sie arbeitet. Nichts anderes seid ihr in den Augen der Elften – Sklaven!

Es ist Zeit aufzustehen, die Ketten abzuschütteln und die Hand nach dem auszustrecken, was rechtmäßig euch gehört. Nehmt euch, was man euch jahrhundertelang vorenthalten hat!«

Heftiger Applaus der Gegs, die sich in und vor dem Loch drängten, schnitt ihm das Wort ab. Jarres Augen leuchteten, sie hatte die Hände gefaltet, und ihre Lippen formten lautlos die Worte, die sie auswendig wußte. Auch Limbeck hörte zu, aber er hatte den Blick gesenkt, und sein Gesichtsausdruck verriet Bestürzung. Obwohl er Haplos Rede oft gehört hatte, kam es ihm vor, als wäre es jetzt das erste Mal. Worte wie ›Blut‹ und ›Aufstand‹ sprangen ihn an, knurrend, wie der Hund zu Haplos Füßen. Er hatte sie gehört, vielleicht selbst ausgesprochen, aber für ihn waren es nur Worte gewesen. Jetzt sah er sie als Stöcke, Knüppel und Steine; er sah Gegs auf den Straßen liegen, sah, wie man sie ins Gefängnis trieb oder zwang, die Stufen von Terrel Fen hinabzusteigen.

»Das habe ich nicht gewollt!« rief er. »Nicht das!«

Jarre eilte mit zusammengepreßten Lippen zum Loch in der Wand und ließ den zusammengerollten Vorhang darüber fallen. Die Menge draußen protestierte laut.

»Ob du es nun wolltest oder nicht, Limbeck, es ist zu spät, um jetzt noch etwas daran zu ändern!« fauchte sie. Als sie den verstörten Ausdruck auf dem Gesicht ihres Liebsten gewahrte, bemühte sie sich um einen weicheren Ton. »Bei jeder Geburt gibt es Schmerzen, Blut und Tränen, mein Lieber«, sagte sie. »Das Baby weint, wenn es das sichere, ruhige Gefängnis verlassen muß. Doch wenn es im Leib der Mutter bliebe, würde es niemals wachsen, niemals reifen. Es wäre ein Parasit, der sich von einem Wirtskörper nährt. Das sind wir. Das ist aus uns geworden! Siehst du das nicht? Kannst du es nicht begreifen?«

»Nein, meine Liebe«, erwiderte Limbeck. Die Hand mit der Feder zitterte. Tintentropfen spritzten umher. Er legte die Feder quer über das Blatt mit dem halbfertigen Text und erhob sich mühsam, wie unter einer schweren Last. »Ich glaube, ich werde einen Spaziergang machen.«

»Besser nicht«, warnte Jarre. »Die Leute ...«

Limbeck blinzelte. »Natürlich. Du hast recht.«

»Du bist erschöpft. Diese vielen Reisen und all die Aufregung. Geh, leg dich ein bißchen hin und halt ein Nickerchen. Ich werde deine Rede zu Ende schreiben. Vergiß deine Brille nicht.« Sie nahm ihm das Gestell von der Stirn und klemmte es auf seine Nase. »Hinauf mit dir und ins Bett.«

»Ja, mein Herz«, sagte Limbeck fügsam und rückte die Brille zurecht, die Jarre ihm in gutgemeinter Hilfsbereitschaft schief aufgesetzt hatte. Wenn er so hindurchschaute – ein Glas oben, das andere zu tief – wurde ihm schwindelig. »Ich ... ich glaube, das ist eine gute Idee. Ich fühle mich ... erschöpft.« Er seufzte und senkte den Kopf. »Todmüde.«

Auf dem Weg zu der windschiefen Treppe fühlte Limbeck zu seinem Erstaunen eine nasse Zunge über seine Hand lecken. Es war Haplos Hund, der schwanzwedelnd zu ihm aufsah.

»Ich verstehe dich«, schien das Tier sagen zu wollen. Die unausgesprochenen Worte tönten klar in Limbecks Kopf. »Es tut mir leid.«

»Hund!« rief Haplo in scharfem Ton.

»Nein, das ist schon in Ordnung«, sagte Limbeck und tätschelte ein wenig ängstlich den schmalen Hundekopf. »Es macht mir nichts aus.«

»Hund! Komm her!« Jetzt klang Haplos Stimme beinahe zornig. Der Hund eilte an die Seite seines Herrn, und Limbeck stieg die Treppe hinauf.

»Er ist ein solcher Idealist!« sagte Jarre und schaute Limbeck halb bewundernd und halb verzweifelt nach. »Und überhaupt nicht praktisch. Ich weiß einfach nicht, was ich mit ihm anfangen soll.«

»Sorg dafür, daß er der Organisation erhalten bleibt.« Haplo streichelte die Nase des Hundes, um ihn wissen zu lassen, daß alles vergeben und vergessen war. Das Tier legte sich hin, rollte auf die Seite und schloß die Augen. »Er verleiht eurer Revolution einen hohen moralischen Anstrich. Das werdet ihr nötig haben, wenn erst Blut fließt.«

Jarre schüttelte besorgt den Kopf. »Glaubst du wirklich, daß es soweit kommt?«

»Unvermeidlich«, antwortete er und zuckte die Schultern. »Du hast es Limbeck gegenüber selbst angedeutet.«

»Ich weiß. Es scheint mir, wie du sagst, unausweichlich zu sein, das natürliche Ende dessen, was wir vor langer Zeit in Gang gebracht haben. Und doch habe ich in letzter Zeit den Eindruck« – sie richtete den Blick auf Haplo – »daß wir nie ernsthaft an Gewalt gedacht haben, bis du aufgetaucht bist. Manchmal frage ich mich, ob du nicht doch ein Gott bist.«

»Warum?« Haplo lächelte.

»Deine Worte haben eine merkwürdige Gewalt über uns. Ich höre sie, höre sie immer, nicht in meinem Kopf, sondern in meinem Herzen.« Sie legte die Hand auf die Brust. »Und weil sie in meinem Herzen sind, kann ich nicht vernünftig darüber nachdenken. Ich möchte nichts weiter, als etwas tun, hinausgehen und ... etwas unternehmen! Jemandem heimzahlen, was wir gelitten haben, was wir ertragen mußten.«

Haplo stand von seinem Stuhl auf, ging zu Jarre und kniete vor ihr nieder, so daß ihre Augen auf gleicher Höhe waren. »Und warum nicht?« fragte er so leise, daß sie es über dem Zischen und Rumpeln des Allüberall nicht verstehen konnte. Doch sie wußte, was er gesagt hatte, und der Schmerz in ihrem Herzen wuchs. »Warum sollen sie nicht dafür bezahlen? Wie viele deines Volkes haben hier unten gelebt und sind gestorben – und für was? Um einer Maschine zu dienen, die euer Land auffrißt, eure Häuser zerstört, die euch das Leben aussaugt und euch nicht dafür entschädigt! Ihr seid ausgenutzt und betrogen worden! Es ist euer gutes Recht, zurückzuschlagen!«

»Das werde ich!« Jarre war gefangen, gebannt von den kristallblauen Augen des Mannes. Langsam ballte sich die Hand über ihrem Herzen zur Faust.

Haplo erhob sich mit seinem stillen Lächeln und reckte sich. »Ich denke, ich werde auch ein kleines Nickerchen halten. Bestimmt wird es eine lange Nacht.«

»Haplo«, sagte Jarre rasch, »du hast gesagt, daß du aus einem Reich unter dem unseren kommst, aus einem Reich, von dem wir ... von dem niemand weiß, daß es existiert.«

Haplo schwieg abwartend.

»Ihr wart Sklaven. Das hast du uns erzählt. Aber was du uns nicht erzählt hast, ist, wie und weshalb es dich nach Terrel Fen verschlagen hat. Du bist nicht ...« Sie hielt inne und leckte sich über die Lippen, als wären die Worte dann leichter auszusprechen. »... geflohen?«

Ein Mundwinkel des Mannes zuckte. »Nein, ich war nicht auf der Flucht. Siehst du, Jarre, wir haben unseren Kampf gewonnen. Wir sind keine Sklaven mehr. Ich wurde ausgesandt, um andere zu befreien.«

Der Hund hob den Kopf und schaute Haplo schläfrig an. Als er merkte, daß sein Herr gehen wollte, gähnte er und stand auf, mit dem Hinterteil zuerst, während er genüßlich die Vorderbeine gegen den Boden stemmte und sich streckte. Er gähnte wieder und streckte die Hinterläufe, dann begleitete er träge seinen Herrn die Treppe hinauf.

Jarre schaute ihnen nach, dann schüttelte sie den Kopf. Sie hatte sich gerade hingesetzt, um Limbecks Rede zu vollenden, als ein Kratzen am Vorhang sie wieder an ihre Pflichten gemahnte. Es galt

Termine einzuhalten, Pamphlete auszuliefern, den Saal zu inspizieren und Paraden zu organisieren.

Die Revolution machte nicht mehr viel Spaß.

Haplo stieg vorsichtig die Treppe empor und hielt sich dicht an der Wand. Die Astholzbretter waren gerissen und morsch. Große, scharfzahnige Löcher lauerten darauf, den Unachtsamen zu packen und in die Tiefe stürzen zu lassen. In seinem Zimmer angekommen, legte er sich auf das Bett, aber nicht um zu schlafen. Der Hund streckte sich neben ihm aus, bettete den Kopf auf die Brust des Mannes und richtete die klugen Augen auf sein Gesicht.

»Die Frau ist gut, aber nicht geeignet für unsere Zwecke. Sie denkt zuviel, wie mein Herr sagen würde, und das macht sie zu einer Gefahr. Was wir in diesem Reich brauchen, ist ein Fanatiker. Limbeck wäre ideal, doch man muß erst seine idealistische Seifenblase zum Platzen bringen. Und ich darf mich hier nicht länger aufhalten! Es ist mein Auftrag, die oberen Reiche auszukundschaften und meinem Herrn den Weg zu bereiten. Mein Schiff ist zerstört. Ich muß ein anderes finden. Aber wie . . . wie?«

Grüblerisch befingerte er die weichen Ohren des Hundes. Das Tier spürte die innere Spannung des Mannes und wachte mit ihm. Allmählich entspannte Haplo sich. Es würde sich eine Gelegenheit bieten. Er wußte es. Er mußte nur die Augen offenhalten und sie zu nutzen verstehen. Der Hund schloß mit einem zufriedenen Seufzer die Augen und schlief ein. Nicht lange, und Haplo hatte es ihm gleichgetan.

Kapitel 31

Wombe, Drevlin, Niederreich

»Alfred.«

»Sir?«

»Kannst du verstehen, was sie sagen?«

Hugh deutete mit dem Kinn auf Gram, der munter schwatzend neben dem Geg über den steinigen Boden hüpfte. Sturmwolken sammelten sich hinter ihnen, der Wind frischte auf und seufzte geisterhaft zwischen den schroffen Klippen und von Blitzen zernarbten Felsen. Vor ihnen lag die Stadt, die Gram gesehen hatte. Oder vielmehr keine Stadt, sondern eine Maschine. Oder möglicherweise eine Maschine, die eine Stadt war.

»Nein, Sir«, bedauerte Alfred, heftete den Blick auf Grams Rücken und sprach lauter, als es seine Gewohnheit war. »Ich beherrsche die Sprache dieses Volkes nicht. Ich glaube, es gibt sehr wenige – bei uns und auch bei den Elfen –, denen sie geläufig ist.«

»Einigen Elfen muß sie ›geläufig‹ sein – den Kapitänen der Wasserschiffe zum Beispiel. Aber wenn du sie nicht sprichst und Stephen – nehme ich an – auch nicht, von wem hat Seine Hoheit sie dann gelernt?«

»Wie könnt Ihr fragen, Sir?« meinte Alfred und schaute vielsagend zum Himmel.

Er bezog sich nicht auf die Sturmwolken. Dort oben, hoch über dem Mahlstrom, lag das Hohe Reich, wo die Mysteriarchen in selbstgewähltem Exil lebten. Wenn man der Sage glauben wollte, übertraf der Reichtum ihrer Welt die Träume auch des habgierigsten Menschen.

»Sich die Sprache einer fremden Kultur oder Rasse anzueignen ist einer der leichteren Zauber. Ich wäre nicht überrascht, wenn das Amulett, das er trägt . . . Oh!«

Alfreds Füße hatten beschlossen, einen Abstecher in ein ziemlich tiefes Loch zu unternehmen, und nahmen den Rest von Alfred mit. Der Geg hörte den Aufschrei des Mannes, blieb stehen und schaute sich besorgt um. Gram sagte etwas zu ihm, lachte, und beide gingen weiter. Hugh zog Alfred aus der Grube, nahm ihn beim Arm und führte ihn im Laufschritt über den unebenen Boden. Die ersten Regentropfen fielen vom Himmel und prasselten auf dem Koralit.

Alfred warf Hugh einen unbehaglichen Blick zu; der Assassine las darin die unausgesprochene Bitte, keine Fragen mehr zu stellen. Damit also hatte Hugh seine Antwort, sie fiel allerdings anders aus als die Erklärung, die Alfred für Grams Ohren gegeben hatte. Natürlich beherrschte Alfred die Sprache der Gegs. Niemand lauschte aufmerksam einem Gespräch, das er nicht verstand. Und Alfred hatte dem Gespräch zwischen Gram und dem Geg aufmerksam gelauscht. Für Hugh noch interessanter war die Tatsache, daß Alfred sein Wissen vor dem Prinzen geheimhielt.

Hugh war durchaus damit einverstanden, Seiner Hoheit nachzuspionieren, aber das führte zu einer weiteren bohrenden Frage: Wo – und warum – hatte ein Kammerdiener gelernt, Gegisch zu sprechen? Wer – oder was – war Alfred Montbank?

Das Unwetter brach mit aller seiner verderbenbringenden Gewalt über sie herein; Menschen und Gegs vergaßen ihre Würde und liefen, was sie konnten. Der Regen verdichtete sich zu einer grauen Wand; sie vermochten kaum etwas zu sehen. Glücklicherweise war der Lärm der Maschine so laut, daß man ihn trotz des Sturms hören konnte – er diente ihnen als Wegweiser.

Eine Schar Gegs erwartete sie bei einer offenen Tür und bugsierte sie alle ins Innere der Maschine. Das Toben des Sturms klang gedämpfter, nachdem die Tür geschlossen war, aber das Lärmen der Maschine dröhnte ihnen noch viel lauter in den Ohren – es bongte, doingte und gongte einfach überall. Mehrere Gegs mit dem Aussehen von bewaffneten Ordnungshütern sowie ein aufgeputzter Zwerg, der sich ausstaffiert hatte wie der Lakai eines Elfenfürsten, warteten ziemlich nervös darauf, sie zu begrüßen.

»Gram, was geht hier vor?« verlangte Hugh schreiend zu wissen. Er verstand bei dem Getöse der Maschine kaum sein eigenes Wort. »Wer ist dieser Bursche, und was will er?«

Gram blickte mit einem schlauen Lächeln zu Hugh auf; offenbar war er hochzufrieden mit sich selbst und seinen neuentdeckten Fähigkeiten. »Er ist der König dieser Leute!« schrie er.

»Was?«

»König! Er wird uns zu einer Art Gerichtshalle führen.«

»Kann er uns nicht irgendwohin führen, wo es ruhiger ist?« Hughs Kopf begann zu schmerzen.

Gram übersetzte dem König die Frage. Zu Hughs Verblüffung starrten sämtliche Gegs ihn mit unverhohlenem Entsetzen an und schüttelten mit äußerstem Nachdruck die Köpfe.

»Was, zur Hölle, ist in sie gefahren?«

Der Prinz fing an zu kichern.

»Sie glauben, Ihr hättet nach einem Ort gefragt, wo Ihr hingehen könntet, um zu sterben!«

An diesem Punkt wurde der Geg mit den Seidenstrümpfen und dem abgetragenen Samtwams von dem König der Gegs herangewinkt und Gram vorgestellt. Der in Samt gewandete Geg fiel auf die Knie. Er griff nach Grams Hand und drückte sie sich an die Stirn. »Wofür halten die dich, Kleiner?« fragte Hugh.

»Für einen Gott«, antwortete Gram munter. »Einen, dessen Kommen sie schon seit langer Zeit erwarten, wie es scheint. Ich soll Gericht über sie halten.«

Die Gegs führten ihre funkelnagelneuen Götter durch die Straßen von Wombe – unter dem Allüberall hindurch, darüber hinweg und mittenhinein. Hugh Mordhand war nicht leicht zu beeindrucken – nicht einmal der Tod erschien ihm besonders bemerkenswert –, aber die große Maschine erfüllte ihn mit ehrfürchtigem Staunen. Sie schimmerte, glänzte, funkelte. Sie rumpelte und klapperte und zischte. Sie pumpte und kreiselte und stieß Dampffontänen aus. Sie erschuf Bögen aus blauen, knisternden Blitzen. Sie ragte höher empor, als er sehen konnte, reichte tiefer hinab, als er sich vorzustellen vermochte. Riesige Kolben stampften, riesige Räder drehten sich, riesige Kessel brodelten. Sie hatte Arme und Hände, Beine und Füße, alle aus glänzendem Metall und alle geschäftig unterwegs nach einem anderen Ort als dem, wo sie sich befanden. Sie hatte Augen, die ein grelles Licht verströmten, und Münder, die kreischten und heulten. Gegs krochen auf ihr herum, klommen hinauf, kletterten hinunter, schmierten und klopften und drehten und umhegten und umsorgten sie mit unübersehbarer Liebe und Ergebenheit.

Auch Gram war überwältigt. Er schaute sich mit aufgerissenen Augen nach allen Seiten um. Er sah aus wie ein staunender kleiner Junge und ganz und gar nicht wie ein Gott.

»Das ist wundervoll!« hauchte er. »So etwas habe ich noch nie gesehen!«

»Habt Ihr nicht, Eu'gnaden?« rief der Chefmechniker aus und musterte den Kindgott bestürzt. »Aber ihr Götter habt es gebaut!«

»O ... ja ... natürlich«, stotterte Gram. »Ich meinte nur ... ich wollte sagen ... daß ich noch nie so einen Fleiß gesehen habe, mit dem ihr es pflegt!« schloß er überstürzt und atmete erleichtert auf.

»Ja«, stimmte der Suprintent würdevoll zu, während sein Gesicht vor Stolz glänzte. »Wir pflegen es mit allergrößter Sorgfalt.«

Der Prinz biß sich auf die Zunge. Er hätte zu gerne gefragt, was diese wundersame Maschine für einen Zweck erfüllte, doch gab es keinen Zweifel daran, daß dieser sogenannte König von ihm erwartete, allwissend zu sein – gar keine so abwegige Vermutung bei einem Gott. Gram war außerdem ganz auf sich allein gestellt, da sein Vater ihm bereits alles gesagt hatte, was er über die große Maschine des Niederreichs wußte. Dieses Gottspielen war nicht so einfach, wie es anfangs ausgesehen hatte, und der Prinz bedauerte allmählich, daß er sich so vorschnell darauf eingelassen hatte. Da war diese Sache mit dem Gericht. Wen sollte er richten und weshalb? Mußte er irgendwen in den Kerker schicken? Er mußte es herausfinden, aber wie?

Der kleine König war ein wenig zu gerissen. Er benahm sich äußerst respektvoll und höflich, aber Gram bemerkte, daß der Geg ihn heimlich mit scharfen, durchdringenden Blicken musterte. Zur Rechten des Prinzen allerdings schritt ein anderer Geg einher, der den Prinzen an einen dressierten Affen erinnerte, den er einmal bei Hofe gesehen hatte. Nach dem, was er gehört hatte, vermutete Gram, daß es sich bei dem gerüschten und in Samt gehüllten Geg um einen hochrangigen Verkünder der Religion handelte, in die der Prinz sich so unvermutet und ernsthaft verwickelt sah. Dieser Geg machte keinen allzu schlauen Eindruck, und der Prinz beschloß, sich mit seinen Fragen an ihn zu halten.

»Vergebt mir«, sagte der Prinz und wandte sich mit einem herzlichen Lächeln an den Suprintenten, »aber ich habe Euren Namen nicht verstanden.«

»Basti Bolzenbieger, Eu'gnaden«, erwiderte der Geg, verbeugte sich und wäre beinahe auf seinen langen Bart getreten. »Ich habe die Ehre, Eu'gnaden, Suprintent zu sein.«

»Was immer das sein mag«, dachte Gram bei sich, doch nach außen hin lächelte er, nickte und gab eindeutig zu verstehen, daß er auf ganz Drevlin keinen geeigneteren Geg für diesen Posten gefunden haben könnte. Er schlängelte sich möglichst unauffällig an ihn heran und nahm ihn bei der Hand – eine Ehre, bei der die Brust des Suprintenten besorgniserregend anschwoll und er einen Blick extremer Selbstzufriedenheit auf seinen lieben Schwager warf, den Chefmechniker. Darral schenkte ihm kaum Beachtung. Die Menge, welche die Straßen säumte, schien unruhig zu werden. Er war froh zu sehen, daß die Kupferer auf dem Posten waren und eingriffen, wo nötig. Im Moment schienen sie die Situation unter Kontrolle zu haben, aber er wußte, daß er wachsam bleiben mußte. Er hoffte nur, der Kindgott verstand nicht, was einige der Gegs riefen. Verflucht sei dieser Limbeck!

Zum Glück für Darral war das göttliche Kind ganz und gar mit seinen eigenen Problemen beschäftigt.

»Vielleicht könntet Ihr mir behilflich sein, Suprintent«, bemerkte Gram mit schüchterner Liebenswürdigkeit; eine zarte Röte stieg ihm in die Wangen.

»Ich würde mich geehrt fühlen, Eu'gnaden!«

»Wißt Ihr, es ist furchtbar lange her, daß wir ... eure Götter ... Hm, wie nennt ihr uns?«

»Die Manger, Eu'gnaden. So nennt Ihr Euch selbst, oder nicht?«

»Ja, natürlich! Es ist nur, wie ich schon sagte, wir sind furchtbar lange nicht mehr hier gewesen ...«

»Viele Jahrhunderte, Eu'gnaden«, präzisierte der Suprintent.

»Gut, also viele Jahrhunderte, und uns ist aufgefallen, daß sich seit unserem letzten Besuch einiges verändert hat.« Gram schöpfte tief Luft. So langsam fand er sich in seine Rolle ein. »Deshalb haben wir beschlossen, daß diese Angelegenheit mit dem Gericht auch geändert werden sollte.« Der Suprintent fühlte, wie seine Selbstzufriedenheit sich ein wenig verflüchtigte. Aus den Augenwinkeln schaute er auf den Chefmechniker. Wenn er, der Suprintent, den Tag des Gerichts verpfuschte, dann konnte er auch sein Leben und seine Karriere als verpfuscht betrachten.

»Ich verstehe nicht ganz, was Ihr damit sagen wollt, Eu'gnaden.«

»Modernisieren, reformieren«, schlug Gram vor.

Der Suprintent war absolut ratlos. Wie sollte man etwas ändern, das nie zuvor stattgefunden hatte? Nun ja, es war anzunehmen, daß die Götter sich Gedanken darüber gemacht hatten. »Ich nehme an, das ließe sich machen ...«

»Schon gut. Ich kann sehen, daß Euch die Vorstellung nicht behagt.« Der Prinz klopfte dem Suprintenten auf den samtumhüllten Arm. »Ich habe einen besseren Vorschlag. Ihr sagt mir, wie Ihr Euch das Ganze vorstellt, und ich halte mich daran.«

Ein Leuchten überzog das Gesicht des Suprintenten. »Ihr könnt nicht ahnen, wie herrlich dieser Moment für mich ist, Eu'gnaden! So lange habe ich davon geträumt. Und daß der Tag des Gerichts genauso ablaufen soll, wie ich es mir immer vorgestellt habe ...« Er wischte sich die Tränen aus den Augen.

»Ja, ja«, sagte Gram. Er merkte, daß der Chefmechniker sie aus zusammengekniffenen Augen beobachtete und ihnen etwas näher rückte. Wahrscheinlich wäre er am liebsten dazwischen gefahren, doch bestimmt galt es auch bei den Gegs als ungehörig, einen Gott bei einem vertraulichen Gespräch zu unterbrechen. »Sprecht weiter.«

»Nun, ich habe mir immer ausgemalt, daß alle Gegs — oder

wenigstens soviele, wie sich unterbringen lassen – in ihren besten Feiertagskleidern sich in der Farbick versammeln. Ihr seid anwesend, selbstverständlich habt Ihr auf dem Stuhl der Manger Platz genommen ...«

»Selbstverständlich. Und ...«

»Und ich wäre anwesend. Ich denke mir, daß ich in meinem neuen Suprintentenhabit vor die Menge treten werde, das ich mir eigens für diese Gelegenheit anfertigen lassen möchte. Weiß, denke ich, wäre angemessen, mit schwarzen Schleifen an den Knien, nichts zu Überkandideltes ...«

»Sehr geschmackvoll. Und dann ...«

»Der Chefmechniker wird vermutlich auch bei uns stehen, Eu'gnaden? Das heißt, außer wir finden eine andere Beschäftigung für ihn. Seht Ihr, Eu'gnaden, was man ihm anziehen könnte, damit er halbwegs passabel aussieht, ist ein Problem. In Anbetracht dieser Modernisierung, die Ihr zur Sprache gebracht habt, könnten wir ganz auf ihn verzichten.«

»Ich werde darüber nachdenken.« Gram umfaßte den Talisman und bemühte sich sehr, die Geduld nicht zu verlieren. »Weiter, bitte. Nun sind wir also versammelt. Ich erhebe mich, und ich ...« Er schaute den Suprintenten erwartungsvoll an.

»Nun ja, Ihr haltet Gericht über uns, Eu'gnaden.«

Der Prinz sah das verlockende Bild vor sich, wie er die Zähne in den samtenen Arm des Gegs schlug. Es fiel ihm nicht leicht, darauf zu verzichten. »Ich halte Gericht. Und was dann? Ich weiß! Wir rufen einen Feiertag aus!«

»Ich glaube eigentlich nicht, daß die Zeit reichen wird, Eu'gnaden. Was denkt Ihr?« Der Geg sah Gram verwundert an.

»Wa... wahrscheinlich nicht«, stammelte der Prinz. »Ich habe... vergessen... das andere... Wenn wir alle...« Der Junge ließ die Hand des Suprintenten los und wischte sich über die feuchte Stirn. Es war ziemlich heiß in dieser Maschine. Heiß und laut. Der Hals tat ihm weh, weil er so laut reden mußte. »Und was tun wir dann, nachdem ich über euch Gericht gehalten habe?«

»Nun, das hängt davon ab, ob Ihr uns für würdig oder unwürdig befunden habt, Eu'gnaden.«

»Nehmen wir an, ich befinde euch für würdig«, sagte Gram und biß die Zähne zusammen. »Was dann?«

»Dann fahren wir auf, Eu'gnaden.«

»Auffahren?« Der Prinz hob den Blick zu den Gitterstegen, die über ihm kreuz und quer von einer Ebene zur andern führten.

Der Suprintent, der den Blick mißverstand, seufzte vor Glück. Mit selig glänzendem Gesicht hob er die Hände.

»Ja, Eu'gnaden. Geradewegs in den Himmel.«

Hugh, der hinter Gram und seinen anbetenden Gegs marschierte, teilte seine Aufmerksamkeit zwischen der bizarren Umgebung und dem Prinzen. Schon bald gab er es auf, sich einprägen zu wollen, wo sie sich befanden, und mußte zugeben, daß er ohne Hilfe nicht imstande war, den Rückweg zu finden. Die Nachricht von ihrem Kommen war ihnen offenbar vorausgeeilt. Tausende von Gegs säumten die Gänge und Flure der Maschine, starrten, riefen und zeigten mit den Fingern. Arbeitende Gegs wandten tatsächlich die Köpfe und erwiesen Hugh und seinen Begleitern eine hohe Ehre damit, daß sie für ein paar Momente ihre Arbeit vergaßen. Die Reaktionen der Gegs waren jedoch unterschiedlich. Einige jubelten, andere machten einen verärgerten Eindruck.

Hugh interessierte sich mehr für Prinz Gram und dessen Gespräch mit dem gerüschten Geg. Hugh verfluchte sich selbst, weil ihm nie eingefallen war, während seiner Aufenthalte bei den Elfen die Sprache der Gegs zu lernen. Plötzlich spürte er ein Zupfen am Ärmel.

»Sir«, sagte Alfred, »habt Ihr gehört, was die Menge ruft?«

»Sinnloses Zeug, soweit es mich betrifft. Aber du verstehst es, Alfred, nicht wahr?«

Alfreds Wangen glühten. »Es tut mir leid, daß ich mich gezwungen sah, Euch über meine Kenntnisse im unklaren zu lassen, Sir Hugh. Doch ich hielt es für wichtig, vor einer anderen Person nichts davon zu erwähnen.« Er schaute auf den Prinzen. »Als Ihr mich fragtet, befand er sich in Hörweite, und deshalb glaubte ich, nicht anders handeln zu können.«

Hugh vollführte eine wegwerfende Handbewegung. Alfred war im Recht. Er, Hugh Mordhand, hatte den Fehler gemacht. Er hätte begreifen müssen, was Alfred tat, und schweigen sollen. Es war nur, weil er sich noch nie in seinem ganzen Leben so hilflos gefühlt hatte!

»Wo hast du die Sprache gelernt?«

»Das Studium der Gegs und des Niederreichs ist schon seit langem mein Steckenpferd, Sir«, erwiderte Alfred mit dem schüchternen Stolz des wahren Enthusiasten. »Ich wage zu behaupten, daß ich eine der vollständigsten Sammlungen von Büchern über ihre Kultur besitze, die es im Mittelreich gibt. Wenn es Euch interessiert, werde ich Euch nach unserer Rückkehr sehr gern . . .«

»Wenn Ihr diese Bücher im Palast zurückgelassen habt, könnt Ihr sie vergessen. Außer Ihr habt vor, Stephen darum zu bitten, Euch kurz hineinzulassen, damit Ihr Eure Sachen holen könnt.«

»Ihr habt recht, Sir, selbstverständlich. Wie dumm von mir.« Alfred ließ die Schultern sinken. »Alle meine Bücher . . . vermutlich werde ich sie nie wieder zu Gesicht bekommen.«

»Was wolltet Ihr über die Menge sagen?«

»O ja.« Der Kammerdiener ließ den Blick über die Reihen der jubelnden und gelegentlich auch schimpfenden Gegs gleiten. »Einige rufen: ›Nieder mit dem Gott des Mechnikers!‹ und ›Wir wollen Limbecks Gott!‹«

»Limbeck? Was bedeutet das?«

»Es ist ein Name, glaube ich, Sir. Wenn ich einen Vorschlag machen dürfte? Ich denke . . .« Unwillkürlich senkte er die Stimme, und der infernalische Lärm verschluckte seine Worte.

»Sprich lauter. Hier versteht auch niemand unsere Sprache, oder?«

»Bestimmt nicht«, sagte Alfred, dem ein Licht aufging. »Daran hatte ich nicht gedacht. Ich wollte sagen, Sir, daß außer uns vielleicht noch ein Mensch hier unten gestrandet ist.«

»Oder ein Elf. Das ist noch wahrscheinlicher. Es besteht jedenfalls die Möglichkeit, daß es hier ein Schiff gibt, mit dem wir fliehen können!«

»Ja, Sir. Das war auch mein Gedanke.«

»Wir müssen mit diesem Limbeck sprechen und mit seinem Gott oder was es ist.«

»Das dürfte nicht schwierig sein, Sir. Nicht, wenn unser kleiner ›Gott‹ es befiehlt.«

»Unser kleiner ›Gott‹ scheint sich in Schwierigkeiten gebracht zu haben«, sagte Hugh, den Blick auf den Prinzen gerichtet. »Sieh dir sein Gesicht an.«

»Liebe Güte«, murmelte Alfred.

Gram schaute über die Schulter zu seinen Gefährten. Seine Wangen waren blaß, seine blauen Augen groß und ratlos. Er kaute auf den Lippen und gab verstohlen Zeichen, daß sie zu ihm kommen sollten.

Eine ganze Kompanie bewaffneter Gegs marschierte zwischen ihnen und dem Prinzen. Hugh schüttelte den Kopf. Gram sah ihn flehend an. Alfred lächelte verständnisvoll und deutete auf die Menge. Gram war ein Prinz. Er wußte, was er der Öffentlichkeit schuldete. Seufzend blickte er wieder nach vorn und winkte nach beiden Seiten, aber ohne große Begeisterung.

»Das habe ich befürchtet«, bemerkte Alfred.

»Was, glaubst du, ist geschehen?«

»Der Junge sagte etwas davon, daß die Gegs ihn für ihren Gott hielten, der gekommen sei, um über sie zu ›richten‹. Er hielt es für einen Spaß, aber den Gegs ist es ernst damit. Nach ihren Legenden waren es die Manger, die die Maschine bauten. Die Gegs sollten ihr dienen, bis zum Tag des Gerichts, an dem sie belohnt und in die oberen Welten emporgehoben werden würden.«

»Manger. Wer sind diese Manger.«

»Die Sartan.«

»Der Teufel soll uns holen!« fluchte Mordhand. »Du meinst, sie halten den Bengel für einen der Sartan?«

»So scheint es, Sir.«

»Vermutlich ist er nicht imstande, ihnen mit Hilfe seines Papis etwas vorzumachen.«

»Nein, Sir. Nicht einmal ein Mysteriarch des Siebenten Hauses verfügt über magische Kräfte, die mit denen der Sartan vergleichbar sind. Immerhin«, sagte Alfred und vollführte eine umfassende Geste, »haben sie all das erbaut.«

Das interessierte Hugh im Moment wenig. »Großartig! Einfach großartig! Und was glaubst du, was sie tun werden, sobald sie herausfinden, daß wir Hochstapler sind?«

»Das kann ich nicht sagen, Sir. Eigentlich sind die Gegs ein friedliches, sanftmütiges Volk. Aber bestimmt haben sie auch noch nie erlebt, daß jemand behauptete, ihr Gott zu sein. Davon abgesehen, scheint es hier Unruhen zu geben.« Es war nicht zu übersehen, daß die Menge sich zunehmend feindselig gebärdete. Alfred schüttelte den Kopf. »Ich möchte behaupten, daß es uns zum denkbar ungünstigsten Zeitpunkt hierher verschlagen hat.«

Kapitel 32

Wombe, Drevlin, Niederreich

Die Gegs führten die ›Götter‹ zur Farbick – dorthin, wo auch Limbecks Gerichtsverhandlung stattgefunden hatte. Sie hatten einige Schwierigkeiten hineinzukommen, weil sich Scharen von Gegs vor dem Eingang drängten. Hugh verstand kein Wort von ihrem Geschrei, dennoch erkannte er, daß die Bevölkerung in zwei gegensätzliche und stimmgewaltige Parteien gespalten war; eine dritte, sehr große Gruppe bestand aus denen, die sich nicht entscheiden konnten. Es schienen starke Emotionen im Spiel zu sein, denn Hugh sah verschiedentlich Schlägereien ausbrechen. Ihm fiel ein, daß Alfred gesagt hatte, die Gegs wären eigentlich friedlich und gutmütig.

Es hat uns zum denkbar ungünstigsten Zeitpunkt hierher verschlagen. Wie es aussah, waren sie mitten in eine Art Revolution hineingeraten!

Die Kupferer drängten die Menge zurück, und der Prinz mit seinen Begleitern brachte es fertig, sich zwischen den stämmigen Körpern hindurch in die relative Stille der Farbick zu zwängen – relativ in Anbetracht der Tatsache, daß das Rumpeln und Hämmern des Allüberall ihnen auch dort in den Ohren dröhnte.

Drinnen angekommen, versammelte der Chefmechniker die Kupferer zu einer hastigen Beratung um sich. Das Gesicht des kleinen Königs war ernst, und Hugh beobachtete, wie er mehrere Male den Kopf schüttelte. Der Assassine scherte sich nicht einen Deut um die Gegs, aber er hatte lange genug gelebt, um zu wissen, daß der Aufenthalt in einem von politischen Unruhen geschüttelten Land der Gesundheit nicht förderlich war.

»Entschuldigt uns.« Er trat an den Suprintenten heran, der sich verneigte und ihn mit dem leeren, strahlenden Lächeln betrachtete, das man aufzusetzen pflegt, wenn man kein Wort seines Geprächspartners verstanden hat, aber den gegenteiligen Eindruck erwecken möchte, um nicht unhöflich zu erscheinen. »Wir möchten ein kurzes Gespräch mit eurem Gott führen.«

Ohne auf das Maulen und Zappeln des Jungen zu achten, legte Hugh ihm energisch die Hand auf die Schulter und schob ihn durch die riesige, leere Halle bis zu der Stelle, wo Alfred stand und an der Statue eines verhüllten Mannes emporschaute, der etwas in der Hand trug, das wie ein Augapfel aussah.

»Weißt du, was sie von mir erwarten?« verlangte Gram von Alfred zu wissen, kaum daß sie sich ihm näherten. »Sie erwarten, daß ich sie in den Himmel hinaufhebe!«

»Darf ich Hoheit daran erinnern, daß Ihr Euch selbst in diese Lage gebracht habt, indem Ihr ihnen erzähltet, Ihr wärt ein Gott?«

Der Junge senkte den Kopf. Er trat schüchtern an Alfred heran, hielt seine Hand fest und sagte mit zitternder Unterlippe: »Es tut mir leid, Alfred. Ich hatte Angst, sie würden dir und Sir Hugh etwas antun, und etwas anderes ist mir nicht eingefallen.«

Starke Hände drehten ihn herum, grobe Finger bohrten sich in seine Schultern. Hugh war niedergekniet und schaute dem Jungen geradewegs ins Gesicht. Er wollte Tücke und Verschlagenheit in den großen Augen entdecken, doch alles, was er sah, waren die Augen eines erschreckten Kindes.

»Also gut, Euer Hoheit, du wirst die Gegs so lange an der Nase herumführen wie möglich – alles, wenn es uns nur hilft, hier weg zu kommen. Doch eins muß klar sein: Uns kannst du nicht mehr an der Nase herumführen, nicht ein bißchen. Wisch dir also die albernen Tränen ab und hör mir zu – du und dein Papi, alle beide.« Er deutete mit dem Kinn auf die Feder; der Junge deckte rasch die Hand darüber. »Außer du bist in der Lage, diese Zwerge in den Himmel zu expedieren, machst du dir besser ganz schnell ein paar kluge Gedanken. Ich glaube nicht, daß diese Leute noch große Sympathien für uns empfinden, wenn sie merken, daß sie hereingelegt worden sind.«

»Sir Hugh«, warnte Alfred. »Man beobachtet uns.«

Der Assassine schaute zu dem Chefmechniker hinüber, der das Geschehen mit Interesse verfolgte. Hugh ließ den Jungen los, klopfte ihm freundschaftlich auf die Schultern und lächelte.

»Was hast du also vor, Euer Hoheit?« fragte er in weniger scharfem Ton.

Gram schluckte die Tränen herunter. Wenigstens brauchten sie nicht zu flüstern. Das rhythmische Pochen und Dröhnen der Maschine erstickte alles, sogar jeden vernünftigen Gedanken.

»Ich wollte ihnen erzählen, daß ich sie für unwürdig befunden habe. Sie haben sich noch nicht das Recht verdient, in den Himmel aufzusteigen.«

Hugh schaute auf Alfred; der Kammerdiener schüttelte den Kopf. »Das wäre sehr gefährlich, Hoheit. In der instabilen Situation, in der sich ihr Land zu befinden scheint, ist es gut möglich, daß die Gegs sich bei einem solchen Urteil gegen uns wenden.«

Der Junge blinzelte heftig, sein Blick wanderte von Alfred zu Hugh und wieder zurück. Er hatte sich auf etwas eingelassen, das nur ein Spiel zu sein schien, und jetzt fühlte er, wie ihm alles über den Kopf zu wachsen drohte. Zu allem Überfluß hatten die einzigen Menschen, die ihn retten konnten, ausgezeichnete Gründe, ihn im Schlamassel stecken zu lassen.

»Was sollen wir tun?«

Wir! Hugh hätte nichts lieber getan, als das Wechselbalg auf diesem sturmgepeitschten Felsbrocken zurückzulassen. Er wußte aber, daß er es nicht tun würde. Zauberei? Oder tat ihm der Bengel leid? Keins von beidem, versicherte er sich selbst. Sein einziger Beweggrund war das Vermögen, das der Junge ihm einbringen konnte.

»Man spricht hier unten noch von einem anderen Gott. ›Limbecks Gott‹«, bemerkte Alfred.

»Woher weißt du das?« fuhr Gram auf. »Du kannst doch nicht verstehen, was sie sagen!«

»Doch, ich kann, Euer Hoheit. Ich spreche ein wenig Geg...«

»Du hast gelogen!« Der Junge starrte ihn schockiert an. »Wie konntest du, Alfred? Ich habe dir vertraut.«

Der Kammerdiener schüttelte den Kopf. »Ich glaube, es ist für uns alle am besten, wenn wir zugeben, daß einer dem anderen nicht traut.«

»Wer kann mir das verdenken?« rief Gram in flammender Unschuld. »Dieser Mann hatte vor, mich zu ermorden, und nach allem, was ich weiß, Alfred, warst du bereit, ihm dabei zu helfen!«

»Das ist nicht wahr, Euer Hoheit, doch ich verstehe, was Euch veranlaßt, so zu denken. Aber es war nicht meine Absicht, Beschuldigungen auszusprechen. Ich denke nur, daß es uns ansteht zu erkennen, daß, auch wenn wir einander nicht trauen, unser aller Leben jetzt von jedem einzelnen abhängt. Ich denke . . .«

». . . zu viel!« unterbrach ihn Hugh. »Der Junge hat schon verstanden, nicht wahr, Gram? Und hör auf, das verwirrte Kind zu spielen. Wir beide wissen, wer und was du bist. Ich nehme an, dir ist sehr daran gelegen, Papi einen Besuch abzustatten. Die einzige Möglichkeit, hier wegzukommen, ist ein Schiff, und ich bin der einzige Pilot, der euch zur Verfügung steht. Alfred hat recht, wenn er sagt, daß wir in diesem Spiel aufeinander angewiesen sind, also schlage ich vor, daß du und dein Vater gefälligst mithelft, uns aus dieser Lage zu befreien.«

Gram schaute ihn an. Seine Augen waren nicht länger die Augen eines Kindes, das neugierig die Welt betrachtet; es waren die Augen von jemandem, der alles darüber weiß. Hugh erkannte sich selbst in diesen Augen wieder, sah eine frostige, lieblose Kindheit, sah ein Kind, das all die hübschen, bunten Geschenke des Lebens ausgepackt und in den Kästen nichts als Dreck gefunden hatte.

Wie ich, dachte Hugh, glaubt er nicht mehr an das Leuchtende, das Glitzernde, das Schöne. Er weiß, was sich dahinter verbirgt.

»Ihr behandelt mich nicht wie ein Kind«, sagte Gram wachsam und vorsichtig.

»Bist du eins?« fragte Hugh ohne Umschweife.

»Nein.« Gram umklammerte die Feder und wiederholte laut: »Nein, das bin ich nicht! Ich werde mit euch zusammenarbeiten, das verspreche ich, solange ihr mich nicht hintergeht. Wenn ihr mich hintergeht, dann werde ich dafür sorgen, daß ihr es bereut.« In den blauen Augen glomm eine höchst unkindliche Verschlagenheit.

»Klingt gut. Ich gebe jedem von euch dasselbe Versprechen. Alfred?«

Der Kammerdiener seufzte traurig. »Geht es wirklich nicht anders? Ist es nötig, daß wir einander nur vertrauen, weil jeder dem anderen ein Messer an die Kehle hält?«

»Du hast gelogen, was deine Sprachkenntnisse betrifft. Du hast mir die Wahrheit über den Jungen verschwiegen, bis es fast zu spät war. Hast du noch mehr Lügen erzählt, Alfred?« forderte Hugh ihn heraus.

Der Kammerdiener wurde grau im Gesicht. Seine Lippen bewegten sich, aber er brachte kein Wort heraus. Endlich sagte er: »Ich verspreche es.«

»Also gut. Das wäre erledigt. Jetzt müssen wir versuchen, etwas über diesen anderen Gott herauszufinden. Er könnte unser Rettungsanker sein. Es besteht die Chance, daß es ein Elf ist, der in dem Sturm Schiffbruch erlitten hat.«

»Ich könnte dem Chefmechniker sagen, daß ich diesen Gott zu sehen wünsche.« Gram hatte eine rasche Auffassungsgabe und verstand, worauf es ankam. »Ich behaupte einfach, daß ich nicht Gericht halten kann, bis ich weiß, was dieser andere ›Gott‹ über die Angelegenheit denkt.« Der Junge lächelte unschuldig. »Wer weiß, vielleicht brauchen wir Tage, um eine Antwort zu finden! Aber wird ein Elf bereit sein, uns zu helfen?«

»Wenn er hier unten genauso festsitzt wie wir, schon. Mein Schiff ist ein Wrack. Seins wahrscheinlich auch. Doch es könnte sein, daß wir mit den Teilen des einen das andere ausbessern können. Still. Wir kriegen Gesellschaft.«

Der Chefmechniker trat zu ihnen; der Suprintent kam wichtigtuerisch hinterdrein. »Wann wäre Eu'gnaden geneigt, den Spruch zu fällen?«

Gram richtete sich zu voller Höhe auf und brachte es fertig, beleidigt auszusehen. »Ich hörte die Leute rufen, daß man noch einen anderen Gott in diesem Land beherbergt. Weshalb wurde ich darüber nicht informiert?«

»Weil, Eu'gnaden«, erklärte der Chefmechniker mit einem vorwurfsvollen Blick auf den Suprintenten, »dieser Gott behauptet, kein Gott zu sein. Er behauptet, daß ihr alle keine Götter seid, sondern Sterbliche, die uns zu Sklaven gemacht haben.«

Hugh verhielt sich schweigend während dieser Unterhaltung, die er nicht verstand. Alfred folgte dem Gespräch mit gespannter Aufmerksamkeit, und Hugh beobachtete sein Gesicht. Ihm entging nicht die erschreckte Reaktion des Mannes auf das, was gesprochen wurde. Der Assassine knirschte mit den Zähnen vor hilfloser Verzweiflung. Ihr Leben hing von einem verwöhnten und eingebildeten Bengel ab, der in diesem Moment aussah, als würde er gleich in Tränen ausbrechen!

Doch Prinz Gram gewann seine Selbstbeherrschung zurück. Das spitze Kinn in die Höhe gereckt, gab er eine Antwort, die offenbar geeignet war, die Gemüter zu beruhigen, denn Hugh sah, wie Alfreds Gesichtsausdruck sich entspannte. Der Kammerdiener nickte sogar leicht mit dem Kopf, bevor er sich darauf besann, daß er ja vorgegeben hatte, die Sprache nicht zu verstehen.

Der Junge hat Nerven und denkt schnell. Hugh zwirbelte seinen Bart. Und ich stehe unter seinem Bann, erinnerte er sich selbst.

»Bringt diesen Gott zu mir«, sagte Gram auf eine hochfahrende Art, die ihm vorübergehend eine große Ähnlichkeit mit König Stephen verlieh. »Wenn Eu'gnaden ihn zu sehen wünscht – er und der Geg, der ihn hergebracht hat, sprechen heute abend auf einer Versammlung. Ihr könntet ihm vor der Öffentlichkeit entgegentreten.«

»Sehr gut«, antwortete Gram, der nicht wußte, was er sonst erwidern sollte.

»Und jetzt möchten Eu'gnaden vielleicht ein wenig ruhen. Ich sehe, daß einer Eurer Begleiter verletzt ist.« Die Augen des Gegs richteten sich auf Hughs zerrissenen und blutgetränkten Ärmel. »Ich könnte einen Heiler rufen.«

Hugh bemerkte den Blick, deutete ihn richtig und machte eine abwehrende Handbewegung.

»Vielen Dank, die Verletzung ist nicht ernst«, sagte Gram, »aber man soll uns Wasser und etwas zu essen bringen.«

Der Chefmechniker verneigte sich. »Ist das alles, was ich für Eu'gnaden tun kann?«

»Ja, vielen Dank. Das ist alles«, bestätigte Gram, und trotz aller Selbstbeherrschung gelang es ihm nicht, seine Erleichterung zu verbergen.

Die Götter wurden zu Stühlen vor dem Sockel des Mangers geführt, vermutlich der Inspiration wegen. Der Suprintent wäre gerne geblieben, aber Darral packte seinen Schwager am Ärmel und zerrte ihn trotz wortreicher Proteste außer Hörweite.

»Was fällt dir ein?« tobte der Suprintent. »Wie konntest du es riskieren, Eu'gnaden zu beleidigen? Diese Unverschämtheit anzudeuten, er sei kein Gott! Und das Gerede über Sklaven!«

»Halt den Mund und hör mir zu«, schnappte Darral Langstrandman. Er hatte die Nase voll von Göttern. Noch ein ›Eu'gnaden‹, und ihm wurde schlecht. »Entweder sind diese Leute Götter, oder sie sind es nicht. Wenn es keine sind, und es stellt sich heraus, daß dieser Limbeck recht hat, was glaubst du, was uns passieren wird, nachdem wir unser ganzes Leben lang den Leuten erzählt haben, daß wir den Göttern dienen?«

Der Suprintent starrte seinen Schwager an. Langsam schwand die gesunde rote Farbe aus seinem Gesicht. Er schluckte.

»Genau.« Darral nickte vielsagend, sein Bart wippte. »Jetzt nimm einmal an, es sind Götter – möchtest du wirklich gerichtet und hinauf in den Himmel verfrachtet werden? Oder gefällt es dir hier unten, wie es früher war, bevor dieser ganze Aufruhr anfing?«

Der Suprintent dachte nach. Er war sehr gerne Suprintent. Er führte ein gutes Leben. Die Gegs respektierten ihn, verbeugten sich und nahmen den Hut ab, wenn er die Straße entlangging. Er brauchte dem Allüberall nicht zu dienen, außer er hielt es für angebracht, kurz seine Aufwartung zu machen. Er wurde zu den besten Parties eingeladen. Wenn man es genau überlegte, was hatte der Himmel mehr zu bieten?

»Du hast recht«, mußte er zugeben, auch wenn es ihn schmerzte. »Was sollen wir also tun?«

»Ich arbeite dran«, sagte der Chefmechniker. »Überlaß alles mir.«

»Ich würde hundert Barls geben, um zu wissen, was diese beiden miteinander reden.« Hugh schaute den beiden Gegs hinterher, die sich, in lebhafter Unterhaltung begriffen, entfernten.

»Das gefällt mir alles nicht«, meinte Alfred. »Dieser andere Gott, wer immer es ist, schürt hier unten Rebellion und Chaos. Ich frage mich, warum. Die Elfen können doch kein Interesse daran haben, im Niederreich Unruhe zu stiften, oder?«

»Nein. Es ist zu ihrem Vorteil, wenn die Gegs ihre Kräfte auf die Arbeit konzentrieren. Uns bleibt nichts anderes übrig, nehme ich an, als heute abend auf diese Versammlung zu gehen und uns anzuhören, was der Gott zu sagen hat.«

»Ja«, antwortete Alfred geistesabwesend.

Hugh warf ihm einen verwunderten Blick zu. Auf der hohen Stirn glitzerte Schweiß, und seine Augen hatten einen fiebrigen Glanz. Das Gesicht war blaß, die Lippen grau. Plötzlich mußte Hugh daran denken, daß er in der letzten Stunde weder gestolpert noch hingefallen war.

»Du siehst nicht gut aus. Fehlt dir etwas?«

»Ich . . . ich fühle mich etwas schwach, Sir Hugh. Nichts Ernstes. Nur eine Reaktion auf den Absturz. Es wird mir gleich wieder besser gehen. Macht Euch bitte keine Sorgen. Hoheit, seid Ihr Euch im klaren über die große Bedeutung des Zusammentreffens heute abend?«

Gram bedachte Alfred mit einem nachdenklichen, überlegenden Blick. »Ja, ich bin mir darüber im klaren. Ich werde mein Bestes tun, wenn ich mir auch nicht ganz sicher bin, was man von mir erwartet.«

Der Junge schien aufrichtig zu sein, aber Hugh konnte das unschuldige Lächeln nicht vergessen, mit dem er ihm das Gift verabreicht hatte. Spielte Gram wirklich das Spiel nach den vereinbarten Regeln? Oder manövrierte er sie nur auf das nächste Feld?

Kapitel 33

Wombe, Drevlin, Niederreich

Ein Stimmengewirr vor dem Loch in der Wand erregte Jarres Aufmerksamkeit. Sie war damit beschäftigt, der Rede Limbecks den letzten Schliff zu verleihen, doch jetzt stand sie auf, ging zu der Maueröffnung, die als Tür diente, und lugte durch den Vorhang. Zufrieden stellte sie fest, daß die Menge draußen auf der Straße noch größer geworden war. Die als Türhüter abgeordneten UFFler diskutierten laut mit einigen anderen Gegs, die Anstalten machten, in das Hauptquartier einzudringen.

Beim Anblick Jarres wurde das Geschrei noch lauter.

»Was ist los?« fragte sie.

Sofort begann die Gegs, auf sie einzureden, und Jarre brauchte eine Weile, um sie zu beschwichtigen. Nachdem es ihr gelungen war und sie den Grund für die ganze Aufregung erfahren hatte, gab sie ihre Anweisungen und kehrte ins Büro zurück.

»Was ist vorgefallen?« Haplo stand auf der Treppe, den Hund neben sich.

»Es tut mir leid, daß der Tumult dich geweckt hat«, meinte Jarre. »Alles nur Bagatellen, wirklich.«

»Ich habe nicht geschlafen. Worum geht's?«

Jarre zuckte die Schultern. »Der Chefmechniker hat seinen eigenen Gott präsentiert. Das war von Darral Langstrandman nicht anders zu erwarten. Nun, es wird ihm nichts nützen, mehr gibt es dazu nicht zu sagen.«

»Seinen eigenen Gott?« Rasch und leichtfüßig wie eine Katze kam Haplo die Treppe herunter. »Das möchte ich genauer wissen.«

»Aber du wirst das doch nicht ernst nehmen? Du weißt, daß es so etwas wie Götter nicht gibt. Vermutlich hat Darral den Elften erzählt, wir wären eine Bedrohung für sie, und die Elften haben jemanden hergeschickt, um meinem Volk zu verkünden: ›Ja, wir Elften sind wirklich und wahrhaftig Götter!‹«

»Ist dieser Gott ein Elf . . . Elfte?«

»Ich weiß es nicht. Die meisten unseres Volkes haben nie einen Elften gesehen. Bestimmt haben viele von uns keine Ahnung, wie sie aussehen. Mir wurde berichtet, daß dieser Gott ein Kind zu sein scheint und daß er überall erzählt, er sei gekommen, uns zu richten, und daß er es bei der Versammlung heute abend tun will, um zu beweisen, daß wir im Unrecht sind. Selbstverständlich wirst du es mit ihm aufnehmen.«

»Selbstverständlich«, murmelte Haplo.

Jarre eilte geschäftig umher. »Ich muß mich darum kümmern, daß in der Zusammenhalle die nötigen Vorbereitungen getroffen werden.« Sie nahm einen Schal um die Schultern. Vor dem Ausgang blieb sie stehen und blickte über die Schulter. »Erzähl Limbeck nichts davon. Er regt sich nur wieder auf. Es ist besser, wenn man ihn völlig überrumpelt, dann hat er keine Zeit nachzudenken.«

Sie schob den Vorhang beiseite und trat nach draußen, wo sie mit lautem Beifall empfangen wurde.

Allein gelassen, warf Haplo sich auf einen Stuhl. Der Hund spürte, in welcher Stimmung sich sein Herr befand, und schob ihm tröstend die Schnauze in die Hand.

»Die Sartan, nicht wahr, alter Junge?« sagte Haplo vor sich hin und kraulte geistesabwesend das Kinn des Tieres. »In diesem Universum ohne Götter sind sie das, was einem Gott am nächsten kommt. Und was soll ich tun, wenn es tatsächlich ein Sartan ist? Ich kann diesen ›Gott‹ nicht herausfordern und damit meine eigene Macht preisgeben. Die Sartan dürfen *keinesfalls* unsere Flucht aus ihrem Gefängnis bemerken. Noch nicht. Erst wenn mein Fürst bereit ist.«

Er versank in gedankenvolles, brütendes Schweigen. Die Streichelbewegungen der bandagierten Hand wurden langsamer und hörten schließlich ganz auf. Der Hund wußte, daß er nicht länger gebraucht wurde, legte sich zu Füßen des Mannes nieder und bettete den Kopf auf die Pfoten. Seine feuchten braunen Augen reflektierten die Sorge im Gesicht seines Herrn.

»Es ist die reine Ironie«, bemerkte Haplo zu sich selbst. Beim Klang der Stimme spitzte der Hund die Ohren und hob den Kopf. »Ich habe die Macht eines Gottes – und ich darf sie nicht gebrauchen.« Er schob die Bandagen um seine Hand auseinander und strich mit dem Finger über das blaurote Netzwerk der Sigel, deren phantasievolle Kreise und Muster die Haut überzogen. »An einem Tag könnte ich ein Schiff bauen. Schon morgen diese Insel verlassen, wenn ich es wollte. Ich könnte diese Zwerge mit einer Macht konfrontieren, die ihr Begriffsvermögen übersteigt. Ich könnte ihr Gott werden und sie in den Krieg gegen die Menschen und die ›Elften‹ führen.« Haplo lächelte, doch wurde er sofort wieder ernst. »Warum nicht? Was würde es ausmachen?«

Das starke Bedürfnis, seine Macht zu gebrauchen, erfüllte ihn. Die Magie zu benutzen, um zu erobern, zu herrschen, zu führen. Die Gegs waren friedfertig, aber Haplo kannte die wahre Natur der Zwerge. Irgendwie hatten die Sartan es fertiggebracht, ihnen den Kampfgeist auszutreiben, sie zu den einfältigen, maschinenanbetenden ›Gegs‹ zu reduzieren, die sich widerspruchslos ausbeuten ließen. Es konnte nicht schwer sein, den flammenden Stolz, den legendären Mut der Zwergenrasse zu wecken. Die Asche schien kalt zu sein, aber bestimmt war die Glut noch nicht erloschen!

»Ich könnte eine Armee aufstellen, Schiffe bauen. Nein! Was ist bloß in mich gefahren!« Zornig schob Haplo die Bandagen wieder über den Handrücken. Erschreckt von dem scharfen Ton zuckte der Hund zusammen und duckte sich entschuldigend, für den Fall, daß er unwissentlich etwas falsch gemacht hatte. »Es ist meine wahre Natur, die Natur der Patryns, und sie wird mich ins Verderben führen! Mein Fürst hat mich davor gewarnt. Ich muß behutsam vorgehen. Die Gegs sind noch nicht bereit. Und ich bin nicht der, der sie führen sollte – das muß einer der Ihren tun. Limbeck. Irgendwie muß ich den Funken entfachen, der in Limbeck glüht.

Was diesen Kindgott betrifft, so kann ich nichts anderes tun als warten und beobachten und auf mich selbst vertrauen. Wenn es ein Sartan ist, könnte es sogar zu meinem Vorteil sein. Stimmt's, alter Junge?« Haplo beugte sich zur Seite und tupfte dem Tier spielerisch mit der Faust gegen die Flanke. Der Hund, der sich über die wiedergekehrte gute Laune seines Herrn freute, schloß die Augen und seufzte tief.

»Und wenn es ein Sartan ist«, murmelte Haplo, lehnte sich auf dem niedrigen, unbequemen Stuhl zurück und streckte die Beine aus, »möge mein Fürst mich davor bewahren, daß ich diesem Bastard das Herz aus der Brust reiße!«

Als Jarre zurückkehrte, saß Limbeck am Tisch und studierte mit kummervoll gerunzelter Stirn seine Rede, und Haplo hatte einen Entschluß gefaßt.

»Nun«, meinte Jarre lebhaft und nahm den Schal von ihren üppigen Schultern, »alles ist bereit für heute abend. Ich glaube, Lieber, das wird die größte Versammlung, die . . .«

»Wir müssen mit dem Gott sprechen«, warf Haplo mit seiner ruhigen Stimme ein.

Jarre warf ihm einen zurechtweisenden Blick zu, der ihn daran erinnern sollte, daß man verabredet hatte, dieses Thema vor Limbeck nicht zur Sprache zu bringen.

»Gott?« Limbeck betrachtete sie beide über den Rand der Brille, die vom Absturz bedroht auf seiner Nasenspitze balancierte. »Was für ein Gott? Was geht hier vor?«

»Er mußte es erfahren«, besänftigte Haplo eine erzürnte Jarre. »Es ist immer besser, so gut über seinen Feind Bescheid zu wissen wie nur möglich.«

»Feind! Was für einen Feind!« Limbeck, bleich, aber gefaßt, erhob sich von seinem Stuhl.

»Du kannst unmöglich glauben, daß sie wirklich sind, was sie zu sein behaupten – oder?« fragte Jarre, stemmte die Fäuste in die Hüften und schaute Haplo herausfordernd an.

»Nein, und genau das müssen wir beweisen. Du hast selbst gesagt, wir hätten es vermutlich mit einem Komplott des Chefmechnikers zu tun, um eure Bewegung in Mißkredit zu bringen.

Wenn es uns gelingt, diesen angeblichen Gott gefangenzunehmen und der Öffentlichkeit zu beweisen, daß er keiner ist...«

»... dann können wir den Chefmechniker stürzen!« rief Jarre und schlug begeistert die Hände zusammen.

Haplo bückte sich, wie um den Hund zu streicheln, in Wirklichkeit aber wollte er sein Lächeln verbergen. Der Hund betrachtete seinen Herrn auf eine Art, als wäre er nicht ganz einverstanden mit dessen Tun.

»Die Möglichkeit besteht selbstverständlich«, meinte Haplo nach einer Pause, als hätte er diesen Aspekt gründlich durchdacht. »Doch vorläufig ist es wichtig, daß wir herausfinden, mit wem wir es bei diesem Gott in Wirklichkeit zu tun haben und weshalb er hergekommen ist.«

»Wer wer ist? Warum wer hergekommen ist?« Limbeck schob mit dem Zeigefinger die Brille wieder auf die Nasenwurzel. »Ich will wissen...«

»Es tut mir leid, Lieber. Das alles ist passiert, während du geschlafen hast.« Jarre informierte ihn über die Ankunft des neuen Gottes und wie der Chefmechniker mit dem Kind durch die Straßen gezogen war.

»Es wird also Schwierigkeiten geben, oder was meinst du?« Limbeck sank auf seinen Stuhl und erwiderte trostlos ihren Blick. »Wenn es nun wirklich die Manger sind? Wenn ich mich geirrt habe und sie gekommen sind, um... um über das Volk zu richten? Sie werden erzürnt sein und uns ihrer Gnade für unwürdig halten!« Er drehte das Manuskript in seinen Händen. »Vielleicht habe ich meinem Volk großen Schaden zugefügt.«

Jarre öffnete aufgebracht den Mund zu einer Erwiderung, aber Haplo bedeutete ihr mit einem Kopfschütteln zu schweigen.

»Limbeck, das ist der Grund, weshalb wir mit ihnen reden müssen. Wenn es die Sar... Manger sind«, korrigierte er sich selbst, »dann können wir ihnen alles erklären, und sie werden es mit Sicherheit verstehen.«

»Ich war mir so sicher!« rief Limbeck klagend.

»Und du *hast* recht, Lieber!« Jarre kniete neben ihm nieder, umfaßte sein Gesicht mit beiden Händen und drehte es zu sich herum. »Glaub an dich selbst! Dieser Gott ist ein Hochstapler, ein

Geschöpf des Chefmechnikers! Wir werden beweisen, daß er und die Farrer mit denen unter einer Decke stecken, die uns zu Sklaven gemacht haben! Das könnte unsere große Chance sein; die Chance, unsere Welt zu verändern!«

Limbeck gab keine Antwort. Sanft nahm er Jarres Hände von seinem Gesicht und hielt sie fest, um ihr schweigend für den Trost zu danken. Doch gleichzeitig hob er den Kopf und richtete den sorgenvollen Blick auf Haplo.

»Du bist zu weit gegangen, um jetzt einen Rückzieher zu machen, mein Freund«, meinte der Patryn. »Dein Volk vertraut dir und glaubt an dich. Du kannst es nicht im Stich lassen.«

»Aber wenn ich nun unrecht habe?«

»Hast du nicht«, erwiderte Haplo mit Überzeugung. »Selbst wenn wir es mit einem Manger zu tun haben, die Manger sind keine Götter und waren es nie. Es sind Menschen wie ich. Sie verfügten über ungeheure magische Fähigkeiten, aber sie waren sterblich. Wenn der Chefmechniker behauptet, der Manger sei ein Gott, frag den Manger selbst. Ist er wahrhaftig einer, wird er dir die Wahrheit sagen.«

Die Manger sprachen immer die Wahrheit. Sie hatten stets weit von sich gewiesen, Götter zu sein, aber sie maßten sich an, die Pflichten und die Verantwortung auf sich zu nehmen, die den Göttern vorbehalten sind. Falsche Bescheidenheit, hinter der sich Stolz und Ehrgeiz verbargen. Wenn der ›Gott‹ des Chefmechnikers ein echter Sartan war, würde er seine Göttlichkeit leugnen. Wenn nicht, wußte Haplo, daß er einem Hochstapler gegenüberstand, und es war leicht, ihm die Maske vom Gesicht zu reißen.

»Besteht die Möglichkeit, daß wir mit ihnen sprechen können?« fragte er Jarre.

»Sie halten sich in der Farbick auf«, meinte sie grübelnd. »Da kenne ich mich nicht aus, aber es gibt bei uns welche, die besser Bescheid wissen. Ich frage sie.«

»Wir sollten uns beeilen. Es ist fast dunkel, und in zwei Stunden fängt die Versammlung an. Wenn wir vorher noch mit ihnen reden wollen, haben wir nicht mehr viel Zeit.«

Jarre war aufgesprungen und schon auf dem Weg zum Loch in der Wand. Limbeck stützte seufzend den Kopf in die Hände. Die

Brille rutschte ihm von der Nase in den Schoß, wo sie unbeachtet liegenblieb.

Die Frau besitzt die Energie und die Entschlossenheit, sann Haplo. Jarre kennt ihre Grenzen. Sie ist fähig, die Vision zu realisieren, aber es ist Limbeck, der die Augen hat – auch wenn sie halbblind sind. Ich muß dafür sorgen, daß er die richtigen Dinge sieht.

Jarre kehrte mit etlichen grimmig dreinschauenden Gegs zurück. »Es gibt eine Möglichkeit. Tunnel führen unter dem Boden hindurch und münden dicht bei der Statue des Mangers.«

Haplo deutete mit dem Kopf auf Limbeck. Jarre verstand.

»Hast du mich gehört, Lieber? Wir können in die Farbick eindringen und mit diesem sogenannten Gott reden. Kommst du mit?«

Limbeck hob den Kopf. Sein Gesicht unter dem Bart war blaß, aber seine Haltung drückte Entschlossenheit aus. »Ja.« Er hob die Hand, als sie ihn unterbrechen wollte. »Es kommt nicht darauf an, ob ich recht oder unrecht habe. Wichtig ist allein, die Wahrheit zu erkennen.«

Kapitel 34

Wombe, Drevlin, Niederreich

Zwei ortskundige Gegs, Limbeck, Jarre, Haplo und selbstverständlich der Hund eilten zielbewußt, aber vorsichtig durch eine Reihe von verzweigten, gewundenen Tunnels, die wie ein in Fels gemeißeltes Spinnennetz den Inselsockel durchzogen. Die Tunnel waren alt und mit Steinplatten ausgekleidet, die entweder von Menschenhand oder den Metallhänden des Allüberall bearbeitet worden waren. Hier und dort waren merkwürdige Symbole in die Platten gemeißelt. Limbeck war fasziniert davon, und nur mit einiger Schwierigkeit konnte Jarre ihm klarmachen, daß Eile geboten war.

Haplo hätte ihm einiges über diese Symbole erzählen können, zum Beispiel, daß es sich um Sigel handelte – die Runen der Sartan – und daß aufgrund dieser Sigel die Gänge immer noch trocken waren, trotz des Regenwassers, das beinah unablässig durch das poröse Koralit sickerte. Allein die Sigel hielten die unterirdischen Gänge noch Jahrhunderte instand, nachdem ihre Erbauer verschwunden waren.

Der Patryn interessierte sich für die Tunnel fast ebensosehr wie Limbeck. Er kam mehr und mehr zu der Auffassung, daß die Sartan ihr Werk nicht nur im Stich, sondern sogar unvollendet gelassen hatten – und das sah diesen Menschen mit der Macht und dem Status von Halbgöttern ganz und gar nicht ähnlich. Die große Maschine, deren Vibrieren, Pulsieren, Klopfen und Dröhnen selbst hier unten zu merken war, arbeitete, wie Haplo herausgefunden hatte, ganz nach eigenem Gutdünken.

Und sie tat überhaupt nichts. Erfüllte keinen Zweck, soweit er es beurteilen konnte. Er hatte mit Limbeck und den UFFlern Drevlin der Länge und Breite nach durchreist, und überall, wo er hinkam, die große Maschine inspiziert. Sie riß Gebäude nieder, sie grub Löcher, sie errichtete neue Gebäude, sie füllte Löcher auf, sie röhrte und dampfte und tutete und summte und tat alles mit einer unglaublichen Energie. Aber was sie tat, war nichts.

Einmal im Monat, hatte man Haplo erklärt, kamen die ›Elften‹ in ihren Drachenschiffen und eisernen Rüstungen von oben herab und holten die kostbare Substanz – Wasser. Das taten die Elften schon seit Jahrhunderten, und die Gegs glaubten, das sei der eigentliche Zweck ihrer geliebten und angebeteten Maschine – Wasser für diese gottgleichen Elften zu produzieren. Doch Haplo hatte gesehen, daß Wasser lediglich ein Nebenprodukt des Allüberall darstellte. Die Funktion der gigantischen Maschine war etwas Großartigeres, etwas viel Erhabeneres, als Wasser hervorzubringen, um den Durst der Elfennation zu stillen. Doch worin diese Funktion bestand und warum die Sartan verschwunden waren, bevor sie ihr Ziel erreicht hatten, stellte Haplo vor ein Rätsel, das er nicht zu begreifen vermochte. Die Tunnel hielten keine Antwort für ihn bereit. Vielleicht erwartete sie ihn weiter vorn. Er hatte wie alle Patryns gelernt, daß Ungeduld – jede Lockerung der strikten Selbstzucht, die sie sich selbst auferlegt hatten – ins Verderben führen konnte. Geduld, endlose Geduld – das war eine der Gaben, die die Patryns dem Labyrinth verdankten, aber bitter erkauft mit dem eigenen Blut.

Die Gegs waren aufgeregt, laut und unternehmungslustig. Haplo bildete die Nachhut und verursachte nicht mehr Geräusch als sein Schatten im Licht der Glimmerglampen. Der Hund trottete hinter ihm drein, lautlos und wachsam wie sein Herr.

»Bist du sicher, daß wir auf dem richtigen Weg sind?« fragte Jarre, wenn es wieder einmal schien, als würden sie sich endlos im Kreis bewegen.

Die anderen Gegs beruhigten sie. Nach ihren Aussagen hatte das Allüberall sich etliche Jahre zuvor in den Maschinenkopf gesetzt, daß es nett wäre, in die Tunnel vorzudringen, und gleich hatte es sich darangemacht, mit den eisernen Händen und Füßen Löcher in den Boden zu stampfen. Gegs schwärmten in die Gänge, stützten die Wände ab und bauten der Maschine ein Gerüst. Auf einmal hatte das Allüberall ebenso unvermittelt seine Pläne geändert und seine Tätigkeiten in ein völlig anderes Gebiet verlagert. Ihre Führer hatten der Tunnelschicht angehört und kannten sie ebensogut wie das Innere ihrer eigenen Wohnungen.

Leider waren die Gänge nicht unbenutzt, wie Haplo gehofft hatte. Die Gegs nutzten sie, um von einem Ort zum andern zu gelangen, und die UFFler mußten einsehen, daß es ihnen nicht vergönnt sein würde, heimlich in die Farbick einzudringen. Der Anblick Haplos erregte Neugier, entgegenkommende Gegs blieben stehen, und ihre Führer fühlten sich berufen, jedermann zu erzählen, wer er war und wer Limbeck war, woraufhin fast alle Gegs, die keine dringenderen Geschäfte zu erledigen hatten, sich ihnen anschlossen.

Schon bald stampfte eine ganze Meute von Gegs durch die Tunnel der Farbick. Soviel zu Heimlichkeit und Überraschung. Haplo tröstete sich mit dem Wissen, daß zur Not eine Armee von Gegs auf brüllenden Drachen sich hier unten austoben konnte, ohne daß bei dem Maschinenlärm oben jemand etwas merkte.

»Da sind wir«, rief ein Geg mit dröhnender Stimme und deutete auf eine Leiter aus Metall, die in einen Schacht hinaufführte und in der Dunkelheit verschwand. Bei einem Blick den Gang hinunter entdeckte Haplo noch mehrere Leitern in regelmäßigen Abständen – eine Besonderheit, die etwas zu bedeuten haben mußte. Diese Leitern führten irgendwohin. Haplo konnte nur hoffen, daß es tatsächlich die Farbick war.

Haplo winkte die beiden wegweisenden Gegs sowie Limbeck und Jarre zu sich heran. Jarre hielt weitere nachdrängende Gegs mit einer befehlenden Handbewegung zurück.

»Was ist am anderen Ende der Leiter? Wie kommen wir in die Farbick hinein?«

Es gab noch ein Loch im Boden, erklärten die Gegs, abgedeckt mit einer Metallplatte. Wenn man die Platte beiseite schob, hatte man Zugang zum Erdgeschoß der Farbick.

»Die Farbick ist riesig«, gab Haplo zu bedenken. »In welchem Teil davon werde ich herauskommen? Und wo haben sie die Götter untergebracht?«

Diese beiden Fragen lösten eine längere Diskussion aus. Ein Geg wollte gehört haben, daß der Gott sich im Mangerzimmer, zwei Stockwerke über dem Erdgeschoß der Farbick aufhielt. Der andere wußte zuverlässig, daß der Gott auf Befehl des Chefmechnikers an den Heiligen Ort geführt worden war.

»Was ist das?« erkundigte sich Haplo geduldig.

»Dort hat meine Gerichtsverhandlung stattgefunden«, verkündete Limbeck, und sein Gesicht erhellte sich bei der Erinnerung an diesen großen Augenblick. »Dort stehen auch die Statue eines Mangers und der Sessel, in dem der Chefmechniker Platz nimmt, um Recht zu sprechen.«

»Wo befindet sich diese Stelle von hier aus gesehen?«

Die Gegs vermuteten, zwei Leitern weiter vorn, und so trabte die ganze Gesellschaft in die angegebene Richtung, während die beiden wegweisenden Zwerge heftig miteinander stritten, bis Jarre ihnen nach einem verlegenen Blick auf Haplo befahl, den Mund zu halten.

»Sie glauben, diese hier ist es«, sagte sie und legte die Hand auf die Metallsprossen.

Haplo nickte. »Ich gehe zuerst«, äußerte er so leise, wie es eben möglich war, wenn er sich bei dem Dröhnen der Maschine noch verständlich machen wollte.

Die wegweisenden Gegs protestierten. Sie hatten die Gruppe geführt, also war es ihr gutes Recht, zuerst hinaufzusteigen.

»Es ist gut möglich, daß der Chefmechniker Wachen dort oben postiert hat«, warnte Haplo. »Oder vielleicht ist dieser sogenannte Gott gefährlich.«

Die Gegs schauten sich an, schauten Haplo an und traten von der Leiter zurück. Es gab keine weiteren Diskussionen.

»Aber ich will sie sehen!« protestierte Limbeck, den das Gefühl beschlich, daß sie den ganzen Weg umsonst gemacht hatten.

»Pst!« tadelte Haplo. »Das wirst du ja auch, selbstverständlich. Ich gehe nur hinauf, um mich . . . umzusehen. Alles auszukundschaften. Wenn keine Gefahr besteht, komme ich zurück und hole euch.«

»Er hat recht, Limbeck, also sei still«, schimpfte Jarre mit gedämpfter Stimme. »Du kommst schon noch an die Reihe. Der Chefmechniker wird uns keinesfalls vor der Versammlung heute abend verhaften!«

Nach der Mahnung, leise zu sein – sämtliche Gegs starrten ihn an, als hätte er den Verstand verloren –, drehte Haplo sich zu der Leiter herum.

»Was wird aus dem Hund?« fragte Jarre. »Er kann nicht die Leiter hinaufsteigen, und du kannst ihn nicht tragen.«

Haplo zuckte gleichgültig die Schultern. »Er kommt schon zurecht. Stimmt's nicht, Hund?« Er bückte sich und tätschelte dem Tier den Kopf. »Du bleibst hier, in Ordnung? Bleib.«

Mit offenem Maul und heraushängender Zunge ließ der Hund sich auf den Boden fallen, stellte die Ohren auf und schaute sich interessiert um.

Haplo stieg langsam und vorsichtig die Leiter hinauf. Er ließ seinen Augen Zeit, sich an die zunehmende Dunkelheit zu gewöhnen, die immer undurchdringlicher wurde, je weiter er sich von dem hellen Licht der Glimmerglampen entfernte. Die Leiter war nicht besonders lang. Schon bald sah er, wie die Lichtpunkte der Glimmerglampen unten von einer metallischen Fläche über ihm reflektiert wurden.

Sobald er dicht genug unter der Platte stand, stemmte er die Hand dagegen und stellte erleichtert fest, daß sie sich leicht und sogar ohne allzugroßen Lärm bewegen ließ. Nicht, daß er mit Schwierigkeiten rechnete. Ihm war daran gelegen, diese ›Götter‹ zu beobachten, ohne daß sie ihn beobachteten. Er mußte daran denken, daß die Warnung vor einer drohenden Gefahr die Zwerge früherer Zeiten veranlaßt haben würde, scharenweise die Leiter emporzuschwärmen, und verfluchte im stillen die Sartan, während er den Deckel hob und in die große Halle der Farbick spähte.

Dank der Glimmerglampen herrschte in der Farbick nicht das trübe Dämmerlicht eines Gegtages. Es war hell genug, daß Haplo sehen konnte, und er bemerkte zu seiner Freude, daß seine Helfer recht gehabt hatten. Genau in seiner Blickrichtung erhob sich das Standbild einer in lange Gewänder gehüllten Gestalt. Vor und neben dieser Statue befanden sich drei Leute. Es waren Menschen

– zwei Männer und ein Kind, soviel konnte Haplo auf den ersten Blick erkennen. Aber die Sartan waren gleichfalls menschlicher Abstammung.

Er musterte jeden einzelnen genau, obwohl er sich eingestehen mußte, daß er nur vom Hinsehen nicht würde beurteilen können, ob diese Menschen Sartan waren oder nicht. Ein Mann saß neben der Statue im Schatten. Schlicht gekleidet, schien er mittleren Alters zu sein, mit schütterem Haar, dessen hoher Ansatz die stark gewölbte Stirn und das von Falten durchzogene, sorgenvolle Gesicht betonte. Der Blick dieses Mannes glitt immer wieder zu dem Kind, er bewegte sich unruhig, und seine Bewegungen waren plump und ungeschickt.

Im Gegensatz dazu hätte Haplo den zweiten Mann fast für einen Überlebenden des Labyrinths gehalten. Er war geschmeidig, muskulös und strahlte eine Wachsamkeit aus, die signalisierte, daß er stets auf der Hut war. Das gefurchte Gesicht mit den düsteren Augen und dem geflochtenen schwarzen Bart reflektierte eine Seele aus kaltem, hartem Eisen.

Der Junge war ein Kind, an dem außer seiner Schönheit nichts Außergewöhnliches war. Ein merkwürdiges Trio. Was hatte sie zusammengeführt? Was hatte sie hierher gebracht?

Unter ihm vergaß einer der aufgeregten Gegs den ausdrücklichen Befehl, still zu sein, und fragte in einem Flüsterton, der wie Donnerhall durch den Leiterschacht grollte, ob es oben etwas zu sehen gäbe.

Der Mann mit dem geflochtenen Bart reagierte augenblicklich, der Körper schnellte in die Höhe, die schwarzen Augen suchten die Schatten zu durchdringen, die Hand legte sich an den Schwertgriff. Ein Schlag ertönte und verriet Haplo, daß Jarre den Übeltäter wirksam bestraft hatte.

»Was war denn, Hugh?« fragte der im Schatten der Statue sitzende Mann. Die Stimme bediente sich der Menschensprache und zitterte vor Nervosität.

Der Mann mit Namen Hugh legte den Finger an die Lippen und tat mehrere behutsame Schritte in Haplos Richtung. Er schaute nicht nach unten, sonst hätte er die Platte gesehen, sondern starrte in die Schatten im Hintergrund der riesigen Halle.

»Ich dachte, ich hätte etwas gehört.«

»Ich kann mir nicht vorstellen, wie Ihr bei dem Krach etwas hören könnt, den die verdammte Maschine fabriziert«, bemerkte das Kind. Der Junge kaute Brot und sah an dem Standbild hinauf.

»Gebraucht nicht solche Worte, Euer Hoheit«, rügte der zapplige Mann. Er war aufgestanden und schien die Absicht zu haben, Hugh bei seiner Suche zu helfen, doch er stolperte und mußte sich an dem Standbild festhalten, um nicht hinzufallen. »Seht Ihr etwas, Sir?«

Die Gegs unten waren still – vermutlich, weil ihnen Jarre für den gegenteiligen Fall mit roher Gewalt gedroht hatte. Haplo erstarrte, wagte kaum zu atmen und wartete angespannt.

»Nein«, antwortete Hugh. »Setz dich hin, Alfred, bevor du dich selbst umbringst.«

»Vielleicht war es tatsächlich dic Maschine«, meinte Alfred und sah aus, als wäre er bemüht, sich selbst zu überzeugen.

Der Junge warf gelangweilt das Brot auf den Boden und näherte sich der Statue des Mangers. Er streckte die Hand aus, um sie zu berühren.

»Nicht!« schrie Alfred alarmiert.

Das Kind zuckte zusammen und riß die Hand zurück. »Du hast mich erschreckt!« sagte es anklagend.

»Es tut mir leid, Euer Hoheit. Nur ... haltet Euch fern von der Statue.«

»Warum? Wird sie mir etwas antun?«

»Nein, Euer Hoheit. Es ist nur, daß die Statue des Mangers den Gegs ... nun ja, heilig ist. Es würde ihnen nicht gefallen, wenn Ihr Euch daran zu schaffen macht.«

»Puh!« sagte der Junge und schaute sich um. »Sie sind alle weg. Außerdem sieht es so aus, als wollte er mir die Hand schütteln.« Er kicherte. »Er will, daß ich ihm die Hand gebe.«

»Nein! Euer Hoheit!« Aber der tolpatschige Mann kam zu spät, um den Jungen daran zu hindern, die mechanische Hand des Mangers zu ergreifen. Zum Entzücken des Kindes flammte in dem Augapfel ein helles Licht auf.

»Sieh nur!« Gram schob Alfreds ausgestreckten Arm zur Seite. »Das sind Bilder. Ich will sie sehen!«

»Euer Hoheit, ich muß darauf bestehen! Ich bin sicher, daß ich etwas gehört habe. Die Gegs ...«

»Ich glaube, mit den Gegs werden wir schon fertig«, sagte Hugh und trat herbei, um die Bilder zu betrachten. »Laß gut sein, Alfred. Ich möchte das auch sehen.«

Die Gelegenheit war günstig, und Haplo hatte selbst großes Interesse an diesem Standbild, deshalb schob er die Platte vorsichtig beiseite und stemmte sich aus der Öffnung.

»Seht doch, es ist eine Karte«, rief der Junge in großer Aufregung.

Die Aufmerksamkeit der drei Fremden war von dem Augapfel gefesselt. Haplo, der sich ihnen leise näherte, erkannte darin eine Karte des Reiches des Himmels. Eine ähnliche Karte hatte sein Fürst in der Halle der Sartan im Nexus gefunden. Ganz oben schwebten die Inseln, die man als die Herrscher der Nacht bezeichnete; darunter das Firmament und nicht weit entfernt die Insel des Hohen Reichs. Dann kam das Mittelreich. Darunter befanden sich der Mahlstrom und die Insel der Gegs.

Das bemerkenswerteste war, daß die Karte sich bewegte! Die Inseln bewegten sich auf ihren jeweiligen Bahnen, die Sturmwolken kreisten, in regelmäßigen Abständen verdeckten die Herrscher der Nacht die Sonne.

Dann veränderten sich die Bilder plötzlich. Die Inseln und Kontinente hörten auf, willkürlich Kreise zu ziehen, und reihten sich auf – ein Reich immer unter dem anderen. Doch unvermittelt begannen die Bilder zu flimmern, flackerten und erloschen.

Der Mann, den der andere Hugh genannt hatte, schien nicht beeindruckt zu sein.

»Eine magische Laterne. So etwas habe ich im Reich der Elfen gesehen.«

»Aber was hat es zu bedeuten?« fragte der Junge und starrte fasziniert auf den jetzt wieder dunklen Augapfel. »Warum dreht sich alles und hält dann plötzlich an?«

Haplo stellte sich dieselbe Frage. Auch er hatte schon eine magische Laterne gesehen. Auf seinem Schiff hatte er ein vergleichbares Gerät gehabt, das Bilder des Nexus projizierte, nur war es von seinem Fürsten entwickelt worden und sehr viel komplizierter. Haplo kam es vor, als hätten sie nicht alles gesehen, denn die Bilder hatten in der Sequenz abrupt aufgehört.

Es ertönte ein leises, surrendes Geräusch, und plötzlich begann die Bilderfolge von neuem. Alfred, den Haplo für eine Art von Diener hielt, streckte die Hand aus, wahrscheinlich in der Absicht, die Bilder anzuhalten.

»Bitte tu das nicht«, sagte Haplo mit ruhiger Stimme.

Hugh wirbelte mit gezogenem Schwert herum und stellte sich dem Eindringling mit einer Schnelligkeit und Behendigkeit, der Haplo nur Beifall zollen konnte. Der Diener sank auf dem Boden in sich zusammen, und der Junge musterte den Patryn mit blauen Augen, die nicht so sehr Furcht verrieten als vielmehr Neugier.

Haplo streckte ihnen die Hände entgegen. »Ich bin unbewaffnet«, sagte er zu Hugh. Der Patryn hatte nicht die mindeste Furcht vor dem Schwert des Mannes. Es gab in dieser Welt keine Waffen, die ihm etwas anhaben konnten, denn ihn schützten die Runen auf seiner Haut, aber er mußte jeden Kampf vermeiden, um durch die Art, wie er sich schützte, kundigen Augen nicht zu verraten, wer und was er war. »Ich habe keine bösen Absichten.« Er lächelte und zuckte die Schultern. »Mir geht es wie dem Jungen hier. Ich wollte nur die Bilder sehen.«

Von allen dreien war es das Kind, das Haplo faszinierte. Der schwächliche Diener, der als Häufchen Elend auf dem Boden kauerte, war sein Interesse nicht wert. Den Mann, den er für einen Leibwächter hielt, konnte er außer acht lassen, nachdem er seine Stärke und Behendigkeit zur Kenntnis genommen hatte. Doch wenn Haplo das Kind ansah, fühlte er das Brennen der Runen auf seiner Brust und wußte, daß irgendein Zauber gegen ihn gerichtet wurde. Seine eigene Magie ließ ihn abprallen, doch Haplo erkannte belustigt, daß der Zauber des Kindes – welcher Art auch immer – ohnehin nicht gewirkt haben würde. Der Fluß der magischen Kräfte war unterbrochen.

»Wo bist du hergekommen? Wer bist du?« verlangte Hugh zu wissen.

»Mein Name ist Haplo. Meine Freunde, die Gegs« – er deutete auf die Öffnung, aus der er gestiegen war, weil Geräusche ihn vermuten ließen, daß der neugierige Limbeck sich aufgemacht hatte, ihm zu folgen – »und ich hörten von eurem Kommen und beschlossen, mit euch zu sprechen, wenn möglich unbelauscht. Sind die Wachen des Chefmechnikers in der Nähe?«

Hugh ließ das Schwert sinken, obwohl seine dunkeln Augen jede Bewegung Haplos verfolgten. »Nein, sie sind gegangen. Aber es könnte sein, daß man uns beobachtet.«

»Ganz bestimmt sogar. Dann bleibt uns nicht viel Zeit, bevor jemand auftaucht.«

Limbeck, noch völlig außer Atem von der Kraxelei die Leiter hinauf, näherte sich zögernd. Er warf einen schrägen Blick auf Hughs blanke Klinge, aber die Neugier erwies sich als stärker als die Furcht.

»Seid ihr Manger?« fragte er und schaute von Haplo zu dem Kind.

Haplo, der Limbeck aufmerksam beobachtete, sah, wie ein ehrfürchtiger Ausdruck sich über sein Gesicht breitete. Die von den dicken Brillengläsern vergrößerten, myopischen Augen des Gegs öffneten sich weit. »Ihr *seid* ein Gott, nicht wahr?«

»Ja«, erwiderte der Junge in der Sprache der Gegs. »Ich bin ein Gott.«

»Verstehen diese Zwerge, was wir sagen?« erkundigte sich Hugh und deutete auf Limbeck, Jarre und die anderen beiden Gegs, die zaghaft die Köpfe aus der Öffnung reckten.

Haplo verneinte.

»Dann kann ich dir die Wahrheit sagen«, meinte Hugh. »Der Junge ist ebensowenig ein Gott, wie du einer bist.« Nach dem Ausdruck in Hughs schwarzen Augen zu urteilen, hatte er sich über Haplo dieselbe Meinung gebildet wie Haplo über Hugh. Er war immer noch vorsichtig, zurückhaltend und mißtrauisch, aber überfüllte Gasthäuser zwingen den Wanderer, mit merkwürdigen Gesellen das Bett zu teilen – oder die Nacht draußen in der Kälte zu verbringen. »Unser Schiff geriet in den Mahlstrom und stürzte auf Drevlin ab. Die Gegs fanden uns und hielten uns für Götter, und wir mußten mitspielen.«

»Wie ich«, nickte Haplo. Er schaute auf den Diener, der die Augen aufgeschlagen hatte und sich geistesabwesend umsah. »Wer ist das?«

»Der Kammerdiener des Jungen. Mich nennt man Hugh. Das ist Alfred, und der Name des Jungen lautet Gram, Sohn König Stephens von Volkaran und Uylandia.«

Haplo wandte sich an Limbeck und Jarre – die die Fremden mit tiefem Mißtrauen studierte – und erklärte ihnen, was er erfahren hatte. Alfred suchte an der Statue des Mangers Halt und richtete sich auf. Er musterte Haplo mit einer Neugier, die sich noch vertiefte, als er der bandagierten Hände des Mannes ansichtig wurde.

Haplo, der Alfreds merkwürdiges Verhalten bemerkte, zupfte verlegen an den Stoffstreifen.

»Seid Ihr verletzt, Sir?« fragte der Diener in respektvollem Ton. »Verzeiht die Frage, aber ich sehe die Verbände, die Ihr tragt. Ich bin ein wenig in der Heilkunst erfahren...«

»Ich danke dir, aber das wird nicht nötig sein. Ich bin nicht verwundet. Es ist eine in meinem Volk verbreitete Hautkrankheit. Sie ist nicht ansteckend und bereitet mir keine Schmerzen, aber die Pusteln sind kein schöner Anblick.«

Ein Ausdruck des Ekels verzerrte Hughs Gesicht. Alfred erbleichte ein wenig. Haplo war sehr zufrieden. In Zukunft würde ihn bestimmt niemand mehr mit Fragen über seine Hände belästigen.

Hugh streckte sein Schwert ein und trat näher. »Dein Schiff ist abgestürzt?« fragte er Haplo mit gedämpfter Stimme.

»Ja.«

»Zerstört?«

»Völlig.«

»Woher stammst du?«

»Von einer der unteren Inseln. Du hast wahrscheinlich nie davon gehört. Kaum jemand kennt sie. Ich befand mich mitten in einer Schlacht, als mein Schiff getroffen wurde und ich die Kontrolle verlor...«

Hugh ging zur Statue hinüber. Scheinbar ganz in das Gespräch vertieft, folgte ihm Haplo, jedoch nicht ohne wie zufällig über die Schulter zu dem angeblichen Kammerdiener zurückzuschauen. Alfreds Haut war leichenblaß, die Augen hingen an den Händen des Patryn, als wünschte sich der Mann verzweifelt, den Stoff mit den Blicken durchdringen zu können.

»Dann bist du auch hier unten gestrandet, wie?« meinte Hugh.

Haplo nickte.

»Und du willst...« Hugh zögerte, als wüßte er die Antwort, wollte sie aber von dem anderen hören.

»...weg hier.« Haplo sagte es mit Nachdruck.

Jetzt war es Hugh, der nickte. Die beiden Männer verstanden einander vollkommen. Keiner vertraute dem andern, aber das war auch nicht notwendig, solange sie sich gegenseitig benutzen konnten, um ein gemeinsames Ziel zu erreichen. Bettgefährten, schien es, die sich nicht um die Decken streiten würden. Sie standen ein wenig abseits und sprachen mit gedämpfter Stimme über eine Flucht.

Alfred starrte immer noch wie gebannt auf die bandagierten Hände des Mannes. Auch Gram schaute dem sich entfernenden Haplo hinterher und streichelte dabei seinen Federtalisman. Seine Gedankengänge wurden von dem Geg unterbrochen.

»Dann seid Ihr also kein Gott?« Wie von einer unsichtbaren Kraft angezogen, war Limbeck näher gekommen, um mit dem Kind zu reden.

»Nein«, antwortete Gram und löste den Blick widerstrebend von Haplo. Während er sich dem Geg zuwandte, setzte Gram rasch ein anderes Gesicht auf. »Ich bin kein Gott, aber man sagte mir, ich sollte diesen Mann, euren König, in dem Glauben belassen, damit er uns nichts Böses antut.«

»Böses antut?« Limbeck war verblüfft. Darunter vermochte er sich nichts vorzustellen.

»Ich bin in Wirklichkeit ein Prinz des Hohen Reichs«, fuhr der Junge fort. »Mein Vater ist ein mächtiger Zauberer. Wir waren auf dem Weg zu ihm, als unser Schiff abstürzte.«

»Ich wünsche mir so sehr, das Hohe Reich einmal zu sehen!« rief Limbeck aus. »Wie ist es dort?«

»Ich weiß nicht genau. Seht Ihr, ich bin noch nie dort gewesen. Seit meiner Geburt habe ich im Mittelreich bei meinem Adoptivvater gelebt. Es ist eine lange Geschichte.«

»Im Mittelreich bin ich auch noch nie gewesen. Aber Bilder davon habe ich in einem Buch gesehen, das ich in einem Elftenschiff fand. Ich will Euch erzählen, wie es dazu kam.« Limbeck begann mit seiner Lieblingsgeschichte – wie er durch Zufall das abgestürzte Elftenschiff gefunden hatte.

Gram trat von einem Fuß auf den anderen und verrenkte sich den Hals, um Hugh und Haplo beobachten zu können, die immer noch zusammen vor der Statue des Mangers standen. Alfred murmelte vor sich hin. Niemand beachtete Jarre.

Ihr gefiel das alles ganz und gar nicht. Es gefiel ihr nicht, wie die beiden großen, starken Götter die Köpfe zusammensteckten und in einer Sprache miteinander redeten, die sie nicht verstand. Es gefiel ihr nicht, wie Limbeck den Kindgott ansah, und wie der Kindgott alle anderen anschaute, gefiel ihr schon gar nicht. Es gefiel ihr nicht einmal, wie der hochgewachsene, schlaksige Gott zu Boden gefallen war. Jarre hatte das Gefühl, daß diese Götter ähnlich wie arme Verwandte, die unangemeldet zu Besuch kommen, alles Eßbare vertilgen würden, um dann zu verschwinden und die Gegs mit nichts als einem leeren Vorratsschrank zurückzulassen.

Jarre huschte zu den beiden Gegs, die mit hochgezogenen Schultern unbehaglich neben dem Ausgang standen.

»Gebt unten Bescheid, daß alle herauskommen sollen«, befahl sie mit so leiser Stimme, wie es einem Geg nur möglich ist. »Der Chefmechniker hat versucht, uns mit falschen Göttern zu betrügen. Wir werden sie gefangennehmen und den Leuten beweisen, daß der Chefmechniker ein Schwindler ist.«

Die Gegs musterten die sogenannten Götter und tauschten dann bedeutungsvolle Blicke. Diese Götter wirkten nicht besonders furchteinflößend. Einer von ihnen trug eine gefährlich aussehende Waffe, aber wenn man ihn überrannte, hatte er keine Gelegenheit, Gebrauch davon zu machen. Haplo hatte das Erlöschen des Kampfgeistes bei den Zwergen beklagt, aber wie er ganz recht vermutet hatte – die Glut schwelte noch. Sie war nur begraben unter Jahrhunderten der Unterwürfigkeit und harten Arbeit. Hier und da flackerten bereits die ersten Flämmchen.

Die aufgeregten Gegs stiegen die Leiter hinab. Jarre beugte sich über die Öffnung und schaute ihnen nach. Von unten gesehen wirkte ihr kantiges Gesicht im matten Schein der Glimmerglampen bedrohlich. Mehr als einem Geg standen plötzlich Bilder aus früheren Zeiten vor Augen, als die Priesterinnen des Clans zum Krieg aufriefen.

Lärmend, doch gleichzeitig diszipliniert, wie sie es im Umgang mit der großen Maschine gelernt hatten, stiegen die Gegs die Leiter empor. Das Dröhnen und Stampfen des Allüberall sorgte dafür, daß niemand sie bemerkte.

Haplos Hund lag vergessen am Fuß der Leiter. Den Kopf auf den Vorderpfoten, beobachtete er und lauschte und schien zu überlegen, ob sein Herr es wirklich ernst mit dem Befehl gemeint hatte: »Bleib.«

Kapitel 35

Wombe, Drevlin, Niederreich

Haplo hörte ein Winseln und fühlte eine Berührung an seinem Bein. Er wandte seine Aufmerksamkeit von den Bildern der Manger ab und senkte den Blick.

»Was ist denn, alter Junge? Ich dachte, ich hätte dir gesagt . . .« Der Patryn hob den Kopf und sah die Gegs aus der Schachtöffnung strömen. Mordhand, der ein Geräusch hinter sich hörte, schaute in die entgegengesetzte Richtung, zum Eingang der Farbick.

»Gesellschaft«, verkündete er. »Der Chefmechniker und seine Wachen.«

»Von hier auch.«

Hugh warf einen Blick auf den Schacht; seine Hand fuhr zum Schwertgriff. Haplo schüttelte den Kopf. »Nein, zu kämpfen hat keinen Zweck. Es sind zu viele. Außerdem wollen sie uns nicht töten. Sie wollen uns haben. Wir sind ihre Beute. Die Zeit reicht nicht für Erklärungen. Es sieht aus, als wären wir mitten in einen Aufstand hineingeraten. Du kümmerst dich besser um deinen kleinen Prinzen.«

»Er ist eine Investition . . .« begann Hugh.

»Die Kupferer!« kreischte Jarre, die den Chefmechniker entdeckt hatte. »Schnell, greift die Götter, bevor sie uns aufhalten können!«

»Dann gehst du besser und kümmerst dich um deine Investition«, schlug Haplo vor.

»Was ist denn, Sir?« ächzte Alfred, der Haplo mit dem Schwert in der Hand herbeieilen sah.

Die beiden Gruppen schrien und rafften behelfsmäßige Waffen vom Boden auf.

»Ärger«, erklärte Hugh knapp. »Nimm den Jungen und ...«

Alfreds Augen verdrehten sich, bis nur noch das Weiße zu sehen war. Hugh streckte die Hand aus, um ihn zu schütteln oder mit einer Ohrpfeife wieder zu sich zu bringen, aber es war zu spät. Der schlaffe Körper des Kammerdieners fiel wenig anmutig quer über die Füße der Statue.

Die Gegs stürzten sich auf die Götter. Der Chefmechniker, der die Gefahr sofort erkannte, befahl seinen Kupferern, sich auf die Gegs zu stürzen. Mit wildem Geschrei prallten die beiden Gruppen zusammen. Zum ersten Mal in der Geschichte Drevlins wurden Hiebe ausgeteilt, floß Blut. Haplo, den Hund auf den Armen, zog sich in die Schatten zurück und beobachtete das Geschehen mit einem leichten Lächeln.

Jarre stand neben der Öffnung, half den Gegs herauszuklettern und feuerte ihre Leute an. Als der letzte Geg heraufgekommen war, hob sie den Kopf und merkte, daß die Schlacht sich weiter nach vorn verlagert hatte. Sie hatte Limbeck, Haplo und die drei fremden Wesen völlig aus den Augen verloren. Sie entdeckte eine Kiste, sprang hinauf und spähte über die Köpfe der raufenden, prügelnden Gegs hinweg und sah zu ihrem Entsetzen den Chefmechniker mit dem Suprintenten bei der Statue des Mangers stehen und sich das Getümmel zunutze machen, um nicht nur die Götter, sondern auch den Vorsitzenden der UFF in ihre Gewalt zu bringen!

Wütend sprang Jarre von der Kiste und lief auf sie zu, aber sie blieb im Gedränge stecken. Schiebend und schlagend kämpfte sie darum, in die Nähe der Statue zu gelangen. Sie war hochrot im Gesicht und völlig außer Atem, ihre Hose war zerrissen, und ein Auge verfärbte sich allmählich blau, als sie endlich ihr Ziel erreichte.

Die Götter waren verschwunden. Limbeck war verschwunden. Der Chefmechniker hatte gesiegt.

Die Faust geballt, war Jarre bereit, jedem Kupferer eins zu verpassen, der ihr in die Nähe kam, als sie ein Stöhnen hörte und bei einem Blick nach unten zwei lange Füße entdeckte, die zur Decke zeigten. Das waren keine Gegfüße. Das waren Götterfüße!

Jarre lief um den Manger herum und sah zu ihrer Überraschung, daß der Sockel der Statue weit offenstand! Einer von den Göttern des Chefmechnikers war offenbar in die Öffnung hineingefallen und lag jetzt halb drinnen, halb draußen.

»Was ein Glück!« sagte Jarre. »Wenigstens den hier habe ich erwischt!«

Sie schaute angstvoll über die Schulter und erwartete, die Kupferer des Mechnikers heranstürmen zu sehen, aber in dem Gedränge und Tumult schenkte ihr niemand die geringste Beachtung. Der Mechniker würde bemüht sein, die anderen Götter aus der Gefahrenzone zu bringen; ihren Gott hier hatte anscheinend noch keiner vermißt.

»Aber sie werden ihn vermissen. Wir können dich hier nicht liegenlassen«, murmelte Jarre. Als sie näher kam, konnte sie sehen, daß der Gott mit dem Oberkörper auf einer Treppe lag, die unter der Statue in die Tiefe führte. Ein schneller und problemloser Fluchtweg.

Jarre zögerte. Sie entweihte das Standbild, das Allerheiligste der Gegs. Sie hatte keine Ahnung, welchen Zwecken diese Öffnung diente oder wohin sie führte. Es kümmerte sie auch nicht. Sie brauchte nur ein Versteck. Dort drinnen wollte sie abwarten, bis alle anderen verschwunden waren. Jarre kletterte über den besinnungslosen Gott und stolperte die ersten Stufen hinunter. Dann drehte sie sich um, schob dem Gott die Hände unter die Achseln und zerrte ihn zu sich herein. Es ging nicht ohne Schläge und Stöße ab, und der Gott stöhnte.

Jarre hatte keinen genauen Plan. Sie hoffte nur, daß es ihr gelingen würde, ihre Beute in das UFF-Hauptquartier zu schmuggeln, bevor der Chefmechniker auftauchte, um nach seinem abhanden gekommenen Gott zu suchen, und die Öffnung im Sockel der Statue entdeckte. Doch kaum hatte Jarre die Füße des Gottes über die Schwelle gezogen, als die Öffnung sich plötzlich und lautlos schloß. Jarre war von undurchdringlicher Dunkelheit umgeben.

Jarre verhielt sich vollkommen still und versuchte sich einzureden, daß alles in Ordnung war. Doch die Panik in ihr wuchs, bis sie glaubte, platzen zu müssen. Ihr Entsetzen wurde nicht von der Dunkelheit verursacht. Die Gegs, die fast ihr ganzes Leben im Innern des Allüberall verbrachten, fürchteten sich nicht vor der Dunkelheit. Jarre zitterte am ganzen Leib. Ihre Hände waren schweißnaß, sie atmete hastig, ihr Herz raste, und sie wußte nicht, weshalb. Und dann fiel es ihr ein.

Es war still.

Sie konnte die Maschine nicht hören, nicht das beruhigende, tröstliche Pfeifen und Wummern und Hämmern, das sie von Geburt an in den Schlaf gewiegt hatte. Jetzt gab es nichts als furchtbare, grauenhafte Stille. Der Gesichtssinn ist ein nach außen gerichteter, vom Körper getrennter Sinn, ein Bild auf der Oberfläche des Auges, aber Geräusche dringen in das Ohr, den Kopf, sie leben in uns. Wo Geräusche fehlen, dröhnt die Stille.

Jarre vergaß den Gott auf der Treppe, vergaß die Angst vor den Kupferern, Jarre warf sich gegen die Innenwand des Sockels, ohne den Schmerz zu spüren. »Hilfe!« schrie sie. »Helft mir!«

Alfred kam wieder zur Besinnung. Er wollte sich aufrichten, begann zu rutschen und konnte sich nur dadurch retten, daß er instinktiv die Hände gegen die unteren Stufen stemmte. Völlig verwirrt, umgeben von pechschwarzer Nacht und in Gesellschaft einer Gegin, deren Schreie ihm in den Ohren gellten, fragte Alfred mehrere Male in die Dunkelheit hinein, was denn geschehen wäre. Er bekam keine Antwort. Endlich kroch er auf Händen und Knien die Treppe hinauf und tastete in der Dunkelheit nach der fast hysterischen Jarre.

»Wo sind wir?«

Sie trommelte gegen die Wand, schrie und beachtete ihn nicht.

»Wo sind wir?« Alfred bekam die Gegin mit seinen großen Händen zu fassen und schüttelte sie. »Hör auf! Es ist sinnlos! Sag mir, wo wir uns befinden, und vielleicht finde ich einen Ausweg!«

Ohne ihn genau verstanden zu haben, aber wütend über die grobe Behandlung, kam Jarre zu sich, schluckte heftig und schob den Kammerdiener mit einem Stoß ihrer kräftigen Arme von sich. Er schwankte und taumelte und wäre beinahe die Treppe hinuntergefallen, doch er stützte sich noch rechtzeitig an der Wand ab.

»Jetzt hör mir zu!« sagte Alfred sehr langsam und deutlich. »Sag mir, wo wir sind. Vielleicht kann ich uns helfen.«

»Wie denn?« Schwer atmend und zitternd, lehnte sich Jarre an die gegenüberliegende Wand. »Du bist fremd hier. Was kannst du schon wissen?«

»Vertrau mir«, beschwor Alfred sie. »Ich kann es nicht erklären. Aber es schadet doch nichts, wenn du mir erzählst, was passiert ist.«

»Na ja . . .« Jarre überlegte. »Wir befinden uns im Innern der Statue.«

»Ah!« hauchte Alfred.

»Was bedeutet ›ah‹?«

»Es bedeutet . . . hm . . . das hatte ich mir schon gedacht.«

»Kannst du den Sockel wieder öffnen?«

Nein, das kann ich nicht. Niemand kann es. Nicht von innen. Aber wie kann ich das wissen, wenn ich nie zuvor hier gewesen bin? Was soll ich ihr sagen? Alfred war dankbar für die Dunkelheit. Er war ein miserabler Lügner, und daß er ihr Gesicht nicht sehen konnte, machte es ihm leichter.

»Ich bin nicht sicher, aber . . . aber ich bezweifle es. Siehst du . . . äh . . . wie ist dein Name?«

»Das ist unwichtig.«

»Nein, ist es nicht. Wir sind beide hier in der Dunkelheit gefangen und sollten uns gegenseitig mit Namen kennen. Ich heiße Alfred. Und du?«

»Jarre. Sprich weiter. Du hast ihn einmal geöffnet, warum nicht wieder?«

»Ich . . . ich habe ihn nicht eigentlich geöffnet«, stotterte Alfred. »Es war ein Zufall, glaube ich. Siehst du, ich habe diese gräßliche Angewohnheit. Sobald ich mich fürchte, falle ich in Ohnmacht. Es ist eine Schwäche, gegen die ich nichts ausrichten kann. Ich sah euch kämpfen, und dann wollten sich welche auf uns stürzen, und ich . . . ich bin einfach ohnmächtig geworden.« Das entsprach der Wahrheit; der Rest der Geschichte nicht mehr. »Ich glaube, als ich gefallen bin, muß ich gegen etwas gestoßen sein, das den Sockel geöffnet hat.«

Ich kam wieder zu mir. Ich öffnete die Augen und schaute an der

Statue empor und fühlte mich zum erstenmal seit langer, langer Zeit sicher und geborgen und von tiefem, erlösendem Frieden erfüllt. Der Verdacht, der in mir erregt worden war, die Verantwortung, die Entscheidungen, die zu treffen ich gezwungen sein werde, falls der Verdacht sich als zutreffend erweisen sollte – das alles überwältigte mich. Ich sehnte mich danach zu fliehen, mich zu verstecken, und ohne daß ich es wollte, hob sich meine Hand und berührte das Gewand der Statue an einer bestimmten Stelle, auf eine bestimmte Art.

Der Sockel öffnete sich, aber dann muß das Ungeheuerliche meines Tuns zuviel für mich geworden sein. Ich glaube, ich habe wieder die Besinnung verloren. Die Gegin hat mich gefunden, und weil sie einen sicheren Hafen vor dem Getümmel der Kämpfenden suchte, zog sie mich zu sich herein. Der Sockel schloß sich automatisch, und er wird geschlossen bleiben. Nur wer den Weg herein kennt, kennt auch den Weg hinaus. Jeder, der zufällig das Geheimnis des Eingangs entdeckte, würde niemals zurückkehren, um es weiterzusagen. Oh, er würde nicht sterben. Die Magie, die Maschine, würde für ihn sorgen. Doch er wäre ein Gefangener für den Rest seines Lebens.

Ich kenne den Weg hinein, und ich kenne auch den Weg hinaus. Aber wie erkläre ich das meiner Gefährtin?

Alfred kam ein fürchterlicher Gedanke. Nach dem Gesetz mußte er sie zurücklassen. Schließlich war es ihre eigene Schuld. Sie hätte sich von der heiligen Statue fernhalten sollen. Dann kam Alfred der Gedanke, daß sie sich womöglich seinetwegen in Gefahr begeben hatte – bei dem Versuch, sein Leben zu retten. Er konnte sie nicht einfach im Stich lassen. Er wußte, daß er es nicht übers Herz bringen konnte, auch wenn er gegen das Gesetz verstieß. Es war alles so fürchterlich verwirrend. Hätte er doch seiner Schwäche nicht nachgegeben!

»Nicht aufhören!« Jarre umklammerte seinen Arm.

»Womit?«

»Zu sprechen. Es ist die Stille! Ich kann es nicht aushalten! Warum hört man hier drinnen nichts?«

»Es wurde so geplant.« Alfred seufzte. »Ein Ort der Ruhe und Zuflucht.« Er hatte einen Entschluß gefaßt. Vermutlich war es nicht die richtige, aber er hatte in seinem Leben kaum richtige Entscheidungen getroffen. »Du brauchst keine Angst zu haben, hier gefangen zu bleiben. Ich bringe uns hinaus.«

»Du kennst den Weg?«

»Ja.«

»Woher?« Sie empfand tiefes Mißtrauen.

»Ich kann es nicht erklären. Du wirst viele Dinge sehen, die du nicht verstehst und die ich nicht erklären kann. Ich kann dich nicht einmal bitten, mir zu vertrauen, denn ich weiß, das wäre zuviel verlangt.« Alfred überdachte seine nächsten Worte. »Betrachten wir es von dieser Seite: Ohne Hilfe kommst du nicht hinaus. Du hast es versucht. Du kannst entweder hierbleiben, oder du kommst mit mir, und ich zeige dir den Weg nach draußen.«

Alfred hörte die Gegin Luft holen, um zu antworten, aber er kam ihr zuvor.

»Es gibt noch einen Punkt, den du bedenken solltest. Mir liegt ebensoviel daran, meine Gefährten wiederzufinden, wie du bestrebt bist, zu deinem Volk zurückzukehren. Das Kind, das du gesehen hast, wurde in meine Obhut gegeben. Und der schwarzhaarige Mann, der es begleitet, braucht mich, auch wenn er es nicht ahnt.« Alfred verstummte einen Moment, weil er an Haplo, den anderen Mann, denken mußte, und ihm fiel auf, daß die Stille laut hier drinnen tönte, lauter, als er sich entsinnen konnte.

»Ich gehe mit dir«, meinte Jarre entschlossen. »Was du sagst, ergibt einen Sinn.«

»Vielen Dank«, erwiderte Alfred ernsthaft. »Jetzt bleib einen Moment ruhig sitzen. Diese Treppe ist steil und ohne Licht gefährlich zu begehen.«

Alfred streckte die Hand aus und strich über die Mauer hinter sich. Sie bestand aus Stein wie die Tunnel und war glatt und eben. Er ließ die Fingerspitzen über die Oberfläche gleiten und hatte beinahe den Winkel zwischen Mauer und Treppe erreicht, als er Striche, Kreise und Linien ertastete, die in den Stein gemeißelt waren. Sie bildeten ein erkennbares Muster – eines, das ihm vertraut war. Während er mit den Fingern dem Muster folgte, das er deutlich vor seinem inneren Auge zu sehen vermochte, sprach er die Rune.

Das Sigel unter seiner Hand begann zu leuchten und verbreitete ein weiches, aber helles bläuliches Licht. Jarre hielt den Atem an und drückte sich mit dem Rücken an die Wand. Alfred tätschelte ihr beruhigend den Arm und wiederholte die Rune. Ein Sigel neben dem ersten übernahm das magische Feuer und begann ebenfalls zu leuchten. Eine nach der anderen tauchte eine lange Reihe von Runen aus dem Dunkel auf. Am Fuß der Treppe führten sie um eine Biegung nach rechts.

»Jetzt können wir gehen«, sagte Alfred, stand auf und klopfte den Staub vieler Jahre von seinen Kleidern. Mit absichtlich forschem Gehabe und in sachlichem Ton wandte er sich an Jarre und streckte ihr die Hand entgegen. »Wenn ich behilflich sein darf?«

Jarre zögerte, schluckte und zog den Schal enger um die Schultern. Dann legte sie mit grimmig entschlossenem Gesicht und schmalen Lippen ihre kleine, abgearbeitete Hand in Alfreds. Die blauen Runen spiegelten sich in ihren furchtsamen Augen.

Sie stiegen rasch die Treppe hinunter. Hugh hätte den tolpatschigen, ungeschickten Kammerdiener nicht wiedererkannt. Alfreds Bewegungen waren sicher und bestimmt, seine Haltung gerade. Er schien von ungeduldiger Erwartung angetrieben zu werden und wirkte dennoch bekümmert und melancholisch.

Am Fuß der steilen Treppe standen sie auf einem kleinen Vorplatz, von dem nach allen Richtungen zahllose Türen und Gänge abzweigten. Die blauen Runen führten sie in einen Tunnel hinein. Alfred folgte den Sigeln, ohne zu zögern, gefolgt von einer großäugigen und vor Ehrfurcht stummen Jarre.

Zuerst hatte sie an den Worten des Mannes gezweifelt. Sie hatte ihr ganzes Leben in den Schächten und eisernen Schluchten des Allüberall verbracht. Gegs haben ein gutes Auge auch für winzige Details und ein ausgezeichnetes Gedächtnis. Was für einen Menschen oder einen Elf wie eine glatte Wand aussieht, ist für einen Geg übersät mit einer Myriade individueller Merkmale – Risse, Löcher, abgeblätterte Farbe. Folglich verirren Gegs sich selten einmal. Doch in diesen Gängen fühlte sich Jarre verloren. Die Wände waren makellos, perfekt und ohne das Leben, das für einen Geg selbst in Stein enthalten ist. Und obwohl die Gänge sich in alle Richtungen verzweigten, gab es keine überflüssigen Biegungen, Windungen oder Abstecher. Nirgends eine Andeutung, daß ein

Tunnel aus schlichter Abenteuerlust heraus gebaut worden war. In ihrer sturen Geradlinigkeit schienen sie auszudrücken, daß man sich ihnen nur anzuvertrauen brauchte, um auf dem kürzesten Weg an das gewünschte Ziel zu kommen. Jarre erkannte in dieser Anordnung eine starre Zweckmäßigkeit, die sie erschreckte. Ihr merkwürdiger Gefährte schien sie allerdings als tröstlich zu empfinden, und sein Vertrauen minderte ihre Angst.

Die Runen führten sie in einem weiten, kaum merklichen Bogen. Jarre hatte keine Ahnung, wie weit sie gegangen waren, denn Zeit gab es hier unten nicht. Die blauen Sigel zeigten ihnen den Weg; sobald sie sich näherten, leuchtete das nächste in der Dunkelheit vor ihnen auf. Jarre fühlte sich von ihnen wie hypnotisiert. Es kam ihr vor, als wäre das alles ein Traum und sie müßte immer weitergehen, solange die Runen ihr vorausleuchteten. Die Stimme des Mannes verstärkte dieses unheimliche Gefühl, denn wie sie ihn gebeten hatte, redete er die ganze Zeit über.

Plötzlich bogen sie um eine Ecke. Jarre sah die Sigel in die Höhe steigen und sich zu einem schimmernden Torbogen formen, der in der Dunkelheit funkelte und glänzte und sie einlud, hindurchzugehen.

Alfred blieb stehen.

»Was ist das?« fragte Jarre, die aus ihrer Trance aufschreckte und Alfreds Hand umklammerte. »Ich will da nicht hinein.«

»Wir haben keine Wahl. Es ist nicht gefährlich«, beruhigte Alfred sie mit einem Unterton von Melancholie in der Stimme. »Es tut mir leid, daß ich dich erschreckt habe. Ich bin nicht stehengeblieben, weil ich Angst habe. Ich weiß, was wir dort drinnen vorfinden werden und . . . es macht mich traurig, das ist alles.«

»Dann gehen wir zurück«, sagte Jarre entschlossen, doch kaum hatte sie sich umgedreht und einen Schritt getan, als die Runen, die ihnen den Weg gezeigt hatten, plötzlich aufflammten und dann langsam verblaßten. Bald standen die beiden in völliger Dunkelheit; das einzige Licht spendeten die flimmernden blauen Sigel, die den Torbogen säumten.

»Jetzt können wir hineingehen«, sagte Alfred mit einem tiefen Atemzug. »Ich bin bereit. Hab keine Angst, Jarre«, fügte er hinzu und drückte ihre Hand. »Nichts von dem, was du dort siehst, braucht dich zu erschrecken. Es droht keine Gefahr.«

Doch Jarre fürchtete sich, auch wenn sie nicht sagen konnte, wovor. Was immer sich hinter dem Tor befand, lag in der Dunkelheit verborgen, aber was sie mit Furcht erfüllte, war nicht die Angst vor Gewalt oder Schrecken. Es war die Traurigkeit, von der Alfred gesprochen hatte. Vielleicht stammte sie ja von dem, was er ihr unterwegs erzählt hatte, obwohl sie in ihrer Verwirrung und Ratlosigkeit sich kaum an seine Worte erinnern konnte. Doch in ihr regte sich ein Gefühl von Verzweiflung, von überwältigendem Bedauern, von Trauer über etwas, das verlorengegangen und nicht wiedergefunden, ja, nicht einmal gesucht worden war. Wie eine schwere Last senkte sich Einsamkeit auf ihre Schultern, als wäre alles dahin, was sie je gekannt hatte. Tränen stiegen ihr in die Augen, und sie weinte und wußte nicht einmal, um wen.

»Schon gut«, tröstete Alfred sie. »Können wir jetzt gehen? Bist du bereit?«

Jarre konnte nicht antworten, konnte nicht aufhören zu weinen. Aber sie nickte, umfaßte mit beiden Händen Alfreds Arm und schritt mit ihm unter dem Torbogen hindurch. Und dann begriff Jarre den Grund für ihre Angst und ihre Traurigkeit.

Sie stand in einem Mausoleum.

Kapitel 36

Wombe, Drevlin, Niederreich

»Das ist furchtbar! Einfach furchtbar! Unerhört! *Was* wirst du jetzt tun? Was *wirst* du jetzt tun?«

Der Suprintent gebärdete sich eindeutig hysterisch. Darral Langstrandman fühlte ein Prickeln in den Händen und bezähmte nur mit einer gewaltigen Willensanstrengung den Impuls, eine Rechte zum Kinn auszuteilen.

»Es hat schon genug Blutvergießen gegeben«, brummte er und verschränkte die Hände hinter dem Rücken, für den Fall, daß sie sich selbständig machten. Auch brachte er es fertig, die Stimme zu überhören, die ihm ins Ohr wisperte: »Dann kommt es auf ein paar Tropfen mehr auch nicht an, oder?«

Seinen Schwager auf die Bretter zu schicken löste nicht seine Probleme.

»Reiß dich zusammen!« schnappte Darral. »Habe ich nicht schon Schwierigkeiten genug?«

»Nie zuvor ist auf Drevlin Blut vergossen worden!« schrie der Suprintent in furchtbarem Ton. »Das ist alles die Schuld von Limbeck, diesem bösen Geist! Seiner müssen wir uns entledigen! Ihn die Stufen von Terrel Fen hinabsteigen lassen. Die Manger sollen ihn richten ...«

»Ach, halt die Klappe! Damit hat der ganze Schlamassel doch angefangen. Wir haben ihn den Mangern geschickt, und was tun sie? Schicken ihn uns zurück! Mit einem Gott als Dreingabe! Na gut, wir versuchen es noch mal!« Darral schwenkte erregt die Arme. »Vielleicht kommt er diesmal mit einem ganzen Heer von Göttern zurück und vernichtet uns alle!«

»Aber dieser Gott, den er mitgebracht hat, ist kein Gott!« protestierte der Suprintent.

»Keiner von denen ist ein Gott, wenn du mich fragst«, stellte Darral Langstrandman fest.

»Das Kind auch nicht?«

Diese Frage, in sehnsüchtigem Ton von seinem Schwager gestellt, war für Darral Langstrandman nicht leicht zu beantworten. In Grams Nähe war ihm, als hätte er wirklich und wahrhaftig einen Gott gefunden. Doch sobald er die blauen Augen und das wunderschöne, berückend unschuldige Gesicht des kleinen Jungen nicht mehr sehen konnte, glaubte der Chefmechniker, aus einem Traum zu erwachen. Das Kind war ein Kind, und er, Darral Langstrandman, ein Idiot, wenn er etwas anderes glaubte.

»Nein«, erwiderte der Chefmechniker. »Auch das Kind nicht.«

Die beiden Herrscher Drevlins befanden sich allein in der Farbick. Sie standen vor dem Standbild des Mangers und begutachteten mißlaunig das Schlachtfeld.

Es war eigentlich keine Schlacht gewesen. Man konnte es kaum ein Scharmützel nennen. Blut war zwar geflossen, aber nicht aus dem Herzen, sondern aus ein paar angeschlagenen Köpfen und Nasen. Der Suprintent hatte sich eine Beule eingehandelt, der Chefmechniker einen verstauchten Daumen, der anschwoll und in allen Regenbogenfarben schillerte. Niemand war getötet worden. Nicht einmal ernsthafte Verletzungen hatte es gegeben. Die Gewohnheiten jahrhundertelanger friedlicher Existenz sind nicht leicht abzuschütteln. Doch Darral Langstrandman, Chefmechniker seines Volkes, war klug genug zu wissen, daß dies nur der Anfang war. Ein Virus hatte den Kollektivkörper der Gegs befallen, und auch wenn der Körper überlebte, würde er nie wieder ganz gesund werden.

»Außerdem«, bemerkte Darral und schob die dicken Brauen zusammen, »wenn diese Götter keine Götter sind, wie Limbeck von Anfang an behauptet hat, wie können wir ihn dafür bestrafen, daß er die Wahrheit sagt?«

Der Suprintent, der nicht daran gewöhnt war, in solch tiefen philosophischen Gewässern umherzuwaten, ignorierte die Frage und rettete sich auf höheres Gelände. »Er wird nicht wegen der Wahrheit bestraft, sondern weil er sie verbreitet hat.«

Das war nicht unlogisch, mußte Darral zugeben. Er fragte sich mißmutig, wie sein Schwager auf diese gute Idee gekommen sein mochte, und entschied, daß es an dem Schlag auf den Kopf liegen mußte. Während er seinen geschwollenen Daumen massierte und sich wünschte, er wäre zu Hause bei Madam Chefmechniker, die ihn umsorgte und ihm eine beruhigende Tasse Rindwarm* brachte, brütete Darral über der aus Verzweiflung geborenen Idee, die in den dunklen Gassen seines Gehirns lauerte.

»Wenn wir ihn diesmal hinunterwerfen, sollten wir vielleicht die Flügel weglassen«, schlug der Suprintent vor. »Ich habe das schon immer für eine ungerechtfertigte Vergünstigung gehalten.«

»Nein«, sagte Darral, der sich durch die törichten Ideen seines Schwagers in seinem Entschluß bestätigt fühlte. »In Zukunft werde ich weder ihn noch sonst jemanden mehr nach unten schicken. Unten ist nicht sicher, wie man gesehen hat. Dieser Gott-der-keiner-ist sagt, er käme von unten. Und deshalb werde ich ihn nach oben schicken.«

»Oben?« Diesmal erwies sich der Schlag auf den Kopf des Suprintenten nicht als den Denkvorgängen förderlich. Er war ratlos.

»Ich werde die Götter den Elften ausliefern«, erklärte Darral Langstrandman mit finsterer Genugtuung.

Der Chefmechniker stattete dem Gefängnisschuppen einen Besuch ab, um den Gefangenen die ihnen zugedachte Strafe zu verkünden – eine Ankündigung, die seiner Meinung nach ihre schuldigen Herzen mit Schrecken erfüllen mußte.

Wenn es so war, ließen sie sich äußerlich nichts anmerken. Hugh

* Ein heißes Getränk, zu dessen Herstellung die Rinde von einem Ferbenbusch etwa eine halbe Stunde lang in Wasser gekocht wird. Auf Elfen wirkt das Getränk wie ein leichtes Narkotikum und wird als Sedativ eingesetzt, aber bei Menschen und Zwergen bewirkt es ein Gefühl erholsamer Entspannung.

wirkte gleichgültig, Gram gelangweilt und Haplo unbeeindruckt, während Limbeck so in sein Elend versunken war, daß er den Chefmechniker überhaupt nicht zur Kenntnis nahm. Da er von seinen Gefangenen nur kalter, starrer Blicke gewürdigt wurde, machte der Chefmechniker auf dem Absatz kehrt und marschierte grollend hinaus.

»Ich nehme an, du weißt, was das zu bedeuten hat?« erkundigte sich Haplo. »Diese Auslieferung an die ›Elften‹?«

»Elfen«, verbesserte der Assassine. »Einmal im Monat kommen die Elfen in einem Transportschiff herunter und nehmen ihre Ladung Wasser an Bord. Diesmal bekommen sie uns noch dazu, und das sind *keine* schönen Aussichten. Diese Bastarde besitzen die Fähigkeit, das Sterben äußerst unerfreulich zu gestalten.«

Die Gefangenen waren ins Ortsgefängnis gebracht worden – ein Komplex von Lagerschuppen, die das Allüberall nicht mehr benutzte und die ausgezeichnete Gefängniszellen abgaben. Im allgemeinen wurden die Zellen wenig frequentiert – hin und wieder ein Dieb oder ein Geg, der seinen Dienst an der großen Maschine zu lasch versehen hatte, doch als Folge der Aufbruchstimmung im Land waren die Zellen neuerdings bis auf den letzten Platz mit Unruhestiftern besetzt. Man hatte aus einem Schuppen die Insassen herausholen müssen, um die Götter unterbringen zu können. Die Gegs wurden in einen anderen Schuppen gezwängt, damit sie nicht mit dem spinnerten Limbeck in Berührung kamen. Man konnte schließlich nicht wissen.

Der Schuppen war hoch und stabil; in den Wänden befanden sich mehrere mit Eisengittern verschlossene Öffnungen. Hugh und Haplo überprüften die Öffnungen und stellten fest, daß frische, feucht riechende Luft durch sie hereinströmte, was die Vermutung nahelegte, daß hinter den Gittern Belüftungsschächte nach draußen führten. Diese Schächte hätten sich vielleicht als Fluchtweg angeboten, aber zwei schwerwiegende Nachteile sprachen dagegen: erstens waren sie an den Wänden festgebolzt, und zweitens wäre niemand, der noch seinen Verstand beisammen hatte, auf die Idee gekommen, nach draußen zu fliehen.

»Dann schlägst du also vor, daß wir kämpfen?« fragte Haplo. »Ich gehe davon aus, daß diese Elfenschiffe eine große Besatzung haben. Wir sind fünf, den Kammerdiener und das Kind mitgerechnet, mit einem Schwert für uns alle. Einem Schwert, das sich zur Zeit im Besitz der Wachen befindet.«

»Der Kammerdiener ist wertlos«, knurrte Hugh. Er lehnte sich gegen die Ziegelwand ihres Gefängnisses, holte seine Pfeife hervor und klemmte den Stiel zwischen die Zähne. »Ein Anzeichen von Gefahr, und er fällt in Ohnmacht. Du hast es ja in dieser sogenannten Farbick erlebt.«

»Das ist merkwürdig, findest du nicht?«

»*Er* ist merkwürdig«, stellte Hugh fest.

Haplo hatte wieder das Bild vor Augen, wie Alfred sich verzweifelt bemühte, mit seinen Blicken die Stoffstreifen um die Hände des Patryn zu durchdringen, als wüßte er, was sich darunter verbarg. »Ich frage mich, was aus ihm geworden ist. Hast du ihn gesehen?«

Hugh schüttelte den Kopf. »Alles, was ich sah, waren Gegs. Ich hatte den Jungen bei mir, erinnerst du dich? Aber der Kammerdiener taucht bestimmt wieder auf. Er läßt Seine Hoheit nicht im Stich.« Mordhand nickte in Richtung von Prinz Gram, der auf den niedergeschmetterten Limbeck einredete.

Haplo folgte Hughs Blick und faßte den Geg ins Auge.

»Da sind immer noch Limbeck und seine UFFler. Sie werden kämpfen, um uns zu befreien oder wenn nicht uns, dann ihren Führer.«

Hugh warf ihm einen zweifelnden Blick zu. »Glaubst du wirklich? Ich habe immer gehört, die Gegs hätten das Temperament einer Herde Schafe.«

»Heutzutage mag das stimmen, aber es war nicht immer so. Nicht in den alten Zeiten. Einst waren die Zwerge ein wildes, stolzes Volk.«

Hugh musterte Limbeck und schüttelte den Kopf.

Der Geg kauerte mit gebeugten Schultern und kraftlos zwischen den Knien hängenden Armen in einer Ecke. Der Junge redete mit ihm, doch es schien, daß der Geg ihn überhaupt nicht wahrnahm.

»Er ist mit dem Kopf in den Wolken umhergegangen«, erklärte Haplo. »Deshalb sah er nicht, daß ihm der Boden entgegenkam, und hat sich beim Sturz verletzt. Doch er ist derjenige, der sein Volk in ein neues Leben führen wird.«

»Du nimmst ja ziemlichen Anteil an dieser Revolution«, bemerkte Hugh. »Mancher könnte sich fragen, was deine Gründe dafür sind.«

»Limbeck hat mir das Leben gerettet«, erwiderte Haplo und kraulte träge ein Ohr des Hundes, der sich neben ihm ausgestreckt und den Kopf auf seinen Schoß gelegt hatte. »Mir liegt an ihm und seinem Volk. Wie gesagt, ich kenne mich ein wenig in ihrer Vergangenheit aus.« Das freundliche Gesicht verdüsterte sich. »Es gefällt mir nicht zu sehen, was aus ihnen geworden ist.«

Hugh saugte gedankenvoll an seiner kalten Pfeife. Das klang alles sehr plausibel, aber Hugh fand es schwer zu glauben, daß diesem Haplo das Schicksal von ein paar Zwergen wirklich so am Herzen lag. Ein ruhiger, unauffälliger Mann, leicht zu übersehen, dessen Anwesenheit man vergaß. Und das, ermahnte Hugh sich selbst, konnte ein sehr großer Fehler sein. Eidechsen verschmelzen mit ihrer Umgebung, um leichter Beute zu machen.

»Dann müssen wir irgendwie versuchen, deinem Limbeck ein wenig Mumm einzuflößen«, meinte Hugh. »Wenn wir uns vor den Elfen retten wollen, brauchen wir die Gegs.«

»Du kannst ihn mir überlassen«, sagte Haplo. »Wohin warst du unterwegs, bevor es dich hierher verschlagen hat?«

»Ich wollte den Jungen seinem Vater zurückbringen, seinem wirklichen Vater, dem Mysteriarchen.«

»Verdammt nett von dir«, kommentierte Haplo.

»Hmmm«, brummte Hugh und lächelte um den Pfeifenstiel herum.

»Diese Magier, die das Hohe Reich bewohnen. Was hat sie bewogen, die Welt darunter zu verlassen? Sie müssen doch viel Macht besessen haben und großen Einfluß.«

»Die Antwort hängt davon ab, wen du fragst. Die Mysteriarchen behaupten, sie wären gegangen, weil sie sich in punkto Kultur und Weisheit weiterentwickelt hätten und wir anderen nicht. Unsere barbarische Lebensart widerstrebte ihnen. Sie mochten ihre Kinder nicht in einer von Makeln behafteten Welt großziehen.«

»Und was sagt ihr Barbaren zu all dem?« fragte Haplo lächelnd. Der Hund hatte sich auf den Rücken gerollt, streckte alle vier Pfoten in die Luft und ließ die Zunge in einfältiger Freude aus dem Maul hängen.

»Wir sagen, daß die Mysteriarchen die wachsende Macht der Elfenmagier zu fürchten begannen und sich aus dem Staub machten. Uns ließen sie in der Klemme sitzen. Ihr Weggang war die Ursache unseres Niedergangs. Nur dank der Revolte in ihrem eigenen Volk ist es uns gelungen, die Herrschaft der Elfen abzuschütteln.«

»Man würde die Mysteriarchen also nicht willkommen heißen, falls sie zurückkehrten?«

»Oh, man würde sie willkommen heißen – mit kaltem Stahl, wenn man dem Volk den Willen ließe. Doch unser König unterhält freundschaftliche Beziehungen, habe ich gehört. Die Leute fragen sich, warum.« Er warf einen flüchtigen Blick auf Gram.

Haplo kannte die Geschichte der vertauschten Kinder, Gram selbst hatte sie ihm stolz erzählt. »Aber den Mysteriarchen stünde der Weg offen, wenn einer von ihnen des Königs Sohn wäre.«

Auf diese offensichtliche Feststellung gab Hugh keine Antwort. Er nahm die Pfeife aus dem Mund und schob sie zurück in das Wams. Dann verschränkte er die Arme vor der Brust, neigte den Kopf und schloß die Augen.

Haplo stand auf und reckte sich. Er hatte das Bedürfnis, sich zu bewegen, die Steifheit aus seinen Muskeln zu vertreiben. Während er in der Zelle umherwanderte, dachte der Patryn nach. Es gab für ihn nur wenig zu tun, schien es. Das gesamte Reich war eine überreifte Frucht. Sein Fürst würde nicht einmal die Hand ausstrecken müssen, um sie zu pflücken.

Konnte es einen eindeutigeren Beweis geben, daß die Sartan aufgehört hatten, ihren Einfluß auszuüben? Das Kind war die Frage. Gram verfügte über latente magische Kräfte, aber das war nicht anders zu erwarten von dem Sohn eines Mysteriarchen des Siebenten Hauses. Vor langer Zeit, vor der Großen Teilung, war die magische Aura dieser Hexenmeister bis zu den tieferen Ebenen der Patryn und Sartan vorgedrungen. Inzwischen hatte sich ihre Macht bestimmt noch vergrößert.

Oder Gram war ein junger Sartan – schlau genug, sich nicht zu erkennen zu geben. Haplo blickte zu der Stelle, wo der Junge neben dem verzweifelten Geg saß und ernsthaft auf ihn einredete.

Der Patryn gab ein verstohlenes Zeichen mit der bandagierten

Hand. Der Hund, der kaum jemals die Augen von seinem Herrn abwandte, trottete sofort zu Limbeck hinüber und leckte ihm über die kraftlos herabhängende Hand. Limbeck hob den Kopf und schenkte dem Hund ein mattes Lächeln. Das Tier wedelte mit dem Schwanz und streckte sich neben dem Geg auf dem Boden aus.

Haplo schlenderte zum entgegengesetzten Ende des Schuppens, wo er in scheinbar tiefer Versunkenheit zu einem der Luftschächte hinaufschaute. Er konnte jetzt klar und deutlich jedes Wort hören, das gesprochen wurde.

»Du kannst nicht aufgeben«, sagte der Junge. »Nicht jetzt! Der Kampf hat doch eben erst begonnen!«

»Aber einen Kampf habe ich nie gewollt«, protestierte der arme Limbeck. »Gegs, die übereinander herfallen! Nie zuvor in unserer Geschichte ist so etwas vorgekommen; es ist alles meine Schuld!«

»Hör auf zu jammern«, schimpfte Gram. Er kratzte sich am Bauch, schaute sich in der Zelle um und runzelte die Stirn. »Ich habe Hunger. Ob man uns bald was zu essen bringt? Ich bin froh, wenn die Elfen kommen. Ich . . .«

Der Junge verstummte so plötzlich, als hätte ihm jemand befohlen, den Mund zu halten. Haplo, der wiederholt über die Schulter blickte, sah Gram den Talisman an die Wange halten. Als er wieder anfing zu sprechen, klang seine Stimme verändert.

»Ich habe eine Idee, Limbeck«, sagte der Prinz und rückte ganz nah an den Geg heran. »Wenn wir von hier fortgehen, kommst du mit uns! Du wirst sehen, wie angenehm die Menschen und Elfen droben leben, während ihr Gegs hier unten schuftet. Dann kehrst du zurück und erzählst allen, was du gesehen hast, und alle werden zornig. Selbst dieser König, den ihr habt, wird sich dir anschließen müssen. Mein Vater und ich werden euch helfen, ein Heer aufzustellen, um die Menschen und Elfen anzugreifen . . .«

»Ein Heer! Angreifen!« Limbeck starrte ihn fassungslos an, und Gram erkannte, daß er zu weit gegangen war.

»Lassen wir das«, sagte er und tat seine Worte mit einer Handbewegung ab. »Wichtig ist allein, daß du die Wahrheit erkennst.«

»Die Wahrheit«, wiederholte Limbeck.

»Ja«, nickte Gram, dem nicht entging, daß der Geg sich jetzt endlich beeindruckt zeigte. »Die Wahrheit. Nur darauf kommt es an. Du und dein Volk, ihr könnt keine Lüge leben. Warte. Gerade ist mir etwas eingefallen. Erzähl mir von diesem Tag des Gerichts, auf den ihr wartet.«

Limbeck fühlte, wie seine Niedergeschlagenheit schwand. Es war, als hätte er die Brille aufgesetzt. Was eben noch verschwommen gewesen war, konnte er jetzt deutlich erkennen – die klaren Linien und scharfen Kanten. »Wenn der Tag des Gerichts kommt und wir für würdig befunden werden, steigen wir in den Himmel Hoch auf.«

»Das *ist* es!« sagte Gram ehrfürchtig. »Begreifst du nicht, daß alles genau so geschehen ist, wie die Prophezeiungen es vorhergesagt haben? Wir sind herniedergestiegen und haben euch für würdig befunden, und jetzt steigt ihr auf zu den Inseln über dem Mahlstrom.«

»Sehr schlau, Junge«, sagte Haplo zu sich selbst. »Sehr schlau.« Gram hatte den Talisman fallengelassen. Es kamen keine Anweisungen mehr von Papi. Ein bemerkenswertes Kind, dieser Wechselbalg. Und ein gefährliches.

»Aber wir dachten, das Richten würde friedlich vonstatten gehen.«

»Wurde das je gesagt?« entgegnete Gram. »An irgendeiner Stelle der Prophezeiung?«

Limbeck wandte seine Aufmerksamkeit dem Hund zu und streichelte ihm den Kopf, um einer Antwort aus dem Weg zu gehen, bis er sich an diesen neuen Blickwinkel gewöhnt hatte.

»Limbeck?« drängte Gram.

Der Geg fuhr fort, den Hund zu streicheln, der es sich ruhig gefallen ließ. »Neuer Blickwinkel«, sagte er aufblickend. »Das ist es. Jetzt weiß ich, was ich tun werde, wenn die Elften kommen.«

»Was?« fragte Gram begierig.

»Ich halte eine Rede.«

Später am Abend, nachdem die Wärter ihnen das Essen gebracht hatten, berief Hugh eine Konferenz ein. »Wenn man uns den Elfen ausliefert, ist unser Schicksal besiegelt«, erklärte der Assassine.

»Wir müssen kämpfen und versuchen zu fliehen, aber dazu brauchen wir die Hilfe von euch Gegs.«

Limbeck hörte nicht zu. Er arbeitete an dem Entwurf seiner Rede.

»›Elften und UFFler, Damen und Herren‹ . . . nein, viel zu vertraulich. ›Ehrenwerte Besucher aus einem fernen Reich‹ – das ist besser. Verflixt, wenn ich doch etwas zum Schreiben hätte!« Der Geg wanderte vor seinen Gefährten auf und ab, murmelte vor sich hin und zupfte geistesabwesend an seinem Bart. Der Hund folgte ihm, schaute mitfühlend drein und wedelte mit dem Schwanz.

Haplo schüttelte den Kopf. »Aus der Richtung ist keine Hilfe zu erwarten.«

»Aber Limbeck, es wäre doch gar kein richtiger Kampf«, versuchte Gram ihn zu überzeugen. »Die Gegs sind zahlreicher als die Elften. Wir würden sie einfach überrumpeln. Ich mag keine Elften. Sie haben mich über Bord geworfen. Ich hätte fast den Tod gefunden.«

»Ehrenwerte Besucher aus einem fernen Reich . . .«

Haplo untermauerte seinen Standpunkt. »Die Gegs sind nicht ausgebildet und von Natur aus undiszipliniert. Sie haben keine Waffen. Und selbst wenn sie sich Waffen beschaffen könnten, wäre ihnen nicht zu trauen. Es wäre, als würde man eine Armee von Kindern in den Kampf schicken – gewöhnlichen Kindern«, fügte er hinzu, als er merkte, wie Gram ihn anfunkelte. »Die Gegs sind noch nicht bereit.« Unbewußt legte er eine deutliche Betonung auf das ›noch‹, die Hughs Aufmerksamkeit erregte.

»*Noch* nicht?«

»Wenn Vater und ich zurückkehren«, mischte Gram sich ein, »werden wir die Gegs auf Vordermann bringen. Wir bekämpfen die Elfen, und wir siegen. Dann kontrollieren wir die Wasservorräte der ganzen Welt, und wir haben Macht und werden unglaublich reich.«

Reich. Hugh zwirbelte seinen Bart. Wenn es zum Krieg kam, konnte jeder Mensch mit einem Schiff und dem Mut, in den Mahlstrom zu fliegen, auf einen Schlag ein Vermögen machen. Er brauchte ein Wasserschiff. Ein Wasserschiff der Elfen und eine Mannschaft dafür. Es wäre eine Schande, diese Elfen zu töten.

»Und was wird aus den Gegs?« wollte Haplo wissen.

»Oh, wir kümmern uns um sie«, erwiderte Gram. »Sie werden noch besser kämpfen lernen müssen, aber . . .«

»Kämpfen?« Hugh unterbrach Gram mitten in seinen Plänen zum Aufbau einer Diktatur. »Warum reden wir von kämpfen?« Er griff in sein Wams, holte die Pfeife hervor und steckte sie zwischen die Zähne. »Hast du eine gute Stimme?« fragte er Haplo.

Kapitel 37

Der Ort der Ruhe, Niederreich

Jarres Hand entglitt kraftlos Alfreds Griff. Sie war nicht in der Lage, sich zu bewegen; die Kraft hatte ihren Körper verlassen. Sie wich bis zum Torbogen zurück und lehnte sich haltsuchend dagegen. Alfred schien es nicht zu merken. Er ging weiter und ließ Jarre auf seine Rückkehr warten.

Die Halle, die er betrat, war gewaltig; Jarre konnte sich nicht entsinnen, je in ihrem Leben einen so großen, freien Raum gesehen zu haben – Raum, der nicht von einem schnurrenden, hämmernden, dröhnenden Teil des Allüberall ausgefüllt war. Die Wände der Halle bestanden aus dem gleichen makellos glatten Stein der Tunnel und schimmerten in einem gedämpften, weißen Licht, das erst heller leuchtete, als Alfred den Fuß über die Schwelle setzte. In diesem Licht erblickte Jarre die Särge. Es waren Hunderte, in die Wände eingelassen, mit Glasscheiben verschlossen, und sie enthielten die Leiber von Männern und Frauen. Jarre konnte diese Leute nicht genau erkennen – es waren kaum mehr als Silhouetten gegen das weiße Licht, aber sie erkannte an den langen, schmalen Umrissen, daß sie derselben Rasse angehörten wie Alfred und die anderen Götter, die nach Drevlin gekommen waren.

Der Boden der Halle war eine glatte, weite Fläche, begrenzt von den Reihen der Särge, die bis zu der hohen, gewölbten Decke reichten. Die Halle selbst war völlig leer. Alfred ging mit bedächtigen

Schritten umher und schaute sich still um, wie jemand, der nach langer Abwesenheit heimgekehrt ist.

Das Licht wurde heller, und Jarre bemerkte die Symbole auf dem Boden, in Form und Anordnung ähnlich den Runen, die die Gänge erleuchtet hatten. Es waren zwölf Sigla, die sich gegenseitig nicht berührten oder überschnitten. Alfred suchte sich dazwischen behutsam einen Weg, seine schlaksige, ungelenke Gestalt bewegte sich in einem feierlichen Tanz durch die leere Halle. Mit seinen Gesten und Schritten schien er das jeweilige Sigel nachzuahmen, über das er hinwegschritt.

Er umrundete die ganze Halle – es war ein Tanz zu unhörbarer Musik. Jeder einzelnen Rune näherte er sich, ohne sie zu berühren, erwies ihnen der Reihe nach seine Ehrerbietung, bis er schließlich die Mitte der Halle erreichte. Dort kniete er nieder, legte die Handflächen auf den Boden und begann zu singen.

Die Worte sagten Jarre nichts, aber das Lied erfüllte sie mit einer Freude, die bittersüß war, denn sie tat nichts, die furchtbare Traurigkeit zu lindern. Die Runen auf dem Boden strahlten in fast blendender Helligkeit, während Alfred sang. Als er verstummte, begann das Leuchten zu verblassen und war binnen weniger Momente erloschen.

Alfred erhob sich seufzend. Der Körper, der so anmutig getanzt hatte, fiel in sich zusammen, die Schultern sanken herab. Er schaute zu Jarre und schenkte ihr ein kummervolles Lächeln.

»Fürchtest du dich immer noch? Das brauchst du nicht.« Er deutete müde auf die Reihen der Särge. »Niemand hier kann dir etwas antun. Nicht mehr. Sie hätten dir ohnehin nichts Böses zugefügt – jedenfalls nicht absichtlich.« Er breitete hilflos die Hände aus, drehte sich langsam um die eigene Achse und schaute an den Wänden hinauf. »Aber wieviel Schaden haben wir unabsichtlich angerichtet, mit den besten Absichten? Keine Götter, aber mit der Macht von Göttern. Jedoch ohne ihre Weisheit.«

Mit schleppenden Schritten und gesenktem Kopf ging er zu einer Reihe von Särgen gleich neben dem Eingang, nicht weit von Jarre entfernt. Alfred berührte eines der Kristallfenster mit den Fingerspitzen und strich mit einer fast liebevollen Geste daran entlang. Seufzend legte er die Stirn an einen der Särge darüber. Jarre sah, daß der Sarg, den er berührte, leer war. Sie wagte sich näher heran, und als sie durch einige der Kristallfenster spähte, stellte sie fest, daß die Männer und Frauen in den Särgen ausnahmslos jung aussahen. »Jünger, als er ist«, dachte sie, musterte den kahlen Schädel und die hohe Stirn, deren von Angst, Kummer und Sorge eingegrabene Furchen so tief waren, daß ein Lächeln sie nur noch stärker hervortreten ließ, anstatt sie zu glätten.

»Das sind meine Freunde«, sagte er zu Jarre. »Auf dem Weg hierher habe ich dir von ihnen erzählt.« Er strich mit der Handfläche über die Kristallscheibe. »Ich habe dir gesagt, daß wir sie vielleicht nicht hier vorfinden würden. Ich sagte dir, sie wären vielleicht fortgegangen. Doch ich wußte in meinem Herzen, daß ich mich selbst belog. Sie sind hier. Sie werden immer hier sein. Denn weißt du, Jarre, sie sind tot. Gestorben vor ihrer Zeit. Ich habe sie lange überlebt!«

Er schloß die Augen und bedeckte das Gesicht mit der Hand. Ein Schluchzen schüttelte den ungelenken Körper, der an den Särgen lehnte. Jarre begriff nicht. Sie hatte ihm nicht zugehört, als er von diesen Freunden erzählte, und sie konnte und wollte nicht glauben, was sie hier sah. Aber der Mann trauerte, und es war herzzerreißend mitanzusehen. Sie betrachtete die jungen Leute mit ihren wunderschönen Gesichtern, ernst und makellos und kalt wie der Kristall, hinter dem sie eingesperrt lagen, und begriff, daß Alfred nicht um einen trauerte, sondern um viele, darunter sich selbst.

Sie trat leise neben ihn und schob ihre Hand in die seine. Die Verzweiflung und die Traurigkeit dieses Ortes und dieses Mannes hatten Jarre tief berührt – wie tief, würde sie erst viel später in ihrem Leben erfahren. In jener zukünftigen, schweren Zeit, wenn es ihr vorkam, als würde sie alles verlieren, was ihr am meisten bedeutete, sollte sie sich an die Geschichte erinnern, die er ihr erzählt hatte – die Geschichte von Alfred und was er verlor und von dem, was seinem Volk verlorenging.

»Alfred. Es tut mir leid.«

Der Mann schaute zu ihr hinab; an seinen Wimpern hingen Tränen. Er drückte ihre Hand und sagte etwas in einer Sprache, die sie nicht verstand, denn es war weder ihre Sprache noch eine andere, die man seit vielen Jahrhunderten auf Arianus gehört hatte.

»Das ist der Grund, weshalb wir versagten«, erklärte er in dieser alten Sprache. »Wir gedachten der vielen . . . und vergaßen den einzelnen. Und so bin ich allein. Und muß vielleicht ganz allein einer Jahrhunderte alten Gefahr gegenübertreten. Der Mann mit den verbundenen Händen.« Er schüttelte den Kopf. »Der Mann mit den verbundenen Händen.«

Er verließ das Mausoleum, ohne noch einen Blick zurückzuwerfen. Mit ihm ging Jarre, die ihre Angst überwunden hatte.

Hugh erwachte bei dem Geräusch. Er fuhr empor, zog den Dolch aus dem Stiefelschaft und war auf den Beinen, bevor er den Schlaf ganz abgeschüttelt hatte. Er brauchte nur einen Moment, um sich zu besinnen, den Schleier aus den Augen zu wischen und sich an das trübe Licht der Glimmerglampen zu gewöhnen.

Wieder das Geräusch. Er hatte richtig gehört, es kam aus einem der Schächte an der Seite des Schuppens.

Hughs Gehör war ausgezeichnet, seine Reflexe schnell. Er hatte sich dazu erzogen, leicht zu schlafen, und war deshalb nicht sehr erfreut, Haplo vollständig angekleidet neben der Schachtöffnung stehen zu sehen, als wäre es das Selbstverständlichste von der Welt. Die Geräusche – Schaben und Kratzen – waren jetzt deutlich zu hören. Sie kamen näher. Der Hund starrte mit gesträubtem Fell zu der Öffnung empor.

»Pst!« zischte Haplo, und der Hund war ruhig. Er lief nervös im Kreis, kam zurück und stellte sich wieder unter den Schacht. Als er Hugh gewahrte, gab Haplo ihm ein Zeichen. »Geh auf die andere Seite.«

Hugh gehorchte dem stummen Befehl, ohne zu zögern. Es wäre lächerlich gewesen, darüber zu streiten, wer von ihnen das Kommando führte, während sich ihnen eine unbekannte Gefahr näherte und sie nur einen Dolch und ihre bloßen Hände zur Verfügung hatten, um sich zu verteidigen. Er nahm seinen Posten ein, und dabei ging ihm durch den Kopf, daß Haplo nicht nur das Geräusch gehört und entsprechend reagiert hatte, sondern sich außerdem so lautlos zu bewegen verstand, daß Hugh zwar das Geräusch hörte, nicht aber Haplo.

Das Scharren wurde lauter. Der Hund versteifte die Beine und fletschte die Zähne. Plötzlich hörte man ein Plumpsen und ein ersticktes »Autsch!«

Hugh ließ die Hand mit dem Dolch sinken. »Es ist Alfred.«

»Wie im Namen der Manger hat er uns gefunden?« murmelte Haplo.

Ein weißes Gesicht preßte sich gegen das Gitter und schaute zu ihnen hinunter. »Sir Hugh?«

»Er hat vielfältige Talente«, bemerkte Hugh.

»Ich bin gespannt, genaueres darüber zu erfahren«, gab Haplo zurück. »Wie kriegen wir ihn da raus?« Er spähte durch die Gitterstäbe. »Wer ist bei dir?«

»Eine von den Gegs. Ihr Name ist Jarre.«

Jarre streckte den Kopf unter Alfreds Arm hindurch. Allem Anschein nach war der Schacht recht eng, Alfred mußte sich förmlich zusammenfalten, um ihr Platz zu machen.

»Wo ist Limbeck?« verlangte Jarre zu wissen. »Geht es ihm gut?«

»Er liegt dort drüben und schläft. Das Gitter ist auf dieser Seite mit Bolzen gesichert, Alfred. Kannst du von deiner Seite aus die Bolzen lockern oder hinausdrücken?«

»Ich werde nachsehen, Sir. Es ist ziemlich schwierig ... ohne Licht. Vielleicht, wenn ich mit den Füßen ... eventuell ließe sich das Gitter aufbrechen?«

»Gute Idee.« Haplo trat zur Seite, der Hund folgte ihm.

»Es ist an der Zeit, daß seine Füße sich nützlich machen«, meinte Hugh und trat an die Seitenwand des Schuppens. »Es wird ein ziemliches Geschepper geben.«

»Glücklicherweise veranstaltet die Maschine selbst ein ziemliches Geschepper. Bei Fuß, Hund.«

»Ich will Limbeck sehen!«

»Nur noch einen Moment Geduld, Jarre«, ertönte Alfreds begütigende Stimme. »Wenn du jetzt bitte ein Stück nach hinten gehst und mir ein wenig Raum läßt.«

Hugh hörte einen dumpfen Schlag und sah die Gitterstäbe vibrieren. Noch zwei Tritte und ein Stöhnen von Alfred, dann sprang das Gitter von der Wand und fiel zu Boden.

Inzwischen waren Limbeck und Gram aufgewacht und herangekommen, um ihre mitternächtlichen Besucher anzustarren. Jarre rutschte mit den Füßen voran aus der Öffnung. Kaum daß sie festen Boden unter den Füßen hatte, stürzte sie sich auf Limbeck und umarmte ihn.

»Oh, Lieber!« flüsterte sie aufgeregt. »Du kannst dir nicht vorstellen, wo ich gewesen bin! Du kannst es dir nicht vorstellen!«

Limbeck, der spürte, wie sie zitterte, strich ihr verwirrt das Haar zurück und tätschelte ihr zaghaft den Rücken.

»Aber dafür haben wir jetzt keine Zeit!« sagte Jarre energisch und löste sich von ihm.

»Die Nachrichtensänger verbreiten, daß der Chefmechniker euch den Elften ausliefern will. Aber macht euch keine Sorgen. Wir werden euch hier herausholen. Dieser Luftschacht, den Alfred entdeckt hat, führt zu den Außenbezirken der Stadt. Wohin wir uns anschließend wenden sollen, weiß ich noch nicht genau, aber wir können noch heute nacht Wombe verlassen und ...«

»Alles gut überstanden, Alfred?« Hugh war ihm behilflich, sich aus dem Schacht zu befreien.

»Ja, Sir.«

Alfred rutschte unbeholfen aus der Öffnung, wollte sich hinstellen und setzte die Rutschpartie an der Wand hinunter fort, bis er kläglich auf dem Boden hockte. »Vielleicht doch nicht«, korrigierte er sich mit schmerzerfülltem Gesichtsausdruck. »Ich fürchte, ich habe mir eine Verletzung zugezogen, Sir. Aber es ist nicht ernst.« Mit Hughs Hilfe stand er hüpfend auf und mußte sich anlehnen. Er hielt ein Bein angewinkelt. »Wirklich nicht. Ich kann gehen.«

»Du kannst auch mit zwei gesunden Füßen nicht gehen.«

»Es ist nichts, Sir. Mein Knie ...«

»Stell dir vor, Alfred!« fuhr Gram dazwischen. »Wir werden gegen die Elfen kämpfen!«

»Wie bitte, Euer Hoheit?«

»Wir brauchen nicht zu fliehen, Jarre«, erklärte Limbeck. »Jedenfalls ich nicht. Ich werde den Elften eine Rede halten und um ihre Hilfe und Kooperation bitten. Dann werden die Elften mit uns zum Himmel Hoch fliegen. Ich werde die Wahrheit sehen, Jarre. Mit eigenen Augen!«

»Den Elften eine Rede halten!« Jarre stockte der Atem bei dieser verblüffenden Eröffnung.

»Ja, Liebes. Und du mußt die Nachricht in unserem Volk verbreiten. Wir werden Hilfe brauchen. Haplo wird dir sagen, was zu tun ist.«

»Du wirst doch nicht ... kämpfen, Limbeck, oder doch?«

»Nein, Liebes«, antwortete Limbeck und streichelte seinen Bart. »Wir werden singen.«

»Singen!« Jarre schaute in fassungslosem Erstaunen von einem zum andern. »Ich ... ich weiß nicht viel über die Elften. Lieben sie Musik?«

»Was hat sie gesagt?« wollte Hugh wissen. »Alfred, es wird Zeit, daß Bewegung in die Sache kommt! Du wirst ihr übersetzen, was ich sage. Ich muß ihr das Lied beibringen; es ist nicht mehr viel Zeit.«

»Sehr wohl, Sir«, erwiderte Alfred. »Ich vermute, Sir, Ihr bezieht Euch auf das Lied, das in der Schlacht der Sieben Felder gesungen wurde?«

»Ganz recht. Sag ihr, sie soll sich keine Gedanken darüber machen, was die Worte bedeuten. Sie und ihre Leute müssen lernen, es in unserer Sprache zu singen. Es wird am besten sein, wenn sie sich den Text Zeile für Zeile einprägt und dann aufsagt, damit wir hören, ob alles stimmt. Es dürfte ihnen nicht allzu schwerfallen, das Lied zu lernen. Die Kinder singen es beim Spielen.«

»Ich helfe euch!« meldete sich Gram.

Haplo setzte sich hin, streichelte den Hund, beobachtete, hörte zu und sagte nichts.

»Jarre? Ist das ihr Name?« Hugh näherte sich den beiden Gegs; Gram tänzelte neben ihm her. Das Gesicht des Mannes wirkte düster und streng in dem unsteten Licht. Grams blaue Augen strahlten vor Aufregung. »Kannst du deine Freunde zusammenrufen, ihnen das Lied beibringen und sie zu der Zeremonie herbringen?« Alfred übersetzte. »Euer König hat uns gesagt, daß die Elften gegen Mittag eintreffen werden. Du hast also nicht viel Zeit.«

»Singen!« murmelte Jarre und starrte Limbeck an. »Willst du tatsächlich gehen? Nach oben?«

Limbeck nahm die Brille ab, rieb die Gläser am Hemdärmel

blank und setzte sie wieder auf. »Ja, Liebes. Wenn die Elften nichts dagegen haben . . .«

»*Wenn* die Elften nichts *dagegen haben*«, übersetzte Alfred und warf Hugh einen vielsagenden Blick zu.

»Mach dir keine Gedanken wegen der Elften, Alfred«, warf Haplo ein. »Limbeck wird eine Rede halten.«

»Oh, Limbeck.« Jarre war blaß; sie kaute an ihrer Unterlippe. »Bist du sicher, daß es richtig ist? Ich bin nicht der Meinung, daß du uns verlassen solltest. Was wird aus der UFF ohne dich? Wenn du jetzt gehst, sieht es aus, als hätte der Chefmechniker gewonnen!«

Limbeck runzelte die Stirn. »Daran habe ich nicht gedacht.« Er nahm die Brille ab und reinigte sie wieder, dann steckte er sie geistesabwesend in die Hemdtasche. Er schaute Jarre an und blinzelte, als wunderte er sich, weshalb sie so verschwommen aussah. »Ich weiß nicht recht. Womöglich hast du recht, Liebes.«

Hugh knirschte gereizt mit den Zähnen. Er verstand nicht, was gesprochen wurde, aber es war leicht zu erkennen, daß der Geg in seinem Entschluß wankend wurde, und das konnte ihn sein Schiff und vielleicht sogar sein Leben kosten. Er gab Alfred ungeduldig Zeichen, etwas zu unternehmen, aber der Kammerdiener hüpfte ungelenk auf einem Bein herum und schien ganz in eigene Kümmernisse versunken zu sein. Hugh war eben zu dem Schluß gekommen, daß er sich wohl an Haplo wenden mußte, als er sah, wie der Mann mit einer Handbewegung seinem Hund einen Befehl gab.

Das Tier trabte durch den Schuppen zu Limbeck und schob den Kopf unter seine Hand. Limbeck schreckte bei der unvermuteten Berührung der kalten Nase zusammen und zog die Hand zurück. Der Hund ließ sich nicht beirren, schaute zu ihm auf und bewegte langsam den Schwanz von einer Seite zur andern. Limbecks kurzsichtiger Blick wanderte, wie von einer unsichtbaren Kraft angezogen, von dem Hund zu dessen Herrn. Auch Hugh sah rasch zu Haplo, weil er gespannt darauf war, welche Botschaft er dem Geg zu vermitteln hatte, aber das Gesicht des Mannes wirkte gelassen und freundlich. Er lächelte auf die ihm eigene, stille Art.

Limbeck streichelte gedankenverloren den Hund; schließlich seufzte er.

»Lieber? Was ist?« Jarre berührte seinen Arm.

»Die Wahrheit. Und meine Rede. Ich muß meine Rede halten. Es ist beschlossene Sache, Jarre, ich werde gehen. Und ich zähle dabei auf Hilfe von dir und deinen Leuten. Wenn ich zurückkomme, nachdem ich die Wahrheit gesehen habe, dann beginnen wir mit unserer Revolution!«

Jarre kannte diesen Tonfall und wußte, daß es keinen Zweck hatte, Einwände zu erheben. Auch wußte sie nicht genau, ob sie überhaupt Einwände erheben wollte. In einem Teil ihres Herzens war sie begeistert über Limbecks Vorhaben. Es war der Beginn der Revolution, wirklich und wahrhaftig. Doch er würde sie verlassen. Sie hatte bis jetzt nicht geahnt, wie sehr sie ihn liebte.

»Und wenn ich mitkomme?« schlug sie vor.

»Nein, mein Herz.« Limbeck blinzelte sie liebevoll an. »Es wäre nicht gut, wenn wir beide gehen.« Er trat einen Schritt vor und streckte die Hände zu der Stelle aus, wo seine kurzsichtigen Augen ihre Schultern zu erkennen glaubten. Jarre, die an dergleichen gewöhnt war, bewegte sich schnell nach rechts, wo er sie vermutete. »Du mußt das Volk auf meine Rückkunft vorbereiten.«

»Das werde ich!«

Der Hund verspürte ein plötzliches Jucken, setzte sich hin und kratzte sich mit der Hinterpfote das Fell.

»Jetzt könnt Ihr anfangen, sie das Lied zu lehren, Sir«, meinte Alfred.

Mit Alfreds Unterstützung gab Hugh Jarre seine Anweisungen, sagte ihr den Text vor, ließ ihn sich aufsagen und half ihr schließlich, wieder in den Luftschacht zu klettern. Limbeck stand unter der Öffnung, und bevor sie sich endgültig auf den Weg machte, ergriff er noch einmal ihre Hand.

»Ich danke dir, Liebes. Es ist zu unserem Besten, das weiß ich bestimmt.«

»Ja, ich weiß es auch.«

Weil sie fürchtete, man könnte aus ihrer Stimme die Sorge heraushören, die sie empfand, beugte Jarre sich aus der Öffnung und gab Limbeck einen scheuen Kuß auf die Wange. Von Alfred verabschiedete sie sich mit einem Winken, das er mit einer feierlichen Verbeugung erwiderte, dann machte sie hastig kehrt und begann den Luftschacht hinaufzukriechen.

Hugh und Haplo hoben das Gitter auf und befestigten es wieder an Ort und Stelle, so gut es ihnen ohne Werkzeug möglich war.

»Hast du dir sehr weh getan, Alfred?« erkundigte sich Gram, der entschlossen gegen seine Müdigkeit ankämpfte, weil er fürchtete, etwas zu verpassen, wenn er sich wieder hinlegte.

»Nein, Euer Hoheit. Danke der Nachfrage.«

Gram nickte und gähnte. »Ich glaube, ich werde zu Bett gehen, Alfred. Aber nicht um zu schlafen, damit du Bescheid weißt. Ich will nur ruhen.«

»Erlaubt mir, Eure Decken zu richten, Hoheit.« Alfred warf einen hastigen Seitenblick auf Hugh und Haplo, die mit dem Gitter beschäftigt waren. »Dürfte ich Euer Hoheit mit einer Frage belästigen?«

Gram riß den Mund zu einem gewaltigen Gähnen auf. Mit schweren Lidern fiel er auf den Boden des Schuppens und sagte schläfrig: »Na klar.«

»Euer Hoheit . . .« Alfred senkte die Stimme und hielt den Blick auf die Decke geheftet, die er auf seine gewohnte Art in den großen Händen drehte und knäulte, statt sie zu glätten. ». . . wenn Ihr diesen Mann anschaut, diesen Haplo, was seht Ihr dann?«

»Einen Mann. Nicht sehr hübsch, aber auch nicht so häßlich wie Hugh. An diesem Haplo ist nichts Besonderes, wenn du mich fragst. Also wirklich, Alfred, du stellst dich vielleicht ungeschickt an!«

»Nein, nein, Euer Hoheit, ich komme zurecht.« Alfred fuhr fort, die Decke zu foltern. »Was meine Frage betrifft – ich wollte eigentlich etwas anderes wissen, Hoheit.« Alfred stockte und befeuchtete sich die Lippen. Er wußte, daß seine nächste Frage dem Prinzen Stoff zum Nachdenken geben würde. Doch Alfred glaubte, daß er keine andere Wahl hatte. Er mußte die Wahrheit herausfinden.

»Was erkennt Ihr mit . . . mit Eurem Zweiten Gesicht?«

Gram riß die Augen auf, doch gleich wurden sie schmal und bekamen einen listigen, verschlagenen Glanz. Doch der wissende Ausdruck verschwand so schnell hinter blauäugiger Unschuld, daß Alfred, hätte er nicht Bescheid gewußt, überzeugt gewesen wäre, sich getäuscht zu haben.

»Weshalb fragst du, Alfred?«

»Aus reiner Neugier, Hoheit.«

Gram musterte ihn abwägend, wie um sich schlüssig zu werden, ob er dem Kammerdiener noch einige Informationen abschmeicheln konnte und ob es für ihn gewinnbringender war, die Wahrheit zu sagen.

Nach einem wachsamen Blick zu Haplo beugte Gram sich vertraulich vor und sagte leise: »Ich sehe überhaupt nichts.« Alfred ließ die Decke sinken, die Sorgenfalten in seinem Gesicht vertieften sich. Er betrachtete Gram und versuchte zu beurteilen, ob das Kind die Wahrheit gesagt hatte.

»Wirklich«, flüsterte Gram, der Alfreds Mißtrauen bemerkte. »Ich sehe gar nichts. Und es gibt nur einen Menschen, bei dem es mir ebenso ergeht, Alfred, und das bist du. Was mag das wohl bedeuten?« Der Junge schaute mit hellen Augen in das Gesicht des Mannes.

Plötzlich breitete sich die Decke auf dem Boden aus, glatt und ordentlich und ohne die geringste Falte. »Ihr könnt Euch jetzt niederlegen, Euer Hoheit. Wie es scheint, steht uns morgen ein anstrengender Tag bevor.«

»Ich habe dich etwas gefragt, Alfred«, beharrte der Prinz, während er sich gehorsam ausstreckte.

»Sehr wohl, Euer Hoheit. Es wird ein Zufall sein, sonst nichts.«

»Bestimmt hast du recht, Alfred.« Gram lächelte herzig und schloß die Augen. Das Lächeln blieb; er amüsierte sich insgeheim über einen nur ihm bekannten Scherz.

Alfred massierte sein Knie und fand, daß er wieder einmal alles falsch gemacht hatte. Ich habe in Gram einen Verdacht geweckt. Entgegen unseren strengsten Gesetzen habe ich die Angehörige einer fremden Rasse in das Herz und das Gehirn geführt und wieder hinaus. Aber kommt es noch darauf an? Kommt es wirklich noch darauf an?

Er konnte sich nicht helfen, sein Blick schweifte zu Haplo, der sich schlafen legte. Alfred kannte die Wahrheit, doch er wehrte sich dagegen. Er redete sich ein, es wäre alles nur Zufall. So vielen Menschen war der Junge noch nicht begegnet. Womöglich gab es manche, deren Vergangenheit ihm trotz des Zweiten Gesichts unsichtbar blieb. Der Kammerdiener verfolgte, wie Haplo sich niederlegte und wie der Hund sich wachsam an der Seite des Mannes postierte.

Ich muß es herausfinden. Ich muß es genau wissen. Dann habe ich endlich wieder Ruhe. Dann kann ich über meine Ängste lachen.

Oder mich bereitmachen, ihnen ins Auge zu sehen.

Nein, so darfst du nicht denken. Unter den Verbänden wirst du Geschwüre finden, wie er gesagt hat.

Alfred wartete. Limbeck und Hugh kehrten zu ihren Schlafstellen zurück, wobei Hugh den Kammerdiener mit einem flüchtigen Blick streifte. Er gab vor zu schlafen. Der Prinz war offenbar eingeschlummert, aber es war besser, sich nicht darauf zu verlassen. Der Geg lag wach. Er starrte bedrückt, von unbestimmter Sorge erfüllt, zum Dach des Schuppens hinauf und überdachte seine Entschlüsse. Hugh saß mit dem Rücken an die Wand gelehnt auf seiner Decke, hielt die kalte Pfeife zwischen den Zähnen und starrte finster ins Leere. Alfred hatte nicht viel Zeit. Er stützte sich auf einen Ellbogen, krümmte die Schultern, hielt die Hand dicht am Körper und schaute zu Limbeck. Mit den drei mittleren Fingern der Hand zeichnete er ein Sigel in die Luft, dann flüsterte er den Namen der Rune und wiederholte die Handbewegung. Die Lider des Gegs sanken herab, öffneten sich, sanken wieder herab, zuckten und schlossen sich. Limbecks Atem ging tief und gleichmäßig. Verstohlen und sehr behutsam drehte Alfred sich ein wenig zur anderen Seite, faßte Hugh ins Auge und malte dasselbe Zeichen in die Luft. Hugh sank das Kinn auf die Brust. Die Pfeife glitt ihm aus dem Mund und fiel in seinen Schoß. Dann richtete Alfred den Blick auf Gram und belegte auch ihn mit dem Zauber; wenn der Junge vorher nicht geschlafen hatte, dann jetzt.

Zu guter Letzt wandte Alfred sich Haplo zu, vollführte die Handbewegung und sprach das Wort, nur diesmal mit mehr Konzentration, größerem Nachdruck. Der Hund war besonders wichtig. Doch wenn Alfred mit seinen Vermutungen recht hatte, stand nichts zu befürchten.

Er zwang sich zur Geduld und ließ noch einige Augenblicke verstreichen, um sicher zu sein, daß die magische Beschwörung jeden in tiefen Schlaf versenkt hatte. Niemand rührte sich. Alles war still.

Langsam und vorsichtig stand Alfred auf. Der Zauber war stark

– auch wenn er brüllend und stampfend, mit Pauken und Trompeten durch den Schuppen gezogen wäre, hätte nicht einer der Schläfer mit der Wimper gezuckt. Doch seine eigenen unvernünftigen Ängste bedrängten ihn, hemmten seinen Schritt. Zwar hatte er die Schmerzen in seinem Knie nur vorgetäuscht, doch er bewegte sich so schwerfällig, als wäre er tatsächlich ernsthaft verletzt. Das Herz schlug ihm bis zum Hals und schnürte ihm die Luft ab. Schwarze Punkte tanzten und zerplatzten vor seinen Augen.

Er ging mühsam weiter. Der Hund schlief, oder es wäre ihm nie gelungen, sich seinem Herrn zu nähern. Mit angehaltenem Atem sank Alfred neben dem schlafenden Haplo auf die Knie. Seine ausgestreckte Hand zitterte dermaßen, daß er sie kaum zu führen vermochte; er hielt auf halbem Wege inne und hätte ein Gebet gesprochen, wäre ein Gott dagewesen. Doch er war ganz allein.

Er schob die Verbände auseinander, die fest um Haplos Hände gewickelt waren. Zum Vorschein kamen, wie er erwartet hatte, die Runen.

Tränen brannten Alfred in den Augen, blendeten ihn. Es bedurfte all seiner Willenskraft, die Bandagen wieder so zu richten, daß der Mann, wenn er aufwachte, keinen Verdacht schöpfte. Kaum fähig zu sehen, wohin er die Füße setzte, kehrte Alfred taumelnd zu seiner Schlafstatt zurück und ließ sich auf die Decke fallen. Ihm kam es vor, als würde er nicht aufhören zu stürzen, sondern tiefer und tiefer fallen in einen schwarzen Brunnen namenlosen Entsetzens.

Kapitel 38

Tiefer Himmel, über dem Mahlstrom

Der Kapitän des Elfenschiffs *Carfa shon** war ein Mitglied der königlichen Familie, wenn auch kein sehr bedeutendes. Er war sich dieser Tatsache jedoch außerordentlich bewußt und erwartete von seiner Umgebung dasselbe. Es gab allerdings einen kleinen Umstand, den man besser nicht zur Sprache brachte, und zwar eine unglückselige Verwandtschaft mit Prinz Reesh'ahn, dem Initiator der Rebellion im Volk der Elfen.

In den vergangenen, alkyonischen Tagen pflegte der Kapitän gern bescheiden darauf hinzuweisen, daß er nichts weniger als der fünfte Cousin des schneidigen, jungen und gutaussehenden Elfenprinzen war. Seit Reesh'ahns Verbannung versicherte Kapitän Zankor'el den Leuten, daß er nicht mehr als ein fünfter Cousin war.

Den Sitten und Gebräuchen der Angehörigen des Königshauses entsprechend, diente Kapitän Zankor'el seinem Volk mit einem Leben harter, angestrengter Arbeit. Es war ihm bestimmt, bis über den Tod hinaus zu dienen. Den Lords und Ladies der königlichen Familie ist es nicht vergönnt, bei ihrem Tod in friedvolles Vergessen zu sinken. Ihre Seelen werden eingefangen, bevor sie davonfliegen können, um den Sonnentag der Ewigkeit über Frühlingsblumen gaukelnd zu verbringen. Die Magier der Elfen halten die königli-

* In der Elfensprache ›Im Einklang mit den Elementen‹.

chen Seelen in Stasis gefangen und beziehen daraus die Energie, um ihre Zauber zu wirken. Daher ist es notwendig, daß die Mitglieder des Königshauses ständig von Magiern begleitet werden, die Tag und Nacht, im Frieden wie mitten in der tobenden Schlacht zur Hand sind, um die entfliehende Seele einzufangen.* Die mit diesen Pflichten betrauten Magier haben den offiziellen Titel ›Weesham‹, mit dem sie in der vornehmen Gesellschaft angesprochen werden. Allgemein bezeichnet man sie jedoch als ›Gir‹ – ein Wort, das die Menschen entlehnt und zu ›Geier‹ umgebildet haben.

Die Gir folgen den Elfen königlichen Bluts von Kindheit an bis ins hohe Alter und verlassen sie nie. Ein Gir wird seinem Schützling bei der Geburt zugesellt, bewacht seine ersten Schritte, reist mit ihm während der Jahre des Lernens, sitzt in jeder Nacht – auch der Brautnacht! – neben dem Bett und betreut ihn in der Stunde des Todes.

Elfenmagier, die sich zu dieser Aufgabe, die für die Elfen etwas Heiliges ist, berufen fühlen, werden sorgfältig ausgebildet. Man ermutigt sie, eine enge persönliche Beziehung zu denen aufzubauen, auf die der Schatten ihrer dunklen Schwingen fällt. Einem Gir ist nicht erlaubt zu heiraten, deshalb wird der Schützling zum Inhalt ihres oder seines Lebens und tritt an die Stelle von Mann, Frau und Kind. Weil die Gir älter sind als ihre Schützlinge, übernehmen sie vielfach zusätzlich die Rolle des Mentors. Viele tiefe und dauerhafte Freundschaften haben sich zwischen Schatten und Überschattetem entwickelt. In solchen Fällen kommt es vor, daß der Gir seinen Schützling nicht überlebt, sondern die eingefangene Seele in der Kathedrale der Albedo abliefert und sich anschließend zurückzieht, um in irgendeinem Versteck selbst vor Kummer zu sterben.

* Es kursiert die Theorie, daß der Orden der Kir sich aus dieser Institution der Elfen entwickelt hat. Die Kirmönche, deren Gemeinschaft von besonderer Abgeschlossenheit und Geheimhaltung gekennzeichnet ist, weigern sich, über ihre Ursprünge zu reden. Der Legende nach wurde der Orden von einer Gruppe von Zauberern der Menschen ins Leben gerufen, die es sich zum Ziel gesetzt hatten, das Geheimnis der Seelenmagie zu erforschen. Ihnen war kein Erfolg beschieden, aber ihre Gründung blieb bestehen. Gewöhnliche Menschen – solche, die über keinerlei magische Fähigkeiten verfügten – wurden aufgenommen, und im Lauf der Jahre wurde aus dem Bemühen, den Tod zu betrügen, eine Todesverehrung.

So leben die Mitglieder der königlichen Familie von Geburt an mit der ständigen Erinnerung an ihre Sterblichkeit zur Seite. Sie sind stolz auf den Gir. Die schwarzgewandeten Magier symbolisieren königlichen Status und beweisen dem Volk, daß ihre Oberen ihnen nicht nur im Leben dienen, sondern auch im Tode. Die Anwesenheit des Gir hat den zusätzlichen Effekt, die Macht des Herrschers zu vergrößern. Es ist schwer, dem König etwas abzuschlagen, angesichts der düsteren Gestalt neben seinem Thron.

In diesem Zusammenhang ist es verständlich, wenn die Mitglieder der königlichen Familie, besonders die jüngeren, wild und übermütig sind und ihr Leben leben auf Teufel komm raus. Königliche Feste sind oft eine chaotische Angelegenheit. Der Wein fließt in Strömen, und die Fröhlichkeit wirkt übersteigert. Eine geschmückte, bunt gekleidete Elfe tanzt und trinkt und entbehrt nichts, was geeignet ist, ihr Freude zu bereiten, doch wo sie hinschaut, sieht sie den Gir stehen; die Hände hinter dem Rücken verschränkt, lehnt er an der Wand und wendet nicht für einen Atemzug den Blick von ihr, deren Leben und deren Tod in des Girs Hand gegeben wurde.

Selbstverständlich wurde auch der Kapitän des Wasserschiffs von seinem Gir begleitet. Und es läßt sich nicht leugnen, daß mancher an Bord dem Gir baldigen Erfolg wünschte; der größte Teil der Mannschaft und der Offiziere war der Ansicht, die Seele des Kapitäns hätte für das Elfenvolk größeren Wert, wenn sie nicht mehr mit seinem Körper verbunden wäre.

Hochgewachsen, schlank und gutaussehend, hegte Kapitän Zankor'el die höchste Wertschätzung für die eigene Person und absolut gar keine für solche Leute, die das ausgesprochene Unglück hatten, nicht von Stand zu sein.

»Kapitän.«

»Leutnant.« Das wurde immer mit leichter Häme ausgesprochen.

»Wir nähern uns dem Mahlstrom.«

»Vielen Dank, Leutnant, aber ich bin nicht blind, noch bin ich so dumm, wie Ihr es vielleicht von meinem dahingeschiedenen Vorgänger gewöhnt seid. Ich sah die Sturmwolken und war beinahe sofort in der Lage, daraus zu schließen, daß wir uns in einem Sturm befinden. Wenn Euch daran liegt, habt Ihr meine Erlaubnis, die Nachricht dem Rest der Mannschaft mitzuteilen, die es vielleicht nicht bemerkt hat.«

Der Leutnant versteifte sich, sein hellhäutiges Gesicht bekam einen rötlichen Schimmer. »Darf ich Herrn Kapitän mit allem Respekt daran erinnern, daß es meine vom Gesetz vorgeschriebene Pflicht ist, den Führer des Schiffs zu unterrichten, sobald wir uns in gefährlichen Himmeln befinden?«

»Ihr dürft ihn erinnern, wenn Ihr es für angebracht haltet, aber ich würde es bleiben lassen, denn der Führer dieses Schiffes ist der Ansicht, daß Ihr Euch am Rand einer Insubordination bewegt«, entgegnete der Kapitän, während er mit dem Fernglas durch das große Fenster auf der Brücke des Drachenschiffs schaute. »Jetzt geht nach unten und beaufsichtigt die Sklaven. Das ist wenigstens eine Pflicht, zu deren Erfüllung Ihr taugt.« Der letzte Satz wurde nicht laut gesprochen, aber der Tonfall des Kapitäns war eindeutig genug. Der Leutnant verstand jedenfalls sehr gut.

»Zu Befehl, Sir«, erwiderte Leutnant Bothar'in. Die rötliche Färbung war aus seinem Gesicht geschwunden; jetzt war er blaß vor unterdrücktem Zorn.

Keiner der anderen Besatzungsangehörigen wagte es, dem Blick des Leutnants zu begegnen. Es war unerhört, daß der Erste Offizier während eines Sinkflugs nach unten zum Galeerendeck geschickt wurde. Es war die Pflicht des Kapitäns, denn die korrekte Handhabung der Flügel war von größter Wichtigkeit für die Sicherheit des Schiffs. Es war ein gefährlicher Aufenthaltsort während eines Abstiegs – ihr voriger Kapitän hatte dort unten sein Leben gelassen. Doch ein guter Kapitän stellte die Sicherheit von Schiff und Mannschaft über die eigene, und die Elfenbesatzung, die ihren Leutnant zum Galeerendeck hinuntersteigen sah, während der Kapitän auf der sicheren Brücke zurückblieb, konnte es sich nicht versagen, untereinander vielsagende Blicke auszutauschen.

Das Drachenschiff tauchte in den Mahlstrom, und schon wurde es vom Sturm gepackt und hin und her geworfen. Blitze zuckten in blendender Helligkeit; Donnerschläge krachten ohrenbetäubend. Drunten kämpften die menschlichen Galeerensklaven an den Leinen darum, das Schiff aufrecht und ohne Schaden durch die brodelnden Wolken und widerstreitenden Winde zu manövrieren. Die Flügel waren so weit wie möglich eingeholt, damit der Zauber weniger stark wirkte und ein Sinkflug überhaupt möglich wurde. Doch ganz durften die Flügel natürlich nicht eingeholt werden, sonst wirkte die Magie überhaupt nicht mehr, das Schiff geriet außer Kontrolle und zerschellte auf Drevlin, das noch tief unter ihnen lag. Aus diesem Grund mußte ein sehr präzises Gleichgewicht bewahrt werden – keine schwere Aufgabe in klarem, ruhigem Wetter, jedoch äußerst schwierig mitten in einem tobenden Sturm.

»Wo ist der Kapitän?« fragte der Aufseher.

»Ich übernehme hier unten«, erwiderte der Leutnant.

Der Aufseher warf einen Blick auf das bleiche, starre Gesicht des Leutnants, das vorgereckte Kinn und die schmalen Lippen und begriff.

»Es ist vermutlich nicht angebracht, das zu sagen, Sir, aber ich bin froh, daß Ihr hier seid und nicht er.«

»Nein, es ist *nicht* angebracht, das zu sagen«, entgegnete der Leutnant und nahm seinen Posten im Vorderteil der Galeere ein.

Der Aufseher war klug genug, den Mund zu halten. Er und der Magier, dessen Aufgabe es war, den Zauber aufrechtzuerhalten, sahen sich an. Der Magier zuckte leicht die Schultern; der Aufseher schüttelte den Kopf. Dann gingen beide an ihre Arbeit, die kritisch genug war, um ihre vollständige und ungeteilte Aufmerksamkeit zu verlangen. Derweil stand Kapitän Zankor'el mit gespreizten Beinen auf dem schwankenden Deck und schaute durch sein Fernglas in die kreiselnde Masse schwarzer Wolken hinunter.

Sein Gir saß auf einem Deckstuhl neben ihm; er war grün vor Übelkeit und Angst und klammerte sich an alles, was ihm unter die Hände kam.

»Dort, Weesham, ich glaube, ich kann die Hebenauffer sehen. Nur ein kleiner Punkt, im Herzen dieses Wolkentrichters.« Er hielt dem Gir das Fernglas hin. »Möchtest du einmal hindurchsehen?«

»Da seien die Seelen Eurer Ahnen vor!« sagte der Gir schaudernd. Es war schlimm genug, daß er seinem Schützling auf dieses zerbrechliche Gebilde aus Drachenhaut, Holz und Magie hatte folgen müssen, ohne daß er sich auch noch anschaute, in welche bodenlosen Abgründe die Reise führte. »Was war das?«

Der Kopf des Magiers ruckte in die Höhe, das spitze, bartlose

Kinn zitterte. Vom Galeerendeck war ein Krachen heraufgedrungen. Das Schiff neigte sich ruckartig zur Seite, und der Kapitän verlor den Boden unter den Füßen.

»Verdammt sei dieser Bothar'in!« fluchte Zankor'el. »Ich werde ihn vor Gericht bringen!«

»Wenn er noch lebt«, ächzte der leichenfahle Gir.

»Um seiner selbst willen sollte er hoffen, tot zu sein«, schnarrte der Kapitän und richtete sich auf.

Die Besatzungsmitglieder wechselten kurze Blicke, und ein unbedachter junger Elf öffnete tatsächlich den Mund, um etwas zu sagen, aber der Rippenstoß eines Kameraden brachte ihn rechtzeitig zur Besinnung.

Einen fürchterlichen Augenblick lang schien das Schiff außer Kontrolle zu geraten und steuerlos den Urgewalten des Mahlstroms ausgeliefert zu sein. Es sackte in die Tiefe, wurde von einer Bö ergriffen und wäre beinah gekentert. Ein Aufwind riß es in die Höhe und ließ es wieder fallen. Der Kapitän brüllte Flüche und sich widersprechende Befehle zum Galeerendeck hinunter, geriet aber zu keiner Zeit in Versuchung, die Sicherheit der Brücke zu verlassen. Der Gir kauerte am Boden und wünschte sich offenbar, einen anderen Beruf ergriffen zu haben.

Endlich richtete das Schiff sich wieder auf und segelte in das Auge des Mahlstroms, wo es friedlich und ruhig war und die Sonne schien, was die kreisenden, schwarzen, von Blitzen geäderten Wolkenmauern ringsum nur noch bedrohlicher erscheinen ließ. Tief unten, auf Drevlin, blinkten die Hebenauffer im Sonnenschein.

Von den Mangern absichtlich so ausgerichtet, daß sie immer in das Auge des Sturms hineinragten, waren die Hebenauffer der einzige Platz auf dem Kontinent, wo die Gegs hinaufblicken konnten zum strahlenden Firmament und die Wärme der Sonne auf den Gesichtern spüren. Kein Wunder, daß es für die Gegs ein heiliger und geweihter Ort war; zusätzliche Bedeutung erhielt er durch das monatliche Erscheinen der ›Elften‹.

Nach einer kurzen Pause, während wieder Farbe in die Gesichter strömte und das Atmen leichter fiel, erschien der Leutnant auf der Brücke. Der übereifrige junge Unteroffizier besaß wahrhaftig die Tollkühnheit, einen Hochruf anzustimmen, was ihm einen bösartigen Blick des Kapitäns eintrug, der ihm sagte, daß er nicht mehr lange Unteroffizier sein würde.

»Nun, was für ein Tohuwabohu habt Ihr unten angerichtet, abgesehen davon, daß Ihr uns beinahe alle umgebracht hättet?« fragte der Kapitän.

Das helle Haar des Leutnants war mit Blut verklebt. Blut rann ihm übers Gesicht, und seine Augen waren dunkel vor Schmerzen. »Eine der Leinen ist gerissen, Sir. Der rechte Flügel schwenkte aus. Wir haben behelfsmäßig neu getakelt, Sir, und jetzt ist alles wieder unter Kontrolle.«

Mit keinem Wort erwähnte er, daß er zu Boden geschleudert worden war oder wie er Seite an Seite mit einem Menschensklaven verzweifelt darum gerungen hatte, den Flügel wieder einzuholen und ihrer aller Leben zu retten. Es waren keine Worte nötig. Die erfahrene Mannschaft wußte Bescheid über den Kampf auf Leben und Tod, der unter ihren Füßen stattgefunden hatte. Vielleicht wußte der Kapitän es auch, ungeachtet der Tatsache, daß er noch nie ein Schiff geführt hatte. Er verzichtete darauf, sich über die Inkompetenz seines Ersten Offiziers auszulassen und sagte nur: »Sind welche von dem Vieh* umgekommen?

Das Gesicht des Leutnants verdüsterte sich. »Ein Mensch wurde sehr schwer verletzt, Sir – der Sklave, dessen Leine gerissen ist. Er wurde von den Füßen gerissen und gegen die Bordwand geschmettert. Er hat sich in der Leine verfangen, und sie hat ihn fast in zwei Teile geschnitten, bevor wir ihn befreien konnten.«

»Aber er ist nicht tot?« Der Kapitän hob eine Augenbraue.

»Nein, Sir. Der Schiffsmagier behandelt ihn.«

»Unsinn! Zeitverschwendung. Werft ihn über Bord. Wo er herkommt, gibt es noch genügend von seiner Sorte.«

»Zu Befehl, Sir.«

Wieder einmal wanderten in der Mannschaft die Blicke hin und her. Man darf nicht verschweigen, daß keiner von ihnen besondere Liebe für die menschlichen Sklaven empfand. Es existierte ein gewisser widerwilliger Respekt vor den Menschen, ganz abgesehen von der Tatsache, daß die Mannschaft beschlossen hatte, jedem

* Eine verächtliche Bezeichnung der Elfen für die Menschen.

ihre Sympathie zu schenken, den der Kapitän nicht leiden konnte. Jeder auf der Brücke – eingeschlossen Zankor'el selbst – wußte, daß der Leutnant keineswegs die Absicht hatte, den zuletzt gegebenen Befehl auszuführen.

Das Schiff näherte sich der Position, an der sie die Ankunft der Lebensader abwarten sollten. Kapitän Zankor'el hatte nicht die Zeit, seinen Autoritätsanspruch geltend zu machen, außerdem war es dazu erforderlich, daß er hinunterstieg und persönlich die Ausführung seines Befehls überwachte. Das ließe sich nicht mit seiner Würde vereinbaren, und außerdem beschmutzte er womöglich seine Uniform mit Blut.

»Das ist dann alles, Leutnant. Kehrt auf Euren Posten zurück.« Der Kapitän nahm das Fernglas zur Hand und richtete es nach oben, um zu sehen, ob das Wasserrohr bereits in Sicht kam. Doch er hatte dem Leutnant nichts vergessen und nichts vergeben.

»Dafür hole ich mir seinen Kopf«, sagte Zankor'el leise zu seinem Gir, der schwach mit dem Kopf nickte, die Augen schloß und in Erwägung zog, sich gleich an Ort und Stelle zu übergeben.

Endlich wurde das Wasserrohr gesichtet, wie es sich langsam vom Himmel herabsenkte, und das Elfenschiff, das als Lotse und Beobachter diente, nahm seine Position ein. Das Rohr war alt, sehr alt. Es war von den Sartan konstruiert worden, als sie die Überlebenden der Großen Teilung nach Arianus brachten, wo es im Niederreich Wasser im Überfluß gab, doch in den oberen Reichen nur in geringen Mengen. Das Rohr bestand aus einem Metall, das niemals Rost ansetzte und dessen Legierung sogar den Elfenmagiern ein Rätsel blieb, die seit Jahrhunderten versuchten, die Zusammensetzung herauszufinden und nachzuahmen. Es hatte einen Durchmesser von mehreren Handbreit, war viele tausend Menkas lang, aus einzelnen Segmenten zusammengesetzt und daher außerordentlich biegsam. Einmal in jedem Monat senkte sich das Wasserrohr aus dem Schacht, der durch den ganzen Kontinent Aristagon führte, zu der Insel Drevlin hinab – automatisch und ohne Zutun der Elfen.

Obwohl das Rohr in der Lage war, sich von selbst in Bewegung zu setzen, mußte ein Elfenschiff zur Stelle sein, um es zu den Hebenauffern zu lotsen und über dem gewaltigen Schlund des Geysirs in Stellung zu bringen. Sobald alles bereit war, setzte das Allüberall wie auf ein geheimes Signal den Geysir in Gang. Eine Kombination mechanischer und magischer Kräfte bewirkte, daß die Flüssigkeit das Rohr hinaufschoß. Oben, auf Aristagon, lenkten Elfen den Strom in riesige Vorratstanks.

In der ersten Zeit nach der Großen Teilung hatten Elfen und Menschen auf Aristagon und den umliegenden Inseln friedlich Seite an Seite gelebt. Unter dem Einfluß der Sartan erhielten beide Rassen ihren Anteil an der lebensspendenden Flüssigkeit. Doch mit dem Verschwinden der Sartan zerbrach auch ihr schöner Traum vom Frieden. Es kam zum Krieg zwischen den Rassen. Die Menschen behaupteten, es sei die Schuld der Elfen, die zunehmend unter den Einfluß einer mächtigen Gruppe von Magiern geraten waren. Die Elfen gaben den Menschen die Schuld, die von Natur aus blutgierig und barbarisch waren.

Die Elfen hatten sich als die Stärkeren erwiesen, begünstigt von ihrer längeren Lebensspanne, zahlenmäßigen Überlegenheit und ihrer Beherrschung der Mechnaimagie.

Sie vertrieben die Menschen von Aristagon – der Wasserquelle des Mittelreichs. Die Menschen schlugen zurück, unternahmen mit ihren Drachen Überfälle auf Ansiedlungen der Elfen, um Wasser zu stehlen, oder griffen die Wasserschiffe an, die das kostbare Naß zu benachbarten, von Elfen bewohnten Inseln transportierten.

Ein Wasserschiff wie das von Kapitän Zankor'el führte acht riesige Fässer mit sich, gefertigt aus seltenem Eichenholz (woher es stammte, wußten die Sartan allein), mit Rundreifen aus Stahl.

Für eine Rundreise zu den Inseln wurden die Fässer mit Wasser gefüllt. Auf dieser Reise jedoch befand sich in den Fässern das Gerümpel, das die Elfen den Gegs als Bezahlung* überließen.

Den Elfen waren die Gegs vollkommen gleichgültig. Wenn sie die Menschen als Vieh betrachteten, waren die Gegs in ihren Augen Insekten.

* Jeden Monat wird der gesamte Müll, der sich bei den Elfen angesammelt hat, auf Karren zum Hafen geschafft. Dort wird er auf das Wasserschiff verladen und nach Drevlin transportiert, als Belohnung für die treuen, geschundenen Gegs, ohne deren Arbeit das Mittelreich nicht lange überleben könnte.

Kapitel 39

Wombe, Drevlin, Niederreich

Die Sartan bauten das Allüberall; niemand weiß, warum oder wie. Die Elfenmagier hatten vor Jahren intensive Studien an der Maschine betrieben und zahlreiche Theorien aufgestellt, aber keine schlüssige Antwort gefunden. Das Allüberall hatte irgendeine Funktion in dieser Welt, aber welche? Die Versorgung der oberen Reiche mit Wasser war von größter Wichtigkeit, gewiß, aber die Elfenmagier brauchten nicht lange nachzudenken, um zu der Erkenntnis zu gelangen, daß diese Aufgabe auch mit einer erheblich kleineren und weniger komplizierten (wenn auch ehrfurchtgebietenden) Maschine bewältigt werden konnte.

Von allen Konstruktionen der Sartan waren die Hebenauffer die eindrucksvollsten, rätselhaftesten und unerklärlichsten. Neun gigantische Arme aus Messing und Stahl wuchsen aus dem Koralit heraus – einige davon ragten etliche Menkas hoch empor. An jedem Arm befand sich eine riesige Hand, mit Daumen und Fingern aus Gold und Gelenken aus Messing. Die Hände reckten sich den in den Mahlstrom tauchenden Elfenschiffen entgegen, und auch wer sie zum ersten Mal zu Gesicht bekam, erkannte sofort, daß das Handgelenk und die Finger beweglich waren.

Was sollten diese Hände tun? Hatten sie es getan? Würden sie es immer noch tun? Es war kaum anzunehmen. Sämtliche Hände, bis auf eine, hingen starr und leblos herab. Die einzige Hand, die noch funktionsfähig zu sein schien, gehörte zu einem Arm, der kürzer war als die anderen. Er stand in einem gewaltigen Kreis aus Armen, dessen Durchmesser in etwa dem Auge des Sturms entsprach. Unmittelbar daneben befand sich der Geysir. Die Hand auf dem Arm war am Gelenk waagerecht abgewinkelt; mit geschlossenen Fingern zeigte die Handfläche zum Himmel Hoch empor und bildete eine perfekte Plattform. Das Innere des Arms war hohl, mit einem mächtigen Pfeiler in der Mitte. Durch eine Tür im Sockel trat man ein, und Hunderte von Stufen, die in einer Spirale um den Mittelpfeiler in die Höhe führten, ermöglichten es jedem mit genügend Ausdauer und kräftigen Beinen, bis zur Spitze hinaufzusteigen.

Daneben gab es noch eine reich mit Ornamenten geschmückte goldene Tür, die in den Pfeiler hineinführte. Eine Sage der Gegs berichtete, daß man nur durch diese goldene Tür eintreten mußte, um mit der Geschwindigkeit und Gewalt des Wassers, das aus dem Geysir schoß, zur Spitze hinaufbefördert zu werden. Daher der Name der Gegs für diese Gebilde – Hebenauffer –, obwohl die Geschichte von keinem Geg zu berichten wußte, der je gewagt hatte, die goldene Tür zu öffnen.

Hier versammelten sich jeden Monat der Chefmechniker und der Suprintent und solche Gegs, die der Ehre für würdig erachtet wurden, um die Elften zu begrüßen und die Bezahlung für geleistete Dienste zu empfangen. Alle Gegs aus der Hauptstadt Wombe und andere aus der nicht allzufernen Umgebung trotzten den Unwettern und pilgerten zu der heiligen Stätte, um auf die Amelmosen zu warten, die dort vom Himmel fielen. Bei dieser Zeremonie kamen immer wieder Gegs zu Schaden, denn man wußte nie, was in den Fässern der Elften enthalten war. (Ein Sofa mit Samtbezug und Löwenfüßen hatte einst eine ganze Familie ausgelöscht.) Doch alle Gegs waren der Ansicht, daß das Risiko sich lohnte.

An diesem Morgen war das Publikum besonders zahlreich, denn durch die Nachrichtensänger und den Großen Mund war verbreitet worden, daß Limbeck und seine falschen Götter den echten Göttern ausgeliefert werden sollten – den Elften. Der Chefmechniker, der mit Tumulten gerechnet hatte, war außerordentlich bekümmert, als nichts dergleichen geschah. Die Menge, die in einer Pause zwischen den Unwettern über den steinigen Koralitboden hastete, verhielt sich ruhig und diszipliniert – zu ruhig, dachte der Chefmechniker, während er durch die Pfützen patschte.

Neben ihm marschierte der Suprintent – sein Gesicht eine Studie selbstgerechter Indignation. Ihnen folgten die Götter-die-keine-waren; sie hielten sich tapfer, in Anbetracht des Schicksals, das sie erwartete. Auch sie schwiegen, sogar dieser Unruhestifter Limbeck. Er wirkte eingeschüchtert und niedergeschlagen und verschaffte dem Chefmechniker die Genugtuung zu glauben, daß der aufsässige Bursche endlich seine Lektion gelernt hatte.

Eine Lücke in den jagenden Wolken gab den Blick auf die Arme frei. Stahl und Messing glänzten im Sonnenlicht, das einzig an diesem Ort die Oberfläche Drevlins erreichte. Haplo betrachtete die Gebilde mit unverhohlenem Staunen.

»Was im Namen der Schöpfung ist das?«

Auch Gram bestaunte sie mit offenem Mund. Hugh berichtete, was er darüber wußte – seine Informationen stammten von den Elfen und waren mehr als spärlich.

»Jetzt versteht ihr vielleicht, warum alles so frustrierend ist«, sagte Limbeck, der aus seiner Versunkenheit erwacht war und zornig auf den Hebenauffer am Horizont schaute. »Ich weiß genau, wenn wir Gegs uns zusammentun würden und das Allüberall genau erforschten, könnten wir das Warum und das Wie herausfinden. Aber sie wollen nicht. Sie wollen einfach nicht.«

Gereizt trat er nach einem Stein, der flach über den Boden schwirrte. Der Hund jagte ihm übermütig hinterher, tollte und tobte vergnügt durch die Pfützen und handelte sich unbehagliche Blicke von den zur Bewachung der Gefangenen abkommandierten Kupferern ein.

»Ein ›Warum‹ ist eine gefährliche Angelegenheit«, meinte Haplo. »Es stellt alte, bequeme Gewohnheiten in Frage; zwingt die Leute, über das nachzudenken, was sie tun, statt einfach gedankenlos weiterzumachen. Kein Wunder, daß deine Freunde sich fürchten.«

»Ich glaube, die Gefahr liegt nicht so sehr in der Frage an sich, sondern darin, zu glauben, man hätte die einzig richtige Antwort gefunden«, sagte Alfred wie zu sich selbst.

Haplo hörte ihn und fand die Äußerung ungewöhnlich für einen

Menschen, aber schließlich war dieser Alfred selbst ein ungewöhnlicher Mensch. Das Interesse des Kammerdieners an den bandagierten Händen des Patryn schien erloschen zu sein. Im Gegenteil, er vermied es sogar nach Möglichkeit überhaupt, Haplo anzusehen. Man hätte glauben können, er wäre über Nacht gealtert. Sein Gesicht war faltiger denn je, auf den geschwollenen Tränensäcken unter den stets bekümmert dreinschauenden Augen lagen dunkle Schatten. Ganz offensichtlich hatte er nicht viel geschlafen. Vielleicht nicht ungewöhnlich für einen Mann, der wußte, daß er am Morgen um sein Leben kämpfen mußte.

Haplo zupfte unwillkürlich an den Bandagen und vergewisserte sich, daß die verräterischen Sigel, die seine Haut überzogen, bedeckt waren. Warum nur konnte er sich des Gefühls nicht erwehren, daß er an einem Ritual festhielt, das längst sinnlos geworden war?

»Mach dir keine Sorgen, Limbeck«, schrie Gram, der vergessen hatte, daß sie sich nicht mehr im Machtbereich der dröhnenden, alles übertönenden Maschine befanden. »Wenn wir erst bei meinem Vater sind, wird er dir alle Fragen beantworten – schließlich ist er ein Mysteriarch!«

Hugh verstand nicht, was der Junge sagt, aber er sah Limbeck zusammenzucken und über die Schulter einen ängstlichen Blick auf ihre Bewacher richten, und er bemerkte das Mißtrauen auf deren Gesichtern. Anscheinend war Seiner Hoheit etwas entschlüpft, was er besser für sich behalten hätte. Wo zur Hölle steckte Alfred? Schließlich war er das Kindermädchen.

Hugh drehte sich um, stieß Alfred gegen den Arm und deutete auf den Jungen. Der Kammerdiener betrachtete Hugh verwirrt, als müßte er sich erst besinnen, wen er vor sich hatte, und es dauerte einen Moment, bis er verstand, was man von ihm wollte. Eilig machte er sich auf den Weg zu seinem Schützling, aber seine Füße vollführten Kapriolen, die man kaum für menschenmöglich halten konnte, und er langte rutschend, stolpernd und völlig außer Atem bei dem Prinzen an. Um den Jungen abzulenken, verlegte er sich darauf, Seiner Hoheit Fragen bezüglich der stählernen Arme zu beantworten.

Leider beschäftigten sich Alfreds Gedanken mit der furchtbaren

Entdeckung der letzten Nacht und nicht mit dem, was er redete. Gram war entschlossen, etwas Bestimmtes herauszufinden, und mit der Hilfe der unachtsamen Antworten des Kammerdieners kam er seinem Ziel recht nahe.

Jarre und die UFFler marschierten hinter den Kupferern, die hinter den Gefangenen marschierten. Verborgen unter Umhängen und Schultertüchern und langen Bärten trugen sie Rasseln, Knarren, Flöten und Pfeifen und hier und da einen Wimmerknetel*. Bei einer in der letzten Nacht eilends und heimlich einberufenen Versammlung hatte Jarre den UFFlern das Lied beigebracht. Als Angehörige eines musikalischen Volks – seit Jahrhunderten wurden Neuigkeiten bei den Gegs von Nachrichtensängern verbreitet – hatten die UFFler kaum Schwierigkeiten, sich Text und Melodie einzuprägen. Nach Hause zurückgekehrt, gaben sie es an Ehefrauen, Kinder und vertrauenswürdige Nachbarn weiter, die es ebenfalls auswendig lernten – obwohl keiner so ganz genau wußte, was es mit diesem Lied eigentlich auf sich hatte. Jarre verstand es selbst nicht recht und hatte nur vage Andeutungen gemacht.

Es wurde gemunkelt, das wäre die Art, wie Menschen und Elften kämpften – sie sangen und tuteten und bimmelten sich gegenseitig an. Sobald die Elften besiegt waren (und man konnte sie besiegen, denn sie waren nicht unsterblich), würde man sie zwingen, den Gegs größere Schätze zu bringen.

Als Jarre das Gerücht zu Ohren kam, unternahm sie nichts dagegen. Immerhin entsprach es in groben Zügen der Wahrheit.

Während sie sich der heiligen Stätte näherten, wirkten die UFFler derart unternehmungslustig und tatendurstig, daß Jarre befürchtete, die Kupferer würden ihnen an den leuchtenden Augen und den selbstgefälligen Gesichtern ablesen, was sie vorhatten (ganz zu schweigen von der Tatsache, daß die mit Instrumenten ausgerüsteten Gegs höchst verdächtig klingelten und rasselten.) Nach Meinung der Gegs war eine Störung des Elftendankfestes in gewissem Sinne gerechtfertigt. Diese monatliche Zeremonie war ein Symbol

* Heißt bei den Menschen Dudelsack.

ihres Sklavendaseins. Ausschließlich die in der Hauptstadt ansässigen Gegs (zum größten Teil Angehörige der Schicht des Chefmechnikers) waren die Nutznießer des allmonatlichen Amelmosensegens – und auch wenn der Chefmechniker alle Gegs weit und breit aufrief, der Zeremonie beizuwohnen, wußte er so gut wie ganz Drevlin, daß die Gegs an den Dienst am Allüberall gebunden waren und nur wenige – überwiegend Farrer – ihren Arbeitsplatz lange genug verlassen konnten, um sich im Glanz der Elftengnade zu sonnen und sich einen Anteil an den Amelmosen zu sichern. Daher marschierten die Gegs hochgemut in die Schlacht und trugen stolz ihre klingelnden, schnarrenden und quäkenden Waffen.

Beim Marschieren überdachte Jarre die Anweisungen, die sie ihnen gegeben hatte.

»Sobald die Menschen anfangen zu singen, laufen wir die Treppe hinauf und singen so laut wie möglich. Limbeck wird eine Rede halten . . .«

Vereinzelter Applaus.

». . . dann betreten er und die Götter-die-keine-sind das Schiff . . .«

»Wir wollen das Schiff!« riefen mehrere UFFler.

»Nein, wollen wir nicht«, antwortete Jarre gereizt. »Wir wollen die Belohnung. Wir nehmen uns diesmal die Amelmosen! Alle.«

Ohrenbetäubender Applaus. »Der Chefmechniker wird sich nicht mal ein handgestricktes Platzdeckchen unter den Nagel reißen können! Limbeck wird mit dem Schiff zu den oberen Reichen segeln, um die Wahrheit zu sehen. Dann kehrt er zurück, um sein Volk zu befreien!«

Kein Applaus.

Nach dem Versprechen von Schätzen (besonders handgestrickte Platzdeckchen waren zur Zeit groß in Mode), interessierte sich niemand mehr für Wahrheit. Jarre machte das traurig, denn sie wußte, daß es Limbeck betrüben würde, sollte er es je erfahren.

In Gedanken an Limbeck hatte sie sich langsam an die Spitze der Menge geschoben, bis sie genau hinter ihm ging. Sie hatte das Schultertuch über den Kopf gezogen, um unerkannt zu bleiben. Ihre Gedanken und Blicke galten nur ihm.

Jarre wollte mit ihm gehen – wenigstens redete sie sich das ein. Doch sie hatte nur halbherzig darauf bestanden und war gänzlich verstummt, als Limbeck ihr sagte, daß es in seiner Abwesenheit ihre Pflicht war, die Bewegung zu führen.

In Wirklichkeit hatte Jarre Angst. Ihr kam es vor, als hätte sie das Auge an einen Türspalt gelegt und ein winziges Stück der Wahrheit erblickt – bei ihrer Wanderung mit Alfred durch die unterirdischen Gänge. Die Wahrheit konnte man nicht suchen, finden und einfach in die Tasche stecken. Sie war groß und gewaltig, und man konnte nicht hoffen, mehr als nur einen kleinen Teil davon zu erkennen. Und diesen kleinen Teil für das Ganze zu nehmen hieß, die Wahrheit in Lüge verkehren.

Doch Jarre hatte es versprochen. Sie konnte Limbeck nicht im Stich lassen; nicht, wenn es ihm so viel bedeutete. Und dann war da noch ihr Volk, das eine Lüge lebte. Bestimmt würde auch nur ein kleiner Teil der Wahrheit ihnen helfen und nicht schaden.

Die Gegs um Jarre herum unterhielten sich darüber, was sie mit ihrem Anteil an der Belohnung anfangen wollten. Jarre schwieg, hielt den Blick auf Limbecks Rücken gerichtet und wußte nicht, ob sie wünschen sollte, daß das Vorhaben gelang, oder lieber hoffen, daß es fehlschlug.

Der Chefmechniker erreichte die Tür im Sockel des Arms. Er wandte sich an den Suprintenten und nahm feierlich einen riesigen Schlüssel in Empfang, der fast so groß war wie seine Hand.

»Bringt die Gefangenen«, rief er, und die Kupferer schoben Limbeck und die falschen Götter nach vorn.

»Paßt auf den Hund auf!« schnappte der Chefmechniker und trat nach dem Tier, das mit lebhaftem Interesse an seinen Füßen schnüffelte.

Haplo rief den Hund zu sich. Der Chefmechniker, der Suprintent, einige Männer von der Leibwache des Chefmechnikers sowie die Gefangenen drängten sich in den Hebenauffer. Limbeck drehte sich in der Tür um und ließ den Blick über die Menge wandern. Als er Jarre entdeckte, schaute er sie lange und ernsthaft an. Sein Gesichtsausdruck war gefaßt und entschlossen. Er hatte die Brille nicht auf, aber sie spürte, daß er sie ganz deutlich sehen konnte.

Jarre drängte die Tränen zurück und hob die Hand zu einem liebevollen Winken. Die andere Hand umklammerte unter dem Schultertuch ihre Waffe – ein Tamburin.

Kapitel 40

Die Hebenauffer, Drevlin, Niederreich

»Kapitän«, meldete der Leutnant, der zur Insel hinabschaute, »auf der Hand hat sich eine ungewöhnlich große Anzahl von Gegs versammelt.«

»Es sind keine Gegs, Leutnant«, berichtigte ihn der Kapitän, der das Fernglas vor die Augen gehoben hatte. »Nach ihrem Aussehen zu urteilen, handelt es sich um Menschen.«

»Menschen!« Der Leutnant spähte in die Tiefe. Es juckte ihn in den Händen, dem Kapitän das Fernglas zu entreißen und sich selbst zu überzeugen.

»Was haltet Ihr davon, Leutnant?« fragte der Kapitän.

»Es gefällt mir nicht, Sir. Ich tue schon lange Jahre auf dieser Route Dienst, und ich habe nie gehört, daß man im Niederreich Menschen angetroffen hat. Ich würde vorschlagen...«

»Ihr würdet vorschlagen?« wiederholte Kapitän Zankor'el in einem Ton, der nichts Gutes verhieß. »*Ihr* würdet Eurem Kapitän etwas *vorschlagen?* Dürfte ich vielleicht wissen, was, Herr Leutnant?«

»Nichts, Sir. Es war eine unbedachte Äußerung.«

»Nein, Herr Leutnant, ich bestehe darauf«, erwiderte Zankor'el mit einem Seitenblick auf den Gir.

»Ich würde vorschlagen, daß wir vorläufig nicht anlegen, sondern erst herausfinden, was dort unten vor sich geht.«

Das war ein ausgesprochen vernünftiger und logischer Vorschlag, wie Kapitän Zankor'el sehr gut wußte. Doch er bedeutete, daß er mit den Gegs reden mußte, und Kapitän Zankor'el beherrschte die Sprache nicht, sein Leutnant aber sehr wohl. Der Kapitän kam sofort zu dem Schluß, daß es sich nur um einen weiteren Versuch des Leutnants handelte, ihn lächerlich zu machen, und das vor den Augen der Besatzung. Einmal war es dem Leutnant bereits gelungen, mit seinen albernen Heldentaten. Der Kapitän nahm sich vor, eher seine Seele in den kleinen, mit Lapislazuli und Chalzedon eingelegten Kasten auszuhauchen, den sein Gir stets mit sich führte, bevor er sich das noch einmal bieten ließ.

»Ich hatte keine Ahnung, daß Menschen Euch so große Angst einflößen, Leutnant«, äußerte der Kapitän. »In einer Situation, die vielleicht gefährlich wird, kann ich keinen furchtsamen Mann an meiner Seite brauchen. Begebt Euch in Euer Quartier, Leutnant Bothar'in, und verbleibt dort, bis wir nach Aristagon zurückgekehrt sind. Ich werde mit dem Vieh verhandeln.« Betroffenes Schweigen senkte sich über die Brücke. Niemand wußte, wo er hinschauen sollte, und so hielten alle die Blicke gesenkt. Eine Anklage wegen Feigheit bedeutete für einen Elfenoffizier das Todesurteil. Natürlich bekam der Leutnant Gelegenheit, sich vor Gericht zu verteidigen, aber dazu mußte er seinen Kapitän beschuldigen – ein Mitglied der königlichen Familie. Wem würden die Richter wohl mehr Glauben schenken?

Leutnant Bothar'ins Gesicht war starr, seine mandelförmigen Augen wichen dem Kapitän nicht aus. Einer der eingeschüchterten Unteroffiziere erzählte später, es hätten schon tote Männer lebendiger ausgesehen.

»Zu Befehl, Sir.« Der Leutnant machte auf dem Absatz kehrt und verließ die Brücke.

»Feigheit – eine Schwäche, die ich nicht zu tolerieren gewillt bin!« verkündete Kapitän Zankor'el mit erhobener Stimme. »Merkt euch das!«

»Ja, Sir«, lautete die fassungslose und halbherzige Antwort von Männern, die in etlichen Schlachten sowohl gegen Menschen wie auch gegen Elfenrebellen unter dem Leutnant gefochten hatten und besser als jeder andere den großen persönlichen Mut Bothar'ins bezeugen konnten.

»Gebt dem Schiffsmagier Bescheid«, ordnete der Kapitän an und betrachtete durch das Fernglas die kleine Versammlung auf der gewaltigen Hand.

Der Schiffsmagier erschien umgehend. Er machte einen konsternierten Eindruck und musterte die Gruppe auf der Brücke, als sei er im Begriff zu fragen, ob das Gerücht, das er auf dem Weg nach oben gehört hatte, der Wahrheit entsprach. Niemand erwiderte seinen Blick, niemand wagte es. Es war auch unnötig. Die blassen Gesichter und unsteten Augen waren Antwort genug.

»Uns steht eine Begegnung mit Menschen bevor, Magicka*.« Die Stimme des Kapitäns klang liebenswürdig, als wäre nichts geschehen. »Die Pfeifen sind ausgegeben worden?«

»Ja, Kapitän.«

»Alle sind mit dem Gebrauch vertraut?«

»Das nehme ich an, Sir«, erwiderte der Schiffsmagier. »Die letzte Kampfhandlung unseres Schiffes war ein Gefecht mit Rebellen, die . . .«

»Ich habe nicht um eine Aufzählung der Ruhmestaten dieses Schiffes gebeten, oder was glaubt Ihr, Magicka?«

»Nein, Kapitän.«

Der Schiffsmagier entschuldigte sich nicht. Im Gegensatz zum Rest der Mannschaft war er nicht verpflichtet, den Befehlen eines Offiziers Folge zu leisten, sei er Kapitän oder Erster Offizier. Da nur ein Magier imstande war, die richtige Anwendung seiner geheimen Kunst zu beurteilen, trug er allein die Verantwortung für seine Belange an Bord des Schiffes. Ein Kapitän, der mit der Arbeit des Schiffsmagiers nicht zufrieden war, konnte Anklage erheben, doch verhandelt wurde der Fall vor dem Concilium Arcanum, nicht vor dem Marinegericht. Und bei einem solchen Prozeß war es unwichtig, ob der Kapitän königliches Blut in den Adern hatte oder nicht. Jedermann wußte, wer die eigentlichen Herrscher von Aristagon waren.

»Der Zauber ist wirksam?« fragte der Kapitän weiter. »Jederzeit einsatzbereit?«

»Die Männer brauchen nichts weiter zu tun, als die Pfeifen an

* Die Menschen haben diesen Ausdruck aus der Sprache der Elfen entlehnt.

den Mund zu setzen.« Der Schiffsmagier richtete sich auf und schaute mit emporgezogenen Augenbrauen auf den Kapitän hinab. Er hatte sogar auf das übliche ›Sir‹ verzichtet. Seine Fähigkeiten wurden in Frage gestellt!

Der Gir, der selbst ein Magier war, konnte sehen, daß der Kapitän den Bogen überspannt hatte.

»Ihr habt in der Tat ausgezeichnete Arbeit geleistet«, wandte er sich in öligem Tonfall an den Magicka. »Ihr könnt sicher sein, daß ich bei meiner Heimkehr eine Empfehlung aussprechen werde.«

Der Zauberer verzog den Mund. Als ob es ihn kümmerte, was ein Gir von seiner Arbeit hielt! Verbrachten ihr Leben in der Hoffnung, eine Seele zu fangen und hinter verwöhnten Rangen herzulaufen. Ebensogut konnte man hinter einem jungen Hund herlaufen, um seinen Kot zu sammeln!

»Wollt Ihr nicht bei uns auf der Brücke bleiben?« lud ihn der Kapitän höflich ein, denn der Gir hatte ihm einen Wink gegeben.

Der Schiffsmagier hatte nicht die Absicht gehabt, die Brücke zu verlassen. Das war sein rechtmäßiger Platz während eines Gefechts, und obwohl in diesem Fall der Kapitän korrekt vorgegangen war, als er die Einladung aussprach, beschloß der Magier, es als Beleidigung aufzufassen.

»Selbstverständlich«, erwiderte er barsch und frostig, schritt zu den Fenstern und warf einen Blick auf den Handteller mit den darauf versammelten Menschen und Gegs. »Ich glaube, wir sollten mit den Gegs Verbindung aufnehmen und in Erfahrung bringen, was dort vorgeht«, äußerte er.

Wußte der Magicka, daß der Leutnant dasselbe vorgeschlagen hatte? Wußte er, daß diese Worte der Auslöser für die derzeitige Verstimmung an Bord gewesen waren? Der Kapitän betrachtete ihn mit finster zusammengezogenen Brauen. Ihm war das Blut ins Gesicht gestiegen. Der Magier, der ihm den Rücken zuwandte, bemerkte nichts davon. Der Kapitän öffnete den Mund, doch auf ein warnendes Kopfschütteln seines Gir verzichtete er darauf, etwas zu sagen.

»Also gut!« Mit offensichtlicher Anstrengung unterdrückte Zankor'el seinen Ärger. Als er ein Geräusch hinter sich vernahm, fuhr er herum und musterte die auf der Brücke anwesenden Unteroffiziere mit drohenden Blicken, doch alle schienen ganz und gar von ihren Pflichten in Anspruch genommen zu sein.

Der Schiffsmagier verbeugte sich steif und ging zum Bug. Dort befand sich an der Rückseite der Gallionsfigur ein Sprechtrichter aus dem Zahn eines Grenkos*. Das obere Ende dieses Zahns ist mit einer Membran aus der Haut des Tiars verschlossen und überträgt mit Hilfe eines Zaubers die hineingesprochenen Worte. Die Stimme hallt dröhnend aus dem offenen Maul des Drachen und beeindruckt selbst Zuhörer, die Bescheid wissen. Die Gegs halten es für ein Mirakel.

Der Magier beugte sich über den Trichter und rief etwas in der rauhen Sprache der Gegs, die sich für die Elfen anhört wie Steine in einem Faß. Der Kapitän behielt während des ganzen Vorgangs eine starre, ungnädige Haltung bei, um keinen Zweifel daran zu lassen, daß er das ganze Getue für blanken Unsinn hielt.

Von unten tönte ein lautes, verzerrtes Brüllen herauf – die Antwort der Gegs. Der Magier lauschte und gab eine Erwiderung. Dann wandte er sich an den Kapitän.

»Es ist alles ziemlich verwirrend. Wie ich verstanden habe, sind diese Menschen nach Drevlin gekommen und haben den Gegs erzählt, daß wir ›Elften‹ keine Götter sind, sondern Sklavenhalter und die Gegs ausbeuten. Ihr König bittet darum, daß wir die Menschen als Geschenk akzeptieren und dafür unsererseits etwas unternehmen, um das Volk wieder von unserer Göttlichkeit zu überzeugen. Er schlägt vor«, fügte der Magier hinzu, »daß wir die Menge der Schätze verdoppeln.«

Der Kapitän hatte seine gute Laune zurückgewonnen. »Gefan-

* Grenkos sind große und angriffslustige Raubtiere, dürfen jedoch wegen ihrer Seltenheit nicht bejagt werden. Strenge Gesetze der Elfen sorgen für die Einhaltung dieses Gebots. Grenkos wechseln jedes Jahr die Zähne, die aufgrund ihrer vielfältigen Verwendungsmöglichkeiten sehr begehrt sind. Man findet die Zähne verstreut auf dem Boden jeder Grenkohöhle. Die Gefahr beim Einsammeln der Zähne besteht darin, daß der Grenko nur einmal im Jahr seine Höhle verläßt, um auf die Suche nach einem Partner zu gehen, und bis auf Ausnahmen kehrt er innerhalb eines Tages zurück. Hochintelligent und mit einem scharfen Geruchssinn ausgestattet, stürzt sich der Grenko unverzüglich auf jeden Eindringling, den er in seiner Höhle vorfindet.

gene Menschen.« Er rieb sich die Hände. »Menschen, die offenbarversucht haben, unsere Wasserversorgung zu sabotieren. Was für ein guter Fang! Man wird mich auszeichnen. Teilt den Gegs mit, daß wir die Gefangenen gerne übernehmen.«

»Und was ist mit den Schätzen?«

»Bah! Sie bekommen das Übliche. Was erwarten sie denn? Wir haben nicht mehr an Bord.«

»Wir könnten ihnen versprechen, ein zweites Schiff zu schicken«, bemerkte der Magier mit einem Stirnrunzeln.

Die schmalen Wangen des Kapitäns färbten sich rot. »Wenn ich mich zu einer solchen Abmachung bewegen lasse, mache ich mich zum Gespött der gesamten Marine! Ein Schiff aufs Spiel setzen, nur um diesem Gewürm eine zweite Ladung Schätze zu bringen! Ha!«

»Sir, einen vergleichbaren Zwischenfall hat es bisher nie gegeben. Es sieht aus, als hätten die Menschen einen Weg entdeckt, den Mahlstrom zu passieren, und versuchten jetzt, die Gesellschaftsstruktur der Gegs zu zerstören, um daraus ihren Vorteil zu ziehen. Falls es den Menschen *wirklich* gelingt, unsere Wasserversorgung unter ihre Kontrolle zu bringen...« Der Magier schüttelte den Kopf, als wären Worte allein nicht genug, um die Bedrohlichkeit der Situation zum Ausdruck zu bringen.

»Die Gesellschaftsstruktur der Gegs zerstören!« Zankor'el lachte. »Ich werde ihre Gesellschaftsstruktur zerstören! Man sollte dort landen und ihnen einen Statthalter verpassen, der sie im Auge hält! Sagt dem Ungeziefer, daß wir die Gefangenen übernehmen. Damit sollen sie sich zufriedengeben.«

Der Schiffsmagier kochte innerlich, aber er konnte nichts tun – im Moment jedenfalls nicht. Die Entsendung eines zweiten Schatzschiffes zu veranlassen stand nicht in seiner Macht, und er wollte keine Zusagen geben, die er nicht einzuhalten in der Lage war. Das war höchstens geeignet, die Sache zu verschlimmern. Doch er hatte die Möglichkeit, unverzüglich nach seiner Rückkehr dem Konzil Bericht zu erstatten und zu empfehlen, daß die entsprechenden Maßnahmen ergriffen wurden – sowohl in bezug auf die Schätze als auch in bezug auf diesen unfähigen Kapitän.

Der Magier kleidete die Weigerung in vage, unbestimmte Formulierungen, die nach einer Zusage klangen, bis jemand genauer darüber nachdachte. Wie die meisten Elfen glaubte er, daß die Denkvorgänge der Gegs dem Klang ihrer Sprache ähnelten – Steine, die in einem Faß klapperten.

Das Wasserschiff glitt mit weitgespannten Flügeln in die Tiefe; ein furchteinflößender und majestätischer Anblick. Mit Stangen ausgerüstete Elfen standen an Deck und zogen und stießen vorsichtig das herabkommende Wasserrohr in Position über dem Geysir. Sobald die Position erreicht war, begann die Magie zu wirken. Eingebunden in eine Hülle aus blauem Licht schoß der Wasserstrahl in die Höhe, wurde in das Rohr gesaugt und Tausende von Menkas in die Höhe transportiert, nach Aristagon. Damit hatte das Elfenschiff seine eigentliche Aufgabe erfüllt. Sobald die Vorratstanks gefüllt waren, versiegte der magische Wasserstrom, und das Rohr zog sich wieder zurück. Das Wasserschiff konnte jetzt seine Schätze abwerfen und den Rückflug antreten oder anlegen und ein wenig Zeit darauf verwenden, die Gegs zu beeindrucken.

Soweit es die Gegs betraf, sollten die folgenden Augenblicke alles andere als eindrucksvoll sein.

Kapitel 41

Die Hebenauffer, Drevlin, Niederreich

Der Chefmechniker wünschte sich von ganzem Herzen, dieser Tag wäre vorüber. Die Tatsache, daß seine Gefangenen sich viel zu bereitwillig in ihr Schicksal fügten; die Worte, mit denen die Elften ihn anstelle der geforderten Schätze überschütteten; das gelegentliche Klingeln und Bimmeln, das von der Menge am Fuß des Arms heraufgtönte – all das verursachte ihm ein ungutes Gefühl.

Wenn er das Schiff beobachtete, glaubte er, noch nie eines gesehen zu haben, das sich derart langsam bewegte. Er konnte das Knarren der Leinen hören, mit denen die gigantischen Flügel eingeholt wurden, um das Sinken des Schiffs zu beschleunigen, aber für Darral Langstrandman ging es immer noch nicht schnell genug. Er hegte die einfältige Hoffnung, sobald diese Götter mitsamt dem spinnerten Limbeck erst verschwunden waren, könnte man endlich wieder zur Tagesordnung übergehen. Dann war er sie alle los, die Götter und den Spinner, und endlich kehrte wieder Ruhe auf Drevlin ein.

Das Schiff schwebte über dem Kreis der Arme, die fast ganz eingeholten Flügel aktivierten nur soviel Magie, daß es dicht vor der Hand in der Luft stehenblieb. Eine Schute wurde ausgebracht, und die Amelmosen regneten auf die wartenden Gegs herab. Ein paar von ihnen stürmten los, und einige mit besonders guten Augen stürzten sich auf die wertvolleren Stücke. Die meisten Gegs aber ignorierten den Segen. Sie blieben stehen und starrten in angespannter, ungeduldiger (klingelnder) Erwartung in die Höhe.

»Schneller, schneller«, brummte der Chefmechniker.

Das Öffnen der Ausstiegsluke dauerte unglaublich lange. Der Suprintent, blind und taub für alles andere, hielt den Blick mit einem unerträglichen Ausdruck von Selbstgerechtigkeit auf das Drachenschiff gerichtet. Darral sehnte sich danach, diesen Ausdruck (zusammen mit den Zähnen) seinem Herzensschwager in den Hals zu rammen.

»Da kommen sie!« plapperte der Suprintent aufgeregt. »Da kommen sie.« Er fuhr herum und fixierte die Gefangenen streng. »Daß ihr mir die Elften mit Respekt behandelt! Sie sind wirklich Götter!«

»Oh, das tun wir!« flötete Gram mit seinem süßen Lächeln. »Wir werden ihnen ein Lied vorsingen!«

»Pst, Euer Hoheit, bitte!« tadelte Alfred und legte Gram die Hand auf die Schulter. In der Menschensprache fügte er etwas hinzu, das der Chefmechniker nicht verstehen konnte, und zog den Jungen zurück.

Doch was hatte dieses Gefasel von einem Lied zu bedeuten?

Der Chefmechniker glaubte zu spüren, wie seine bösen Ahnungen sich verdichteten.

Die Luke öffnete sich, die Rampe glitt heraus und legte an den Fingerspitzen an. Der Elfenkapitän kam zum Vorschein, blieb in der Luke stehen und musterte seine Umgebung. In dem phantasievoll verzierten Panzer, der den schmalen Körper vom Hals bis zu den Zehen einschloß, bot er ein ungeheuer eindrucksvolles Bild. Sein Gesicht war nicht zu sehen; ein Helm in der Form eines Drachenkopfes verbarg es. Von der Schulter hing an einem Gurt aus zerschlissener bestickter Seide ein Zeremonienschwert.

Da er sah, daß alles in Ordnung zu sein schien, polterte der Elf schwerfällig über die Rampe; bei jedem Schritt schlug das Schwert klirrend gegen seinen gepanzerten Schenkel. Auf den Fingern der Hand blieb er wieder stehen und schaute sich um. Der Drachenkopfhelm verlieh ihm eine strenge und hochmütige Ausstrahlung. Die Rüstung fügte der ohnehin beachtlichen Körpergröße des Elfs noch ein gutes Stück hinzu, so daß er nicht nur die Gegs, sondern auch die Menschen deutlich überragte. Der Helm war so geschickt gearbeitet, daß er furchteinflößend echt wirkte, und selbst Gegs, die ihn schon einmal gesehen hatten, waren beeindruckt. Der Suprintent sank auf die Knie.

Nur der Chefmechniker war zu nervös, um beeindruckt zu sein.

»Dafür ist keine Zeit!« schnappte Darral Langstrandman, packte seinen Schwager am Kragen und zog ihn wieder auf die Füße. »Kupferer, bringt die Götter!«

»Verdammt!« fluchte Hugh leise.

»Was ist?« Haplo neigte sich zu ihm.

Der Kapitän hatte klappernd und rasselnd die Fingerspitzen erreicht. Der Suprintent war auf die Knie gefallen, und der Chefmechniker zerrte an ihm. Limbeck blätterte in einem Stapel Papiere.

»Der Elf. Siehst du, was er da um den Hals trägt? Das ist eine Pfeife.«

»Und?«

»Ihre Magier haben sie entwickelt. Es wird behauptet, der Ton könnte den Einfluß des Liedes aufheben.«

»Was bedeutet, daß die Elfen kämpfen werden.«

»Ja.« Hugh verwünschte sich selbst. »Ich wußte, daß Krieger damit ausgerüstet sind, aber nicht die Besatzungen von Wasserschiffen! Und wir haben keine Waffen! Bis auf unsere bloßen Hände und einen Dolch!«

Nichts. Und alles. Haplo bedurfte keiner Waffen. Er brauchte nur die Verbände von den Händen zu reißen; allein mit seinen magischen Kräften vermochte er jeden Elfen an Bord dieses Schiffes zu töten oder seinem Willen zu unterwerfen oder in einen Zauberschlaf zu versenken. Doch es war ihm verboten, von seinen Kräften Gebrauch zu machen. Das erste Sigel, dessen feurige Umrisse er in die Luft zeichnete, verriet ihn als einen Patryn – den Feind aus der Vergangenheit, der vor langer Zeit beinahe die Welt der Vergangenheit erobert hätte.

Wähle den Tod, bevor du uns verraten kannst. Du verfügst über den Mut und die Disziplin, um entsprechend zu handeln. Du besitzt die Fähigkeiten und den Verstand, es gar nicht erst so weit kommen zu lassen.

Der Chefmechniker befahl den Kupferern, die Götter zu bringen.

Die Kupferer wollten Limbeck ergreifen, der sie höflich, aber bestimmt beiseite schob. Er trat vor, raschelte mit seinen Papieren und holte tief Atem.

»Ehrenwerte Gäste aus einem fernen Reich. Chefmechniker, Suprintent. Meine lieben UFFler. Es bereitet mir große Freude . . .«

»Wenigstens sterben wir kämpfend«, meinte Hugh. »Das ist besser, als Gefangener der Elfen zu sein.«

Haplo hatte es nicht nötig, kämpfend zu sterben. Er mußte überhaupt nicht sterben. Er hatte nicht erwartet, in derart schwierige Situationen zu gelangen.

Der Große Mund, der sonst in großer Lautstärke die Segenssprüche der Elften übertrug, übertrug jetzt klar und deutlich Limbecks Rede.

»Bringt ihn zum Schweigen!« brüllte der Chefmechniker.

». . . zieht eure Betten ab. Nein, das kann nicht stimmen.« Limbeck hielt inne. Er zog die Brille aus der Tasche und klemmte die Bügel hinter die Ohren. »Werft eure Ketten ab!« rief er, nachdem er die fragliche Zeile genauer in Augenschein genommen hatte. Die Kupferer umringten ihn und umklammerten seine Oberarme.

»Fangt an zu singen!« zischte Haplo. »Ich habe eine Idee!«

Hugh öffnete den Mund und begann in einem tönenden Bariton die ersten Worte zu singen. Gram fiel ein; seine helle Stimme erhob sich schrill über die von Hugh. Er sang falsch, ließ aber kein einziges Wort aus. Alfreds zittrige Stimme war kaum zu hören; der Mann war totenblaß vor Angst und schien dem Zusammenbruch nahe zu sein.

Die Hand, die Pfeiler und Brücke hält,
das Feuer auf stählernem Bogen . . .

Beim ersten Ton brachen die Gegs unten in ein Jubelgeschrei aus, zogen ihre Waffen hervor und fingen an zu tuten, zu bimmeln und zu singen. Die Kupferer auf dem Handteller hörten den Lärm und gerieten völlig aus dem Konzept. Der Elfenkapitän hörte die Worte des gefürchteten Liedes, ergriff die Pfeife, die um seinen Hals hing, öffnete das Visier seines Helms und setzte die Pfeife an die Lippen.

Haplo berührte den Hund leicht am Kopf und deutete mit einer weiten Handbewegung auf den Elf. »Faß.«

Flammen wie Herzen am Grat der Welt
Ellxmann, wo die Ehre gezogen.

Schnell und lautlos wie ein Speer im Flug schoß der Hund durch das Gedränge und stürzte sich auf den Elf. Die Rüstung des Kapitäns war alt und in erster Linie entworfen, um Furcht einzuflößen, ein Relikt aus früheren Zeiten, als solche Rüstungen zum Schutz vor der ›Krümme‹ getragen werden mußten, einem schmerzhaften Gebrechen, das häufig bei all jenen auftrat, die schnell vom Niederreich zu den höheren Reichen aufstiegen. Der Hund hatte bereits zum Sprung angesetzt, als der Elfenkapitän seiner ansichtig wurde. Instinktiv hob er die Arme, um sich zu schützen, aber eingesperrt in der plumpen Rüstung, vermochte er sich nicht schnell genug zu bewegen. Der Hund prallte ihm mitten gegen die Brust, und der Kapitän fiel rücklings um wie ein gefällter Baum.

Haplo folgte dem Hund, Hugh war nicht weit hinter ihm. Von den Lippen des Patryn kam kein Ton, aber Hugh sang laut genug für beide.

Feuer im Herzen den Willen lenkt
den Willen aus Flammen regiert die Hand,

»Dienende vereinigt euch!« schrie Limbeck und schüttelte die aufdringlichen Kupferer ab. Er war in seine Rede vertieft und achtete nicht auf das Chaos rundherum. »Ich selbst werde zu den Reichen Droben aufsteigen, um dort die Wahrheit zu finden, den kostbarsten aller Schätze . . .«

»Schätze . . .« echote der Große Mund.

»Schätze?« Die Gegs am Boden schauten sich an. »Schätze, hat er gesagt. Es gibt noch mehr! Da oben! Da oben!«

Immer noch singend, drängten die Gegs zu der Tür im Sockel des Arms. Ein paar Kupferer waren zurückgeblieben, um den Eingang zu bewachen, aber sie wurden überrannt (einen entdeckte man später ohnmächtig neben der Tür liegend, ein Tamburin um den Hals). Die singenden Gegs hasteten die Treppe hinauf.

Die Hand auf *Ellxmanns* Lied sich senkt,
das Lied von Feuer und Herz und Land...

Die ersten Gegs waren oben angelangt und stürmten auf den Handteller hinaus. Die Gischt des in die Höhe steigenden Wasserstrahls hatte die Oberfläche mit Feuchtigkeit überzogen. Die Gegs kamen ins Schlittern und Rutschen und waren gefährlich nahe daran, in die Tiefe zu stürzen. Die Kupferer eilten herbei, um sie aufzuhalten, und bemühten sich vergeblich, sie wieder zur Treppe zu schieben. Darral Langstrandman stand in der Mitte der brüllenden, scheppernden Menge und sah in schweigendem Zorn und stummer Wut Jahrhunderte des Friedens und der Ruhe in Musik aufgehen.

Bevor Alfred ihn zurückhalten konnte, rannte Gram begeistert hinter Hugh und Haplo her. Alfred konnte sich nicht schnell genug aus dem Getümmel befreien, um ihn noch einzuholen. Limbeck hatte in dem Tumult seine Brille verloren. Es gelang ihm, sie zu retten, aber weil er dauernd hin und her gestoßen wurde, war es ihm nicht möglich, sie aufzusetzen. Blinzelnd schaute er sich um, unfähig, Freund von Feind zu unterscheiden. Alfred, der ihn ratlos da stehen saß, faßte ihn bei der Schulter und zog ihn mit sich zum Schiff.

Feuer, geboren am Ende der Reise,
die Flamme daraus ein leuchtender Ruf...

Flach auf dem Rücken liegend, wehrte sich der Elfenkapitän gegen den Hund, dessen gefletschte Zähne eine Öffnung zwischen Helm und Brustpanzer zu finden versuchten. Während er näher kam, warf Haplo einen besorgten Blick auf einen Elfenmagier, der neben dem gestürzten Elf stand. Wenn dieser Magier seine Kräfte ins Spiel brachte, blieb dem Patryn kaum etwas anderes übrig, als sich in gleicher Weise zu verteidigen. Es bestand die Hoffnung, daß in dem Tumult niemand darauf aufmerksam wurde. Aber der Magier schien nicht an einem Kampf interessiert zu sein. Er beugte sich über den Kapitän und verfolgte gespannt den Kampf mit dem Hund. In der Hand hielt der Magier einen edelsteinbesetzten Kasten, auf seinem Gesicht lag ein seltsames Leuchten.

Ohne den wunderlichen Magier ganz aus den Augen zu lassen, kniete Haplo rasch neben dem Elf nieder. Sorgsam darauf bedacht, den schnappenden Kiefern des Hundes nicht zu nahe zu kommen, schob der Patryn die Hand unter den eisengepanzerten Körper und tastete nach dem Schwert. Er bekam es zu packen und zog. Der Schultergurt zerriß, und die Waffe gehörte ihm. Haplo betrachtete das Schwert abwägend. Der Patryn scheute sich, in dieser Welt zu töten, besonders Elfen. Sie konnten seinem Herrn in Zukunft von Nutzen sein. Er drehte sich um und warf Hugh die Klinge zu.

Das Schwert in der einen Hand, den Dolch in der anderen stürmte Hugh die Rampe hinauf und durch die Luke. Er hörte nicht einen Moment auf zu singen.

»Hund! Hierher! Zu mir!« rief Haplo.

Der Hund gehorchte augenblicklich, sprang auf und schenkte dem gepanzerten Elfen, der hilflos wie eine umgedrehte Schildkröte auf dem Rücken lag, nicht mehr die geringste Beachtung. Während er auf seinen Hund wartete, gelang es Haplo, Gram zu erwischen, der eilig an ihm vorbeilaufen wollte. Der Prinz befand sich in einem Stadium wilder Erregung und sang – oder schrie – aus voller Brust.

»Laß mich los! Ich will den Kampf sehen!«

»Wo, zur Hölle, ist dein Aufpasser? Alfred!«

Haplo packte den Jungen fester und hielt nach Alfred Ausschau. Schließlich entdeckte er ihn, wie er sich unbeholfen mit Limbeck im Schlepptau einen Weg durch das Getümmel bahnte. Der Geg, der nichts sehen konnte und deshalb ständig gerempelt wurde, verströmte noch immer sein Herzblut.

»Und jetzt, ehrenwerte Besucher aus einem fernen Reich, möchte ich Euch die drei Anliegen der UFF vortragen. Erstens . . .«

Die Menge schloß sich um Alfred und Limbeck.

Haplo ließ Gram los, wandte sich an den Hund und zeigte auf Gram. »Paß auf!«

Der Hund setzte sich und betrachtete Limbeck hechelnd. Haplo ging. Gram betrachtete den Hund.

»Guter Junge«, sagte er und machte Anstalten, die Rampe hinaufzugehen.

Gemächlich erhob sich der Hund, senkte die Zähne in Seiner Hoheit Hosenboden und hielt ihn fest.

Haplo eilte auf die Handfläche zurück, wo er Alfred und den unablässig redenden Limbeck aus dem Chaos herausholte und beide zum Schiff bugsierte. Mehrere UFFler hefteten sich an ihre Fersen, stießen wild in gebogene Hörner und verscheuchten so jeden, der sie aufhalten wollte. Haplo entdeckte Jarre unter ihnen und versuchte, ihren Blick aufzufangen, aber sie drosch mit einem Wimmerknetel auf einen Kupferer ein und bemerkte ihn nicht.

Trotz des Getümmels und Getöses horchte Haplo mit einem Ohr auf Kampfgeräusche im Innern des Schiffs. Er hörte nichts, von Hughs Gesang einmal abgesehen, nicht einmal die Töne der Pfeifen.

»Hier, Kammerdiener, für das Kind bist du verantwortlich.«

Haplo befreite Gram von dem Hund und schob ihn dem zitternden Alfred hin. Dann liefen der Patryn und der Hund die Rampe hinauf. Haplo glaubte, daß die anderen ihm folgten.

Nach dem Sonnenlicht, das auf der goldenen Handfläche gleißte, mußte Haplo erst einmal stehenbleiben und warten, bis seine Augen sich an die Dunkelheit im Schiff gewöhnt hatten. Hinter sich hörte er Limbeck aufschreien, stolpern und fallen. Der Verlust seiner Brille und der plötzliche Übergang von strahlender Helligkeit zu dem Zwielicht im Schiff bewirkten, daß der Geg so gut wie blind war.

Haplos Augen hatten sich schnell umgestellt. Er sah jetzt, warum er keine Kampfgeräusche gehört hatte. Hugh stand mit der blanken Klinge in der Hand einem Elf gegenüber, bei dem es sich allem Anschein nach um einen Offizier handelte. Hinter dem Elf hatte die übrige Mannschaft Aufstellung genommen und wartete. Das flüchtige Glitzern des Sonnenlichts auf einem silbernen Kampfgewand verriet die Anwesenheit des Elfenmagiers, der hinter den Reihen der Krieger stand. Niemand sprach. Alles war still, bis auf das Gebrüll der Gegs draußen auf der Hand. Hugh hatte aufgehört zu singen. Er musterte den Elf wachsam, in Erwartung des Angriffs.

»Der schwere Weg, das flackernde Ziel . . .« flötete Gram mißtönend.

Der Blick des Elfen richtete sich auf das Kind, die Hand am

Schwertgriff zitterte leicht, und er befeuchtete sich die trockenen Lippen. Die Elfen hinter ihm schienen auf einen Befehl zu warten, denn sie betrachteten ihn, als wäre er ihr Anführer.

Haplo wirbelte herum. »Singt doch, verdammt noch mal!« schrie er, und Alfred erhob erschreckt die Stimme. Limbeck blätterte in seinem Manuskript und bemühte sich die Stelle zu finden, an der er aufgehört hatte.

Jetzt tauchte Jarre auf der Rampe auf, gefolgt von weiteren UFFlern, die alle wohlgemut auf der Suche nach Schätzen waren. Haplo schwenkte heftig die Arme, und endlich wurde sie seiner gewahr. »Zurück!« bedeutete er ihr und bewegte gleichzeitig die Lippen. »Zurück!«

Jarre brachte ihre Truppe zum Stehen, und es sprach für ihr Durchsetzungsvermögen, daß man ihr gehorchte. Die Gegs reckten die Köpfe, um durch die Luke sehen zu können, und achteten eifersüchtig darauf, daß niemand sich vorzeitig auch nur eine Glasperle aneignete.

»... das Feuer weist in die Ferne.«

Der Gesang wurde lauter. Alfreds Stimme klang kräftiger, Gram wurde allmählich heiser, aber er ließ nicht nach. Da er jetzt sicher sein konnte, daß die Gegs sich nicht einmischen würden, wandte Haplo seine Aufmerksamkeit wieder Hugh und dem Elf zu. Sie belauerten sich in unveränderter Haltung.

»Wir wollen euch nichts Böses«, sagte Hugh in der Elfensprache.

Der Elf hob eine feingezeichnete Augenbraue und schaute bedeutungsvoll auf seine bewaffnete Mannschaft, die den Angreifern zwanzig zu eins überlegen war.

»Wahrhaftig!« erwiderte er.

Doch Mordhand kannte sich offenbar in den Sitten und Gebräuchen der Elfen aus, denn er redete weiter, ohne auf die Bemerkung einzugehen.

»Wir sind hier unten gestrandet. Wir wollen fliehen. Unser Ziel ist das Hohe Reich ...«

Der Elf lächelte höhnisch. »Du lügst, Mensch. Das Hohe Reich ist tabu. Umgeben von einer magischen Schutzhülle.«

»Nicht für uns. Man wird uns einlassen«, erklärte Hugh. »Dieses

Kind« – er deutete auf Gram – »ist der Sohn eines Mysteriarchen. Er wird...«

Limbeck fand die gesuchte Zeile. »Ehrenwerte Besucher aus einem fernen Reich...«

Von draußen hörte man das Klirren und Scheppern von Metall.

»Die Pfeifen! Gebraucht die Pfeifen, ihr Narren!«

Der Elfenkapitän und der Magier mit dem Kästchen waren die einzigen, die sich gegen das Lied zur Wehr setzten.

Bei den schrillen Tönen der kleinen Instrumente begann der Hund zu knurren. Er spitzte die Ohren, und sein Nackenfell sträubte sich. Haplo streichelte ihn, aber das Tier ließ sich nicht beruhigen, sondern heulte vor Schmerzen. Das metallische Rasseln und das Schrillen der Pfeifen kam näher. Ein Schatten erschien in der Luke und sperrte das Sonnenlicht aus.

Alfred wich zurück und zog Gram mit sich. Limbeck las seine Rede und sah den Kapitän nicht. Ein gepanzerter Arm schob den Geg grob beiseite und stieß ihn gegen ein Schott. Der Kapitän stand vor ihnen und blies auf der Pfeife. Er hatte den Helm abgenommen und betrachtete seine Mannschaft mit vor Wut blutunterlaufenen Augen.

Er nahm die Pfeife nur von den Lippen, um zu brüllen: »Tut, was ich Euch befohlen habe, Leutnant!« Der Magier stand mit dem Kästchen in der Hand neben seinem Schützling.

Der Elf, der Hugh gegenüberstand, bewegte sich wie gegen seinen Willen. Die Augen des Leutnants wanderten von seinem Kapitän zu Hugh und wieder zum Kapitän. Der Rest der Mannschaft machte einen unschlüssigen Eindruck; einige hoben die Hände zum Hals, andere bliesen ein paar zaghafte Töne.

Hugh verstand nicht, was sich hier abspielte, aber er vermutete, daß der Sieg an einer Note hing – sozusagen –, und begann heiser zu singen. Haplo stimmte mit ein, der Kapitän trillerte wie rasend auf seiner Pfeife, der Hund jaulte schmerzgepeinigt, und alle; Limbeck eingeschlossen, sangen mit Verve die letzten beiden Zeilen:

Pfeiler und Brücke sind Gedanken und Herz,
der Bogen ein Leben, der Grat dessen Teil.

Die Hand des Leutnants griff nach der Schnur, an der die Pfeife hing. Haplo faßte einen Krieger dicht neben dem Offizier ins Auge und bereitete sich darauf vor, ihn anzuspringen und ihm die Waffe zu entreißen. Der Leutnant umfaßte die Schnur, aber statt die Pfeife zu nehmen und an den Mund zu setzen, riß er sie sich mit einem heftigen Ruck vom Hals. Ein Jubelschrei stieg aus den Reihen der Besatzung auf, und viele, unter ihnen der Schiffsmagier, folgten dem Beispiel des Leutnants.

Das Gesicht des Kapitäns färbte sich rot vor Raserei, weiße Flecken erschienen auf seinen Wangen, Schaum trat ihm auf die Lippen.

»Verräter! Verräter, angeführt von einem Feigling! Weesham, du bist mein Zeuge. Das sind Meuterer, schmutzige Rebellen, und wenn wir zurückkehren . . .«

»Wir werden nicht zurückkehren, Kapitän«, sagte der Leutnant. Er stand hochaufgerichtet vor der Besatzung, die sich für ihn entschieden hatte. »Hört auf zu singen!« fügte er hinzu.

Hugh hatte inzwischen begriffen, daß sie in eine Art Privatfehde zwischen den Elfen hineingeraten waren, und erkannte sofort, wie sich diese Konstellation zu ihrem Vorteil entwickeln konnte. Deshalb gebot er mit einer Handbewegung Schweigen. Alle gehorchten, auch wenn Alfred Gram zweimal befehlen mußte, still zu sein, und ihm schließlich die Hand auf den Mund legte.

»Ich habe euch gesagt, daß dieser Mann ein Feigling ist!« wandte der Kapitän sich an die Besatzung. »Er hat nicht den Mumm, gegen diese Barbaren zu kämpfen! Befreit mich aus diesem Ding!« Die plumpe Rüstung raubte dem Kapitän die Beweglichkeit. Sein Gir legte die Hand auf den Panzer und sprach ein Wort. Das Eisen löste sich auf. Von der hinderlichen Last befreit, tat der Kapitän einen Satz nach vorn und wollte sein Schwert ziehen, doch er mußte feststellen, daß es verschwunden war. Er fand es allerdings fast umgehend wieder – Hugh hielt es ihm an die Kehle.

»Nein, Mensch«, rief der Leutnant und trat zwischen den Assassinen und den Kapitän. »Das ist mein Kampf. Zweimal, Kapitän, habt Ihr mich Feigling geschimpft, und ich hatte nicht die Möglichkeit, meine Ehre zu verteidigen. Nun könnt Ihr Euch nicht hinter Eurem Rang verkriechen!«

»Ihr sprecht sehr tapfer, Leutnant, in Anbetracht der Tatsache, daß Ihr bewaffnet seid und ich nicht.«

Der Leutnant wandte sich an Hugh. »Wie du siehst, Mensch, geht es hier um einen Ehrenhandel. Man behauptet, ihr Menschen versteht solche Dinge. Ich bitte dich, dem Kapitän sein Schwert zu geben. Damit bist du ohne Waffe, gewiß, aber du könntest ohnehin nicht viel ausrichten – einer gegen so viele. Für den Fall, daß ich am Leben bleibe, verspreche ich dir meine Hilfe. Wenn ich falle, mußt du dich zu behaupten versuchen.«

Hugh bedachte das Für und Wider, dann reichte er mit einem Schulterzucken dem Kapitän das Schwert.

Die zwei Elfen stellten sich auf und nahmen Kampfhaltung ein. Die Mannschaft war vollständig von dem Duell zwischen ihrem Kapitän und dem Leutnant in Anspruch genommen. Hugh pirschte sich an einen der Männer heran, und Haplo dachte sich, daß Hugh vermutlich nicht lange waffenlos sein würde.

Der Patryn hatte seine eigenen Sorgen. Er hatte mit einem Auge die Vorgänge draußen beobachtet und gesehen, daß die UFFler, nachdem sie die Kupferer besiegt hatten, kampfestrunken auf der Suche nach Ärger waren. Sollten die Gegs in das Schiff eindringen, würden die Elfen einen geschlossenen Angriff vermuten, die internen Streitigkeiten vergessen und sich zur Wehr setzen. Schon jetzt machten die Gegs sich gegenseitig auf das Schiff aufmerksam und riefen nach Schätzen.

Schwert klirrte gegen Schwert. Kapitän und Leutnant griffen an und parierten. Der Elfenmagier schaute begierig zu und drückte das juwelenbesetzte Kästchen an die Brust. Schnell, aber leise und in der Hoffnung, so wenig Aufmerksamkeit wie möglich zu erregen, ging Haplo zur Eingangsluke. Der Hund lief ihm nach.

Jarre stand auf der Rampe, mit den Händen umklammerte sie ein zerbrochenes Tamburin, ihr Blick war auf Limbeck gerichtet. Der Geg war unverdrossen wieder aufgestanden, hatte die Brille aufgesetzt und fuhr mit seiner Ansprache fort.

»... ein besseres Leben für alle ...«

Hinter Jarre tobten die Gegs und feuerten sich gegenseitig an, das Schiff zu stürmen und sich die verdiente Beute zu holen. Haplo entdeckte den Mechanismus, mit dem die Rampe betätigt wurde. Es war eine leicht zu begreifende Vorrichtung.

Sein einziges Problem war jetzt noch Limbecks Freundin.

»Jarre!« rief Haplo und winkte. »Geh von der Rampe herunter! Ich werde sie hochziehen! Wir müssen jetzt fort!«

»Limbeck!« Jarres Stimme war nicht zu hören, aber er las den Namen von ihren Lippen.

»Ich werde auf ihn achtgeben und ihn gesund zu dir zurückbringen.« Das war ein leicht zu haltendes Versprechen. Selbstverständlich würde Limbeck nach Drevlin zurückkehren, um die Gegs zu führen und die zerstrittenen Parteien zu einer einigen Streitmacht zu formen – einer Armee, die bereit war, für den Fürsten des Nexus ihr Leben zu geben.

Jarre trat einen Schritt nach vorn. Haplo wollte sie nicht in Limbecks Nähe haben. Er traute ihr nicht. Alfred hatte sie verändert. Sie war nicht mehr die entschlossene Revolutionärin, die er gekannt hatte, bevor sie plötzlich verschwand und so geheimnisvoll wieder auftauchte. Dieser Kammerdiener, unterwürfig und harmlos wie er aussah, verdiente es, genauer im Auge behalten zu werden.

Inzwischen hatten die Gegs sich gegenseitig aufgestachelt und in Marsch gesetzt. Hinter sich konnte Haplo die beiden Elfen immer noch fechten hören. Er traf die nötigen Vorbereitungen zum Einholen der Rampe. Jarre würde abrutschen und in den Tod stürzen. Die Gegs würden an einen Unfall glauben und den Elfen die Schuld geben. Er legte die Hand auf den Mechanismus und wollte ihn in Gang setzen, als der Hund an ihm vorbei und die Rampe hinunterlief.

»Hund! Komm zurück!«

Doch entweder wollte das Tier nicht gehorchen, oder es hörte ihn nicht bei all dem Singen und Schwerterklirren.

Verärgert wandte Haplo sich von dem Mechanismus ab und trat aus der Luke, um dem Hund zu folgen. Das Tier hatte den Ärmel von Jarres Bluse zwischen die Zähne genommen und zerrte sie von der Planke hinunter in Richtung des Handtellers.

Jarre schreckte auf und richtete den Blick auf den Hund. Gleichzeitig wurde sie ihrer Leute ansichtig, die sich dem Schiff näherten.

»Jarre!« schrie Haplo. »Halt sie auf! Die Elften werden sie töten! Sie werden uns alle töten, wenn ihr angreift!«

Sie schaute zu ihm, dann auf Limbeck.

»Es liegt an dir, Jarre!« rief Haplo. »Du bist jetzt ihre Anführerin.«

Der Hund hatte von ihr abgelassen und sah zu ihr auf.

»Auf Wiedersehen, Limbeck«, flüsterte Jarre. Sie bückte sich, umarmte den Hund und drückte ihn fest, dann wandte sie sich mit gestrafften Schultern ab und trat den anrückenden Gegs entgegen. Sie hob die Hand, und alle blieben stehen.

»Es werden noch mehr Amelmosen abgeworfen. Wir müssen alle nach unten gehen. Hier oben gibt es nichts!«

»Unten? Wirklich?«

Hastig machten die Gegs kehrt und drängten und schoben zur Treppe zurück.

»Komm her, Hund!« befahl Haplo.

Das Tier kam in großen Sprüngen an Deck zurückgelaufen, mit schlenkernder Zunge und einem unverhohlenen Grinsen des Triumphs.

»Bist wohl noch stolz auf dich, wie?« sagte Haplo, löste den Mechanismus aus und zog an den Tauen, um die Rampe so schnell wie möglich hereinzuholen. Er hörte Jarre etwas rufen und dann das Beifallsgeschrei der Gegs. Die Rampe glitt durch die Öffnung herein. Haplo schloß die Luke und sicherte sie. Das Lärmen der Gegs verstummte sofort.

»Ungehorsamer Köter. Ich sollte dir das Fell abziehen lassen«, murmelte Haplo und spielte mit den seidigen Ohren des Hundes.

Limbeck erhob die Stimme über das Klirren der Schwerter und fuhr fort: »Und abschließend möchte ich sagen . . .«

Kapitel 42

Die Hebenauffer, Drevlin, Niederreich

Haplo drehte sich genau rechtzeitig herum, um zu sehen, wie der Leutnant dem Kapitän das Schwert in die Brust stieß. Er riß die Waffe zurück, und der Kapitän sank auf das Deck. Die Besatzung verhielt sich schweigend; es ertönte kein Jubel, aber auch kein Ausruf der Trauer. Mit kaltem, ausdruckslosem Gesicht trat der Leutnant beiseite, um dem Magier Platz zu machen, der neben dem sterbenden Elf niederkniete. Haplo nahm an, daß er ein Heiler war, deshalb verwunderte es ihn, daß der Magier keine Anstalten machte, dem Sterbenden zu helfen. Statt dessen hielt er den juwelenbesetzten Kasten, den er die ganze Zeit bei sich getragen hatte, an die Lippen des Kapitäns.

»Sprecht die Worte«, zischte der Gir.

Der Kapitän versuchte es, aber Blut strömte aus seinem Mund.

Der Magier schien verärgert zu sein. Er stützte den Kopf des Elfen und zwang die rasch erlöschenden Augen, den Kasten anzusehen.

»Sprecht die Worte! Es ist Eure Pflicht gegenüber Eurem Volk!«

Langsam, mit größter Anstrengung, stieß der Elf Worte hervor, die für Haplo unverständlich waren. Dann sank er leblos zurück. Der Magier klappte den Deckel zu, schaute mißtrauisch in die Runde und drückte das Kästchen an die Brust, als enthielte es ein seltenes, unbezahlbares Juwel.

»Ihr werdet nicht wagen, mir etwas anzutun!« winselte er. »Ich bin ein Weesham, geschützt durch das Gesetz! Ein Fluch wird Euch folgen alle Tage Eures Lebens, wenn Ihr mich davon abhaltet, meine heilige Pflicht zu erfüllen!«

»Ich habe nicht die Absicht, Euch etwas anzutun«, erwiderte der Leutnant verächtlich. »Welchen Nutzen jedoch die Seele dieses Halunken für unser Volk haben soll, wißt vermutlich nur Ihr allein. Er ist ehrenhaft gestorben, wenn er auch nicht so gelebt hat. Vielleicht zählt das auch etwas.« Er bückte sich, hob das Schwert des Toten auf und reichte es – mit dem Griff voran – dem Assassinen.

»Ich danke dir, Mensch. Und dir.« Der Elf nickte Haplo zu. »Ich bemerkte die Gefahr, die uns von den Gegs drohte. Sobald wir Muße haben, über solche Dinge zu sprechen, werdet ihr mir erklären, was auf Drevlin vorgeht. Jetzt müssen wir Vorbereitungen treffen, diesen Ort schnellstmöglich zu verlassen.« Der Elf wandte sich wieder an Hugh. »Was du über das Hohe Reich gesagt hast, ist das wahr?«

»Ja.« Hugh verwahrte das Schwert in der Scheide, die er vom Boden aufgehoben hatte. »Der Junge« – er zeigte mit dem Daumen auf Gram, der in stummer Faszination auf den Leichnam hinabsah – »ist der Sohn eines gewissen Sinistrad, eines Mysteriarchen.«

»Wie ist ein solches Kind in deine Obhut gekommen?« Der Elf musterte Gram nachdenklich. Gram, dessen blasses Gesicht beinahe durchscheinend wirkte, spürte den Blick. Er hob den Kopf, lächelte tapfer und machte eine anmutige Verbeugung. Der Leutnant war bezaubert.

Hughs Gesicht verfinsterte sich. »Das ist unwichtig. Es ist nicht Eure Angelegenheit. Wir waren unterwegs zum Hohen Reich, als unser Schiff von Euren Leuten angegriffen wurde. Wir konnten sie abwehren, aber mein Schiff war beschädigt und stürzte in den Mahlstrom.«

»Dein Schiff? Menschen fliegen keine Drachenschiffe!«

»Menschen, die Hugh Mordhand heißen, fliegen, was ihnen beliebt!«

Durch die Reihen der Elfen, die sich seit dem Ende des Duells still verhalten hatten, lief ein Raunen. Der Leutnant nickte.

»Ich verstehe. Das erklärt vieles.«

Er zog ein spitzengesäumtes Stück Stoff aus der Tasche seiner

Uniform und benutzte es, um das Blut von der Schwertklinge zu wischen, bevor er die Waffe zurück in die Scheide gleiten ließ. »Man kennt dich als einen Mann mit Ehrbegriffen – recht merkwürdigen Ehrbegriffen zwar. Wenn ihr mich entschuldigen wollt, Menschen, ich bin jetzt Kapitän dieses Schiffes und habe zahlreiche Pflichten. Unteroffizier Ilth wird Euch in die Quartiere führen.«

So entläßt vielleicht ein Herr seine Sklaven, dachte Haplo. Der Elf hat beschlossen, gemeinsame Sache mit uns zu machen, doch er empfindet keine Liebe für uns und offensichtlich wenig Respekt. Der junge Unteroffizier winkte ihnen, aber bevor sie ihm folgen konnten, mußten sie sich erst um Limbeck kümmern.

Der Geg kniete neben dem Leichnam des Elfen.

»Ich hatte recht«, sagte er, als er Haplos Hand auf der Schulter spürte. »Es sind keine Götter.«

»Nein«, bestätigte Haplo, »das sind sie nicht. Es existieren keine Götter in dieser Welt, wie ich dir gesagt habe.«

Limbeck stand auf und schaute sich um. Er machte den Eindruck von jemandem, der etwas verloren hat und nicht einmal ahnt, wo er anfangen könnte zu suchen. »Weißt du«, sagte er nach einem Moment. »Es tut mir fast leid.«

Während sie mit dem Elf die Brücke verließen, hörte Haplo eins der Besatzungsmitglieder fragen: »Was tun wir mit der Leiche des Kapitäns, Leutnant? Über Bord damit?«

»Nein«, erwiderte der Leutnant. »Er war Offizier, und seinen sterblichen Überresten wird die gebührende Ehre erwiesen. Bringt ihn in den Laderaum. Wir werden irgendeinen Hafen im Mittelreich anlaufen und ihn absetzen und den Gir mit ihm. Und von jetzt an, Maat, werdet Ihr mich mit Kapitän anreden.«

Der Elf verlor keine Zeit, seiner Mannschaft die Grenzen aufzuzeigen, denn er mußte jetzt die Disziplin wieder herstellen, deren Zerfall er selbst begünstigt hatte. Haplo zollte dem Elf schweigend Beifall und folgte den anderen unter Deck.

Der junge Elf führte sie in ein Gelaß, von dem Hugh sagte, es sei eine Art Burgkerker. Der Raum war kahl und unfreundlich. An den Wänden gab es Haken für die Hängematten, die abends aufgehängt und am Morgen wieder zusammengerollt wurden, um Platz zu schaffen. Kleine Bullaugen ermöglichten den Blick nach draußen.

Nachdem er ihnen mitgeteilt hatte, daß er Verpflegung und Wasser bringen würde, sobald das Schiff sich in ruhigen Himmeln befand, schloß der Kadett die Tür und schob den Riegel vor.

»Wir sind Gefangene!« rief Gram.

Hugh hockte sich auf den Boden und lehnte den Rücken gegen ein Schott. Er schien übler Laune zu sein, zog die Pfeife aus der Tasche und steckte sie zwischen die Zähne.

»Wenn du Gefangene sehen willst, geh und wirf einen Blick auf die Menschen, die im Galeerendeck schuften. Sie sind der Grund, daß man uns einschließt, und der Elf weiß das.«

»Dann tun wir's doch!« sagte Gram mit vor Aufregung gerötetem Gesicht.

Hugh runzelte die Stirn. »Dann willst du vielleicht dieses Schiff fliegen, Hoheit? So, wie du meines geflogen hast?«

Gram warf ihm einen bitterbösen Blick zu. Er umfaßte seinen Talismann, schluckte den Zorn hinunter und trat an die Bullaugen, wo er stehenblieb und beleidigt hinausschaute.

»Und Ihr traut ihm?« erkundigte sich Alfred ein wenig ängstlich. »Diesem Elf?«

»Nicht mehr, als er mir traut.« Hugh saugte düster an der kalten Pfeife.

»Dann sind sie also bekehrt, oder was immer mit den Elfen geschieht, die dieses Lied hören?« fragte Haplo.

»Bekehrt?« Hugh schüttelte den Kopf. »Das glaube ich nicht. Elfen, die wirklich unter dem Einfluß dieses Liedes stehen, vergessen alles um sich herum. Es kommt einem vor, als wären sie in eine andere Welt versetzt. Dieser Elf tut, was er tut, für sich selbst. Die Lockung des märchenhaften Reichtums der Mysteriarchen-Insel und die Tatsache, daß noch kein Elf gewagt hat, sein Schiff dorthin zu segeln – das sind seine Beweggründe.«

»Wird ihm nicht der Gedanke kommen, daß es einfacher wäre, uns in den Mahlstrom zu werfen und den Jungen selbst zu behalten?«

»Ja, mag sein. Aber die Elfen haben ›merkwürdige‹ Ehrbegriffe. Auf irgendeine Weise – wahrscheinlich werden wir es nie herausfinden – haben wir diesem Elf einen Dienst erwiesen, indem wir den Kapitän in seine Hand gaben. Seine Mannschaft war Zeuge. Er verliert an Ansehen in ihren Augen, wenn er uns einfach aus dem Weg räumt, um sich selbst einen Vorteil zu verschaffen.«

»Dann ist Ehre für die Elfen von großer Wichtigkeit?«

»Wichtigkeit!« knurrte Hugh. »Sie würden ihre Seelen dafür verkaufen, sofern die Geier sie nicht einsacken.«

Interessant zu wissen. Haplo prägte sich die Information ein. Sein Fürst war im Seelengeschäft tätig.

»Also segeln wir mit einer Schiffsladung Elfenfreibeutern hinauf zum Hohen Reich.« Alfred seufzte, dann entfaltete er eine hektische Betriebsamkeit. »Euer Hoheit, Ihr seid bestimmt müde. Laßt mich eine dieser Hängematten ausspannen . . .« Der Kammerdiener stolperte über eine Planke und schlug längelang zu Boden.

»Ich bin nicht müde«, protestierte Gram. »Und mach dir keine Sorgen um meinen Vater und diese Elfen. Mein Vater wird schon mit ihnen fertig!«

»Du stehst besser gar nicht erst auf«, belehrte Hugh den auf Deck ausgestreckten Kammerdiener. »Gleich durchfliegen wir den Mahlstrom, und dann steht keiner mehr auf den Füßen. Setzt euch alle hin und haltet euch irgendwo fest.«

Ein guter Rat. Haplo konnte die ersten Sturmwolken vorüberfliegen sehen. Blitze leuchteten grell durch die Bullaugen; Donnerschläge ließen den Rumpf erbeben. Das Schiff begann zu bocken und zu schlingern. Der Patryn setzte sich in eine Ecke, der Hund rollte sich vor seinen Füßen zusammen. Alfred drückte sich furchtsam an die Schiffswand und zog den protestierenden Gram am Hosenboden zu sich herunter.

Nur Limbeck stand noch wie gebannt an einem der Bullaugen und schaute hinaus.

»Limbeck«, sagte Haplo. »Setz dich hin. Es ist gefährlich.«

»Ich kann es nicht glauben«, murmelte der Geg, ohne sich umzudrehen. »Es gibt keine Götter . . . und doch komme ich in den Himmel.«

Kapitel 43

Tiefer Himmel, Mittelreich

Leutnant Bothar'in, jetzt Kapitän Bothar'el*, segelte das Schiff sicher durch den Mahlstrom. Anschließend nahm er Kurs auf Suthnas – ein sicherer Hafen auf Aristagon, den Hugh Mordhand empfohlen hatte. Dort wollte der Elf einen kurzen Zwischenaufenthalt einlegen, um Wasser und Proviant zu übernehmen und den Gir an Land zu setzen, mitsamt dem Leichnam des früheren Kapitäns und dem kleinen, juwelenbesetzten Kasten.

Hugh kannte Suthnas gut; er legte dort an, wenn die Magie seines Schiffs erneuert werden mußte oder andere Reparaturen nötig waren. Er hatte dem Elfenkapitän diesen Hafen genannt, weil er selbst dort von Bord gehen wollte.

Der Assassine war zu einem Entschluß gekommen. Er verfluchte den Tag, an dem der ›Kurier des Königs‹ ihn vor dem Richtblock gerettet hatte. Er verfluchte den Tag, an dem er sich diesen Vertrag aufgehalst hatte. Alles war schiefgegangen; er hatte sein Drachenschiff verloren, beinahe sein Leben und fast auch noch die Selbstachtung. Sein Plan, das Elfenschiff zu erobern, war gelungen, aber anders, als er sich das vorgestellt hatte. *Er* sollte der Kapitän sein, nicht dieser Elf. Warum hatte er sie nicht einfach beide getötet?

* Dem Namen angehängte Suffixe, mit Aussage über den Rang. Der Name eines Kapitäns schließt mit ›el‹ – der Name eines Leutnants mit ›in‹. Ein Prinz, wie zum Beispiel Prinz Reesh, setzt das Suffix ›ahn‹ hinter seinen Namen.

Hugh war klug genug, um zu wissen, daß er keine andere Wahl gehabt hatte, doch er ignorierte die Logik. Er wollte sich nicht eingestehen, daß sein Handeln von dem Wunsch bestimmt gewesen war, Leben zu retten: Alfreds, Limbecks ... des Prinzen.

Nein! Ich tat es für mich selbst. Für niemanden sonst. Sie sind mir allesamt völlig gleichgültig, und ich werde es beweisen. Ich gehe in Suthnas an Land und lasse diese Narren allein zum Hohen Reich segeln, wenn sie sich unbedingt mit einem Mysteriarchen einlassen wollen. Vergiß es. Ich werde die Karten auf den Tisch werfen, aufstehen und gehen.

Die Hafenstadt Suthnas wurde von Elfen bewohnt, denen die Börse wichtiger war als Politik, und deshalb war sie ein Zufluchtsort geworden für Wasserschmuggler, Rebellen, Deserteure und ein paar abtrünnige Menschen. Durch die Bullaugen hatten die Gefangenen eine gute Aussicht auf die Stadt und waren – bis auf Limbeck – nach einem ersten Rundblick nicht mehr erpicht darauf, sie sich aus der Nähe anzusehen.

Die Stadt war nicht mehr als eine verwahrloste Ansammlung von Gasthäusern und Kneipen um den Hafen; die Wohnhäuser drängten sich wie eine Schafherde auf der Flanke eines Koralithügels. Die Gebäude waren schäbig und heruntergekommen; der Geruch von gekochtem Kohl – ein Lieblingsgericht der Elfen – hing in der Luft, zweifellos, weil ganze Hügel davon in den von Unrat übersäten Straßen verrotteten. Doch weil es unter einem blauen Himmel lag, war Suthnas für den Geg ein wundervoller und atemberaubender Anblick.

Limbeck hatte niemals sonnenbeschienene Straßen gesehen oder das Firmament, das wie eine Million Juwelen über ihm am Himmel glitzerte. Er hatte niemals Leute gesehen, die ziellos umherschlenderten, statt im Dienst des Allüberall geschäftig hierhin und dorthin zu eilen. Er hatte nie einen freundlichen Wind auf dem Gesicht gefühlt oder die Gerüche von lebenden, wachsenden Dingen eingeatmet. Die Häuser, die Hugh als Bruchbuden bezeichnete, waren in den Augen des Gegs Paläste. Limbeck betrachtete sich diese ganze Pracht, und ihm kam der Gedanke, daß alles, was er sah, mit dem

Schweiß und dem Blut seines Volkes erkauft worden war. Sein Gesicht wurde traurig, er zog sich in sich selbst zurück, und Haplo beobachtete ihn mit einem stillen Lächeln.

Hugh wanderte ruhelos durch den Laderaum, starrte aus den Bullaugen und kochte innerlich. Kapitän Bothar'el hatte dem Assassinen die Erlaubnis gegeben, von Bord zu gehen, wenn er es wünschte.

»Ihr solltet alle gehen«, sagte der Kapitän. »Jetzt, solange ihr noch die Möglichkeit habt.«

»Aber wir fliegen doch zum Hohen Reich! Ihr habt es versprochen!« rief Gram aus und schaute den Elf flehend an.

»Das habe ich«, meinte der Elf und blickte auf das Kind. Mit einem Kopfschütteln, als wolle er eine Art Benommenheit abschütteln, wandte er sich an Alfred. »Und du?«

»Ich bleibe selbstverständlich bei Seiner Hoheit.«

Limbeck verstand den Elf nicht, und Haplo kam ihm zur Hilfe.

»Ich will die Welt sehen, die ganze Welt«, verkündete der Geg entschlossen, als er die Übersetzung hörte. »Immerhin existiert sie auf dem Rücken meines Volkes.«

»Ich begleite ihn«, erklärte der Patryn, lächelte und zeigte mit dem bandagierten Daumen auf den Geg.

»Dann«, bemerkte Bothar'el an Hugh gewandt, »wirst also nur du uns verlassen?«

»Es sieht so aus.«

Zu guter Letzt ging auch Hugh nicht von Bord.

Während sie im Hafen lagen, steckte einer der Unteroffiziere den Kopf zur Tür herein. »Bist du immer noch an Bord, Mensch? Der Kapitän kommt zurück. Wenn du gehen willst, dann geh jetzt.«

Hugh rührte sich nicht. »Ich wünschte, Ihr würdet mit uns kommen, Sir Hugh«, sagte Gram. »Mein Vater würde Euch sehr gern kennenlernen und ... Euch danken.« Das brachte das Faß zum Überlaufen. Der Junge wollte, daß er mitkam. Er würde jetzt von Bord gehen. Jetzt ... gleich.

»Nun, Mensch?« drängte der Elf. »Kommst du?«

Hugh kramte in einer Tasche herum und brachte seine letzte Münze zum Vorschein – Bezahlung für die Ermordung eines Kindes. Er schnippte sie dem Elfen zu. »Ich habe beschlossen zu bleiben und mein Glück zu machen. Geh und kauf mir etwas Sterego.«

Die Elfen hielten sich in Suthnas nicht unnötig lange auf. Sobald der Gir zivilisierte Gegenden erreichte, würde er von der Meuterei berichten, und dann begann die Jagd. Deshalb trieb Kapitän Bothar'el die Sklaven, die Besatzung und sich selbst erbarmungslos an, bis er glaubte, endgültig außer Reichweite aller möglichen Verfolger zu sein.

Stunden später, als die Herrscher der Nacht ihren Mantel über die Sonne gebreitet hatten, fand der Kapitän die Zeit, mit seinen ›Gästen‹ zu reden.

»Dann hast du die Neuigkeiten gehört«, waren des Kapitäns erste Worte. Er sprach mit Hugh. »Du sollst wissen, daß ihr alle mir einen hübschen Profit eingebracht hättet, aber ich stehe in eurer Schuld. Wenigstens einen Teil davon betrachte ich als beglichen.«

»Wo ist mein Sterego?« fragte Hugh.

»Welche Neuigkeiten?« wollte Alfred wissen.

Der Kapitän zog eine Braue in die Höhe. »Wißt ihr es nicht? Ich hielt das für einen Grund, daß ihr das Schiff nicht verlassen wolltet.« Er warf einen Beutel in Hughs Richtung.

Der Assassine fing ihn geschickt auf, öffnete ihn und schnupperte. Dann nahm er seine Pfeife und begann sie zu stopfen.

»Es ist eine Belohnung auf deinen Kopf ausgesetzt, Hugh Mordhand.«

Hugh knurrte. »Nichts Neues.«

»Eine Summe von zweihunderttausend Barls.«

Mordhand hob den Kopf und stieß einen leisen Pfiff aus. »Nun, das kann sich hören lassen. Hat es mit dem Jungen zu tun?« Er warf einen Blick auf Gram. Der Prinz hatte sich Papier und Stift von den Elfen erbeten und tat seither nichts anderes als zeichnen. Niemand störte ihn bei seiner Beschäftigung. Wenigstens war er still, und man brauchte nicht auf ihn aufzupassen.

»Ja. Du und dieser Mann« – der Elf deutete auf Alfred – »ihr sollt einer Verschwörung angehören, deren Ziel es war, den Prinzen von Volkaran zu entführen. Auf deinen Kopf ist ein Preis von einhunderttausend Barls ausgesetzt«, sagte er zu dem entsetzten Kammerdiener, »zweihunderttausend auf Hugh Mordhand, und die Belohnung wird nur ausgezahlt, wenn einer oder beide lebend abgeliefert werden.«

»Was ist mit mir?« Gram hob den Kopf. »Gibt es für mich keine Belohnung?«

»Stephen will dich nicht zurückhaben«, brummte Hugh.

Der Prinz schien darüber nachzudenken, dann kicherte er. »Ja, vermutlich habt Ihr recht«, meinte er und widmete sich wieder seiner Beschäftigung.

»Aber das ist unmöglich«, jammerte Alfred. »Ich ... ich bin der Diener Seiner Hoheit! Ich begleite ihn, um ihn zu beschützen ...«

»Exakt.« Hugh deutete mit dem Pfeifenstiel auf ihn. »Genau darauf legte Stephen *keinen* Wert.«

»Das Gezänk zwischen euch Menschen interessiert mich nicht«, sagte Kapitän Bothar'el. »Ich hoffe, um euretwillen, daß ihr in bezug auf das Hohe Reich die Wahrheit gesagt habt. Ich brauche Geld, um das Schiff zu unterhalten und die Mannschaft zu bezahlen, und ich habe eben auf eine große Summe verzichtet.«

»Natürlich ist es wahr!« rief Gram und zog einen bezaubernden Schmollmund. »Ich *bin* der Sohn von Sinistrad, Mysteriarch des Siebenten Hauses. Mein Vater wird Euch reich belohnen!«

»Das will ich hoffen!« meinte der Kapitän.

Der Elf betrachtete seine Gefangenen streng, dann schritt er aus dem Gelaß. Gram wartete, bis die Tür sich geschlossen hatte, dann lachte er und fing wieder an zu malen.

»Ich kann nie wieder zurück nach Volkaran!« flüsterte Alfred. »Ich bin ein Vertriebener.«

»Du bist tot, außer wir finden einen Ausweg aus dieser verzwickten Lage.« Hugh entzündete die gestopfte Pfeife mit einer Kohle aus dem Feuertopf*, über dem sie ihre Mahlzeiten erhitzten und der des Nachts das Quartier wärmte.

»Aber Stephen will uns lebend haben.«

* Ein Eisentopf mit einem magischen Glühstein. Dient als Beleuchtungs- und Wärmequelle.

»Nur, damit ihm keiner das Vergnügen raubt, uns eigenhändig zu töten.«

Gram blinzelte aus seiner Ecke zu ihm hinüber und lächelte schlau. »Wenn Ihr also von Bord gegangen wärt, hätte Euch bestimmt jemand erkannt und verraten. Ihr seid meinetwegen geblieben, nicht wahr? Dann habe ich Euch das Leben gerettet.«

Hugh zog es vor, so zu tun, als hätte er nichts gehört, und gab keine Antwort. Er sank in ein nachdenkliches Schweigen, und als die Pfeife erlosch, merkte er es nicht.

Als er einige Zeit später aus seiner Versunkenheit erwachte, stellte er fest, daß alle – ausgenommen Alfred – in tiefem Schlaf lagen. Der Kammerdiener stand an einem Bullauge und starrte in das nächtliche, graue Zwielicht hinaus. Mordhand stand auf, um die vom langen Sitzen steif gewordenen Beine zu strecken, und ging zu ihm hinüber.

»Was hältst du von diesem Burschen, diesem Haplo?« fragte er.

»Warum?« Alfred war zusammengezuckt und musterte den Assassinen ängstlich. »Warum fragt Ihr?«

»Aus keinem besonderen Grund. Reg dich nicht auf. Ich wollte nur wissen, was du von ihm hältst, das ist alles.«

»Ich? Was soll ich von ihm halten! Wenn Ihr mich bitte entschuldigt«, Alfred gab Hugh keine Gelegenheit, etwas einzuwerfen, »ich bin sehr müde. Ich muß jetzt schlafen.«

Was hatte das nun wieder zu bedeuten? Der Kammerdiener ging zu seiner Decke (eine Hängematte hatte er höflich, aber bestimmt zurückgewiesen) und streckte sich darauf aus, doch Hugh, der ihn beobachtete, merkte, daß er nicht schlief. Er lag steif und starr auf dem Boden, rieb sich über die Hände und zeichnete unsichtbare Linien auf die Haut. Sein Gesicht hätte die Maske in einem Stück mit Namen *Furcht und Elend* sein können.

Beinahe hätte Hugh Mitleid mit ihm empfunden.

Aber nur beinahe. Nein, die Mauern, die Hugh um sich herum errichtet hatte, standen noch, stark und uneinnehmbar. Es hatte einen kleinen Riß gegeben, und ein Lichtstrahl war hindurchgedrungen – grell und schmerzhaft für Augen, die nur Dunkelheit kannten. Doch er hatte den Riß ausgefüllt, zugemauert. Welchen Einfluß auch immer das Kind auf ihn ausübte, er war magischen

Ursprungs – etwas außerhalb der Kontrolle des Assassinen, zumindest, bis sie im Hohen Reich anlangten. Hugh stieg in seine Hängematte und schlief ein.

Für den Flug zum Hohen Reich brauchte das Drachenschiff annähernd zwei Wochen, erheblich länger als nach Kapitän Bothar'els Berechnungen. Er hatte in seine Kalkulationen nicht einbezogen, daß seine Mannschaft viel zu rasch ermüdete. Die Zaubersprüche des Schiffsmagiers befähigten sie, den verminderten Luftdruck auszuhalten, aber er konnte nichts an der dünnen Luft ändern, die das unangenehme Gefühl vermittelte, ständig außer Atem zu sein.

Die Besatzung wurde nervös, mürrisch und unruhig. Es war unheimlich, durch den ungeheuer weiten, leeren Himmel zu gleiten. Über ihnen glitzerte und funkelte das Firmament bei Tag und verbreitete nachts einen bleichen Schimmer. Selbst die Gutgläubigsten erkannten bald, daß das Firmament nicht aus Juwelen bestand, die am Himmel schwebten.

»Eisbrocken«, verkündete Kapitän Bothar'el, der es durch sein Fernrohr studierte.

»Eis?« Der Erste Offizier wirkte fast erleichtert. »Damit ist unsere Reise wohl zu Ende, nicht wahr, Sir? Wir können nicht durch ein Eisfeld fliegen. Es wird uns nichts anderes übrigbleiben, als umzukehren.«

»Nein.« Bothar'el schob das Fernrohr zusammen. Es klang wie die Antwort auf ein inneres Zwiegespräch. »Wir sind so weit gekommen. Das Hohe Reich kann nicht mehr weit entfernt sein. Wir werden es finden.«

Sie segelten weiter und näherten sich dem Firmament, das sich über den Himmel spannte wie ein ungeheures Kollier aus weißen Edelsteinen. Sie entdeckten nirgends eine Spur von Leben, geschweige denn einen Hinweis auf das Land, in dem die größten Zauberer der Menschen lebten.

Es wurde kälter. Sie waren gezwungen, jedes Kleidungsstück anzulegen, das sie bei sich hatten, und selbst das war nicht genug. Die Besatzung begann zu murren, und manche sagten, es wäre Wahnsinn und sie würden alle vor Kälte sterben.

Nach Tagen ohne irgendeinen Anhaltspunkt, der zu neuer Hoffnung berechtigte, als die Kälte unerträglich wurde und die Verpflegung knapp, ging Kapitän Bothar'el zu seinen Passagieren, um ihnen zu sagen, daß er seine Meinung geändert hatte und Befehl zur Umkehr geben wollte.

Er fand sie in ihrem Quartier vor, wo sie – in alle Decken gehüllt, deren sie habhaft werden konnten – um den Feuertopf saßen. Der Geg war vor Kälte oder wegen des veränderten Luftdrucks sterbenskrank. Der Kapitän wußte nicht, was ihn am Leben erhielt. (Alfred wußte es, aber er war darauf bedacht, keinen Anlaß zu irgendwelchen Fragen zu geben.)

Bothar'el wollte eben seinen Entschluß bekanntgeben, als vom Oberdeck ein Ruf ertönte.

»Was ist?« Der Kapitän eilte auf die Brücke. »Haben wir es gefunden?«

»Ich würde sagen, Sir«, meldete stammelnd ein Unteroffizier, der kreidebleich aus dem Bullauge schaute, »*es* hat *uns* gefunden!«

Kapitel 44

Burg Sinister, Hohes Reich

Iridal stand am Flügelfenster und schaute durch die Kristallscheiben hinaus. Die Schönheit der Aussicht, die sich ihr bot, war unvergleichlich. Die milchig weißen Mauern der Burg schillerten im Sonnenschein und bereicherten das Farbenspiel der magischen Kuppel, die sich als Himmel über dem Hohen Reich wölbte. Am Fuß der Mauern erstreckten sich die kunstvoll gestalteten Parks und sorgsam gepflegten Wälder der Burg. Der Kies der Pfade und Wege war mit glitzernden Juwelen vermischt. Es war ein atemberaubend schöner Anblick. Doch Iridal hatte seit langem kein Auge mehr für Schönheit. Schon ihren Namen – ›wie der Regenbogen‹ – empfand sie als Hohn und Spott. Ihre Welt war grau. Und was ihr Herz betraf, das schien bereits vor einer Ewigkeit aufgehört haben zu schlagen.

»Frau.« Die Stimme ertönte in ihrem Rücken.

Iridal erschauerte. Sie hatte sich allein in ihrem Zimmer gewähnt. In ihrer Gedankenversunkenheit hatte sie weder die weichen Schritte noch das Rascheln seidener Gewänder wahrgenommen, mit dem sich unvermeidlich die Anwesenheit ihres Gemahls ankündigte. Er hatte ihr Zimmer seit vielen Jahren nicht mehr betreten, und sie fühlte, wie die Kälte seiner Gegenwart ihr das Herz zusammenpreßte. Angsterfüllt drehte sie sich herum.

»Was willst du?« Ihre Hand raffte den Morgenmantel vor der Brust, als könnte das hauchfeine Gewebe sie vor ihm schützen. »Was führt dich in meine Privatgemächer?«

Sinistrad betrachtete das Bett mit den fließenden Vorhängen, dem quastengeschmückten Baldachin und den seidenen Laken, die schwach nach den Lavendelblüten dufteten, die jeden Morgen darauf verstreut und jeden Abend sorgsam wieder entfernt wurden.

»Seit wann ist es einem Mann verboten, das Zimmer seiner Gemahlin zu betreten?«

»Laß mich allein.« Die Kälte in ihrem Herzen schien sich bis zu den Lippen ausgebreitet zu haben. Sie vermochte sie kaum zu bewegen.

»Sorge dich nicht, Frau. Seit zehn Zyklen habe ich dich nicht mehr aus dem Grund aufgesucht, den du fürchtest, und ich habe nicht vor, das zu ändern. Solche Betätigungen sind mir nicht weniger zuwider als dir; wir könnten ebensogut Tiere sein, die sich in dunklen, stinkenden Höhlen begatten. Trotzdem bringt mich das auf das Thema, das ich mit dir besprechen wollte. Unser Sohn kehrt endlich nach Hause zurück.«

»*Unser* Sohn!« rief Iridal. »Dein Sohn. Er hat nichts mit mir zu tun!«

»Welch eine Freude«, meinte Sinistrad mit einem blassen, dürren Lächeln. »Ich bin froh, das von dir zu hören. Und ich hoffe, du wirst dich deiner Worte erinnern, auch nachdem der Junge eingetroffen ist, und unsere Arbeit nicht behindern.«

»Was könnte ich schon tun?«

»Bitterkeit steht dir nicht, Frau. Denk daran, ich kenne deine Schliche. Tränen, Blicke, kleine Liebkosungen, die ich nicht sehe. Ich warne dich, Iridal, ich *werde* es sehen. Meine Augen sind überall. Der Junge gehört mir. Du hast es eben bestätigt. Vergiß es nie.«

»Tränen! Fürchte keine Tränen, mein Gemahl. Ich habe schon lange keine mehr.«

»Fürchten? Ich fürchte überhaupt nichts, am wenigsten dich, Frau«, gab Sinistrad belustigt zurück. »Aber du könntest eine Störung sein und den Jungen verwirren. Ich habe nicht die Zeit, mich um dich zu kümmern.«

»Weshalb wirfst du mich nicht in den Kerker? Schon jetzt bin ich deine Gefangene, bis auf die Ketten an Händen und Füßen.«

»Ich habe es in Erwägung gezogen, aber das würde zu sehr die Neugier des Jungen erregen. Nein, es ist viel besser, wenn du herumgehst und ihn freundlich anlächelst und ihm zeigst, daß du schwach und unbedeutend bist.«

»Du willst, daß ich ihn lehre, mich zu verachten.«

Sinistrad zuckte die Schultern. »Soviel erwarte ich gar nicht, meine Liebe. Für meine Pläne ist es viel besser, wenn er überhaupt keinen Gedanken an dich verschwendet. Und zu unserem Glück haben wir etwas, das uns deines Wohlverhaltens versichern wird. Geiseln. Drei Menschen und ein Geg sind seine Reisegefährten. Wie wichtig du dir vorkommen mußt, Iridal, zu wissen, daß du so viele Leben in der Hand hältst!«

Das Gesicht der Frau wurde totenbleich. Ihre Beine gaben nach, und sie sank auf einen Stuhl. »Du bist tief gesunken, Sinistrad, aber du hast nie einen Mord begangen! Ich glaube nicht an deine Drohung!«

»Laß uns diese Feststellung neu formulieren, Frau. Du kennst mich nicht als Mörder. Aber geben wir es doch beide zu, du hast mich nie gekannt. Einen guten Tag wünsche ich. Ich werde dir Nachricht geben, wann du zu erscheinen hast, um *unseren* Sohn zu begrüßen.«

Sinistrad verneigte sich mit der Hand auf dem Herzen, aber er verwandelte selbst diese altehrwürdige Geste zwischen Mann und Frau in Hohn und Spott. Nachdem er gegangen war, kauerte die Frau sich auf ihrem Stuhl zusammen und schaute mit trockenen, brennenden Augen aus dem Fenster ...

». . . mein Vater sagt, du bist kein guter Mann.«

Das Mädchen Iridal saß an einem Fenster in ihres Vaters Haus. Dicht neben ihr, so dicht, daß er sie fast berührte, ohne ihr jemals so nahe zu kommen, stand ein junger Mysteriarch. Er war der gutaussehende, verruchte Held aus den romantischen Geschichten von Iridals Kinderfrau – glatte, bleiche Haut; feuchte, braune Augen, die stets eine Fülle faszinierender Geheimnisse zu bewahren schienen; ein Lächeln, das versprach, diese Geheimnisse zu teilen, wenn ihm nur jemand nahe genug kam. Die schwarze, goldgesäumte Kappe, die ihn als Meister der Disziplin des Siebenten Hauses auswies – der höchste Rang, den ein Magier erreichen konnte –, lief in der Stirn zu einer scharfen Spitze aus, die bis zur Nasenwurzel reichte. Diese enganliegende Kappe verlieh ihm einen Anstrich von Würde und dem Gesicht, das sonst vielleicht zu leer gewirkt hätte, Charakter und Ausdruck. Sinistrad hatte weder Augenbrauen noch Wimpern. Sein gesamter Körper war unbehaart.

»Dein Vater hat recht, Iridal«, antwortete Sinistrad leise. Er streckte die Hand aus und spielte mit einer Strähne ihres Haares, eine größere Vertraulichkeit erlaubte er sich nie. »Ich bin nicht gut. Ich leugne es nicht.« Der Hauch von Melancholie in seiner Stimme rührte Iridals Herz, wie seine Berührung ihr Blut in Aufruhr versetzte.

Sie drehte sich zu ihm herum, ergriff seine Hand und lächelte ihn an. »Nein, Liebster! Die Welt mag dich schlecht nennen, aber nur, weil sie dich nicht kennt! Nicht so, wie ich dich kenne!«

»Aber ich bin schlecht, Iridal.« Er sprach sanft, aber ernst. »Ich sage dir jetzt die Wahrheit, weil ich nicht möchte, daß du mir späterhin Vorwürfe machst. Heirate mich, und du heiratest die Dunkelheit.«

Er wand die Haarsträhne fester und fester um seinen Finger, zog sie näher und näher an sich heran. Seine Worte und der feierliche Ton bewirkten, daß ihr Herz sich schmerzhaft zusammenzog, aber der Schmerz war süß und erregend. Das Dunkel, das ihn umgab – dunkle Worte, die in der Gemeinschaft der Mysteriarchen über ihn geäußert wurden – faszinierte sie. Ihr Leben, die ganzen sechzehn Jahre ihres Lebens, waren langweilig gewesen. Verwöhnt von einem Vater, der nach dem Tod der Mutter seine ganze Liebe dem Kind schenkte, war Iridal von einer großmütterlichen Kinderfrau aufgezogen worden. Ihr Vater wollte nicht, daß der rauhe Wind des Lebens seiner Tochter zu scharf in das zarte Gesicht wehte, deshalb behütete er sie, schirmte sie vor der Welt ab und umhüllte sie mit einem erstickenden Kokon aus Liebe.

Der Schmetterling, der aus diesem Kokon schlüpfte, war bunt und schön; seine schwachen Flügel trugen ihn geradewegs in Sinistrads Netz.

»Wenn du schlecht bist«, sagte sie und legte beide Hände auf seinen Arm, »hat dich die Welt dazu gemacht, weil sie sich weigerte, deine Pläne anzuhören, und deinem Genius Hindernisse in den

Weg stellte. Wenn ich an deiner Seite stehe, werde ich dich ins Sonnenlicht führen.«

»Dann wirst du meine Gemahlin werden? Gegen den Wunsch deines Vaters?«

»Ich bin volljährig. Ich kann meine eigenen Entscheidungen treffen. Und, Liebster, ich entscheide mich für dich.«

Sinistrad sagte nichts, aber mit seinem Lächeln neigte er den Kopf und küßte die Haarsträhne, die er straff um den Finger gewickelt hatte ...

... Iridal lag in ihrem Bett, geschwächt von den Anstrengungen der Geburt. Ihre Kinderfrau hatte das Neugeborene gebadet und reichte es der Mutter. Es hätte ein freudiger Anlaß sein sollen, aber die alte Kinderfrau, die schon Iridals Amme gewesen war, weinte, als sie der Mutter das Kleine in den Arm legte.

Die Tür zum Schlafgemach öffnete sich. Iridal stieß einen leisen klagenden Laut aus und umarmte das Kind so fest, daß es wimmerte. Die Kinderfrau hob den Kopf, während sie der Frau liebevoll die schweißfeuchten Locken aus der Stirn strich. Trotz verhärtete das von Runzeln durchzogene Gesicht.

»Laß uns allein«, befahl Sinistrad der Alten und blickte auf seine Frau.

»Ich lasse mein Lämmchen nicht allein.«

Der Blick des Mysteriarchen richtete sich auf sie. Die Kinderfrau hielt stand, auch wenn die Hand, die auf Iridals blondem Haar lag, zitterte. Iridal ergriff die Hand, drückte sie matt und bat die alte Frau mit leiser und schwankender Stimme zu gehorchen.

»Das kann ich nicht, Kind!« Sie begann zu weinen. »Was er vorhat, ist grausam. Grausam und unnatürlich!«

»Hinaus«, grollte Sinistrad, »oder ich verbrenne dich zu Asche!«

Die Kinderfrau warf ihm einen haßerfüllten Blick zu, aber sie verließ das Zimmer. Sie wußte, wer es büßen mußte, wenn sie sich noch länger weigerte.

»Nun, da alles vorüber ist, muß sie gehen, Frau«, sagte Sinistrad und trat neben das Bett. »Ich dulde keinen Widerspruch in meinem eigenen Haus.«

»Nein, bitte nicht, mein Gemahl. Sie ist die einzige Gesellschaft, die ich habe.« Iridals Arme legten sich beschützend um das Kind. Sie schaute flehend zu ihrem Mann auf und zupfte an der Decke. »Und ich werde ihre Hilfe brauchen, bei unserem Sohn! Schau!« Sie zog die Decke beiseite und enthüllte ein rotes, runzliges Gesicht, fest zusammengekniffene Augen und winzige geballte Fäuste. »Ist er nicht wunderschön?« Sie hoffte verzweifelt, verzweifelnd, daß ein Blick auf sein eigenes Fleisch und Blut seine Meinung ändern würde. »Er dient meinen Zwecken«, erwiderte Sinistrad und streckte die Hände aus.

»Nein!« Iridal wich vor ihm zurück. »Nicht mein Kind! Bitte nicht!«

»An dem Tag, als ich von deiner Schwangerschaft erfuhr, habe ich dir meine Absichten mitgeteilt. Ich habe dir gesagt, daß ich dich zu diesem Zweck geheiratet habe. Gib mir das Kind!«

Iridal beugte sich über das Kind, ihr langes Haar hüllte den Jungen in einen glänzenden Schleier. Sie schaute Sinistrad nicht an, als hätten seine Blicke Macht über sie. Wenn sie die Augen vor ihm verschloß, brachte sie ihn vielleicht zum Verschwinden. Doch es half nichts. In der Dunkelheit hinter ihren Lidern sah sie ihn vor sich, wie er an jenem furchtbaren Tag gewesen war, als ihre Träume von Liebe unwiderruflich zerbrachen. An dem Tag hatte sie ihm die freudige Nachricht gebracht, daß sie sein Kind in sich trug. An dem Tag hatte er ihr mit kalter, leidenschaftlicher Stimme eröffnet, was er mit dem Kind zu tun gedachte.

Iridal hätte wissen müssen, daß er etwas plante. Sie *hatte* es gewußt, aber nicht auf ihre innere Stimme hören wollte. In der Brautnacht waren ihre Regenbogenträume zu einem grauen Nichts verblaßt. Er liebte sie ohne Zärtlichkeit, ohne Leidenschaft. Er war brüsk, sachlich, behielt die Augen offen und starrte sie eindringlich an, als wollte er sie mit der Kraft seines Willens zwingen, etwas zu tun, wovon sie nichts wußte. Jede Nacht kam er zu ihr. Tagsüber bekam sie ihn kaum zu Gesicht, sprach er kaum mit ihr. Sie begann seine nächtlichen Besuche zu fürchten, und einmal wagte sie es, sich ihm zu verweigern und ihn anzuflehen, ihr etwas Liebe zu schenken. In der Nacht hatte er sie gewaltsam und mit Schmerzen genommen, und sie brachte nie wieder den Mut auf, ihn abzuweisen. Vielleicht hatte sie in dieser Nacht das Kind empfangen. Einen Monat später wußte sie, daß sie schwanger war.

Von dem Tag an, als sie es ihm sagte, hatte Sinistrad nie wieder ihr Schlafgemach betreten.

Das Kind in ihren Armen wimmerte. Starke Hände packten Iridals Haar und rissen ihren Kopf zurück. Starke Hände entrangen ihr das Kind. Weinend kroch die Mutter aus dem Bett und stolperte hinter dem Mann her, der ihr schreiendes Kind in den Armen trug. Doch sie war zu schwach. Iridal verfing sich in den blutbefleckten Laken und fiel zu Boden. Mit einer Hand bekam sie sein Gewand zu fassen und hielt ihn fest.

»Mein Kind! Laß mir mein Kind!«

Er schaute kalt, mit Verachtung auf sie hinab. »An dem Tag, als ich dich bat, meine Gemahlin zu werden, sagte ich dir, was ich war. Ich habe dich nie belogen. Du hattest dich entschlossen, mir nicht zu glauben, und das war dein eigener Fehler. Du hast dir alles selbst zuzuschreiben.« Er bückte sich ein wenig, ergriff den Stoff des Gewandes und riß ihr den Saum aus den kraftlosen Fingern. Dann drehte er sich um und verließ den Raum.

Als er später in der Nacht zurückkehrte, brachte er ihr ein anderes Kind – den wahren Sohn des unglücklichen Königspaares von Volkaran und Uylandia. Sinistrad reichte Iridal den Säugling, als wäre er ein am Straßenrand gefundener junger Hund.

»Ich will meinen Sohn wiederhaben!« rief sie. »Nicht das Kind einer anderen armen Frau!«

»Tu mit ihm, was du willst«, meinte Sinistrad. Er hatte seinen Plan ohne Schwierigkeiten ausführen können und war beinahe guter Laune. »Nimm ihn an die Brust. Ertränke ihn. Mir ist es gleich.«

Iridal hatte Mitleid mit dem Säugling, und in der Hoffnung, die Liebe, die sie ihm schenkte, würde ihrem so weit entfernten Kind zugute kommen, pflegte sie ihn mit aller Sorgfalt. Aber das Kind vermochte sich nicht an die veränderte Umgebung zu gewöhnen. Es verschied innerhalb weniger Tage, und etwas in Iridal starb mit ihm.

Einen Monat später ging sie zu Sinistrad in sein Laboratorium und sagte ihm ruhig und gelassen, sie werde ihn verlassen und in das Haus ihres Vaters zurückkehren. In Wirklichkeit hatte sie vor, in das Mittelreich hinabzusteigen und ihr Kind zu holen.

»Nein, meine Liebe, ich fürchte, das kann ich nicht dulden«, erwiderte Sinistrad, ohne von dem Text aufzublicken, den er studierte. »Die Heirat mit dir hat den dunklen Schleier von mir genommen, der mich bei meinen Plänen behinderte. Die anderen vertrauen mir jetzt. Wenn unser Vorhaben, aus diesem Reich zu fliehen, erfolgreich sein soll, brauche ich die Hilfe aller in unserer Gemeinschaft. Sie müssen, ohne Fragen zu stellen, meinem Willen gehorchen. Den Skandal einer Trennung von dir kann ich mir nicht leisten.«

Er schaute zu ihr auf, und sie erkannte, daß er um ihr Geheimnis wußte.

»Du kannst mich nicht zurückhalten!« rief Iridal. »Die Zauber, die ich wirke, sind stark, denn ich bin in der Magie nicht weniger bewandert als du, mein Gemahl. Du hast dein Leben dem maßlosen Ehrgeiz geweiht. Ich werde deine Missetaten der Gemeinschaft offenbaren! Man wird dir nicht folgen, sondern sich erheben und dich vernichten!«

»Du hast recht, meine Liebe. Ich kann dich nicht zurückhalten. Aber vielleicht möchtest du das mit deinem Vater besprechen.«

Sinistrad legte den Finger auf die Stelle der Seite, an der er sich befand, hob den Kopf und vollführte eine Bewegung mit der freien Hand. Ein Kasten aus Elfenbein erhob sich von dem Tisch, auf dem er gestanden hatte, schwebte durch die Luft und sank neben dem Buch des Magiers herab. Er öffnete den Kasten mit einer Hand und nahm ein silbernes Medaillon an einem Halsband aus schwarzem Samt heraus. Er reichte das Medaillon Iridal.

»Was ist das?« Sie betrachtete es mißtrauisch.

»Ein Geschenk, meine Liebe. Vom liebenden Gemahl an die liebende Gemahlin.« Sein Lächeln war ein Messer, das sich in ihrem Herzen drehte. »Sieh hinein.«

Iridal ergriff den Schmuck mit einer Hand, die so taub und kalt war, daß sie ihn beinahe fallengelassen hätte. Drinnen befand sich ein Portrait ihres Vaters.

»Paß auf, daß du es nicht zerbrichst oder beschädigst«, bemerkte Sinistrad beiläufig und las weiter.

Iridal gewahrte zu ihrem Entsetzen, daß das Portrait sie anschaute; die gefangenen, lebendigen Augen erwiderten mitleidig, hilflos ihren fassungslosen Blick . . .

Von draußen hereindringende Geräusche weckten Iridal aus ihren traurigen Erinnerungen. Sie erhob sich schwach und kraftlos von ihrem Stuhl und sah durchs Fenster. Sinistrads Drache tauchte am Himmel auf; sein Schweif zerteilte die Wolken in durchsichtige Schwaden, die auseinanderschwebten und zerflatterten – wie Träume, dachte Iridal. Der Sturmdrache war auf Sinistrads Befehl gekommen und umkreiste in Erwartung seines Herrn wieder und wieder die Burg. Das Geschöpf war riesig, mit glänzender, silberner Haut, einem geschmeidigen, dünnen Leib und flammenden, roten Augen. Er hatte keine Flügel und war doch schneller als seine geflügelten Vettern aus dem Mittelreich.

Launisch und unberechenbar, konnten die Sturmsilberdrachen, wie man sie nannte, nur von den mächtigsten Zauberern beherrscht werden. Auch dann war sich der Drache seiner Verzauberung bewußt, und es fand ein unaufhörliches geistiges Ringen statt zwischen Sklave und Herrn, das den Magier zwang, ständig auf der Hut zu sein. Iridal beobachtete ihn durch das Fenster. Der Drache war in unablässiger Bewegung begriffen – er legte den Körper in gewaltige Schlingen und bäumte sich höher und ringelte den langen Körper um den in Dunst gehüllten Sockel der Burg. Früher hatte Iridal den Drachen gefürchtet. Wenn es ihm gelang, seine magischen Fesseln abzustreifen, würde er sie alle töten. Jetzt kümmerte es sie nicht mehr.

Sinistrad erschien, und Iridal trat unwillkürlich vom Fenster zurück, um nicht gesehen zu werden, falls er zufällig einen Blick nach oben warf. Doch er schaute nicht zurück; ihn beschäftigten erheblich wichtigere Angelegenheiten. Das Elfenschiff war gesichtet worden, das Schiff, das ihm seinen Sohn brachte. Er und die anderen Mitglieder des Gilderats mußten zusammenkommen, um die letzten Einzelheiten zu besprechen und nötige Vorbereitungen zu treffen. Das war der Grund, weshalb er den Drachen gerufen hatte.

Als ein Mysteriarch des Siebenten Hauses verfügte Sinistrad über die Fähigkeit, sich geistig in die Ratshalle zu versetzen, dann seinen Körper aufzulösen und an Ort und Stelle wieder entstehen zu lassen. Auf diese Art pflegte er ins Mittelreich zu gelangen. Eine solche Leistung verbrauchte allerdings viel Kraft und war nur dann wirklich beeindruckend, wenn es am Ankunftsort jemanden gab, der den Magier scheinbar aus dem Nichts Gestalt annehmen sah. Elfen waren aller Wahrscheinlichkeit nach leichter durch den Anblick eines gigantischen Drachens aus der Fassung zu bringen als durch die verfeinerten und kunstvollen Techniken mentaler Beschwörungen.

Sinistrad bestieg den Drachen, den er Gorgon genannt hatte, und verschwand auf seinem Rücken aus Iridals Sicht. Ihr Gemahl hatte nicht einmal zurückgeschaut. Warum auch? Er fürchtete nicht mehr, daß sie fliehen könnte. Um die Burg waren keine Wachen aufgestellt. Keine Diener beobachteten ihr Tun und erstatteten dem Herrn Bericht. Iridal war ihr eigener Kerkermeister und lebte in einem Gefängnis aus Schande und Furcht.

Ihre Hand umfaßte das Medaillon. Die Augen des Portraits darin lebten nicht mehr. Ohne die von Sinistrad gefangengenommene Seele war der Körper dahingesiecht. Ihr Vater war vor einigen Jahren gestorben. Doch wann immer Iridal das Bildnis ihres Vaters betrachtete, erkannte sie das Mitleid in seinen Augen.

Die Burg war still und leer, fast so still und leer wie ihr Herz. Sie mußten sich ankleiden, sagte sie lustlos zu sich selbst und legte den Morgenmantel und das Nachtgewand ab, die sie in letzter Zeit so gut wie immer trug; die einzige Fluchtmöglichkeit, die sie hatte, war der Schlaf.

Als sie dem Fenster den Rücken wandte, sah sie ihr Bild in dem Spiegel an der gegenüberliegenden Wand. Sechsundzwanzig Zyklen – sie sah aus, als hätte sie hundert gelebt. Ihr Haar, einst von der Farbe in goldenen Honig getauchter Erdbeeren, war jetzt weiß wie die Wolken, die an ihrem Fenster vorübertrieben. Sie nahm die Bürste und unternahm den halbherzigen Versuch, die verfilzten Strähnen zu glätten.

Ihr Sohn kam bald. Sie mußte einen guten Eindruck machen, um nicht Sinistrads Zorn zu erregen.

Kapitel 45

Neue Hoffnung, Hohes Reich

Schnell wie sein Name trug der Sturmsilberdrache Sinistrad zur Hauptstadt des Hohen Reichs, Neue Hoffnung. Es bereitete dem Mysteriarchen Vergnügen, mit dem Drachen sein eigenes Volk zu beeindrucken. Kein anderer Magier war fähig gewesen, sich eines der hochintelligenten und gefährlichen Geschöpfe untertan zu machen. Zu diesem kritischen Zeitpunkt konnte es nicht schaden, die anderen wieder einmal daran zu erinnern, weshalb sie ihn zu ihrem Gildemeister gewählt hatten.

Sinistrad erreichte Neue Hoffnung und sah, daß die magischen Vorbereitungen bereits getroffen waren. Schimmernder Kristall, ragende Türme, von Bäumen gesäumte Boulevards – der Ort war kaum wiederzuerkennen. Zwei Mysteriarchen, die vor der Gildehalle standen, wirkten sehr stolz, aber auch sehr erschöpft.

Indem er langsam zur Erde sank, gab Sinistrad ihnen Gelegenheit, sein Reittier gebührend zu bewundern, dann entließ er es mit dem Befehl, in der Nähe zu bleiben und seinen Ruf zu erwarten.

Der Drache öffnete seinen zähnestarrenden Rachen zu einem geifernden Fauchen, seine roten Augen brannten haßerfüllt. Sinistrad wandte dem Geschöpf den Rücken zu.

»Ich sage dir, Sinistrad, dieser Drache wird sich eines Tages von dem Zauber befreien, den du über ihn geworfen hast, und dann ist keiner von uns mehr sicher. Es war ein Fehler, ihn zu fangen«, bemerkte einer der Magier und musterte das silberglänzende Wesen besorgt.

»Hast du so wenig Vertrauen in meine Kraft?« fragte Sinistrad milde.

Der Mysteriarch antwortete nicht, sondern schaute zu seinem Nebenmann. Sinistrad, der den Blickwinkel bemerkte, vermutete ganz richtig, daß sie vor seinem Eintreffen über ihn gesprochen hatten.

»Was ist?« verlangte er zu wissen. »Laßt uns ehrlich zueinander sein. Darauf habe ich immer Wert gelegt, wie ihr wißt.«

»Ja, wir wissen es. Du reibst unsere Nasen in deine Ehrlichkeit!« erwiderte der alte Mann.

»Aber, Balthasar, du kennst mich. Jeder von euch wußte, was er tat, als er mir seine Stimme gab. Ihr wußtet, daß ich rücksichtslos war, daß ich mich von nichts aufhalten lassen würde. Einige von euch bezeichneten mich damals als böse. Es ist eine Bezeichnung, deren Berechtigung ich nicht leugne. Aber dennoch war ich der einzige von euch mit Voraussicht. Ich war es, der einen Plan entwickelte, um unser Volk zu retten. Ist es nicht so?«

Die Blicke der Mysteriarchen schweiften umher – der eine betrachtete die herrliche Stadt, der andere schaute dem in der wolkenlosen Ferne entschwindenden Drachen hinterher.

»Ja, wir geben es zu«, sagte einer.

»Wir hatten keine Wahl«, fügte der andere hinzu.

»Nicht sehr schmeichelhaft, aber ich kann auch sehr gut ohne Komplimente auskommen. Da wir gerade davon sprechen, ihr habt ausgezeichnete Arbeit geleistet.« Sinistrad unterzog die Türme, die Boulevards sowie die Bäume einer kritischen Musterung. Er streckte die Hand aus und berührte die Mauer des Hauses, vor dem sie standen. »So gut, daß ich mich fragte, ob dies alles nicht auch dazu gehörte. Fast hatte ich Angst, hineinzugehen.«

Einer der Mysteriarchen lächelte freudlos über den kleinen Ausflug Sinistrads in die Gefilde des Humors. Der andere runzelte die Stirn, drehte sich um und ging. Nachdem er sein Gewand gerafft hatte, folgte Sinistrad seinen Gefährten die Marmortreppe hinauf und trat durch die glitzernden Kristalltüren in die Gildehalle der Magier.

Im Innern der Halle waren ungefähr fünfzig Magier versammelt, die sich mit gedämpften Stimmen unterhielten. Die Männer und

Frauen trugen Gewänder, die in Form und Machart dem Kleid Sinistrads glichen, aber es gab eine Vielfalt verschiedener Farben. Jeder Farbton bezeichnete die Berufung des Trägers – Grün für das Land, Dunkelblau für den Himmel, Rot für Feuer (oder die Magie des Bewußtseins), Hellblau für das Wasser. Einige wenige trugen wie Sinistrad das Schwarz, das für Disziplin stand – eiserne Disziplin, die keine Schwäche erlaubte. Als er den Raum betrat, verstummten die Anwesenden. Jeder trat mit einer Verneigung beiseite, und es bildete sich eine Gasse in ihren Reihen, durch die er schritt.

Sinistrad bewegte sich ohne Hast durch die riesige Halle, ließ den Blick über die Gesichter gleiten, nickte Freunden zu, nahm Gegner zur Kenntnis. Die aus Marmor erbaute Gildehalle war düster, leer und schmucklos. Keine Wandbehänge belebten die Mauern, keine Statuen flankierten die Türen, keine Fenster ließen das Sonnenlicht ein, kein Zauber erhellte das Zwielicht. Die Wohnungen der Mysteriarchen im Mittelreich galten in der ganzen Welt als die herrlichsten aller von Menschen erschaffenen Werke. Bei dem Gedanken an die Schönheit, die sie zurückgelassen hatten, empfanden die Magier die Nüchternheit und Strenge der Gildehalle im Hohen Reich als bedrückend. Die Hände in die weiten Ärmel der Gewänder geschoben, standen sie möglichst weit in der Mitte der Halle und bemühten sich, nichts anderes zur Kenntnis zu nehmen als nur die übrigen Anwesenden und den Gildemeister – Sinistrad.

Er war der jüngste unter ihnen. Jeder der versammelten Mysteriarchen konnte sich daran erinnern, wie er das erste Mal die Gildehalle betreten hatte – ein ansehnlicher Jüngling, der sich devot und unterwürfig gebärdete. Seine Eltern waren als eine der ersten hier oben gestorben und hatten ihn zurückgelassen. Die anderen empfanden Mitleid mit dem jungen Mann, aber nicht übermäßig viel. Immerhin gab es zu der Zeit sehr viele Waisen. Ganz in Anspruch genommen von ihren eigenen, gewaltigen Problemen, hatten sie dem jungen Magier keine besondere Aufmerksamkeit geschenkt.

Die Magier hatten ihre eigene Version der Geschichte. Nach der Großen Teilung brachten die Sartan die Völker – nicht gleich nach Aristagon, wie die Elfen behaupteten – sondern hierher, in dieses

Reich unter einer magischen Kuppel. Die Menschen, besonders die Magier, arbeiteten äußerst hart, um sich nicht nur eine bewohnbare, sondern eine schöne neue Heimat zu schaffen. Dabei fühlten sie sich von den Sartan im Stich gelassen, die scheinbar immer irgendwo anders etwas ›Wichtiges‹ zu tun hatten.

Bei den seltenen Gelegenheiten, wenn die Sartan zurückkehrten, legten sie mit Hand an und benutzten ihre Runenmagie. Auf diese Weise entstanden prachtvolle Gebäude, die magische Kuppel wurde verstärkt. Das Koralit trug Früchte, es gab Wasser im Überfluß. Die Menschenmagier waren nicht besonders dankbar. Sie neideten den Sartan die Runenmagie.

Dann kam der Tag, an dem die Sartan verkündeten, das Mittelreich unter ihnen sei bereit zur Besiedelung. Menschen und Elfen wurden nach Aristagon transportiert, während die Sartan im Hohen Reich zurückblieben. Als Grund für die Veränderung gaben die Sartan an, die Bevölkerung wäre zu stark angewachsen. Die Menschenmagier dagegen glaubten, die Sartan hätten verhindern wollen, daß die Magier sich zu großes Wissen über die Runenmagie aneigneten.

Die Zeit verging. Die Elfen einten sich unter ihren mächtigen Zauberern und wurden stark; die Menschen sanken herab zu barbarischen Piraten. Die Menschenmagier verfolgten das Erstarken der Elfen nach außen hin mit Verachtung, aber im Innern mit heimlicher Angst.

Sie sagten untereinander: »Wenn wir nur über die Macht der Runenmagie verfügten, dann könnten wir die Elfen vernichten!«

Statt ihrem eigenen Volk zu helfen, konzentrierten sie also ihre Kräfte darauf, eine Möglichkeit zu finden, in das Hohe Reich zurückzukehren. Endlich war ihnen Erfolg beschieden, und eine große Streitmacht der mächtigsten Zauberer – der Mysteriarchen – stieg zum Hohen Reich hinauf, um von den Sartan das Land zurückzufordern, das sie mittlerweile als ihr rechtmäßiges Eigentum betrachteten.

Dieses Ereignis nannten die Menschen den Krieg des Himmels, nur war es eigentlich kein Krieg. Die Mysteriarchen kamen an, und die Sartan waren fort, ihre Häuser leer, ihre Städte verlassen. Die Magier kehrten als Sieger zu ihrem Volk zurück, nur um feststellen zu müssen, daß das Mittelreich von Kriegen zerrissen wurde. Sie konnten nicht viel mehr tun als sich bemühen, am Leben zu bleiben, und es war nicht daran zu denken, daß sie ihre Magie einsetzten, um das Volk in das Gelobte Land zu führen.

Endlich, nach Jahren der Mühen und Leiden, sahen sich die Mysteriarchen in die Lage versetzt, das Mittelreich zu verlassen und sich in das Land zu begeben, von dem die Sage behauptete, es sei schön, reich und sicher. Außerdem hofften sie, dort das Geheimnis der Runen zu entschlüsseln. Es war alles wie ein wunderschöner Traum. Bald sollte es ein Alptraum werden.

Die Runen bewahrten ihr Geheimnis, und zu ihrem Entsetzen mußten die Mysteriarchen feststellen, zu welch großen Teilen der Reichtum und die Schönheit des Landes von ihrer Wirkung abhängig gewesen waren. Die Ernten waren nicht groß genug, um die Bevölkerung zu ernähren. Hungersnöte überzogen das Land. Wasser war knapp und wurde immer knapper – jede Familie mußte es mit einem immensen Aufwand an Magie selbst herstellen. Jahrhunderte der Inzucht hatten die Magier bereits geschwächt, und fortgesetzte Inzucht führte zu entsetzlichen Mißbildungen, die nicht durch Magie beseitigt werden konnten. Diese Kinder starben zumeist, und im Lauf der Zeit kamen immer weniger Kinder zur Welt. Als wäre das alles nicht genug, konnte es keinen Zweifel daran geben, daß die Zauberkraft der Kuppel nachließ.

Sie würden dieses Reich verlassen müssen, aber wie konnten sie das, ohne ihr Versagen, ihre Unfähigkeit einzugestehen. Ein Mann hatte eine Idee. Ein Mann sagte ihnen, wie es zu bewerkstelligen war. In ihrer Verzweiflung hörten sie ihn an.

Als die Zeit verging und Sinistrad sich in seinen magischen Studien hervortat, hörte er auf zu katzbuckeln und begann mit seinen Fähigkeiten zu prahlen. Man nahm es mit Verärgerung und Mißfallen zur Kenntnis, daß er seinen Namen in Sinistrad änderte, aber man dachte sich nichts dabei. Auch im Mittelreich nennt irgendein kleiner Schläger sich ›Hammer‹ oder ›Würger‹, um sich einen Respekt zu verschaffen, den er nicht verdient.

Die Mysteriarchen ignorierten die Namensänderung, wie sie Sinistrad ignoriert hatten. Einige versuchten, ihren Gildebrüdern den maßlosen Ehrgeiz des jungen Mannes vor Augen zu führen, seine unbarmherzige Grausamkeit, seine Fähigkeit zur Manipulation. Die Warner blieben ungehört. Iridals Vater verlor die geliebte Tochter an den Mann und verlor sein Leben in Sinistrads Gefangenschaft. Keiner der Magier ahnte etwas davon. Das Gefängnis war so geschickt konstruiert, daß niemand je Verdacht schöpfte. Der alte Zauberer ging umher, besuchte seine Freunde, erfüllte seine Pflichten. Wenn zur Sprache kam, daß er lustlos und bedrückt wirkte, wußten doch alle, daß er wegen der Heirat seiner Tochter bekümmert war. Niemand wußte, daß die Seele des alten Mannes wie ein Käfer in einem Deckelglas als Geisel gehalten wurde.

Unmerklich spann der junge Magier sein Netz um all die anderen Zauberer des Hohen Reichs. Die Fäden waren so gut wie unsichtbar, federleicht, kaum zu spüren. Es war kein großes Netz, das alle sehen konnten; er begnügte sich damit, hier einen feinen Strang um einen Arm zu winden, dort einen Fuß in einer losen Schlinge zu fangen und sie so behutsam einzuspinnen, daß sie es nicht merkten, bis der Tag kam, an dem sie sich nicht mehr rühren konnten.

Jetzt steckten sie fest, gefangen in ihrer eigenen Verzweiflung. Sinistrad hatte recht: Es blieb ihnen keine andere Wahl. Sie mußten sich auf ihn verlassen, denn er war als einziger klug genug gewesen, vorauszuplanen und einige Vorbereitungen zu treffen, ihrer wunderschönen Hölle zu entfliehen.

Sinistrad war an der schmalen Seite der Halle angelangt. Er ließ ein goldenes Podium aus dem Boden wachsen, stieg hinauf und drehte sich zu seinen Gildebrüdern herum.

»Das Elfenschiff ist gesichtet worden. Mein Sohn ist an Bord. Unserem Plan gemäß werde ich ihm entgegenfliegen, um es zu begrüßen und ihm den Weg zu zeigen . . .«

»Wir haben nie eingewilligt, ein Schiff der Elfen die Kuppel passieren zu lassen«, wurde er von einer Mysteriarchin unterbrochen. »Du hast gesagt, es wäre ein kleines Schiff, gesteuert von deinem Sohn und einem einfältigen Diener.«

»Leider hat sich eine geringfügige Änderung in meinen Plänen ergeben«, erwiderte Sinistrad mit einem dünnen, unangenehmen Lächeln. »Das erste Schiff wurde von Elfen angegriffen und stürzte über Drevlin ab. Mein Sohn war in der Lage, dieses Elfenschiff zu übernehmen. Das Kind hat sich den Kapitän geneigt gemacht. Es befinden sich nicht mehr als dreißig Elfen an Bord des Schiffes und nur ein sehr schwacher Magier. Ich denke, diese Situation können wir bewältigen, oder glaubt ihr nicht?«

»Ja, in den alten Tagen«, antwortete die Magierin. »In den alten Tagen hätte einer von uns genügt, um dreißig Elfen unschädlich zu machen. Aber heute ...« Sie verstummte und schüttelte den Kopf.

»Das ist der Grund, weshalb wir diese Trugbilder geschaffen haben.« Sinistrad hob die Hand und zeigte nach draußen. »Der Anblick allein genügt, sie einzuschüchtern. Wir haben von ihnen keine Schwierigkeiten zu befürchten.«

»Warum fliegst du ihnen nicht entgegen, nimmst deinen Sohn und läßt sie ihrer Wege gehen?« fragte der betagte Mysteriarch, den er mit Balthasar angesprochen hatte.

»Weil wir, du seniler Trottel, ihr Schiff brauchen!« zischte Sinistrad, den die Fragen sichtlich ärgerten. »Damit können wir große Teile unseres Volkes zum Mittelreich transportieren. Ohne das Schiff müßten wir warten, bis uns ein anderes in die Hände fällt oder es uns gelingt, noch mehr Drachen zu verzaubern.«

»Und was wird aus den Elfen?« fragte die Mysteriarchin.

Alle Blicke richteten sich auf Sinistrad. Sie kannten die Antwort so gut wie er, wollten sie aber aus seinem Munde hören.

Er sprach es aus, ohne zu zögern. »Wir töten sie.«

Es entstand ein langes, dumpfes Schweigen. Plötzlich schüttelte der alte Mysteriarch den Kopf. »Nein. Daran will ich keinen Teil haben.«

»Warum nicht, Balthasar? Damals im Mittelreich hast du mehr als einen Elf getötet.«

»Das war Krieg. Was du vorhast, ist Mord.«

»Krieg heißt ›wir oder sie‹. Dies ist Krieg. Es geht um uns oder sie!«

Ein zustimmendes Flüstern lief durch die Menge. Einige der Mysteriarchen begannen mit dem Alten zu diskutieren und bemühten sich, ihn zu veranlassen, seine Haltung zu ändern. »Sinistrad hat recht«, sagten sie. »Es *ist* Krieg! Zwischen unseren Rassen kann es nie etwas anderes geben.« Und: »Immerhin versucht Sinistrad nur, uns nach Hause zu führen.«

»Ihr tut mir leid!« grollte Balthasar. »Ihr tut mir alle leid! Sinistrad führt euch allerdings. Er führt euch an der Nase herum wie fette Kälber. Und wenn ihm danach zumute ist, wird er euch allesamt schlachten und sich von eurem Fleisch nähren. Bah! Laßt mich in Ruhe! Lieber sterbe ich hier oben, als daß ich ihm folge.«

Der alte Magier schritt zur Tür.

»Das wirst du auch, Graubart«, murmelte Sinistrad vor sich hin. »Laßt ihn gehen«, rief er, als einige der Freunde des Alten ihm nachstürmen wollten. »Außer es gibt unter euch noch welche, die sich ihm anschließen möchten?«

Der Mysteriarch ließ den Blick durch die Halle gleiten, sammelte die Fäden seines Netzes und zog sie langsam straffer und straffer. Es vermochte sich keiner zu befreien. Die ihn einst bekämpft hatten, waren jetzt so voller Angst, daß sie eifrig darauf bedacht waren, ihm den Willen zu tun.

»Also gut. Ich werde das Elfenschiff in die Kuppel bringen. Meinen Sohn und seine Gefährten werde ich in meine Burg einladen.« Sinistrad hätte den Gildebrüdern berichten können, daß es sich bei einem dieser Begleiter um einen erprobten Assassinen handelte – einen Mann, der den Tod der Elfen auf sein Gewissen nehmen konnte. Doch Sinistrad wollte sein Volk zwingen, tiefer und tiefer zu sinken, bis sie vom ersten bis zum letzten bereit waren, ihm widerspruchslos und ohne Fragen zu gehorchen. »Diejenigen von euch, die bereit sind, zu lernen, wie man ein Elfenschiff fliegt, wissen, was sie zu tun haben. Die anderen müssen daran arbeiten, die Trugbilder aufrechtzuerhalten. Wenn der Augenblick gekommen ist, gebe ich das Zeichen, und wir handeln.«

Er musterte die Männer und Frauen in der Halle, studierte jedes entschlossene, bleiche Gesicht und war zufrieden. »Unsere Pläne entwickeln sich ausgezeichnet. Besser sogar, als wir erwarteten. Mein Sohn hat Reisegefährten, von denen einige uns in unvorhergesehener Weise nützlich sein können. Einer von ihnen ist ein Zwerg aus dem Niederreich. Die Elfen haben diese Zwerge seit Jahrhunderten ausgebeutet. Es ist wahrscheinlich, daß wir diese Gegs dazu bringen können, Krieg zu führen. Ein anderer ist ein Mensch, der behauptet, aus einem Reich unterhalb des Niederreichs zu kommen – ein Reich, von dessen Existenz bisher niemand etwas geahnt hat. Das sind Neuigkeiten, die für uns von größtem Wert sein können.«

Die Menge raunte beifällig.

»Mein Sohn bringt uns Informationen über die Königreiche der Menschen und die Elfenrebellion, was unseren Eroberungsplänen sehr nützen wird. Und was noch wichtiger ist, er hat die große Maschine gesehen, die von den Sartan im Niederreich gebaut wurde. Vielleicht gelingt es uns endlich doch, das Geheimnis des sogenannten Allüberall zu enthüllen und es uns dienstbar zu machen!«

Die Versammlung löste sich unter zum Teil enthusiastischen Beifallsbekundungen auf. Sinistrad verließ das Podium, und es verschwand; Zauberkraft war zu kostbar, um sie unbedacht zu vergeuden. Viele hielten ihn an, um ihm zu gratulieren oder Fragen zu stellen und Einzelheiten des geplanten Vorgehens zu klären. Einige erkundigten sich höflich nach seinem Ergehen, aber niemand erwähnte seine Frau. Iridal hatte seit zehn Zyklen nicht mehr an den Versammlungen teilgenommen – vor zehn Zyklen hatte die Versammlung sich für Sinistrads Plan ausgesprochen, ihr das Kind zu nehmen und es gegen den neugeborenen Prinzen auszutauschen. Die Gildemitglieder begrüßten es heimlich, daß Iridal nicht mehr kam. Auch nach all dieser Zeit wäre es ihnen schwergefallen, ihr in die Augen zu sehen.

Sinistrad, dem die Zeit unter den Nägeln brannte, schüttelte die ihn umdrängenden Schmeichler ab und verließ die Gildehalle. Ein Gedankenbefehl rief den Sturmsilberdrachen bis zu den Stufen der Halle. Der Drache beäugte den Magier feindselig, duldete ihn aber trotzdem auf seinem Rücken und gehorchte seinen Befehlen. Der Drache hatte keine andere Wahl, als sich Sinistrad zu unterwerfen; er stand unter einem Zauberbann. Die Menschen hingegen, die auf der Treppe der Gildehalle standen, hatten sich Sinistrad aus freiem Willen ausgeliefert.

Kapitel 46

Das Firmament

Das Drachenschiff hing regungslos in der dünnen, stillen Luft. Zwischen den ersten Ausläufern des Firmaments war es zum Stillstand gekommen; niemand wagte es, weiter vorzudringen. Eisberge von der zehnfachen Größe der *Carfa'shon* ragten über ihnen auf. Kleinere Brocken umkreisten die massiveren Blöcke; in der Luft hing ein Schleier aus gefrorenen Wassertröpfchen. Das Sonnenlicht wurde unerträglich grell von den Eisflächen reflektiert; niemand vermochte hinzuschauen, ohne geblendet zu werden. Wie breit das Firmament war, bis wohin es sich erstreckte, konnte man nur raten. Außer den Mysteriarchen und den Sartan war noch nie jemand so hoch gestiegen und danach zurückgekehrt, um von der Reise zu berichten. Man zeichnete Karten nach Vermutungen, doch jetzt wußte jedermann an Bord, daß sie nicht stimmten. Niemand war auf den Gedanken gekommen, daß die Mysteriarchen das Firmament durchquert und ihr Reich auf der anderen Seite errichtet hatten.

»Natürlicher Verteidigungswall«, erläuterte Hugh, der mit zusammengekniffenen Augen auf die grauenerregende Schönheit vor dem Bullauge starrte. »Kein Wunder, daß sie sich all die Jahre lang ungestört ihres Reichtums erfreuen konnten.«

»Wie geht es jetzt weiter?« fragte Gram. Er hatte sich auf die Zehenspitzen gestellt, um etwas sehen zu können.

»Überhaupt nicht.«

»Aber wir müssen weiter!« Die Stimme des Prinzen wurde schrill. »Ich muß zu meinem Vater!«

»Junge, wenn einer von diesen Brocken da draußen uns trifft, funkeln unsere Leichen als neue Sterne am Tageshimmel. Vielleicht solltest du Vati bitten, daß er dich holen kommt.«

Grams Gesicht glättete sich, die zornige Röte verblaßte. »Vielen Dank für den Vorschlag, Sir Hugh.« Er griff nach der Feder. »Genau das werde ich tun. Und seid gewiß, daß ich ihm berichte, was Ihr für mich getan habt. Ihr alle.« Sein Blick streifte jeden einzelnen. »Ich bin sicher, er wird euch belohnen . . . jeden nach seinem Verdienst.«

Gram hüpfte durch das Quartier, setzte sich in eine Ecke, schloß die Augen und begann offenbar, in Gedanken mit seinem Vater zu sprechen.

»Mir hat die kleine Pause nicht gefallen, die er zwischen ›belohnen‹ und ›Verdienst‹ gemacht hat«, sagte Haplo. »Was sollte diesen Magier daran hindern, sich seinen Jungen zu holen und uns in Flammen aufgehen zu lassen?«

»Nichts, vermutlich«, antwortete Hugh, »außer, daß er etwas will, und zwar nicht nur den kleinen Bengel da. Weshalb sonst der ganze Aufwand?«

»Tut mir leid, das verstehe ich nicht.«

»Alfred, komm her. Du hast erzählt, dieser Sinistrad wäre nachts in die Burg eingedrungen, hätte die Kinder vertauscht und wäre wieder verschwunden. Wie hat er das bei all den Wachen fertiggebracht?«

»Die Mysteriarchen besitzen die Gabe, sich durch die Luft an jeden beliebigen Ort zu versetzen. Trian hat es Seiner Majestät dem König mit folgenden Worten erläutert: Der Zauber besteht darin, den Geist vom Körper zu trennen. Sobald der Geist sich an einem bestimmten Ort einen festen Halt geschaffen hat, kann er seinen Körper zu sich rufen. Die einzige Voraussetzung ist, daß er den Ort schon einmal besucht haben muß, damit er sich im Geist ein genaues Bild davon machen kann. Die Mysteriarchen waren häufig im königlichen Palast von Uylandia zu Gast, der so alt ist wie die Welt.«

»Aber er könnte sich zum Beispiel nicht in das Niederreich versetzen oder in den Elfenpalast auf Aristagon?«

»Nein, Sir, das wäre unmöglich. Keiner von ihnen wäre dazu in der Lage. Die Elfen haßten und fürchteten die Mysteriarchen und haben niemals zugelassen, daß sie auch nur einen Fuß in ihr Königreich setzten. Auch in das Niederreich könnten sie auf magischem Wege nicht gelangen, da sie nie zuvor dort gewesen sind. Sie müßten auf andere Transportmittel zurückgreifen ... Oh, ich verstehe, was Ihr meint, Sir.«

»Ja. Erst hat Sinistrad versucht, sich mein Schiff anzueignen. Das ist nicht gelungen, und jetzt hat er dies hier. Wenn ...«

»Pst, Gesellschaft«, murmelte Haplo.

Die Tür öffnete sich, und Kapitän Bothar'el, flankiert von zwei Besatzungsmitgliedern, trat herein. »Du« – er deutete auf Hugh – »kommst mit mir.«

Mit einem Schulterzucken tat der Assassine, wie ihm geheißen, denn er war gespannt darauf zu sehen, was oben vor sich ging. Die Tür schlug hinter ihnen zu, der Elf schob den Riegel vor, und Hugh folgte dem Kapitän die Leiter hinauf zum Oberdeck. Erst als er auf der Brücke ankam, bemerkte er, daß der Hund hinter ihm trottete.

»Wo ist der hergekommen?« Der Kapitän musterte das Tier böse. Der Hund schaute mit treuen Augen zu ihm auf und wedelte mit dem Schweif.

»Ich weiß es nicht. Vermutlich ist er mir gefolgt.«

»Unteroffizier, schafft das ... das Ding von der Brücke. Bringt es seinem Herrn zurück und sagt ihm, er soll darauf aufpassen, oder ich werfe es über Bord!«

»Zu Befehl, Sir.«

Der Unteroffizier bückte sich, um den Hund aufzuheben. Augenblicklich änderte das Tier sein Verhalten. Es legte die Ohren an den Kopf, der Schwanz hörte auf zu wedeln und bewegte sich langsam und drohend hin und her. Aus der Brust drang ein leises Grollen.

»Wenn dir an deinen Fingern liegt«, schien das Tier zu sagen, »dann behalt sie bei dir.«

Der Unteroffizier war guten Ratschlägen gegenüber empfänglich. Er verschränkte die Hände hinter dem Rücken und blickte fragend und unsicher auf seinen Kapitän.

»Hund ...« lockte Hugh versuchsweise. Die Ohren des Hundes hoben sich ein wenig. Er schaute ihn an, ohne den Unteroffizier ganz aus den Augen zu lassen, doch er gab zu verstehen, daß er Hugh als Freund betrachtete.

»Komm her, Hund«, befahl Hugh und schnippte ungeschickt mit den Fingern.

Der Hund wandte den Kopf, wie um zu fragen, ob er es ernst meinte.

Hugh schnippte wieder mit den Fingern und mit einem letzten Knurren an die Adresse des unglücklichen Elfs, trottete der Hund zu dem Assassinen hinüber, der ihn unbeholfen streichelte. Das Tier setzte sich vor ihn hin.

»Er tut nichts. Ich passe auf ihn auf.«

»Kapitän, der Drache kommt näher«, berichtete der Ausguck.

»Drache?« fragte Hugh.

Als Antwort streckte Kapitän Bothar'el die Hand aus.

Hugh schaute aus dem Bullauge. Der Drache, der sich durch das Firmament schlängelte, war fast unsichtbar; er sah aus wie ein zwischen den Eisbergen strömender Fluß aus Silber – ein silberner Fluß mit zwei roten, flammenden Augen.

»Kennst du die Rasse, Mensch?«

»Ein Sturmsilberdrache.« Hugh mußte nachdenken, bis ihm das Elfenwort einfiel. »Silindistani.«

»Wir können ihm nicht entkommen«, sagte der Kapitän Bothar'el. »Sieh nur, wie schnell er ist! Er trägt seinen Namen zu Recht. Wir werden kämpfen müssen.«

»Das glaube ich nicht«, widersprach Hugh. »Ich würde sagen, daß wir im Begriff sind, den Vater des Jungen kennenzulernen.«

Elfen verabscheuen Drachen und hegen ein tiefes Mißtrauen gegen sie. Die Elfenzauberer haben keine Macht über sie, und das Wissen, daß die Menschen Erfolg haben, wo der Elfenzauber wirkungslos bleibt, hat schon immer wie ein kranker Zahn im Mund der Elfen geschmerzt. Die Gegenwart des Sturmsilberdrachens machte die Elfen an Bord der *Carfa' shon* nervös. Er wand und schlängelte und ringelte seinen langen, schimmernden Leib um ihr Schiff. Die Elfen drehten unablässig die Köpfe hin und her, um ihn im Auge zu behalten, oder zuckten entnervt zusammen, wann immer der Kopf an einer Stelle in die Höhe schoß, wo er Momente zuvor noch nicht gewesen war. Diese Anzeichen von Nervosität schienen den Mysteriarchen zu belustigen, der auf der Brücke stand. Obwohl der Magier die Liebenswürdigkeit in Person war, konnte Hugh das Funkeln unter den wimpernlosen Lidern sehen, und hin und wieder zuckte ein Lächeln um die dünnen, blassen Lippen.

»Ich stehe auf ewig in Eurer Schuld, Kapitän Bothar'el«, sagte Sinistrad. »Mein Kind bedeutet mir mehr als alle Schätze des Hohen Reiches.« Er schaute auf den Jungen hinab, der sich an seine Hand klammerte und in ungeheuchelter Bewunderung zu ihm aufblickte.

»Es freut mich, daß ich behilflich sein konnte. Wie Euer Sohn bereits erklärt hat, werden wir von unserem Volk als Ausgestoßene betrachtet. Wir müssen die Streitmacht der Rebellen suchen und finden. Er hat uns Bezahlung versprochen ...«

»Oh, die werdet ihr bekommen, reiche Bezahlung, das versichere ich Euch. Und Ihr müßt Euch unser herrliches Land ansehen und meine Freunde kennenlernen. Wir haben so wenig Gäste. Allmählich wird man es müde, stets die gleichen Gesichter zu sehen. Nicht daß wir Besucher ermutigen«, fügte Sinistrad diplomatisch hinzu. »Aber dies sind besondere Umstände.«

Hugh schaute zu Haplo, der zusammen mit den anderen ›Gästen‹ bei Sinistrads Ankunft auf die Brücke gebracht worden war. Mordhand hätte gern einen Hinweis darauf erhalten, was Haplo von der ganzen Sache hielt. Natürlich konnten sie nicht miteinander reden, aber selbst eine hochgezogene Augenbraue oder ein kurzes Zwinkern hätten Hugh gesagt, daß auch Haplo diese gezuckerte Frucht nicht schluckte. Doch Haplo war dermaßen in den Anblick Sinistrads vertieft, daß man glauben konnte, er wolle die Poren in der langen Nase des Mannes zählen.

»Ich will es nicht riskieren, dort hindurchzufliegen.« Kapitän Bothar'el deutete mit einem Kopfnicken auf das Firmament. »Gebt uns, was Ihr habt« – der Blick des Elfs richtete sich auf mehrere große Edelsteine an den Händen des Mysteriarchen – »und wir kehren in unser Reich zurück.«

Hugh wußte von vornherein, daß der Elf seinen Atem verschwendete. Sinistrad würde sich auf keinen Fall dieses Schiff durch die mit Rubinen und Diamanten geschmückten Finger gleiten lassen.

Hugh behielt recht. »Die Überwindung dieser Barriere ist vielleicht ein wenig schwierig, aber nicht unmöglich und gewiß nicht gefährlich. Ich werde Euer Führer sein und Euch einen sicheren Weg durch das Firmament zeigen.« Er schaute sich auf der Brücke um. »Bestimmt werdet Ihr es Eurer Mannschaft nicht verwehren, die Wunder unseres Reiches zu betrachten?«

Der legendäre Reichtum des Hohen Reichs, bestätigt durch den Anblick der Juwelen, die der Mysteriarch mit achtloser Selbstverständlichkeit trug, entzündete eine Flamme, die alle Furcht verzehrte und auch jeden vernünftigen Gedanken. Hugh vermochte die Gefühle des Elfenkapitäns nachzuempfinden, der wußte, daß er sich in ein Spinnennetz begab, und doch nichts dagegen tun konnte. Wenn er Befehl gab, diesen Ort zu verlassen und nach Hause zurückzukehren, war *er* es, der zurückkehrte – auf dem kürzesten Weg, Hals über Kopf durch etliche Menkas leeren Himmels.

»Also gut«, sagte Bothar'el unwillig. Das Jubelgeschrei der Besatzung erstarb unter dem funkelnden Blick des Kapitäns.

»Darf ich mit dir auf dem Drachen fliegen, Papa?« fragte Gram.

»Selbstverständlich, mein Sohn.« Sinistrad strich mit der Hand über das helle Haar des Jungen. »Und jetzt, wie sehr ich es auch genießen würde, hierzubleiben und mich zu unterhalten, besonders mit meinem neuen Freund Limbeck« – Sinistrad verneigte sich vor dem Geg, der die Geste mit einem ungeschickten Diener erwiderte – »es geht leider nicht. Meine Gemahlin wartet ungeduldig darauf, ihr Kind zu sehen. Was für bezaubernde, liebevolle Wesen Frauen doch sind.«

Sinistrad wandte sich an den Kapitän. »Ich habe nie ein Schiff geflogen, aber mir scheint, daß das hauptsächliche Problem, das Euch bei dem Flug durch das Firmament zu schaffen machen wird, eine Eisschicht ist, die sich auf den Flügeln bildet. Jedoch bin ich sicher, daß mein hochgelehrter Kollege hier« – er verneigte sich vor dem Schiffsmagier, der sich gleichfalls höflich, aber zurückhaltend verbeugte – »in der Lage ist, es zu schmelzen.«

Den Arm um die Schultern seines Sohnes gelegt, bereitete Sinistrad sich vor, von Bord zu gehen. Er wollte seine magischen Kräfte benutzen, um über die kurze Entfernung hinweg zu seinem Drachen zurückzukehren. Ihre beiden Körper hatten sich fast gänzlich aufgelöst, als er innehielt und den glitzernden Blick auf den Kapitän heftete. »Folgt dem Pfad des Drachen«, sagte er, »so exakt wie möglich.« Damit war er verschwunden.

»Und was hältst du von ihm?« fragte Hugh, als er neben Haplo und gefolgt von Alfred, Limbeck und dem Hund in ihr Gefängnis unter Deck zurückkehrte.

»Von dem Magier?«

»Von wem sonst?«

»Er ist mächtig«, sagte Haplo schulterzuckend. »Aber nicht so mächtig, wie ich erwartet hatte.«

Hugh brummte. Er hatte Sinistrad furchteinflößend gefunden. »Und was hast du erwartet – einen Sartan?«

Haplo warf Hugh einen Blick zu und merkte, daß die Bemerkung scherzhaft gemeint war. »Ja«, antwortete er und grinste.

Kapitel 47

Das Firmament

Die *Carfa'shon* segelte zwischen den Eisbergen hindurch und ließ eine Spur aufgewirbelter, glitzernder Eiskristalle in ihrem Kielwasser zurück. Es war bitterkalt. Der Schiffsmagier hatte sich gezwungen gesehen, magische Wärme aus den Wohn- und Arbeitsbereichen des Schiffes abzuziehen und sie zu benutzen, um die Takelage, die Taue, die Flügel und den Rumpf von dem Eis freizuhalten, das auf sie herabregnete.

Haplo, Limbeck, Alfred und Hugh drängten sich wärmesuchend um ein kleines Kohlebecken in ihrer Unterkunft. Der Hund hatte sich zu einer Kugel zusammengerollt, die Nase in dem buschigen Schweif vergraben, und schlief. Keiner der vier sprach. Limbeck stand noch zu sehr unter dem Einfluß dessen, was er gesehen hatte und noch zu sehen erwartete. Was Haplo dachte, ließ sich nur vermuten. Hugh grübelte über seine Möglichkeiten nach.

Mord entfällt. Kein Assassine, der seinen Dolch wert ist, übernimmt den Auftrag, einen Magier zu töten, ganz zu schweigen von einem Mysteriarchen! Dieser Sinistrad ist die Macht in Person! Er summt vor Magie wie ein Blitzableiter bei Gewitter. Wenn ich mir nur vorstellen könnte, warum er mich jetzt haben will, während er noch vor gar nicht so langer Zeit versucht hat, mich durch seinen Sohn vergiften zu lassen. Warum bin ich plötzlich so wertvoll für ihn?

»Warum wolltest du, daß ich Hugh mitbringe, Vater?«

Der Sturmsilberdrache glitt mit ungewöhnlicher Langsamkeit durch das Firmament, denn er wurde von Sinistrad zurückgehalten, damit das Elfenschiff folgen konnte. Die träge Geschwindigkeit erboste den Drachen, der sich außerdem zu gerne an den appetitlich riechenden Geschöpfen im Innern des Schiffs delektiert hätte, aber er wollte Sinistrad nicht herausfordern. Die beiden hatten bereits viele magische Schlachten ausgetragen, bei denen Gorgon stets der Verlierer gewesen war. Er haßte den Magier mit widerwilligem Respekt. Außerdem wußte der Drache, daß er eines Tages Sieger bleiben würde. Es war unausweichlich, daß der Magier irgendwann einen Fehler machte, und dann war sein Schicksal besiegelt.

»Vielleicht brauche ich Hugh Mordhand, Gram. Schließlich versteht er, ein Schiff zu führen.«

»Aber wir haben einen Schiffsführer – den Elfenkapitän.«

»Mein liebes Kind, du hast noch viel zu lernen. Am besten fängst du gleich damit an. Trau niemals einem Elf. Obwohl ihre Intelligenz der eines Menschen entspricht, leben sie länger und neigen deshalb dazu, größere Weisheit zu erwerben. In früheren Zeiten waren sie eine edle Rasse und die Menschen kaum mehr als Tiere, verglichen mit ihnen. Aber die Elfenmagier wollten sich nicht begnügen. Sie waren eifersüchtig auf uns.«

»Ich sah den Magier die Seele des toten Elfen in einen Kasten sperren«, unterbrach ihn Gram mit furchtsamer Scheu in der Stimme.

»Ja.« Sinistrad verzog hämisch den Mund. »Damit glaubten sie uns bekämpfen zu können.«

»Das verstehe ich nicht, Vater.«

»Es ist wichtig, daß du es begreifst, mein Sohn, und zwar schnell, denn wir werden es mit einem Schiffsmagier der Elfen zu tun bekommen. Ich will dir kurz das Wesen der Magie erläutern. Vor der Großen Teilung existierten spirituelle und materielle Magie in allen Völkern gleichermaßen. Nach der Großen Teilung war die Welt in ihre einzelnen Elemente zersplittert, wenigstens berichten das die Legenden der Sartan, und diese Zersplitterung wurde bewirkt durch Magie.

Jede Rasse strebt natürlich danach, mit Hilfe der Magie die eigenen Unzulänglichkeiten auszugleichen. Daher nutzten die Elfen, die von Natur aus mehr dem Spirituellen zuneigen, die Magie dazu, ihre Macht im physischen Bereich zu vergrößern. Sie studierten die Kunst, materiellen Gegenständen magische Eigenschaften zu verleihen, damit sie für sie arbeiteten.«

»Wie die Drachenschiffe?«

»Ja, wie die Drachenschiffe. Die Menschen andererseits waren besser befähigt, die materielle Welt zu kontrollieren, und suchten durch spirituelle Magie ihre Macht zu vergrößern. Mit Tieren zu kommunizieren, dem Wind zu befehlen, Steine durch unseren Willen zu bewegen – das wurde unser größtes Talent. Und weil wir uns so eingehend mit dem spirituellen Bereich befaßten, entwickelten wir die Fähigkeit der mentalen Magie, die Gabe, unser Bewußtsein zu schulen, die Naturgesetze aufzuheben und zu verändern.«

»Das ist der Grund, weshalb ich fliegen konnte.«

»Ja, und wärst du ein Elf gewesen, hättest du verloren, denn sie besitzen diese Fähigkeit nicht. Die Elfen verwendeten all ihre übersinnlichen Fähigkeiten an materiellen Gegenständen und studierten die Kunst der mentalen Manipulation. Ein Elfenmagier mit gefesselten Händen ist hilflos. Ein Menschenmagier in der gleichen Situation braucht nichts weiter zu tun, als sich vorstellen, daß seine Handgelenke schrumpfen, und es wird geschehen. So kann er aus seinen Fesseln schlüpfen.«

»Vater«, sagte Gram, der über die Schulter blickte, »das Schiff hat angehalten.«

»Tatsächlich.« Sinistrad unterdrückte einen gereizten Seufzer und zügelte den Drachen. »Dieser Schiffsmagier, den sie haben, kann nicht mehr sein als Zweites Haus, wenn es ihm nicht einmal gelingt, ihnen das Eis von den Flügeln zu schmelzen!«

»Und daher haben wir zwei Kapitäne zu unserer Verfügung.« Gram drehte sich in dem Drachensattel herum, weil er sehen wollte, was auf dem Schiff vorging. Die Elfen waren gezwungen, den Eisbelag mit Äxten von der Takelage zu entfernen.

»Nicht mehr lange«, entgegnete Sinistrad.

Wenn er von diesem Schiff Gebrauch machen will, braucht der Magier jemanden, der es fliegen kann. Nachdem diese Frage beantwortet war, nahm Hugh die Pfeife und stopfte sie sparsam aus seinem schwindenden Vorrat an Sterego. Vorläufig hat der Magier sogar zwei Piloten – mich und den Elf. Er kann uns beide im unklaren lassen und gegeneinander ausspielen. Sieger lebt, Verlierer stirbt. Vielleicht auch nicht. Vielleicht traut er dem Elf nicht. Interessant. Ob ich Bothar'el warnen sollte?

Hugh entzündete die Pfeife und musterte unter gesenkten Lidern seine Gefährten. Limbeck. Warum Limbeck? Und Haplo. Wo kommt er ins Spiel?

»Der Geg, der mit dir gekommen ist, mein Sohn. Du sagst, er ist der Oberste seines Volkes?«

»Nun ja, so eine Art.« Gram wand sich unbehaglich. »Es war nicht mein Fehler. Ich versuchte, mir ihren König geneigt zu machen. Sie nennen ihn Chefmechaniker.«

»Chefmechniker.«

»Aber dieser andere Mann wollte, daß Limbeck mitkam, und er kam dann mit.«

»Welcher andere Mann?« fragte Sinistrad. »Alfred?«

»Nein, nicht Alfred«, sagte Gram wegwerfend. »Der andere Mann. Der mit dem Hund.«

Sinistrad versuchte sich an die Leute zu erinnern, die auf der Brücke gestanden hatten. Er konnte sich erinnern, noch einen Menschen gesehen zu haben, vermochte sich aber sein Gesicht nicht ins Gedächtnis zu rufen. Das mußte der aus dem neu entdeckten Reich sein, von dem bis jetzt keiner etwas gewußt hatte.

»Vielleicht hättest du den Zauberbann auf ihn anwenden sollen, ihn überzeugen, daß er möchte, was du möchtest. Hast du es nicht versucht?«

»Selbstverständlich, Vater!« sagte Gram und wurde rot vor Empörung.

»Und was ist geschehen?«

Gram zog den Kopf ein. »Es hat nicht gewirkt.«

»Was? Sollte es möglich sein, daß Trian es wahrhaftig fertiggebracht hat, den Bann zu brechen? Oder vielleicht besitzt dieser Mann ein Amulett...«

»Nein, er besitzt gar nichts, außer einem Hund. Ich mag ihn nicht. Er schloß sich uns an. Ich wollte es nicht, aber ich konnte ihn nicht daran hindern. Der Zauber wirkte bei ihm nicht. Alle anderen nehmen ihn in sich auf, wie ein Schwamm Wasser aufsaugt. Bei diesem Haplo aber prallte er einfach zurück.«

»Unmöglich. Entweder hat er einen verborgenen Talisman, oder du hast dir das nur eingebildet.«

»Nein, es war keins von beidem, Vater.«

»Pah! Was weißt du schon. Du bist nur ein Kind. Dieser Limbeck ist der Anführer einer Art von Rebellion in seinem Volk, stimmt das?«

Gram hatte den Kopf gesenkt, schmollte und gab keine Antwort.

Sinistrad hieß den Drachen anhalten. Das Schiff folgte ihnen schwerfällig und lavierte mit den ausgeschwenkten Flügeln zwischen Eisriesen, die nur ein wenig von ihrer Bahn abzuweichen brauchten, um die *Carfa'shon* zu zermalmen. Der Mysteriarch drehte sich im Sattel herum, legte die Hand unter das Kinn seines Sohnes und zwang ihn aufzuschauen. Sein Griff war schmerzhaft! Grams Augen füllten sich mit Tränen.

»Du wirst prompt jede Frage beantworten, die ich dir stelle. Du wirst tun, was ich dir sage, ohne lange zu fragen oder Widerworte zu geben. Du wirst mir überall und jederzeit mit Respekt begegnen. Ich mache dir jetzt keine Vorwürfe, weil du es daran mangeln läßt. Du hast unter solchen gelebt, die nichts taten, um dir Respekt einzuflößen, und die keinen Respekt verdienten. Aber das hat sich geändert. Du bist jetzt bei deinem Vater. Vergiß das nicht.«

»Nein«, flüsterte Gram.

»Nein was?« Der Griff wurde stärker.

»Nein, Vater!« ächzte Gram.

Zufrieden ließ Sinistrad den Jungen los und belohnte Gram mit einem leichten Verziehen der dünnen, blutleeren Lippen. Er drehte sich wieder nach vorn und befahl dem Drachen, den Weg fortzusetzen.

Die Finger des Magiers hinterließen weiße Druckstellen auf Grams Wange. Der Junge schwieg und versuchte, den Schmerz durch Reiben zu lindern. Die Tränen standen noch ungeweint in seinen Augen, er wischte sie weg.

»Jetzt beantworte meine Frage. Dieser Limbeck ist der Anführer einer Rebellion?«

»Ja, Vater.«

»Dann ist er vielleicht doch von Nutzen für uns. Zumindest kann er uns Informationen über die Maschine liefern.«

»Ich habe Zeichnungen von der Maschine angefertigt, Vater.«

»Tatsächlich?« Sinistrad schaute über die Schulter. »Gute Zeichnungen? Nein, zeig sie mir nicht jetzt. Am Ende werden sie davongeweht. Ich werde sie mir ansehen, sobald wir zu Hause sind.«

Hugh paffte gemächlich an der Pfeife und genoß das Gefühl der Entspannung. Was immer der Magier plante, Limbeck konnte ihm Informationen geben und ermöglichte ihm den Zugang zum Niederreich. Aber was hatte es mit Haplo auf sich. Vielleicht ist er nur durch Zufall zu uns gestoßen? Nein. Hugh betrachtete den Mann verstohlen, aber eindringlich. Haplo neckte den schlafenden Hund, indem er ihn mit der Schwanzspitze an der Nase kitzelte. Der Hund nieste, erwachte, hielt erbost nach der Fliege Ausschau, und als er sie nicht finden konnte, schlief er wieder ein. Hugh dachte an ihre Gefangenschaft auf Drevlin zurück, an den Schock, den sein Selbstbewußtsein erlitten hatte, als er Haplo neben dem Schachtgitter stehen sah. Nein, Hugh konnte sich nicht vorstellen, daß Haplo irgend etwas zufällig tat. Hinter seinem Auftauchen steckte also ein Plan. Aber wessen?

Hughs Blick wanderte zu Alfred. Der Kammerdiener starrte ins Nichts, und sein Gesicht war das Gesicht von jemandem, der sich in einem Alptraum gefangen sieht. Was hatte er im Niederreich erlebt? Und warum war er hier, wenn nicht aus dem Grund, daß der Junge seinen Diener bei sich haben wollte? Aber Gram hatte Alfred nicht mitgebracht, fiel es Hugh ein. Der Kammerdiener war Gram aus eigenem Antrieb gefolgt. Und folgte ihm immer noch.

»Und was ist mit Alfred?« wollte Sinistrad wissen. »Warum ist er bei dir?«

Der Mysteriarch und sein Sohn näherten sich dem jenseitigen Ende des Firmaments. Die Eisberge wurden kleiner. Vor ihnen funkelte wie ein Smaragd zwischen ausgestreuten Diamanten das Ziel der langen Reise, das Hohe Reich. Hinter sich hörten sie ein heiseres Jubelgeschrei von dem Drachenschiff aufsteigen.

»Er hat von König Stephens Plan erfahren, mich ermorden zu lassen«, erklärte Gram seinem Vater, »und er ist gefolgt, um mich zu beschützen.«

»Mehr weiß er nicht?«

»Er weiß, daß ich dein Sohn bin. Er weiß von dem Zauber.«

»Jeder weiß davon. Deshalb hat er so gut gewirkt. Alle waren sich so erfreulich ihrer Hilflosigkeit bewußt. Aber das meinte ich nicht. Weiß Alfred, daß du deine Eltern und diesen Idioten Trian dazu gebracht hast, zu glauben, sie wären diejenigen, die sich von dir befreit hätten? Ist er deshalb mitgekommen?«

»Nein. Alfred ist gekommen, weil er nicht anders kann. Er muß um mich herum sein. Er ist nicht klug genug, um etwas anderes zu tun.«

»Das trifft sich gut. Er kann dich begleiten, wenn du zurückkehrst, und wird deine Geschichte bestätigen.«

»Zurückkehren? Zurückkehren wohin?« Gram klammerte sich verängstigt an seinen Vater. »Ich will bei dir bleiben!«

»So ist es recht. Weshalb ruhst du dich nicht aus? Wir sind bald da, und ich möchte, daß du auf meine Freunde einen guten Eindruck machst.«

»Und auf Mutter?« Gram setzte sich im Sattel bequemer zurecht.

»Ja, natürlich. Jetzt sei still. Wir nähern uns der Kuppel, und ich muß denen Bescheid geben, die uns erwarten.«

Gram legte den Kopf an seines Vaters Rücken. Er hatte ihm nicht die ganze Wahrheit über Alfred erzählt. Da war diese seltsame Begebenheit im Wald gewesen, als der Baum auf den Jungen fiel. Alfred dachte, ich wäre noch bewußtlos, aber das war ich nicht. Ich hab's gesehen. Nur was ich gesehen habe, weiß ich nicht genau. Hier oben werde ich es herausfinden. Vielleicht frage ich eines Tages Vater danach. Aber nicht jetzt. Erst wenn ich weiß, was er mit ›zurückkehren‹ gemeint hat. Bis dann behalte ich Alfred ganz für mich.

Gram drückte sich fester an Sinistrad.

Hugh klopfte die Pfeife aus, wickelte sie behutsam in den dicken, weichen Lappen und schob sie in sein Wams. Er hatte von Anfang an gewußt, daß es ein Fehler war, hierherzukommen. Doch er war unfähig gewesen, den Bann zu brechen, den das Kind über ihn geworfen hatte. Deshalb kam Hugh zu dem Schluß, daß er sich nicht die Mühe zu machen brauchte, über seine Möglichkeiten nachzudenken.

Er hatte keine.

Kapitel 48

Neue Hoffnung, Hohes Reich

Geführt von dem Mysteriarchen und dem Sturmsilberdrachen, segelte die *Carfa'shon* durch die magische Kuppel, die das Hohe Reich umgab. Elfen, Menschen und der Geg drückten die Gesichter gegen die Bullaugen und starrten auf die wundervolle Welt, die sich unter ihnen ausbreitete. Sie waren bewegt von der außerordentlichen Schönheit, überwältigt von der Herrlichkeit, die sich ihren Augen bot, und jeder dachte mit leichtem Unbehagen daran, wie mächtig die Schöpfer dieser Wunder sein mußten. Innerhalb weniger Atemzüge hatten sie eine Welt aus gefrorenem, glitzerndem Eis zurückgelassen und befanden sich in einem üppig grünen Land mit einem schimmernden, regenbogenfarbenen Himmel.

Die Elfen legten die Pelzmäntel ab, die sie angezogen hatten, um sich vor der bitteren Kälte zu schützen. Hugh schüttete den Brennkristall aus dem Kohlebecken in den Feuerkasten. Der Eismantel um das Schiff begann zu schmelzen und tropfte wie Regen auf den Boden.

Alle Besatzungsmitglieder, die nicht unmittelbar mit der Führung des Schiffs zu tun hatten, schauten in atemlosem Staunen auf dieses verzauberte Reich. Es mußte Wasser im Überfluß geben, war jedermanns erster Gedanke. Eine üppige Vegetation bedeckte den Boden, und hohe Bäume mit grünem Laub überzogen in kleinen Gruppen eine Landschaft sanfter Hügel. Hier und da ragten perlweiße Türme in den Himmel, breite Straßen durchzogen die Täler und verschwanden hinter den Hügelkämmen.

Sinistrad flog vor ihnen her, der Sturmsilberdrache zog wie ein Komet durch den lichten Himmel und ließ das anmutige Drachenschiff im Vergleich plump und schwerfällig erscheinen. Sie folgten ihm, und nach kurzer Zeit tauchte am Horizont eine Ansammlung von hohen Gebäuden auf. Dorthin richtete Sinistrad den Kopf des Drachen, und schon bald sahen alle an Bord, daß sie sich einer riesigen Stadt näherten.

Während seiner Zeit als Sklave hatte Hugh einmal die Hauptstadt von Aristagon besucht, auf die die Elfen sehr zu Recht stolz sind. Die Schönheit der Gebäude, die aus über Jahre hinweg gewachsenem Koralit bestehen, dem geniale Elfenmagier und Handwerker kunstvolle Gestalt verliehen haben, wird in der ganzen Welt gerühmt. Doch die Juwelen von Tribus waren Straß und gewöhnliches Glas verglichen mit der prachtvollen Stadt, die flimmernd vor ihnen lag – eine Handvoll über grünen Samt gestreute Perlen mit einem Rubin oder Saphir oder Diamanten dazwischen.

Ein ehrfürchtiges, beinahe demütiges Schweigen herrschte auf dem Elfenschiff. Niemand sprach, als könnte ein unbedachtes Wort den lieblichen Traum zerstören. Hugh hatte von den Kirmönchen gelernt, daß Schönheit vergänglich ist und alles Menschenwerk am Ende zu Staub wird. Bisher hatte er in seinem Leben nichts gesehen, was ihn vom Gegenteil überzeugt hätte, aber jetzt fühlte er sich versucht zu glauben, die Mönche hätten doch unrecht gehabt. Limbeck rannen Tränen über die Wangen, er mußte immer wieder die Brille abnehmen und sich die Augen wischen, damit er etwas sehen konnte. Alfred schien seine inneren Qualen vergessen zu haben, und auf seinem Gesicht lag ein weicher, fast melancholischer Ausdruck.

Was Haplo betraf, wenn er beeindruckt war, zeigte er es nicht. Er legte nur ein gemäßigtes Interesse an den Tag, während er mit den anderen aus den Bullaugen schaute.

Aber schließlich, dachte Hugh und musterte den Mann gründlich, an seinem Gesicht läßt sich nie etwas ablesen – weder Angst noch Freude, Kummer oder Zorn. Doch wenn man genau hinsah, hatten sich starke Gefühle wie Narben in dieses Gesicht eingegraben. Allein der Wille des Mannes hatte sie geglättet, aber doch nicht ganz ausgelöscht. Kein Wunder, daß ich mich in seiner

Gegenwart getrieben fühle, die Hand an den Schwertgriff zu legen. Ich glaube fast, ich hätte lieber einen eingeschworenen Feind zur Seite statt diesen Haplo als Freund.

Der Hund, der neben Haplo saß und sich mit größerem Interesse umschaute als sein Herr, senkte plötzlich den Kopf und leckte an seinem Fell, als wäre da ein lästiges Jucken, das er aufspüren mußte.

Das Elfenschiff erreichte die Stadt. Es schwebte über breite, von Blumen gesäumten Straßen zwischen hohen Gebäuden. Woraus diese Gebäude errichtet waren, konnte man nur vermuten. Der helle, seidige Schmelz der Mauern gemahnte an Perlen – die Edelsteine, die hin und wieder im Koralit gefunden wurden und die so kostbar und selten waren wie Wassertropfen. Die Elfen hielten den Atem an und betrachteten einander aus den Augenwinkeln. Ein Stein aus Perlensubstanz würde ihnen größeren Reichtum einbringen, als ihr König besaß. Hugh rieb sich die Hände und fühlte, wie seine Laune sich besserte. Vorausgesetzt, er blieb am Leben, war sein Glück gemacht.

Das Schiff ging tiefer, und sie sahen emporgewandte Gesichter, die interessiert zu ihnen heraufschauten. Die Straßen waren dicht bevölkert; die Einwohnerzahl der Stadt mußte in die Tausende gehen, schätzte Hugh. Sinistrad führte das Schiff zu einem großen Parkgelände und bedeutete ihnen durch Handzeichen, dort Anker zu werfen. Eine Gruppe von Magiern hatte sich im Park versammelt und blickte ihnen neugierig entgegen. Obwohl keiner der Magier je einen solchen mechanischen Gegenstand zu Gesicht bekommen hatte, waren sie schnell bei der Hand, die Halteleinen aufzufangen und an Bäumen festzumachen. Kapitän Bothar'el gab Befehl, die Flügel fast ganz einzuholen, so daß nur ein kleiner Teil der Magie das Schiff in der Schwebe hielt.

Hugh und seine Gefährten wurden auf die Brücke geführt und trafen dort im selben Moment ein, als Sinistrad und Gram aus dem Nichts Gestalt annahmen. Der Mysteriarch verneigte sich respektvoll vor dem Kapitän.

»Ich hoffe, der Flug war nicht übermäßig schwierig? Euer Schiff ist durch das Eis nicht beschädigt worden?«

»Nur geringfügig«, erwiderte Bothar'el und verneigte sich seinerseits. »Es sind kleine Schäden, die sich leicht ausbessern lassen.«

»Meine Freunde und ich sind gerne bereit, Euch das benötigte Material zu beschaffen: Holz, Tauwerk . . .«

»Vielen Dank, das wird nicht nötig sein. Wir sind es gewöhnt, uns zu behelfen.« Es war offensichtlich, daß die Schönheit dieser Welt und all ihr Reichtum Bothar'el nicht zu blenden vermocht hatten. Er befand sich auf fremdem Gebiet. Hugh empfand eine wachsende Sympathie für den Elf. Wie er sehen konnte, war es nicht nötig, Bothar'el vor der Gefahr zu warnen, in der er schwebte.

Sinistrad schien nicht beleidigt zu sein. Mit einem starren Lächeln sagte er, es wäre ihm eine große Freude, wenn sich ihm der Kapitän und seine Passagiere sowie die übrige Besatzung zu einem Rundgang durch die Stadt anschließen würden. Einige seiner Freunde könnten solange an Bord kommen und auf die Sklaven aufpassen.

»Vielen Dank. Ich selbst sowie einige meiner Offiziere sind später gern bereit, Eurer Einladung Folge zu leisten. Doch erst müssen wir unsere Arbeit tun. Und ich möchte Euch und Euren Freunden keineswegs die Verantwortung für unsere Sklaven aufbürden.«

Sinistrad sagte nichts, sondern verneigte sich nur zustimmend, aber sein verbindliches Lächeln schien auszudrücken: »Ich könnte dieses Schiff innerhalb von Momenten in meine Hände bringen, wenn ich es wollte.«

Kapitän Bothar'el erwiderte die Verneigung.

»Ihr habt keine Einwände, hoffe ich, Sir, wenn ich Eure Passagiere einlade, mit mir zu kommen, um meine Frau zu begrüßen und als Gäste in meinem Haus zu wohnen? Wir sind ihnen zutiefst verpflichtet, weil sie unserem einzigen Kind das Leben gerettet haben.« Sinistrads Blick wanderte zu Hugh, Limbeck und Alfred hinüber. Auf Haplo schien er ein wenig länger zu haften, und eine nachdenkliche Falte vertiefte sich zwischen den Augen. Haplo erwiderte diese Musterung mit seiner ruhigen, bescheidenen Haltung.

Kapitän Bothar'el entgegnete, seine Passagiere wären bestimmt glücklich darüber, der langweiligen Routine des Bordlebens entfliehen zu können. Aus dem Ton der Worte glaubte Hugh entnehmen zu können, daß der Elf froh war, sie loszuwerden. Die Luke öffnete sich, eine Strickleiter wurde ausgeworfen. Sinistrad und Gram verließen die Brücke auf ihre übliche, luftige Art; die anderen stiegen die Leiter hinab. Hugh ging als letzter von Bord. Als er in der Luke stand und zuschaute, wie seine Gefährten sich langsam und unbeholfen nach unten hangelten, spürte er überrascht eine leichte Berührung am Arm.

Er wandte den Kopf und schaute in die Augen des Elfenkapitäns.

»Ja«, nickte Bothar'el, »ich weiß, worauf er es abgesehen hat. Ich werde mein Bestes tun, um dafür zu sorgen, daß er es nicht bekommt. Wenn ihr mit Geld zurückkommt, bringen wir euch von hier fort. Wir warten so lange auf euch, wie wir uns behaupten können.« Der Elf verzog den Mund. »Ich erwarte, wie versprochen bezahlt zu werden – so oder so.«

Ein Aufschrei wies darauf hin, daß Alfred wieder einmal zu Schaden gekommen war. Hugh sagte nichts. Es gab nichts zu sagen. Jeder wußte Bescheid. Er setzte den Fuß auf die Leiter. Die anderen hatten bereits festen Boden erreicht, Haplo und Limbeck kümmerten sich um den bewußtlosen Alfred. Neben Haplo stand der Hund und leckte Alfreds Gesicht. Hugh wunderte sich, wie das Tier oder sein Herr diese bewunderungswürdige Leistung vollbracht hatten. Er hatte noch nie von einem Vierbeiner gehört, der fähig gewesen wäre, eine Strickleiter hinunterzuklettern. Doch als er die anderen danach fragte, schien niemand darauf geachtet zu haben.

Eine Gruppe von zwanzig Mysteriarchen – zehn Männer und zehn Frauen – stand bereit, um sie zu empfangen. Sinistrad stellte sie als Mystagogen vor, Lehrer des Arkanen und die Regierung dieser Stadt. Sie waren unterschiedlichen Alters, doch keiner schien so jung zu sein wie Sinistrad. Ein Paar mußte uralt sein, die unzähligen Falten und Runzeln in ihren Gesichtern verdeckten fast die scharfen, klugen Augen, in denen das Wissen vieler Jahre leuchtete. Die anderen standen in der Lebensmitte, ihre Gesichter waren fest und glatt, in ihrem dichten Haar zeigte sich nur hie und da eine Spur von Silber oder Grau an den Schläfen. Sie begrüßten die Besucher ihrer schönen Stadt mit ausgesuchter Höflichkeit und boten an, alles in ihrer Macht Stehende zu tun, um ihren Aufenthalt denkwürdig zu gestalten.

Denkwürdig. Das bestimmt, wenn nicht mehr, dachte Hugh. Er ging herum, hörte klangvolle Namen, sah in Augen, die seinen Blick nicht erwiderten, schaute auf Gesichter, die aus der schimmernden Substanz der Bauten hätten gemeißelt sein können, so leer waren sie hinter der aufgesetzten Mimik des höflichen Gastgebers. Sein Gefühl von Gefahr und Unruhe wuchs und erhielt Bestätigung durch einen merkwürdigen Zwischenfall.

»Ich frage mich, liebe Gäste, ob es Euch gefallen würde, durch die Stadt zu spazieren und ihre Wunder zu betrachten? Mein eigenes Heim liegt ein Stück von hier entfernt, und es bietet sich vermutlich nicht wieder die Gelegenheit, Neue Hoffnung zu besichtigen, bevor Ihr uns wieder verlaßt.«

Alle stimmten zu, und nachdem man sich vergewissert hatte, daß Alfred nicht ernsthaft verletzt war, folgten sie Sinistrad durch den Park. Magier standen in Gruppen beisammen oder saßen unter Bäumen und hoben die Köpfe, wenn sie vorübergingen, aber keiner sprach ein Wort. Die Stille war unheimlich, und Hugh mußte sich eingestehen, daß er das Dröhnen und Hämmern des Allüberall vorgezogen hätte.

Er und seine Gefährten traten auf den Bürgersteig und standen inmitten der schimmernden Gebäude, deren Türme sich kühn in den regenbogenfarbenen Himmel reckten. Torbögen führten zu kühlen, schattigen Innenhöfen. Bogenfenster gaben den Blick frei auf atemberaubenden Luxus.

»Die Gebäude zur Linken gehören zur Schule des Arkanen, wo wir unsere Kinder unterrichten. Dort drüben befinden sich die Wohnungen der Schüler und Professoren. Das höchste Gebäude, das Ihr von hier aus sehen könnt, ist der Sitz der Regierung, wo die Ratsmitglieder tätig sind, die euch eben begrüßt haben. Oh, vor einer Sache muß ich Euch warnen.« Sinistrad, der vor ihnen hergegangen war, eine Hand wohlwollend auf der Schulter seines Sohnes, drehte sich zu ihnen herum.

»Das Material, das wir zum Bau unserer Häuser verwenden, entsteht durch Magie und ist deshalb nicht ... Wie soll ich es ausdrücken, damit Ihr versteht, was ich meine? Sagen wir: Es ist nicht von dieser Welt. Und deshalb möchte ich empfehlen, daß Ihr es nicht berührt. Ah, seht, was habe ich gesagt?«

Der ewig neugierige Limbeck hatte die Hand ausgestreckt und mit den Fingerspitzen den glatten, glänzenden Stein berührt. Es zischte, der Geg stieß einen Schmerzenslaut aus und riß die verbrannte Hand zurück.

»Er versteht Eure Sprache nicht«, sagte Alfred mit einem tadelnden Blick auf den Magier.

»Dann schlage ich vor, daß einer von Euch es übernimmt, für ihn zu übersetzen«, gab Sinistrad zurück. »Das nächste Mal kostet es ihn vielleicht das Leben.«

Limbeck hatte die verbrannten Fingerspitzen in den Mund gesteckt und starrte in respektvoller Scheu an den Gebäuden hinauf. Alfred gab mit gesenkter Stimme die Warnung an ihn weiter, und sie gingen weiter die Straße entlang, die ihnen auf Schritt und Tritt neue Wunder vor Augen führte. Auf den Fußwegen herrschte ein reges Hin und Her von Leuten, die sie interessiert, aber schweigend musterten.

Alfred und Limbeck gingen unmittelbar hinter Sinistrad und Gram, und Hugh hielt mit ihnen Schritt, bis ihm auffiel, daß Haplo zurückgeblieben war. Er ging langsam neben seinem Hund, der plötzlich auf einem Bein hinkte. Hugh blieb stehen, um auf sie zu warten. Es dauerte lange, bis sie herankamen – der Hund hatte offenbar starke Schmerzen. Haplo hielt inne, kniete sich neben das Tier und nahm die offensichtlich verletzte Pfote in Augenschein. Hugh sah ihm über die Schulter.

»Na, was ist mit dem Hund?«

»Eigentlich nichts. Ich wollte dir etwas zeigen. Versuch, die Mauer hinter mir zu berühren.«

»Bist du verrückt? Willst du, daß ich mir die Finger anbrenne?«

»Versuche es«, wiederholte Haplo mit seinem stillen Lächeln. Der Hund lächelte Hugh mit offenem Maul und hängender Zunge an, als wäre er Mitwisser eines wundervollen Geheimnisses. »Du wirst dir nicht weh tun.«

Mit dem Gefühl eines Jungen, der einer Herausforderung nicht widerstehen kann, auch wenn er weiß, daß es für ihn böse enden wird, streckte Hugh zaghaft die Hand nach der Wand aus. Er zuckte unwillkürlich zusammen, als die Fingerspitzen die Oberfläche berührten, aber er spürte nichts. Absolut gar nichts! Seine Hand ging durch die Mauer hindurch! Das Gebäude war so massiv wie eine Wolke.

»Was zum . . .«

»Illusionen«, sagte Haplo. Er klopfte dem Hund die Seite. »Komm jetzt, der Magier hält nach uns Ausschau. Dorn in der Pfote«, rief er Sinistrad zu. »Ich habe ihn herausgezogen. Nichts Schlimmes.«

Sinistrad betrachtete sie mit schlecht verhohlenem Mißtrauen und fragte sich vermutlich, wie der Hund sich mitten in der Stadt einen Dorn in die Pfote getreten hatte. Trotzdem ging er weiter mit seinen Gästen durch die Stadt, obwohl seine Aufzählung der Wunder von Neue Hoffnung ein wenig gezwungen klang.

Hugh, der vor einem Rätsel stand, neigte sich zu Haplo: »Warum?«

Haplo zuckte die Schultern. »Das ist noch nicht alles«, sagte er leise aus dem Mundwinkel, damit Sinistrad nicht merkte, daß sie sich unterhielten. »Wirf einen Blick auf die vielen Leute um uns herum.«

»Ein schweigsames Völkchen, das muß man ihnen lassen.«

»Sieh sie dir genau an.«

Hugh tat, wie ihm geheißen. »Sie *haben* etwas Merkwürdiges an sich«, gab er zu. »Sie sehen . . .« Er verstummte.

»Sie kommen dir bekannt vor?«

»Ja. Als hätte ich sie irgendwo schon einmal gesehen. Aber das ist unmöglich.«

»Doch, es ist möglich. Wenn du nämlich immer wieder dieselben Leute siehst.«

In diesem Augenblick – fast, als hätte er sie belauscht – brach Sinistrad die Besichtigung kurzerhand ab.

»Es ist Zeit, daß wir zu meinem bescheidenen Heim aufbrechen«, sagte er. »Meine Frau wird schon warten.«

Kapitel 49

Burg Sinister, Hohes Reich

Der Sturmsilberdrache brachte sie zu Sinistrads Burg. Die Entfernung war nicht groß. Die Burg schien auf einer Wolke zu schweben und ermöglichte, wann immer die Nebel sich teilten, einen Ausblick auf Neue Hoffnung, der spektakulär und atemberaubend war und beunruhigend. Die Gebäude, die Leute – nichts als ein Traum. Wessen Traum? Und aus welchem Grund wurden sie eingeladen, ihn zu teilen?

Hughs erste Handlung beim Betreten der Burg bestand darin, verstohlen die Wand zu befühlen. Er sah, daß Haplo dasselbe tat, und beide tauschten vielsagende Blicke aus. Die Burg zumindest war keine Illusion, sondern Wirklichkeit.

Und die Frau, die die Treppe herunterkam – war sie wirklich?

»Ah, da bist du ja, meine Liebe. Ich glaubte, du würdest uns an der Tür empfangen, um deinen Sohn in die Arme zu schließen.«

Die Eingangshalle der Burg war riesig und wurde dominiert von einer grandiosen Treppe, deren Marmorstufen so breit waren, daß ein Kampfdrache mit ausgebreiteten Flügeln hätte hinauffliegen können. Die Innenwände bestanden aus dem gleichen milchigweißen Material wie die Außenmauern und schimmerten in dem Sonnenlicht, das gedämpft durch den feinen, weißen Nebel drang, der den Fuß der Burg umhüllte. Seltene und wertvolle Möbelstücke standen an den Wänden aufgereiht – massive Holztruhen, reichgeschnitzte Stühle mit hohen Rückenlehnen; darüber hingen Gobelins von ungewöhnlicher Farbenpracht und Schönheit. Altertümliche Rüstungen menschlicher Krieger, gearbeitet aus kostbaren Metallen, mit Silber und Gold eingelegt, hielten schweigend Wache neben den Türen. Die Treppenstufen bedeckte ein dicker, weicher Teppich aus gewirkter Wolle.

Durch Sinistrads Bemerkung aufmerksam gemacht, hoben die Besucher die Köpfe und sahen auf halber Treppe eine Frau stehen. Wie erstarrt schaute sie auf ihr Kind. Gram drückte sich eng an Sinistrad, seine kleine Hand umklammerte die Finger des Magiers. Die Frau griff nach dem Medaillon, das sie an einem schwarzen Band um den Hals trug. Mit der anderen Hand stützte sie sich schwer auf das Geländer. Sie war nicht auf der Treppe stehengeblieben, um mit einem großen Auftritt alle Augen auf sich zu ziehen. Hugh erkannte, daß sie stehengeblieben war, weil sie nicht weitergehen konnte. Hugh hatte flüchtig darüber nachgedacht, was für eine Art Frau Grams Mutter sein mochte. Was für eine Frau willigte darin ein, daß man ihr das Kind wegnahm und es gegen ein anderes vertauschte? Er hatte gedacht, er wüßte es, und wäre nicht überrascht gewesen, jemanden vor sich zu sehen, der so verschlagen und ehrgeizig war wie der Vater. Doch jetzt begriff er, daß diese Frau keine Mitschuldige war, sondern ein Opfer.

»Meine Liebe, willst du nicht herunterkommen?« Sinistrad machte einen verärgerten Eindruck. »Warum sagst du nichts? Unsere Gäste . . .«

Die Frau wankte, und ohne zu überlegen, sprang Hugh die Treppe empor und fing die zusammensinkende Gestalt in seinen Armen auf.

»Das ist also meine Mutter«, sagte Gram.

»Ja, mein Sohn«, bestätigte Sinistrad. »Darf ich vorstellen, meine Gemahlin, Iridal.« Er winkte gleichgültig mit der Hand zur Treppe. »Ich muß mich für sie entschuldigen. Sie ist schwach, sehr schwach. Und jetzt, Ihr Herren, wenn Ihr mir folgen wollt, führe ich Euch zu Euren Zimmern. Ich bin sicher, daß Ihr ausruhen möchtet, nach Eurer beschwerlichen Reise.«

»Was ist mit Eurer Gemahlin?« fragte Hugh. Der Körper in seinen Armen fühlte sich warm an. Er roch den schwachen Duft von Lavendel.

»Bringt sie in ihre Gemächer«, meine Sinistrad und betrachtete sie ohne Anteilnahme. »Sie befinden sich oben, die Empore längs, zweite Tür links.«

»Soll ich einen Diener rufen?«

»Wir haben keine Diener. Ich finde sie... störend. Sie muß selbst für sich sorgen. Wie Ihr alle, fürchte ich.«

Ohne darauf zu achten, ob die Gäste ihnen folgten, wandten Sinistrad und Gram sich nach rechts und schritten durch eine Tür, die plötzlich in der glatten Wand erschienen war. Die anderen folgten ihnen nicht gleich. Hugh hielt müßig in der Halle Umschau; Alfred schien sich nicht entscheiden zu können, ob er seinem Prinzen folgen oder der bedauernswerten Frau in Hughs Armen helfen sollte; Limbeck staunte mit runden, erschreckten Augen die Tür an, die eben noch nicht dagewesen war, und rieb sich immerfort die Ohren. Wahrscheinlich sehnte er sich nach dem Hämmern und Poltern des Allüberall, das die lastende Stille unterbrach.

»Ich schlage vor, daß Ihr mir folgt, Gentlemen. Allein findet Ihr keinesfalls den Weg. Es gibt nur wenig feste Räume in der Burg. Die anderen kommen und gehen, wie sie gebraucht werden. Ihr müßt wissen, Verschwendung ist mir zuwider.«

Die anderen traten durch die Tür, nur Limbeck zögerte, bis Haplo ihn sanft weiterschob. Hugh fragte sich, wo der Hund geblieben war, dann senkte er den Kopf und sah ihn zu seinen Füßen sitzen.

»Geh weg!« schnappte Hugh und stieß mit dem Fuß nach dem Tier.

Es wich ihm geschickt aus, blieb stehen und betrachtete ihn mit gespitzten Ohren.

Die Frau in Hughs Armen regte sich schwach und stöhnte. Da von seinen Gefährten keine Hilfe zu erwarten war, drehte der Assassine sich um und trug sie die Treppe hinauf. Es waren viele Stufen bis zu der Empore, aber die Last, die er trug, war leicht, viel zu leicht.

Ihre Gemächer waren leicht zu erkennen – an der halboffenen Tür und dem zarten Duft, der auch ihr anhaftete. Die Tür öffnete sich zu einem Wohnraum, dahinter lag ein Ankleidezimmer und dahinter das Schlafgemach. Zu seiner Überraschung stellte Hugh fest, daß die Zimmer nur spärlich möbliert waren; es gab kaum irgendwelche schmückenden Gegenstände, und die wenigen, die er sah, waren mit Staub bedeckt. Die Atmosphäre dieser inneren, privaten Räumlichkeiten war frostig und kahl. Sehr verschieden von dem behaglichen Luxus der Eingangshalle.

Hugh legte Iridal sanft auf ein Bett mit Laken aus feinstem, mit Spitzen gesäumten Linnen. Er zog eine seidene Decke über ihren schmalen Körper, richtete sich auf und betrachtete sie.

Sie war jünger, als er auf den ersten Blick geglaubt hatte. Ihr Haar war weiß, aber dicht und so fein wie Spinnwebfäden. Das ruhende Gesicht war lieblich, fein gezeichnet und von der Zeit unberührt. Ihre Haut war bleich, totenbleich.

Bevor Hugh den Hund zurückhalten konnte, war er vorbeigeschlüpft und fuhr mit der Zunge über die herabhängende Hand der Ohnmächtigen. Iridal regte sich und erwachte. Ihre Augen öffneten sich langsam. Sie blickte zu Hugh auf, und Angst verzerrte ihr Gesicht.

»Geht!« flüsterte sie. »Ihr müßt gehen!«

... Monotoner Gesang grüßte die Sonne an diesem kalten Morgen. Es war der Gesang der schwarzgekleideten Mönche, die in das Dorf hinunterstiegen und die anderen Aasfresser verjagten.

...wir sterben in unseren Herzen
mit jedem neuen Leben
wird offenbar
die Allmacht des Todes
und ... und ... und

Hugh und die anderen Jungen trotteten hinterdrein. Sie froren in ihren dünnen Kleidern, die nackten Füße tappten vor Kälte gefühllos über den gefrorenen Boden. Sie freuten sich auf die Wärme der grausigen Feuer, die bald in dieser Ortschaft brennen würden.

Kein lebender Mensch war zu sehen, nur die Toten lagen in den Straßen, wohin ihre Verwandten die verseuchten Leiber geworfen hatten, um sich dann zu verkriechen, ehe die Kirmönche kamen.

Vor einigen Türen standen Körbe mit Lebensmitteln oder vielleicht auch Krüge mit Wasser; die Bezahlung des Dorfes für erwiesene Dienste.

Die Mönche waren daran gewöhnt. Sie begannen mit ihrer furchtbaren Arbeit, sammelten die Leichen ein und schleppten sie zu dem großen, freien Platz, wo die Waisen, die sie bei sich aufgenommen hatten, bereits Brennmaterial aufhäuften. Andere Jungen, unter ihnen Hugh, liefen von Haus zu Haus und sammelten die Dankesgaben ein, die mit ins Kloster zurückgenommen werden würden. Er bückte sich nach dem Brotlaib in dem Korb neben einer halboffenen Tür, als er in der Hütte Stimmen hörte. Nach kurzem Zögern schaute er hinein.

»Mutter«, sagte der kleine Junge und zog an der Hand der Frau, die auf dem Bett lag. »Ich habe Hunger. Warum stehst du nicht auf? Es ist Zeit für unser Frühstück.«

»Ich kann heute morgen nicht aufstehen, mein Herz.« Die Stimme der Mutter, obwohl sie sanft zu ihm gesprochen hatte, schien den Jungen zu erschrecken. »Nein, mein kleiner Schatz. Komm nicht näher. Ich verbiete es.« Sie holte Atem, und Hugh hörte das Pfeifen in ihrer Brust. Ihr Gesicht war schon jetzt so bleich wie das der Toten in den Straßen, doch er sah, daß sie einmal schön gewesen war. »Laß dich ansehen, Mikal. Du wirst artig sein, während ich . . . während ich krank bin. Ja? Versprich es mir«, sagte sie matt.

»Ja, Mutter, ich verspreche es.«

»Dann geh jetzt!« Die Stimme der Frau klang hohl. Ihre Hände krallten sich in die Laken. »Du mußt gehen. Geh . . . und hol mir etwas Wasser.«

Der Junge drehte sich herum und lief an Hugh vorbei, der in der Tür stand. Hugh sah, wie der Körper der Frau sich aufbäumte, sich versteifte und leblos zurückfiel. Die Augen starrten an die Decke.

»Ich muß Wasser holen, Wasser für meine Mutter«, sagte das Kind. Es stand mit dem Rücken zur Hütte und hatte nichts gesehen.

»Ich helfe dir tragen«, meinte Hugh. »Du kannst das hier nehmen.« Er gab dem Jungen das Brot. Sollte er sich ruhig schon an sein neues Leben gewöhnen.

Hugh nahm den kleinen Jungen bei der Hand und führte ihn die

Straße hinauf. Den Brotlaib im Arm des Kindes hatte die Frau vielleicht genau an dem Tag gebacken, als sie die ersten Anzeichen der Seuche verspürte, der sie bald zum Opfer fallen sollte. Ihm tönte immer noch ihre Stimme in den Ohren, wie sie den Jungen wegschickte, damit er sie nicht sterben sehen mußte.

»Geh jetzt!«

...Wasser. Hugh nahm die Karaffe und füllte ein Glas. Iridal sah es nicht an, sondern hielt den Blick auf ihn gerichtet.

»Ihr!« Sie sprach leise und sanft. »Ihr seid.... einer von denen, die meinen Sohn begleitet haben?«

Hugh nickte. Die Frau richtete sich halb auf und stützte sich auf einen Ellenbogen. Ihr Gesicht war blaß, ein fiebriger Glanz brannte in ihren Augen. »Ihr seid in entsetzlicher Gefahr!« Sie atmete heftig. »Verlaßt dieses Haus! Jetzt gleich!«

Ihre Augen. Hugh war fasziniert von ihren Augen. Die Iris flimmerte in allen Farben des Regenbogens, ein schillernder Kreis um die schwarzen Pupillen, der sich je nach Lichteinfall veränderte.

»Habt Ihr gehört?« fragte sie drängend.

»Hier, trinkt das«, sagte er und hielt ihr das Glas hin.

Ärgerlich schlug sie es zur Seite. Der Becher zersplitterte auf dem Boden, Wasser rann über die Steinplatten. »Glaubt Ihr, ich wollte Euer aller Leben auch noch auf dem Gewissen haben?«

»Dann sagt mir, um was für eine Gefahr es sich handelt. Warum sollen wir fliehen?«

Doch Iridal sank in die Kissen zurück und antwortete ihm nicht. Als er näher trat, sah er, daß sie vor Angst am ganzen Körper zitterte.

»Was für eine Gefahr?«

Er bückte sich und hob die Scherben auf, doch ohne die Frau aus den Augen zu lassen.

Sie schüttelte wild den Kopf. Ihre Blicke huschten durch das Zimmer. »Nein. Ich habe genug gesagt, vielleicht schon zuviel! Er hat die Augen überall, und seine Ohren hören jedes Wort, auch wenn er weit weg ist!« Ihre Finger verkrampften sich.

Es war lange her, seit Hugh den Schmerz eines anderen empfunden hatte. Es war lange her, seit er selbst Schmerzen gespürt hatte. Irgendwo tief in seinem Innern erwachten tote Gefühle zum Leben, reckten die knochigen Hände und schlugen ihre Nägel in seine Seele. Er zuckte zusammen; ein Glassplitter drang in seine Handfläche.

Der Schmerz erzürnte ihn.

»Wohin damit?«

Iridal bewegte schwach die Hand, und die Scherben verschwanden, als wären sie nie dagewesen.

»Es tut mir leid, daß Ihr Euch verletzt habt«, sagte sie tonlos. »Aber Schmerz wird Euch zuteil werden, wenn Ihr darauf besteht zu bleiben.«

Er wandte sich ab und schaute aus dem Fenster. Tief unter ihnen schimmerte die silberne Haut des Drachen durch den weißen Nebel. Er hatte den gewaltigen Leib um den Sockel der Burg geringelt, und während er dort lag, zischelte und wisperte er unablässig von seinem Haß auf den Magier.

»Wir können nicht fort«, gab Hugh zu bedenken. »Der Drache bewacht die Burg . . .«

»Es gibt Möglichkeiten, dem Sturmsilber auszuweichen, wenn Ihr wirklich entschlossen seid zu gehen . . .«

Hugh schwieg. Er zögerte, ihr die Wahrheit zu sagen, denn er fürchtete sich vor dem, was sie ihm vielleicht erwiderte. Doch er mußte es wissen. »Ich kann nicht gehen. Ich stehe unter einem Bann – Euer Sohn hat mich verzaubert.«

Iridal bewegte sich unruhig und schaute mitleidig zu ihm auf.

»Der Zauber wirkt nur deshalb, weil Ihr es so wollt. Euer Wille nährt ihn. Ihr hättet Euch längst davon befreien können, wenn es wirklich Eure Absicht gewesen wäre. Das hat der Magier Trian herausgefunden. Der Junge liegt Euch am Herzen. Und sich um jemanden sorgen, jemanden lieben, ist ein unsichtbares Gefängnis. Glaubt mir, ich weiß es!«

Der Hund, der sich mit dem Kopf auf den Vorderpfoten zu Hughs Füßen ausgestreckt hatte, richtete sich plötzlich kerzengerade auf und schaute aufgeregt um sich.

Iridal rang nach Atem. »Er kommt! Schnell, verlaßt mich jetzt. Ihr habt schon zu lange verweilt.«

Hughs Gesicht nahm einen finsteren, drohenden Ausdruck an. Er drehte sich zur Tür herum und machte keine Anstalten zu gehen.

»O bitte, geht doch!« flehte Iridal und streckte die Hände nach ihm aus. »Um meinetwillen! *Ich* bin es, die er bestrafen wird!«

Der Hund war bereits aufgesprungen und auf dem Weg in das Ankleidezimmer. Nach einem letzten Blick auf die völlig verängstigte Frau beschloß Hugh, daß es vielleicht am besten war, zu tun, was sie sagte. Bis er die Gelegenheit gehabt hatte, über das nachzudenken, was er von ihr erfahren hatte. Beim Hinausgehen traf er Sinistrad an der Tür zum Wohnraum.

»Eure Frau ruht«, kam Hugh jeder Frage zuvor.

»Ich danke Euch. Ich bin sicher, Ihr habt Euch *sehr* um sie gekümmert.« Sinistrads wimpernlose Augen glitten über Hughs muskulöse Arme und den kräftigen Körper; ein wissendes Lächeln spielte um seine dünnen Lippen.

Hugh errötete vor Zorn. Er machte eine Bewegung, um sich an dem Magier vorbeizudrängen, aber Sinistrad versperrte ihm den Weg.

»Ihr habt Euch verletzt«, sagte der Mysteriarch. Er griff nach Hughs Hand und kehrte sie nach oben.

»Es ist nichts. Nur ein zerbrochenes Glas.«

»Ich kann es nicht zulassen, daß meine Gäste zu Schaden kommen. Gestattet.« Sinistrad legte dünne, vibrierende Finger wie Spinnenbeine über die Wunde in Hughs Handfläche. Der Mysteriarch schloß die Augen und konzentrierte sich. Der tiefe Schnitt heilte. Die Wunde verschwand.

Lächelnd öffnete Sinistrad die Augen wieder und schaute Hugh ins Gesicht.

»Wir sind nicht Eure Gäste«, sagte Mordhand. »Wir sind Eure Gefangenen.«

»*Das,* mein guter Herr«, erwiderte der Mysteriarch, »hängt allein von Euch ab.«

Einer der wenigen Räume der Burg, die Bestand hatten, war das Studierzimmer des Magiers. Es hatte aber keinen festen Platz, denn Sinistrad versetzte es ständig an eine andere Stelle der Burg, abhängig von seinen Stimmungen und Bedürfnissen. An diesem Tag befand es sich im oberen Stockwerk. Die Vorhänge waren zurückgezogen, um das letzte Licht von Solarus einzufangen, bevor die Herrscher der Nacht die Kerze des Tages löschten.

Auf dem großen Schreibtisch des Magiers ausgebreitet lagen die von seinem Sohn angefertigten Zeichnungen des Allüberall. Bei einigen handelte es sich um Diagramme von Teilen der großen Maschine, die Gram selbst gesehen hatte, andere waren mit Limbecks Hilfe entstanden und zeigten skizzenhaft außerhalb der Hauptstadt gelegene Sektoren des Allüberall. Die Zeichnungen waren recht gut und bemerkenswert genau. Sinistrad hatte den Jungen gelehrt, wie er mit Hilfe der Magie seine Arbeit verbessern konnte. Er brauchte sich nur in Gedanken ein genaues Bild zu machen, dieses Bild mit den Bewegungen seiner Hand zu verbinden und auf Papier zu übertragen.

Der Magier studierte eingehend die Diagramme, als ein gedämpftes Bellen ihn veranlaßte, den Kopf zu heben.

»Was hat der Hund hier zu suchen?«

»Er mag mich«, antwortete Gram, schlang die Arme um den Hals des Tieres und drückte es an sich. Die beiden hatten auf dem Fußboden herumgetollt. »Er folgt mir überallhin. Bestimmt liebt er mich mehr als diesen Haplo. Stimmt's, alter Junge?«

Der Hund jaulte leise, sein Schwanz klopfte gegen den Boden.

»Sei dir dessen nicht zu sicher.« Sinistrad musterte das Tier mit einem durchdringenden Blick. »Ich traue ihm nicht. Ich denke, wir sollten den Hund aus dem Weg schaffen. In früheren Zeiten gebrauchten die Magier solche Tiere als Helfershelfer, sandten sie an Orte, wohin sie selbst nicht gehen konnten, um dort zu spionieren.«

»Aber Haplo ist kein Zauberer. Er ist nur ein . . . ein Mensch.«

»Und einer, dem man nicht trauen darf. Kein Mann gibt sich derart ruhig und selbstsicher, außer er ist überzeugt, daß er alles unter Kontrolle hat.« Sinistrad betrachtete seinen Sohn mit leichter Mißbilligung. »Mir gefällt dieses Anzeichen von Schwäche nicht, das ich an dir feststellen muß, Gram. Du fängst an, mich an deine Mutter zu erinnern.«

Die Arme des Jungen lösten sich zögernd vom Nacken des Hundes. Gram stand auf und trat zu seinem Vater.

»Wir könnten Haplo aus dem Weg schaffen. Dann könnte ich den Hund behalten, und du brauchtest dir keine Sorgen deswegen zu machen.«

»Ein interessanter Vorschlag, mein Sohn«, antwortete Sinistrad geistesabwesend. »Jetzt schaff den Hund aus dem Zimmer und geh spielen.«

»Aber der Hund stört doch überhaupt nicht. Wenn ich es ihm sage, ist er brav. Schau, er liegt da ganz ruhig.«

Die Blicke von Mann und Hund trafen sich. Das Tier hatte bemerkenswert kluge Augen. Sinistrad runzelte die Stirn.

»Ich will ihn hier nicht haben. Er riecht. Nun geh.« Sinistrad hob eine Zeichnung vom Tisch, hielt sie an ein anderes Blatt und studierte sie nachdenklich. »Zu welchem Zweck wurde diese Maschine ursprünglich konstruiert? Was können die Sartan gewollt haben? Bestimmt nicht nur eine Anlage zur Wasserversorgung.«

»Die Maschine stellt Wasser her, um sich selbst in Gang zu halten«, sagte Gram, der auf einen Stuhl geklettert war, um auf gleicher Höhe mit seinem Vater zu sein. »Sie braucht den Dampf, um die kleinen Maschinen anzutreiben, die die Elektrizität produzieren, um die große Maschine anzutreiben. Die Sartan bauten vermutlich diesen Teil« – er deutete auf das Blatt – »um Wasser zu speichern und zum Mittelreich zu schicken, aber das ist nicht ihre . . .«

Gram bemerkte den Blick seines Vater. Die Worte erstarben ihm auf den Lippen. Sinistrad sagte nichts. Langsam rutschte Gram von seinem Stuhl. Schweigend, mit unbewegtem Gesicht, widmete der Mysteriarch sich wieder dem Studium der Skizzen.

Gram ging zur Tür. Der Hund war aufgesprungen und folgte ihm lebhaft; vermutlich dachte er, das Spiel ginge weiter. Im Türrahmen blieb Gram stehen und schaute zurück.

»Ich weiß es«, sagte er.

»Was?« Irritiert hob Sinistrad den Kopf.

»Ich weiß, wozu das Allüberall erfunden wurde. Ich weiß, was es tun sollte. Ich weiß, wie man es dazu bringt, es zu tun. Und ich weiß, daß wir dann über die ganze Welt herrschen können. Ich habe es herausgefunden, während ich die Zeichnungen machte.«

Sinistrad starrte den Jungen an. Der schön geschwungene Mund und die feinen Züge verrieten das Erbe der Mutter, aber es waren seine eigenen klugen und berechnenden Augen, die furchtlos seinen Blick erwiderten.

Sinistrad deutete mit einem scheinbar gleichgültigen Wink auf die Zeichnungen. »Zeig es mir.«

Gram kehrte zum Tisch zurück und stieg wieder auf den Stuhl. Der Hund streckte sich zu Füßen des Magiers auf dem Boden aus und verhielt sich mustergültig ruhig, wie Gram gesagt hatte.

Kapitel 50

Burg Sinister, Hohes Reich

Das Klingeln vieler unsichtbarer Glöckchen rief Sinistrads Gäste zu Tisch. Der Speisesaal der Burg war fensterlos, groß, düster und kalt. Ein langer, staubbedeckter Eichentisch stand in der Mitte des tristen Raums. Mit Tüchern verhangene Stühle rahmten ihn ein wie gespenstische Wächter. Der Kamin war kalt und leer. Das Zimmer hatte sich unmittelbar vor den Nasen der Gäste materialisiert, und sie betraten es mit größtem Unbehagen, um das Erscheinen des Gastgebers abzuwarten.

Haplo schlenderte zum Tisch und strich mit dem Finger durch die zentimeterdicke Staubschicht.

»Ich kann es kaum erwarten«, bemerkte er, »die Speisen zu kosten.«

Lichter flammten auf, bisher unsichtbare Kandelaber erwachten zu strahlendem Leben.

Die Tücher über den Stühlen wurden wie von Geisterhand weggezogen. Der Staub verschwand. Unversehens war der Tisch gedeckt – Braten, dampfendes Gemüse, duftendes Brot. Pokale mit Wein, Karaffen mit Wasser erschienen. Leise Musik ertönte von irgendwoher.

Limbeck wich erschreckt zurück und wäre beinahe in das lodernde Feuer gestolpert, das im Kamin brannte. Alfred geriet erwartungsgemäß an den Rand einer Ohnmacht. Hugh konnte nicht verhindern, daß er zusammenzuckte. Haplo nahm lächelnd eine Bua* vom Tisch und biß hinein; das Knirschen hallte laut durch die Stille. Er wischte sich den Saft vom Kinn. Eine wirklich gute Illusion. Alle werden darauf hereinfallen, bis sie sich in etwa einer Stunde zu fragen beginnen, weshalb sie immer noch hungrig sind.

»Bitte nehmt Platz«, lud Sinistrad mit einer weiten Handbewegung ein. Mit der anderen Hand führte er Iridal zu Tisch. Gram ging neben seinem Vater. »Wir wollen doch nicht so förmlich hier herumstehen. Meine Liebe –« Er führte seine Frau zu einer Seite der Tafel und schob ihr mit einer Verneigung den Stuhl zurecht. »Um Sir Hugh zu belohnen, der sich heute so ritterlich um dich gekümmert hat, gebe ich ihm den Platz zu deiner Rechten.«

Iridal errötete und hielt den Blick auf ihren Teller gerichtet. Hugh setzte sich auf den ihm zugewiesenen Platz und wirkte keineswegs mißvergnügt.

»Ihr übrigen sucht Euch bitte selbst aus, wo Ihr sitzen wollt, bis auf Limbeck. Mein lieber Freund, bitte vergebt mir.« Der Magier verfiel in die Sprache des Gegs und deutete eine Verbeugung an. »Ich hatte vergessen, daß Ihr unsere Sprache nicht beherrscht. Durch meinen Sohn weiß ich von Eurem achtenswerten Bestreben, Euer Volk aus der Unterdrückung zu führen. Bitte setzt Euch neben mich und erzählt mir von Euch. Macht Euch keine Gedanken wegen der anderen Gäste, meine Frau wird sie unterhalten.«

Sinistrad nahm seinen Platz am Kopf der Tafel ein. Erfreut, verlegen und verwirrt rutschte der Geg umständlich auf den Stuhl zur Rechten des Magiers. Gram saß links von seinem Vater, Haplo entschied sich für einen Platz am anderen Tischende, in der Nähe von Iridal und Hugh. Der Hund ließ sich zu Grams Füßen auf den Boden fallen.

Wortkarg und zurückhaltend wie immer, konnte Haplo sich

* Eine Frucht, die bei den Menschen besonders beliebt ist. Die säuerliche, purpurne Haut umhüllt das beinahe widerlich süße, rosafarbene Fruchtfleisch. Kenner schwören, nichts ließe sich mit der raffinierten Geschmackskombination vergleichen, wenn Haut und Fruchtfleisch gleichzeitig verzehrt werden. Der Wein aus dieser Frucht wird von den Elfen sehr geschätzt, die es andererseits verschmähen, die Frucht selbst zu verspeisen.

scheinbar ganz auf das Essen konzentrieren und trotzdem alles hören, was gesprochen wurde.

»Ich hoffe, Ihr vergebt mir die kleine Indisposition heute nachmittag«, sagte Iridal. Sie sprach zu dem Assassinen, aber ihr Blick glitt wie unter einem Zwang immer wieder zu ihrem Gemahl, der am gegenüberliegenden Tischende saß. »Es ist ein Leiden, das ich habe. Von Zeit zu Zeit bekomme ich solche Anfälle.«

Sinistrad, der sie beobachtete, nickte leicht. Iridal wandte den Kopf und schaute Hugh zum ersten Mal, seit er neben ihr Platz genommen hatte, offen ins Gesicht. Sie versuchte ein Lächeln. »Ich kann Euch nur bitten zu vergessen, was ich alles zu Euch gesagt habe. Die Krankheit ... manchmal sage ich alberne Dinge.«

»Was Ihr gesagt habt, war nicht albern«, entgegnete Hugh. »Ihr habt jedes Wort gemeint. Und Ihr wart nicht krank. Ihr habt Angst.«

Als sie den Raum betrat, hatten ihre Wangen Farbe gehabt. Jetzt wurde sie blaß. Mit einem scheuen Blick auf ihren Gemahl hob Iridal den Weinkelch. Ihre Hand zitterte.

»Ihr müßt vergessen, was ich gesagt habe! Wenn Euch Euer Leben lieb ist, sprecht nie wieder davon!«

»Mein Leben war mir bisher nicht besonders lieb.« Unter dem Tisch griff Hugh nach Iridals Hand und hielt sie fest. »Erst jetzt, wenn ich es einsetzen kann, um Euch zu dienen, Iridal.«

»Nehmt ein Stück von dem Brot«, sagte Haplo und reichte Hugh die Schale. »Sinistrad behauptet, es wäre köstlich.«

In der Tat beobachtete der Mysteriarch sie aufmerksam. Zögernd ließ Hugh Iridals Hand los, nahm eine Scheibe Brot und legte sie unberührt auf seinen Teller. Iridal nahm das Besteck zur Hand und gab vor zu essen.

»Dann schweigt um meinetwillen, besonders, wenn Ihr nicht vorhabt, meinem Rat zu folgen.«

»Ich kann nicht fliehen, wenn ich weiß, daß Ihr in Gefahr seid.«

»Ihr Narr!« Iridal straffte sich, eine hitzige Röte stieg in ihr Gesicht. »Was glaubt Ihr ausrichten zu können gegen solche wie uns? Ich bin zehnmal stärker als Ihr, zehnmal besser imstande, mich zu verteidigen, sollte es nötig sein! Bedenkt das!

»Dann vergebt mir.« Auch Hughs Wangen färbten sich dunkel. »Mir kam es vor, als wäret Ihr in Bedrängnis ...«

»Meine Sorgen sind meine Angelegenheit und gehen Euch nichts an, Sir.«

»Ich werde Euch nicht mehr belästigen, Madame, dessen könnt Ihr sicher sein!«

Iridal gab keine Antwort, sondern starrte auf ihren Teller. Hugh begann zu essen und sagte nichts mehr.

Da an diesem Ende des Tisches jetzt Schweigen herrschte, wandte Haplo seine Aufmerksamkeit der Unterhaltung am entgegengesetzten Ende zu.

Der Hund neben Grams Stuhl hielt die Ohren gespitzt und schaute aufmerksam von einem zu andern, in der Hoffnung auf einen Leckerbissen von irgendeinem Teller.

»Aber Limbeck, Ihr habt erst sehr wenig vom Mittelreich gesehen«, bemerkte Sinistrad eben.

»Es war genug.« Limbeck betrachtete ihn eulenhaft durch seine dicken Brillengläser. Der Geg hatte sich in den letzten Wochen merklich verändert. Was er gesehen hatte und die Gedanken, die ihm durch den Kopf gegangen waren, schlugen wie Hammer und Meißel große Breschen in seinen verträumten Idealismus. Er hatte das Leben gesehen, das zu führen seinem Volk jahrhundertelang verwehrt geblieben war, das Leben, das sie mit ihrer Arbeit ermöglichten, ohne daran teilhaben zu dürfen. Der erste Schlag des Hammers schmerzte ihn. Der Zorn würde später kommen.

»Es war genug«, wiederholte Limbeck. Überwältigt von dem Zauber, der Schönheit und seinen eigenen Gefühlen, fiel ihm nichts weiter zu sagen ein.

»Ich glaube es auch«, nickte der Magier. »Ich empfinde aufrichtiges Mitleid mit Eurem Volk; wir alle im Hohen Reich teilen seinen Kummer und seinen durchaus berechtigten Zorn. Ich fühle, daß auch wir einen Teil der Schuld auf uns nehmen müssen. Nicht, daß wir Euch je ausgebeutet hätten. Wir haben keinen Grund, jemanden auszubeuten, wie Ihr sehen könnt, wenn Ihr Euch umschaut. Dennoch will mir scheinen, daß wir nicht ganz richtig gehandelt haben.« Er nippte vornehm an seinem Glas. »Wir haben uns aus der Welt zurückgezogen, weil wir der Kriege müde waren, müde des Leidens und Sterbens von Menschen im Namen von Gier und Haß. Wir sprachen dagegen und taten, was wir konnten, um dem ein Ende zu bereiten, aber unsere Zahl war zu gering, und man hörte nicht auf uns.«

Die Stimme des Mannes klang wahrhaftig tränenerstickt. Haplo hätte dem Zauberer sagen können, daß seine großartige schauspielerische Leistung verschwendet war. Iridal hatte längst aufgehört, so zu tun, als würde sie essen. Sie hatte schweigend auf ihren Teller geschaut, bis sie merkte, daß ihr Mann ganz in die Unterhaltung mit dem Geg vertieft war. Dann hob sie die Augen, aber ihr Blick richtete sich nicht auf Sinistrad oder den Mann an ihrer Seite. Sie schaute auf ihren Sohn, den zu sehen sie bisher keine Gelegenheit gehabt hatte. Tränen stiegen in ihre Augen. Rasch senkte sie den Kopf, gab vor, eine Haarlocke aus dem Gesicht streichen zu wollen, und wischte sich hastig die Tränen von den Wangen.

Hughs Hand, die auf dem Tisch lag, ballte sich vor Schmerz und Zorn zur Faust.

Wie hatte es wohl geschehen können, daß der zweischneidige Dolch der Liebe ein Herz so hart durchbohrte? Haplo wußte es nicht. Er fand es nur verdammt lästig. Der Patryn brauchte einen Mann der Tat, der an seiner Stelle handelte, weil er selbst gezwungen war, im Hintergrund zu bleiben. Es durfte nicht sein, daß Hugh sich mit einer albernen, noblen Geste um Kopf und Kragen brachte.

Haplo kratzte sich an der rechten Hand und verschob dabei die Verbände. Anschließend griff er nach dem Brot und brachte es fertig, das Sigel auf dem ein wenig entblößten Handrücken gegen den Weinkrug zu drücken. Er legte die Brotscheibe auf seinen Teller, strich mit der linken Hand unauffällig über die verschobenen Bandagen der rechten, und die Runen waren nicht mehr zu sehen.

»Iridal«, begann Hugh. »Ich kann es nicht ertragen, Euch leiden zu sehen . . .«

»Warum solltet Ihr Euch meinetwegen Gedanken machen?«

»Verdammt will ich sein, wenn ich es weiß!« Hugh beugte sich zu ihr hinüber. »Um Euch oder Euren Sohn! Ich . . .«

»Noch etwas Wein?« Haplo hob den Krug.

Hugh warf ihm einen verärgerten Blick zu und beschloß, seinen Gefährten zu ignorieren.

Haplo schenkte ein Glas voll und schob es neben Hughs Teller.

Der Fuß des Pokals stieß gegen die Hand des Assassinen, und Wein – echter Wein – schwappte auf seinen Ärmel.

»Was, zum Teufel . . .?« Hugh drehte sich erbost zu dem Patryn herum.

Haplo hob eine Augenbraue und nickte unmerklich zum anderen Ende der Tafel. Der kleine Zwischenfall hatte die Aufmerksamkeit aller erregt. Iridal hatte sich steif aufgerichtet, ihr Gesicht war bleich und kalt wie der Marmor der Wände. Hugh nahm das Glas und trank einen großen Schluck. Nach seinem finsteren Gesichtsausdruck zu urteilen schien er zu wünschen, es wäre des Magiers Blut.

Haplo lächelte; er hätte nicht später eingreifen dürfen. Er winkte mit einem Stück Brot in Sinistrads Richtung. »Ich bitte um Vergebung. Was wolltet Ihr sagen?«

Stirnrunzelnd fuhr der Mysteriarch fort. »Ich wollte sagen, daß wir blind gewesen sind für das Schicksal der Bewohner des Niederreichs. Vielleicht hätten wir aufmerksamer sein müssen, aber wir glaubten den Geschichten, die die Sartan uns hinterlassen hatten. Damals wußten wir nicht, daß es alles Lügen waren . . .«

Ein lautes Klirren ließ alle am Tisch zusammenzucken. Alfred hatte den Löffel fallen lassen.

»Was meint Ihr? Welche Geschichten?« fragte Limbeck eifrig.

»Den Berichten der Sartan gemäß wurde Euer Volk zu seinem eigenen Schutz im Niederreich angesiedelt. In Wirklichkeit war ihnen nur an billigen Arbeitskräften gelegen.«

»Das ist nicht wahr!« Das war Alfreds Stimme. Er hatte während der ganzen Mahlzeit noch kein Wort gesprochen. Jeder, auch Iridal, richtete erstaunt den Blick auf ihn.

Sinistrad wandte sich ihm mit einem dünnen Lächeln zu. »Nein? Und kennt . . . Ihr vielleicht die Wahrheit?«

Eine tiefe Röte breitete sich von Alfreds Nacken über seinen kahlen Schädel aus. »Ich . . . ich habe die Gegs zu . . . zu meinem Steckenpferd gemacht, wißt Ihr . . .« Verlegen zupfte und knüllte er an dem Saum des Tischtuchs. »Also . . . ich glaube, daß die Sartan eigentlich beabsichtigten . . . was Ihr eben gesagt habt – die Gegs zu schützen. Nicht so sehr, weil die Zwer . . . die Gegs klein waren und daher gefährdet, sondern ihre Zahl war zu gering . . . nach der

Großen Teilung. Und außerdem, die Zwer... die Gegs sind ein mechanisch sehr begabtes Volk. Die Sartan brauchten sie für... die Maschine. Aber sie wollten nie... das heißt, sie wollten immer...«

Hughs Kopf sank nach vorn und prallte mit einem dumpfen Schlag auf die Tischplatte. Iridal sprang erschreckt von ihrem Stuhl auf. Haplo war bereits auf dem Weg zu seinem Gefährten. »Es ist nichts«, sagte er, als er neben ihm stand.

Er legte sich den schlaffen Arm des Assassinen um die Schultern und hievte den schweren Körper vom Stuhl. Hughs kraftlose Hand wischte über das Tischtuch, stieß Gläser um, und ein Teller fiel klirrend zu Boden.

»Ein guter Mann, aber er verträgt keinen Wein. Ich bringe ihn zu seinem Zimmer. Ihr anderen laßt Euch nicht stören.«

»Seid Ihr sicher, daß es ihm gutgeht?« Iridal trat besorgt näher. »Vielleicht sollte ich mitkommen...«

»Ein Mann hat sich an deinem Tisch sinnlos betrunken, meine Liebe. Das ist kaum ein Anlaß zur Sorge«, bemerkte Sinistrad. »Befreit uns schleunigst von ihm.«

»Kann der Hund bei mir bleiben?« fragte Gram und streichelte das Tier, das aufgesprungen war, als es sah, daß sein Herr Anstalten machte zu gehen.

»Selbstverständlich«, sagte Haplo. »Hund, bleib!«

Der Hund legte sich zufrieden wieder neben Grams Stuhl.

Haplo zog Hugh auf die Beine. Der Assassine schwankte und war auch mit Hilfe kaum in der Lage, bis zur Tür zu gehen. Alle anderen setzten sich wieder hin. Alfreds Worte waren vergessen. Sinistrad knüpfte an sein Gespräch mit Limbeck an.

»Euer Allüberall fasziniert mich sehr. Ich glaube, da ich jetzt ein Schiff zur Verfügung habe, werde ich Euer Reich besuchen und mir dieses Wunderwerk ansehen. Natürlich werde ich auch mit Freuden alles in meiner Macht Stehende tun, um Eurem Volk bei den Vorbereitungen zum Krieg zu helfen...«

»Krieg!« Das Wort tönte laut durch die Halle. An der Tür warf Haplo einen Blick über die Schulter und sah das blasse, bestürzte Gesicht Limbecks.

»Mein lieber Geg, ich wollte Euch nicht erschrecken.« Sinistrad lächelte ihn gütig an. »Ich ging davon aus, Ihr wüßtet, daß Krieg die logische Folge der Entwicklung ist, die Ihr in Gang gesetzt habt, und wäret hergekommen, um meine Unterstützung zu erbitten. Ich versichere Euch, die Gegs können sich der rückhaltlosen Kooperation meines Volkes gewiß sein.«

Sinistrads Worte erreichten Haplo durch die Ohren seines Hundes, während er den torkelnden Hugh in einen dunklen und kalten Korridor hinausschleifte. Er begann sich eben zu fragen, in welcher Richtung es wohl zu den Gästezimmern ging, als sich vor ihm ein Gang manifestierte. Mehrere Türen standen einladend offen.

»Ich hoffe nur, keiner von uns neigt zum Schlafwandeln«, meinte Haplo zu seinem trunkenen Gefährten.

Aus dem Speisesaal hörte der Patryn das Rascheln von Iridals seidenem Kleid und wie ihr Stuhl über den Boden scharrte. Als sie sprach, klang ihre Stimme brüchig vor unterdrücktem Zorn. »Wenn Ihr mich entschuldigt, werde ich mich jetzt in meine Gemächer zurückziehen.«

»Fühlst du dich nicht gut, meine Liebe?«

»Doch, es geht mir ausgezeichnet.«

Nach einer kurzen Pause fügte sie hinzu: »Es ist spät. Der Junge sollte im Bett sein.«

»Selbstverständlich. Ich sorge dafür. Du brauchst dich nicht selbst darum zu kümmern. Gram, sag deiner Mutter gute Nacht.«

Nun, es war ein interessanter Abend gewesen. Essen ohne Nährwert. Hohle Worte. Haplo ließ Hugh auf das Bett gleiten und zog eine Decke über ihn. Der Bann würde bis zum Morgen anhalten.

Haplo ging in sein eigenes Zimmer, schloß die Tür und schob den Riegel vor. Er brauchte Zeit, um sich auszuruhen und ungestört zu überdenken, was er an diesem Tag in Erfahrung gebracht hatte.

Durch die Ohren des Hundes drangen Stimmen zu ihm. Was sie sagten, war unwichtig, man verabschiedete sich für die Nacht. Der Patryn streckte sich auf dem Bett aus, sandte einen Gedankenbefehl an den Hund und begann seine Gedanken zu ordnen.

Das Allüberall. Die Bilder des Augapfels in der Hand des Mangers hatten ihm Aufschluß über die Funktionen der gigantischen Maschine gegeben – die selbstgefällige Zurschaustellung der

Macht der Sartan, die prahlerische Vorführung ihres ehrgeizigen Plans. Haplo sah die Bilder vor seinem inneren Auge. Er sah die Karte der Welt – das Reich des Himmels. Er sah die willkürlich verstreuten Inseln und Kontinente; den tobenden Sturm, und alles bewegte sich auf den chaotischen Bahnen, die den ordnungsliebenden Sartan so zuwider waren.

Wann hatten sie ihren Fehler bemerkt? Wann fanden sie heraus, daß die Welt, die sie als Zufluchtsort für die Völker nach der Großen Teilung geschaffen hatten, unvollständig war? Nach der Besiedelung? War das der Zeitpunkt, an dem sie erkannten, daß die wunderschönen, am Himmel schwebenden Inseln trocken und unfruchtbar waren und das Leben nicht erhalten konnten, das man ihnen anvertraut hatte?

Die Sartan würden es in Ordnung bringen. Sie brachten immer alles in Ordnung; sie hatten es sogar auf sich genommen, eine ganze Welt zu spalten, statt sie von denen regieren zu lassen, die sie für unwürdig hielten. Die Sartan würden eine Maschine bauen, die mit ihrer Magie die Inseln und Kontinente ordnen würde. Haplo schloß die Augen und sah es deutlich vor sich. Eine ungeheure Kraft strahlt von dem Allüberall hinauf, bemächtigt sich der Kontinente und der Inseln, zieht sie durch den Himmel und bringt sie in eine neue Ordnung, eine immer über der anderen. Ein Springquell, gespeist von dem immerwährenden Sturm, schießt nach oben und bringt allen das kostbare Wasser.

Haplo hatte das Rätsel gelöst. Daß es Gram ebenfalls gelungen war, hatte ihn ziemlich überrascht. Jetzt wußte auch Sinistrad Bescheid und hatte seinem Sohn von seinen Plänen erzählt – und dem lauschenden Hund.

Ein Druck auf den Knopf des Allüberall, und der Mysteriarch herrschte über eine neu geordnete Welt.

Der Hund sprang aufs Bett und streckte sich neben Haplo aus. Im Halbschlaf streichelte der Patryn ihm über den Rücken. Mit einem zufriedenen Seufzer legte das Tier den Kopf auf Haplos Brust und schloß die Augen.

Was für eine verbrecherische Dummheit, dachte Haplo, während er mit den Ohren des Tieres spielte. Etwas so Mächtiges zu bauen und dann wegzugehen, um es in die Hände eines beliebigen, vom

Ehrgeiz zerfressenen Nichtigen* fallen zu lassen. Haplo konnte sich nicht vorstellen, warum sie das getan hatten. Trotz all ihrer Fehler – die Sartan waren keine Narren. Irgend etwas war geschehen, bevor sie ihr Projekt zu Ende führen konnten. Er hätte zu gerne gewußt, was. In seinen Augen war es jedenfalls der deutlichste Hinweis darauf, daß die Sartan diese Welt verlassen hatten.

Bevor er einschlief, glaubte er noch den leisen Nachhall von Worten zu hören – Worten, die Alfred während der Aufregung nach Hughs Zusammenbruch gesprochen hatte, vermutlich nur von dem Hund gehört und getreulich seinem Herrn übermittelt:

»Sie glaubten Götter zu sein. Sie versuchten, alles richtig zu machen, doch nichts wollte ihnen gelingen.«

* Ein sowohl bei Patryn wie Sartan gebräuchlicher Ausdruck für all jene mit geringeren magischen Fähigkeiten. Er wird in gleicher Weise auf Menschen, Elfen und Zwerge angewandt.

Kapitel 51

Burg Sinister, Hohes Reich

»Papa, ich gehe mit dir nach Drevlin . . .«

»Nein, und hör auf zu nörgeln, Junge! Du mußt ins Mittelreich zurückkehren und deinen Platz auf dem Thron einnehmen.«

»Aber ich kann nicht zurück! Stephen will mich töten!«

»Sei nicht albern, Kind. Dafür habe ich keine Zeit. Damit du den Thron besteigen kannst, müssen Stephen und seine Königin tot sein. Das werde ich in die Wege leiten. In Wirklichkeit werde ich es natürlich sein, der über das Mittelreich herrscht. Aber ich kann nicht an zwei Orten gleichzeitig sein. Ich muß mich im Niederreich mit der Maschine befassen. Plärre nicht! Das kann ich nicht ausstehen!«

Diese Worte seines Vaters gingen Gram immer und immer wieder durch den Kopf, wie das unaufhörliche Zirpen eines Nachtinsekts, das jeden Schlaf unmöglich macht.

Ich werde es sein, der über das Mittelreich herrscht.

Und würdest du auch die Welt erobern, Papa, wenn ich dir nicht gezeigt hätte, wie?

Gram lag im Bett auf dem Rücken und krallte die Hände in die Decke. Er weinte nicht. Tränen waren kostbare Waffen in seinem Krieg gegen die Erwachsenen; er hatte sie oft und erfolgreich gegen Stephen und Anne eingesetzt. Tränen allein in der Dunkelheit waren eine Schwäche. Das würde sein Vater denken.

Aber machte es ihm etwas aus, was sein Vater dachte?

Gram packte die Decke noch fester, und beinahe kamen ihm doch die Tränen. Ja, es machte ihm etwas aus.

Gram erinnerte sich sehr gut an den Tag, an dem er gemerkt hatte, daß die Leute, die er für seine Eltern hielt, ihn nur vergötterten, ihn aber nicht liebten. Damals war er Alfreds Obhut entwischt, trieb sich in der Küche herum und versuchte der Köchin eine Kostprobe vom Kuchenteig abzuschwatzen, als einer der Stalljungen hereingelaufen kam und weinend den blutenden Kratzer von einer Drachenkralle vorwies. Es war der Sohn der Köchin, nicht viel älter als Gram, der als Gehilfe bei seinem Vater arbeitete – einem der Drachenpfleger. Die Verletzung war nicht schwer. Die Köchin reinigte den Schnitt, verband ihn mit einem Stück Stoff und nahm dann das Kind in die Arme, um es zu drücken, bevor sie es wieder an die Arbeit schickte. Der Junge lief fröhlich hinaus, Schmerz und Schreck der Verletzung schon fast vergessen.

Gram hatte den Vorfall aus einer Ecke heraus beobachtet. Genau am Tag zuvor hatte er sich an einem Glas in die Hand geschnitten. Der ganze Hof war in Aufruhr geraten. Trian wurde gerufen. Er kam sofort und brachte ein silbernes, in Feuer gereinigtes Messer mit und Heilkräuter, um die Blutung zu stillen. Das verräterische Glas wurde zerschmettert. Alfred entging nur um Haaresbreite der Entlassung; König Stephen hielt dem armen Diener eine mindestens zwanzig Minuten lange Strafpredigt. Königin Anne fühlte sich schwach und mußte das Zimmer verlassen. Seine ›Mutter‹ hatte ihn nicht geküßt. Sie hatte ihn nicht in die Arme genommen und zum Lachen gebracht, damit er die Schmerzen vergaß.

Es hatte Gram eine gewisse Befriedigung verschafft, den Stalljungen zu verprügeln – eine Befriedigung, die vor allem darin bestand, daß der Stalljunge eine schwere Strafe erhielt, weil er gegen den Prinzen tätlich geworden war. In jener Nacht hatte Gram die Stimme des Talismans gefragt – die weiche, flüsternde Stimme, die oft des Nachts zu ihm sprach –, warum seine Eltern ihn nicht liebten.

Die Stimme sagte ihm die Wahrheit. Stephen und Anne waren nicht seine richtigen Eltern. Gram lebte nur eine Zeitlang bei ihnen. Sein wirklicher Vater war ein mächtiger Mysteriarch. Sein wirklicher Vater wohnte in einer prächtigen Burg in einem wundervollen Reich. Sein wirklicher Vater war stolz auf seinen Sohn, und der Tag würde kommen, an dem er seinen Sohn zu sich holte, und *sie würden sich nie mehr trennen.*

Der letzte Teil des Satzes war Grams Erfindung, statt *ich werde es sein, der über das Mittelreich herrscht.*

Der Junge ließ die Decke los und legte die Hand um den Federtalisman, den er an einer silbernen Kette um den Hals trug. Er griff fest zu und versuchte mit einem Ruck die Kette zu zerreißen. Ohne Erfolg. Er nahm beide Hände und flüsterte dabei Worte vor sich hin, die er von dem Stallburschen aufgeschnappt hatte, aber die Kette schnitt ihm in Hals und Hände, und er mußte aufgeben. Jetzt stiegen ihm doch die Tränen in die Augen. Er setzte sich auf und zog und zerrte, und endlich gelang es ihm, die Kette über den Kopf zu streifen.

Alfred tappte durch den Gang, auf der Suche nach seinem Zimmer in diesem verwirrenden, unfreundlichen Palast.

»Limbeck gerät unter den Einfluß des Mysteriarchen. Ich ahne den blutigen Konflikt, in den die Gegs hineingezogen werden! Tausende werden sterben, um einem bösen Mann die Herrschaft über die Welt zu verschaffen! Ich sollte das verhindern, aber wie? Was kann ich allein tun? Oder vielleicht sollte ich es nicht verhindern. Es war der Versuch, Dinge zu ändern, denen man ihren Lauf hätte lassen sollen, der uns alle ins Unglück gestürzt hat. Und dann dieser Haplo. Ich weiß, wer er ist, aber wieder frage ich, was ich tun kann? Sollte ich etwas tun? Ich weiß es nicht! Warum mußte ich allein zurückbleiben? War es Zufall, oder erwartet man etwas von mir? Und wenn ja, was?«

In seinem ziellosen Umherwandern fand der Kammerdiener sich plötzlich vor Grams Tür wieder. Sein innerer Aufruhr und Widerstreit war so quälend, daß der Flur vor seinen Augen verschwamm. Während er stehenblieb, um darauf zu warten, daß sein Blick sich wieder klärte, und dabei verzweifelt wünschte, seinen Gedanken möge es ebenso gehen, hörte Alfred das Rascheln von Bettzeug und die Stimme des Jungen, der weinte und fluchte. Nachdem er sich vergewissert hatte, daß niemand ihn sehen konnte, zeichnete

Alfred mit zwei Fingern der rechten Hand ein Runenzeichen auf die Tür. Das Holz schien sich auf seinen Befehl aufzulösen, und er konnte hindurchsehen, als wäre es nicht da.

Gram schleuderte das Amulett in eine Ecke des Zimmers. »Niemand hat mich lieb, und ich bin froh darüber! Ich liebe sie nicht. Ich hasse sie! Alle!«

Der Junge warf sich auf das Bett und vergrub den Kopf in den Kissen. Alfred holte tief und zitternd Atem. Endlich! Endlich war es geschehen.

Jetzt war der Augenblick, den Jungen zurückzuziehen, bevor er unwiderruflich in Sinistrads Fallstricke geriet. Alfred tat einen Schritt nach vorn, aber er hatte die Tür vergessen und wäre fast dagegen gestoßen, denn der Zauberspruch hatte sie nicht entfernt, sondern ihn nur hindurchschauen lassen.

Der Kammerdiener fing sich im letzten Augenblick und dachte gleichzeitig: Nein, nicht ich. Was bin ich schon? Ein Dienstbote. Seine Mutter. Ja, seine Mutter!

Gram hörte ein Geräusch, kniff prompt die Augen zu und erstarrte. Er hatte die Decke über den Kopf gezogen und wischte sich hastig die Tränen ab.

War es Sinistrad, der gekommen war, um zu sagen, er hätte seine Meinung geändert?

»Gram?« Die Stimme gehörte seiner Mutter.

Der Junge täuschte vor zu schlafen. Was will sie? fragte er sich. Will ich mit ihr sprechen? Ja, beschloß er und hörte in Gedanken wieder die Stimme seines Vaters. Ich will mit ihr sprechen. Mein ganzes Leben lang haben Leute mich benutzt, um zu bekommen, was sie haben wollten. Jetzt werde ich anfangen, sie zu benutzen.

Schläfrig blinzelnd schob Gram den zerzausten Kopf aus den Tiefen der Decke. Iridal hatte sich in seinem Zimmer materialisiert und stand am Fußende des Bettes. Eine weiche Helligkeit strömte von ihr aus und warf ein warmes, freundliches Licht auf den Jungen. Das übrige Zimmer blieb dunkel. An dem mitleidigen Ausdruck, der auf das Gesicht seiner Mutter trat, konnte Gram ablesen, daß sie die Tränenspuren auf seinem Gesicht entdeckt hatte. Das war gut. Wieder einmal setzte er alle seine Waffen ein.

»Oh, mein Kind!« Seine Mutter setzte sich neben ihn auf das

Bett, nahm ihn in die Arme, zog ihn an sich und strich ihm tröstend mit der Hand über das Haar.

Ein Gefühl angenehmer Wärme hüllte den Jungen ein. Er schmiegte sich in die liebevolle Umarmung und grübelte: Ich habe Vater gegeben, was er wollte. Jetzt ist sie an der Reihe. Was kann sie von mir wollen?

Anscheinend nichts. Iridal weinte und erzählte flüsternd, wie sehr sie ihn vermißt hatte und wie froh sie war, ihn jetzt wieder bei sich zu haben. Das brachte den Jungen auf einen Gedanken.

»Mutter«, sagte er und schaute mit tränenfeuchten blauen Augen zu ihr auf, »ich möchte bei dir bleiben. Aber Vater sagt, er will mich wieder fortschicken!«

»Dich fortschicken? Wohin? Warum?«

»Zurück ins Mittelreich, zu diesen Leuten, die mich nicht liebhaben!« Er griff nach ihrer Hand und hielt sie fest. »Ich möchte bei dir bleiben. Bei dir und Vater!«

»Ja«, flüsterte Iridal. Sie küßte Gram auf die Stirn. »Ja . . . eine Familie. Wie ich es mir immer erträumt habe. Vielleicht ist noch nicht alles verloren. Wenn ich ihn nicht retten kann, so doch sein eigenes Kind. Auch er kann nicht fähig sein, diese unschuldige Liebe und soviel Vertrauen zu verraten. Diese Hand« – sie küßte die Finger des Jungen und badete sie mit ihren Tränen – »diese Hand könnte ihn von dem dunklen Pfad wegführen, auf den er sich verirrt hat.«

Gram verstand nicht, wovon sie redete. Alle Pfade waren ihm gleich; weder hell noch dunkel, führten sie alle zum selben Ziel – daß Leute taten, was er wollte.

»Dann redest du mit Vater?« fragte er und entzog sich ihrer Umarmung.

»Ja, ich werde gleich morgen mit ihm reden.«

»Vielen Dank, Mama.« Er gähnte.

»Du solltest längst schlafen.« Iridal stand auf. »Gute Nacht, mein Sohn.« Sanft zog sie die Decke über ihn und küßte ihn auf die Wange. »Gute Nacht.«

Das magische Leuchten ihres Gesichts begann zu verblassen. Sie hob die Hände, schloß die Augen und schien sich zu konzentrieren. Im nächsten Augenblick war sie verschwunden.

Gram lächelte in die Dunkelheit hinein. Er hatte keine Ahnung, wie groß der Einfluß seiner Mutter war, seine einzige Vergleichsmöglichkeit war Königin Anne, und sie hatte meistens von Stephen bekommen, was sie wollte.

Doch wenn seine Mutter nichts ausrichtete, hatte er immer noch den anderen Plan. Damit dieser Plan funktionierte, mußte er allerdings ohne Gegenleistung etwas preisgeben, von dem er ahnte, daß es unschätzbar wertvoll war. Natürlich würde er sehr vorsichtig sein, aber sein Vater war klug. Vielleicht wurde er mißtrauisch und zwang ihn, sein Geheimnis zu verraten.

Vielleicht mußte er sein Geheimnis ja auch nicht verraten. Noch nicht. Mama würde schon dafür sorgen, daß man ihn nicht fortschickte.

Vergnügt stieß Gram mit den Füßen die Decken zurück.

Kapitel 52

Burg Sinister, Hohes Reich

Als am folgenden Morgen Iridal das Studierzimmer ihres Mannes betrat, fand sie ihren Sohn bei Sinistrad vor. Beide saßen an dem Schreibtisch ihres Mannes und studierten Zeichnungen, die Gram angefertigt hatte. Der Hund, der neben ihrem Sohn lag, hob den Kopf, als er ihrer ansichtig wurde, und klopfte mit dem buschigen Schwanz auf den Boden.

Iridal blieb in der Tür stehen. Ihr kam es vor, als wären all ihre Träume wahr geworden. Der liebevolle Vater mit seinem Sohn, der ihn vergöttert; ein geduldiger Sinistrad, der Gram seine Zeit schenkte und sich mit vorgetäuschter Ernsthaftigkeit etwas anschaute, was der Junge ihm zeigen wollte. In diesem Augenblick, als sie den Kopf mit der schwarzen Kappe so dicht neben dem Blondhaarigen sah und das Gemurmel der Stimmen hörte, die sich beide lebhaft mit etwas befaßten, das Iridal für irgendein kindliches Spiel ihres Sohnes halten mußte, vergab sie Sinistrad alles. Die Jahre der Angst und des Leidens wollte sie gerne aus ihrem Gedächtnis löschen, wenn sie nur jetzt Frieden haben durfte – und ihr Kind.

Sie trat beinahe zaghaft über die Schwelle, denn es war viele Jahre her, seit sie ihren Gemahl in seinem Studierzimmer aufgesucht hatte, und als sie sprechen wollte, versagte ihr die Stimme. Das erstickte Geräusch erregte die Aufmerksamkeit von Sohn und Vater. Der eine blickte mit einem unschuldigen, strahlenden Lächeln zu ihr auf. Der andere machte einen verärgerten Eindruck.

»Nun, Frau, was willst du?«

Iridals Wunschträume gerieten ins Wanken, die leuchtende Zukunftsvision zerfiel unter der frostigen Stimme und dem eisigen Blick der wimpernlosen Augen.

»Guten Morgen, Mama«, sagte Gram. »Möchtest du meine Zeichnungen sehen? Ich habe sie selbst gemacht.«

»Wenn ich nicht störe . . .« Sie schaute fragend zu Sinistrad.

»Dann komm herein«, brummte er ungnädig.

Iridal hob einige der Zeichnungen auf. »Aber die sind ausgezeichnet«, lobte sie und hielt die Blätter ins Licht.

»Ich habe meine Zauberkraft benutzt. Wie Vater es mich gelehrt hat. Ich stellte mir vor, was ich zeichnen wollte, und dann bewegten sich meine Hände, und schon war es fertig. Ich lerne Magie sehr schnell«, fügte der Junge hinzu und schaute seine Mutter mit großäugiger Unschuld an. »Du und Vater, ihr könntet mich in eurer Freizeit unterrichten. Es wäre gar keine Mühe.«

Sinistrad lehnte sich in seinem Sessel zurück, die Gewänder aus schwerem Seidenmoiré raschelten wie Fledermausflügel. Seine Lippen kräuselten sich zu einem hämischen Lächeln, das Iridals Illusionen zu Staub zerfallen ließ. Sie wäre in ihre Gemächer geflüchtet, hätte Gram sie nicht so hoffnungsvoll angesehen. Der Hund legte den Kopf wieder zwischen die Vorderpfoten; die klugen Augen verfolgten aufmerksam das Hin und Her des Gesprächs.

»Was . . . was sind das für Zeichnungen?« Sie stockte. »Die große Maschine?«

»Ja. Schau, das ist der Teil, den sie den Bauch nennen. Papa sagt, das ist vermutlich die Stelle, wo das Allüberall geboren wurde. Und dieser Teil aktiviert die große Kraft, die sämtliche Inseln . . .«

»Das ist genug«, unterbrach ihn Sinistrad. »Wir dürfen deine Mutter nicht davon abhalten, unsere . . . Gäste zu unterhalten.« Er betonte das Wort ›Gäste‹. Bei dem Blick, mit dem er sie bedachte, spürte sie, wie es ihr heiß in die Wangen stieg, und sie wußte nicht mehr, was sie hatte sagen wollen. »Ich nehme an, du bist aus einem bestimmten Grund hergekommen, Frau. Oder vielleicht wolltest du dich nur vergewissern, daß ich beschäftigt bin, damit du und der schwarzhaarige Assassine . . .«

»Wie kannst du . . .? Was? Was hast du gesagt?«

Iridals Hände begannen zu zittern. Hastig legte sie die Blätter mit den Zeichnungen auf den Schreibtisch zurück.

»Hast du das nicht gewußt, meine Liebe? Einer unserer Gäste ist ein berufsmäßiger Mörder. Hugh Mordhand nennt er sich – nicht zu Unrecht, wie man hört. Dein galanter Tischherr wurde angeworben, um ein Kind zu töten.« Sinistrad zauste das Haar des Jungen. »Wäre ich nicht gewesen, Frau, wäre unser Sohn nie zu dir nach Hause gekommen. Ich machte Hughs Plan zunichte . . .«

»Ich glaube dir nicht! Es kann nicht sein!«

»Ich weiß, es ist erschreckend für dich, meine Liebe, zu erfahren, daß wir einen Gast im Haus haben, der fähig ist, uns alle im Schlaf zu ermorden, aber sei beruhigt, ich habe alle nur denkbaren Vorsichtsmaßnahmen getroffen. Er hat mir einen Gefallen getan, als er sich gestern abend einen Rausch antrank. Es war ziemlich einfach, unseren trunkenen Helden an einen sicheren Ort zu bringen. Von meinem Sohn weiß ich, daß Belohnungen auf den Kopf des Mannes und des Dieners ausgesetzt sind. Die Summe wird eben ausreichen, mein Projekt im Niederreich zu finanzieren. Und nun, meine Liebe, weshalb bist du gekommen?«

»Schick mein Kind nicht wieder fort!« Iridal rang nach Atem. Sie hatte das Gefühl, als hätte man sie in eiskaltes Wasser getaucht. »Tu, was du willst. Ich werde dich nicht hindern. Aber laß mir mein Kind!«

»Erst gestern morgen hast du behauptet, keinen Anteil an ihm zu nehmen. Jetzt willst du ihn nicht wieder hergeben.« Sinistrad zuckte die Schultern.

»Wirklich, meine Liebe, ich kann den Jungen nicht deinen müßigen Launen aussetzen, die sich täglich ändern. Er muß ins Mittelreich zurückkehren und seine Pflichten übernehmen. Und jetzt, glaube ich, solltest du uns allein lassen, meine Liebe. Es war nett, mit dir zu plaudern. Wir sollten das öfter tun.«

»Ich finde, Mama, du hättest das erst mit mir besprechen sollen«, warf Gram ein. »Ich *will* zurück! Ich bin sicher, Vater weiß, was das beste für mich ist.«

»Ich bin sicher, er weiß es«, sagte Iridal.

Sie drehte sich herum, verließ mit stiller Würde das Studierzimmer und ging den kalten, düsteren Flur hinunter. Erst dann weinte sie um ihr verlorenes Kind.

»Was dich betrifft, mein Sohn«, meinte Sinistrad und legte die von Iridal aufgenommenen Zeichnungen wieder an die richtigen Stellen zurück, »versuch das nie wieder. Diesmal habe ich deine Mutter bestraft, die es hätte besser wissen müssen. Das nächste Mal wirst du es sein.«

Der Junge nahm den Tadel schweigend hin. Es war erfrischend, zur Abwechslung das Spiel mit einem Gegner zu spielen, der es ebensogut beherrschte wie man selbst. Er teilte das Blatt für die nächste Runde aus, flink genug, um seinen Vater nicht merken zu lassen, daß die Karten präpariert waren.

»Vater«, sagte Gram nach längerem Schweigen. »Ich habe eine Frage über Magie.«

»Ja?« Nun, da er die Disziplin wieder hergestellt hatte, war Sinistrad erfreut über das Interesse des Jungen.

»Eines Tages sah ich Trian etwas auf ein Blatt Papier schreiben. Es sah wie ein Buchstabe des Alphabets aus. Als ich ihn fragte, knüllte er es zusammen, wurde verlegen und warf es weg. Er sagte, es wäre Magie und ginge mich nichts an.«

Sinistrad wandte seine Aufmerksamkeit von der Skizze, die er studierte, ab und betrachtete seinen Sohn. Gram erwiderte den scharfen, eindringlichen Blick mit dem harmlosen Ausdruck, dessen sich das Kind so geschickt zu bedienen wußte. Der Hund richtete sich auf, schob die Nase unter die Hand des Kindes und wollte gestreichelt werden.

»Wie hat das Zeichen ausgesehen?«

Auf der Rückseite einer der Zeichnungen malte Gram eine Rune.

»Das?« Sinistrad kniff die Lippen zusammen. »Das ist ein Sigel und gehört zur Runenmagie. Dieser Trian muß ein größerer Narr sein, als ich dachte, sich mit dieser geheimen Kunst zu befassen.«

»Warum?«

»Weil nur die Sartan die Runenmagie anzuwenden verstanden.«

»Die Sartan!« Das Kind schien tief beeindruckt zu sein. »Niemand sonst?«

»Nun, es wurde gesagt, daß in der Welt vor der Großen Teilung die Sartan einen erbitterten Feind hatten – eine Gruppe von ebenso großer Macht, die ihre gottähnlichen Fähigkeiten einsetzen wollte, um zu herrschen. Man kannte sie als die Patryn.«

»Und du bist sicher, daß niemand sonst diese Magie anzuwenden versteht?«

»Habe ich es nicht eben gesagt? Wenn ich etwas sage, meine ich es auch!«

»Es tut mir leid, Vater.«

Da er jetzt Bescheid wußte, konnte Gram es sich leisten, gegenüber dem Verlierer Großmut walten zu lassen.

»Was bewirkt diese Rune, Vater?«

Sinistrad warf einen Blick darauf. »Eine Rune des Heilens, glaube ich«, antwortete er ohne großes Interesse.

Gram lächelte und streichelte den Hund, der ihm dankbar die Finger leckte.

Kapitel 53

Burg Sinister, Hohes Reich

Die Nachwirkungen des Zaubers ließen nur langsam nach, Hugh vermochte nicht zwischen Traum und Wirklichkeit zu unterscheiden. Einmal glaubte er den schwarzen Mönch vor sich zu sehen, der ihn verhöhnte.

»Der Herr und Meister des Todes? Nein, wir sind deine Herren. Dein ganzes Leben lang hast du uns gedient.«

Und dann war der schwarze Mönch Sinistrad.

»Warum nicht mir dienen? Ich habe Verwendung für einen Mann mit deinen Talenten. Stephen und Anne müssen beiseite geschafft werden. Mein Sohn muß auf dem Thron von Volkaran und Uylandia sitzen, und diese beiden stehen ihm im Weg. Ein kluger Mann wie du wird eine Möglichkeit finden, das zu erreichen. Ich habe zu arbeiten, aber später komme ich zurück. Du kannst hierbleiben und über meine Worte nachdenken.«

›Hier‹ war eine trostlose Zelle, die sich aus dem Nichts materialisiert hatte. Sinistrad hatte Hugh an diesen Ort geschafft. Der Assassine hatte wenig Widerstand geleistet. Es ist schwierig, sich zu wehren, wenn man kaum den Boden von der Decke unterscheiden kann, die Füße sich vervielfacht zu haben scheinen und die Beine einknicken.

Natürlich war es Sinistrad, der mich mit dem Bann belegt hat.

Hugh konnte sich vage daran erinnern, daß er Haplo zu erklären versucht hatte, er wäre nicht betrunken, aber Haplo setzte nur wieder sein Lächeln auf und sagte, am nächsten Morgen werde er sich besser fühlen.

Wenn Haplo aufwacht und merkt, daß ich fort bin, wird er vielleicht nach mir suchen.

Hugh stützte den dröhnenden Kopf in beide Hände und schalt sich selbst einen Narren. Selbst wenn Haplo nach mir sucht, wird er mich niemals finden. Diese Gefängniszelle befindet sich nicht tief unter der Burg, am Ende einer langen Wendeltreppe. Ich habe den Abgrund gesehen, aus dem sie entstand. Sinistrads Kerker liegt in der tiefsten Tiefe der Nacht, mitten im Nirgendwo. Niemand wird mich hier jemals finden. Ich werde hierbleiben, bis ich sterbe...

... oder bis ich Sinistrad als Herrn anerkenne.

Und warum nicht? Ich habe vielen Herren gedient, was bedeutet da einer mehr? Oder vielleicht sollte ich einfach bleiben, wo ich bin. Diese Zelle ist nicht viel anders als mein Leben – ein kaltes, tristes und leeres Gefängnis. Die Mauern habe ich selbst gebaut – aus Geld. Ich habe mich eingeschlossen und die Tür verriegelt. Ich war mein eigener Wächter, mein eigener Kerkermeister. Und es war gut so. Nichts hat mich berührt. Schmerz, Mitgefühl, Erbarmen, Reue – sie vermochten die Mauern nicht zu durchdringen. Ich war sogar bereit, für Geld ein Kind zu töten.

Und dann hat das Kind den Schlüssel gefunden.

Aber das lag an dem Zauberbann. Es war Magie, die mich zwang, Mitleid zu empfinden. Oder war das nur eine Ausrede? Dieser Zauber kann unmöglich all die Erinnerungen heraufbeschworen haben – die Erinnerungen an früher...

Der Zauber wirkt nur deshalb, weil Ihr es so wollt. Euer Wille nährt ihn. Ihr hättet Euch längst davon befreien können, wenn es wirklich Eure Absicht gewesen wäre. Der Junge liegt Euch am Herzen. Und sich um jemanden sorgen, jemanden lieben, das ist ein unsichtbares Gefängnis.

Vielleicht nicht. Vielleicht war es die Freiheit.

Benommen. Halb wachend, halb träumend stand Hugh vom Boden der Zelle auf und ging zur Tür. Er streckte die Hand aus... zuckte zusammen und glaubte seinen Augen nicht zu trauen. Die Hand war blutverschmiert. Das Gelenk, der Unterarm – er war bis zum Ellenbogen mit Blut beschmiert.

Und wie er sich selbst sah, mußte auch sie ihn sehen.

»Sir.«

Hugh wandte den Kopf. War sie wirklich oder nur ein Trugbild seiner gepeinigten Gedanken, die ihr gegolten hatten? Er schloß die Augen, öffnete sie wieder, und sie war immer noch da.

»Iridal?«

In ihrem Gesicht konnte er lesen, daß sie die Wahrheit über ihn wußte. Befangen senkte er den Blick auf seine Hände und verstand, woher das Blut kam.

»Also hat Sinistrad recht gehabt«, sagte Iridal. »Ihr seid ein Mörder.«

Die Regenbogenaugen waren grau und farblos, das Licht darin erloschen.

Was sollte er sagen? Er konnte ihr von Nick dem Schlächter erzählen. Er konnte ihr erzählen, wie er beschlossen hatte, den Auftrag nicht auszuführen, sondern den Jungen zu Königin Anne zurückzubringen. Aber nichts davon änderte etwas an der Tatsache, daß er eingewilligt hatte. Er hatte das Geld genommen und in seinem Herzen gewußt, daß er imstande war, ein Kind zu töten.

Und deshalb sagte er nur ruhig und schlicht: »Ja.«

»Ich begreife es nicht! Es ist furchtbar! Wie konntet Ihr Euer Leben damit verbringen, Menschen zu töten?«

Er hätte anführen können, daß die meisten der von ihm Getöteten es verdient hatten zu sterben. Er konnte anführen, daß er vermutlich denen das Leben gerettet hatte, die ihnen als nächste zum Opfer gefallen wären.

Doch Iridal würde ihn fragen: »Woher nimmst du dir das Recht, über Leben und Tod zu entscheiden?«

Und er würde antworten: »Woher nimmt sich überhaupt jemand das Recht? Woher nimmt sich König Stephen das Recht zu verkünden: ›Dieser Mann ist ein Elf, und deshalb muß er sterben‹? Woher nehmen sich die Barone das Recht zu sagen: ›Dieser Mann besitzt Land, das ich haben will. Er gibt es nicht her, also muß er sterben‹?«

Schöne Argumente, aber darauf kam es nicht an.

Ich habe eingewilligt. Ich nahm das Geld. Ich wußte in meinem Herzen, daß ich imstande war, ein Kind zu töten. Und deshalb sagte er: »Das ist jetzt nicht mehr wichtig.«

»Nein, nur daß ich allein bin. Wieder einmal.«

Iridal hatte leise gesprochen. Hugh wußte, die Worte waren nicht für ihn bestimmt gewesen. Sie stand in der Mitte der Zelle, den Kopf gesenkt, das lange, weiße Haar verdeckte ihr Gesicht. Sie hatte etwas für ihn empfunden, hatte ihm vertraut. Sie hatte vielleicht sogar vorgehabt, ihn um Hilfe zu bitten. Die Tür seiner Zelle öffnete sich langsam, Sonnenlicht strömte herein.

»Iridal, Ihr seid nicht allein. Es gibt jemanden, dem Ihr vertrauen könnt. Alfred ist ein guter Mann und Eurem Sohn ergeben.« Viel mehr, als Gram verdient, dachte Hugh, sprach es aber nicht aus. Laut sagte er: »Alfred rettete dem Jungen einmal das Leben, als ein Baum auf ihn stürzte. Wenn Ihr fliehen wollt – Ihr und Euer Sohn –, kann Alfred Euch helfen. Er könnte Euch zu dem Schiff der Elfen führen. Der Kapitän braucht Geld. Für eine entsprechende Summe wird er Euch mitnehmen, und Ihr müßt ihm den Weg durch das Firmament zeigen.«

»Flucht?« Iridals Blick huschte angstvoll über die Zellenwände, und dann vergrub sie das Gesicht in den Händen. Es war nicht Hughs Gefängnis, das sie sah, sondern ihr eigenes.

Also ist auch sie eine Gefangene. Ich öffnete ihre Tür, schenkte ihr die Hoffnung auf Licht und Luft. Und jetzt muß sie erleben, wie die Tür sich wieder schließt.

»Iridal, ich bin ein Mörder. Ich habe für Geld gemordet. Ich versuche nicht, mich zu entschuldigen. Aber was ich getan habe, ist nichts im Vergleich zu dem, was Euer Mann plant!«

»Ihr müßt Euch irren! Er hat nie getötet. Er wäre gar nicht fähig dazu.«

»Er plant einen Weltkrieg, Iridal! Tausende werden sterben, um ihn an die Macht zu bringen!«

»Ihr versteht das nicht. Er versucht, unser aller Leben zu retten. Das Leben unseres Volkes.«

Sie bemerkte seinen verständnislosen Gesichtsausdruck und seufzte ungeduldig, weil sie erklären mußte, was sie für offensichtlich hielt.

»Bestimmt hat man sich gewundert, weshalb die Mysteriarchen das Mittelreich verließen, ein Land, wo sie alles hatten, was man sich wünschen kann – Macht, Reichtum. Ich weiß, was man über uns erzählt. Ich weiß es, weil wir selbst diese Geschichte in die Welt gesetzt haben. Wir waren der ständigen Kriege mit den Elfen müde, das barbarische Leben widerte uns an. Die Wahrheit ist, wir hatten keine andere Wahl. Unsere magischen Kräfte ließen nach. Heiraten mit Menschen ohne die Gabe hatten sie geschwächt. Das ist der Grund, weshalb es so viele Zauberer in Eurer Welt gibt. Viele, aber schwach. Wir von reinem Blut waren gering an der Zahl, aber stark. Um den Fortbestand unserer Rasse zu sichern, flohen wir an einen Ort, wo . . .« Sie stockte.

»Wo Ihr leben konntet, ohne Euer Blut mit dem gewöhnlicher Sterblicher zu verunreinigen«, beendete Hugh den Satz für sie.

Iridal errötete und biß sich auf die Unterlippe. Dann hob sie den Kopf und erwiderte stolz seinen Blick.

»Ich weiß, Ihr sagt das mit Verachtung, aber es stimmt. Kann man uns einen Vorwurf machen?«

»Aber Eure Pläne sind gescheitert.«

»Die Reise war schwer, und viele starben. Es gab weitere Verluste, bis es uns gelang, die magische Kuppel, die uns vor der Kälte schützt und uns mit Luft zum Atmen versorgt, zu stabilisieren. Endlich schienen die Schwierigkeiten überwunden zu sein, und es wurden uns Kinder geboren, aber nur wenige, und die meisten starben.« Sie verlor ihre stolze Haltung und ließ die Schultern sinken. »Gram ist das einzige Kind aus seiner Generation, das am Leben blieb. Und jetzt ist die magische Kuppel in Auflösung begriffen. Jener Schimmer des Himmels, den Ihr so schön findet, bedeutet für uns den Tod.

Deshalb sind die Gebäude Illusionen, und die Leute versuchen, den Anschein einer zahlreichen Bevölkerung zu erwecken, damit Ihr nicht die Wahrheit erratet.«

»Ihr müßt in die Mittelwelt zurückkehren, aber Ihr fürchtet Euch davor, zugeben zu müssen, wie schwach Ihr geworden seid«, warf Hugh ein, als sie zögerte weiterzusprechen. »Der Wechselbalg wurde Prinz von Volkaran. Und jetzt soll er als König zurückkehren!«

»König? Das ist unmöglich. Sie haben dort einen König.«

»Nicht unmöglich, Madame. Euer Gemahl hat vor, mich anzuwerben, um sich des Königs und der Königin zu entledigen, und dann besteigt Gram den Thron.«

»Ich glaube Euch nicht! Ihr lügt!«

»O doch, Ihr glaubt mir. Ich sehe es in Eurem Gesicht. Es ist nicht Euer Gemahl, den Ihr verteidigt, Ihr selbst habt ein schlechtes Gewissen. Ihr wißt, wozu er fähig ist. Ihr wißt, was er getan hat – und was Ihr *nicht* getan habt. Vielleicht wäre es weniger grausam gewesen, wenn er diesen beiden Leuten im Mittelreich ein Messer ins Herz gestoßen hätte, statt ihnen ihr Kind zu nehmen.«

Die stumpfen, farblosen Augen versuchten, seinem Blick standzuhalten, aber sie mußten ausweichen. »Sie taten mir leid. Ich versuchte, ihr Kind zu retten – ich hätte mein Leben gegeben, um ihm zu helfen. Doch bei uns stehen so viele Leben auf dem Spiel . . .«

»Ich habe Unrecht getan. Aber mir scheint, Iridal, daß auch nichts zu tun Unrecht sein kann. Sinistrad wird bald zurückkehren, um seinen Handel mit mir abzuschließen. Hört Euch an, was er plant, und urteilt selbst.«

Iridal starrte ihn an und wollte etwas sagen. Dann schüttelte sie den Kopf, schloß die Augen und war einen Atemzug später verschwunden. Ihre Ketten waren zu stark. Sie konnte sich nicht befreien.

Hugh setzte sich wieder auf den Boden seines Kerkers. Er zog die Pfeife heraus, steckte sie zwischen die Zähne und starrte auf die Zellenwände.

Falls es Sinistrads Absicht gewesen war, ihn durch sein plötzliches Erscheinen zu verblüffen, erlebte der Mysteriarch eine Enttäuschung. Hugh schaute zu ihm auf, aber er rührte sich weder, noch sagte er ein Wort.

»Nun, Hugh Mordhand, hast du eine Entscheidung getroffen?«

»Es hat mich keine große Mühe gekostet.« Hugh erhob sich steifbeinig, wickelte die Pfeife in das schützende Tuch und steckte sie in das Wams. »Ich habe nicht die Absicht, den Rest meines Lebens an diesem Ort zu verbringen. Ich werde für Euch arbeiten. Es gibt Schlimmeres. Immerhin habe ich einmal Geld genommen, um ein Kind zu töten.«

Kapitel 54

Burg Sinister, Hohes Reich

Haplo durchwanderte die Gänge der Burg und machte ganz den Eindruck eines Müßiggängers. In Wirklichkeit bemühte er sich, ein Auge auf das Tun jedes einzelnen zu werfen.

Der Hund war bei Gram. Haplo hatte jedes Wort der Unterhaltung zwischen Vater und Sohn belauscht. Die merkwürdige Frage Grams nach dem Sigel war für den Patryn aus heiterem Himmel gekommen. Während er sich die juckenden Hände unter den Stoffwickeln kratzte, dachte er darüber nach, ob das Kind vielleicht die Tätowierungen gesehen hatte, doch er konnte sich nicht entsinnen, irgendwann unachtsam gewesen zu sein. Wovon sprach der Junge also? Unmöglich konnte ein Zauberer der Nichtigen sich an den magischen Runen versucht haben. Selbst die Nichtigen hatten mehr Verstand.

Nun, es hat keinen Sinn, wenn ich mir jetzt den Kopf zerbreche. Ich werde es früh genug herausfinden. Gram – den treuen Hund auf den Fersen – war ihm eben erst auf der Suche nach Alfred begegnet. Vielleicht gibt mir die Unterhaltung einen Hinweis. In der Zwischenzeit ist da noch Limbeck, von dem ich gerne wissen möchte, was er treibt.

Haplo blieb vor der Tür des Gegs stehen und schaute in beiden Richtungen den Flur entlang. Niemand war zu sehen. Wie Alfred zeichnete er eine Rune auf die Tür, und das Holz wurde unsichtbar – wenigstens für seine Augen. Für den Geg, der bedrückt an seinem Schreibtisch saß, war die Tür noch immer vorhanden. Limbeck hatte seinen Gastgeber um Schreibzeug gebeten und schien in seine Lieblingsbeschäftigung vertieft zu sein – das Verfassen von Reden. Doch Haplo sah, daß ihm die Arbeit nur schwer von der Hand ging. Der Geg hatte die Brille in die Stirn geschoben, das Kinn in die Hand gestützt und starrte auf die mit Gobelins behangene Wand, die für ihn nur ein vielfarbiger, verschwommener Fleck war.

»›Meine lieben UFFler und Gegs‹ ... Aber vielleicht ist der Chefmechniker auch da. ›Chefmechniker, Suprintent, liebe UFFler, meine lieben Gegs ... Gegs und Geginnen, ich habe die Welt Droben gesehen, und sie ist wundervoll. Wundervoller und herrlicher, als irgendeiner von euch sich vorstellen kann. Und ich ... ich ...‹ Nein!« Er zog sich heftig am Bart. »Autsch«, sagte er, zuckte zusammen und blinzelte, weil ihm vor Schmerz die Tränen in die Augen geschossen waren. »Wie Jarre sagen würde, ich bin ein Schlurch. Jetzt kann ich hoffentlich besser denken. ›Meine lieben UFFler ...‹ Schon wieder falsch. Ich habe den Chefmechniker vergessen ...«

Haplo löschte das Sigel, und die Tür nahm wieder Form und Gestalt an. Auf dem Weg den Flur entlang folgte ihm Limbecks Stimme noch ein gutes Stück. Der Geg weiß, was er sagen muß, dachte Haplo, er kann sich nur nicht überwinden, es tatsächlich auszusprechen.

»Alfred, hier bist du!« Das war Grams Stimme, übermittelt von seinem treuen, vierbeinigen Freud. »Ich suche schon die ganze Zeit nach dir.« Das Kind hörte sich verdrießlich an.

»Es tut mir leid, Euer Hoheit, ich war auf der Suche nach Sir Hugh ...«

Er war nicht der einzige.

An der nächsten Tür blieb Haplo stehen und schaute ins Zimmer. Es war leer. Haplo war nicht sonderlich überrascht. Wenn Hugh noch lebte, dann nur, weil Sinistrad vorhatte, ihn zu quälen. Oder noch wahrscheinlicher, um seine Gemahlin zu quälen. Diese Eifersucht, die Sinistrad an den Tag legte, war seltsam, in Anbetracht der Tatsache, daß ihm selbst an seiner Frau nichts lag.

Sie ist sein Besitz, sagte Haplo zu sich selber, schloß die Tür und ging zurück in Limbecks Zimmer. Wenn Hugh sich mit den silbernen Löffeln davongemacht hätte, wäre Sinistrad vermutlich ebenso außer sich. Nun ja, ich habe versucht, ihn zu schützen. Er war ein tüchtiger Bursche, ich hätte ihn brauchen können. Andererseits, während Sinistrad mit Hugh beschäftigt ist, bietet sich für uns andere eine ausgezeichnete Gelegenheit, von hier zu fliehen.

»Alfred ...« Jetzt tönte Grams Stimme zuckersüß. »Ich möchte mit dir reden.«

»Sehr wohl, Euer Hoheit.«

Der Hund legte sich zwischen ihnen auf den Boden.

Gelegenheit, von hier zu fliehen, wiederholte Haplo in Gedanken. Ich werde Limbeck holen, wir kehren zum Elfenschiff zurück, segeln davon und lassen diesen kleinen Zauberer seinem Schicksal. Ich will mich nicht von ihm für seine Pläne und Intrigen benutzen lassen. Den Geg bringe ich nach Drevlin zurück. Dann habe ich alles getan, was mein Fürst mir aufgetragen hat, nur daß ich ihm aus dieser Welt niemanden mitbringe, den er zu seinem Gefolgsmann erziehen kann. Ich hatte Hugh in Erwägung gezogen, aber daraus wird wohl nichts.

Dennoch, mein Fürst sollte zufrieden sein. Diese Welt steht dicht am Rand des Abgrunds. Mit etwas Glück kann ich ihr den entscheidenden Stoß versetzen. Und ich glaube ziemlich sicher behaupten zu können, daß es keine Sartan ...

»Alfred«, sagte Gram, »ich weiß, du bist ein Sartan.«

Haplo blieb abrupt stehen.

Das mußte ein Irrtum sein. Er hatte nicht recht gehört. Er hatte das Wort gedacht und deshalb den Jungen falsch verstanden. Haplo lauschte mit angehaltenem Atem und verwünschte das Pochen seines Herzens, das ihm überlaut in den Ohren dröhnte.

Alfred fühlte, wie sich der Boden unter seinen Füßen auftat. Die Zimmerwände wurden riesengroß, und die Decke schien auf ihn herabzustürzen. Einen furchtbaren, erlösenden Moment glaubte er, in Ohnmacht zu fallen. Doch sein Bewußtsein verweigerte ihm diesmal den leichten Ausweg. Diesmal würde er sich der Bedrohung stellen und damit fertig werden müssen. Er mußte etwas sagen, die Behauptung des Jungen für unsinnig erklären, doch er befürchtete, kein Wort herauszubringen. Seine Gesichtsmuskeln waren wie gelähmt.

»Komm schon, Alfred«, drängte Gram, der ihn mit selbstzufriedener Überlegenheit beobachtete, »zu leugnen hat keinen Zweck. Ich weiß, daß es stimmt. Möchtest du wissen, woher?«

Dem Jungen bereitete die Sache riesengroßen Spaß. Und da war der Hund, der ihn aufmerksam betrachtete, als verstünde auch er jedes Wort und sei gespannt auf seine Antwort. Der Hund! Natürlich verstand er jedes Wort! Und durch ihn sein Herr.

»Bestimmt erinnerst du dich noch daran, wie der Baum auf mich gefallen ist«, erzählte Gram. »Ich war tot. Ich wußte, daß ich tot war, denn ich hatte das Gefühl zu schweben, und als ich mich umschaute, sah ich meinen Körper auf dem Boden liegen, ganz durchbohrt von Kristallsplittern. Aber plötzlich war es, als hätte sich ein riesiges Maul geöffnet und saugte mich zurück. Und ich wachte auf, und da waren keine Splitter mehr, und ich hatte auch keine Schmerzen. Ich schaute nach unten, und auf meiner Brust sah ich das da.« Gram hielt das Blatt in die Höhe, das er vom Schreibtisch seines Vaters mitgenommen hatte. »Ich fragte meinen Vater danach. Er sagte, es wäre ein Sigel, eine Rune. Eine Rune des Heilens.«

Leugnen. Mit einem Lachen abtun. Was für eine lebhafte Phantasie Ihr habt, Hoheit! Selbstverständlich habt Ihr Euch das alles nur eingebildet. Dieser Schlag auf den Kopf war schuld daran.

»Dann kam die Sache mit Hugh«, fuhr das Kind fort. »Ich wußte, daß ich ihm genug von den Beeren gegeben hatte, um ihn zu töten, und er war auch tot, als er umfiel. *Du* hast ihn ins Leben zurückgeholt!«

Aber seid doch vernünftig, Hoheit. Wenn ich ein Sartan wäre, würde ich mich als Dienstbote verdingen? Nein, ich lebte in einem herrlichen Palast, und ihr Nichtigen kämt alle herbeigeströmt, um mich zu sehen und vor mir niederzufallen und mich zu bitten, euch dies zu geben und das, euch zu erhöhen und eure Feinde in den Staub zu werfen und mir alles zu geben, was ich mir wünschte, außer Frieden und Ruhe.

»Und jetzt, da ich weiß, daß du ein Sartan bist, Alfred, mußt du mir helfen. Zuallererst werden wir meinen Vater töten.« Gram zog aus seinem Hemd einen Dolch, den Alfred als Hughs Eigentum erkannte. »Schau, den habe ich in seinem Schreibtisch gefunden. Vater wird zum Niederreich fliegen, die Gegs in den Krieg schicken und das Allüberall in Gang setzen, und dann kann er bestimmen, wer Wasser bekommt, und das ist ungerecht! Es war *meine* Idee! *Ich* war es, der rausgekriegt hat, wie die Maschine funktioniert. Und du, Alfred, weißt es noch besser, schließlich haben deine Leute sie gebaut, also kannst du mir auch dabei helfen.«

Der Hund mit seinen viel zu intelligenten Augen schaute Alfred an und durch ihn hindurch. Zu spät, um zu leugnen. Er hatte die Gelegenheit verpaßt. Wie immer war er zu langsam gewesen und hatte nicht schnell genug reagiert. Das war auch der Grund, weshalb ihm sein Gehirn schlicht den Dienst verweigerte und er in Ohnmacht fiel. Er vermochte den ständigen Krieg nicht zu verkraften, der in ihm tobte: den Konflikt zwischen dem instinktiven Bedürfnis, seine übersinnlichen Kräfte einzusetzen, um sich und andere zu schützen, und dem Wissen, daß er sich damit als der Halbgott zu erkennen gab, der er war – ein allzu unvollkommener Halbgott.

»Ich kann Euch nicht helfen, Hoheit. Ich bin nicht imstande zu töten.«

»Oh, aber du wirst es müssen. Du hast keine Wahl. Wenn du mir nicht hilfst, erzähle ich meinem Vater, wer du bist, und sobald er das weiß, wird er versuchen, dich auszunutzen.«

»Ich werde mich weigern, ihm zu helfen.«

»Das kannst du nicht. Wenn du ihm nicht gehorchst, wird er versuchen, dich zu töten. Dann mußt du kämpfen, und du wirst gewinnen, denn du bist stärker.«

»Nein, Euer Hoheit, ich werde verlieren. Ich werde sterben.«

Gram riß verdutzt die Augen auf. Das war eine Möglichkeit, an die er nie gedacht hatte. »Aber das kannst du nicht! Du bist ein Sartan!«

»Wir sind nicht unsterblich – eine Tatsache, von der ich glaube, daß wir sie zeitweilig vergessen hatten.«

Verzweiflung hatte sie getötet. Die Verzweiflung, die er jetzt empfand: eine große, überwältigende Traurigkeit. Sie hatten es gewagt, wie Götter zu denken und zu handeln, und hatten aufgehört, den wahren Göttern zu lauschen. Der Lauf der Welt nahm die falsche Richtung – nach Meinung der Sartan; sie glaubten zu wissen, was das beste war, und scheuten nicht davor zurück, es in die Tat umzusetzen. Aber dann zeigte sich wieder irgendwo ein Mangel, und sie waren gezwungen einzugreifen und ihn zu beheben, und jedesmal, wenn sie einen Riß gekittet hatten, ging irgend etwas anderes entzwei. Bald wuchs ihnen die selbstgestellte Aufgabe über den Kopf; sie waren zu wenige. Schließlich erkannten sie, daß sie sich angemaßt hatten, in Entwicklungen einzugreifen, die man hätte ungestört reifen lassen sollen. Doch es war längst zu spät.

»Ich werde sterben«, wiederholte Alfred.

Der Hund erhob sich, kam zu ihm und legte den Kopf gegen sein Knie. Langsam, zögernd senkte er die Hand, um ihn zu berühren, und spürte die Wärme des Tieres, die feinen Schädelknochen unter dem seidigen Fell.

Und was tut dein Herr in diesem Augenblick? Was sind Haplos Gedanken, jetzt, da er erfahren hat, daß sein alter Widersacher sich in seiner Reichweite befindet? Ich habe nicht die mindeste Ahnung. Es hängt davon ab, aus welchem Grund Haplo ursprünglich in diese Welt gekommen ist.

Der Kammerdiener lächelte, sehr zu Grams Verblüffung und Ärger. Alfred fragte sich, was Sinistrad tun würde, wenn er wüßte, daß er *zwei* Halbgötter unter seinem Dach beherbergte. »Dir macht es vielleicht nichts aus zu sterben, Alfred«, bemerkte Gram mit plötzlicher Verschlagenheit. »Aber was ist mit deinen Freunden – dem Geg, Hugh und Haplo?«

Beim Klang des Namens seines Herrns, bewegte sich der buschige Schweif des Hundes langsam von einer Seite zur anderen.

Der Junge stellte sich vor seinen alten Diener hin und legte ihm ernsthaft eine kleine Hand auf den Unterarm. »Wenn ich Vater sage, wer du bist, und ihm erzähle, wie ich es herausgefunden habe, dann wird er begreifen, daß wir keinen von den anderen brauchen. Wir brauchen weder die Elfen noch ihr Schiff, weil du uns an jeden beliebigen Ort bringen kannst. Wir brauchen Limbeck nicht, weil du mit den Gegs sprechen und sie überreden kannst, in den Krieg zu ziehen. Wir brauchen Haplo nicht –

Haplo haben wir von Anfang an nicht gebraucht. Und auch Hugh brauchen wir nicht. Vater wird dich nicht töten, Alfred. Er wird dich zwingen, ihm zu gehorchen, indem er droht, sie zu töten, also kannst du nicht einfach so sterben.«

Was er sagt, stimmt. Und Sinistrad wird es bestimmt erkennen. Überflüssig. Ich mache sie alle überflüssig. Aber was kann ich tun, um sie zu retten, außer töten?

»Das wirklich Schöne daran ist«, meinte Gram kichernd, »daß wir zu guter Letzt nicht einmal Vater brauchen werden!«

Es ist der alte Fluch der Sartan, der nun auch auf mich zurückfällt. Hätte ich das Kind sterben lassen, wie ihm vielleicht vorherbestimmt, wäre dies alles nicht geschehen. Aber ich mußte mich einmischen. Ich mußte unbedingt Gott spielen. Ich glaubte, es wäre etwas Gutes in dem Kind, glaubte, daß es sich ändern würde. Ich glaubte, ich könnte es retten! Alles, woran wir Sartan jemals dachten, waren wir selbst. Wir wollten die Welt nach unserem Bilde formen. Aber so war es ja vielleicht nicht vorgesehen.

Langsam, nachdem er den Hund beiseite geschoben hatte, stand Alfred auf. Er schritt in die Mitte des Zimmers, hob die Arme in die Luft und begann einen feierlichen und – für seinen ungelenken Körper – seltsam anmutigen Tanz. »Alfred, was tust du?«

»Ich verlasse Euch, Hoheit«, erwiderte Alfred.

Ein lichter Schimmer breitete sich um ihn aus. Er schrieb die Sigla mit den Händen in die Luft, zeichnete sie mit den Füßen auf den Boden.

Gram staunte mit offenem Mund. »Das kannst du nicht!« greinte er. Tränen der Enttäuschung und Wut stiegen ihm in die Augen. Er versuchte, den Sartan festzuhalten, aber die magische Wand, die Alfred um sich errichtete, war mittlerweile zu stark. Als Gram sie berührte, knisterte es, und mit einem Aufschrei zog er die verbrannten Finger zurück.

»Du kannst mich nicht verlassen! Niemand darf sich aus meiner Gegenwart entfernen, außer ich gestatte es!«

»Dein Zauberbann wirkt bei mir nicht, Gram.« Alfred hörte sich beinahe traurig an; sein Körper begann sich aufzulösen. »Das hat er nie getan . . .«

Ein großer, bepelzter Körper sprang an Gram vorbei. Der Hund setzte durch die schimmernde Hülle und landete neben Alfred. Er duckte sich, schnappte nach dem Fußknöchel des Kammerdieners und hielt ihn fest.

Ein Ausdruck der Überraschung erschien auf Alfreds geisterhaftem Gesicht. Er schüttelte das Bein heftig, um sich von dem Hund zu befreien.

Der Hund schien das Ganze für einen Riesenspaß zu halten. Er biß fester zu, begann spielerisch zu knurren und zog in die entgegengesetzte Richtung. Alfred verstärkte seine Bemühungen. Der Auflösungsprozeß seines Körpers war zum Stillstand gekommen, und jetzt nahm er allmählich wieder feste Gestalt an. Der Kammerdiener wanderte im Kreis herum, bedrohte und beschimpfte den Hund, bettelte und flehte, ihn loszulassen. Der Hund ließ sich mitziehen, scharrte mit den Krallen haltsuchend über die Steinplatten, schüttelte wild den Kopf und weigerte sich, mit dem herrlichen Spiel aufzuhören.

Die Tür des Zimmers flog krachend auf. Der Hund verdrehte die Augen und wedelte eifrig mit dem Schwanz, jedoch ohne von Alfred abzulassen.

»Sehe ich recht, und du versuchst wieder einmal, dich davonzumachen, Sartan?« fragte Haplo. »Ganz wie in alten Zeiten, nicht wahr?«

Kapitel 55

Burg Sinister
Hohes Reich

In einem Zimmer weiter unten im Gang, setzte Limbeck endlich den Stift aufs Papier.

»Mein geliebtes Volk...« begann er.

Haplo hatte sich lange vorgestellt, wie es sein würde, wenn er endlich einem Sartan gegenüberstand, einem von denen, die sein Volk an jenen höllischen Ort verbannt hatten. Er hatte sich seinen Zorn ausgemalt, aber jetzt vermochte nicht einmal er selbst das volle Ausmaß seiner Wut zu glauben. Er starrte auf diesen Alfred, diesen Sartan, und sah die Chaodyn, die ihn angegriffen, sah den blutenden Körper des Hundes auf dem Boden liegen. Das Bild seiner getöteten Eltern tauchte vor ihm auf. Plötzlich fiel ihm das Atmen schwer. Er hatte das Gefühl zu ersticken. Schatten verschleierten seinen Blick, er schloß die Augen und rang nach Luft.

»Wieder davonmachen«, sagte er gepreßt. »Genau wie damals, als ihr Kerkermeister uns in eurem Gefängnis unserem Schicksal überlassen habt!«

Er stieß die Worte zwischen zusammengebissenen Zähnen hervor. Die mit Stoffstreifen umwickelten Hände wie Krallen erhoben, stand er dicht vor Alfred und stierte in das Gesicht des Sartan, das von einem Flammenkranz umrahmt zu sein schien. Wenn dieser Alfred lächelte, wenn er nur die Lippen verzog, war er tot. Sein

Fürst, sein Auftrag, seine Instruktionen – alles versank unter den donnernden Wogen des Hasses in Haplos Kopf.

Doch Alfred lächelte nicht. Er wurde nicht bleich vor Angst oder wich zurück, noch machte er Anstalten, sich zu verteidigen. Die Furchen des alten, von Sorgen gezeichneten Gesichts vertieften sich, die verschatteten, rotgeränderten Augen schauten ihn kummervoll an.

»Die Kerkermeister haben sich nicht davongemacht«, sagte er. »Die Kerkermeister sind gestorben.«

Haplo spürte, wie der Kopf des Hundes sich gegen sein Knie drückte, er neigte sich leicht zur Seite und krampfte die Finger in das weiche Fell. Der Hund blickte traurig zu ihm auf und drückte sich winselnd noch fester gegen ihn. Haplos Atem ging leichter, sein Blick wurde klarer.

»Schon gut, alter Junge«, sagte Haplo mit schwankender Stimme.

»Bedeutet das«, fragte Gram, »daß Alfred *nicht* weggeht?«

»Nein, er geht nicht weg«, erwiderte Haplo. »Erst wenn ich bereit bin.«

Wieder Herr seiner selbst, trat der Patryn dem Sartan gegenüber. Haplos Gesicht war ruhig, sein Lächeln gelassen. Er rieb langsam die Hände gegeneinander, dabei verschoben sich die Verbände, und die Tätowierungen auf seiner Hand kamen zum Vorschein. »Der Kerkermeister ist gestorben? Das glaube ich nicht.«

Alfred zögerte und befeuchtete sich die Lippen. »Dein Volk war die ganze Zeit über an diesem Ort ... gefangen?«

»Allerdings, aber das hast du doch gewußt, oder nicht? Das war doch eure Absicht!«

Limbeck, der nichts ahnte, was sich zwei Türen weiter abspielte, schrieb weiter:

»Mein geliebtes Volk, ich bin in den Reichen Droben gewesen. Ich habe die Welten besucht, von denen unsere Legenden sagen, sie wären das Pradies. Und sie sind das Pradies – und auch wieder nicht. Sie sind wunderschön. Sie sind reich – unglaublich reich. Die Sonne scheint dort den ganzen Tag. An ihrem Himmel strahlt das Firmament. Der Regen fällt sanft, ohne Zerstörungen anzurichten. Der Schatten der Herrscher der Nacht verhilft ihnen zu einem ruhigen, erholsamen Schlummer. Sie wohnen in Häusern, nicht in den abgelegten Teilen einer Maschine oder in einem Gebäude, aus dem das Allüberall sich zurückgezogen hat. Sie haben geflügelte Schiffe, die durch die Luft fliegen. Sie haben zahme, geflügelte Geschöpfe, auf denen sie fliegen können, wohin immer sie wollen. Und all das haben sie durch uns.

Sie haben uns belogen. Sie haben uns gesagt, sie wären Götter und wir müßten für sie arbeiten. Sie gaben uns das Versprechen, wenn wir hart arbeiteten, würden sie uns zu sich in den Himmel Hoch erheben. Aber sie hatten nie die Absicht, dieses Versprechen zu erfüllen.«

»Das ist nie unsere Absicht gewesen!« antwortete Alfred. »Das mußt du mir glauben. Und du mußt mir glauben, daß wir nicht wußten, daß ihr immer noch dort gefangen wart! Es sollte eine Zeit des Lernens sein – ein paar Jahre, einige Generationen . . .«

»Tausend Jahre, hundert Generationen – soweit sie überlebten! Und wo seid ihr gewesen? Was ist geschehen?«

»Wir . . . hatten unsere eigenen Probleme.« Alfred senkte den Blick.

»Sei meines tiefsten Mitgefühls versichert.«

Alfred sah ihn an, bemerkte die höhnisch verzogenen Lippen des Patryn und wandte seufzend den Blick ab.

»Du kommst mit mir«, sagte Haplo. »Du sollst mit eigenen Augen sehen, welche Hölle dein Volk erschaffen hat! Und mein Fürst hat dir einige Fragen zu stellen. Auch ihm wird es schwerfallen, zu glauben, daß ›die Kerkermeister gestorben sind‹.«

»Dein Fürst?«

»Ein großer Mann, der mächtigste, der unserem Volk je entsprungen ist. Er hat Pläne, die er dir bestimmt gerne darlegen möchte.«

»Das ist also der Grund, weshalb du dich in dieser Welt aufhältst«, murmelte Alfred. »Seine Pläne? Nein, ich werde nicht mit dir gehen.« Der Sartan schüttelte den Kopf. »Nicht freiwillig.« Im Hintergrund der sanften Augen begann ein Feuer zu schwelen.

»Dann eben mit Gewalt. Es wird mir Freude bereiten, dich zu zwingen.«

»Daran zweifle ich nicht. Doch wenn dir daran gelegen ist, deine Anwesenheit in dieser Welt geheimzuhalten« – er richtete den Blick auf die bandagierten Hände – »dann bist du dir auch im klaren darüber, daß ein Kampf zwischen uns, ein magisches Duell dieses ungeheuren Ausmaßes, nicht unbemerkt bleiben würde und für euch verhängnisvolle Folgen haben könnte. Die Magier dieser Welt sind mächtig und klug. Es gibt Sagen über das Todestor. Viele, wie zum Beispiel Sinistrad oder auch Gram, würden herausfinden, was geschehen ist, und sich mit großem Eifer auf die Suche nach dem Eingang zu dieser Welt machen, von der die Sagen viel Wunderbares zu berichten wissen. Ist dein Fürst darauf vorbereitet?«

»Fürst? Welcher Fürst? Hör mir zu, Alfred!« platzte Gram ungeduldig heraus. »Niemand von uns geht irgendwohin, solange mein Vater am Leben ist!« Keiner der beiden Männer gab eine Antwort oder schaute ihn auch nur an. Der Junge ballte zornig die kleinen Fäuste. Wie üblich waren die Erwachsenen ganz mit sich selbst beschäftigt und hatten ihn vergessen.

»Endlich sind uns die Augen geöffnet worden. Endlich sind wir imstande, die Wahrheit zu erkennen.« Limbeck fühlte sich von der Brille gestört und schob sie wieder in die Stirn. »Und die Wahrheit ist, daß wir sie nicht mehr brauchen ...«

»Ich brauche euch nicht!« schrie Gram. »Ihr hattet nie vor, mir zu helfen. Ich werde es selbst tun.« Er zog Hughs Dolch wieder aus dem Hemd und fuhr bewundernd mit dem Finger über die mit Runen bedeckte Klinge. »Komm mit«, sagte er zu dem Hund, der neben Haplo stand. »Du kannst mich begleiten.«

Der Hund schaute den Jungen an und wedelte mit dem Schwanz, aber er rührte sich nicht von der Stelle.

»Komm her«, lockte Gram. »Guter Hund.«

Das Tier legte den Kopf schräg, dann wandte es sich seinem Herrn zu und winselte. Der Patryn, dessen ganze Aufmerksamkeit dem Sartan galt, schob den Hund beiseite. Seufzend, mit einem letzten, flehenden Blick auf seinen Herrn, schlich der Hund mit gesenktem Kopf und flachen Ohren zu Gram hinüber.

Das Kind steckte sich das Messer in den Gürtel und tätschelte den Kopf des Hundes. »So ist es brav. Gehen wir.«

»Und in Anbetracht all dessen . . .« Limbeck hielt inne. Ein Schleier legte sich über seine Augen. Die Hand mit der Feder zitterte. Tinte tropfte auf das Blatt Papier. Er schob die Brille von der Stirn wieder auf die Nase, rückte sie zurecht, und dann saß er ganz still und starrte auf die freie Stelle, wohin er die entscheidenden Worte schreiben mußte.

»Kannst du wirklich das Risiko eingehen, mit mir zu kämpfen?« fragte Alfred wieder.

»Ich glaube nicht, daß du kämpfen wirst«, gab Haplo zurück. »Du bist zu schwach, zu müde. Der Junge, den du . . .«

Alfred blickte sich suchend um. »Gram? Wo ist er hin?«

»Was weiß ich? Irgendwohin«, antwortete Haplo mit einer ungeduldigen Handbewegung. »Versuch nicht . . .«

»Ich versuche überhaupt nichts! Du hast gehört, worum er mich gebeten hat. Er hat ein Messer. Er ist gegangen, um seinen Vater zu töten. Ich muß ihn . . .!«

»Nein, das mußt du nicht.« Haplo umklammerte den Arm des Sartan. »Sollen die Nichtigen sich gegenseitig umbringen. Was macht das schon?«

»Es ist dir gleichgültig?« Alfred musterte den Patryn mit einem eigentümlichen, fragenden Blick.

»Ja, selbstverständlich ist es mir gleichgültig. Das einzige, was mich interessiert, ist die Revolte der Gegs, und Limbeck, ihr Führer, ist sicher in seinem Zimmer eingeschlossen.«

»Und wo ist dein Hund?« fragte Alfred.

»Und in Anbetracht all dessen bleibt uns nichts anderes übrig . . .« Limbeck malte jeden Buchstaben mit großer Sorgfalt und Entschlossenheit. ». . . als in den Krieg zu ziehen.«

Da stand es nun auf dem Papier. Der Geg nahm die Brille ab, warf sie auf den Tisch, barg das Gesicht in den Händen und weinte.

Kapitel 56

Burg Sinister, Hohes Reich

Sinistrad und Hugh saßen im Arbeitszimmer des Mysteriarchen. Es war fast Mittag. Licht strömte durch ein Kristallfenster. Draußen schienen die Türme und Kuppeln von Neue Hoffnung auf einem Nebelmeer zu schwimmen – der Stadt, die nach allem, was Iridal ihm erzählt hatte, ebensogut Keine Hoffnung heißen konnte. Hugh fragte sich, ob man die Aussicht eigens für ihn arrangiert hatte. Wenn man nach unten schaute, sah man den Sturmsilberdrachen, der den ungeheuren Schlangenleib um die Burg geringelt hatte, in der Sonne dösen.

»Wir müssen überlegen, wie wir am besten vorgehen.« Sinistrad trommelte nachdenklich mit den dünnen Fingern auf die Tischplatte. »Wir lassen das Kind von dem Elfenschiff nach Djern Volkain zurückbringen – wobei es wichtig ist, daß das Schiff von Menschen gesehen wird. Wenn man das ermordete Königspaar entdeckt, wird man den Elfen die Schuld geben. Gram kann seinen besorgten Untertanen irgendein Märchen erzählen, wie er gefangen wurde und fliehen konnte und die Elfen ihn verfolgten und seine lieben Eltern töteten, die ihm beistehen wollten. Du kannst es so arrangieren, daß der Anschein entsteht, die Elfen hätten die Untat vollbracht, nehme ich an?«

Die Luft um Hugh geriet in Bewegung, ein kalter Atemhauch strich über ihn hinweg, und Finger aus Eis schienen sich in seine Schultern zu graben. Iridal hatte sich auf ihre eigenen magischen Fähigkeiten besonnen. Sie war hier. Sie hörte zu.

»Selbstverständlich. Nichts leichter als das. Wird der Junge mitarbeiten?« fragte Hugh, der sich bemühte, trotz seiner inneren Anspannung gelassen zu erscheinen. Angesichts der Wahrheit, vor der sie so lange die Augen verschlossen hatte – was würde sie tun? »Der Junge scheint mir nicht sehr begeistert zu sein.«

»Er wird seine Pflicht tun. Ich muß ihm lediglich begreiflich machen, daß alles zu seinem Vorteil geschieht. Sobald er verstanden hat, in welcher Weise er von dieser Maßnahme profitieren kann, wird er Feuer und Flamme sein. Der Junge ist ehrgeizig, und mit Recht. Schließlich *ist* er mein Sohn.«

Für aller Augen unsichtbar, stand Iridal hinter Hughs Stuhl und lauschte dem Gespräch. Sie empfand nichts dabei, Sinistrad einen Mord planen zu hören; ihr Verstand, ihre Sinne waren taub. Warum bin ich überhaupt gekommen? fragte sie sich. Es gibt nichts, was ich tun könnte. Es ist zu spät für ihn, zu spät für mich. Aber es ist nicht zu spät für Gram. Wie hieß das alte Sprichwort? ›Ein kleines Kind soll sie führen‹. Ja, für ihn gibt es noch Hoffnung. Noch ist er unschuldig. Vielleicht wird er uns eines Tages retten.

»Ach, hier bist du, Vater.«

Gram betrat das Studierzimmer, ohne sich von Sinistrads finsterer Miene einschüchtern zu lassen. Das Kind hatte rote Wangen und schien von innen heraus zu glühen. In seinen Augen brannte ein fiebriger Glanz. Der Hund folgte ihm langsam und offenbar nicht sehr glücklich. Er richtete den flehenden Blick auf Hugh, dann glitten seine Augen zu einem Punkt hinter dem Assassinen, und er schaute Iridal so eindringlich an, daß sie sich angstvoll fragte, ob ihr Unsichtbarkeitszauber aufgehört hatte zu wirken.

Hugh rückte unbehaglich auf seinem Stuhl hin und her. Gram hatte etwas vor, und nach seinem engelhaften Gesichtsausdruck zu urteilen, nichts Gutes.

»Gram, ich habe zu tun. Laß uns bitte allein«, sagte Sinistrad.

»Nein, Vater. Ich weiß, worüber ihr sprecht. Du willst mich nach Volkaran zurückschicken, habe ich recht? Bitte zwing mich nicht dazu, Vater.« Die Stimme des Jungen klang plötzlich lieb und bittend. »Ich will nicht dahin zurück. Keiner liebt mich dort. Es ist einsam. Ich möchte bei dir sein. Du kannst mich die Zauberkunst lehren, wie du mir fliegen beigebracht hast. Ich werde dir alles verraten, was ich über die große Maschine weiß, und ich kann dich mit dem Chefmechniker bekanntmachen ...«

»Hör auf zu quengeln!« Sinistrad stand auf. Mit raschelnden Gewändern kam er hinter seinem Tisch hervor und trat zu seinem Sohn. »Du willst doch, daß ich zufrieden mit dir bin, oder?«

»Ja, Vater ...« Der Junge stockte. »Mehr als alles andere. Deshalb will ich bei dir bleiben! Willst du mich nicht haben? Ist das nicht der Grund, weshalb du mich nach Hause geholt hast?«

»Pah! Was für ein Unsinn. Ich habe dich hergeholt, um den zweiten Teil meines Plans in die Tat umzusetzen. Einige Dinge haben sich geändert. Was dich betrifft, Gram, solange ich dein Vater bin, wirst du hingehen, wo ich dich hinschicke, und wirst du tun, was ich dir auftrage zu tun. Jetzt geh. Ich werde später nach dir schicken.« Sinistrad wandte dem Kind den Rücken zu.

Mit einem seltsamen Lächeln schob Gram die Hand in sein Hemd. Sie kam mit einem Dolch wieder zum Vorschein.

»Dann glaube ich, daß du nicht mehr lange mein Vater sein wirst!«

»Wie kannst du es wagen ...« Sinistrad wirbelte herum, sah das Messer in der Hand des Kindes und holte zischend Atem. Bleich vor Wut hob der Mysteriarch den rechten Arm, um einen Zauber gegen seinen Sohn zu schleudern und ihn zu zerschmettern. »Du bist nicht unersetzlich!«

Aus irgendeinem unerklärlichen Grund geriet Sinistrad ins Wanken, unsichtbare Hände umklammerten seinen Arm. Von rasendem Zorn erfüllt, rang er mit seiner Frau, deren Unsichtbarkeitszauber während des Handgemenges seine Wirkung verlor, so daß sie für ihren Gemahl sichtbar wurde.

Der Hund schnellte empor und warf Gram zu Boden. Dem Jungen fiel das Messer aus der Hand.

Hugh war aufgesprungen. Er hob den Dolch auf, wandte sich den Kämpfenden zu und wartete auf eine günstige Gelegenheit. Er war entschlossen, Iridal aus ihrer Knechtschaft zu befreien. Sie und ihren Sohn.

Ein Schleier aus blauen, knisternden Funken hüllte den Körper des Magiers ein. Iridal wurde von einer gewaltigen Druckwelle gegen die Wand geschleudert. Sinistrad fuhr zu dem Kind herum und sah sich dem Hund gegenüber, der mit gesträubtem Nackenfell über dem vor Entsetzen wie gelähmten Jungen stand.

Hugh hatte sich mit wenigen raschen Schritten lautlos genähert. Mit einer kraftvollen Drehung rammte er den Dolch tief in den Leib des Magiers und riß ihn sofort wieder zurück. Sinistrad schrie vor Schmerz und Überraschung auf. Ein greller Blitz zuckte, gleißende Verästelungen liefen über seinen Körper, und Hugh wurde zurückgeschleudert wie vorher Iridal. Als er den Kopf hob und sich umschaute, war Sinistrad verschwunden.

Obwohl tödlich getroffen, war es dem Mysteriarchen dennoch gelungen, sich in eine andere Gestalt zu retten. Wie aus dem Nichts zuckte der Kopf einer riesigen Schlange vor, und die Giftzähne schlugen sich in die Hand des Assassinen, der noch am Boden kauerte.

Hugh fühlte den brennenden, scharfen Schmerz und starrte fassungslos auf den zurückgebogenen Kopf des ungeheuren Reptils. Sinistrads wimpernlose Augen erwiderten unverwandt seinen Blick.

Der dreieckige Kopf schnellte ein zweites Mal vor; Hugh wich aus und stieß seinem unheimlichen Gegner den Dolch in den Nacken. Der Schlangenleib bäumte sich auf und versuchte in peitschenden Zuckungen den Assassinen abzuschütteln, doch Hugh hielt den Dolchgriff fest umklammert, obwohl er fühlte, wie das Gift seinen Körper durchströmte und eine stumpfe Kälte sich in ihm auszubreiten begann. Aus weiter Ferne hörte er Iridals leise Klagelaute und das Knurren des Hundes, der den Jungen bewachte.

Die Schlange verschwand. Sinistrad lag tot am Boden.

Hugh starrte auf den Toten und versuchte sich aufzurichten. Er fühlte keine Schmerzen, doch er hatte keine Kraft mehr und fiel wieder zurück.

»Hugh.«

Schwach wandte er den Kopf. Es war dunkel in der Zelle. Er konnte nichts sehen.

»Hugh, du hast recht gehabt. Meine Sünde war es, *nichts* zu tun. Und jetzt ist es zu spät... zu spät!«

In der Wand tat sich ein Riß auf. Er atmete frische Luft, vermischt mit dem Duft von Lavendel. Hugh schob die Hand zwischen den Gitterstäben der Zelle hindurch und streckte sie ihr entgegen. Iridal tat es ihm gleich, so weit die Mauern ihres eigenen Gefängnisses es zuließen. Ihre Fingerspitzen berührten sich.

Und dann kam der schwarze Mönch und schenkte ihm die Freiheit.

Kapitel 57

Burg Sinister, Hohes Reich

Ein dumpfes, dröhnendes Geräusch ließ die Grundfesten der Burg erzittern. Es wurde lauter, wie ferner Donner, der heranrollt und die Erde erschüttert. Die Burg durchlief ein Beben; Steine verschoben sich knirschend. Ein triumphierendes Brüllen stieg in den Himmel.

»Was zum . . .« Haplo schaute sich ratlos um.

»Der Drache ist frei!« sagte Alfred erstaunt. »Sinistrad muß etwas zugestoßen sein!«

»Er wird jedes lebende Wesen in dieser Burg töten. Ich habe schon gegen Drachen gekämpft; sie sind zahlreich im Labyrinth. Und du?«

»Noch nie.« Alfred bemerkte das bittere Lächeln des Patryn. »Wir werden ihn gemeinsam bekämpfen müssen.«

»Nein.« Haplo zuckte die Schultern. »Du hast recht gehabt. Ich kann es nicht wagen, Aufmerksamkeit auf mich zu lenken. Es ist mir nicht erlaubt zu kämpfen, nicht einmal, um mein Leben zu retten. Ich glaube, es ist an dir, Sartan.«

Der Boden erbebte. Im Gang öffnete sich eine Tür, und Limbeck schaute heraus. »Das ist fast wie zu Hause«, überschrie er vergnügt das Rumpeln und Poltern. Er kam näher und schwenkte einen Packen beschriebener Blätter. »Möchtet ihr vielleicht meine Re . . .«

Die Außenwände stürzten ein. Alfred und Limbeck wurden von den Füßen gerissen. Haplo fiel gegen eine Tür, die unter dem Anprall zerbrach. Ein funkelndes rotes Auge von der Größe einer

Sonne spähte durch die Trümmer der Mauer auf die dahinter gefangene Beute. Das ferne Donnergrollen wurde zu einem haßerfüllten Fauchen. Der Kopf bog sich nach hinten; der Rachen öffnete sich. Geifer troff von den ungeheuren Zähnen.

Haplo raffte sich taumelnd auf. Limbeck lag auf dem Rücken, seine Brille war beim Sturz zerbrochen. Er tastete suchend mit den Händen über den Boden und starrte hilflos zu dem rotsilbernen Fleck hinauf, ohne zu ahnen, womit er es zu tun hatte. Nicht weit von ihm entfernt lag Alfred – in tiefer Ohnmacht.

Ein zweites Brüllen erschütterte das Gebäude. Eine silberne Zunge schoß hervor wie ein gleißender Blitz. Wenn der Drache sie tötete, verlor Haplo nicht nur sein Leben, sondern er starb mit dem bitteren Gefühl, versagt zu haben. Kein Limbeck, um die Revolution der Gegs anzuführen. Kein Limbeck, um den Krieg zu beginnen, der die ganze Welt ins Chaos stürzen sollte.

Fluchend riß sich Haplo die Stoffstreifen von den Händen. Er stand vor seinen hilflosen Gefährten und reckte mit gekreuzten Armen die tätowierten Fäuste in die Luft. Flüchtig dachte er daran, wohin der Hund verschwunden sein mochte. Er konnte nichts von ihm hören, aber das Brüllen und Fauchen des Drachen war so laut, daß es alles andere übertönte.

Mit weit geöffnetem Rachen stieß der Kopf herab, um die Beute zu packen.

Haplo hatte die Wahrheit gesagt – im Labyrinth hatte er mit Drachen gekämpft, deren magische Kräfte um ein Vielfaches größer waren als die des Sturmsilbers. Das schwerste war, still auszuharren, während jede Faser seines Körpers danach schrie, die Flucht zu ergreifen.

Im letzten Augenblick schwenkte der Kopf zur Seite, die Kiefer schlugen ohne Beute krachend zusammen. Der Drache wich zurück und beäugte den Mann mißtrauisch.

Drachen sind intelligente Geschöpfe. Nach dem Erwachen aus einem Zauberbann fühlen sie sich gereizt und verwirrt, und ihr erster Impuls ist es, den Magus zu töten, der sie mit dem Bann belegt hat. Doch selbst ein gereizter Drache greift nicht unbedacht an. Sinistrads Drache hatte in seinem Leben viele Arten von Magie kennengelernt, aber die Kraft, mit der er sich hier konfrontiert sah, war ihm fremd. Er spürte die Macht, die diesen Mann wie eine starke Rüstung umhüllte.

Stahl vermochte der Drache zu überwinden. Es gelang ihm vielleicht auch, diesen magischen Schild zu überwinden, wenn er nur Zeit hatte, sich damit zu beschäftigen. Doch wozu die Mühe? Es gab noch andere Beute. Er witterte das lebendige Blut. Mit einem letzten, bösartigen Blick auf Haplo verschwand der Drache aus seinem Blickfeld.

»Aber er wird zurückkommen, nachdem er seinen ersten Hunger gestillt hat.« Haplo senkte die Arme. »Und was tue ich jetzt? Ich denke, ich werde meinen kleinen Freund hier nehmen und dieses Reich verlassen. Meine Arbeit hier ist beendet – oder doch fast.«

Er lauschte in sich hinein und hörte dort, was sein Hund hörte. Besorgt runzelte er die Stirn und rieb sich geistesabwesend die Hände. Nach den Geräuschen zu urteilen, riß der Drache einen Teil der Burg nieder. Iridal und der Junge lebten noch, aber das Ende war abzusehen.

Haplo blickte auf den bewußtlosen Sartan hinab. »Ich könnte dich in eine Ohnmacht versetzen, die so lange anhält, wie es nötig ist, und dich zu meinem Fürsten bringen. Aber ich habe eine bessere Idee. Du weißt, wohin ich gegangen bin. Du wirst herausfinden, wie man dorthin gelangt, und du wirst aus eigenem Antrieb zu mir kommen. Immerhin haben wir dasselbe Ziel – wir wollen beide herausfinden, was deinem Volk zugestoßen ist. Deshalb, alter Feind, lasse ich dich hier, um meinen Rückzug zu decken.«

Er kniete sich neben Alfred, packte den Sartan bei den Schultern und schüttelte ihn grob.

»Wach schon auf, du Memme!«

Alfred blinzelte und setzte sich benommen auf. »Ich habe die Besinnung verloren, ja? Es tut mir leid. Es ist ein Reflex, den ich nicht . . .«

»Das interessiert mich nicht«, schnitt ihm Haplo das Wort ab. »Ich habe den Drachen erst einmal vertrieben, aber er ist nur verschwunden, um sich eine Mahlzeit zu verschaffen, die keinen Widerstand leistet.«

»Du . . . du hast mein Leben gerettet!« Alfred starrte den Patryn an.

»Nicht dein Leben. Limbecks. Du hast nur zufällig neben ihm gelegen.«

Der dünne Angstschrei eines Kindes ertönte aus irgendeinem Teil der Burg. Das Brüllen des Drachen ließ Steine bersten.

Haplo deutete in die Richtung, aus der das Wüten des Drachen zu hören war. »Der Junge und seine Mutter sind noch am Leben. Du solltest dich beeilen.«

Alfred schluckte krampfhaft; Schweiß trat ihm auf die Stirn. Er stand mühsam auf und zeichnete sich mit der zitternden Hand ein Sigel auf die Brust. Sein Körper begann zu verblassen.

»Leb wohl, Sartan!« rief Haplo ihm nach. »Vorläufig. Limbeck, geht es dir gut? Kannst du gehen?«

»Meine . . . meine Brille!« Limbeck hob das verbogene Gestell auf und steckte die Finger durch die leeren Gläserfassungen.

»Sei nicht traurig«, sagte Haplo und half dem Geg aufzustehen. »Vermutlich würdest du ohnehin nicht sehen wollen, wohin wir jetzt gehen.«

Der Patryn zögerte einen Augenblick, um alles zu überdenken. *Schüre den Unfrieden in diesem Reich.*

Seine runenbedeckte Hand schloß sich um Limbecks. *Das habe ich getan, mein Fürst. Ich bringe ihn zurück nach Drevlin. Dort bahnt sich ein Umsturz an, der diese ganze Welt in einen Krieg stürzen wird!*

Bring mir jemanden aus diesem Reich, den ich zu meinem Gehilfen heranbilden kann. Jemanden, der zurückkehren wird und den Völkern das Wort verkünden – mein Wort. Jemanden, der Menschen, Elfen und Zwerge wie Schafe zu meinen Pferchen führt. Vergewissere dich, daß er oder sie intelligent ist, ehrgeizig . . . und anpassungsfähig.

Haplo nickte lächelnd mit dem Kopf, und dann pfiff er nach seinem Hund.

In ihrer Mädchenzeit hatte Iridal Drachen gezähmt, aber nur sanfte Geschöpfe, die ihr fast auch ohne Zauberbann den Willen getan hätten. Der Drache, dem sie sich jetzt gegenübersah, hatte ihr schon immer Entsetzen eingeflößt. Sie hätte sich gerne in eine Ecke der sicheren, schützenden Zelle verkrochen, in der sie fast ihr ganzes Leben verbracht hatte, aber die Mauern waren eingerissen, die Gitter verschwunden, und die Tür stand offen. Ein kalter Wind zerrte an ihr, das Licht war viel zu grell für die an Halbdunkel gewöhnten Augen.

Schuldig werden durch tatenloses Zuschauen. Jetzt war es zu spät für sie und das Kind. Der Tod war die einzige Freiheit, die ihnen noch blieb.

Von oben tönte das markerschütternde Brüllen des Drachen. Iridal beobachtete teilnahmslos, wie die Decke sich auftat. Staub und Schutt prasselten auf sie herunter. Ein funkelndes, rotes Auge spähte nach der Beute. Eine gespaltene, silberne Zunge schnellte wie ein Blitz durch den Riß in der Decke und verschwand wieder. Die Frau bewegte sich nicht.

Zu spät. Zu spät.

Hinter der Mutter zusammengekauert und den Arm fest um den Nacken des Hundes gelegt, beobachtete Gram aus großen Augen, was vor sich ging. Nach seinem ersten Angstschrei war er verstummt, hatte sich so klein wie möglich gemacht und wartete ab. Noch konnte der Drache sie nicht erreichen. Die Bresche, die er geschaffen hatte, war zu klein für seinen gewaltigen Schädel. Angetrieben von seiner Wut und der Gier nach dem Blut, das er wittern konnte, riß er noch mehr Steine aus der Mauer.

Der Hund wandte plötzlich den Kopf, schaute zur Tür und winselte.

Gram folgte dem Blick des Hundes und sah Haplo im Türrahmen stehen. Neben ihm blinzelte Limbeck durch den aufgewirbelten Staub und musterte freundlich eine Schreckensgestalt, die er nicht zu erkennen vermochte.

Der Junge sah zu seiner Mutter auf. Iridals Blick hing an dem Drachen. Gram zupfte an ihrem Rock.

»Mutter, wir müssen fort von hier und uns verstecken. Haplo und Limbeck werden uns helfen!«

Iridal wandte nicht den Kopf. Vielleicht hatte sie ihn nicht einmal gehört.

Der Hund winselte, nahm das Hemd des Jungen zwischen die Zähne und versuchte, ihn in Richtung der Tür zu ziehen.

»Mutter!« rief Gram.

»Geh nur, Kind«, sagte Iridal. »Versteck dich. Das ist sehr vernünftig.«

Gram faßte nach ihrer Hand. »Aber ... kommst du nicht mit, Mutter?«

»Mutter? Nenn mich nicht so. Du bist nicht mein Sohn.« Sie schaute mit einer seltsamen, gedankenverlorenen Ruhe auf ihn hinab. »Als du geboren wurdest, hat jemand die Kinder vertauscht. Geh jetzt.« Es hörte sich an, als spräche sie zu dem Sohn einer anderen Frau. »Lauf weg und versteck dich. Solange ich hier bin, wird der Drache dir nichts tun.«

Gram starrte sie an. »Mutter!« rief er wieder, aber sie wandte sich von ihm ab.

Der Junge tastete nach dem Amulett um seinen Hals, aber es war fort. Jetzt fiel es ihm wieder ein: Er hatte es abgerissen und weggeworfen.

»Hund, bring ihn her!« rief Haplo.

Der Hund verbiß sich in das Hemd des Jungen und zerrte ihn zur Tür. Gram sah den Drachen eine krallenbewehrte Tatze durch den Riß in der Decke schieben und nach seiner Beute greifen. Wände stürzten zusammen. Die aufsteigende Staubwolke hüllte seine Mutter ein und entzog sie seinen Blicken.

Mit der Tatze suchte der Drache nach dem lebenswarmen Fleisch, das er wittern konnte. Iridal wich ihm aus, aber es gab kein Versteck in diesem mit Schutt angefüllten und teilweise eingestürzten Raum. Sobald der Staub sich senkte und das Ungeheuer wieder sehen konnte, war sie verloren.

Sie versuchte verzweifelt, sich auf ihre magischen Fähigkeiten zu konzentrieren. Mit geschlossenen Augen, um den furchterregenden Anblick auszuschließen, formte sie in Gedanken Zügel und legte sie dem Drachen an.

Das vor Wut rasende Geschöpf stieß ein urgewaltiges Brüllen aus und schüttelte das Haupt. Iridal wurde das magische Zaumzeug entrissen, und die Gedankenströme seines Zorns, die er ihr entgegenschleuderte, hätten sie beinahe vernichtet. Eine Kralle der suchenden Pranke streifte ihren Arm und riß eine tiefe Wunde.

Die Decke brach ein. Zersplitterte Balken und Mauerwerk stürzten herab und schmetterten sie zu Boden. Mit einem triumphierenden Kreischen stürzte der Drache auf seine ersehnte Beute. Hustend und nach Atem ringend kauerte sie auf dem Boden und erwartete den Tod mit abgewandtem Gesicht.

Iridal wartete fast ungeduldig darauf, den scharfen, brennenden Schmerz zu spüren, mit dem die Krallen ihr Fleisch durchbohrten. Statt dessen legte sich eine sanfte Hand auf ihren Arm.

»Hab keine Angst, Kind.«

Ungläubig hob sie den Kopf. Grams Diener stand vor ihr. Auf seiner Glatze lag dicker Staub, der spärliche graue Haarkranz stand grotesk nach allen Himmelsrichtungen ab – doch er lächelte sie beruhigend an und richtete sich dann auf, um dem Drachen gegenüberzutreten.

Langsam, feierlich und anmutig begann Alfred zu tanzen.

Seine Stimme erhob sich zu einem dünnen, fistelnden Singsang, mit dem er sich begleitete. Seine Hände, seine Füße beschrieben unsichtbare Sigel, seine Stimme verlieh ihnen Namen und Macht, sein Bewußtsein verstärkte sie, und sein Körper gab ihnen Nahrung.

Ätzende Säure tropfte von der Zunge des Drachen. Verunsichert von dem plötzlichen Widerstand und der fremdartigen Magie des Mannes, zog er sich zurück, um die Situation zu überdenken. Doch er war schon einmal um sein Festmahl betrogen worden. Die Gier nach Fleisch und die Erinnerung an die von dem verhaßten Magier erlittenen Demütigungen waren stärker als der Instinkt, der zur Vorsicht mahnte. Wie gelähmt vor Entsetzen, sah Iridal, wie der silberne Schädel mit den flammend roten Augen aus der Höhe herabstieß. Gleich würde sie mitansehen müssen, wie die zähnestarrenden Kiefer den Mann zermalmten.

»Lauf!« rief sie ihm zu.

Alfred sah auf und erkannte die Gefahr, aber er lächelte nur und nickte fast geistesabwesend. Seine Gedanken konzentrierten sich auf die Runen. Seine Bewegungen wurden schneller, sein Gesang ein wenig lauter – das war alles.

Der Drache zögerte. Die Kiefer schnappten nicht zu, sondern blieben über dem Opfer in der Schwebe. Der Kopf des Geschöpfes wiegte sich leicht hin und her, wie gebannt von der Stimme und den Gebärden. Und plötzlich öffneten sich die Augen des Drachen weit und erstarrten.

Alfreds Tanz wurde langsamer und langsamer, der Gesang immer leiser, wenig später blieb er schwer atmend stehen und musterte den Drachen eindringlich. Der Sturmsilber schien ihn überhaupt nicht wahrzunehmen. Er schaute auf etwas, das nur für ihn sichtbar war.

Alfred nickte und kniete neben Iridal nieder. »Er wird Euch jetzt nichts mehr tun. Seid Ihr verletzt.«

»Nein.« Ohne den Drachen aus den Augen zu lassen, ergriff Iridal Alfreds Hand und drückte sie. »Was habt Ihr ihm getan?«

»Der Drache glaubt, wieder in seiner Heimat zu sein, in seiner ursprünglichen Heimat – einer Welt, an die nur er sich erinnern kann. Er sieht die Erde, unter sich das Wasser und den Himmel darüber und das Feuer der Sonne, das der Welt Leben spendet.«

»Wie lange wird der Bann anhalten? Für alle Ewigkeit?«

»Nichts dauert ewig. Einen Tag, zwei Tage oder Monate vielleicht. Er wird die Augen schließen und wieder öffnen, der Traum vergeht, und er sieht nichts als die Verwüstungen, die er angerichtet hat. Doch sein Zorn und seine Verwirrung haben sich bis dahin hoffentlich gemindert. Jetzt wenigstens hat er Frieden.«

Iridal betrachtete scheu den Drachen, dessen gigantisches Haupt sich kaum merklich hin und her bewegte, als hörte er eine beruhigende, begütigende Stimme.

»Ihr habt ihn in seinem Bewußtsein eingesperrt«, sagte sie.

»Ja«, bestätigte Alfred. »Der stärkste Käfig, der je gebaut wurde.«

»Und ich bin frei«, flüsterte sie in grenzenlosem Staunen. »Und es ist noch nicht zu spät. Es gibt noch Hoffnung! Gram, mein Sohn! Mein Sohn!«

Iridal lief zur Tür, wo sie ihn das letzte Mal gesehen hatte. Die Tür war fort. Die Mauern ihres Gefängnisses waren eingestürzt, aber der Schutt versperrte ihr den Weg.

»Mutter! Ich *bin* dein Sohn! Ich . . .«

Ein Schluchzen stieg Gram in die Kehle, und ihm versagte die Stimme. Er konnte sie nicht mehr sehen, herabstürzende Steine nahmen ihm die Sicht.

Der Hund umkreiste ihn mit aufgeregtem Bellen, schnappte nach seinen Füßen und bemühte sich, ihn anzutreiben. Der Drache stieß ein fürchterliches Kreischen aus, Gram machte kehrt und ergriff die Flucht. Auf halbem Weg zur Tür wäre er fast über ein Hindernis gestolpert.

»Vater?« flüsterte er und streckte eine zitternde Hand nach dem bleichen Gesicht aus.

Die toten Augen starrten ihn gleichgültig an.

Gram wich einen Schritt zurück und stürzte über Hugh – den Assassinen, den man bezahlt hatte, um ihn zu töten, und der sein Leben für ihn gegeben hatte.

»Es tut mir leid!« Das Kind kniete neben der Leiche und weinte. »Es tut mir leid! Laßt mich nicht allein! Bitte, laßt mich nicht allein!«

Starke Hände mit eintätowierten blauen Runen griffen nach Gram und hoben ihn aus den Trümmern. An der Tür stellte Haplo den benommenen und erschütterten Jungen neben dem Geg auf die Füße.

»Ihr beide haltet euch dicht bei mir«, befahl der Patryn.

Er hob die Hände, kreuzte die Arme. Feurige Runen erschienen eine nach der andern in der Luft. Sie berührten einander, ohne sich zu überschneiden. Schließlich bildeten sie einen Kreis aus Licht, in dem sie alle drei standen – Licht, das blendete, aber nicht schmerzte.

»Hierher, alter Junge.« Haplo stieß einen Pfiff aus. Der Hund sprang hechelnd durch den Feuerkreis und stellte sich neben ihn. »Es geht nach Hause.«

Epilog

»Und das, Fürst des Nexus, war das letzte, was ich von dem Sartan gesehen habe. Ich weiß, Ihr seid enttäuscht, vielleicht sogar erzürnt, daß ich ihn nicht hergebracht habe. Doch ich wußte, Alfred würde mir nie erlauben, den Jungen oder den Geg mitzunehmen. Mir erschien es wie eine herrliche Ironie, daß ausgerechnet er meinen Rückzug deckte. Alfred wird aus eigenem Antrieb zu uns kommen, mein Fürst. Er kann nicht anders, da er jetzt weiß, daß das Todestor offensteht.

Ja, mein Fürst, Ihr habt recht. Er hat noch einen weiteren Anreiz – die Suche nach dem Kind. Alfred weiß, daß ich den Jungen mit mir genommen habe. Bevor ich Drevlin verließ, hörte ich, daß der Sartan und die Mutter des Jungen sich gemeinsam auf die Suche nach ihrem Sohn gemacht hätten.

Was den Jungen betrifft, so glaube ich, daß Ihr an Gram Eure Freude haben werdet, mein Fürst. Er hat ein großes Potential an Fähigkeiten. Selbstverständlich war er sehr erschüttert von den letzten Vorgängen in der Burg – der Tod seines Vaters, die Angst vor dem Drachen. Diese Erlebnisse haben ihn nachdenklich gemacht. Wenn er Euch also still und wenig ansprechbar erscheint, habt Geduld mit ihm. Er ist ein intelligenter Junge und wird bald lernen, Euch zu ehren und zu achten, wie wir alle es tun.

Wie mir die Flucht gelang? Nach dem Verlassen der Burg nahm ich den Jungen und den Geg mit mir zu dem Elfenschiff. Dort stellten wir fest, daß Kapitän Bothar'el und seine Mannschaft von den Mysteriarchen gefangengehalten wurden. Ich machte einen Handel mit Bothar'el. Als Gegenleistung für seine Befreiung erklärte er sich bereit, uns nach Drevlin zu bringen. Dort angelangt, sollte er mir sein Schiff übergeben.

Bothar'el hatte kaum eine andere Wahl, als einzuschlagen. Entweder akzeptierte er meine Bedingungen oder fand den Tod durch die Hand der Mysteriarchen – sie sind mächtige Zauberer und verzweifelt bestrebt, ihr dem Untergang geweihtes Reich zu verlassen. Ich war natürlich gezwungen, meine magischen Kräfte einzusetzen, um uns zu befreien. Auf andere Art hätten wir sie nicht überwinden können. Doch es gelang mir, die Zauber von den Elfen ungesehen zu wirken, sie bemerkten die Runen nicht. Tatsächlich glauben sie, daß ich selbst einer der Mysteriarchen bin. Ich ließ es dabei.

Der Assassine hatte recht mit seiner Einschätzung der Elfen, mein Fürst. Ihr werdet feststellen, daß sie ein Volk von Ehre sind. Wie verabredet, flogen wir mit Kapitän Bothar'el zum Niederreich zurück. Limbeck wurde von seinem Volk als Held empfangen. Er ist jetzt Chefmechniker von Drevlin. Gleich nach seinem Amtsantritt unternahm er einen Angriff auf ein Elfenschiff, das versuchen wollte, das Wasserrohr in Stellung zu bringen. Bei diesem Unternehmen wurde er von Kapitän Bothar'el und seiner Mannschaft unterstützt. Eine gemeinsame Streitmacht aus Elfen und Zwergen attackierte das Schiff, und mit Hilfe des merkwürdigen Liedes, von dem ich Euch berichtet habe, gelang es, sämtliche Elfen an Bord zu bekehren. Vor seiner Abreise erzählte mir Bothar'el, daß er beabsichtige, mit diesem Schiff zu Prinz Reesh'ahn zu stoßen, dem Anführer der Rebellion bei den Elfen. Er hofft, eine gegen das Tribus Empire gerichtete Allianz zwischen den Elfen und den Zwergen in die Wege leiten zu können. Es wird gemunkelt, daß König Stephen vom Uylandia-Archipel geneigt ist, sich ihnen anzuschließen.

Auf Arianus tobt nun ein Weltkrieg, mein Fürst. Alles ist für unsere Ankunft vorbereitet. Wenn Ihr Euch entschließt, das Reich des Himmels zu betreten, wird die kriegsmüde Bevölkerung Euch als ihren Erretter feiern.

Noch ein Wort zu Limbeck. Wie ich vorausgesagt habe, ist er eine einflußreiche Persönlichkeit geworden. Durch seine Bemühungen haben die Zwerge ihre Würde wiederentdeckt, ihren Mut und ihren Kampfgeist. Er ist rücksichtslos, entschlossen und fürchtet sich vor gar nichts. Sein verträumter Idealismus ist mit seiner Brille in Scherben gegangen, und er sieht jetzt klarer als je zuvor. Leider hat er eine Freundin verloren, wie ich befürchte. Doch Jarre hat eine gewisse Zeit mit dem Sartan verbracht. Wer vermag zu sagen, welche seltsamen Ideen er ihr in den Kopf gesetzt hat?

Wie Ihr Euch denken könnt, mein Fürst, nahm es einige Zeit in Anspruch, bis ich das Elfenschiff für die Reise durch das Todestor vorbereitet hatte. Ich transportierte es zu den Stufen von Terrel Fen hinunter, zu derselben Insel, auf der mein erstes Schiff zerschellte, damit ich in Ruhe daran arbeiten konnte. Während ich mit diesen notwendigen Umbauten beschäftigt war, hörte ich von dem Sartan und der Mutter des Jungen und ihrer Suche. Sie hatten inzwischen Drevlin erreicht. Glücklicherweise war ich bereit aufzubrechen.

Ich versetzte den Jungen in tiefen Schlaf und machte mich auf die Rückkehr durch das Todestor. Diesmal wußte ich, welche Gefahren mich erwarteten, und war darauf vorbereitet. Das Schiff erlitt nur geringfügige Beschädigungen, und rechtzeitig zu meiner nächsten Reise wird es ausgebessert und überholt sein. Das heißt, mein Fürst, sofern ich mir das Recht erworben habe, mit einer zweiten Mission betraut zu werden?

Vielen Dank, mein Fürst. Euer Lob ist meine größte Belohnung. Und jetzt habe *ich* einen Trinkspruch auszubringen. Dies ist Bua-Wein, ein Geschenk von Kapitän Bothar'el. Ich glaube, Ihr werdet den Geschmack außerordentlich interessant finden, und es erscheint mir angemessen, daß wir auf den Erfolg unserer nächsten Mission mit einem Trunk anstoßen, den man das Blut von Arianus nennen könnte.

Auf das Todestor, mein Fürst und unser nächstes Ziel – das Reich des Feuers!«

Magie in den Reichen

Auszüge aus den Betrachtungen eines Sartan

Magie ist ein Donner, der in jedem der Reiche zu vernehmen ist. Ihr Einfluß durchdringt die Fundamente allen Seins. Sie spiegelt den Blitzstrahl der Schöpfung. Aus ihrer Stimme klingt das Versprechen von Leben und Tod. Sie ist eine Macht, die man ersehnt und fürchtet.

Theoretiker berichten uns, daß Magie ihre Wirkungskraft aus der ursprünglichen Schöpfung des Omniversums bezieht. Am Anfang streckte Elihn, der All-Gott, seine Hand in das Herz des Chaos. Diese Bewegung seiner Hand ordnete das Chaos zu unendlichen Möglichkeiten der Schöpfung. Es war die erste Ordnung aus dem Chaos. Die Welle, die von seiner Hand ausgelöst wurde, nennt man die Primärwelle.

Elihn erkannte in der Primärwelle die Entstehung des Spirituellen und Materiellen, und so geschah es. In dieser neuen Ordnung teilte sich die Primärwelle in zwei neue Strömungen, jede für sich unendlich in ihren Möglichkeiten. Die beiden Wellen strebten auseinander und wieder zusammen, und wo sie sich kreuzten, wurden Zeit und Raum erschaffen. So wurde aus dem Hort der Möglichkeiten die Realität gewoben.

Erfüllt von Freude und Staunen richtete Elihn seinen Blick wieder auf die beiden neuen Wellen. Im Spirituellen erkannte er Luft und Feuer; im Materiellen erkannte er Wasser und Stein, und so wurde es. Durch seinen Blick teilten sich die Wellen des Spirituellen und Materiellen in vier neue Strömungen, eine jede mit unendlich vielen Möglichkeiten neuen Werdens. Wieder verknüpfte Elihn diese neuen Möglichkeiten miteinander. An den Kreuzungspunkten wurden erschaffen Leben, Tod, Kraft und Bewußtsein.

Je länger Elihn seinen Blick auf der Welle der Realität ruhen ließ, desto größer wurde die Vielfalt der Möglichkeiten durch immer neue Teilungen. Sterne, Welten, Leben – kurz, die gesamte Schöpfung ist ein Netz unendlicher Möglichkeiten. So war es am Anfang, und so ist es noch heute.

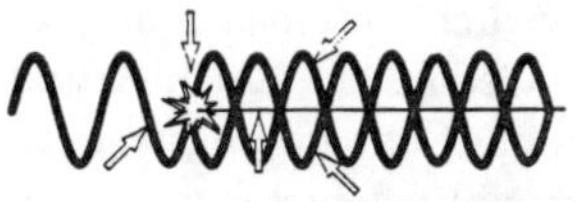

Realität ist schlicht eine Manifestation einander kreuzender Wellen von Möglichkeiten. Sie ist ein ungeheures und nahezu unbegreifliches Gewebe aus fundierter Physik inmitten einer Myriade infiniter Potentiale. Wissenschaft, Technik und Biologie beziehen sich alle auf den verwobenen Strang der Realität.

Im Gegensatz dazu wirkt Magie durch eine Neuverknüpfung des Gewebes der Realität. Ein Magier konzentriert sich auf die Omniwelle der Möglichkeiten statt auf das Etablierte. Gestützt auf sein Wissen und seine Macht, sucht er nach dem Passus der Omniwelle, in dem seine gewünschte Realität gegeben ist. Dann erschafft der Magier eine Schwingungswelle, um die etablierte Welle zu verformen, so daß, was vorher nur Möglichkeit war, jetzt Teil der Realität ist. Auf diese Art vermag der Magier das, was er wünscht, Wirklichkeit werden zu lassen.

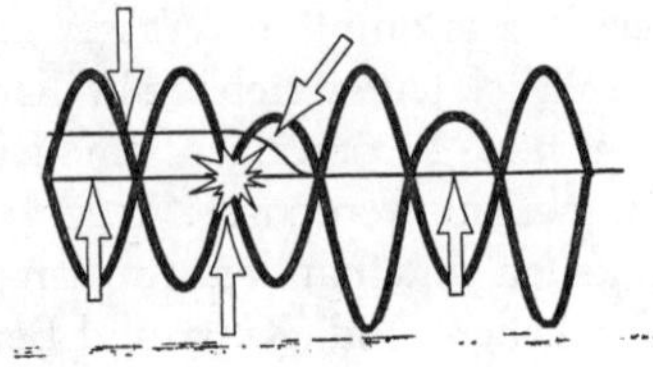

Nehmen wir das Beispiel, daß ein Magier auf dem Schlachtfeld einem Ritter gegenübersteht. Der Zauberer, nur in seine Gewänder gekleidet, ist dem gepanzerten und stärkeren Ritter ausgeliefert. Das ist Realität, und ließe man den Dingen ihren Lauf, würde der Ritter den Magier erschlagen, ohne daß jener ihm Widerstand leisten könnte. Der Magier jedoch weiß durch seine Studien, wo in der Omniwelle die Möglichkeit eines Schutzschilds besteht. Durch Bewegungen, Worte, Gedanken, Zeichen und andere Hilfsmittel erzeugt der Magier eine Schwingungswelle. Dieser Krafteinfluß läßt neue Kreuzungspunkte entstehen, so daß die Möglichkeit eines magischen Schutzschilds in das Netz der Realität eingeflochten wird. Als Folge dieser Entwicklung ist der Magier nun durch den gewünschten Schild vor den Waffen und der überlegenen physischen Kraft des Ritters geschützt.

Obwohl für den Uneingeweihten das schützende Feld aus dem Nichts zu entstehen scheint, wäre es korrekter zu sagen, daß die Möglichkeit eines solchen Feldes aus den unendlichen Möglichkeiten der Omniwelle herausgelöst und in die Realität versetzt wurde.

Um Magie anzuwenden, muß man die Fähigkeit besitzen, den entsprechenden Passus der Omniwelle zu finden und zu beeinflussen. Das ist weit entfernt von Allmacht oder Allwissenheit, selbst bei jenen, die einen sehr großen Passus der Welle zu überschauen vermögen. Dem, der Magie anwendet, eröffnen sich nicht ihre Ursprünge oder der Grund, weshalb es sie überhaupt gibt. Sie führt den Betreffenden nicht zu den Gründen des Seins. Genau wie in dem Wissen, daß ein Stein, den man losläßt, nach unten fällt, nicht die Erklärung enthalten ist, warum Schwerkraft existiert oder welche Existenz diese Ordnung aus dem Chaos erschuf, so verhält es sich auch mit der Magie.

Nur die Sartan und die Patryn begriffen die Magie in ihrem vollen Ausmaß. Da wir Sartan ihr Wirken aus dem Zentrum der Omniwelle heraus beobachtet haben, beherrschen wir die Kunst in ihrer elementarsten und effektivsten Form. Niemand sonst hat einen so großen Teil der Omniwelle gesehen wie wir.

Die fundamentalen Wechselbeziehungen der Magie sind in dieser Abbildung dargestellt. Je näher am Zentrum die Magie angesiedelt ist, desto größer ihre Effektivität. Runenmagie, die elementarste und zentralste Art, ist aus diesem Grund die stärkste und hat die umfassendste Wirkung.

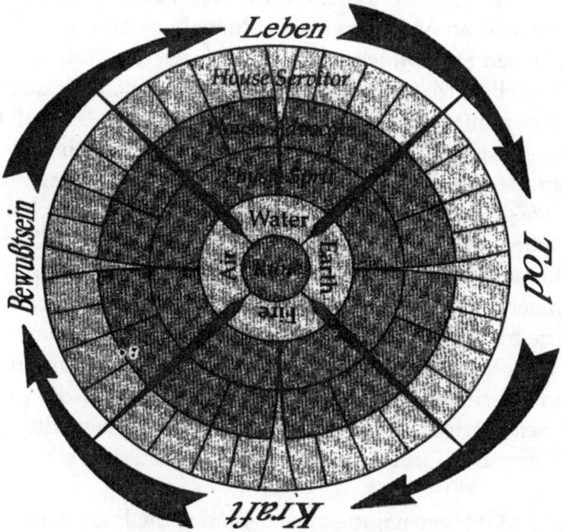

Jeder große Wissensabschnitt bildet ein sogenanntes Haus. Die Bezeichnung des Hauses gibt Aufschluß darüber, einen wie großen Teil der Omniwelle der Betreffende überschaut. Je zentraler das Haus, desto größer der Passus, den er zu erkennen und zu nutzen imstande ist.

Die stärkste Macht von allen ist die Magie des Runenhauses, worin die Wellen von Leben, Kraft, Bewußtsein und Tod zu dem Verständnis des zentralen Netzes der Realität verwoben sind und zu einem klaren Bild der unendlichen Vielfalt der Omniwelle. Von solchen, die die Runenmagie beherrschen, sagt man, sie haben die neunte oder absolute Meisterschaft erreicht. Das Wissen und die Potenz der Runendisziplinen sind unmittelbar an die Sigel gebunden, die für das Wirken solcher Zauber benutzt werden. Als Folge der Teilung der Zeit besitzen nur wir (die Sartan) und die Patryn (falls sie noch existieren) noch Kenntnis der Runenmagie.

Die eine Magie des Runenhauses teilt sich in die vier Minderen Häuser von Firmament (Luft), Sonne (Feuer), Quelle (Wasser) und Dunkel (Erde). Der Oberbegriff für all diese lautet ›die Erhabenen Meisterschaften‹. Die erhabenen Meisterschaften bilden das Achte Haus und sind an Macht nur dem Runenhaus untergeordnet. Jede der erhabenen Disziplinen unterteilt sich wieder in die spirituellen und materiellen Meisterschaften. Die spirituellen Meisterschaften befassen sich mit der mentalen und emotionalen Manipulation der Welt des Magiers. Die materiellen Meisterschaften nutzen und benutzen die physischen Objekte der Welt des Magiers.

Die Zweige der spirituellen und materiellen Meisterschaften wiederum teilen sich auf in die höheren und geringeren Disziplinen. Die höheren Disziplinen bezeichnet man als das Haus Advocate, die geringeren als das Haus Servitor. Das Haus Advocate umfaßt die Fünfte bis Siebente Meisterschaft, während zum Haus Servitor die Erste bis Vierte Meisterschaft gehören. Die Bezeichnungen ›Höher‹ und ›Geringer‹ sind insofern irreführend, als die geringeren Disziplinen die umfassendere und häufiger angewandte Art sind. Die höheren Disziplinen, obwohl wirksamer, sind stärker spezialisiert.

Nach der Großen Teilung verschwanden die Patryn aus der Erinnerung der Reiche, und die Sartan bewahrten die Runenmagie eifersüchtig vor dem Zugriff der Menschen. Dadurch kam es zu einem Wegfall der oberen Disziplinen, so daß in den Reichen, wie sie jetzt bestehen, keine stärkere magische Kraft existiert als Siebente Meisterschaft. Runenmagie ist bei den Völkern der neuen Reiche völlig unbekannt. Sie bleibt ein sorgsam gehütetes Geheimnis.

RUNENMAGIE

Runenmagie ist die stärkste Manifestation magischer Kräfte in den Reichen. Runenmagie verknüpft alle Elemente der verschiedenen erhabenen Häuser zu einem einzigen magischen Ganzen. Als solches berührt Runenmagie das Gefüge der Schöpfung an sich. Diese Form der Magie war das Instrument, durch welches die Einheit des Seins in die Teile gegliedert wurde, die gegenwärtig Gültigkeit haben.

Der Schlüssel zur Runenmagie liegt darin, daß die Schwingungswelle, die eine Möglichkeit in den Realitätsstrang einbringt, mit soviel Simultanität wie möglich erschaffen wird. Das bedeutet, die verschiedenen Gebärden, Worte, Gedanken und sonstigen Elemente zur Erzeugung der Schwingungswelle müssen in enger Folge zusammengefügt werden. Je harmonischer die Struktur der Schwingungswelle, desto reiner setzt sie sich fort und desto effektiver die Magie. Zur Veranschaulichung betrachte man den Unterschied zwischen der geraden und spiraligen Flugbahn eines Kampfballs. Ein Rad, das mit einem präzisen Anstoß in Bewegung gesetzt wird, rollt weiter als eines, das durch unsteten Lauf an Schwung verliert.

Um diese Simultanität zu erreichen, haben sowohl die Sartan wie auch die Patryn magische Sprachen und Strukturen entwickelt, um ihre Magie auszudrücken. Eine zweite, nach traditionellem Muster aufgebaute Sprache dient der normalen Verständigung.

Das gemeinsame Element beider Sprachen ist ihre Simultanität. Traditionelle Sprachen sind linear strukturiert. Aus der konsequenten Aufeinanderfolge von Buchstaben, Worten, und Sätzen, ergibt sich die Bedeutung zum Beispiel eines gelesenen Textes. Das bedeutet, der Sinn vermittelt sich dem Leser nur auf einer Ebene einer Vielfalt von Wahrnehmungsmöglichkeiten. Wenn jemand sich ein Theaterstück ansieht, erreichen ihn mehrere Botschaften auf verschiedenen Ebenen (das gesprochene Wort, Gesten und Haltung des Darstellers, die Ausleuchtung der Bühne). Auch kann der Zuschauer auf einer Wahrnehmungsebene verschiedene Botschaften gleichzeitig aufnehmen, beispielsweise den Schauspieler, dessen Stuhl, den Hintergrund. Die Botschaften des Theaterstücks erreichen den Zuschauer simultan. Aus diesem Grund sagt man, das Schauspiel besitzt die Eigenschaft der simultanen Übermittlung von Eindrücken.

Komplexität, Gleichgewicht und Ausgewogenheit der Magie, erfordern eine möglichst perfekte simultane Kommunikation der von dem Magier erzeugten Schwingungswellen. Das wird im allgemeinen erreicht durch ein Zusammenwirken von Wort, Tonfall, Gebärden und Bewegung. In der Runenmagie ist die Simultanität eingebunden in das Konzept einer nichtlinearen Schriftsprache.

Entsprechend den unterschiedlichen Kulturen der Sartan und der Patryn haben sich zwei verschiedene Arten von Runensprachen entwickelt. Beide beruhen auf den Runenprinzipien des Universums, sind sich aber in Struktur und Methode wenig ähnlich.

RUNENMAGIE DER SARTAN

Die Sartan bedienen sich einer hexagonalen Grundstruktur, die Informationen auf sechs Ebenen vermittelt. Das schließt den Gebrauch von Runen ein, die entweder in oder auf einen Gegenstand gezeichnet oder durch darstellerische Mittel realisiert werden. Bei letzterem ist der Magier auf drei Ebenen beschränkt: Ton (komplexe Harmonien), Form (Gestik und Bewegung), Bewußtsein (telepathische Projektion). Die gleichzeitige Anwendung von Runenschrift (Sigel auf Gegenständen wie Stäben, Ringen, Kleidung oder beliebigen, angemessenen Objekten) dient dazu, die übrigen drei Elemente des Ganzen auszudrücken.

Das hexagonale Grundmuster wird von der Quell- oder Wurzelrune bestimmt. Diese Rune bestimmt Ursprung und Grundrichtung der jeweiligen Struktur. Jedes beliebige Sigel aus jedem der verschiedenen Häuser kann als Wurzelrune dienen. Daher ist es bei komplexen Zaubern unbedingt erforderlich, die Wurzelrune zu bestimmen. Zwei gleiche Zauber mit gleichen Runen in gleicher Position können vollkommen unterschiedliche Wirkung haben, wenn die Ursprungsrune nicht dieselbe ist.

WURZELSTRUKTUREN

Wurzelstrukturen verleihen dem Komplex des Zauberspruchs seine magische Kraft. Die Grundlage dieser Strukturen ist die Wurzelrune, die festlegt, aus welcher Quelle der fragliche Spruch sich nährt: Kraft, Bewußtsein, Leben oder Tod.

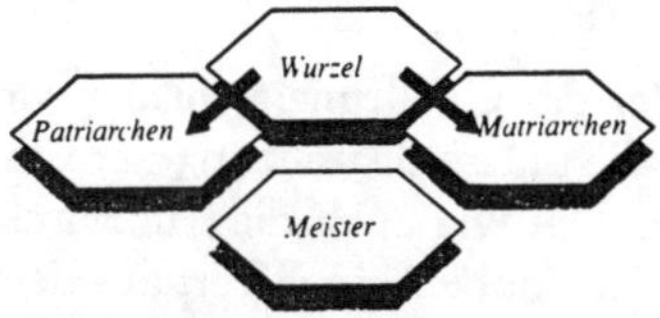

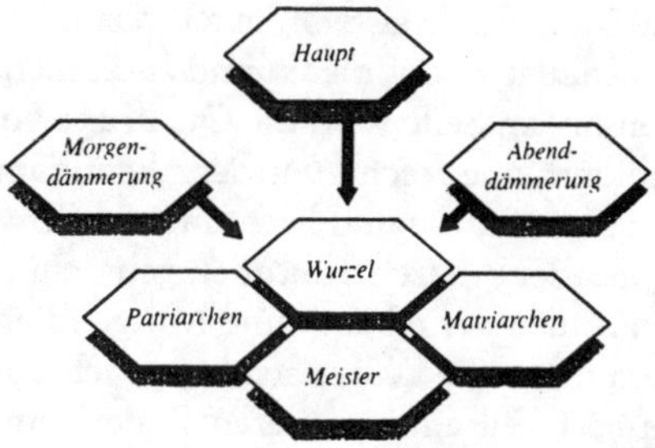

Diese Wurzelrune oder, wie sie häufiger genannt wird, die Quellrune, wird an der linken unteren Seite flankiert von ihrem Patriarchen (wie aus der Zeichnung zu ersehen) und an der rechten unteren Seite von ihrer Matriarchin (der Rune, die in dieser Struktur auf den Patriarchen folgt). Diese stützen die Quellrune und lenken die von den darunter angeordneten Runen aufsteigende Magie in die gewünschte Richtung.

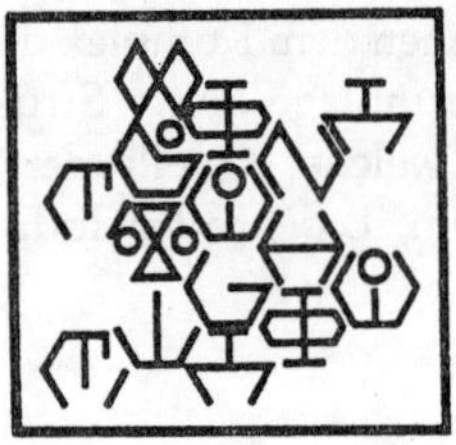

Unmittelbar unter der Quellrune steht der Meister, der mit seinem oberen Rand die untere Begrenzung der Quellrune bildet und sowohl den Patriarchen wie auch die Matriarchin berührt. Diese Rune legt fest, ob der Zauber seine Kraft aus dem spirituellen oder materiellen Bereich bezieht und vervollständigt die Wurzelstruktur. Runen unterhalb des Meisters dienen dazu, die Wirkung des Zauberspruchs genauer zu definieren und zusätzlich zu verstärken.

An der oberen linken Seite wird die Quellrune von der Morgendämmerung flankiert, oben rechts von der Abenddämmerung. Diese Runen bestimmen die Stärke und Richtung der Schwingungswelle, die in den Komplex der Wurzelstruktur eingebracht werden soll.

Zwischen den Runen der Abend- und Morgendämmerung befindet sich das Haupt, das die Wurzelstruktur nach oben vervollständigt. Das Haupt ist Teil eines weiteren Runenkomplexes, der die Elemente der Wurzelstruktur in die allgemeinen Schwingungen des erschaffenen Zaubers transferiert.

DIE QUELLRUNE: ZENTRUM DER MAGIE

Die Quellrune ist sowohl das Zentrum des magischen Konzepts, das beim Wirken eines Zaubers erschaffen wird, wie auch der essentielle Fixpunkt, von dem aus die Runenmagie gelesen und verstanden werden muß.

Zur präzisen Deutung einer Struktur ist es notwendig, daß die

Quellrune bestimmt wird. Gleiche Runenstrukturen erhalten mit verschiedenen Quellrunen eine völlig andere Bedeutung.

Hier zum Beispiel ist eine sehr einfach Runenstruktur.

Es gibt keinen Hinweis auf die Quellrune. Für welche Rune soll man sich entscheiden? Wo fängt man an? Im folgenden zwei mögliche Interpretationen des Gefüges:

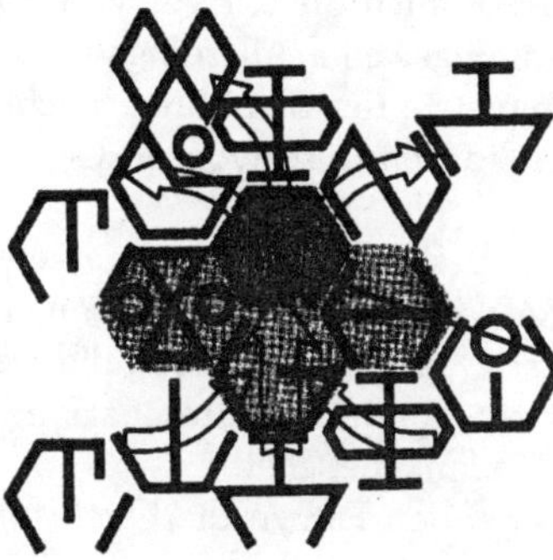

Mögliche Runenmagie: Heilung einer Störung des Bewußtseins

Quellrune Zentrum der Magie

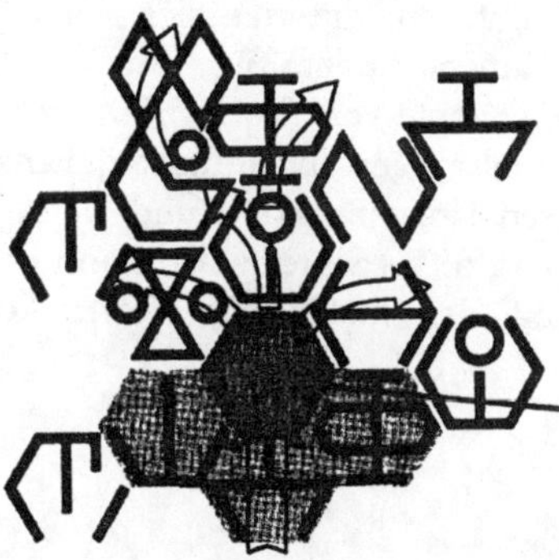

Zweite mögliche Runenmagie: Ein physischer Angriff auf bestimmte Erinnerungen

Quellrune Zentrum der Magie

Das ist das große Geheimnis der Runenmagie. Die Position der Quellrune ist nur jenen bekannt, denen sie von dem Schöpfer der Rune mitgeteilt wurde. Die Ausbildung eines Magiers besteht zum großen Teil daraus, zu lernen, wie man die Quellrune bestimmt. Ohne die Anleitung eines Sartan sind die Chancen, unsere magischen Schriften zu deuten, verschwindend gering.

RUNENMAGIE DER PATRYN

Unser Wissen über die Magie der Patryn beschränkt sich auf die wenigen Grundregeln, die uns helfen werden, sie zu erkennen, sollten sie aus ihrem Reich Drunten emporsteigen. Anzuwenden verstehen diese Magie nur die Patryn selbst – falls sie noch existieren.

Wie unsere Art der Magie strebt auch die der Patryn nach der perfekten Harmonie der Schwingungswelle. Allerdings wird diese Harmonie nicht durch die Symmetrie der Struktur erreicht. Die Runenmagie der Patryn bewirkt durch ausgewogene Gegensätze ein Gleichgewicht.

Das Grundmuster ihrer Magie besteht aus aneinandergereihten Oktagonen und Quadraten. Oktagone bestimmen Ursprung, Richtung und Wirkung des Zaubers; Quadrate definieren die Details. Die Runenmagie der Patryn wirkt durch die Kombination dieser Elemente auf acht simultanen Gedankenebenen.

Wie bei den Sartan ist auch bei den Patryn die Quellrune der Schlüssel zu Verständnis und Anwendung der Zauberkraft.

Die Patryn verwenden Substrukturen, die man sich vorstellen muß wie Runen innerhalb von Runen. Andere Sigel imitieren die bei den Sartan gebräuchlichen Konzepte von Wurzel, Stamm und dergleichen. Aufgrund ihrer vielfältigen Deutungsmöglichkeit besteht die Gefahr einer gewissen Ungenauigkeit, und wenn bei ihrem Gebrauch nicht größte Sorgfalt beachtet wird, kann es zu einer beträchtlichen Minderung der magischen Kräfte kommen.

MAGIE IN DEN REICHEN

Das Runenhaus wirkt in allen Reichen gleichermaßen. Doch davon abgesehen wirkt in jedem Reich ein bestimmter Zweig der erhabenen Meisterschaften besonders stark. Das weist auf die Zersplitterung der Magie als Folge der Großen Teilung hin. Die Magie des Hauses Firmament wäre zum Beispiel vorherrschend im Reich des Himmels, während das Haus Leben über die Wasserreiche herrscht.

Nur die Magie des Hauses Firmament (das von Arianus) soll hier besprochen werden.

KÖNIGIN DES FIRMAMENTS
(Disziplinen der materiellen Meisterschaft)

Dieser Bereich des Hauses Firmament wird derzeit von den Kenkari-Elfen des Tribus Empires kontrolliert. Diese weißhaarigen, schlanken Geschöpfe haben das Kaiserreich der Elfen auf dem Kontinent Aristagon gegründet. Durch Waffengewalt haben sie sich den gesamten Kontinent untertan gemacht und führen Eroberungskriege auf mehreren der Nachbarinseln. Ihre magischen Kräfte sind physischer Natur, d. h. es werden Gegenstände benötigt, um sie zu sammeln, zu speichern und zu lenken. Trotz ihres Hauses verfügen sie über keinerlei telepathische Fähigkeiten, aber aufgrund ihrer Magie beherrschen sie die Telekinese.

Eine besondere Gabe der Kenkari-Elfen besteht darin, komplexe Botschaften in Lieder einzuweben. Das ist ein Widerhall der vergessenen Runensprachen und eine Abwandlung der besser bekannten magischen Sprachen, die im Bereich der erhabenen Meisterschaften und darunter benutzt werden, um weniger differenzierte Zauber von geringerer Komplexität zu erschaffen. Die Gefahr liegt darin, daß jeder ein solches Lied singen kann. Ein Mensch wird sich davon kaum angerührt fühlen, während die Musik die Elfen in hohem Maß beeinflußt, weil die Botschaft des Liedes sich auf genetische Erinnerungen dieses Volkes bezieht, über die der Mensch selbstverständlich nicht verfügt.

Diese Disziplinen übermitteln ihre magischen Botschaften auf zwei Ebenen: verbal/Klang (harmonischer Sprechgesang) und Motorik (Gebärden und tänzerische Bewegung im Zusammenwirken mit dem Sprechgesang). Wenn ein Elfenmagier nicht sprechen oder seine Hände nicht bewegen kann, ist er machtlos.

KÖNIG DES FIRMAMENTS
(Disziplinen der spirituellen Meisterschaft)

Die Vondekar bezeichnen ihre Form der Magie als Vond – Licht – oder, formeller, als Vondreth – die gegebene Macht. Diejenigen, die damit umzugehen verstehen, nennt man Kyr-Vondreth (Lichtseher); angesprochen werden sie entweder mit Vokar (Lichtmenschen) oder Kyr (Seher). Bei einigen ist die Gabe stärker als bei anderen, und man kann nicht vorhersagen, bei wem sie sich zeigen wird.

Vondreth ist eine hauptsächlich spirituelle Form der Magie und bezieht ihre Wirkung aus der Manipulation der Natur. Die Vondreth vermögen normale Tiere zu beeinflussen und sich das Wetter zum Gehilfen zu machen. Sie verfügen über die Gabe, mit Geschöpfen von geringer Intelligenz zu kommunizieren und sie zu manipulieren (auf diese Weise beherrschen sie die Drachen). Trotz der Fähigkeit, magische Formeln zu erschaffen, die ihnen erlauben würden, telepathische Verbindung auch mit einem weiter entwickelten Bewußtsein aufzunehmen, ist ihnen das Verständnis für derart komplexe Strukturen längst abhanden gekommen.

Die Vokar haben keine Schulen – das Wissen wird von dem Meister an den Lehrling weitergegeben. Seit der Bedrohung durch die Kenkari-Elfen haben sich die Vokar zunehmend auf die aggressive Seite ihrer Magie konzentriert. Im Kampf rufen sie Seuchen und Naturkatastrophen gegen den Feind zur Hilfe. Die Vokar sind dem Heute und Jetzt verbunden und verstehen die Freuden des Lebens zu genießen.

Hugh Mordhand wuchs bei Mönchen auf. Die Kyr haben nicht das mindeste gemeinsam mit ihren Brüdern, den Vokar. Dieser äußerst strenge Orden befaßt sich hauptsächlich mit dem Tod. Sie betrachten das Leben als eine Strafe, die sie erdulden müssen, um anschließend im Hvani (Himmel) dafür belohnt zu werden. Sie erweisen Seuchenopfern, Selbstmördern und allen anderen, die gestorben sind, ohne daß sich Freunde oder Verwandte der Leiche annehmen, die letzte Ehre und bestatten sie. Sie haben die Fähigkeit Telempathie entwickelt, doch betrachten sie das Empfinden von Glück oder Freude als sündhaft. Auch bedienen sie sich der Magie bei ihrer Arbeit mit den Toten, und sie schützen sich damit vor Gift und Ansteckung. Es ist wohl möglich, daß Hugh Mordhand sich diese Fähigkeiten in seinem Gewerbe zunutze gemacht hat.

Diese Art der Magie vermittelt ihre Strukturen auf zwei Ebenen: Gebärdensprache und mentale Projektionen. Das gesprochene Wort wird in dieser Meisterschaft nicht gebraucht, um einen Zauber zu wirken. Das hat ihr den Namen ›Stiller Tod‹ von den Elfen eingetragen, die schmerzlich erfahren mußten, wie effektiv diese stumme Form der Magie auf dem Schlachtfeld sein kann. Ein gefesselter Kyr ist in der Ausübung seiner Magie behindert – doch immer noch imstande, durch mental konstruierte Formeln seine Flucht zu bewerkstelligen.

ENDE

Nachbemerkung

Der Band HIMMELSSTÜRMER ist der erste Band aus der großen Saga DIE VERGESSENEN REICHE von Margaret Weis und Tracy Hickman. Als Paperback sind außerdem folgende Bände lieferbar:

ELFENSTERN (28 201)
FEUERSEE (28 205)
DRACHENMAGIER (28210)
DRACHENELFEN (28216)
Zwei weitere Bände sind in Vorbereitung.

Science Fiction · Fantasy
Jubiläums-Edition
Roboter-Visionen
Nr. 21201/DM 10,00
Charity
Die beste Frau der Space Force
Nr. 21203/DM 10,00
Könige der Nebelinsel
Nr. 21202/DM 12,00
Die Farben des Alls
Nr. 21207/DM 5,00
Planeten-Träume
Nr. 21209/DM 8,00
Gefährtin des Lichts
Nr. 21208/DM 15,00